SABRINA QUNAJ

# Das Blut der Rebellin

AF865295

GOLDMANN

*Buch*

Wales im 12. Jahrhundert: Während in England ein Bürgerkrieg tobt, nutzen die Waliser die Unruhen und rebellieren unermüdlich gegen die neuen Machthaber. Um die Position der Normannen zu stärken, soll die junge Isabel, Tochter des mächtigen Geraldine-Geschlechts, das sowohl von edelstem walisischem als auch normannischem Geblüt ist, den grausamen Sheriff von Pembroke heiraten. Doch am Vorabend der Hochzeit greifen die Fürstenbrüder von Südwales die Burg an. Kurzerhand entführen sie Isabel, um die Stellung des Sheriffs zu schwächen. Schon bald findet Isabel unter den Rebellenführern eine neue Familie und fühlt sich zum ersten Mal in ihrem Leben zugehörig. Fortan riskiert sie ihr Leben für den walisischen Freiheitskampf und lernt die Schrecken des Krieges kennen. Doch der Sheriff hat seine Braut nicht vergessen, und so wird der walisische Prinz Ralph le Walleys, ein Freund aus Isabels Kindheit, entsandt, um sie zurückzuholen. Als die beiden sich ineinander verlieben, stehen sie plötzlich im Zentrum eines Krieges, in dem sie sich für eine Seite entscheiden müssen.

Weitere Informationen zu Sabrina Qunaj
sowie zu lieferbaren Titeln der Autorin
finden Sie am Ende des Buches.

# Sabrina Qunaj

# Das Blut der Rebellin

Historischer Roman

GOLDMANN

Der Verlag behält sich die Verwertung der urheberrechtlich geschützten Inhalte dieses Werkes für Zwecke des Text- und Data-Minings nach § 44b UrhG ausdrücklich vor.
Jegliche unbefugte Nutzung ist hiermit ausgeschlossen.

MIX
Papier | Fördert gute Waldnutzung
FSC® C014496

Penguin Random House Verlagsgruppe FSC® N001967

6. Auflage
Originalausgabe April 2015
Copyright © 2015 by Sabrina Qunaj
Copyright © dieser Ausgabe 2015 by Wilhelm Goldmann Verlag, München,
in der Penguin Random House Verlagsgruppe GmbH,
Neumarkter Straße 28, 81673 München
produktsicherheit@penguinrandomhouse.de
(Vorstehende Angaben sind zugleich Pflichtinformationen nach GPSR.)

Die Veröffentlichung dieses Werkes erfolgt auf Vermittlung der literarischen Agentur Peter Molden, Köln.
Umschlaggestaltung: UNO Werbeagentur, München
Umschlagmotiv: FinePic®, München
MR · Herstellung: Str.
Satz: omnisatz GmbH, Berlin
Kartografie: Peter Palm, Berlin
Druck und Bindung: GGP Media GmbH, Pößneck
Printed in Germany
ISBN: 978-3-442-47989-4

www.goldmann-verlag.de

*Für Lydia, die mit mir über Klippen kletterte*

## SÜDWALES
## (Deheubarth)

**Rhys ap Tewdwr**
⚭
**Gwladys ferch Rhiwallon**

**Gruffydd ap Rhys**
⚭
Gwenllian ferch Gruffudd
(aus Nordwales)

Anarawd ap Gruffydd (illegitim)

Cadell ap Gruffydd (illegitim)

Maredudd ap Gruffydd

Rhys ap Gruffydd

## NORDWALES
## (Gwynedd)

**Gruffudd ap Cynan**

**Owain Gwynedd**

Hywel ap Owain, der Poetenfürst

(Die Stammbäume zeigen die wichtigsten Charaktere und sind nicht vollständig)

## DIE GERALDINES

**Nesta ferch Rhys**
ꝏ Gerald de Windsor — Henry I — ꝏ Stephen

Henry I: Henry FitzRoy

Stephen: Robert FitzStephen

Gerald de Windsor:

William FitzGerald ꝏ Maria de Montgomery

Maurice FitzGerald ꝏ Alice de Montgomery

David FitzGerald

Angharad FitzGerald ꝏ William de Barry

**Isabel de Carew**

Gerald de Barry (Giraldus Cambrensis)

**Gwenllian ferch Gruffudd**
(siehe Südwales)

**Cadwaladr ap Gruffudd**

Ralph le Walleys
(mit 2. Frau Alice de Clare)

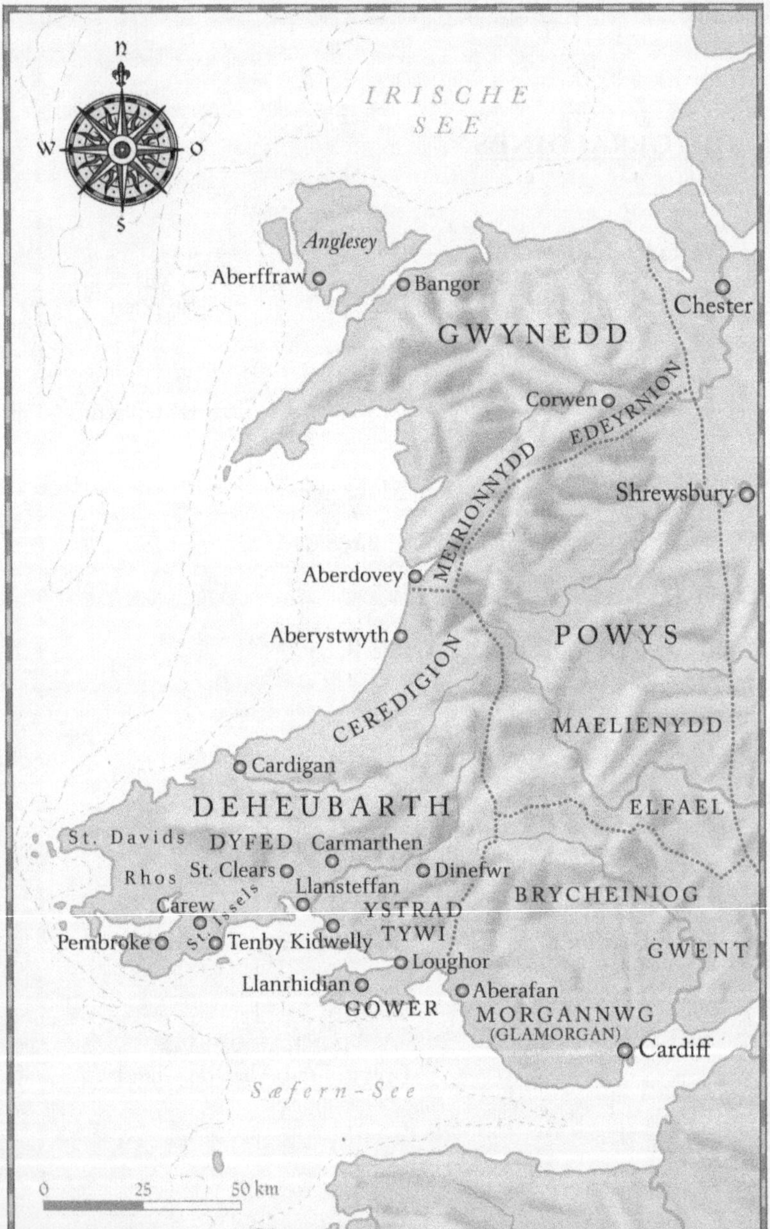

IRISCHE SEE
Anglesey
Aberffraw
Bangor
Chester
GWYNEDD
Corwen
EDEYRNION
MEIRIONNYDD
Shrewsbury
Aberdovey
Aberystwyth
POWYS
CEREDIGION
MAELIENYDD
Cardigan
DEHEUBARTH
ELFAEL
St. Davids
DYFED
Carmarthen
Rhos
St. Clears
Dinefwr
Llansteffan
St. Issels
Carew
YSTRAD TYWI
BRYCHEINIOG
Pembroke
Tenby
Kidwelly
GWENT
Loughor
Llanrhidian
Aberafan
GOWER
MORGANNWG
(GLAMORGAN)
Cardiff
Sæfern-See
0
25
50 km

# Dramatis Personae

Historische Persönlichkeiten sind mit einem * gekennzeichnet

## Die Geraldines

Die Nachfahren der walisischen Fürstentochter Nesta ferch Rhys und ihrem normannischen Gemahl Gerald de Windsor nannten sich »Geraldines« – meist werden aber auch Nestas Söhne von anderen Männern in diese Bezeichnung mit eingeschlossen.

Isabel FitzWilliam de Carew*, die Enkeltochter der berühmt-berüchtigten Nesta, die sich den Walisern zugehörig fühlt
William FitzGerald*, ihr Vater und ein einflussreicher Lord in Pembrokeshire
Maurice FitzGerald*, Isabels Lieblingsonkel
David FitzGerald*, ein bedeutender Kirchenmann in Wales
Henry FitzRoy*, genannt »Harri«, Nestas Sohn von König Henry I.
Robert FitzStephen*, Nestas jüngster Sohn von ihrem zweiten Ehemann

## Die Normannen und Flamen in Wales

Maria de Montgomery*, Isabels Mutter, die Enkeltochter des irischen Hochkönigs und Tochter von Arnulf de Montgomery, auch »Teufels Sohn« genannt

Alice de Montgomery*, ihre Schwester und Maurice FitzGeralds Gemahlin

William Hayt*, der Sheriff von Pembroke

Lady Hayt, seine Mutter

Roger de Brabant, ein landloser flämischer Ritter im Dienst des Sheriffs

William de Brabant*, sein verstorbener Vater, der sein Land an die Waliser verlor

Sir Hamon, ein Ritter im Dienst des Sheriffs

Odo, der flämische Kommandant in Llanrhidian

Roger de Clare*, der Earl of Hertford (jedoch meist als Earl of Clare angesprochen), der um sein Erbe Ceredigion kämpft

Walter Clifford*, ein Marcher Lord

## Die Waliser

Um Ihnen das Lesen der walisischen Namen etwas zu erleichtern, finden Sie die Aussprache phonetisch geschrieben in Klammern. Dabei ist zu beachten, dass es im deutschen Alphabet oftmalig keinen Buchstaben gibt, um einen Laut des Walisischen korrekt auszudrücken. So soll dies nur eine Annäherung sein. Auch gibt es deutliche sprachliche Unterschiede zwischen Nord und Süd. Wissenswert ist noch, dass das »W« ähnlich wie im Englischen bei »with« ausgesprochen und das »R« stark gerollt wird.

### *Deheubarth, Südwales (De-hay-barth)*

Cadell ap Gruffydd* (Ka-dell ap Gri-ffith), der Fürst von Südwales, der um sein Land kämpft

Anarawd ap Gruffydd* (An-ah-raud), sein verstorbener älterer Bruder, der durch Verräter aus Nordwales getötet wurde

Einion ap Anarawd* (Ay-ni-on), sein Sohn, der Kommandant von Rhys' Kriegstruppe

Maredudd ap Gruffydd* (Ma-reh-dith), Cadells und Anarawds jüngerer Halbbruder, ein Sohn der berühmten Kriegerprinzessin Gwenllian

Eira (Ay-ra), seine Geliebte und Unterstützerin im Freiheitskampf

Cadwgan ap Maredudd* (Ca-duh-gan), Maredudds Sohn

Anwen ferch Maredudd, Maredudds und Eiras Tochter

Rhys ap Gruffydd* (Rh-ies), Maredudds jüngerer Bruder, der normannische Strategien annimmt

Gwenllian ferch Madog* (Gwen-chli-an), die Tochter des Fürsten von Powys und Rhys' Gemahlin

Niall (Ni-all), Cadells irischer Vetter und Hofbarde

Einion, ein Krieger in Cadells Dienst

Nona, seine Frau

Nain (Na-in), eine alte Frau in Dinefwr (Din-ev-ur)

Crystin, die Gemahlin des Hofkaplans unter Maredudd

Gwyn (Gwin), ein Krieger in Maredudds Dienst

Iestyn (Jes-tin), der Kommandant über Maredudds Kriegsbande

Bryn (Brin), ein Bogenschütze unter Maredudd

Goronwy (Go-ron-wi), ein Krieger in Rhys' Kriegsbande

Trystan (Tris-tan), der Bogenbauer in Tenby und ein Unterstützer der Rebellen

Madog, ein Schäfer in der Nähe von Tenby und Unterstützer der Rebellen

Gwladys (Gla-dies), seine Frau

Mari, ihre Tochter

Heledd (He-leth), eine Magd in Tenby

Rhian (Rhi-an), eine junge Frau in Llanrhidian (Chlan-rhi-dian), die dort als Geisel gehalten wird

### *Gwynedd, Nordwales (Gwin-ef)*

Owain Gwynedd* (O-wein), der Fürst von Nordwales
Cristin ferch Gronwy*, (Gron-wi) seine Frau
Hywel ap Owain* (Hau-wel), der Erbe Gwynedds, auch genannt »Poetenfürst«
Cadwaladr ap Gruffudd* (Cad-wa-la-der), ein Kriegsherr, der Anarawd aus Südwales ermorden ließ und dadurch mit seinem fürstlichen Bruder Owain brach
Ralph le Walleys*, sein Sohn, der unter den Normannen zum Ritter ausgebildet werden soll
Cunedda ap Cadwallon* (Ki-ne-tha ap Kad-wa-chlon), wird von seinem Onkel Owain Gwynedd geblendet und kastriert
Arthur*, der Bischof von Bangor, der von den Normannen nicht anerkannt und daher in Irland geweiht wurde
Cadwallon, ein Hirte in Aelwyd

### *Powys (Pau-is)*

Madog ap Maredudd*, der Fürst von Powys
Iorwerth Goch* (Jor-werth), sein Halbbruder
Owain Cyfeiliog* (Ki-vay-li-jog), sein Neffe

### *Weitere Waliser*

Cadwallon ap Madog*, der Fürst von Maelienydd (May-lih-en-ith)
Einion Clud*, der Fürst von Elfael
Blodeuedd (Blo-day-eth), »das Blumengesicht« aus der vierten Geschichte der Mabinogi
Gronwy, ein Jäger, der sich in Blodeuedd verliebt, aus der vierten Geschichte der Mabinogi

Lleu (Chl-ay), Blodeuedds Gemahl aus der vierten Geschichte der Mabinogi

*England*

Kaiserin Matilda*, die Tochter des verstorbenen Königs Henry I., die um ihre Krone kämpft

Stephen de Blois*, ihr Vetter, der sich selbst zum König krönte und gegen Matilda kämpft

Henry Plantagenet*, Matildas Sohn, später König Henry II.

Reginald de Dunstanville*, sein Onkel, ein illegitimer Sohn Henrys I., der Earl of Cornwall

# Prolog

Geschichten sind die Nahrung für unseren Geist, so wie das Brot für unseren Körper. Wir brauchen Geschichten, um die langen Abende des Winters zu überbrücken und der Eintönigkeit unseres Lebens zu entfliehen. Wer möchte denn nur ein Leben führen, wenn er das von vielen besuchen kann? Geschichten geben dem Einfachen Glanz und lassen sich biegen und drehen, um die Ereignisse anzupassen. Egal, wie schrecklich das Erlebte, wie blutig unsere Kriege, in Geschichten lässt sich die Wahrheit verändern.

Geschichten verschaffen uns ewiges Leben, denn in ihnen atmen wir weiter. Wir werden zu Sagengestalten, und jede unserer Taten bekommt eine besondere Bedeutung zugemessen.

Wie angenehm, dass mein Name nichts ist als ein Name. In der walisischen Geschichte bin ich kaum mehr als eine Randbemerkung, die im Schatten einer berüchtigten Großmutter und anderer heldenhafter Familienmitglieder steht. Meine Geschichte mag im Vergleich simpel erscheinen, doch es sind die einfachen Dinge, jene ohne Glanz, die bedeutsamer sind als jede Heldentat.

Mein Name ist Isabel FitzWilliam de Carew. Ich bin die Enkeltochter einer walisischen Prinzessin und ihres normannischen Gemahls. So war ich stets auf der Suche nach meinem Platz in einer Welt des Umbruchs. In einem Krieg zwischen Walisern und Normannen, in dem Vettern gegen Vettern kämpften, wurde ich Zeugin der wahren Heldengeschichten …

## Llansteffan Castle, Südwales, Sommer 1146

»Wie ging die Geschichte weiter, Großmutter Nesta? Bekam er den Schatz?«

»Aber natürlich.« Nesta legte ihr die Hand auf die Schulter und führte sie vom Wasser weg, das in sanften Wellen an den Strand gespült wurde. »Henry bekam stets, was er wollte. Er zog sein Schwert, trat William de Breteuil entgegen und sagte: ›Eure Treue meinem Bruder gegenüber ehrt Euch, Mylord, doch der König ist tot, und Ihr tätet gut daran, Eurem neuen Souverän zu gehorchen.‹«

Isabel sprang begeistert in die Luft und hopste neben ihrer Großmutter her. »Und was geschah dann?«

»De Breteuil sah ein, dass er nichts unternehmen konnte, denn viele einflussreiche Barone standen auf Henrys Seite. Er gab den königlichen Schatz frei, und Henry zog zu seiner Krönung.«

Isabel entfuhr ein verträumtes Seufzen. »Ach, wie gerne wäre ich damals dabei gewesen.«

»Hinterher klingt alles sehr viel eindrucksvoller, als es tatsächlich war. Du hast ja keine Vorstellung, wie erschöpft und schmutzig wir nach diesem überstürzten Ritt nach Winchester waren. Oder wie groß die Angst und Verwirrung nach dem plötzlichen Tod des Königs.« Großmutter Nesta legte einen Arm um ihre Schultern und wies hoch zur Burg, die auf einem grasbewachsenen Hügel über dem Fluss thronte. Dichtes Buschwerk beugte sich über das himmelblaue Wasser, als sehnten sich die Pflanzen danach, in die Fluten einzutauchen. Ein paar Fischer saßen draußen in ihren Booten, um Lachse und Forellen zu fangen, und manch einer winkte ihnen zu. »Das hier ist die Wirklichkeit, Kind. Deine Familie, dein Zuhause. Du magst in die Ferne blicken und von längst vergangenen Heldensagen träumen, doch verliere dabei niemals aus den Augen, was direkt vor dir liegt.«

»Schlamm?« Isabel hob kichernd einen nackten Fuß aus dem Sand und wackelte mit den Zehen. Sie hatte den Saum ihres Kleides hochgebunden, aber trotzdem war sie bereits klitschnass.

Mit einem verstohlenen Blick zu ihrer Großmutter, die gedankenverloren in die Ferne sah, suchte Isabel den Boden am Ufer ab und hob schließlich einen größeren, abgerundeten Stein auf. Damit bewaffnet bewegte sie sich vorsichtig durch die Pfützen des Watts und beobachtete den im seichten Wasser stehenden Brachvogel mit seinem lustig aussehenden Schnabel, der sonderbar lang und nach unten gebogen war. Ohne ihn aus den Augen zu lassen, knüpfte Isabel ihr ledernes Haarband im Nacken auf, legte den Stein in den breiteren Teil in der Mitte, holte aus und machte eine schnelle Bewegung in Richtung Vogel. Der Stein flog mit einem bedrohlichen Sausen von der Schleuder und platschte mehrere Fuß von seinem Ziel entfernt ins Wasser. Frustriert stieß Isabel den angehaltenen Atem aus und sah sich nach einem neuen Stein um, als ein Schatten auf sie fiel.

»Isabel FitzWilliam, was glaubst du eigentlich, was du da machst?«

Isabel zuckte zusammen, bemühte sich aber schnell um einen unschuldigen Ausdruck, als sie in das sturmumwölkte Antlitz ihrer Großmutter hochsah. »Mein Haarband ist plötzlich runtergefallen«, sagte sie und hob den Riemen aus Rindsleder, der aus zwei schmalen Bändern mit einem verbreiterten Mittelteil bestand.

»Nicht nur Geschichten hören willst du, du erfindest auch noch welche! Wo hast du die denn her?« Ihre Großmutter deutete auf die Schleuder, doch Isabel zuckte mit den Schultern.

»Das ist nur ein Haarband …« Sie wollte sich die Schleuder wieder umbinden, doch ihre Großmutter hob warnend die Augenbrauen, und so reichte Isabel sie ihr murrend.

»Ein hässlicheres Haarband hat es nie gegeben, Isabel. Wie oft soll ich dir noch sagen, dass Steinschleudern nichts für junge Damen sind?«

»Aber …«

Ihre Großmutter ging vor ihr in die Hocke und sah ihr eindringlich in die Augen. »Du bist ein Mädchen, Isabel, und willst du ernst genommen werden, musst du mit anderen Waffen kämpfen. Mit der hier …«, sie hob die Schleuder und knüllte sie in ihren Händen zusammen, »… wirst du nur belächelt. *Wissen* ist die Waffe von Frauen, mein Kind, und die Gabe, dieses richtig einzusetzen. Frauen waren seit jeher in der Lage, Männer in den Krieg zu schicken oder sie im Frieden zu vereinen. Aber nicht indem sie waffenschwingend in den Kampf zogen. Wir Frauen führen unsere eigenen Schlachten, das wirst du allzu früh selbst lernen. Und jetzt komm, mein Kind, ich bin müde.« Sie strich ihr ein paar Strähnen aus dem Gesicht, die ihr der Wind immer wieder nach vorne blies, und lächelte, was den Tadel etwas entschärfte.

Trotzdem war Isabel bedrückt, als sie den Arm ihrer Großmutter ergriff, um sie beim steilen Weg den Hang hinauf zu stützen. Sie dachte über die Worte nach und befand, dass sie zwar gerne Geschichten hörte und immer mehr wissen wollte, aber gleichzeitig machte es ihr auch Spaß, mit der Schleuder umzugehen. Eine Waffe benutzen zu können gab ihr ein sicheres Gefühl, so wie die Burg auf dem Hügel, von der aus Wachen immer ein Auge auf sie hatten. Da das Gelände unterhalb der Burg von Bäumen befreit worden war, um Feinden keine Möglichkeit zur Deckung zu geben, überblickten die Männer ihres Onkels das ganze Flusstal. So konnte ihnen hier nichts geschehen, auch wenn alle immer nur von Krieg sprachen.

Konzentriert kletterte sie über ein paar Felsen, schob sich

durch stacheliges Gestrüpp und half ihrer Großmutter über die rutschige Abkürzung. Wasser umspülte das Gestein unter ihnen und schlug rauschend dagegen, doch Isabel fürchtete sich nicht. Sie war hier schon oft entlanggegangen, und ihre Großmutter war trotz ihres hohen Alters von einundsechzig Jahren immer noch flink und voller Abenteuergeist. Sie hatte bereits so viel erlebt, und Isabel tat nichts lieber, als mit ihr über den Strand zu spazieren, die Flussluft auf ihrem Gesicht zu spüren und Geschichten zu lauschen.

»Großmutter?«

»Ja, mein Kind?«

Sie folgten dem Trampelpfad, der in einem Bogen zur Burg hinaufführte und neben dem Rinder weideten. »Glaubst du, wir werden jemals wieder einen König haben? Einen König wie Henry?« Sie sah hoch zu der Dame, auf deren Kopf ein weißer Schleier stufenförmig gleich einer Krone angeordnet war, und versuchte, in den grünen Augen zu lesen.

Ein Lächeln vertiefte die Falten um den Mund. »Einen König wie Henry wird es nicht mehr geben, Kind«, sagte sie schließlich und sah auf sie hinab. »Doch wir werden bestimmt wieder einen gerechten König bekommen … oder vielleicht sogar eine Königin.«

Isabel nickte zufrieden und stellte sich vor, wie es wäre, selbst Königin zu sein. In England herrschte Krieg, denn der große König Henry hatte nur eine Tochter als Erbin hinterlassen, und ein Gutteil der Barone hatte sich trotz Treueschwur von Matilda abgewandt. Sie wollten keine Frau auf dem Thron, und ihren Ehemann wollten sie noch weniger, wie ihr Vater stets sagte. Also hatte sich der Neffe des verstorbenen Königs selbst zum Nachfolger ernannt, und nun kämpften die Anhänger Matildas gegen die Anhänger Stephens um die englische Krone.

Isabel war eine gute Zuhörerin, und dass die Erwachsenen sie mit ihren acht Jahren nur für ein einfältiges Kind hielten, half ihr, immer neue Geschichten zu erfahren. Es gab nichts, was sie nicht wissen wollte, und nichts, was sie nicht zu verstehen versuchte – und ihre Großmutter ermutigte sie dabei.

»Großmutter Nesta, stimmt es, dass in jenem Moment, da König Henry seinen letzten Atemzug tat, zwei Seen in Elfael über die Ufer traten? Die Leute sagen, einer von ihnen überschwemmte ein ganzes Dorf und all die Menschen mussten mit ihrem Vieh in höhere Gefilde flüchten.«

»Das mag wohl so stimmen.« Ihre Großmutter beugte sich zu ihr hinab und senkte die Stimme, als verriete sie ihr ein Geheimnis. »Die Überschwemmungen lagen aber wohl eher daran, dass es damals wochenlang ohne Unterlass regnete, weniger an Henrys Tod.«

Lächelnd stemmte Isabel eine Hand in die Seite. »Ich glaube trotzdem, es war ein Zeichen …«

Ein lautstarker Fluch ließ sie hochblicken. Es war Bran, der Rinderhirte, der einem wild den Hügel hochlaufenden Kalb nacheilte. Kühe stoben auseinander, und ein ohrenbetäubendes Muhen drang zu ihnen herüber. Bran pfiff durch die Zähne, und sein zottiger Rüde setzte dem Kalb nach, und erst da bemerkte Isabel den anderen Hund, der zwischen den Rindern umherlief und wie toll nach ihnen schnappte. Im nächsten Moment zischte etwas Dunkles durch die Luft, und der wilde Hund brach lautlos zu Boden, als hätte die Hand Gottes ihn niedergestreckt.

Beeindruckt sah Isabel zu Bran, der gerade wieder seine Schleuder um seinen Kopf band, und als er Isabel und ihre Großmutter bemerkte, verneigte er sich. Isabel winkte ihm und wünschte, sie könnte ebenfalls derart präzise mit einer Schleuder umgehen. Wie hatte der alte Bran es nur vollbracht, den tollen Hund am Kopf zu erwischen?

»*Er* war es, nicht wahr?!« Ihre Großmutter deutete zu Bran hinüber, der seinem zurückgekehrten Hund das Fell kraulte. »Der Rinderhirte – er hat dir die Schleuder gegeben.«

Hitze stieg in ihren Wangen auf, sie fühlte sich ertappt, aber sie schüttelte entschieden den Kopf. Sie würde Bran nicht verraten. Er war ihr Freund, und er hatte ihr nicht nur eine Schleuder geschenkt, sondern ihr auch gezeigt, wie man damit umging. Sooft sie konnte, lief sie zu ihm auf die Weiden und übte, aber das sollte ihre Großmutter unter keinen Umständen erfahren, denn so gutmütig sie in Isabels Gegenwart war, so angsteinflößend konnte sie anderen gegenüber sein. Manche sagten hinter vorgehaltener Hand, sie wäre eine walisische Zauberin, und niemand zog gerne ihren Missmut auf sich.

Sanft nahm Isabel den Arm ihrer Großmutter, die Bran immer noch stirnrunzelnd musterte, und führte sie weiter den Hügel hinauf. »Wirst du mir noch eine Geschichte erzählen, wenn wir im Warmen sind?«, bat sie, hauptsächlich um die Aufmerksamkeit von Bran und seiner Schleuder zu lenken, andererseits aber auch, da sie Nestas Geschichten über alles liebte und unbedingt noch eine hören wollte. »Eine über Waliser, nicht über den König.«

»Die Geschichten dieser Gegend sind blutrünstig, Kind.«

Isabel zuckte mit den Schultern und blickte hoch zu den Wasservögeln, die kreischend über dem Fluss kreisten. Einzelne Sonnenstrahlen leuchteten aus den Wolken, der Regen hatte schon am Vormittag aufgehört. »Die sind besonders aufregend«, sagte sie und sah wieder zu ihrer Großmutter. »Aber du kennst bestimmt auch schöne Geschichten.«

»Nicht viele.« Plötzlich klang sie sehr müde, und als sie stehen blieb und die Augen schloss, strich Isabel ihr besorgt über den Arm.

Sie versuchte, den Blick der Dame einzufangen, und trat vor sie hin. »Geht es dir nicht gut?« Sofort bereute sie ihre Lüge und ihr ungehobeltes Verhalten mit der Schleuder, aber ihre Großmutter schüttelte den Kopf.

»Es ist alles in Ordnung.« Mit einem Mal lächelte sie wieder und setzte sich in Bewegung. »Ich kann dir die Geschichte von meinem Bruder Gruffydd erzählen und wie er sich in die Königstochter von Nordwales verliebte. Die beiden liefen zusammen fort, musst du wissen. Und Gwenllian war wohl auch eine Heldin ganz nach deinem Geschmack. Zwar schwang sie keine Schleuder, aber ein Schwert.«

»Das klingt aufregend!« Isabel blieb stehen. »Haben die beiden geheiratet? Geht die Geschichte gut aus?«

Ihre Großmutter sah an ihr vorbei zum Fluss hinaus und seufzte schwer. »Nein. Blutrünstig.«

Das Klackern beschlagener Hufe auf hartem Untergrund erklang, und Isabel drehte sich um. Sie spähte den Hang hinab und entdeckte zwei Reiter, die den festgetretenen Pfad zur Burg hinaufpreschten. Ohne einen Gruß stoben sie an ihr und ihrer Großmutter vorbei, ehe sie mit wehenden Umhängen in höher gelegenem Gelände verschwanden.

»Männer des Sheriffs«, erkannte ihre Großmutter sofort, und auch Isabel war das Wappen bekannt vorgekommen. Sie versuchte, sich solche Dinge stets zu merken, und kannte sich dank ihrer Großmutter auch schon ziemlich gut unter den Noblen dieses Landes aus.

Als sie die Palisade erreichten und durch das Torhaus gingen, spürte Isabel sofort, dass etwas nicht stimmte. Sie hatte kaum einen Fuß auf den vom Morgenregen durchweichten Boden gesetzt, als sie der ungewohnten Hektik im Hof gewahr wurde. Pagen, die nicht viel älter waren als sie, und Knappen liefen aufgeregt umher. Manche verschwanden im Stall, aus dem bereits gesattelte Pferde geführt wurden, andere trugen Waffen und Ringpanzer aus dem Palisadenturm. Ein Gutteil der Garnisonsbesatzung war im Hof versammelt, und dann erkannte Isabel ihren Onkel Maurice, der die Treppe des Erdhügels herablief. Er kam vom Wohnturm, und auch er trug sein Kettenhemd, den Helm unter den Arm geklemmt und sein Schwert gegürtet. Der Wind ließ sein halblanges braunes Haar um sein Gesicht wehen, und Isabel sah voller Bewunderung zu ihm auf. Ihr Onkel mochte von eher niederem Wuchs sein, wenn man so manchen Hünen der Garnison betrachtete, aber Isabel fand, dass seine dunklen Augen voller Heldenmut funkelten.

Pferde drängten sich bald im Hof, und Bogenschützen nahmen eilig die von den Knappen gebrachten Pfeile entgegen, um sie in ihre Beutel an den Hüften zu stecken. Bewaffnete Männer waren für Isabel nichts Neues, sie war unter ihnen aufgewachsen, aber dieses Durcheinander, die Anspannung und die Bedrohung hatte sie bisher noch nie so deutlich gespürt.

Dankbar lehnte sie ihren Kopf gegen die Brust ihrer Großmutter, als diese beschützend den Arm um sie legte. Sie führte Isabel ein wenig an den Rand unter den Wehrgang, um nicht im Weg zu stehen, aber Isabel hörte trotzdem, was ihr Onkel zu seinen Männern sagte: »Carmarthen wurde eingenommen. Jetzt marschieren sie entlang des Towy gen Süden.«

Der Griff ihrer Großmutter verstärkte sich, aber Isabel wagte nicht nachzufragen, was all das zu bedeuten hatte. Stattdessen versuchte sie selbst, die Worte zu verstehen. Der Towy war der Fluss, der direkt hier, an der Burg ihres Onkels, vorbeiführte und sich ein Stück weiter südlich mit anderen zusammenschloss und ins Meer mündete. Carmarthen lag ein paar Meilen flussaufwärts und war erst letztes Jahr wiederhergestellt worden. Isabel wusste das, weil der Earl of Pembroke damals hier vorbeigekommen war. Er hatte von Carmarthen gesprochen und davon, die rebellierenden Waliser in die Schranken zu weisen. Solch eine Begegnung vergaß sie nicht, schließlich war der Earl of Pembroke in dieser Gegend fast schon so etwas wie ein König. Zumeist hielt er sich in England auf, und es oblag ihrem Vater und den anderen Lords dieser Gegend, seine Grafschaft zu verteidigen, doch letztes Jahr war er hierhergekommen und hatte die Waliser angegriffen. Und jetzt schlugen sie zurück.

»Sie kommen direkt auf uns zu«, flüsterte sie, als sie begriff, was die Worte ihres Onkels bedeuteten. Carmarthen war von den Rebellen eingenommen worden, und wenn sie jetzt tatsächlich weiter in den Süden marschierten ... »Die Waliser ... sie kommen, um uns zu töten.«

»Aber nein.« Ihre Großmutter beugte sich zu ihr hinab und hob ihr Kinn an, sodass sie gezwungen war, sie anzusehen. »Dein Vater und dein Onkel werden sie aufhalten. Hast du die beiden Reiter nicht gesehen? Auch der Sheriff unterstützt sie. Niemandem wird etwas geschehen.« Die grünen, von Faltenkränzchen umrahmten Augen sahen sie eindringlich an. »Wir sind hier in Sicherheit, Isabel.«

»Aber ...« Ein Zittern überkam sie. »Carmarthen ... das liegt doch nur zwei oder drei Stunden entfernt! Sie werden gleich hier sein!«

»Ach, Isabel.« Neben unverkennbarer Sorge stand nun auch Belustigung in den weisen Augen, und im nächsten Moment fand Isabel sich in einer starken Umarmung wieder. »Für jemanden, der so gerne blutrünstige Geschichten hört, verlierst du aber schnell den Mut.«

»Mutter.«

Der Griff löste sich, und als Isabel hochblickte, erkannte sie ihren Onkel, der vor ihnen stand. Seine Miene war ungewöhnlich düster, sein wettergegerbtes Gesicht wirkte bleich. Die dunklen Haarsträhnen, die ihm der Wind ins Gesicht wehte, verstärkten diesen Eindruck noch. Er wandte sich an Nesta. »Bitte geht mit den anderen Frauen zum Wohnturm hoch. Alice ist bereits dort und trifft Vorkehrungen. Niemand geht mehr hinaus, bis ich wieder zurückkehre. Ich lasse eine Besatzung zurück, um die Palisaden zu verteidigen, aber falls ...«, er atmete tief ein, »... falls wir geschlagen werden ...«

»Nein.« Nesta legte ihre knochige Hand auf Maurices Wange. »Du wirst nicht geschlagen, mein Sohn. Du kommst zu uns zurück.« Es lag solch eine Entschlossenheit in der Stimme der Dame, dass Isabel sich sofort etwas zuversichtlicher fühlte. Auch auf Onkel Maurice schien die Bestimmtheit seiner Mutter zu wirken. Er legte seine Hand auf die von Nesta und verzog die Lippen zu einem gezwungenen Lächeln. »Ich komme zurück«, sagte er sanft. »Wir alle kommen zurück.« Er beugte sich vor und hauchte seiner Mutter einen Kuss auf die Stirn, dann ging er vor Isabel auf ein Knie nieder. »Ich möchte, dass du gut auf deine Großmutter achtgibst, Isabel.« Seine gütigen Augen sahen sie mit einer Zuneigung an, die ihr nur bei wenigen Menschen begegnete. »Pass auf, dass sie keine Dummheiten begeht, versprichst du mir das?«

»Ich verspreche es.« Isabel schloss ihre Hand um den Umhang ihrer Großmutter.

Onkel Maurice lächelte und zwinkerte ihr zu, ehe er sich erhob. »Mutter, ich bitte dich«, wandte er sich wieder an Nesta, »hab ein Auge auf Alice. Sie sagt es nicht, aber sie hat große Angst. Ich will nicht, dass sie sich aufregt.«

Ihre Großmutter lachte leise auf. »Ich werde mich schon um deine Gemahlin kümmern, mein Sohn«, sagte sie spöttisch und tätschelte Maurice die Schulter. Der schüttelte den Kopf und wandte sich ab, als ein weiterer Reiter durchs Torhaus hereinpreschte.

»Wie sollte es auch anders sein!«, erklang dessen donnernde Stimme, die Isabel zusammenzucken ließ. Sie erkannte sie sofort. »Der Earl of Pembroke legt einen Brand, und wir dürfen ihn löschen, jetzt, da er wieder in England weilt!«

»William!« Onkel Maurice ging auf den hünenhaften Reiter zu, der sich gerade aus dem Sattel schwang und den Helm abnahm. Goldenes Haar kam darunter zum Vorschein, es war dicht und leicht gelockt, genau so wie Isabels. Ihr Vater war gekommen.

»Wo hast du deine Männer gelassen?«, wollte Onkel Maurice

von seinem Bruder wissen. »Du wirst doch wohl nicht allein in den Kampf ziehen?« Humor klang aus seiner Stimme, aber wie immer regte sich nichts im Gesicht des älteren.

»Meine Männer warten außerhalb des Dorfes und sind bereit zum Marsch. Ich habe von Anfang an gesagt, dass es eine Dummheit war, die Waliser derart zu reizen. Aber der Earl musste ja aus lauter Langeweile eine Kriegspause in England einlegen und hier Unfrieden stiften. Wir hatten die Waliser unter Kontrolle! Aber er greift sie im ganzen Land an, und um den Vergeltungsschlag dürfen wir uns jetzt kümmern!«

»Unter Kontrolle ist gut gesagt«, warf einer der Männer des Sheriffs ein. »Seit in England Krieg herrscht, werden die Waliser immer frecher. Und nur weil Ihr und Eure Brüder mit den Walisern verwandt seid, Mylord de Carew, und sie deshalb einen Bogen um Euch machen, heißt das nicht, dass wir anderen nicht unter ihnen zu leiden haben. Es wurde Zeit, dass sich ihnen jemand entgegenstellt, und der Earl hat es getan. Seine Dienste werden nun wieder in England und diesem elenden Krieg gefordert, aber ich nehme wohl an, dass wir stark genug sind, die paar Rebellen auszumerzen.«

»Die paar Rebellen haben gerade Carmarthen Castle eingenommen und die gesamte Garnison abgeschlachtet«, ließ sich Onkel Maurice vernehmen. Seine Männer nickten und gaben zustimmende Laute von sich. »Auch heißt es, sie hätten Unterstützung aus Nordwales bei sich. Wie sonst hätte es ihnen gelingen sollen, in Carmarthen so schnell einen Erfolg zu erzielen? Wir sollten die Macht nicht unterschätzen, der wir entgegenziehen.« Onkel Maurice sah seinen Männern noch einmal in die Augen, dann hob er die Hand zum Aufbruch. Er war zwar ein jüngerer Sohn Großmutter Nestas, aber Llansteffan war seine Burg, und hier hatte er das Sagen.

Sofort kam wieder Bewegung unter all die Menschen – Klirren, Klappern, Wiehern, Bellen und Stampfen erfüllten den Hof, und schließlich preschten die Reiter in einem Regen aus fliegenden Erdklumpen aus dem Torhaus. Onkel Maurice nickte Isabel und ihrer Großmutter noch einmal zu, während sein älterer Bruder mit einem einfachen »Madame« an ihnen vorbeiritt. Keine Worte des Abschieds, kein Gruß, kein Lächeln.

Isabel fragte sich, ob ihr Vater sie überhaupt bemerkt hatte. Vielleicht hatte er aber auch schon ganz vergessen, dass sie existierte und dass er sie voriges Jahr zu ihrem Onkel geschickt hatte, wo es sicherer sein sollte. Ihre Mutter hielt sich zurzeit auf dem Familiengut in England auf, da sie Wales nur schwer ertragen konnte, während Isabels Brüder zum Ritter ausgebildet wurden. Ihre einzige Schwester war letztes Jahr verheiratet worden, und so war Isabel übrig geblieben. Ihre Mutter hatte sie nicht nach England mitnehmen wollen, und Isabel musste sich eingestehen, dass sie froh darüber war. Sie wollte nicht fort von Wales, egal wie gefährlich es hier auch sein mochte. In England war es doch auch nicht besser, nach allem, was sie von diesem schrecklichen Bürgerkrieg gehört hatte. Aber ihr Vater konnte sich nicht um sie kümmern. Er war der Kastellan von Pembroke Castle und somit für die Grafschaft des Earl of Pembroke verantwortlich. Solange der Earl sich in England aufhielt, oblag ihrem Vater die Verwaltung des Landes. Und in Carew, wo Isabel aufgewachsen war, hätte sie ohne weibliche Führung und ohne Familie auskommen müssen. Also hatte er sie zu seinem Bruder Maurice ins nahe Llansteffan geschickt, und Isabel war nie glücklicher gewesen.

»Komm, Isabel.« Ihre Großmutter ergriff ihre Hand und führte sie hastig entlang der Palisade zurück zum Tor. Dort gingen sie die Holztreppe zum Verteidigungsring hoch, von wo aus man die nördliche Seite des Landes überblicken konnte. Ein paar Männer der verbliebenen Garnison gesellten sich zu ihnen, und so sahen sie vom Wehrgang aus schweigend über die saftig grünen Hügel, die sich wie Maulwurfhaufen aus der

Erde hoben. Unweit der strohgedeckten Hütten, die sich um eine kleine Holzkirche versammelten, erkannte Isabel die Reiter. Sie waren winzig und kaum mehr als eine dunkle Wolke, die sich fortbewegte. Aber Isabel wusste, sie zogen in eine gefährliche Schlacht, und viele würden vielleicht nicht zurückkommen.

Von der steil abfallenden Küste ins sandige Ästuar folgte sie mit ihrem Blick dem blauen Band des Towy. Sonnenstrahlen glitzerten auf der Oberfläche und brachten den fast weißen Strand zum Leuchten. Irgendwo dort in der Ferne warteten die Waliser, um Isabels Heim zu zerstören – jene Männer, die Gegenstand so vieler Geschichten und Sagen waren. Sie waren die Helden in den Erzählungen ihrer Großmutter, und sie wurden verflucht in den Gesprächen der Männer in den Hallen. Sie warteten darauf, sich zurückzunehmen, was Isabels Vorfahren ihnen gestohlen hatten. Isabel gehörte nicht hierher, es war nicht ihr Land, sondern das der Rebellen. Um das zu wissen, musste sie nicht erwachsen sein. Denn auch in ihr floss ein Tropfen Waliserblut – Rebellenblut. Sie war nicht nur Normannin. Zwar war sie unter dem Volk der Eroberer aufgewachsen und normannisch erzogen worden, aber das Blut ihrer Großmutter war stark in ihr – denn Nesta war eine walisische Prinzessin gewesen. Sie hatte die walisische Lebensweise gekannt, war eine Keltin von nobelstem und ältestem Blute. Ihr Zuhause waren die Hallen des Königs von Südwales gewesen; vor ihrem Vater hatten die mächtigsten Männer das Knie gebeugt, ehe die Normannen gekommen waren, um alles zu zerstören und sie als Gefangene mitzunehmen. Nesta war in eine Ehe mit einem Normannen gezwungen worden und hatte damit eine normannische Linie gegründet, aber Isabel fühlte sich nicht nur normannisch. Sie spürte eine Verbindung zu diesem weiten Land, das sich vor ihr erstreckte, und zu seinem Volk. Sie fürchtete sich vor den walisischen Kriegern, die ihrem Onkel und ihrem Vater entgegenzogen, vor allem, da die Rebellen sie bisher immer in Frieden gelassen hatten und diese Bedrohung neu für sie war. Gleichzeitig aber hatte sie schon zu viele Geschichten ihrer Großmutter gehört, um nicht Mitgefühl mit ihnen zu empfinden. Manchmal des Nachts lag sie wach auf ihrem Lager und sah all die Heldensagen bildhaft vor sich: die Wikinger aus Irland, die in die Halle ihres walisischen Urgroßvaters schritten, um ihn im Kampf zu unterstützen. Die spektakuläre Flucht des verstorbenen Fürsten von Gwynedd aus normannischer Gefangenschaft. Die berüchtigte Entführung ihrer Großmutter, von der sie nie sprach und von der Isabel nur aus anderen Mündern gehört hatte. Egal in welcher Geschichte, Isabels Herz schlug stets mit den Walisern, auch wenn diese gerade im Begriff waren, ihre Familie anzugreifen. Ihr wäre es lieber, die Kunde von Krieg wäre tatsächlich nichts als eine Geschichte und sie eine Prinzessin in der Sicherheit ihres Turms – eine walisische Prinzessin, so wie ihre Großmutter es einst gewesen war. Denn nun, da tatsächlich bewaffnete Männer auf ihr Heim zumarschierten, erschien ihr die Vorstellung von Kampf und Krieg weit weniger romantisch und abenteuerlich.

»Du bist zu jung, um dir über Politik den Kopf zu zerbrechen, Kind.«

Überrascht blickte Isabel hoch ins Antlitz ihrer Großmutter. Manchmal überkam sie der Verdacht, die alte Dame könne Gedanken lesen. Vielleicht waren ihr ihre Grübeleien aber auch allzu deutlich im Gesicht abzulesen. Es fiel ihr schwer zu begreifen, dass die Rebellen so plötzlich zu einer unmittelbaren Gefahr geworden waren. Natürlich hatte sie immer mit dem Wissen gelebt, dass dort draußen gekämpft wurde und die Waliser ihr Land zurückzuerobern versuchten, aber in all der Zeit waren sie nie so nahe gekommen. Denn der Gefolgsmann des Sheriffs hatte recht: Ihre Familie war durch ihre Großmutter mit den walisischen Rebellen verwandt, sie alle hatten das Blut des Fürsten von Südwales in sich, und die Waliser hatten dies respektiert. Ihre Großmutter hatte immer betont, dass die Rebellenführer das Recht ihrer Familie, über diese Landstriche zu herrschen, anerkannten. Und was vielleicht noch wichtiger war: Ihre Familie hielt zusammen. Ihr Vater und drei ihrer Onkel waren mächtige Lords in dieser Gegend, genauso der Ehemann ihrer Tante, und einer ihrer Onkel war ein hoher Kirchenmann. Wenn einer angegriffen wurde, eilten die anderen zu Hilfe, und man stellte sich nicht leichtfertig gegen diese Macht. Was hatte sich also verändert? War es wirklich die Schuld des Earl of Pembroke, der verlorenes Land zurückzugewinnen versucht und die Waliser an die Grenzen ihrer Geduld getrieben hatte? War der Zorn der Waliser bereits so groß? Oder war es die Unterstützung aus dem Norden, von der ihr Onkel gesprochen hatte? Waren die ständig verfeindeten Stämme und Fürstentümer zu einer Einigung gekommen, um die normannischen Eroberer endgültig aus ihrem Land zu jagen?

Sie wollte ihre Großmutter nach den Antworten fragen, ihr versichern, dass sie alt genug war, aber ehe sie etwas sagen konnte, fuhr die Dame schon fort: »Es ist dir deutlich anzusehen, wie angestrengt du nachdenkst, Isabel. Du kriegst ja schon Falten auf der Stirn, und du kaust dir gleich deine Lippe wund.« Sie strich ihr übers Haar und wies zu der Linie, wo die grünen Hügel mit dem bewölkten Himmel verschmolzen. Dahinter waren die Reiter von Llansteffan verschwunden. »Wäre es nur Angst, die ich in deinen Augen lesen könnte, wäre ich weniger besorgt, doch es sind auch Neugierde und Zweifel – ich kenne diese Gefühle nur allzu gut. Mein ganzes Leben fragte ich mich, auf welche Seite ich gehöre, aber lass dir gesagt sein, Kind: Die Welt ist nicht immer schwarz und weiß. Es gibt auf der einen wie auf der anderen Seite gute und schlechte Menschen. Versuche, nicht immer nur in die Ferne zu blicken, sondern nimm auch wahr, was sich direkt vor dir befindet.«

Isabel verschränkte die Arme vor der Brust. »Aber du bist auf der Seite der Waliser geboren und hast dich dann für die Normannen entschieden.«

Ihre Großmutter öffnete den Mund zu einer Erwiderung, sah sie dann aber nur mit gerunzelter Stirn an. Schließlich wandte sie sich seufzend ab und ging die Treppe zurück in den Hof hinunter. Isabel folgte ihr, denn sie hatte ihrem Onkel versprochen, auf ihre Großmutter aufzupassen. Und sie gedachte nicht, dieses Versprechen zu brechen.

Die Stimme ihrer Großmutter drang in ihre Träume, und als Isabel die Augen öffnete, begriff sie, dass sie während der Erzählungen eingeschlafen war. Sie lag im Bett ihrer Großmutter, denn sie hatte sich geweigert, zu den anderen Frauen zu gehen. Onkel Maurices Gemahlin Alice und die übrigen Damen von Llansteffan kauerten alle zusammen mit ihren Kindern in einem Gemach über der Halle und warteten auf die Rückkehr des Burgherrn, doch ihre Großmutter hatte darüber nur den Kopf geschüttelt. Es hatte keinen Sinn, sich über ungelegte Eier Sorgen zu machen, und so bevorzugte sie die Ruhe, die ihrem Alter zustand. Und Isabel war lieber in Gegenwart der unerschütterlichen Dame als unter all den wimmernden und verängstigten Frauen.

Jetzt aber drangen sonderbare Geräusche an ihre Ohren. Rufe, sich ständig wiederholendes Klirren und dumpfer Donner. Waren die Männer zurück?

»Isabel!« Ihre Großmutter legte beide Hände auf Isabels Wangen und fing ihren unsteten Blick ein. »Wach auf, Isabel. Sieh mich an. Du musst mir jetzt ganz genau zuhören und ruhig bleiben! So wie Gwenllian, von der ich dir vorhin erzählt habe. Tapfer und ruhig.«

Angst schnürte Isabels Kehle zu. Gwenllian aus der Geschichte war ihrem Feind auf dem Schlachtfeld gegenübergetreten und dann hingerichtet worden. Mussten sie etwa alle sterben?

Plötzlich hörte sie Stimmen aus der benachbarten Kammer. Die Burg erwachte, und Lady Alice sagte irgendetwas in drängendem Tonfall im Gang draußen.

»Du bist ein gutes Kind«, sagte ihre Großmutter und sah ihr liebevoll in die Augen. »Hör jetzt aufmerksam zu: Die Burg wird angegriffen, und jeden Moment werden fremde Männer hier hochkommen.«

Ein Zittern überlief ihren Körper, und sie konnte ihre Großmutter nur aus großen Augen anstarren, die drängend fortfuhr: »Niemand wird dir etwas antun. Dafür werde ich sorgen. Du bleibst einfach still und versuchst, nicht die Aufmerksamkeit der Männer zu erregen, verstehst du mich? Du bleibst ein Schatten, Kind.«

Isabel brachte nur ein schwaches Nicken zustande. Die Rebellen waren hier! Sie waren wirklich hier, und bestimmt war ihnen ganz egal, dass Isabel sie nicht als Feinde betrachtete.

Plötzlich schwang die Tür auf, und Isabel schrie auf. Gemeinsam mit ihrer Großmutter fuhr sie herum, doch es war nur Lady Alice, die hereineilte. Mit einem Umhang über dem Nachthemd und der Schlafhaube auf dem Kopf sah sie aus wie ein Geist. Ihr schwarzes Haar hatte sich zum Teil aus dem Zopf gelöst und fiel ihr über die Brust zum Bauch hinab. Lampenschein ergoss sich ins Gemach.

»Nesta«, sagte die Burgherrin zu ihrer Schwiegermutter, und purer Schrecken stand in ihren Augen. »Maurice, er …«

Nesta erhob sich aus dem Bett und schritt auf Lady Alice zu. »Es ist nicht gesagt, dass ihm etwas geschehen ist.« Sie legte ihre Hände auf die Schultern der kleingewachsenen Frau. »Noch ist es zu früh zum Trauern. Jetzt ist die Zeit, um ans eigene Überleben zu denken, hast du mich verstanden, Alice? Ich möchte, dass du zu den anderen Frauen und den Kindern in die Kammer gehst. Verriegle sie nicht und …«

»Nicht verriegeln?« Lady Alice zitterte am ganzen Leib, das

konnte Isabel deutlich erkennen, als sie näher an die beiden herantrat. »Aber wir können doch nicht …«

»Sie kommen so oder so hinein, Alice. Es ist besser, wir geben den Männern nichts, was sie unnötig provoziert. Jetzt geh in die Kammer, sag den anderen, dass sie ruhig bleiben sollen. Wer auch immer da draußen ist – ich werde mit ihnen reden.«

»Reden? Aber Nesta, das sind Barbaren …« Lady Alices Kopf fuhr herum. Stimmen erklangen in der Halle unter ihnen, schnelle Schritte bewegten sich zur Treppe.

»Geh jetzt.« Nesta schob ihre Schwiegertochter von sich und in den Flur hinaus. »Geh zu den anderen, und um der Liebe Gottes willen, reg dich in deinem Zustand nicht auf. Maurice erwartet, zu einer gesunden Frau und seinem ungeborenen Kind zurückzukehren. Bring mich nicht in Schwierigkeiten.«

Lady Alice starrte ihre Schwiegermutter an, doch sie schien am entschlossenen Ausdruck der alten Dame zu erkennen, dass Widerworte vergebens waren. Schließlich war Nesta nicht für ihre Nachgiebigkeit bekannt. Auch hatte sie schon mehrere solche Überfälle überlebt und wusste bestimmt, was zu tun war.

Ein Schrei, so qualvoll, wie ihn Isabel noch nie zuvor gehört hatte, zerriss die Stille, und sie zuckte zusammen. Erst dachte sie, es wäre ein Tier gewesen, aber als ein weiterer folgte und das Klirren von Waffen immer näher kam, wusste sie, es waren Menschen, die starben. Das Poltern im Treppenhaus klang, als wären die Kämpfe nur noch wenige Schritte entfernt, und Isabel konnte vor Angst kaum noch atmen.

»Komm, mein Kind, schnell.« Lady Alice streckte ihre Hand nach Isabel aus, um sie mit in die Kammer zu nehmen, doch Isabel ergriff Nestas Arm und beschied bestimmt: »Ich bleibe bei Großmutter.«

Lady Alice schüttelte den Kopf und trat zurück in den Raum, doch Nesta hielt sie auf. »Geh zu den anderen«, sagte sie sanft. »Isabel wird nichts geschehen. Sie ist bei mir sicher.«

Den Blick, den Lady Alice und ihre Großmutter tauschten, wusste Isabel nicht zu deuten, doch er war beunruhigend. Nicht so sehr jedoch wie die plötzliche Stille im Treppenhaus, die nur durch die Stimmen in der Halle unter ihnen an Vollkommenheit verlor. Im nächsten Moment erklang ein Rumpeln und Poltern, als fiele etwas Schweres die Stufen hinunter, und dann kamen die kräftigen Schritte zurück, nahmen die letzten Biegungen der Wendeltreppe. Lady Alice lief aus der Kammer und schloss die Tür des Frauengemachs hinter sich, woraufhin Nesta in den Gang hinaustrat. Sie drückte Isabels Hand und atmete tief durch.

»Keine Angst, Isabel. Schon morgen wird dieser Augenblick Geschichte sein. Du wirst mit einem Becher Ziegenmilch am Feuer sitzen und deinem Vater von deiner Tapferkeit erzählen.«

Fackelschein fiel in den finsteren Gang, breitete sich darin aus und griff nach ihnen. Isabel kniff ein wenig die Augen zusammen, da sie geblendet wurde, doch sie erkannte die Silhouetten bewaffneter Männer, die sich mit wachsamen Schritten auf sie zubewegten. Unbewusst hob sie ihre Hand, um die Schleuder aus ihrem Haar zu nehmen, doch ihre Großmutter hatte sie ihr ja weggenommen. Sie wäre ohnehin nutzlos gewesen, da sie keine Steine hatte, aber trotzdem hätte sie sich mit der Waffe in der Hand etwas sicherer gefühlt.

»Da ist jemand«, hörte sie einen von ihnen in der walisischen Sprache sagen, und als sie näher kamen, bemerkte Isabel, dass es gut eine Handvoll war, die sich in den engen Raum vor dem Treppenhaus drängte. Vom Hof und der Halle her vernahm sie aber viele mehr.

Ihre Großmutter seufzte erleichtert neben ihr auf und schien einen Moment lang zu wanken. »Cadell«, stieß sie aus und bekreuzigte sich.

Verwirrt sah Isabel zu ihrer Großmutter hoch, Erleichterung war das Letzte, was sie jetzt empfand, aber da löste sich einer der

Männer aus der Gruppe, ließ sein Schwert sinken und übergab die Fackel nach hinten. Seine mächtige Gestalt schien die gesamte Breite des Raums einzunehmen, ehe er vor ihnen stehen blieb und auf sie hinabsah. Ein prachtvoller, pelzgefütterter Umhang zierte seine Schultern.

»Tante.« Seine Stimme klang kühl, aber Isabel meinte, einen Hauch von einem Lächeln unter dem dunklen Bart zucken zu sehen, der vom Fackelschein rötlich beleuchtet wurde. »Ich hätte nicht erwartet, dich hier zu sehen. Die Umstände dieses Treffens bedaure ich.«

»Meine Söhne?«

»Sind am Leben.«

Ihre Großmutter verstärkte den Griff um Isabels Hand und schloss einen Moment lang die Augen.

»Sind noch Männer hier oben?«, fragte Cadell, doch ihre Großmutter schüttelte den Kopf. »Frauen und Kinder«, antwortete sie, woraufhin Cadell nickte.

Isabel sah mit angehaltenem Atem zwischen den beiden hin und her. Sie verstand die walisische Sprache gut, denn ihre Großmutter hatte sie ihr beigebracht. Auch gab es ein paar walisische Kinder im Dorf, mit denen sie gespielt hatte. Dieser Mann hatte ihre Großmutter als *Tante* angesprochen, und somit konnte es sich bei ihm nur um den Fürsten von Südwales handeln. Er war der Anführer der Rebellen, jener Mann, dessen Name stets mit einem Fluch oder mit deutlicher Besorgnis ausgesprochen wurde. Seine Überfälle und immer erfolgreicheren Angriffe auf normannische Burgen machten ihn zum größten Feind in Südwales. Sein Ziel war es, das Fürstentum seiner Vorväter zurückzuerobern – ein Land, über das Nestas Vater einst geherrscht hatte und für das ihr Bruder im Kampf gestorben war. Denn während ihre Großmutter nach dem Tod ihres Vaters durch eine Ehe auf normannische Seite gezwungen worden war, hatte ihr Bruder sein Erbe angetreten und stets für die walisische

Seite gekämpft. Jetzt war er tot, doch seine Söhne waren walisische Streiter geblieben. Isabel wurde klar, dass sie einem von ihnen gegenüberstand. Cadell war ihr Feind, doch er war vom selben Blut. Isabel wusste nicht, was sie denken sollte. Über die Rebellen zu sprechen und von ihnen zu hören war etwas anderes, als ihnen gegenüberzustehen.

»Wo sind meine Söhne?«, wollte ihre Großmutter wissen, ihre Stimme zitterte, was für Isabel ungewohnt zu hören war.

Cadell zuckte mit den Schultern. »Ich nehme an, auf dem Weg nach Pembroke, um Verstärkung zu holen. Ich habe ihre Armee geschlagen, sie haben nichts mehr, was sie mir entgegensetzen könnten.«

»Wenn du das nur sagst, um mich zu beruhigen, ich schwöre, dann …«

Cadell sah Nesta einen Moment lang stumm an, sein Gesicht lag im Schatten, aber Isabel sah das Funkeln seiner Augen. »Du hast mein Wort, ich ließ sie gehen.«

Ein schweres Seufzen entrang sich ihrer Großmutter, dann bekreuzigte sie sich erneut. »Dem Herrn sei gedankt.«

»Du solltest weniger dem Herrn als mir dafür danken, Tante.« Cadell verschränkte die Arme vor der Brust. »Nicht jeder meiner Männer hätte sie verschont, und Familienbande erreichen Grenzen, wenn mein Land brennt.«

»Ich bin dir von Herzen dankbar, Cadell. In diesem Krieg geraten Ehre und Gnade beinahe schon in Vergessenheit.«

»Mit Ehre und Gnade werden auch keine Kriege gewonnen«, erklang plötzlich eine noch sehr jung klingende Stimme von den wartenden Männern. Cadell atmete hörbar aus. »Tante, du erinnerst dich an meine Brüder?« Er wies nach hinten zu den Männern, von denen sich zwei Gestalten lösten. Das Fackellicht kam näher, und nun bemerkte Isabel zum ersten Mal das Blut, das wie Sommersprossen die Gesichter der Fremden bedeckte. Eine brennende Übelkeit stieg in ihr hoch. Ihre Vorstellungsgabe war schon immer Fluch und Segen zugleich gewesen. Fast schon meinte sie, die Menschen vor sich zu sehen, denen dieses Blut einst Leben geschenkt hatte. Sie waren Teil der Garnison gewesen, Isabel hatte sie gekannt.

»Maredudd und Rhys.« Der zärtliche Ton ihrer Großmutter riss sie aus ihren Gedanken. Nesta ging auf die beiden jungen Männer zu, und da Isabel ihre Hand nicht losließ, musste sie mitgehen. Aus der Nähe erkannte sie, dass die beiden Hinzugekommenen erstaunlich jung waren. Der eine hatte einen dunklen Flaum über der Oberlippe, seine Gesichtszüge aber waren weich und jungenhaft. Isabel schätzte ihn auf fünfzehn oder sechzehn Jahre. Der andere war sogar noch jünger. Trotzdem waren auch ihre Gesichter von Blutspritzern übersät.

»Tante.« Die beiden klangen sehr viel abweisender als Cadell vorhin. Die Augen dieser Jungen und auch die der anderen Männer wirkten feindselig.

»Ich bedaure, euch hier im Kampf zu sehen.« Großmutter Nesta sah die beiden Jungen mit einem leisen Kopfschütteln an. »Einst hielt ich euch genauso wie eure Brüder im Arm und sang euch Lieder vor. Dieser Krieg fordert zu viel.«

»Unsere Brüder, ja?« Das Schnauben desselben Jungen, der vorhin gesprochen hatte, schlug ihnen entgegen. »Wir waren *sechs* Brüder«, sprach er weiter, und Isabel erkannte ihn als den jüngsten von ihnen. Ein Bursche, der kaum älter als dreizehn sein konnte. »Jetzt sind nur noch wir drei übrig. Zuerst habt ihr unsere Mutter und zwei unserer Brüder getötet, dann unseren Vater und dann noch einen weiteren Bruder. Du solltest an der britischen Sprache ersticken, da du sie in den Mund zu nehmen wagst, du freincische Hure!«

»Rhys!« Cadell fuhr zu seinem jüngsten Bruder herum, der beim Ansturm dieser massigen Gestalt im Fellumhang noch nicht einmal zuckte. »Wage es ja nie wieder, derart mit einer Tochter Deheubarths zu sprechen, hast du mich verstanden?

Tante Nesta mag unter den Freinc leben, doch war ihr Vater Rhys ap Tewdwr, genauso wie der unseres Vaters. Sie stammt von nobelstem britischem Blute ab, also hüte deine Zunge, wenn du noch nicht einmal weißt, wovon du sprichst! Ich muss dich wohl nicht daran erinnern, dass unser Bruder Anarawd nicht durch die Hand der Freinc fiel, sondern durch den Verräter aus Nordwales!«

»Der von den Freinc beauftragt war«, erwiderte der Junge voller Verachtung. »Sie alle hier sind Freinc, unsere Tante ist längst eine Freinc. Ich kann nicht verstehen, dass du ihre Söhne am Leben gelassen hast. Ich sage, wir töten sie alle!«

Cadells Halsmuskeln spannten sich deutlich an, und Isabel starrte aus großen Augen zu ihm hoch. Er wirkte bedrohlich, und doch hätte sie sich am liebsten unter seinem Umhang versteckt, nur damit er sie vor seinen rachsüchtigen Brüdern beschützte. »Maredudd«, wandte er sich an den Jungen mit dem Flaum, seine Stimme kaum mehr als ein Knurren. »Du und Rhys, geht nach unten, und sorgt dafür, dass die Rabauken aus Nordwales nichts Unüberlegtes tun. Jetzt.«

»So wirst du unser Land niemals zurückgewinnen!«, rief Rhys, während sein Bruder ihn durch den Gang davonzerrte. »Deheubarth ist verloren, wenn du keine Stärke zeigst! Das Blut unserer Familie wurde umsonst vergossen!« Seine Stimme verhallte im Treppenhaus, und Isabel wagte erst jetzt, wieder richtig zu atmen.

»Sie sind zu jung für diesen Kampf«, sagte ihre Großmutter, die immer noch dahin blickte, wo die beiden Jungen verschwunden waren. Schließlich wandte sie sich an Cadell. »Was hast du nun mit uns vor?«

Cadell wies zur Treppe, wo noch zwei seiner Männer bereitstanden. »Wir geleiten euch sicher bis vor die Tore. Euch soll kein Leid geschehen, du hast mein Wort, Tante.« Er verneigte sich knapp, und mit dieser Geste fiel sein Blick zum ersten Mal auf Isabel. Sie erstarrte vor Schreck. Nicht, weil sie sich vor ihm fürchtete – nicht sehr zumindest. Doch der gerade Blick dieses Rebellenführers war einschüchternd. Jetzt war es zu spät, sich noch im Gemach der Frauen zu verstecken, und so sah sie so ungerührt wie möglich zu ihm auf.

Grüne Augen, ähnlich denen ihrer Großmutter, schimmerten in dem wettergegerbten Gesicht, das von einer etwas schiefen Nase, Narben an der Wange und schmalen Lippen bestimmt wurde. Schwarzes Haar fiel ihm in den Nacken. Es wirkte verfilzt, und einzelne Strähnen klebten von Schweiß und Blut zusammen, doch noch war kein Grau darin zu erkennen. Ein kurzgehaltener Bart zierte das Kinn und verlief deutlich üppiger auch über die Oberlippe.

»Maurices Tochter?«, wollte er wissen, ohne den Blick von ihr zu nehmen.

Nesta trat einen Schritt vor und verstellte Isabel die Sicht. »Williams«, erwiderte sie und sah ihrem Neffen ins Gesicht, der immer noch auf Isabel hinabblickte. Isabel spähte an ihrer Großmutter vorbei und erwiderte den Blick aus den grünen Augen.

»Du hast ihr deine Schönheit vermacht«, meinte er abwesend an Nesta gerichtet, die als schönste Frau von Wales und England gegolten hatte. Eine Schönheit, die ihr nur Probleme beschert hatte, wie sie stets betonte.

»Denk nicht einmal daran, Cadell«, sagte ihre Großmutter ruhig, aber doch eindringlich, wobei Isabel nicht verstand, was sie meinte.

Cadell hob nun zum ersten Mal den Blick und sah seiner Tante in die Augen. »Sie ist die Tochter deines Erstgeborenen. Sie wäre etwas für Rhys.«

Ein Schauer überzog ihre Haut. Allein die Erwähnung dieses hasserfüllten Jungen ließ sie frösteln.

Ihre Großmutter trat dicht vor den Fürsten hin und richtete sich zu ihrer vollen Größe auf. »Du wirst mich töten müssen, ehe ich zulasse, dass du sie mitnimmst. Lass sie hier, ich bitte dich,

Cadell. Wenn die Zeit reif ist, wird mein Sohn mit dir über eine Verbindung sprechen. Du brauchst keine Geisel.«

»Bis die Zeit reif ist, ist sie eine Freinc geworden. Bei uns kann sie eine Britin sein. Sie garantiert uns, dass mein Vetter die Füße stillhält.« Er ging vor ihr in die Hocke, und Isabel sah ihn trotzig an.

»Sprichst du meine Sprache?«, fragte er sanft, ohne sich um die Anspannung ihrer Großmutter zu kümmern.

Isabel nickte entschlossen, woraufhin sich Cadells Lippen zu einem Lächeln verzogen.

»Das ist gut. Mein Name ist Cadell ap Gruffydd. Ich bin der Vetter deines Vaters. Du siehst: Wir sind Familie. Du musst dich nicht fürchten.«

»Ich habe keine Angst«, sagte sie, woraufhin der Fürst die Augenbrauen hochzog. Er schien belustigt. »Ach nein?«

»Nein«, erwiderte Isabel knapp und versuchte, möglichst viel Überzeugung in das eine Wort zu legen. Dann fügte sie hinzu: »Gwenllian hatte auch keine Angst im Angesicht ihres Feindes.«

Cadell nahm einen ernsten Ausdruck an, aber Isabel bemerkte, dass der nur gespielt war, denn seine Augen funkelten immer noch freundlich. »Tatsächlich? Aber ich bin nicht dein Feind.«

Isabel sah an ihm vorbei, wo vorhin noch seine jungen Brüder gestanden hatten, und als Cadell über die Schulter zurückblickte, seufzte er. »Du musst wissen«, sagte er und atmete hörbar ein, »dieser vorlaute Junge und der andere kleine Hitzkopf, das sind meine Brüder. Gwenllian, von der dir bestimmt deine Großmutter erzählt hat, war ihre Mutter. Deshalb sind die beiden so zornig. Gwenllian war meine Stiefmutter, und es freut mich, dass du dir ein Beispiel an ihr nehmen willst. Leider verloren wir sie unter wenig erfreulichen Umständen.«

Isabel hielt den Atem an. Erst jetzt kam ihr der Vergleich mit Gwenllian ungeheuerlich und beleidigend vor, schließlich war Gwenllian im Kampf gegen die Normannen gestorben – im

Kampf gegen *ihr* Volk. Cadell musste sie für gedankenlos halten, da sie sich mit einer Heldin der Waliser verglich, doch er schien gar nicht böse.

»Verrätst du mir deinen Namen?«

Seine Freundlichkeit verwirrte sie, und so brachte sie diesmal nur ein Flüstern hervor: »Isabel.«

Der Fürst reichte ihr seine Hand. »Es freut mich, dich kennenzulernen, Isabel.« Er sah ihr in die Augen, und Isabel löste langsam ihre Finger vom Leinen des Nachthemds. Sie streckte ihren Arm aus, um seine Hand zu ergreifen, als ihre Großmutter sie zur Seite drängte.

Cadell sah ihrer Großmutter in die Augen und blickte schließlich noch einmal auf Isabel hinab. Dann nickte er.

»Lauf Isabel, und hol die anderen Kinder und Damen, sei so gut, ja?« Er wandte sich an ihre Großmutter. »Die Männer sind im Siegesrausch, und wir haben Unterstützung aus Nordwales bei uns, die vielleicht nicht so freundlich ist. Haltet euch an meiner Seite, dann geschieht euch nichts. Wir bringen euch bis vor die Tore. Llansteffan ist jetzt unser.«

Flankiert von Cadell und seinen Brüdern drängte Isabel gemeinsam mit den anderen Kindern und Frauen in die fackelbeschienene Nacht hinaus. Sie fühlte sich wie ein Schaf in der Herde, das vorwärtsgetrieben wurde. Überall waren Männer, bewaffnet mit Schwertern, Speeren und Äxten, über deren Gesichter flackernder Feuerschein tanzte. Den ersten Toten sah Isabel auf der Außentreppe zum Hof hinab. Er lag auf dem Bauch, und sein Gesicht war nicht zu erkennen, so konnte Isabel nicht mit Sicherheit sagen, wer er war. Doch sie wusste, sie hatte ihn gekannt, denn auf Llansteffan waren ihr alle vertraut gewesen. Wohin Isabel auch blickte, überall lagen reglose Körper. Ihre Großmutter versuchte, ihr die Hand vor die Augen zu halten, doch Isabel zog den Kopf weg. Entsetzt nahm sie die schemenhaften Gestalten zwischen den Toten wahr, die alles Nützliche an sich nahmen, das sich finden ließ. Niemand von der Garnison hatte überlebt.

Sie sah die fremden Männer bei ihren Plünderungen und bemerkte auch die Blicke, die sie ihr und den anderen Frauen zuwarfen. Diese Männer hatten nichts mit den ihr wohlbekannten Rittern gemein. Ihnen fehlte die prächtige Aufmachung und Erhabenheit, eine Stärke, die etwas Hoheitsvolles und nichts Barbarisches an sich hatte. An die einfachen Fußsoldaten ihres Vaters und Onkels erinnerten die Fremden aber auch nicht. Denn jenes Fußvolk bestand fast nur aus Bauern, die mit Knüppeln und Werkzeug bewaffnet in den Krieg zogen und einen eher verzweifelten Anblick boten. Nein, diese Männer hier waren durchaus erfahrene Krieger wie die Ritter, nur trug kaum einer von ihnen eine Rüstung, was sie nicht weniger bedrohlich wirken ließ. Sie waren stämmig, rau und wild, ihre tiefen Stimmen klangen in der walisischen Sprache über den Platz. Sie befanden sich direkt vor ihr, als wäre sie in eine walisische Kriegsgeschichte ihrer Großmutter gefallen, aber Isabel spürte keine Zugehörigkeit und kein Vertrauen – nur Angst, Wut und Trauer.

»Bleibt zusammen.« Cadell setzte sich an die Spitze, und in Zweierreihen stolperten sie die steile Treppe des aufgeschütteten Burghügels hinab in den unteren Hof, wo noch mehr Tote lagen und noch mehr grobe Gestalten ihr Unwesen trieben.

»Lass uns wenigstens eine Magd!«, rief einer der Männer mit einem sonderbar klingenden Dialekt auf Walisisch und deutete zur verschreckten Gruppe Frauen. Cadell setzte zu einer Antwort an, doch es war sein Bruder Maredudd, jener Junge mit dem Flaum, der sich von der Gruppe löste und mit erhobenem Schwert zwei schnelle Schritte auf den Sprecher zuging. »Halt's Maul, du dreckiger Bastard! Komm etwas näher an die Frauen ran, und du wirst dir wünschen, deine Berge im Norden nie verlassen zu haben!«

»Willst du mir etwa drohen?« Der Fremde nahm seine langstielige Axt mit beiden Händen und kam breitbeinig auf ihn zu. »Komm noch mal zu mir, Bürschchen, wenn du ausgewachsen bist, Kinder bringe ich nicht gerne um.«

»Dafür ich umso lieber ausgewachsene Dreckschweine wie dich!« Maredudd hob sein Schwert, als wolle er jeden Moment einen Streich führen. Erstaunlicherweise wirkte er dabei keineswegs tollpatschig oder kindlich, sondern eher, als hätte er nie etwas anderes gemacht; jede Bewegung schien bedacht und sicher.

Bang sah Isabel zu den Streitenden hinüber und fragte sich, ob die Angreifer sich jetzt gegenseitig umbringen würden, doch dann trat ein junger Mann mit hellem, in der Dunkelheit fast weiß scheinendem Haar zwischen die beiden.

»Lass ihn, Gildas«, wandte er sich an den Mann mit der Axt, »sieh lieber nach, ob dir die Stiefel von dem Verreckten da drüben passen, bevor ein anderer sie nimmt. Cadell, pfeif deinen Bruder zurück, bevor er sich mit dem spitzen Ding in seiner Hand noch wehtut.«

Der junge Maredudd stieß geräuschvoll den Atem aus, er hätte nicht beleidigter klingen können, doch Cadell warf ihm einen warnenden Blick zu, und so ließ er sein Schwert sinken. An seiner Seite hielt sich jetzt auch Rhys, jener hasserfüllte Junge, der im Turm ihre Großmutter beleidigt hatte, doch ehe er die brenzlige Situation noch einmal anfachen konnte, zog Maredudd ihn zurück in die Reihe.

Cadell beobachtete seine Brüder noch einen Moment lang mit deutlicher Wachsamkeit, dann bedeutete er den Frauen weiterzugehen und wandte sich an den hellhaarigen Mann, der sich mit verschränkten Armen gegen den offenstehenden Torflügel lehnte: »Halte auch du deine Männer unter Kontrolle, Hywel. Sie sollen von denen nehmen, die sie selbst getötet haben, aber alles andere bleibt unangetastet, verstehst du mich?«

Der Hellhaarige grunzte belustigt. »Zuerst holst du mich zu Hilfe, und dann willst du nichts abgeben?«

»Du hast dich selbst eingeladen, und du bist mir genauso wie deine Krieger willkommen. Aber halte Ordnung in deinen Reihen. Ich werde keine dieser Frauen entehrt sehen. Die hier sind von meinem Blut, und wenn einer deiner Männer auf die Idee kommen sollte, ihnen nachzustellen, schneide ich ihm persönlich die Eier ab.«

»Ganz wie du willst, reg dich nicht auf.« Der Hellhaarige hob ergeben die Hände und stieß sich vom Tor ab. Er wollte sich gerade abwenden, als ein Sausen durch die Luft klang, und im nächsten Moment brach der Mann neben ihm mit einem Stöhnen zusammen.

»Was zur Hölle!«, rief er aus, und auch Cadell hielt inne. Er bedeutete den Frauen stehen zu bleiben, und sofort war Isabel von verängstigtem Wimmern umgeben.

»Bleib dicht bei mir«, flüsterte ihre Großmutter und packte mit festem Griff ihren Arm, aber Isabel lehnte sich dagegen und stellte sich auf die Zehenspitzen, um etwas zu erkennen. Nur am Rande hörte sie, wie ihre Großmutter auch die anderen zu beruhigen versuchte, als sie ihre Konzentration auf die Vorgänge beim Tor lenkte.

Der Hellhaarige hatte sich an Cadells Seite gesellt und stand nun ebenso vor den Frauen, während Cadells Brüder Maredudd und Rhys mit ein paar weiteren Männern die Flanken ihrer kleinen Gruppe hielten. Um sie herum wurde immer noch geplündert und gelacht, und kaum jemand bemerkte die dunkle Gestalt, die sich jetzt im offenstehenden Tor abzeichnete. Sie war breit, untersetzt und humpelte auf die Gruppe Waliser zu, einen Arm in weitem Bogen neben sich schwingend.

»Lasst die Frauen gehen!«, rief der Mann in der walisischen Sprache, und da erkannte Isabel ihn. Es war Bran, der Rinderhirte!

»Wer bist du?«, rief Cadell zurück, doch als Antwort brach Gildas, der Mann mit der Axt, zusammen. Er war gerade auf seinen Herrn zugegangen, und jetzt lag er reglos auf dem Boden.

»Ich schlage jedem von euch den Schädel ein, einem nach dem anderen, wenn ihr nicht sofort die Frauen freilasst!«

Cadell hob beschwichtigend die Hand, und Isabel versuchte, sich loszureißen, aber ihre Großmutter hielt sie zu fest. Auch Lady Alice redete auf sie ein, sie solle sich beruhigen, aber Isabel hörte nicht zu. »Lasst mich!«, rief sie und wand sich hin und her. »Es ist nur Bran, er weiß nicht, dass sie uns nichts tun wollen, ihr müsst es ihm erklären, er …«

Ein gemeinsamer Aufschrei der Frauen ließ sie erstarren. Der Laut ging ihr durch und durch, und die Hand ihrer Großmutter sank kraftlos von ihrer Schulter.

Eiskalte Angst strömte durch ihre Adern, als sie sich etwas zur Seite schob und zum Tor nach vorne blickte. Sie sah den Hellhaarigen vor Bran stehen. Er machte eine abrupte Armbewegung zurück, und erst da erkannte Isabel den Speer, den er aus dem Leib des Hirten zog. Bran fiel in sich zusammen, und Isabel schrie auf, so gellend, dass sie sich selbst nicht wiedererkannte. »Nein!« Ihr Kopf war leer, tiefer Schmerz füllte ihre Brust, und ihre Beine bewegten sich wie von selbst. Sie stürmte los, drängte sich grob mit den Ellbogen zwischen den Frauen hindurch, erreichte die freie Fläche zum Tor, als jemand ihre Schulter packte.

Isabel fuhr herum und starrte in das Gesicht des Jungen mit dem Flaum. »Lass mich los!« Sie holte aus, schloss den Daumen in die Faust, so wie Bran es ihr gezeigt hatte, und schlug Maredudd mit aller Kraft gegen sein Kinn. Seine Hand fiel augenblicklich von ihr ab.

Tränen verschleierten ihre Sicht, als sie einen Haken um Cadell schlug und neben Bran auf den von Blut matschigen Boden fiel.

Sein Gesicht lag im Schlamm, und Isabel versuchte mit aller

Kraft, den schweren Körper umzudrehen. »Wieso habt ihr das getan?«, schrie sie, auch wenn sie von niemandem eine Antwort erwartete. »Er war doch nur der Hirte, er wollte uns nur beschützen!«

»Das war nicht notwendig«, hörte sie Cadells zornige Stimme.

»Er hat einen meiner Männer getötet und den anderen verwundet!«, kam die Antwort, und Isabels Kopf fuhr hoch. Sie starrte in das Gesicht des Hellhaarigen und spürte brennenden Hass in sich hochlodern. Mit einem wilden Schrei sprang sie auf und stürzte sich auf ihn, doch Cadell schnappte sie um die Taille und hielt sie fest. Im nächsten Moment war auch schon ihre Großmutter bei ihr; ihre ruhige Stimme drang nur undeutlich zu ihr hindurch.

»Geht jetzt, geht endlich.« Cadell und seine Brüder schoben die Frauen zum Tor, und ihre Großmutter zog Isabel mit sich.

Sie wandte sich noch einmal um. Hasserfüllt sagte sie: »Er war Waliser wie ihr. Ihr seid nichts weiter als Mörder.«

Die aufgeregten Frauen schoben sie sogleich weiter, und beinahe wäre Isabel über Brans ausgestrecktes Bein gestolpert. Doch der feste Griff ihrer Großmutter hielt sie aufrecht. Isabel nutzte den Moment aber und hob das im Schlamm liegende Lederband auf, das Bran stets um die Stirn gebunden hatte. Es war abgenutzt und glatt, und Isabel konnte beim Gedanken, dass er es nie wieder selbst in Händen halten würde, kaum noch atmen. »Stürmische Isabel« hatte er sie immer gerufen, wenn sie zu ihm auf die Weiden gelaufen war und dabei die Rinder aufgeschreckt hatte. Einmal hatte sie sogar eine seiner Kühe mit einem Stein erwischt, obwohl sie in eine ganz andere Richtung gezielt hatte, doch Bran hatte sie nur seinen Goldengel genannt und war gar nicht böse geworden. Nie zuvor hatte sie ihn auf Menschen schießen gesehen, doch jetzt hatte er sie beschützen wollen. Nun war er tot.

Die Dunkelheit des Torhauses schloss sie ein, doch während ihre Großmutter weiterhin ihren Arm hielt und sie weiterzerrte, tastete Isabel mit der Hand über den Boden durch Blut, Pferdedung und aufgeweichte Erde. Dann ertastete sie einen Stein.

Mit rasendem Herzschlag richtete sie sich auf. Dies war keine Geschichte mehr, hier gab es keine Helden und Bösewichte. Die Waliser waren nicht mehr nur die schillernden Freiheitskämpfer, denn es war so, wie ihre Großmutter gesagt hatte: Gute und böse Menschen gab es auf beiden Seiten, und auch wenn Cadell und seine Brüder für sie immer ein Teil der Familie sein würden, gab es unter den Walisern nun einen Mann, den sie verachtete.

Blind erfühlte sie die Verbreiterung in der Mitte der Schleuder, spürte die seitlichen Einschnitte, die sich um das Geschoss schließen würden, nahm die Enden der beiden Riemen in die Hand und fuhr herum. Ihre Bewegung kam so plötzlich und unerwartet, dass ihre Großmutter sie nicht halten konnte.

Isabel rannte zwischen den Frauen hindurch zurück aus dem Torhaus in den Hof, fixierte den Hellhaarigen, dessen kurzgeschnittener Schopf in der Dunkelheit herausleuchtete, holte aus und schleuderte das Geschoss in seine Richtung. Ein dumpfer Laut auf dem Dach des Stalls zeigte, wo ihr Stein gelandet war, und Lachen erfüllte den Hof.

»Netter Versuch, Kleine!« Der Hellhaarige applaudierte und verbeugte sich spöttisch. »In ein paar Jahren kann ich dich für meine Armee gebrauchen, ich verneige mich vor deinem Kampfgeist!«

»Isabel, komm!« Plötzlich war ihre Großmutter an ihrer Seite und versuchte, sie zurückzuziehen, doch Isabel stemmte sich gegen ihren Griff. »Wer ist er?«, fragte sie leise, mit einer Kälte, die sie selbst nicht an sich kannte und die sie frösteln ließ.

Ihre Großmutter zögerte einen Moment lang, dann drückte sie ihre Hand. »Hywel ap Owain Gwynedd. Der Sohn des Fürsten von Nordwales.«

»Hywel ap Owain.« Isabel starrte in das lächelnde Gesicht des Hellhaarigen und schloss ihre Hand fest um Brans Schleuder. »Den Namen werde ich nicht vergessen.« Sie würde üben, so wie Bran es ihr immer gesagt hatte, auch wenn er ihr jetzt nicht mehr die Hände auf die Schultern legen und ihren Oberkörper ausrichten konnte. Er würde nicht mehr ihren Arm und ihr Handgelenk umfassen und ihr die Bewegungen vorzeigen, aber sie konnte es trotzdem lernen. Sie hatte die Erinnerung, hörte immer noch seine Stimme, und sie würde gut genug werden, um ihren einzig wahren Freund von Llansteffan zu rächen.

## 5 Jahre später, Südwales, September 1151

Auf der anderen Seite des Flusses lag ein gefährliches Land. Rau und unbezähmbar, voller Mythen und Geheimnisse. Ein Land der Helden und Sagen, ein Land der Krieger und tapferen Amazonen. In dieses Land waren die Überlebenden Trojas geflohen, nachdem ihre Stadt von den Griechen niedergebrannt worden war. Auf der anderen Seite des Flusses lag ihre Heimat, und doch kehrte Isabel nach diesen fünf schrecklich langen Jahren im Kloster mit gemischten Gefühlen zurück.

Die Burg ihres Onkels, auf der sie solch eine friedvolle und verzauberte Zeit verbracht hatte, befand sich in der Hand der Waliser. Nach jener schicksalhaften Nacht hatten ihr Vater und Onkel versucht, sie mit einer Armee zurückzuerobern, doch sie waren gescheitert. Der sechzehnjährige Maredudd hatte die Burg gehalten, und so war Onkel Maurice nun ohne Besitz. Llansteffan war einfach fort, unerreichbar, und Isabel würde nie wieder dort am Flussufer spazieren. Die wenigen Überlebenden waren von Llansteffan auf die Burg ihres Vaters in Carew gezogen, nur Isabel hatte man einfach nach England geschickt.

Die Waliser, angeführt von den drei Fürstenbrüdern, setzten ihren Rückeroberungsfeldzug in Südwales fort, und Isabel hatte die Zeit der Unruhe im Kloster verbringen sollen. Doch jetzt kehrte sie heim, um das Abkommen ihres Vaters mit dem Sheriff von Pembroke zu erfüllen. Isabel sollte den Sheriff William Hayt heiraten, einen flämischen Lord, dessen Vater schon Sheriff gewesen war. Diese Ehe würde eine Verbindung zwischen ihrer Familie und den Flamen von Südwales schaffen und die Männer des Sheriffs für den Kampf sichern. Im Gegenzug verbanden sich die Flamen mit dem mächtigen Geraldine-Clan, wie ihre Familie überall genannt wurde. Es war ein unwillkommenes Abkommen, das Isabels Abenteuergeist und ihrer Freiheitsliebe im Weg stand. Sie wollte sich nicht in einen neuen Käfig sperren lassen, doch sie wusste, es war ihre Pflicht, und eigentlich war ihr alles lieber, als ihr Dasein in einem englischen Kloster zu fristen. Und wenn sie diesen Mann heiratete, könnte sie immerhin in Wales leben und wäre ihrer Familie nahe.

Tief atmete sie die Herbstluft ein und genoss den Geruch von nassem Laub, Erde und Pilzen. Es störte sie nicht, dass der Fluss einen Hauch von Unrat mit sich trug, der zweifelsohne von der flussaufwärts liegenden Stadt stammte, denn nach den endlosen Jahren im Kloster, konnte sie endlich wieder frei atmen. Sie kehrte zurück in die zauberhafte Welt ihrer Kindheit, auch wenn diese ihr vor Augen geführt hatte, dass nicht immer alles schwarz oder weiß war. Ein Land war nicht zweifelsohne besser als das andere, kein Volk fehlerlos. Es waren Menschen, die zählten, das hatte sie gelernt.

Trotzdem fühlte sie sich immer noch Wales und dem walisischen Volk verbunden, sie fühlte mit den Männern im Freiheitskampf, besonders mit denen ihrer Familie, mit Cadell und seinen Brüdern. Sie wusste, als gute Tochter und Normannin musste sie die Rebellen allesamt verachten und nicht nur den einen, der ihr einen wahren Freund genommen hatte, aber es gelang ihr nicht. Am liebsten wäre es ihr, wenn ihre Familie und die von Cadell in Frieden in Südwales leben könnten, nebeneinander als Nachbarn. Die Flusstäler waren nun ihrer aller Heimat, und sie alle liebten dieses Land – Isabel ganz besonders.

Gefährliches Wales – nachdem England sich seit nunmehr sechzehn Jahren im Bürgerkrieg befand und Isabel hinter Klostermauern die Rauchsäulen brennender Gehöfte beobachtet hatte, konnte sie nicht mehr verstehen, warum irgendjemand Wales als gefährlich bezeichnete. Es war nicht gefährlicher als anderswo. Zwar hatte die Äbtissin erzählt, dass in England mittlerweile keine Schlachten mehr stattfanden, doch immer noch herrschte Gesetzlosigkeit. Die meisten Waliser kämpften wenigstens für einen Zweck, während in England marodierende Soldaten ihr Unwesen trieben. Wie erleichtert Isabel war, England endlich zu entrinnen.

»Du brauchst gar nicht so zu grinsen«, erklang plötzlich die Stimme ihrer Mutter an ihrer Seite. Tiefe Furchen gruben sich in die blasse Haut um die Mundpartie, und Isabel wusste, dass ihrer Mutter das Reiten missfiel. Noch mehr missfiel es ihr aber, das englische Anwesen in Moulsford zu verlassen und den Winter in Wales zu verbringen. »Glaube ja nicht, dass dich dort drüben irgendetwas Gutes erwartet.« Sie wies mit einem knochigen Finger auf die andere Seite des Flusses, und als sich der Trupp wieder in Bewegung setzte und die Brücke betrat, stöhnte sie auf. »In diesem Land werden wir niemals sicher sein, vertraue auf meine Worte, Kind. Du wirst dort niemals Bequemlichkeit und Wärme erfahren, nur Einsamkeit und Bitternis. Du wirst dich noch in die Abtei zurückwünschen. Gott weiß, ich würde ein Leben hinter Klostermauern meinem Dasein in Carew vorziehen.«

Isabel verdrehte bei den dramatischen Worten ihrer Mutter die Augen. Sie hatte in den letzten Jahren fast schon vergessen, wie schwarz Maria de Montgomery das Leben stets sah.

»Es würde mich wundern, wenn du in diesem Land deinen vierzehnten Geburtstag überhaupt erlebst«, führte diese ihre düsteren Reden fort, während derer Isabel ihren Blick auf die zuckenden Ohren ihrer Stute richtete und vorgab, aufmerksam zuzuhören. »Entweder sind es die Waliser, die dich umbringen, oder die Kälte in den zugigen Gemäuern. Vermutlich wird es aber …«

»Meine liebe Schwägerin.«

Isabel war froh, dass ihr Onkel Maurice, der seinen Schimmel an ihre Seite lenkte und ihr kurz zuzwinkerte, die Tiraden ihrer Mutter unterbrach. Ein schelmisches Lächeln lag in seinem Gesicht.

»Isabel ist auf dem Weg zu ihrer Verlobung. Ein denkbar unpassender Augenblick, um sich den Kopf über mögliche Todesursachen zu zerbrechen.«

»Gerade deshalb!«, erwiderte ihre Mutter spitz. »Sie wird ihr erstes Kind mit Sicherheit nicht überleben, merke dir meine Worte. Sieh dir an, wie zart gebaut sie ist! Da spielt es keine Rolle, dass du und ihr Vater sie nicht gleich verheiraten wollt und noch zwei Jahre wartet. Ich habe sieben Kinder zur Welt gebracht und kann sagen, dass Isabel dazu nicht imstande ist – weder jetzt noch später.«

Isabel drehte den Kopf zur Seite und starrte ihre Mutter an. Ihre Wangen begannen zu glühen, und sie meinte, die Blicke der anderen Ritter in ihrer Begleitung auf sich zu spüren. Doch sie konnte sich nicht umsehen und nahm einzig das gemeine Funkeln in den Augen ihrer Mutter wahr, die ihr Kinn vorschob und Onkel Maurice mit verächtlichem Blick traktierte. Das Klappern der Hufe auf der Brücke dröhnte in ihren Ohren, und das Rascheln der Blätter und Gräser im Wind schien in ihrem Kopf zu rauschen.

»Das wird die Zeit zeigen«, erwiderte ihr Onkel mit ruhiger Stimme, der jedoch die Belustigung abhandengekommen war. »Meinst du nicht auch, dass es etwas früh ist, um sich darüber Gedanken zu machen, werte Schwägerin?«

»Fürwahr.« Ihre Mutter lachte höhnisch auf. »Du machst dir ja bis heute keine Gedanken um einen Erben. Vielleicht deshalb, weil es nichts mehr zu erben gibt? Glaubst du wirklich, eine einzige Tochter, die du noch dazu völlig unter Wert an einen flämischen Landritter verscherbelt hast, wäre genug? Meine arme

Schwester Alice. Sie wird sterben, ohne zu wissen, welche Freude es ist, dem Gemahl einen Sohn zu schenken.«

»Mutter, bitte …« Isabel sah zwischen den beiden Erwachsenen hin und her und fürchtete Onkel Maurices Reaktion. Ihr Vater wäre bei solchen Worten einer Frau niemals ruhig geblieben, aber sie wusste, dass Onkel Maurice ein sanfteres Gemüt hatte. Dieses Thema mochte ihn aber die Beherrschung verlieren lassen, schließlich war Lady Alices Sohn nach dem Angriff auf Llansteffan tot geboren. Nicht zum ersten Mal fand Isabel es bedauerlich, dass sie nicht Maurices und Alices Tochter war. Sie merkte ihrem Onkel an, wie sehr er sich weitere Kinder wünschte. Vielleicht war er deshalb stets so gut zu ihr. Wahrscheinlich hatten ihre eigenen Eltern schon zu viele Kinder, um noch Liebe für ihr jüngstes empfinden zu können. Vermutlich sollte sie wenigstens dankbar sein, dass Onkel Maurice nicht mit ihrer Mutter gestraft war und Lady Alice nicht mit ihrem Vater. Zwei Schwestern hatten zwei Brüder geheiratet, und zweifelsohne hatte Gott die Richtigen zueinander geführt. Isabel hoffte, dass auch sie einen sanftmütigen und großherzigen Mann heiraten würde, wenn sie denn schon heiraten musste.

»Ich versichere Euch, Madame«, erwiderte Onkel Maurice mit ungewohnter Förmlichkeit, »Eure Schwester hat keinen Grund zur Klage, und aus Respekt ihr gegenüber werde ich dieses Thema mit Euch nicht weiter vertiefen.«

Ein gemeines Lachen schlug ihm entgegen. »Keinen Grund zur Klage?« Ihre Mutter lachte böse auf. »Du bist hier oder etwa nicht, Maurice? Du holst mich aus Moulsford und die arme Isabel aus der Sicherheit ihres Klosters, um sie einem Mann zuzuführen! Du wärst besser bei deiner Gemahlin geblieben und hättest uns gelassen, wo wir waren.«

»Mein Bruder bat mich, euch zu eskortieren, da er selbst …«

»… zu beschäftigt ist, Waliser zu töten. Wie bedauerlich, dass er nicht zu beschäftigt war, uns in England zu vergessen.«

»Mutter, deine wohlgemeinte Sorge ist völlig unbegründet. Ich komme schon zurecht.« Isabel drehte sich im Sattel um, damit sie ihrer Mutter ins Gesicht blicken konnte. Ein Wimpel schlang sich um den Kopf der Dame, den Hals und den Nacken und betonte die etwas spitze Nase, das fliehende Kinn und die Bitterkeit in ihren Augen. Von ihrem dunklen Haar war kein einziges zu erkennen, was sie noch strenger aussehen ließ. Isabel konnte sich nicht daran erinnern, ihre Mutter jemals glücklich gesehen zu haben. Daher freute sie sich fast schon, dass sie vom Kloster nicht nach Hause zurückkehrte, sondern direkt zu ihrem Verlobten. Zwar würde sie ihre Großmutter weiterhin sehr vermissen, auch Lady Alice und Onkel Maurice, aber sie würde ihre Familie bestimmt oft besuchen können. Als verheiratete Frau war sie wenigstens ihre eigene Herrin und frei von ihrer Mutter, die ohnehin nur Streit mit Nesta beginnen würde. Der Sheriff mochte ihr ein Heim und Wärme bieten, die sie zu Hause in Gegenwart ihrer Mutter nie gekannt hatte. Und vielleicht war er ja sogar ein Freund von Geschichten. Denn diese Vorliebe hatte sie im Kloster nicht verloren.

»Vater wird sich freuen, dich wiederzusehen«, versuchte sie, ihre Mutter zu beruhigen und ihre scharfen Worte zurückzunehmen, auch wenn sie tief im Inneren wusste, dass ihre Mühen vergebens waren, »und du bist wieder mit deiner geliebten Schwester vereint. Du hast Lady Alice doch bestimmt vermisst? Außerdem ist es wunderschön in Carew, weißt du nicht mehr? Du könntest …«

»Hör auf mit diesem dummen Geschwätz, Isabel.« Ihre Mutter wandte den Blick ab und starrte in den Wald, durch den eine unbefestigte Straße führte. Vielmehr war es ein Pfad, auf dem sich bereits Wurzeln ausgebreitet hatten, und jenseits davon standen die Bäume so dicht, dass sich dahinter eine ganze Armee hätte verstecken können. Ein unheimlicher und zugleich auch tröstlicher Anblick. Wenn sie ihr Pferd jetzt zur Seite lenkte, würde sie einfach verschwinden und eins werden mit der goldenen Welt der unberührten Natur. »Du weißt nicht, wovon du redest«, drang das Keifen ihrer Mutter in ihr Bewusstsein. »Warte nur, bis du den Sheriff kennenlernst. Dann wird dir dein Lächeln schon vergehen.«

»Jetzt ist es aber genug!« Onkel Maurice drängte das Pferd seiner Schwägerin noch weiter zurück und nahm den Platz an Isabels Seite ein. Sein Gesicht wirkte im Schatten unter dem rotgoldenen Blätterdach sonderbar düster, sein Blick besorgt.

»Hör nicht auf deine Mutter«, sagte er leise und schenkte ihr ein aufmunterndes Lächeln. »Du musst dich vor nichts fürchten, Isabel. Dein Gemahl wird dich wie einen wertvollen Schatz behandeln und bestimmt sofort deinem Liebreiz verfallen.«

Verlegen senkte Isabel den Blick, doch ihr Herz begann vor Freude schneller zu schlagen. Wenn sie erst mal verheiratet war, würde sie ihr Leben in Wales verbringen, ohne Angst vor den Rebellen, denn sie wusste, deren Anführer Cadell war ehrenhaft. »Wilde Heiden«, hatte manch normannisches Fräulein im Kloster gezischt, »Barbaren, ohne Bildung und Anstand.« Da Isabel in Wales aufgewachsen war – wenn auch in einer normannischen Burg –, war sie stets mit sonderbaren Blicken bedacht worden. Dass sie jeden freien Moment genutzt hatte, um ihre Fertigkeiten mit der Schleuder zu verbessern, war auch eher als befremdlich angesehen worden und hatte ihr nicht nur einmal Tadel der Äbtissin eingebracht. Aber es kümmerte sie nicht, was andere über das Land dachten, in das sie noch nie einen Fuß gesetzt hatten. Für diese Mädchen war sie eine Waliserin gewesen, was Isabel insgeheim gefallen hatte.

»Die Worte meiner Mutter tun mir wirklich aufrichtig leid«, sagte sie leise an ihren Onkel gewandt. »Ich weiß nicht, warum sie sich so verhält.«

Onkel Maurice warf einen flüchtigen Blick über die Schulter zurück und seufzte. »Sie war nie anders, und ich nehme nicht ernst, was sie sagt, zumal ich allen Grund zur Freude habe.« Er lehnte sich ein wenig zu ihr hinüber und zwinkerte ihr freudestrahlend zu. »Alice erwartet wieder ein Kind, es müsste noch vor Weihnachten zur Welt kommen. Aber deine Mutter weiß nichts davon.«

Isabel sog scharf den Atem ein und konnte gerade noch einen freudigen Aufschrei unterdrücken. »Das ist ja wundervoll, Onkel! Ich werde für dich, Lady Alice und das Ungeborene beten! Und für meine Mutter wird es bestimmt eine freudige Überraschung.« Sie sahen sich an und mussten dann beide lachen. Die Frage ihrer Mutter, was denn so lustig wäre, blieb unbeantwortet, und so setzten sie ihren Weg in friedlichem Schweigen fort.

Mit jedem weiteren Schritt gen Westen kam Isabel ihrem Ziel näher. Fast schon schien es ihr, als wäre die Luft auf der anderen Flussseite anders. Freiheit, Heroik, Tapferkeit. Dies waren die Begriffe, die ihr in den Sinn kamen, als sie den Wald hinter sich ließen und auf grüne Flusstäler blickten. Die Sonne stand tief und sandte glutrote Strahlen über die Ebene. Selbst das Gras schien darunter zu funkeln.

Das unaufhörliche Klagen ihrer Mutter war bald kaum noch mehr als ein Summen, und als sie am nächsten Tag eine neuerliche Schimpftirade gegen Isabels Vater, Großmutter Nesta und alle Waliser begann, hörte Isabel kaum noch hin. Stattdessen betrachtete sie die Berge der Brecon Beacons, die sich im Norden aus der Erde erhoben. Grasbewachsene Hügel mit weidenden Rindern und Schafen bestimmten die Landschaft, und dahinter ragte der Gebirgszug mit spitzen Gipfeln empor. Die Stimme ihrer Großmutter kam ihr in den Sinn, die ihr erzählt hatte, wie die Waliser einst Leuchtfeuer auf den Gipfeln der Berge entzündet hatten, um vor Gefahren zu warnen. Was für eine zauberhafte Welt musste dies einst gewesen sein.

»Träumst du schon wieder vor dich hin?« Onkel Maurices

belustigte Stimme riss sie aus ihren Gedanken. Schuldbewusst nahm sie ihren Blick von den Bergen und wandte sich ihrem Onkel zu, der an ihrer Seite ritt. Im Kloster war sie häufiger gescholten worden, da sie mit ihrem Kopf stets woanders war, aber sie konnte nichts dagegen machen.

»Sieh mich nicht so erschrocken an.« Onkel Maurice zwinkerte ihr zu. »Ein paar Träumereien sollte wohl jeder haben, und besonders in deinem Alter schaden sie nicht.«

Isabel widerstand dem Drang, sich nach ihrer Mutter umzusehen, ehe sie antwortete: »Ich dachte an Großmutter Nestas Geschichten. An die Leuchtfeuer.«

Onkel Maurice lachte auf. »Jaja, meine Mutter und ihre Geschichten. Sie hasst alle Barden wie den Teufel, aber erzählt Geschichten, als wäre sie selbst schon einer.«

»Warum hasst sie die Barden eigentlich so sehr? In Llansteffan hat sie einen davonjagen lassen.«

»Oh, ich erinnere mich.« Onkel Maurice schüttelte lachend den Kopf. »Sie wirkt so harmlos und zerbrechlich, doch von einem Moment zum anderen verwandelt sie sich in eine Rachegöttin, der sich niemand in den Weg stellen sollte.« Er hob seufzend die Schultern. »Nun, die Barden waren nicht immer gut zu ihr. Sie spannen Geschichten über sie, und nicht alles entsprach der Wahrheit.«

Isabel blickte auf den schlammigen Pfad, der durch die vielen Wasserläufe in der Nähe nie ganz trocken wurde. Sie dachte an all die Gerüchte, die sie als kleines Kind in Carew und Llansteffan gehört hatte. »Von der Entführung«, sagte sie und blickte wieder zu ihrem Onkel auf. »Sie haben Lieder über Großmutter Nestas Entführung gesungen.«

Onkel Maurice nickte. »Ich selbst erinnere mich kaum noch daran, ich war ein kleiner Junge von gerade mal drei Jahren, aber die Lieder decken sich nicht mit den verschwommenen Schreckensbildern, die ich in meinem Kopf habe. Bei solchen Liedern muss man immer vorsichtig sein. Besonders, wenn es ein Barde singt, ist es meist frei erfunden.«

»Du bist eindeutig deiner Mutter Sohn.« Isabel lächelte und dachte zurück an ihr Zuhause, daran, wie sie es verlassen hatte. Ihre letzte Erinnerung war das gefallene Llansteffan. »Sag, Onkel, was geschah, während ich weg war?« Sie nahm die Zügel in eine Hand und wandte sich ganz ihrem Onkel zu. »Wurden die Fürstenbrüder besiegt? Oder sind sie gar stärker geworden? Ich habe keine Vorstellung, was mich erwarten wird.«

Onkel Maurice wandte den Blick ab und schien nachzudenken, schließlich zuckte er mit den Schultern. »Nun, man könnte sagen, es hat sich nicht allzu viel getan. Auf walisischer Seite wird immer noch gekämpft, genauso auf normannischer. Aber mit Cadell haben wir vor ein paar Jahren ein Abkommen getroffen.«

»Tatsächlich?« Isabel hätte nicht überraschter sein können. Ihr Wunschtraum schien in Erfüllung zu gehen. Der walisische Teil ihrer Familie und der normannische kamen überein.

»Nun, es war der Earl of Pembroke, der einst den wackeligen Frieden zwischen uns brach und die Fürstenbrüder angriff. Gleich darauf kehrte er nach England zurück … den Rest kennst du ja: Carmarthen und Llansteffan fielen. Wir konnten Llansteffan nicht zurückerobern, und Cadell und seine Brüder wüteten immer weiter. Doch der Earl of Pembroke starb vor drei Jahren und mit ihm auch der Grund für den Bruch zwischen Cadell und unserer Familie. Es wurde Zeit, uns auf unser altes Übereinkommen zu besinnen, vor allem, da auch andere walisische Adlige ungemütlich werden. Die Fürstenbrüder von Südwales sind ja nicht die Einzigen, die uns gerne vertrieben sähen. Auch im Norden und im Osten gibt es immer noch Kriegsherren und Fürsten, die zu den Waffen rufen. Wir können es uns nicht leisten, uns ständig vor der eigenen Haustür zu bekriegen. Also unterstützten dein Vater und ich Cadell bei der Einnahme der Burg eines korrupten Flamen, und im Gegenzug machen er und seine Brüder bei ihren Raubzügen wieder einen Bogen um uns. Ich bin mir nur nicht sicher, inwiefern man den Brüdern aus Südwales trauen kann – Familie hin oder her.«

»Aber wenigstens bekriegt ihr euch jetzt nicht.« Isabel lächelte Onkel Maurice an. »Wenn wirklich überall gekämpft wird, dann ist es erleichternd zu wissen, dass wir Frieden mit unseren Verwandten halten und Großmutter Nesta etwas Ruhe findet, ohne fürchten zu müssen, auch noch die letzten Nachkommen ihres Bruders zu verlieren.«

Onkel Maurice setzte zu einer Antwort an, als einer seiner Männer ihn zu sich rief.

Isabel sah ihm hinterher, wie er sein Pferd antrieb und an die Spitze des Zugs ritt, und ließ sich die Bedeutung des Abkommens mit Cadell durch den Kopf gehen. In Llansteffan hatte der Fürst sie beeindruckt, wenn auch etwas eingeschüchtert, und sie war erleichtert, dass auch ihre Familie ihn nicht länger als Feind betrachtete.

Sie machten nur noch wenige Pausen, denn Onkel Maurice wollte vor Sonnenuntergang ankommen. Das Wetter blieb ihnen durchwegs gewogen, zwar war es windig und zunehmend bewölkt, aber immerhin regnete es nicht. Die Landschaft war Isabel sehr vertraut, denn ein Stück weiter südlich lag Onkel Maurices verlorene Burg Llansteffan. Als sie das ebenfalls von Cadell und seinen Brüdern eroberte Carmarthen in großem Bogen umgingen, war die Stimmung von einer nervenzerreißenden Anspannung geprägt. Denn trotz Abkommen könnten jeden Moment Waliser hinter den Bäumen hervorbrechen und sie aus dem Hinterhalt angreifen – fremde Kriegsherren mit ihren Banden oder aber auch Gesetzlose. Genauso gut war es hier aber auch möglich, auf normannische Ritter zu treffen. Isabel hatte in der Zeit im Kloster den Überblick verloren, welches Gebiet im Moment wem zugesprochen wurde.

Schließlich kamen sie in der Nähe von St. Clears vorbei, das von Isabels Verlobtem gehalten wurde. Mitten im Brennpunkt der Kämpfe war dies ein gefährlicher Ort, und so sollte Isabel an die Küste nach Tenby gebracht werden. Dort lebte die Mutter des Sheriffs, die sich bis zur Hochzeit in zwei Jahren ihrer annehmen würde. Lady Hayt sollte ihr alles beibringen, was eine Ehefrau wissen musste, der Sheriff hatte darauf bestanden, und Isabel war dankbar für die Befreiung aus den Klostermauern. Vielleicht hatte ihr Verlobter geahnt, wie eintönig das Leben unter der strengen Aufsicht der Nonnen war.

Es war Nachmittag, als sie eine weite Wiesenebene überquerten; vor ihnen lagen die undurchdringbaren Wälder von St. Issels. Das dichte Gehölz des bunten Mischwaldes drängte sich bis zu den Klippen, die ins Meer abfielen, und dahinter lag Isabels neue Heimat Tenby. Sie war ihrem Ziel nahe, und Isabels Aufregung nahm zu. Sie stand kurz davor, ihrem Verlobten zu begegnen. Wie er wohl aussah? Sie hatte seinen Vater, den verstorbenen Sheriff, gekannt, aber an den Sohn hatte sie keine Erinnerung. In ihren Wunschvorstellungen war er so groß und stark wie der walisische Fürst Cadell und so sanftmütig wie ihr Onkel Maurice.

Plötzlich rissen Rufe sie aus ihren Gedanken. Sie kamen aus dem vor ihnen liegenden Wald und überzogen Isabel mit einer Gänsehaut. Der helle Ton von aufeinanderschlagenden Klingen, weiter entfernt und doch deutlich zu hören. Der Wind trug Kriegsschreie zu ihnen.

Onkel Maurice hob die Hand und hieß ihnen stehen zu bleiben, während seine Männer ihre Waffen zogen. Angespannt blickten alle zur dichten Baumreihe der dunklen Nadelhölzer und knochigen Birken.

Das entsetzte Kreischen ihrer Mutter zerriss die angespannte Stille. Maria de Montgomery presste sich die Hand auf den Mund, wimmerte aber trotzdem immer weiter. »Jetzt werden wir sterben! Ich habe es immer schon gewusst, dieses Land wird mein Tod sein!«

»Still!« Onkel Maurice fuhr zu seiner Schwägerin herum und warf ihr einen warnenden Blick zu. Dann bedeutete er dreien seiner Männer, bei Isabel und ihrer Mutter zu warten, während er mit den anderen auf den Wald zuritt. Er hatte kaum ein paar Fuß zurückgelegt, als Männer aus dem Unterholz brachen. Sie waren nicht gerüstet, trugen lediglich einfache Hemden, manch einer noch einen Umhang, und nur drei von ihnen hatten Waffen in der Hand. Der eine umklammerte eine Axt, der andere einen Speer und der vorderste einen Bogen. Es war ein halbes Dutzend, das direkt auf sie zugerannt kam, ohne sie zu bemerken. Die Männer kämpften sich durch die hüfthohen Grasähren und blickten immer wieder über die Schulter zurück zum Wald. Einer von ihnen rief etwas in der walisischen Sprache, die Isabel nach all der Zeit im Kloster fremd erschien. Trotzdem begann ihr Herz bei diesem Klang zu flattern. Wie gebannt starrte sie den Mann an der Spitze an, schwarzes Haar fiel ihm ins fast bartlose Gesicht, das rote Leinenhemd war schlammverdreckt. Etwas an ihm kam Isabel vertraut vor, seine Statur, seine Bewegungen, seine Stimme, die jetzt, da er sie fast erreicht hatte, immer deutlicher wurde. Cadell.

»Lauft! Zum Fluss! Ihr müsst …« Abrupt blieb er stehen. Er war jetzt nahe genug, um die Reiter vor sich zu erkennen. Auch die anderen Männer hielten inne, während hinter ihnen normannische Ritter in Ringpanzern zu Pferde aus dem Wald preschten. Auch Fußsoldaten liefen hinterher, Jubelrufe voller Häme ausstoßend.

Die Stute unter Isabel setzte sich in Bewegung, ging vorwärts, bis sie fast auf gleicher Höhe mit Onkel Maurice stand. Isabel wusste nicht, ob sie das Tier angetrieben hatte, sie nahm kaum noch etwas wahr – außer den Blick des Entsetzens im Gesicht des Fürsten Cadell, der langsam von seinen Feinden umzingelt wurde.

Ihre Finger klammerten sich um die steifen Lederzügel, sie spürte die Schürfwunden des langen Ritts nicht mehr. Schweiß brach ihr am ganzen Körper aus, sie konnte sich nicht regen. Die Männer schienen sie ganz vergessen zu haben, alle blickten auf die Waliser, die sich in ihrer Mitte befanden. Noch nicht einmal ihre Mutter sagte ein Wort.

»Maurice FitzGerald, was für ein glückliches Zusammentreffen!« Einer der dazugekommenen Ritter aus dem Wald lenkte sein Pferd an Onkel Maurices Seite; ein wertvoller Umhang mit einem Saum aus Fuchsfell fiel ihm über das Kettengeflecht seiner Rüstung. Ein Wappen war nicht zu erkennen, aber dafür erkannte Isabel schon anhand des prächtigen Rappen, dass es sich um einen sehr wohlhabenden Mann handelte. Ein Zaum mit Goldbeschlägen zierte den eleganten Kopf des Pferdes, und das lederne Vorderzeug war mit bunten Verzierungen versehen.

»Wir haben sie entdeckt, als sie Jagd auf einen Rehbock machten. Tja, unsere Jagd verlief wohl etwas glücklicher, würde ich sagen.« Der Mann wies lachend auf die umzingelten Waliser, die von Soldaten mit gestreckten Schwertern in Schach gehalten wurden.

Onkel Maurice erwiderte nichts und blickte stattdessen von seinem Schimmel auf die hasserfüllten Waliser hinunter. Seine Gesichtsmuskeln zuckten, so sehr biss er die Zähne zusammen. Schließlich stieß er ein Seufzen aus.

»Ergib dich«, sagte er in der walisischen Sprache an seinen Vetter Cadell gerichtet. Er klang müde, fast schon resigniert, was Isabel Angst machte.

Ein verächtliches Lachen war alles, was der Fürst von sich gab. Kopfschüttelnd senkte er den Blick, als könne er nicht glauben, in was für eine absurde Situation er geraten war. Genauso wie bei ihrer letzten Begegnung in Llansteffan war sein Gesicht mit Blut besudelt, auch sein schwarzer Oberlippen- und Kinnbart. Seine Kleidung war verschlissen, sein Haar verfilzt. Er hielt einen Bogen in der Hand, der ihm aufgestellt bis zur Achsel reichte, aber der Beutel an seiner Hüfte für die Pfeile war leer.

»Wen kümmert's, ob er sich ergibt«, sagte der Ritter auf seinem Rappen. Sein Gesicht war kaum zu erkennen, da er einen Helm mit breitem Nasenkolben trug, aber Isabel musste ihn auch nicht sehen. Seine Stimme reichte aus, um sie frösteln zu lassen. Selten hatte sie solche Kälte in den Worten eines Menschen gehört. »Er ist ein Rebell, FitzGerald, er ist ihr Anführer. Sind wir ihn los, wird der Widerstand brechen, und wir haben endlich Ruhe.«

»Ihn töten?« Onkel Maurice fuhr zu dem Ritter herum, dessen kantiges Kinn von rotgoldenen Bartstoppeln bedeckt war. »Er war auf der Jagd, das hast du selbst gesagt. Er hat niemanden angegriffen und hielt sich an den Waffenstillstand. Ihn in einer Schlacht im gerechten Kampf zu schlagen ist eine Sache, aber dies hier …« Er schüttelte den Kopf und wandte sich wieder an Cadell. »Ergib dich, und du wirst als mein Gefangener gut behandelt werden, bis deine Brüder dich auslösen. Befiehl deinen Männern, die Waffen niederzulegen.«

»Die Waffen niederlegen? Ihr freincischen Hunde habt uns auf der Jagd überfallen, meine Männer getötet, unser Abkommen in den Dreck getreten, und jetzt soll ich mich zu deinem Gefangenen machen, Vetter? Kein Mann meines Volkes wird nach diesem Verrat noch die Waffen niederlegen, glaube mir. Meine Brüder werden Rache nehmen.«

»Was sagt er?«, verlangte der Ritter zu wissen, der offensichtlich kein Walisisch sprach. »Sag ihm, er soll seinen Frieden mit dem Herrn schließen, denn er wird ihm gleich gegenübertreten.«

»Cadell verschonte einst das Leben meines Bruders und das meinige. Er war stets ein Mann der Ehre. Ich werde nicht erlauben, dass du ihn auf dieser Wiese hinrichtest wie einen tollen Köter!« Onkel Maurice warf dem walisischen Fürsten einen fast schon flehentlichen Blick zu. »Cadell, ergib dich, ich bitte dich …«

Cadell stieß den Atem aus, er hätte nicht entnervter klingen können. Aber zu Isabels Erleichterung gab er seinen Männern ein Zeichen und breitete als Geste seiner Gefügigkeit die Arme aus.

»Tötet sie«, sagte der fremde Ritter leise und winkte einem seiner Männer. Dieser nickte und stieß sein Schwert vor, das den Mann an Cadells Seite durchbohrte.

Isabel öffnete den Mund zu einem stummen Schrei und hatte doch das Gefühl zu ersticken. Onkel Maurice streckte die Hand aus. »Nein, wartet …!« Doch schon brach ein Tumult aus. Die Normannen griffen an, die Waliser kämpften mit dem, was sie noch hatten, hoben ihre Waffen. Cadell stieß zwei Angreifer mit seinem Bogen zurück, schlug die Waffe einem anderen über den Kopf, sodass dessen Helm scheppernd davonflog. Er riss ein langes Messer aus seinem Gürtel, zog es einem der Normannen quer durchs Gesicht. Blut spritzte auf. Schreie, Stöhnen und Flüche erfüllten die Luft. Isabel klammerte sich an ihrer Stute fest, die von den Kämpfen aufgeschreckt zu tänzeln begann. Die Nüstern gebläht schnaubte sie, als könne sie den Gestank des Blutes vertreiben. Sie bäumte sich auf, wenn auch nicht besonders hoch, versuchte, vor den Männern zurückzuweichen, während Isabel die Zügel so straff hielt, wie sie nur konnte. Sie hörte ihre Mutter schreien, und aus den Augenwinkeln nahm sie wahr, dass zwei von Onkel Maurices Männern auf sie zuliefen, um ihr Pferd unter Kontrolle zu halten.

Und dann sah sie Cadell, der mitten in einem Angriff nach vorne gerissen wurde und mit dem Gesicht voran in der Wiese landete. Das gefiederte Ende eines Pfeils ragte aus seiner Schulter heraus.

Plötzlich war alles still, die Kämpfe hörten auf. Keiner der Waliser lebte noch. Einzig Cadell presste seine Handflächen auf den Boden, seine Arme zitterten, aber er richtete seinen Oberkörper auf, kniete im Gras, den Blick stur geradeaus gerichtet, als erwarte er jeden Moment den letzten, tödlichen Streich.

Isabel starrte in sein von Schmutz und Blut verschmiertes Antlitz, die schweißnassen Haare, die auf seiner Stirn klebten. Seine grünen Augen, die sie an ihre Großmutter erinnerten und ihr so vertraut waren, blickten mit einer Intensität ins Leere, die ihr eine Gänsehaut bescherte. Er trug den Kopf hoch, seine Züge waren entspannt, er schien durch und durch stolz.

Sie musste etwas unternehmen, irgendetwas, um das Unausweichliche zu verhindern. Sie konnte nicht schon wieder hilflos dabei zusehen, wie ein Unschuldiger getötet wurde!

Mit zitternder Hand griff sie nach der Steinschleuder, die sie sich wie einen Gürtel um die Taille gebunden hatte, damit sie von Unwissenden nicht bemerkt wurde, doch sie hatte alle Mühe, sich auf der aufgeregten Stute zu halten, und musste in die Mähne greifen, um nicht zu fallen. Auch könnte sie ja nicht einfach so wahllos normannische Ritter niederschießen, auch wenn sich ihre Treffsicherheit im Kloster enorm verbessert hatte. Dies waren die Verbündeten ihres Onkels, sie standen auf derselben Seite, nur dass für Isabel im Moment einzig der Rebellenführer zählte.

Hilfesuchend sah sie sich um und erkannte, dass Onkel Maurice sich aus dem Sattel schwang. »Es reicht«, knurrte er und ging auf Cadell zu, aus dessen Schulter immer noch der Pfeil ragte.

Der Ritter auf seinem Pferd schnaubte verächtlich. Er nickte erneut einem seiner Männer zu, der Cadells Bogen aufhob, ihn drehte und dann ausholte. Isabel hielt den Atem an. Der Mann zielte auf Cadells Schläfe, sie erkannte, dass er Cadell mit diesem massiven Holz den Kopf einschlagen würde.

Isabel streckte sich nach vorne, als könne sie den Mann aufhalten. Die Zeit schien stehen zu bleiben, als der Bogen mit einem dumpfen Geräusch auf Cadells Schläfe traf.

»Nein!« Ihr eigener Schrei gellte ihr in den Ohren, schien über die Baumwipfel hinweg hinausgetragen zu werden. Die Stute unter ihr bäumte sich erschrocken auf, doch Isabel konnte sich nicht darauf konzentrieren, sie wieder unter Kontrolle zu bringen. Sie sah nur Cadell, der reglos zur Seite brach, Blut, das sein Gesicht herabfloss. Tränen verschleierten ihr die Sicht, dasselbe Entsetzen wie damals bei Bran erfüllte sie, und Isabel wusste, dass sie den Mann mit der kalten Stimme auf ewig dafür hassen würde. Der hellhaarige Hywel ap Owain aus Nordwales und dieser Fremde waren ihre Feinde, nur mit dem Unterschied, dass sie jetzt geübter war und den normannischen Ritter sofort bezahlen lassen konnte. Jetzt war egal, dass er ein Verbündeter war, dass sie noch nie einen Menschen ernsthaft verletzt hatte und für ihre Tat schwer bestraft werden würde – all diese Überlegungen der Vernunft waren weit weg und unwichtig, in ihr loderte nur das brennende Verlangen nach Rache.

Doch der Gedanke hatte sich kaum in ihren Kopf geschlichen, als sie plötzlich zurückgeworfen wurde. Die Stute preschte vor, rannte, als hinge ihr Leben davon ab, und Isabel konnte gerade noch ihre Knie zusammenpressen, um nicht zu fallen.

»Isabel!« Es war Onkel Maurices Stimme, doch sie konnte sich nicht zu ihm umdrehen. Jetzt hing ihr Leben davon ab, sich festzuhalten.

Wie besessen raste die Stute auf den Wald zu. Isabel lehnte sich weit nach vorne, um nicht so durchgeschüttelt zu werden. Tränen flossen in Strömen ihre Wangen hinab, und obwohl sie Angst hatte, sah sie immer noch Cadell vor sich, der tot zusammengebrochen war. Er hatte ihr Leben verschont, genau genommen hatte er es gerettet, denn nur seiner Fürsprache hatten sie ihre Sicherheit in Llansteffan verdankt, und jetzt war er von ihren Leuten ermordet worden. Er war nicht im Kampf gefallen, er war *ermordet* worden. Und sie hatte erneut hilflos dabei zusehen müssen, als wäre sie wieder die Achtjährige von einst. Hätte sie diesen gottlosen Normannen nur erwischt!

Äste peitschten ihr ins Gesicht, rissen ihr Haare aus. Die Stute galoppierte durchs Unterholz und über Wurzeln, als liefe sie auf ebener Wiese. Durch raschelndes Laub preschte sie in mörderischem Tempo einen Hang hinab, dann durch einen schmalen Bach und auf der anderen Seite wieder hinauf. Isabel klammerte sich verzweifelt fest, ihr wild umherfliegendes Haar nahm ihr die Sicht, klebte in ihrem nassen Gesicht. Sie konnte kaum die Augen offen halten, denn immer wieder brach die Stute durch dichtes Gebüsch, und Zweige schlugen unaufhörlich auf sie ein. Sie versuchte zu erkennen, wo sie war, bemühte sich, die Zügel straff zu ziehen, aber im nächsten Moment änderte die Stute wieder ihre Richtung, und Äste drohten ihr das Augenlicht zu nehmen. Mittlerweile brannte ihr Gesicht, als stünde es in Flammen, und sie war sicher, es waren nicht nur Tränen, sondern Blut, das sie hinabfließen spürte.

»Bitte«, flehte sie und griff nach vorne, um die Zügel noch fester zu halten. »Bitte, bleib stehen. Bitte!«

Die Stute beschleunigte ihr Tempo, streckte ihren Hals, als wolle sie noch einmal alles aus sich herausholen, als sie plötzlich stolperte. Isabel verlor den Halt. Sie hatte noch nicht einmal Zeit aufzuschreien, alles ging so schnell. Die Vorderbeine der Stute brachen ein, ihr Kopf senkte sich, und Isabel flog nach vorne durch die Luft. Sie prallte schwer auf.

Etwas Hartes, vermutlich eine Wurzel, bohrte sich in ihren Rücken. Isabel schnappte nach Luft, doch noch ehe sie richtig begriff, dass sie nicht atmen konnte, rollte sie schon einen Hang hinab. Sie versuchte, sich irgendwo festzuklammern, schlug wild um sich, schmeckte Erde und Blätter, bis sie endlich reglos liegen blieb.

Keuchend atmete sie ein, doch sie bekam keine Luft, einzig ein hoher Ton entstand. Immer wieder versuchte sie es, konzentrierte sich auf das Heben und Senken ihrer Brust, bis ihr das Atmen endlich leichter fiel. Stöhnend drehte sie den Kopf zur Seite und sah die Stute, die sich jenseits des aufgewirbelten Laubteppichs auf einer Anhöhe wieder aufrappelte. Sie schüttelte schnaubend den Kopf und rannte weiter, verschwand hinter dem Hügel.

»Nein!« Isabel brachte kaum mehr als ein Krächzen zustande. »Bleib hier!«

Mit zusammengebissenen Zähnen rollte sie sich herum, kam auf alle viere und krabbelte ein Stück den Hang hinauf. »Bitte«, schluchzte sie. »Komm zurück!« Sie wusste nicht, wo sie war und wie sie wieder zurückfinden sollte. Sie lauschte, aber bis auf die Blätter im Wind und ein paar Vögel hörte sie gar nichts. Und wenn niemand nach ihr suchte? Nein, Onkel Maurice würde sie nicht einfach im Wald zurücklassen. Schon bald würde er kommen.

Gestärkt von dieser Gewissheit gelang es ihr, sich aufzurichten, auch wenn ihr jeder Knochen im Leib wehtat. Sie betastete ihr Gesicht und betrachtete schließlich ihre blutigen Finger. Sie hatte gar keine Kraft mehr, um weiterzuweinen.

»Morgen«, flüsterte sie und setzte einen Fuß vor den anderen. »Morgen wird das alles Geschichte sein, und ich werde Onkel Maurice von diesem Abenteuer erzählen. Morgen ...« Sie atmete tief aus, und als sie oben auf der Anhöhe angekommen war, sah sie sich um. Sie konnte nur vage die Richtung bestimmen, aus der sie gekommen war, aber es war genug, um ihr etwas Mut zu verschaffen. Ihre Stute hatte eine Presche durchs Unterholz geschlagen, und die abgebrochenen Zweige halfen ihr, den Weg zu finden.

Sie wusste gar nicht, wie lange sie durch diesen Urwald marschierte, als sie plötzlich ein gesatteltes Pony auf einer Lichtung entdeckte. Verblüfft blieb sie stehen. Das Pony wühlte durch Blätter und zupfte Grashalme aus der Erde. Isabel betrachtete es, als wäre es aus einer anderen Welt gekommen. Fast wäre ihr ein Freudenruf entschlüpft.

Vorsichtig näherte sie sich dem Pony, das sofort den Kopf hochriss und die Ohren aufstellte. Eine dichte schwarze Mähne verdeckte die Augen, aber Isabel wusste, dass das Tier sie trotzdem sah. Es musste den Walisern gehört haben. Normannen ritten auf großen und schweren Schlachtrössern oder eleganten, zierlichen Reitpferden, doch die Waliser waren meist mit diesen robusten Ponys unterwegs. Während die Schlachtrösser für ebenes Gelände geeignet waren, hatten sich die Ponys dem unwegsamen Land der walisischen Wildnis angepasst.

»Na, mein hübscher Junge? Ich bin Isabel, und ich brauche dich jetzt ganz dringend. Bleib schön da, wo du bist, ja?« Sie streckte die Hand nach ihm aus, näherte sich weiter vorsichtig, während sie in monotoner Stimmlage weitersprach, so wie es der Stallmeister in Llansteffan immer getan hatte. »Ich weiß, du bist ein walisisches Pony, und ich sehe für dich wohl wie eine Normannin aus, aber ich habe auch walisisches Blut in mir, glaub mir. Ich stehe auf deiner Seite. Bleib einfach schön stehen und …« Isabel ergriff die Zügel. Ein erleichtertes Seufzen entfuhr ihr. »Braver Junge.« Sie klopfte ihm den Hals und sog den beruhigenden Geruch des Fells ein. Als Erstes untersuchte sie die Satteltaschen und dankte Gott stumm für den Wasserschlauch darin. Als sie jedoch den Pfropfen herausriss und erste Schlucke nahm, verzog sich ihr Gesicht. Es war honigsüßer Met, der ihr den Gaumen verklebte. Aber im Moment war sie so durstig, dass sie sich zu noch ein paar Schlucken zwang. Schließlich verschloss sie den Schlauch wieder und verstaute ihn.

»So, mein Junge. Dann sehen wir mal, dass wir hier herauskommen.« Noch wagte sie es nicht aufzusteigen, denn auch wenn die Waliser der Trittsicherheit ihrer Ponys trauten, war Isabel nach ihrem Sturz noch nicht bereit, ihr Leben auf solchem Boden wieder einem Tier anzuvertrauen. Doch sobald sie einen Pfad fand oder die Wiese erreichte, könnte sie aufsteigen und schneller vorankommen. Bis dahin war sie allein für die Gesellschaft dankbar, und so kletterte sie mit dem Pony am Zügel weiter über Äste und Wurzeln.

Immer wieder blickte sie hoch in den Himmel, doch die Bäume standen so dicht, dass ihre Kronen ineinanderwuchsen und kaum einen Blick freigaben. Es war dunkel im Wald, doch Isabel stellte bald mit Schrecken fest, dass die aufkommende Schwärze nicht von der üblichen Düsternis walisischer Forste herrührte. Die Sonne ging unter!

Ihr Herzschlag beschleunigte sich von einem Moment auf den anderen, pochte deutlich in ihrer Brust, und über die üblichen Waldgeräusche hörte sie das Blut in ihren Ohren rauschen.

Sie musste raus aus diesem Wald. Wieso hatte Onkel Maurice sie noch nicht gefunden? War sie gar in die falsche Richtung gegangen? Was war mit ihrer Mutter? Machte noch nicht einmal sie sich Sorgen um ihre Tochter? Und ihr Verlobter? Er wartete in Tenby auf sie und wusste, dass sie in diesen Tagen ankommen sollte. Würde er ihr zu Hilfe kommen? Wie sollte sie nur jemals wieder hier herausfinden?

Das Pony schnaubte in die kälter werdende Luft und schubste sie sanft mit der Nase an. Ein Schluchzen unterdrückend biss sie sich auf die Unterlippe.

»Keine Sorge«, sagte sie, da sie es tröstend fand, die eigene Stimme zu hören. »Ich führe uns hier schon heraus. Keine Angst, hab nur keine Angst …« Ein großer Vogel, möglicherweise eine Eule, flatterte über sie hinweg, und Isabel entfuhr ein leiser Aufschrei. »Nur ein Vogel«, stieß sie atemlos hervor und presste sich die Hand gegen die Brust. »Keine Angst, Pony, das war nur ein Vogel.«

Sie ging weiter in jene Richtung, die ihr noch etwas heller erschien, aber bald konnte sie die Bäume nur noch als schwarze Umrisse erkennen. Einer Verzweiflung nahe, schlug sie ihren Umhang enger um sich und ließ sich auf den Boden fallen. Sie musste im Wald übernachten, und Gott allein wusste, welchen wilden Tieren sie zum Opfer fallen würde. Vermutlich war das nächste Rudel Wölfe nicht weit, und wenn sie einschliefe, würde ihr noch nicht einmal die Steinschleuder und ihre im Kloster angeeignete Treffsicherheit nützen. Den Kopf gesenkt starrte sie auf ihren Schoß, als sie plötzlich bemerkte, wie die Zügel aus ihren kraftlosen Händen glitten und das Pony davontrottete.

»Nein, warte!« Sofort sprang sie wieder auf und rannte dem Pony hinterher. Ungeachtet ihrer Rufe trabte es immer weiter davon, während Isabel sich hinterherkämpfte. Sie schob sich durch ein Gestrüpp aus stacheligen Zweigen, als sich vor ihr plötzlich Leere auftat. Die Bäume waren fort, die Sträucher und Büsche, da war nur eine endlos erscheinende Wiese, in die das Pony den Kopf senkte, um friedlich zu grasen. Der Wald lag tatsächlich hinter ihr.

Isabel begann zu lachen, es war ein seltsam klingender Laut in dieser Stille der Nacht, aber sie konnte nicht damit aufhören. Glucksend sah sie sich im milchigen Licht des fast vollen Mondes um und bemerkte ein gutes Stück zu ihrer Rechten zwei weitere Ponys.

Isabel überlegte nicht lange. Sie schnappte das vom Grasen abgelenkte Tier bei den Zügeln und rannte zu den anderen. Vielleicht war noch jemand von Onkel Maurices Männern dort, um auf sie zu warten.

Von ungeahnter Kraft erfüllt bahnte sie sich ihren Weg durch die hohe Wiese, als sie plötzlich eine Stelle entdeckte, in der das Gras niedergetrampelt war. Sie erkannte die roten Leinenhemden der Waliser sofort. Sie schienen im Mondlicht zu funkeln, und Isabel blieb mit einem drückenden Gefühl im Magen stehen. Vor ihr lagen Tote, zurückgelassen für die Tiere. Was sollte sie jetzt tun? Sie allein hätte wohl kaum die Kraft und auch kein Werkzeug, um sie zu begraben. Auch fürchtete sie sich davor, näher zu treten, aus Angst, der Geist eines der erschlagenen

Waliser könnte sich an ihr rächen. Aber sie musste doch zumindest ein Gebet für sie sprechen.

All ihren Mut zusammennehmend atmete sie tief durch, ließ das Pony los, das sofort wieder zu grasen begann, und setzte einen Schritt vor den anderen, bis sie inmitten der Toten stand.

*»Pater noster«*, begann sie mit zitternder Stimme und schloss die Augen, um nicht auf die verstümmelten Leiber sehen zu müssen. *»Qui es in caelis. Sanctificetur nomen tuum.«*

Ein leises Stöhnen erklang, und Isabel fuhr mit einem Aufschrei zusammen. Zur sofortigen Flucht bereit sah sie sich um und drehte sich im Kreis. War es tatsächlich ein Geist, der ruhelos über dieses Todesfeld streifte? Ihre Großmutter hatte ihr erzählt, dass Gwenllians Geist immer noch auf dem Schlachtfeld umherging, wo sie ihren Kopf verloren hatte. Also war es doch auch möglich, dass ihr Stiefsohn Cadell ebenso den Ort seines Endes heimsuchte.

Ein schweres Seufzen zerschnitt die Stille, und Isabel schnappte nach Luft. Sie wollte weglaufen, als sie eine Bewegung am Boden entdeckte. Es war tatsächlich Cadell, der sich regte.

Jegliche Angst vergessend rannte sie die wenigen Schritte zu ihm und fiel neben ihm auf die Knie. »Cadell?« Sie starrte auf das von eingetrocknetem Blut entstellte Antlitz. Es wirkte totenbleich im Licht des Mondes. »Cadell, könnt Ihr mich hören?«

Die Lider flackerten, und Isabel ergriff sofort seine kalte Hand. »Mein Herr, kommt zu Euch. Bitte.« Bitte seid nicht tot, flehte sie stumm, doch der walisische Fürst öffnete tatsächlich die Augen. Sie glänzten und wirkten in der Dunkelheit fast schwarz, aber er sah sie tatsächlich an.

»Dem Herrn sei gedankt«, entfuhr es ihr, »Ihr habt überlebt!«

»Ein …« Cadells Stimme war so schwach, dass Isabel sich vorlehnen musste, um ihn zu verstehen. »Ein Engel«, keuchte er. Isabel hob erstaunt die Augenbraue. Er musste träumen, denn mit ihrem zerkratzten Gesicht hatte sie bestimmt nichts mit einem Engel gemein.

»Mein Name ist Isabel«, flüsterte sie drängend und drückte seine Hand. »Isabel FitzWilliam de Carew. Ich bin die Tochter Eures Vetters! Wir sind uns bereits einmal begegnet – in Llansteffan vor fünf Jahren, erinnert Ihr Euch?«

Cadells Augen verengten sich, er starrte sie lange an, ehe sich seine Lippen erneut bewegten. »Nestas Schützling …?«

Isabel konnte sich ein Lächeln nicht verkneifen. »Richtig. Gott sei Dank, Euer Kopf funktioniert noch.« Sie ließ ihren Blick über ihn schweifen, doch in der Dunkelheit konnte sie kaum etwas erkennen. Sie wusste aber, er war an der Schulter getroffen worden, und jetzt lag er auf der Wunde. Und sein Kopf … Isabel streckte die Hand nach seiner Schläfe aus, als sie das Rascheln des Grases hinter sich hörte. Sie hielt es für eins der Ponys, bis eine alarmierte Jungenstimme erklang: »Mylady?!«

Isabel fuhr herum und sah sich einem Gleichaltrigen gegenüber, der auf sie hinabstarrte. Sein blasses Antlitz schien in der Dunkelheit zu leuchten, was von dem schwarzen Haar, das ihm in Stirn und Nacken fiel, noch unterstrichen wurde. Sein Gesicht war schmal, er kam ihr sehr dürr vor, wenn auch hochgewachsen. Im Moment wirkte er, als wäre er derjenige, der einen Geist vor sich hatte.

Isabels Gedanken rasten. Wer war er? Auf welche Seite gehörte er? Könnte er zur Gefahr für den verletzten Cadell werden?

Ohne die Hand des Fürsten loszulassen, ließ sie ihren Blick genauer über den Jungen schweifen, auf der Suche nach einem Hinweis auf seine Herkunft. Er trug weite Hosen, ein fast knielanges Hemd, das mit einem Gürtel zusammengehalten wurde, und einen dick gefütterten Umhang. Auf jeden Fall war er kein Bauernjunge, sondern wohlhabend, aber ob er Waliser oder Normanne war, konnte sie nicht sagen.

Sie sollte ihn nach seiner Herkunft fragen, doch wie? Würde sie in französischer Sprache fragen, er sich aber als Waliser herausstellen, könnte sie in Gefahr geraten, genauso andersherum. Also sah sie ihn nur auffordernd an, bis er sich endlich räusperte. »Lady Isabel?«, fragte er. »Nicht wahr? Ihr seid die, nach der alle suchen. Seid Ihr verletzt?« Es war das Französisch der Normannen, und so nahm Isabel an, dass er zu den Rittern aus dem Wald gehörte, die Cadell angegriffen hatten. Sein Herr mochte nicht weit sein.

Beschützend rutschte sie näher an Cadell heran und versuchte, den Blick auf ihn zu verdecken. Für genauere Fragen hatte sie im Moment keine Zeit. Sie konnte nur hoffen, der Junge würde ihr helfen. »In der Satteltasche dort drüben ist ein Wasserschlauch.« Sie deutete zu den Ponys. »Schnell. Bring ihn mir.«

Der Junge sah sie einen Moment lang nur verdattert an, dann blickte er auf den reglos daliegenden Cadell, sah wieder in ihr Gesicht und rannte los.

Isabel wandte sich wieder dem Fürsten zu, der erneut das Bewusstsein verloren hatte. Besorgt legte sie ihren Kopf auf seine Brust und lauschte mit geschlossenen Augen. Sein Herz schlug schnell und gleichmäßig.

»Hier, Mylady.«

Sie öffnete die Augen und erkannte den Jungen, der ihr gegenüber auf der anderen Seite des Fürsten kniete und ihr den Wasserschlauch entgegenstreckte. »Ist er noch am Leben?«, wollte er wissen.

Isabel riss das Behältnis an sich. »Ja, noch lebt er. Was nicht deinem Herrn zu verdanken ist«, murmelte sie mit zusammengebissenen Zähnen, öffnete den Verschluss und senkte den Schlauch vorsichtig an Cadells Lippen. Mit einem Finger versuchte sie, seinen Mund zu öffnen, und dann ließ sie den Met langsam hineintropfen. »Wenn du das irgendjemandem verrätst, wirst du es bereuen«, sagte sie düster und hoffte, dass sie angsteinflößend genug geklungen hatte, um den Jungen etwas einzuschüchtern.

»Ich werde keinen Ton sagen.« Er klang fast schon beleidigt. Kurz schwieg er, ehe er hinzufügte: »Ihr blutet, Mylady.« Er wies auf ihr Gesicht, doch Isabel sah nicht auf.

»Das sind nur Kratzer«, erwiderte sie und konzentrierte sich weiter darauf, dem Fürsten Tropfen für Tropfen einzuflößen.

Der Junge sah sie an, Isabel spürte es deutlich. Bestimmt fragte er sich, was ein normannisches Mädchen mit einem walisischen Fürsten zu schaffen hatte. Isabel zog den Schlauch zurück und wies auf die grasenden Tiere. »Wir müssen ihn auf eines der Ponys heben, ehe die anderen zurückkehren.« Sie sah den Jungen an, der ihr aufmerksam zuzuhören schien. »Vielleicht schafft er es«, sagte sie eindringlich.

Der Junge nickte ernst und zögerte nicht. Er sprang auf und schlich zu den Tieren, um eines einzufangen. Isabel betrachtete wieder das schlafende Gesicht des Fürsten. Sie konnte nur hoffen, dass er noch stark genug war und nicht noch einmal auf Normannen traf.

»Euer Onkel wird jeden Moment zurückkommen«, sagte der Junge, als er mit einem Pony am Zügel zu ihr kam. »Wir müssen uns beeilen. Er sucht im Wald nach Euch, aber jetzt, da es dunkel geworden ist …«

Isabel stellte den Wasserschlauch ab und versuchte, ihren schneller werdenden Herzschlag mit der aufkommenden Angst zu ignorieren. Würden sie dabei erwischt werden, einem Rebellen zu helfen, kämen sie in Teufels Küche. Der Sheriff würde sie eher in den Kerker werfen, anstatt sie zu heiraten, und was dem Jungen geschehen würde, daran konnte sie gar nicht denken. »Was ist mit den anderen? Die Ritter aus dem Wald – Euer Herr muss doch unter ihnen sein. Suchen die ebenso nach mir? Sind sic in der Nähe?«

Der Junge schüttelte den Kopf. »Ich sollte hier warten, für den

Fall, dass Ihr selbst aus dem Wald herausfindet, aber der Sheriff und seine Männer brachen bereits mit Eurer Mutter auf nach Tenby. Sie war sehr aufgeregt.«

»Das kann ich mir vorstellen.« Isabel drehte sich wieder zu Cadell um, als die Worte des Jungen zu ihr durchdrangen. Sofort fuhr sie wieder zu ihm herum. »Der Sheriff?!«, fragte sie und spürte ihr Herz in der Kehle schlagen. »Der Sheriff ist dein Herr? William Hayt? *Er* war es, der …« Sie bekam keine Luft mehr. Das konnte doch unmöglich sein. Der Sheriff war doch für Gesetz und Ordnung verantwortlich. Er sollte ihr Retter sein, ihr Beschützer, ihr Verlobter!

Zu ihrem Entsetzen nickte der Junge. »Er ist noch nicht lange mein Herr. Er war bei einem Treffen mit meinem Vater an der Grenze, und dort vereinbarten die beiden, dass ich den Sheriff begleiten soll, um ihm als Page zu dienen. Man könnte sagen, ich bin eine Geisel, die für das Wohlverhalten meines Vaters garantiert, auch wenn ich offiziell beim Sheriff zum Ritter ausgebildet werde. Wir waren gerade auf dem Rückweg, als wir auf Cadell und seine Männer trafen.«

Isabel konnte den Jungen ein paar Momente lang nur anstarren. Der Schock über die Identität des Sheriffs saß ihr tief in den Knochen, und sie wollte gar nicht darüber nachdenken, was dies für ihre Zukunft bedeutete. Gleichzeitig warfen die Worte des Jungen Fragen über seine Herkunft auf. Doch die Antworten mussten warten, denn der Page hatte recht: Ihr Onkel mochte jeden Moment zurückkehren. Zwar glaubte Isabel nicht, dass er seinem Vetter etwas antun würde, aber seine Männer würden nicht nur Cadell endgültig den Garaus machen, sondern auch sie beide büßen lassen.

»Hilf mir, ihn aufs Pferd zu heben«, sagte sie und schob ihre Hände unter die Schultern des Fürsten, der daraufhin ein Stöhnen von sich gab. »Es tut mir so leid«, flüsterte sie in der walisischen Sprache, auch wenn sie nicht sicher war, dass er sie hörte.

»Ich will Euch keine Schmerzen zufügen, aber Ihr müsst von hier weg. Bald seid Ihr in Sicherheit, ich verspreche es Euch, haltet nur noch etwas länger durch.«

Der Junge, der sich neben sie kniete, um mit anzupacken, sah sie stumm an. Bis er plötzlich den Atem geräuschvoll ausstieß und ihren Arm umklammerte. »Du sprichst *Cymraeg*?«, fragte er atemlos in fließendem Walisisch. Er betonte die Worte ein wenig anders, so wie die Barden aus dem Norden, und einen Moment lang fühlte sie sich an jenen Fürstensohn des Nordens erinnert, der Bran ermordet hatte, doch sie wehrte den Gedanken ab. Ihr Gegenüber stammte vermutlich aus derselben Gegend, und dass er seine Sprache *Cymraeg* nannte, ließ annehmen, dass er selbst Waliser war, auch wenn er fließend Normannisch sprach. Denn *Cymraeg* war die britische Bezeichnung für die Landessprache – nur die Engländer und Normannen nannten das britische Volk *Waliser* und ihr Land *Wales*, was *fremd* bedeutete.

Isabel erwiderte seinen starren Blick, und eine Ewigkeit schien zu vergehen, in der sie sich gleichermaßen erstaunt ansahen. Doch dann schüttelte der Junge den Kopf und hob den Oberkörper des Fürsten an. Sie hatten keine Zeit zu verlieren. »Geht es?«, wollte er von ihr wissen, da der Fürst nicht nur groß, sondern auch sehr muskulös gebaut war. Dementsprechend schwer war er auch.

Isabel nickte und musste sich ein Lächeln verkneifen. Erleichterung überkam sie. Nicht nur atmete der Fürst, es gab auch Hoffnung, dass er tatsächlich überlebte. Und sie hatte einen Verbündeten gefunden. »Ich bin stärker, als ich aussehe«, keuchte sie, als sie sich unter den Körper des Fürsten schob und ihn hochhievte. Ihr war bewusst, dass ihrer Aussprache deutlich der normannische Einschlag anzuhören war, schließlich hatte sie das Walisische lange nicht mehr benutzt, aber es war trotzdem schön, die Worte zu formen – als wäre sie endgültig nach Hause gekommen.

»Du bist auf jeden Fall anders als alle Mädchen, die ich je getroffen habe«, erwiderte der Junge unter Stöhnen, während er den Fürsten hochzog.

Isabel richtete sich auf und half ihm, Cadell zu stützen. »Das höre ich, seit ich Worte verstehen kann.«

Er drehte ihr den Kopf zu, und Isabel erwiderte seinen Blick. Plötzlich mussten sie beide lächeln.

»Komm, gleich haben wir's geschafft.« Der Page stemmte seinen Oberkörper gegen den Bauch des Fürsten und hob ihn hoch, während Isabel das Pony heranführte.

Gemeinsam gelang es ihnen schließlich, Cadell auf das geduldige Tier zu heben. Sofort überprüfte Isabel, ob sein Herz weiterhin kräftig schlug. »Hoffentlich finden seine Männer ihn«, seufzte sie erschöpft.

Der Junge gab dem Pony einen Klaps aufs Hinterteil, das daraufhin davontrottete, nach ein paar Schritten aber sofort wieder den Kopf ins Gras senkte.

Isabel schnaubte ungeduldig, löste den Knoten der Schleuder an ihrer Taille, nahm den Stein, den sie unter dem Lederband für Notfälle an ihrem Körper trug, und traf das Pony ohne Mühe am Hinterteil. Mit einem Wiehern, das nicht entrüsteter hätte klingen können, riss es den Kopf hoch und trabte davon. »So schnell wird es nicht wieder stehen bleiben«, sagte sie und band sich die Schleuder wieder um. Sie sollte sich gleich nach einem neuen Stein umsehen, damit sie im Fall der Fälle nicht erst nach einem suchen musste, doch jetzt war es dunkel und das Gras zu hoch.

»Das war beeindruckend.«

Isabel winkte mit einer fahrigen Geste ab und warf dem fernen Schemen des Ponys noch einen Blick zu, ehe es von der Dunkelheit verschluckt wurde. »Wenn du fünf Jahre in ein Kloster gesperrt bist, lernst du, dein Ziel zu treffen.«

»Du hast auf Nonnen geschossen?«

»Nur auf die, die's verdient hatten.« Sie grinste und ging auf ihren neuen Verbündeten zu.

»Du hast ihm das Leben gerettet.« Er wies mit dem Kinn an jene Stelle, wo Cadell eben noch gelegen hatte. »Einem walisischen Fürsten – dem Feind.«

Isabel zuckte mit den Schultern. »Du doch auch.« Sie studierte sein Gesicht, das sich auf Augenhöhe mit ihr befand. Vom Mondlicht beschienene Augen, deren Farbe sie nicht erkennen konnte, erwiderten ihren Blick. Eine Weile sahen sie sich nur an, bis ein Windstoß über Isabels geschundenen Körper fuhr und sie frösteln ließ.

Der Junge löste sofort seine Brosche. »Nimm deinen Umhang ab«, sagte er und zog seinen eigenen von den Schultern. »Er ist nass und schmutzig. Hier, meiner ist wärmer.« Er legte ihr den dick gefütterten Kittel um und nahm ihren von Schmutz starrenden entgegen.

»Wie heißt du eigentlich?« Es war die Frage, die sie vom ersten Moment an hatte stellen wollen, doch Cadell hatte sie abgelenkt.

Der Junge lächelte, und seine Augen funkelten in der Dunkelheit. »Ich bin Ralph le Walleys«, sagte er. »Ralph, der Waliser.«

Isabel!« Onkel Maurice preschte aus dem Wald, gefolgt von einer Handvoll berittener Männer. Sie erkannte seine Stimme sofort, und die Erleichterung, diesen Tag endlich hinter sich zu bringen, machte ihr die Müdigkeit bewusst. Plötzlich fühlte sie sich schwach auf den Beinen, und obwohl Ralphs Umhang sie wärmte, überkam sie ein Zittern.

»Onkel!«, rief sie und winkte. Sie warf Ralph an ihrer Seite einen durchdringenden Blick zu, um sicherzustellen, dass er das Geheimnis um Cadell nicht verraten würde. Doch sein ernstes Nicken bewies ihr, dass sie sich keine Sorgen machen musste.

Damit ihr Onkel und die anderen nichts von Cadells Verschwinden bemerkten, gab Isabel ihrem neuen Verbündeten ein

Zeichen und rannte ihrem Onkel mit letzter Kraft entgegen. Sie konnte nur hoffen, dass sich niemand mehr dem Ort des Kampfes näherte.

»Isabel, Gott sei gedankt!« Onkel Maurice schwang sich aus dem Sattel, kaum dass sein Pferd zum Stehen gekommen war, und eilte auf sie zu. Er nahm ihr Gesicht in beide Hände und beugte sich über sie, um im schwachen Licht etwas zu erkennen.

»Es geht mir gut«, sagte sie und zwang sich zu einem Lächeln. »Ich bin unverletzt.«

»Ach Isabel.« Sanft strich Onkel Maurice über einen brennenden Kratzer an ihrer Wange und zog sie an seine Brust. Einen Moment lang hielt er sie fest umschlungen, ehe er sie von sich schob und einer neuerlichen Prüfung unterzog.

»Nichts gebrochen?«, wollte er wissen.

»Nichts gebrochen.« Isabel wies auf den Pagen an ihrer Seite. »Ralph le Walleys hat mich hier gefunden und mit mir gewartet.«

Onkel Maurice nickte dem Jungen zu, dann zog er Isabel mit sich. »Komm, lass uns nicht länger hier herumstehen. Nach Tenby ist es noch eine Stunde Ritt, und deine Mutter macht sich bestimmt große Sorgen um dich. Es wird Zeit, dass wir dich ins Warme bekommen.«

»Tenby.« Isabel stemmte sich gegen den Griff ihres Onkels und blickte angstvoll zu ihm hoch. »Der Sheriff, er …« Sie sah erneut den Mann vor sich, dessen Gesicht sie kaum hatte erkennen können. Sie sah, wie der Bogen den Kopf des Fürsten traf, und schauderte. In ihrer blinden Verzweiflung war sie fest entschlossen gewesen, ihn zu töten und Cadell zu rächen, aber jetzt, da sie sich beruhigt hatte, wusste sie natürlich, dass sie nicht einfach einen Menschen umbringen konnte. Das hieß, sie musste diesen Mann heiraten.

Seufzend strich sich Onkel Maurice über den dunklen Schatten an seinem Kinn. Dann ergriff er sacht ihren Arm und führte sie ein Stück weg von den anderen. »Du weißt also, dass du heute deinem Verlobten begegnet bist«, raunte er ihr zu und blickte sorgenvoll auf sie hinab.

»Wieso hast du nichts gesagt? Wieso hat *er* nichts gesagt?«

»Isabel, ich glaube nicht, dass er dich überhaupt bemerkt hat. Er kam geradewegs aus einem Kampf, Feinde waren immer noch um ihn, und auch ich vergaß in all der Aufregung …« Er zuckte mit den Schultern. »Ich vergaß den Grund deiner Anwesenheit, darauf, auf dich aufmerksam zu machen. Ich wollte die Situation einfach nur mit dem geringsten Schaden lösen.« Seine Hand drückte leicht ihren Arm. »Was du heute sehen musstest, ist nichts, was ein Mädchen je zu Gesicht bekommen sollte, aber du darfst nicht verzweifeln. Deine Ehe kann durchaus glücklich werden.«

Isabel bezweifelte das, aber sie wollte ihrem Onkel nicht widersprechen. Dieser schien aber zu bemerken, dass sie seine Meinung nicht teilte, denn er gab ihr einen kleinen Schubs. »Sprich. Was liegt dir auf der Seele?«

Isabel atmete tief durch und straffte die Schultern. »Du selbst warst gegen die Entscheidung des Sheriffs.« Sie flüsterte, als spreche sie etwas Verbotenes. »Er hat sie einfach … abschlachten lassen! Er hat sie ermordet!«

»Wir beide, Isabel.« Onkel Maurice ging vor ihr auf ein Knie nieder und sah sie eindringlich an, seine Hände lagen auf ihren Schultern. »Wir spüren eine Verbundenheit zu diesem Land, zu diesen Leuten. Das walisische Blut ist in uns stärker vertreten als in anderen unserer Familie. Das macht das Leben nicht unbedingt leichter, und manchmal wünschte ich, du wärst mehr wie deine Schwester Mabilia und müsstest diese Bürde nicht tragen. Andererseits ist es aber genau unsere Andersartigkeit, die uns verbindet.« Einen Moment lang ließ er den Kopf hängen, dann sah er sie wieder an. »Nein, ich hätte Cadell nicht getötet«, sagte er müde. »Cadell und seine Brüder sind zuerst meine Familie und dann meine Feinde. Ich töte meine Familie nicht leichten Herzens, sollte aber meinen Feinden gegenüber gleichgültig sein. Meinen Brüdern fällt es leichter, eine Mauer zwischen sich und ihrer walisischen Abstammung zu errichten. Der Sheriff ...« Er sah ihr eindringlich in die Augen. »Der Sheriff ist, anders als wir beide, durch keinerlei Familienbande mit den Rebellen verbunden. Er sieht nur seine hungernden Bauern, die ihre Kinder begraben müssen, nachdem die Rebellen wieder einmal das Getreide und Vieh für den Winter gestohlen haben. Er sieht seine auf Überfällen abgeschlachteten Männer. Er sieht Krieg, Isabel, und Cadells Tod war ein Schritt zum Frieden. Versuche, dich nur einen Moment lang in ihn hineinzuversetzen. Versuche zu vergessen, was du heute gesehen hast, denn du würdest auch mich mit anderen Augen sehen, solltest du jemals in die unglückliche Lage geraten, mich im Kampf zu beobachten. Dies sind Dinge, die wir vor unseren Frauen und Töchtern fernhalten, eben aus dem Grund, der mir jetzt aus deinen Augen entgegenblickt. William Hayt hat das getan, wozu ich zu schwach war.«

»Das war keine Schwäche«, erwiderte Isabel entrüstet. »Wie kann Erbarmen schwach sein? Du hast Gnade gezeigt.«

»Und diese Gnade hätte unserem Heim viele weitere Jahre des Krieges beschert, unzähligen Bauern ihr Hab und Gut – ihr Leben gekostet! Cadells Tod mag den Widerstand brechen, seine Brüder werden nach all ihren Verlusten womöglich endlich aufgeben. Dieses Land wird zur Ruhe kommen. Ich weiß, du fühlst mit den Walisern, aber du hast die Garnison in Llansteffan gesehen. Auch Cadell hat getötet – kaltblütig und ohne darüber nachzudenken. Er tat, was er für sich und sein Volk für das Beste hielt, genauso wie wir.«

Isabel bemühte sich um einen gleichmütigen Ausdruck, aber ihr Magen verkrampfte sich. Cadells Tod hätte Frieden für ihr Land bedeuten können, und womöglich hatten Ralph und sie diesen Frieden zunichtegemacht. Aber wie konnte Friede auf Mord aufgebaut werden? Auf dem Abschlachten wehrloser Männer? Und was für ein Friede sollte es sein, wenn die rechtmäßigen Herrscher vertrieben oder getötet wurden? Das war kein Friede, das war nur Unterdrückung. »Die Aufgabe des Sheriffs wäre es gewesen, Cadell gefangen zu nehmen und einem gerechten Prozess zuzuführen! Er hatte kein Recht, ihn einfach so niederschlagen zu lassen.«

»Für Cadell gilt kein Recht mehr, er ist ein Rebell, ein Verräter an der Krone. Der Sheriff mag unbeugsam und streng sein, aber das Gesicht eines Mannes im Kampf ist immer ein anderes, und so Gott will, wirst du es nie wieder an deinem Verlobten sehen. Seine Pflichten werden ihn auch häufig fortführen, und in Tenby unter dem Schutz seiner Mutter wird es dir an nichts fehlen. Wirst du versuchen, stark für mich zu sein und dein neues Leben erst kennenzulernen, ehe du es ganz verteufelst? Es wird nicht alles schlecht sein, du wirst sehen.« Fast schon flehend sah er sie an, und Isabel biss sich auf die Innenseite der Wange. Sie wollte Onkel Maurice nicht enttäuschen. Sie sollte sich schuldig fühlen, Cadell geholfen zu haben, aber sie bereute nichts. Denn sie hörte immer noch die kalte Stimme des Sheriffs.

»Ich werde es versuchen«, brachte sie heraus. Ihrer Mutter, ihrem Vater und jedem anderen wäre sie vielleicht mit Sturheit und Trotz begegnet, aber für ihren Onkel würde sie beinahe alles tun.

Mit einem hörbaren Ausatmen zog er sie in seine Arme und drückte sie fest an seine kettenhemdgekleidete Brust. »Ich will dich niemals unglücklich sehen«, flüsterte er in ihr Ohr. »Das weißt du doch.« Er strich ihr über den Scheitel, dann richtete er sich auf und sah sie mit einem Kopfschütteln an. »Ich fürchte, deine Mutter wird mich erschlagen, wenn ich dich in diesem Zustand deinem Verlobten vorstelle. Es wäre auch ungünstig, mitten in der Nacht nach Tenby zu reiten und die ganze Burg aufzuwecken. Der Wald ist nicht gerade freundlich bei Nacht. Wir könnten vom Pfad abkommen …« Er sah über die Schulter zurück zu den anderen. »Vielleicht wird es Zeit, die vielgerühmte walisische Gastfreundschaft zu erproben.«

Isabel entfuhr der Atem. »Wir reiten nicht nach Tenby?«

»Nicht heute Nacht«, erwiderte ihr Onkel. Dann winkte er zweien seiner Männer. »Reitet nach Tenby. Sagt dem Sheriff und Lady Maria, dass Lady Isabel wohlauf ist. Wir werden in der Nähe übernachten und morgen früh nachkommen.« Er winkte dem Pagen Ralph le Walleys, der immer wieder nervöse Blicke zu den toten Walisern hinüberwarf. »Dich behalte ich noch bis morgen, denn meine beiden Knappen sind bereits in Tenby. Nimm dir eines der Ponys, und führe das andere am Zügel mit.«

»Ja, Mylord.«

»Ich bin kein Lord«, brummte Onkel Maurice und nahm seinen Schimmel entgegen, den einer seiner Männer ihm brachte. »Schon lange nicht mehr.« Er beugte sich zu Isabel hinab. »Bereit?«

Isabel nickte. Sie wusste, Onkel Maurice ritt ihretwegen nicht zurück nach Tenby. Er gab ihr die Nacht, um sich zu sammeln, ehe sie ihrem Verlobten gegenübertreten musste.

Dankbar legte sie ihre Hände auf Onkel Maurices Arme und ließ sich von ihm auf sein Pferd heben. Als er sich hinter ihr hinaufschwang, schmiegte sie sich erleichtert über den Ausgang dieses schrecklichen Tages an seine Brust und schloss die Augen. Sie schlief sofort ein.

Wach auf, Isabel.« Onkel Maurices Stimme drang in ihren Schlaf, und Isabel spürte eine Hand an ihrer Schulter. Sie konnte nicht sagen, ob sie eine Minute oder eine Stunde geschlafen hatte, aber als sie die Augen öffnete, erkannte sie zu ihrer Linken immer noch die Baumgrenze des Waldes, auch wenn diese jetzt auf einer leichten Anhöhe lag. Onkel Maurice hob sie von seinem Pferd herunter und lehnte sie an seine Brust, als er sich umsah. Sie standen mitten in einem Gehöft, das finster und verlassen in einer Senke lag. Rascheln drang aus einem Verschlag, der zu einer Seite offen war, genauso ein gelegentliches Mähen von Schafen, doch es war zu dunkel, um Näheres zu erkennen. Die Umrisse einer windschiefen Hütte mit Strohdach zeichneten sich vor der Finsternis ab, und ein Bächlein kam aus dem Wald hier vorbei. Das Wasser funkelte unter dem Mond, und Isabel stellte sich vor, wie es wäre, derart abgeschieden zu leben, derart frei. Ob sie immer noch träumte? Dieser Ort erschien ihr zu idyllisch, um Wirklichkeit zu sein.

Das knarzende Öffnen der Tür und der Mann, der mit einem Holzscheit bewaffnet heraustrat, zerstörten diesen Eindruck.

»Wer da?!«, rief er mit rauer Stimme in der walisischen Sprache. Als er die drei bewaffneten Ritter erkannte, ließ er den Scheit sinken und kam mit langsamen Schritten auf sie zu. »Was wollt Ihr?« Er blickte Onkel Maurice entgegen, der mit Isabel an der Hand auf ihn zuging. Immer wieder warf er Blicke hinter sich zur Hütte, seine Stimme zitterte. »Wir haben nichts mehr. Der Sheriff hat uns alles genommen. Geht Eurer Wege, hier gibt es nichts zu holen.«

Onkel Maurice hob in einer begütigenden Geste die Hand und setzte zu sprechen an, als eine Frau aus dem Haus eilte, einen eingewickelten Säugling auf dem Arm. Sie wirkte hektisch und stolperte fast über ihre eigenen Füße, als sie ebenfalls einen Blick zurück zur Hütte warf. Doch dann atmete sie sichtlich ein, straffte sich und gesellte sich an die Seite ihres Gemahls.

»Wir wollen euch nichts Böses«, sagte Onkel Maurice sanft, und dass er die walisische Sprache beherrschte, schien die beiden eher zu verwirren, als zu beruhigen. »Nur einen Platz zum Schlafen. Für diese Nacht. Vielleicht eine Kleinigkeit zu essen für meine Nichte.« Er zog Isabel ein wenig vor, sodass die beiden sie erkennen konnten. »Ich wäre euch zu großem Dank verpflichtet.« Mit einem Wink trat einer seiner Männer näher und brachte ihm seine Börse. Onkel Maurice zählte ein paar Münzen in seine Hand und streckte sie den beiden entgegen. Der Mann schien skeptisch und schüttelte schon den Kopf, doch die Frau hob die Hand. »Was soll ich damit?«, fragte sie und erntete einen erschrockenen Blick ihres Gemahls. Der schien sie aber nicht weiter zu kümmern, denn sie deutete auf Onkel Maurices Pferd. »Ich will das da, oder reitet zur nächsten Siedlung auf die andere Seite des Waldes. Falls ihr dort ankommt und von keinem Sumpfloch verschluckt werdet.«

Wütendes Raunen erklang hinter Isabel, als die beiden Ritter in Onkel Maurices Begleitung zu flüstern begannen. Sie mochten die Worte nicht verstehen, aber den Fingerzeig auf das flämische Ross hatten sie bestimmt richtig gedeutet. Onkel Maurice schien einen Moment lang sprachlos. Doch dann machte die Frau noch einen Schritt auf ihn zu und seufzte ungeduldig. »Nicht das Pferd will ich«, erklärte sie, als hätte sie es mit Beschränkten zu tun. »Das Fell, das unter dem Sattel liegt und mit dem ihr den Rücken Eures Pferdes schützt. Der Winter steht vor der Tür, und meine Kinder frieren. Ich will das Fell.«

Onkel Maurice zögerte einen Augenblick, denn sein Schimmel trug das Fell eines gräulich weißen Wolfs, was durchaus wertvoll war, doch dann gab er ein Zeichen, und sofort machte sich Ralph daran, das Pferd abzusatteln. Seufzend ergriff Onkel Maurice Isabels Hand und zog sie zur Hütte, als die Frau ihnen den Weg verstellte. »Nur das Mädchen«, beschied sie und wies zum Stall. »Für Euch und Eure Männer ist dort drüben Platz. Unter dem Dach im Heu ist es warm.«

»Onkel …«, begann Isabel, doch Onkel Maurice schüttelte den Kopf. In seinem Kettenhemd und dem gegürteten Schwert baute er sich vor der Frau mit dem weißen Schleier um den Kopf auf. »Der Junge geht mit ihr«, erklärte er und winkte Ralph zu sich. »Oder vergesst das Fell. Meine Nichte ist eine Lady von nobelstem Geblüt, und ich überlasse sie nicht schutzlos irgendwelchen Fremden.«

Der Schäfer und seine Frau hätten nicht beleidigter aussehen können. »Dann klopft des Nachts nicht an fremde Türen.« Die Frau packte Isabels Arm und zog sie mit sich. »Gottverfluchte Freinc«, schimpfte sie dabei, als sie die Tür mit der Schulter aufstieß und Isabel ins verrauchte Innere zerrte. »Nobelstes Geblüt! Dem erzähle ich was von noblem Blut, diesem freincischen Hund, den seine Mutter in einem Schweinestall ausgespuckt hat.«

Isabel biss sich auf die Unterlippe. Augenscheinlich ahnte die Frau nicht, dass Isabel das Walisische sehr gut verstand. Sie fand das Gezeter fast schon lustig, bedachte man, dass Onkel Maurices Mutter eine walisische Königstochter und damit von nobelstem *walisischem* Blute war. Was die Frau wohl dazu gesagt hätte? Aber in diesen Zeiten konnte man nie so genau wissen, wer auf welcher Seite stand und ob diese Schäfer den Fürstenbrüdern treu waren oder gar einem ihrer Feinde aus benachbarten Ländereien. Daher hielt Isabel es für besser zu schweigen.

Die Hütte schien nur aus einem einzigen Raum zu bestehen, in dessen Mitte eine Feuerstelle lag, die immer noch glühte. Der Mann des Hauses trat ebenfalls ein, immer noch den Holzscheit in der Hand, den er auf die Glut warf. Funken stoben auf, aber Isabel wich nicht zurück. Sie spürte, dass ihr sofort wärmer wurde. Im zunehmenden Licht erkannte sie zu ihrer Rechten schlafende Gestalten, die Füße dem Feuer entgegengestreckt. Es waren zwei kleine Kinder, die auf zusammengeschobenen Binsen mit einer groben Decke lagen. Zuerst dachte Isabel, das wären die einzigen Personen im Raum, doch ein ersticktes Stöhnen lenkte ihre Aufmerksamkeit in die finstere Ecke auf der anderen Seite des Raumes, wo ein zerschlissenes Tuch notdürftig gespannt worden war und nur die nackten Füße eines Mannes dahinter hervorlugten. Eine weitere Person, dem Anschein nach ein älteres Kind, beugte sich über ihn, aber mehr konnte Isabel nicht erkennen.

»Mein Vater«, erklang plötzlich die Stimme der Frau neben ihr. »Er ist sehr krank, verstehst du? Nur mein Vater. *Pere,* verstehst du das? Vater.« Isabel wandte sich der Frau zu und wollte gerade nicken, um ihr zu zeigen, dass sie verstand, als die Waliserin sich schon seufzend an ihren Ehemann wandte. »Die versteht kein Wort.«

»Die Kleine ist ja auch unser geringstes Problem!« Der untersetzte Mann ergriff den Arm seiner Gemahlin und zog sie ein wenig zur Seite. Seine Stimme senkte sich zu einem Flüstern, aber er war so aufgebracht, dass Isabel ihn trotzdem verstehen konnte.

»Was hast du dir nur dabei gedacht, die Männer auch noch zu provozieren? Sie hätten uns gar nichts geben müssen – sie tun doch sonst auch, was ihnen gefällt, und nehmen sich, was nicht rechtzeitig in Sicherheit gebracht wird. Diesem Mann sein Fell abzuknöpfen war …«

»… das einzig Weise, was wir in dieser Situation tun konnten, du Dummkopf!« Die Frau schaukelte den Säugling auf ihrem Arm und warf Isabel einen Blick zu. Schnell streckte Isabel ihre Hände dem Feuer entgegen und tat so, als gäbe es für sie nichts Interessanteres als die Flammen. Doch sie hörte sehr genau zu.

»Losgeworden wären wir sie sowieso nicht, auch wenn wir sie weggeschickt hätten – die hätten uns nur die Hütte eingerannt. Aber wenn wir zu schnell nachgegeben hätten, wären sie misstrauisch geworden, also tat ich das einzig Richtige, und ein Fell hat es uns auch eingebracht. Ich scheine hier ja die Einzige zu sein, die mitdenken kann!«

»Und was ist jetzt mit dem Mädchen?«

»Lass die Kleine nur meine Sorge sein.«

Aus den Augenwinkeln nahm Isabel wahr, wie die Frau sich

ihr wieder näherte, und als sie hochblickte, lag ein freundliches Lächeln im Gesicht der Waliserin. »Wenn du dir das Blut abwaschen willst, Mädchen, musst du raus zum Bach gehen. Da draußen.« Die Frau gestikulierte übertrieben zur Tür. »Wasser. Gesicht.« Sie rieb mit ihren Händen über ihr eigenes Gesicht, und Isabel konnte sich nur schwer ein Schmunzeln verkneifen. Wenn die beiden wüssten, dass Isabel alles verstand ... sie hätten bestimmt nicht so offen gesprochen – Worte, die Isabel verwirrten, aber sie war zu müde, um über deren Bedeutung nachzudenken.

»Haben dir die freincischen Köter was getan, hm?« Die Stimme der Frau wurde sanfter. »Du siehst aus, als wäre eine ganze Armee über dich hergefallen. Von wegen Onkel. Ehrlose Halunken sind das. Aber diese Nacht bist du erst mal sicher. Na mach schon.« Sie hob den Säugling auf den anderen Arm und nahm eine Schale von einem Wandbord. »Wir sollten schlafen, ehe der Morgen anbricht, meinst du nicht?«

Isabel nickte, und es fiel ihr nicht schwer zu lächeln. Diese Frau hielt sie für eine Normannin, den Feind, und trotzdem hatte sie Freundlichkeit und Sanftheit für ihren ungebetenen Gast gefunden. Irgendwie konnte Isabel die Ablehnung dieser Familie verstehen, auch wenn ihr ihre Großmutter stets von den offenherzigen und gastfreundlichen Walisern erzählt hatte, die jedermann zu jeder Zeit die Türen geöffnet hatten. Doch das war vielleicht gewesen, bevor Mörder und Diebe durch ebenjene Türen eingedrungen waren.

Erschöpft schlurfte sie durchs Bodenstroh zur Tür, durch die gerade Ralph mit einem Bündel in der Hand kam. »Ich gehe zum Bach«, sagte sie auf Normannisch. Ralph nickte, legte die zusammengerollte Decke neben der Tür nieder und begleitete sie zurück in die Nacht. Isabel sah ihren Onkel und die Männer drüben beim Stall, die gerade ihre Pferde absattelten und festbanden.

»Solltest du ihnen nicht helfen?«, fragte sie Ralph, als sie dem festgetretenen Pfad zum Bach hinunter folgten.

Ralph lachte leise. »Dein Onkel hat gesagt, er zieht mir das Fell über die Ohren, wenn ich dich auch nur einen Moment lang aus den Augen lasse. Und wenn dieser alte Bock von Schäfer dich auch nur falsch ansieht, soll ich ihn abstechen oder um Hilfe rufen. Er meinte, er würde mit einem wachen Ohr schlafen.«

Ein Lachen entkam ihr, als sie sich am Ufer niederkniete. »Und womit sollst du ihn bitte schön abstechen? Mit deinem Fleischmesser?« Sie wies auf seinen Gürtel, an dem eine vielleicht fingergroße Lederscheide befestigt war.

Ralph zuckte mit den Schultern. »Wieso nicht? Gut gezielt vermag auch dieses Messer zu töten. Auf jeden Fall würde es ihm sehr wehtun, wenn ich ihm seine …« Er verstummte abrupt, und als Isabel sich ihm zuwandte, wich er ihrem Blick aus. In der Dunkelheit konnte sie kaum etwas erkennen, aber sie könnte schwören, dass er errötete. »Seine was?«, neckte sie ihn und lehnte sich vor, um ihm ins Gesicht zu blicken. Doch Ralph wies auf den Bach. »Wir sollten uns beeilen.«

Isabel kicherte, aber sie lehnte sich vor und schöpfte mit ihren Händen Wasser, das sie sich ins Gesicht spritzte. Es war eisig kalt und belebend. Auch betäubte es den Schmerz ihrer Wunden, und sie hoffte, die Kratzer würden morgen nicht mehr allzu auffällig sein. Erneut lehnte sie sich hinab, um ihre Hände ins Wasser zu tauchen, als eine Berührung an ihrer Wange sie innehalten ließ. Erstaunt drehte sie den Kopf zur Seite und bemerkte, dass Ralph ihr eine Haarsträhne zurückstrich.

»Die werden nass«, sagte er auf Isabels verblüfften Ausdruck hin, doch seine Stimme klang plötzlich ungewöhnlich hoch. Hochaufgerichtet kniete er neben ihr im Gras, als wäre er zu Stein erstarrt. Isabel sah ihn einen Moment lang stumm an und versuchte, seinen irritierten Ausdruck zu verstehen, aber dann zuckte sie mit den Schultern. »Danke.« Sie fasste ihr taillenlanges Haar zusammen und versuchte, es von den winzigen abgebrochenen Zweiglein zu befreien und mit ihren Fingern etwas auszukämmen. Zum Glück hatte sie keine wertvollen Spangen getragen, nur zwei einfache aus Holz gefertigte Klammern hatten ihr Haar zurückgehalten. Die waren jetzt weg, genauso das gestickte Haarnetz, das wohl irgendwo an einem Ast im Wald hing.

Schließlich erhob sie sich. »Du musst mir noch erzählen, wer du bist, *Ralph le Walleys*«, sagte sie und machte sich auf den Weg zurück zur Hütte. »Woher kommst du? Wie alt bist du?«

»Bald vierzehn«, antwortete Ralph schnell und sprang auf die Beine.

Isabel warf ihm über die Schulter einen Blick zu. »Und weiter? Wieso hast du einen normannischen Namen, der ›Waliser‹ bedeutet?«

»Das ist eine lange Geschichte, und so wie es aussieht, werden wir noch genügend Zeit finden, um deine Neugierde zu stillen. Schließlich führt auch dein Weg nach Tenby.«

Isabel blieb stehen, plötzlich von jeglicher Kraft verlassen. »Ja.« Sie starrte auf ihren verdreckten Saum hinunter, der sich in der Dunkelheit schwarz von ihrem hellgrünen Bliaut abzeichnete. »Mein Onkel bringt mich zum Sheriff – meinem Verlobten.«

»Das habe ich gehört.« Ralph kam an ihre Seite. »Nun. Da der Sheriff mein neuer Herr ist, wirst du also bald zu meiner Herrin.« Er verneigte sich spöttisch mit ausgebreiteten Armen. »Madame.«

Isabel sah ihn an. »Lass uns nicht darüber sprechen, bitte. Ich will nicht darüber nachdenken.«

Ralph erwiderte ihren Blick einen Moment lang mit verengten Augen, doch dann nickte er. »Komm Isabel, Zeit zum Schlafen.«

Sie gingen zurück, doch wenige Schritte bevor sie die Hütte erreicht hatten, vernahm Isabel plötzlich ein Schnauben und leises Wiehern. Sie sah zum Verschlag hinüber, wo Onkel Maurice und seine Männer waren, aber das Geräusch war nicht von da gekommen.

»Das scheinen ziemlich reiche Schäfer zu sein, wenn sie sich Pferde leisten können.« Ralph streckte die Hand nach der Tür aus, doch Isabel ergriff seinen Arm und schüttelte den Kopf. »Lass uns nachsehen.« Sie wartete auf keine Antwort und schlich sogleich um die einfache Hütte herum. Sie hörte, dass Ralph ihr folgte, und als er an ihrer Seite um die Ecke bog, schnappte er genauso wie sie nach Luft und fuhr zurück, als hätte sich ihnen ein unheilvolles Wesen aus dem Elfenvolk gezeigt. Doch es war nur ein Pony. Ein walisisches gesatteltes Pony, dasselbe, das mit Cadell auf dem Rücken davongetrottet war. Festgebunden an einem Holzpfahl zupfte es einzelne Grashalme aus, die es auf dem festgetretenen Platz hinter der Hütte finden konnte.

»Ist das …«, begann Ralph, doch er sprach nicht weiter, kannte er die Antwort doch genauso wie sie.

»Von wegen kranker Vater …« Sie sprach leise, ihre Stimme kaum mehr als ein erstaunter Hauch, aber Ralph hatte sie gehört und fuhr zu ihr herum. Aus weit aufgerissenen Augen starrte er sie an und deutete sprachlos zur Hütte.

Isabel nickte. »Cadell liegt da drinnen hinter einem Vorhang. Die Waliserin meinte, es wäre ihr kranker Vater, aber …« Sie deutete zum Pony, und einen Moment lang starrten sie beide das Tier schweigend an.

»Was willst du jetzt machen?«, fragte Ralph schließlich.

Isabel sah ihn an. »Na gar nichts, natürlich. Was mich betrifft, ist das da drinnen ein alter Schäfer, und wir werden kein Wort darüber verlieren.«

»Und wenn dein Onkel oder ein anderer die Hütte betritt oder wenn einer hierher nach hinten kommt und das Pony sieht?«

»Lass uns beten, dass sie es nicht tun, denn sonst steht es schlecht um diese Familie, und es wäre unsere Schuld. Soweit ich mitbekommen habe, ist Cadell noch am Leben, und wenn sie sich um ihn kümmern, kann er es schaffen. Wir müssen dafür sorgen, dass er unentdeckt bleibt. Nicht nur um Cadells willen. Kannst du dir vorstellen, was dieser Familie blüht, wenn herauskommt, dass sie einen Rebellen versteckt?«

Ralph sah zurück zur Vorderseite der Hütte und seufzte schließlich laut auf. »Ja, und ich kann mir auch vorstellen, was mit uns geschieht, wenn jemand von unserer Rolle erfährt.«

Noch vor Sonnenaufgang machten sie sich auf den Weg nach Tenby, und Isabel war müder als am Abend zuvor. Sie tauchten ein in den Wald und bewegten sich auf die ersten Sonnenstrahlen zu, die sich durchs dichte Geäst kämpften, immer weiter Richtung Küste. Doch Isabel hatte keinen Blick für ihre Umgebung, ihr fielen ständig die Augen zu. Sie hatte kaum geschlafen, erst als der Schäfer des Nachts mit Cadell still und heimlich verschwunden war, hatte sie es gewagt, ein wenig zu dösen. Sie war beruhigt gewesen, das Pony davongehen zu hören, und da der Schäfer morgens noch nicht zurück gewesen war, ging sie davon aus, dass er Cadell in Sicherheit gebracht hatte. Gerne hätte sie der Familie ihren Dank ausgesprochen, aber sie hatte nur wissende Blicke mit Ralph getauscht und darauf geachtet, dass sie so schnell wie möglich von dort verschwanden und die Familie in Ruhe ließen.

Jetzt hielten sie sich gen Süden, und als die Spitze eines Kirchturms in der Ferne emporragte, wusste Isabel, dass die nächste Prüfung vor ihr lag.

»Tenby«, sagte Onkel Maurice und lenkte seinen Schimmel über einen Pfad den Hang zur Siedlung hinunter. »Dein neues Zuhause.«

Isabel ließ ihren Blick über die zusammengedrängten Häuser schweifen, die sich alle um die Kirche tummelten, und betrachtete das in der Ferne blau schimmernde Meer. Ein paar Schiffe kreuzten in der Bucht, doch der Anblick verschwand wieder, je näher sie der Siedlung kamen. Lehmhäuser sowie aus Holz errichtete Hütten verstellten ihr den Blick. Sie passierten Händler, die verschiedenes Meeresgetier anboten, dessen Geruch die salzige Brise der See überlagerte, und kamen an Tavernen vorbei, vor denen Fischer in der Sonne saßen. Isabel hörte so viele unterschiedliche Sprachen und Akzente, sie vermochte nicht zu sagen, woher all die Menschen kamen.

»Wikinger«, erklärte Onkel Maurice, als Isabel einer kleinen Gruppe rauer Männer mit auffälligen Armbändern hinterherblickte. Sie gingen einen Pfad hinunter – vermutlich zum Hafen. »Sie kommen aus Irland. Die Wikinger von einst ließen sich überall an der irischen Küste nieder und gründeten dort Handelsstädte. Also eigentlich sind sie keine Wikinger mehr, da sie ja keine Überfälle mehr unternehmen – es sei denn, sie werden dafür bezahlt natürlich. Nordmänner sagen wir. Sie können hilfreich sein oder auch wirklich unangenehm, je nach Laune.«

»Sie sind Söldner«, sagte Isabel, die sich an die Geschichten ihrer Großmutter erinnerte. Nicht nur einmal war es vorgekommen, dass ein walisischer Fürst vor den Normannen nach Irland zu diesen Nordmännern geflohen und mit einer Wikingerflotte zurückgekehrt war. Es hatte sich aber auch ereignet, dass die Wikinger dann zu den Normannen übergelaufen waren. Es kam immer darauf an, wer das höchste Angebot machte. Vor Llansteffan waren ebenso Schiffe gefahren, denn der Fluss war reich an Fischen und ein wichtiger Handelsweg, doch solch ein Durcheinander hatte es dort nicht gegeben.

»Nicht alle Nordmänner sind Krieger, Isabel, viele sind auch nur einfache Händler. Da sie aber im Landesinneren keinen Handel treiben dürfen, findet man sie überall an der Küste, auch wenn Tenby eher nur ein Fischerhafen ist. Hauptsächlich Heringe und Austern, die hier in der Carmarthen Bay bis Gower gefangen werden.«

Isabel lauschte interessiert, schließlich war dies ihre neue Heimat, und sie genoss den Ritt durch die Siedlung, denn er weckte sie auf und lenkte sie von ihren nagenden Gedanken ab. Doch im nächsten Moment ließen sie die Häuser hinter sich und blickten vom Kamm eines weiteren flachen Hangs zur Bucht hinab. Dort, mitten im Meer, so schien es, thronte die Burg auf einer felsigen Erhebung, die fast gänzlich vom Wasser umschlossen wurde. Wellen brandeten gegen die Klippen, und Isabel war zugleich beeindruckt als auch ein wenig mulmig zumute. Einzig über einen schmalen Landstreifen war der Burghügel zugänglich. Isabel sah Gräben und Wälle, die zur Verteidigung der Landesseite dienten, doch auf Meeresseite war großteils darauf verzichtet worden. Wer hätte schon über die steilen und zerklüfteten Klippen hochklettern können?

»Bei Ebbe zieht sich das Meer so weit zurück, dass du diese Insel dort drüben zu Fuß erreichen kannst.« Onkel Maurice deutete auf ein raues Felsgebilde, das sich unweit der Burg aus dem Meer erhob. Dichtes Buschwerk und Wiesen bevölkerten diese einsame Insel, aber ansonsten konnte Isabel nichts darauf erkennen.

»Schon merkwürdig«, murmelte sie und betrachtete die weißen Schaumkronen, die über den Wellen tanzten. »Im einen Moment gehört dieses Gebiet dem Meer, und es macht den Eindruck, als könne es nie anders sein. Aber nur Stunden später liegt alles trocken. Und was ist das da drüben?« Sie wies zu einer weiteren Insel, die etwas weiter südlich lag und auf der sie ein Gebäude zu erkennen glaubte.

»Das ist Caldey Island. Die Benediktiner haben dort drüben ein Stift.«

Isabel nickte. Ihr Blick fiel zur anderen Seite des Burghügels, wo sich ein weitläufiger Sandstrand erstreckte. Das Gefühl von Heimweh nach Llansteffan und ihrer Großmutter traf sie nicht unerwartet, doch heftig. Isabel sehnte die langen Spaziergänge und Gespräche herbei, und der Anblick des goldenen Sandes erinnerte sie an eine glückliche und unbeschwerte Zeit. Die Ungewissheit über das, was sie hier erwarten würde, bereitete ihr Bauchschmerzen.

Ihr Onkel merkte zum Glück nichts davon, da er hinter ihr auf dem Pferd saß. Er lenkte den Schimmel den Hang hinunter und führte ihn über die schmale Landbrücke, welche die Siedlung mit dem Burghügel verband. Dort folgten sie einem Pfad den steilen, grasbewachsenen Hang hinauf, auf dem noch altertümliche Erdarbeiten, wie Isabel sie auch zu Hause in Carew gesehen hatte, zu erkennen waren. Am Kamm des Hügels trabten die Pferde schließlich mit klappernden Hufen durchs Torhaus in den Burghof von Tenby Castle.

Isabel betrachtete die im Hof herumeilenden Knechte und Mägde, die strohgedeckten Gebäude, die sich im Halbrund an die steil abfallende Küste schmiegten, und den aus Steinquadern errichteten Turm, der hinter einem weiteren Graben und Wall lag. Das Rauschen des Meeres und Kreischen der Seevögel übertönte fast schon die aufgeregten Gespräche der versammelten Menschen. Alle blickten zu Isabel hoch, und manche zeigten auch auf sie. Das Gefühl, nicht hierherzugehören und eingesperrt zu sein, verengte ihr die Brust. Sie war von Wasser umschlossen, es gab nur einen Weg von hier fort, und der war gut geschützt. Reiß dich zusammen, Isabel, dachte sie im nächsten Moment. Sie war gerade erst angekommen, und schon spielte sie mit Fluchtgedanken. Dies war nun ihr Zuhause, Zeit, sich daran zu gewöhnen.

»Sir Maurice.« Ein wachhabender Soldat vom Tor trat an sie heran. »Ihr seid wohlauf.« Sein Blick fiel fast schon flüchtig auf Isabel, aber sie bemerkte trotzdem die Neugierde und wie er sie in nur einem Herzschlag musterte.

Onkel Maurice schwang sich vom Pferd und hob Isabel aus dem Sattel. »Ist der Sheriff hier?«, wollte er von dem Mann wissen, der nickte und einem Jungen zurief.

Doch es war nicht der Sheriff, der über die Brücke des inneren

Grabens in den Hof schritt, sondern eine Frau. Im ersten Moment hielt Isabel die Dame anhand des strengen Schleiers für ihre Mutter, aber während Maria de Montgomery stets etwas gebückt ging, hielt sich diese Frau aufrecht. Den Kopf hochgehalten, die Hände vor dem Bauch verschränkt, schritt sie an den Knechten vorbei, die Onkel Maurices Schimmel und die Pferde der anderen entgegennahmen. Mit ausdrucksloser Miene blieb sie vor ihnen stehen, das etwas kantige Kinn kaum merklich vorgereckt.

Ihr Onkel verneigte sich. »Madame.« Er wies auf Isabel. »Ich möchte Euch meine Nichte vorstellen: Lady Isabel de Carew.«

Die hochgewachsene Dame drehte den Kopf und blickte mit dunklen Augen auf Isabel hinab. Ihre fast schwarzen Brauen, die in einem ausgeprägten Bogen über die Augen führten, zogen sich missmutig zusammen. Sie schien Isabel schon jetzt als ungenügend abzutun. Falten zeichneten die Stirn der Dame und hatten sich auch um den Mund eingegraben, was Isabel an ihre Mutter erinnerte. Es war nur ein kurzer Augenblick, den sie ihr widmete, ehe sie sich an Onkel Maurice wandte: »Es ist schön zu sehen, dass Ihr die Reise trotz des unerfreulichen Zwischenfalls gut überstanden habt. Bevor Isabel jedoch meinem Sohn gegenübertritt, werde *ich* mich ihrer annehmen.«

Isabel hielt den Atem an. Dies war also Lady Hayt – die Mutter des Sheriffs, ihre zukünftige Schwiegermutter. Allein beim Gedanken, unter der Obhut dieser strengen Frau leben zu müssen, fröstelte sie.

Onkel Maurice nickte und blickte an der Dame vorbei zum Burgturm. »Und meine Schwägerin? Isabels Mutter?«

»Lady de Montgomery leidet unter Kopfschmerzen. Die Sorge um ihre Tochter hat sie sehr geschwächt.« Ihrem Ausdruck wie ihrem Ton waren keinerlei Emotionen anzumerken – weder Mitgefühl für das Leiden ihres Gastes noch Unverständnis. Sie antwortete lediglich auf eine Frage.

Isabel wurde immer unwohler. Sie hätte sich ihre Mutter bei

dieser ersten Begegnung mit ihrer zukünftigen Familie an ihrer Seite gewünscht, und von ihrer Schwiegermutter hatte sie eine Ähnlichkeit zu ihrer Großmutter erhofft, doch was hatte sie erwartet, kannte sie doch schon den Sohn. Das Gefühl, alleingelassen zu werden, verstärkte sich noch, als Onkel Maurice ihr die Hand auf die Schulter legte und sagte: »Wir sehen uns später, Isabel.« Im nächsten Moment verschwand er auch schon Richtung Turm.

Isabel zwang sich, tief durchzuatmen und den Instinkt, einfach davonzulaufen, zu unterdrücken. Ralph, der bislang ein paar Schritte hinter ihnen geblieben war, ging an ihr vorbei, um die beiden walisischen Ponys zum Stall zu führen. Als hätte er ihren Blick gespürt, sah er über die Schulter zurück und nickte ihr aufmunternd zu.

Isabel lächelte und riss sich zusammen. Sie war ja nicht ganz alleine hier.

»Wollen wir?« Lady Hayt ergriff leicht ihren Arm und führte sie zwischen den umhereilenden Menschen durch ein weiteres Tor in den inneren Hof, von wo aus auch der Turm zugänglich war. Immerhin zerrte sie Isabel nicht mit sich und zerquetschte ihr auch nicht den Arm, wie es ihre Mutter so gerne tat. Nein, die Geste schien fast schon fürsorglich.

Schweigend gingen sie eine aus Holz errichtete Außentreppe hoch in das erste Obergeschoss des Turms und gelangten in einen Vorraum. Von dort ging es in die große Halle, wo noch ein paar Wachen an den längsseitigen Tafeln über dampfenden Schalen saßen. Oben am Podest hielt sich aber niemand mehr auf, und Mägde waren schon dabei, die Reste des Frühstücks wegzuräumen. Der Sheriff war also nicht in der Halle. Isabel war erleichtert, auch wenn sie wusste, dass das Warten alles nur noch schlimmer machen würde.

»Du musst hungrig sein.« Lady Hayt führte sie in das finstere Treppengewölbe in der Ecke hinter dem Podest und ging ihr voraus ins obere Stockwerk hoch. »Solche Aufregungen machen immer hungrig.«

Isabel schüttelte den Kopf, auch wenn Lady Hayt es nicht sehen konnte. »Es geht mir gut, habt Dank.« Sie würde nicht einen Bissen hinunterbekommen, in ihrem Bauch rumorte und flatterte es.

Vorsichtig öffnete Lady Hayt eine Tür zu einem weiträumigen Gemach, in dem sich ein Himmelbett mit zugezogenen Vorhängen befand. Eine Magd mit kugelrundem Bauch blickte auf und ließ den Krug sinken, mit dem sie gerade dampfendes Wasser in eine Schüssel auf dem Tisch gegossen hatte. Sie verneigte sich in Lady Hayts Richtung, warf Isabel ein zaghaftes Lächeln zu und verließ den Raum auf leisen Sohlen.

Lady Hayt winkte Isabel näher und legte einen Finger auf die Lippen. Mit einer knappen Kopfbewegung deutete sie zum Bett, und Isabel nahm an, dass ihre Mutter hinter den Vorhängen schlief.

»Dies ist mein Schlafgemach«, flüsterte Lady Hayt und nestelte die Verschnürung von Isabels Umhang auf. »Bis zum Tag deiner Hochzeit wird es auch das deine sein. Ein Lager wird heute Nachmittag für dich hergerichtet, denn ich bevorzuge es, allein zu schlafen. Falls du dich ausruhen möchtest, musst du dich derweil zu deiner Mutter legen.«

»Es geht mir gut.«

Lady Hayt hielt mit dem Umhang in der Hand inne, und ihre Lippen hoben sich zu einem zynischen Lächeln. »Natürlich geht es dir gut.« Sie legte den Umhang ab und hieß Isabel, sich auszuziehen.

Isabel zögerte. Es war ihr unangenehm, sich vor einer Fremden zu entblößen, doch sie wollte nicht gleich am ersten Tag ungehorsam wirken, und so legte sie das Überkleid ab und mit größter Überwindung dann auch noch das Unterkleid. Lady Hayt ließ ihren Blick flüchtig über ihren Körper schweifen und seufzte schwer, als hätte sie sich etwas anderes erhofft. Dann nahm sie eine grobe Bürste zur Hand, tauchte sie ins warme Wasser und begann damit, ihren Körper von den Schultern abwärts zu schrubben, bis Isabel meinte, ihre Haut stünde in Flammen. Schweigend drückte sie Isabel einen Lappen in die Hand, mit dem sie sich das Gesicht waschen sollte.

»Man könnte meinen, die gesamte walisische Armee wäre über dich hergefallen.« Lady Hayt wusch ihr das verkrustete Blut von den Beinen, ging dabei aber nur wenig sanfter vor. »Du hast nicht einen unverletzten Fleck am Körper.«

»Mein Pferd ist durchgegangen.«

»Ja, das hörte ich.«

Isabel biss sich auf die Unterlippe, dann nahm sie all ihren Mut zusammen. »Ich habe Euren Sohn gesehen«, sagte sie leise und rubbelte mit dem Lappen über ihren Hals. »Er hat mich nicht erkannt, aber ich habe ihn gesehen. Er … ließ eine Gruppe Waliser töten.«

Lady Hayt hielt inne und verharrte einige Momente lang reglos. Dann blickte sie zu ihr auf. »Mein Sohn ist der Sheriff von Pembroke.«

Isabel schwieg. Das war ihr durchaus bewusst, aber diese Position rechtfertigte lange nicht seine Grausamkeit.

»Nun, Isabel.« Die Dame nahm ihr den Lappen aus der Hand und griff nach einem zweireihigen Beinkamm, um ihr Haar zu entwirren. »Lass mich dir einen Rat geben: Trenne dich von jeglichen Illusionen – falls du denn solche hattest –, und sieh den Tatsachen ins Auge: Mein Sohn ist ein Mann, für den Gnade Schwäche bedeutet, genauso Mitgefühl und Zuneigung. Errichte eine Mauer um dich, sei gehorsam, und gebär Söhne und Töchter, an denen du dich festhältst, ansonsten wirst du hier nicht überleben.« Sie sah ihr noch einmal eindringlich in die Augen, um die Bedeutung ihrer Worte zu betonen, und wandte sich schließlich ab, um ihr Haar zu kämmen.

Isabel stand regungslos da und starrte auf den Wandteppich, der Ritter mit Lanzen in der Hand zeigte, welche einer Gruppe Männer nachpreschten. Rote Fäden waren eingeflochten, um das Blut darzustellen. Sie spürte das Reißen an ihrer Kopfhaut kaum, fühlte die Kälte auf ihrer nackten Haut nicht. Es war, als hätte jemand Eiswasser über sie gegossen und ihrem Körper jegliches Empfinden geraubt. Sie hatte es gewusst, von jenem Moment an, da sie den Sheriff zum ersten Mal gesehen und seine Stimme gehört hatte. Onkel Maurice hatte sie zu trösten versucht, aber seine Worte waren bedeutungslos. Mehr denn je wünschte sie sich ihre Großmutter an ihre Seite, die ihr am Tag der Vereinbarung mit dem Sheriff von ihrer ersten Ehe erzählt hatte. »Er war mein Feind, ich wurde ihm gegen meinen Willen gegeben. Ich hasste ihn, aber dann lernte ich, ihn zu lieben.« Isabel hatte ihren Großvater nie kennengelernt, zum Zeitpunkt ihrer Geburt war er schon tot gewesen, doch ihre Großmutter hatte immer mit leuchtenden Augen von ihm gesprochen, so zärtlich und hingebungsvoll, dass Isabel sich nicht vorstellen konnte, dass sie ihren Gemahl jemals gehasst hatte.

Isabel war sicher, anders als ihre Großmutter, niemals in der Lage zu sein, ihren Gemahl zu lieben. Für seine Tat würde sie ihn auf ewig verachten. Der Sheriff würde sie auch nicht lieben, wenn sie Lady Hayt Glauben schenkte. Von einem Moment zum anderen schien ihre ganze Zukunft von Düsternis überlagert. »Ich danke Euch für Eure Offenheit, Madame«, hörte sie sich mit seltsam tonloser Stimme sagen.

Lady Hayt trat vor sie hin und sah sie ernst an. »Hier wirst du nicht verzärtelt und auf Klosterrosen gebettet, Kind. Zuwendung und Milde wirst du von mir nicht erfahren, aber auf eines kannst du dich verlassen: Von mir wirst du nur die Wahrheit hören, egal wie schrecklich sie auch sein mag. Das ist das Einzige, was ich dir versprechen kann.«

Isabel schluckte gegen den Kloß in ihrer Kehle und nickte.

»Besser als nichts«, erwiderte sie trocken und ließ die Dame damit einen Moment lang stutzen. Sie sah Isabel noch einmal an, dann schüttelte sie den Kopf und nahm ein frisches Unterhemd und einen veilchenblauen Bliaut zur Hand. »Zieh dich an, Isabel, und mach dich bereit. Dein neues Leben beginnt jetzt, und es liegt an dir, was du daraus machst.«

Der Sheriff saß mit Onkel Maurice an der hohen Tafel und trank. Er hatte ihr den Rücken zugewandt, einen Ellbogen auf den Tisch gelehnt, und mit dem Becher in der Hand gestikulierte er heftig. Dabei funkelten immer wieder Ringe an seinen Fingern in den Sonnenstrahlen, die durch die Fensteröffnungen der Halle hineinschienen. Sein rotgoldenes Haar fiel ihm bis auf die breiten Schultern und verlieh ihm etwas von einem Prinzen aus den Sagen, die Isabel so liebte. Und als Onkel Maurice an ihm vorbei zu ihr blickte und der Sheriff sich daraufhin selbst umdrehte, stockte ihr der Atem.

Ihre Füße konnten nicht weiter, und noch nicht einmal als Lady Hayt ihr einen kleinen Schubs gab, war sie fähig, sich zu rühren.

Alles am Sheriff war schön, geradezu perfekt. Die eher schmalen Augen, die in einem so hellen Grün strahlten, dass ihre Farbe selbst im diffusen Licht zu erkennen war, die gerade Nase, die ausgeprägten Wangenknochen, das glatte Kinn, die makellose, bar jeder Narben schöne Haut, die den Eindruck vermittelte, als hätte er sich noch nie im Kampf befunden … Mit höflichem Interesse und einem halben Lächeln blickte er ihr entgegen, und Isabel fiel es schwer, seine Erscheinung mit der eisigen Stimme, die so ungerührt den Tod unbewaffneter Menschen befohlen hatte, in Verbindung zu bringen. Wieso sah sie sich keinem Monster gegenüber? Müsste er nicht schwarze, seelenlose Augen haben, eine dämonische Fratze? So viele Schreckensbilder hatte sie diese Nacht vor sich gesehen, nicht zu wissen, was sich hinter dem Helm verbarg, hatte sie fast wahnsinnig gemacht. Dass ihr jetzt ein fast unwirkliches Abbild von Schönheit entgegenblickte, beunruhigte sie mehr, als hätte sie tatsächlich ein Ungeheuer vor sich. So eines hätte sie wenigstens sofort durchschaut. Was lag hinter diesem nichtssagenden Lächeln, dem jede Wärme fehlte und das ihr eine Gänsehaut bescherte? Es schien gefährlich, als wäre es nur eine Maske, und mit einem einzigen Blinzeln würde sich dann doch noch ein Dämon zeigen. Gestern hatte sie ihn töten wollen, sie hatte ihre Schleuder nehmen und ihm den Kopf einschlagen wollen, und jetzt, da sie ihm gegenüberstand, brandeten all diese Gefühle, die Hitze und das Zittern erneut in ihr auf. Sie sah wieder vor sich, wie Cadell zusammenbrach, spürte die hilflose Verzweiflung, das Rasen in ihrer Brust.

»Isabel.« Seine Stimme klang anders als gestern, ruhig und gefasst, trotzdem zuckte sie zusammen, als hätte er sie angeschrien. »Komm, setz dich zu uns. Dem Herrn sei gedankt, dass du es doch noch hierhergeschafft hast.«

»Mylord.« Sie wollte in einen Knicks sinken, doch ihre Knie zitterten von der enormen Anspannung, die mit der Flut der Erinnerungen gekommen war. Für anmutige Bewegungen war sie auch schon immer zu ungelenk gewesen, und so fiel ihr Versuch eher kläglich aus. Ein Seufzen erklang hinter ihr aus Lady Hayts Kehle, und in Isabel kam der Wunsch auf, ihr zu zeigen, dass sie im Umgang mit der Schleuder alles andere als tollpatschig war. Zu ihrer Erleichterung erhob sich Onkel Maurice von seinem Platz und kam auf sie zu.

»William«, begann er und ergriff ihren Arm, was ihr eine enorme Stütze war. »Darf ich dir meine Nichte vorstellen: Isabel de …«

»Ach, lass diese Förmlichkeiten, FitzGerald, und setz dich hin. Du auch, Isabel, komm her. Wir sind hier auf einer Burg im tiefsten Wales und nicht am Königshof. Hier leben lauter raue Gesellen, und jeder kann jeden Tag draufgehen. Dieses noble Geschwätz kann ich nicht hören, also fangt gar nicht damit an.« Er rückte den Stuhl neben sich ein wenig zurück und wies einladend darauf, dann winkte er einem Pagen, der im Schatten eines Stützpfeilers mit einem Krug in der Hand wartete. Als Isabel erkannte, dass es sich um Ralph handelte, fühlte sie sich gleich etwas stärker. Das Geheimnis, das sie teilten, und die durchwachte Nacht, in der sie sich bei jeder Regung Cadells oder beim Aufbruch des Schäfers verstohlene Blicke zugeworfen hatten, verbanden sie miteinander. Die Nervosität fiel etwas von ihr ab, und sie schaffte es, sich neben dem Sheriff auf einem der vier Stühle der Tafel niederzulassen.

»Du warst also die letzten Jahre im Kloster«, seufzte der Sheriff und wandte sich ihr zu, seine klaren grünen Augen direkt auf sie gerichtet. »Was für einen Unsinn mögen sie dir da wohl eingebläut haben, hm? Sicherlich nichts, was dir hier draußen nützlich sein wird.«

»Zumindest nicht, wie man ein Pferd im Angesicht eines Blutbads beruhigt«, sagte sie und wies auf ihre zerkratzten Hände. Sie wusste, wie unhöflich ihre Worte wirken mussten, aber ein schönes Äußeres konnte nicht über die Tatsache hinwegtäuschen, dass dieser Mann Unbewaffnete hatte abschlachten lassen. Seine Schönheit konnte sie nicht darüber hinwegtrösten, einen seelenlosen Teufel heiraten zu müssen. Onkel Maurice hatte ihr seine Sicht über die Ereignisse am Vortag dargelegt, Lady Hayt hatte ihr Angst gemacht, und vielleicht wollte sie einfach die Wahrheit vom einzigen Menschen, der sie ihr geben konnte. Sie wollte, dass er sein wahres Ich offenbarte und sich nicht hinter diesem leeren Lächeln verbarg. Wenn sie wusste, woran sie war, konnte sie besser mit der Situation umgehen.

Zumindest blieben ihre Worte nicht wirkungslos: Lady Hayt, die sich gerade neben Onkel Maurice niederließ, blickte auf sie hinab, und Isabel war überrascht, dass sie keinen Zorn, sondern eher müde Resignation in den Augen der Dame erkannte, während sie leicht den Kopf schüttelte, als hielte sie Isabel für hoffnungslos verloren. Onkel Maurice strich sich indessen fahrig mit der Hand über die Stirn, und der Sheriff lachte auf, was aber nicht fröhlich, sondern eher verspottend klang. »Daran solltest du dich gewöhnen, Mädchen. Bei meiner Mutter wirst du lernen, wie man Blut aus der Kleidung wäscht und wie man Männer wieder zusammenflickt. Diese walisischen Bastarde haben jetzt wenigstens einen Dämpfer bekommen. Mal sehen, ob sie weitermachen, jetzt, da ihr ruhmreicher Anführer tot ist. Wer weiß, was Cadell noch zustande gebracht hätte, wäre er uns nicht in die Arme gelaufen. Letztes Jahr baute er Carmarthen aus, sodass für uns keine Hoffnung bestand, es zurückzuerlangen, und seine Raubzüge nach Kidwelly führten ihn ein ums andere Mal an meiner Burg in St. Clears vorbei, ohne dass er sich erwischen ließ. Seine Brüder werden nicht in der Lage sein zu halten, was er aufbaute. Bestimmt werden auch die Waliser aus dem Norden die Situation nutzen und sich Ceredigion zurückholen, das Cadell ihnen fast zur Gänze nahm. Die Karten werden neu gemischt, und jetzt ist unsere Gelegenheit, die Fürstenbrüder endgültig zu vernichten.« Er lächelte Isabel an, und sie hatte Mühe, die Mundwinkel hochzuziehen. Die Angst lähmte sie, denn ihr war bewusst, was für einen Verrat sie begangen hatte. Wenn der Sheriff je herausfinden sollte, dass sie und Ralph es gewesen waren, die den Fürstenbrüdern vielleicht zu alter Stärke verholfen hatten, er würde sich nicht von ihrem Stand oder Geschlecht aufhalten lassen. Etwas Dunkles lag in seinen Augen, wenn er von den Fürstenbrüdern sprach.

»Und keine Sorge …«, er hob seinen Becher und drückte ihn ihr in die Hand, »… die Pferde in unserem Stall sind den Geruch von Blut gewohnt, sie laufen ja oft genug an Hinrichtungen vorbei.«

»Hier finden Hinrichtungen statt?«, plapperte sie, nur um das Thema von Cadell zu lenken.

»Ich bin der Sheriff.«

»Natürlich.« Isabel senkte den Blick und nippte an dem Getränk, um etwas zu tun zu haben. Es war Bier, das sie nicht mochte, und allein der Gedanke an eine Hinrichtung, womöglich einen Galgen vor der Tür, wo sie vielleicht später mit ihren Kindern spielte, bescherte ihr Übelkeit.

»Pah, es ist schon Ewigkeiten her, seit wir hier eine anständige Hinrichtung hatten«, ließ sich plötzlich Lady Hayt vernehmen. »Du hältst dich doch ständig auf deiner Burg in St. Clears auf oder ziehst durch die Gegend. Die meisten lässt du doch schon vor Ort aufhängen, anstatt dir die Mühe zu machen, sie bis hierher zu bringen. Mach dir also keine zu großen Hoffnungen, Isabel.« Lady Hayt sah an Onkel Maurice und ihrem Sohn vorbei zu ihr. »Eher bekommst du hier fliegende Fische als Hinrichtungen zu sehen. Viel Abwechslung wird dir das Leben in Tenby nicht bieten.«

Isabel nickte und lächelte zaghaft, auch wenn Lady Hayt dieses nicht erwiderte. Trotzdem wusste Isabel nicht mehr, ob Lady Hayt tatsächlich so eiskalt war, wie sie sich gab. Fast schon kam es ihr so vor, als hätte die Dame sie gerade zu beruhigen versucht.

»Es ist auch jetzt keine Zeit, länger hier im Müßiggang zu verweilen.« Der Sheriff wandte sich an Onkel Maurice. »Es gilt herauszufinden, wie Cadells Brüder auf seinen Tod reagieren. Entweder verkriechen sie sich, oder sie suchen Rache. Ich tippe ja auf Letzteres, und daher müssen wir ihnen zuvorkommen. Wäre doch gelacht, wenn wir Cadells übrige Brüder nicht auch noch erwischen. Ich wette, sie werden blind vor Zorn sein, und das wird sie unachtsam machen. Sie sind Kinder, jetzt ist die beste Gelegenheit, sie alle zu vernichten.«

»Maredudd ist einundzwanzig und Rhys achtzehn – Kinder würde ich sie nicht mehr nennen. Die beiden sind längst zu

Männern herangewachsen, und wie du schon sagtest: Sie werden auf Rache aus sein. Ich werde mit meinem Bruder sprechen, sobald ich meine Schwägerin zu ihm bringe. Ich kann mir vorstellen, dass er die beiden zu Gesprächen treffen wird. Gut möglich, dass sie freiwillig aufgeben.«

»Es ist mir völlig gleichgültig, ob sie freiwillig aufgeben oder nicht. Die Bälger dieser schwertschwingenden Hure sind mir viel zu lange auf der Nase herumgetanzt. Es wird Zeit, sie zu ihren Eltern und Brüdern zum Teufel zu schicken.«

»Mein lieber William.« Lady Hayt lächelte liebenswürdig. »Mir scheint, du vergisst die Anwesenheit von Damen an dieser Tafel.«

»Und mir scheint, liebste Mutter, du vergisst, dass ich einen Dreck darauf gebe, ob Weiber hier sind oder nicht. Die Kleine gewöhnt sich schon daran, außerdem wird es Zeit, dass sie lernt, wie es im wahren Leben zugeht Es war reinste Zeitverschwendung, sie in ein Kloster zu schicken, das habe ich von Anfang an gesagt.«

»Nun, ihr Vater bestand darauf«, ließ sich Onkel Maurice vernehmen und warf ihr ein aufmunterndes Lächeln zu, »in Wales wurde es einfach zu gefährlich, und dass Isabel im Kloster nichts gelernt hat, wage ich zu bezweifeln. Bestimmt hat sie ihrem Drang nach Wissen ohne Unterlass nachgegeben und ein Buch nach dem anderen verschlungen. Du solltest vorsichtig sein, Sheriff, denn du holst dir mit Isabel eine Gelehrte ins Haus. Sie vergisst nichts, was du in ihrer Gegenwart sagst.«

»Das ist gut. Ich wiederhole mich nämlich äußerst ungern.« Ruppig nahm er Isabel den Becher aus der Hand, an dem sie sich immer noch festgehalten hatte, und leerte den Inhalt in zwei kräftigen Zügen, ehe er Ralph wieder herbeiwinkte. »Ach übrigens, Mutter. Kennst du schon meinen neuen Pagen? Ralph ap Cadwaladr – oder Ralph *le Walleys*, wie er seit neuestem heißt. Ist das denn zu glauben? Cadwaladr flieht vor seiner eigenen Familie nach England und nimmt einen normannischen Namen an. Le Walleys! Der Waliser! Mal sehen, wie lange er diesmal auf unserer Seite steht, ehe er sich wieder mit seinem Bruder aussöhnt und das Fähnchen in eine andere Richtung hängt. Bleibt nur zu hoffen, dass er es sich jetzt, da ich seinen Jungen habe, dreimal überlegt, ob er wieder über die Grenzen spuckt.«

»Entzückend.« Lady Hayt sah aus, als hätte sie Essig getrunken, während ihr Blick über Ralph glitt. Der Page stand mit dem Krug in der Hand vor der Tafel und wartete scheinbar ungeduldig darauf, entlassen zu werden, während Isabels Herz plötzlich schneller schlug. Sie hatte den Ausführungen des Sheriffs aufmerksam gelauscht, um mehr über Ralph herauszufinden, und jetzt glaubte sie auch zu wissen, wer er war – der fremde Dialekt in seinem Walisisch, der auf den Norden hinwies, sein Vater hieß Cadwaladr – genauso wie der Bruder des Fürsten von Nordwales – Ralphs Position hier als Garant für das Wohlverhalten des Vaters … Ralph war ein Prinz von Nordwales! Genauso wie Brans Mörder. Die beiden mussten Vettern sein.

Mit plötzlich anderen Augen ließ sie ihren Blick über ihren Verbündeten schweifen und versuchte, Ähnlichkeiten zwischen ihm und dem hellhaarigen Kriegsherrn aus Llansteffan zu finden. Doch es gab keine. Die beiden waren unterschiedlich wie Nacht und Tag, nicht nur, was das Äußere betraf. Wo Hywel ap Owain einen einfachen Rinderhirten mit seinem Speer durchbohrt hatte, ohne Fragen zu stellen, war Ralph ohne zu zögern bereit gewesen, einem Fürsten von Südwales zu helfen – einem Feind seines Vaters.

»Ich nehme an, es obliegt *mir*, dem Burschen normannische Sitten beizubringen«, seufzte Lady Hayt und riss sie damit aus ihren Gedanken.

Der Sheriff nickte. »Du nimmst richtig an, Mutter, aber schau nicht gleich so verdrießlich. Ganz so wild ist er nicht, auch wenn seine Herkunft dies annehmen lässt. Seine Mutter war Normannin, nur fürchte ich, lebte sie nicht allzu lange. Du wirst herausfinden müssen, wie viel walisisches Barbarenblut in ihm steckt. Um ihn in den Kampf mitzunehmen, ist er noch zu jung, also bring ihm bei, was auch immer man Pagen eben so beibringt. Was wäre das, FitzGerald? Tanzen? Höfisches Gehabe? Lauter Tand, den kein Mensch braucht.«

»Hauptsache, wir verstehen uns alle aufs Blutauswaschen«, murmelte Isabel, was Ralph ein Grinsen entlockte, das sich als tiefe Grübchen in seine Wangen bohrte. Der Sheriff fuhr zu ihr herum und ließ seinen Blick aus den klargrünen Augen auf ihr ruhen.

»Täusche dich nicht«, sagte er mit einem hämischen Lächeln und lehnte sich zu ihr vor, bis sie die einzelnen Poren seiner gebräunten Haut sehen konnte. »Du wirst schon noch früh genug herausfinden, was man hier alles können muss.«

Sie hielt seinem Blick stand. Das Kinn leicht vorgereckt und die Hände im Schoß zu Fäusten geballt, sah sie ihn an. Sie konnte die Wut einfach nicht unterdrücken. Die Art, in der der Sheriff von Menschenleben sprach und wie abfällig und ungehobelt er sich ihr gegenüber verhielt, stieß sie ab. Ihr erster Eindruck hatte sie nicht getrogen, und seine Mutter kannte ihn wohl auch besser, als Isabel gehofft hatte. Allein der Gedanke, sich diesen verachtenden Reden ihr restliches Leben aussetzen zu müssen, weckte den Widerstandsgeist in ihr. Sie musste hierbleiben und diesen Schönling mit dem abhandengekommenen Gewissen heiraten, aber eher würde sie sterben, als den Mund zu halten.

»Isabel«, hörte sie Onkel Maurice mahnend, und bei der Erinnerung an seine Anwesenheit tat ihr ihr Verhalten ein wenig leid. Sie hatte ihn nicht beschämen wollen, und so wandte sie nun doch den Blick von ihrem Verlobten.

»Lass sie«, sagte der Sheriff und lächelte sie noch einen Moment länger schmallippig an, ehe er sich abwandte und auch Ralph davonwinkte. »Soll sie sagen, was ihr in den Sinn kommt, das ist mir lieber, als wenn Frauen das eine sagen und das andere meinen. Falschheit ist mir zuwider, und da die Weiber von Natur aus schon verschlagen sind, halte ich das bisschen Eigensinn in einem Mädchen gerne aus. Vor allem da ich befürchtet hatte, Ihr schickt mir eine Nonne aus dem Kloster.«

Isabel biss die Zähne zusammen, und es bedurfte eines fast unerträglichen Maßes an Selbstbeherrschung, um nicht noch ein bisschen mehr Eigensinn zu zeigen. Stattdessen warf sie einen Blick zum Stützpfeiler, und als Ralphs schattenhaftes Antlitz ihr zulächelte, konnte sie nicht anders, als dieses zu erwidern. Die ganze Situation dieser ersten Begegnung mit ihrem Verlobten kam ihr unwirklich vor, und es beruhigte sie, dass sie mit Ralph einen Menschen kannte, der mit leiser Belustigung auf seine schreckliche Situation blickte. Es schien ihr, sie konnte viel von seiner Erhabenheit lernen.

Jeglicher Frohsinn verging Isabel jedoch, als ihre Mutter sich in die Halle bemühte und den Wunsch aufzubrechen äußerte. Schon am nächsten Morgen wollte Onkel Maurice nach Carew abreisen.

Es wurde eine einsame Nacht auf ihrem schmalen Lager an der gegenüberliegenden Wandseite des prächtigen Himmelbetts von Lady Hayt. Ihre Mutter, die dicht neben ihr schlief, vermochte sie nicht zu trösten. Im Gegenteil. Isabel ertrug ihre Anwesenheit kaum, hatte Maria de Montgomery doch den ganzen Abend kein nettes Wort für sie übriggehabt.

Als Isabel ihrem Onkel und ihrer Mutter am nächsten Morgen hinterherblickte, fragte sie sich, warum es ihrer Mutter so schwerfiel, ihr jemals ein Lächeln zu schenken. Isabel war erleichtert, sich den gemeinen Augen nicht mehr ausgesetzt zu sehen, und doch sehnte sie sich nach ein paar freundlichen Worten. Nur ein Mal.

Onkel Maurice zwischen den Häusern der Siedlung verschwinden zu sehen war schwerer. Er hatte sie noch einmal fest in den Arm genommen und ihr versichert, dass es ihr gutgehen werde, ehe er davongeritten war.

Nun ragte der Schatten des Sheriffs neben ihr auf und zu ihrer anderen Seite die hochgewachsene Gestalt Lady Hayts – dies war ihre neue Familie, ihr neues Zuhause.

Sie war in Wales, versuchte sie sich zu sagen, das Meer rauschte beständig an die Felsen dieser Burginsel, und sie blickte auf walisisches Flussland. Das war alles, was sie sich in der Einsamkeit des Klosters gewünscht hatte, und jetzt durfte sie nicht unzufrieden sein.

Trotzdem überkam sie in der Nacht ein derartig starkes Gefühl, in diesen Gemäuern zu ersticken, dass sie aufstand und auf und ab zu gehen begann. Die Wände schienen sich auf sie zuzubewegen, die Dunkelheit war wie schwarzes, zähflüssiges Wasser, und die Stille gab ihr das Gefühl, taub geworden zu sein. Da Lady Hayt die Vorhänge ihrer Bettstatt zugezogen hatte, konnte Isabel noch nicht einmal ihre regelmäßigen Atemzüge hören, um festzustellen, ob sie schlief. Im Moment war ihr das aber auch gleichgültig. Das Brennen in ihrer Brust wurde so stark, dass sie den Umhang von der Truhe nahm, ihre Lederschuhe anzog und sich aus der Kammer schlich. Das Stroh unter ihren Füßen raschelte, und die schwere Holztür knarzte, aber es war bestimmt schon nach Mitternacht, und die Burg musste längst schlafen.

Auf leisen Sohlen schlich sie sich durch das Treppengewölbe hinunter in die Halle und hielt den Atem an. Ein paar Hunde blickten bei ihrem Erscheinen auf, ihre Augen leuchteten im Schein der Glut der Feuerstelle, aber die Männer, die auf Decken und Umhängen im Stroh schliefen, regten sich nicht. Also setzte Isabel vorsichtig einen Fuß vor den anderen, eilte durch die Halle, schob sich zwischen den Vorhängen hindurch und öffnete die Tür nach draußen. Ein kalter Windstoß, der den Geruch der See mit sich brachte, fuhr ihr sogleich ins Gesicht, und Isabel atmete tief ein. Endlich ließ der Druck in ihrer Brust etwas nach, und sie fühlte sich sogleich freier. So nahe an der Wand wie möglich, um von den Wachen unbemerkt zu bleiben, lief sie die Außentreppe hinunter in den Hof und sah sich um.

»Schlecht geschlafen?«

Isabel fuhr herum, doch sie schrie nicht auf, denn sie hatte ihn sofort an seiner fremden Aussprache der walisischen Worte erkannt.

»Was tust du hier?« Sie ging auf Ralph zu, der unter der Treppe an der Mauer lehnte. »Müsstest du nicht in der Nähe des Sheriffs sein, um … ich weiß auch nicht … bereit zu sein, falls er etwas braucht?«

»Müsstest du nicht friedlich an Lady Hayts Seite schlafen?«

Isabel lächelte und zuckte mit den Schultern, woraufhin Ralph fortfuhr: »Nun, der Sheriff hat seinen Knappen, der springt, sobald er ruft. Ich hingegen habe das Vergnügen, ab morgen bei Lady Hayt unterrichtet zu werden. Außerdem schlafe ich in der Halle bei den anderen.«

»Das muss … beengend sein.«

»Warum, denkst du, bin ich hier draußen? Aber ich bin Schlimmeres gewohnt, und vielleicht finde ich noch einen anderen Schlafplatz.«

Isabel verschränkte ihre Finger und versuchte, ihn genauer auszumachen, doch es war zu dunkel. »Ich bin froh, dass du nicht weggehst, Ralph.«

Einen Moment lang sah er sie nur an, Isabel spürte seinen Blick deutlich auf sich, dann wandte er sich seufzend ab. »Ich weiß nicht, ob ich froh darüber bin, hierbleiben zu müssen. Aber mit dem Sheriff mitzugehen wäre wohl auch nicht sonderlich erfreulich, also ist es wohl gut, dass ich gar keine Entscheidung treffen muss und einfach da bleibe, wo man mich haben will.«

»Es muss schwer für dich sein.« Isabel lehnte sich neben ihm an die kühle Mauer in ihrem Rücken und betrachtete das fahle

Leuchten seines Gesichts und das Funkeln seiner Augen. »Von einem Tag zum anderen deine Heimat zu verlassen und an diesen fremden Ort zu ziehen.«

»Es ist nicht so schwer, wie du vielleicht glaubst.« Er ließ sich entlang der Mauer zu Boden sinken und setzte sich hin, die Ellbogen auf die angewinkelten Knie gestützt. »Eine wirkliche Heimat hatte ich nie – ein Zuhause. Eigentlich sind wir immer nur von einem Ort zum anderen gezogen – oder eher geflohen, wie man's nimmt. Mal nahm mein Vater mich mit, mal ließ er mich in der Obhut anderer. Dass ich jetzt hier beim Sheriff bin, macht keinen großen Unterschied für mich. Ich bin's gewohnt.«

Isabel blickte auf ihn hinab und bewunderte, wie tapfer er sein Los trug. Gleichzeitig glaubte sie aber, in seiner gleichmütigen Stimme denselben Schmerz zu hören, den sie empfand: Heimweh. Vielleicht war er besser darin, ihn zu verbergen oder sogar zu verdrängen, aber selbst wenn er nie ein wirkliches Heim gehabt hatte, war das Sehnen nach einem vertrauten Ort und geliebten Menschen doch allgegenwärtig. Sie selbst fühlte in dieser finsteren Nacht nur Hoffnungslosigkeit. »Ich weiß nicht, ob ich mich je daran gewöhnen kann.«

»Woran?«

Sie wies in den Hof hinaus und umfasste die Burg mit einer ausschweifenden Geste. »All das hier. Diese Burg, Lady Hayt, der Sheriff … meine Position hier.«

»Du wirst Herrin dieser Burg sein, Isabel, und weiter nördlich liegt St. Clears, das der Sheriff ebenso hält. Du wirst in Wohlstand leben, als Gemahlin eines der wichtigsten Männer dieser Gegend. Dies ist die erste Nacht, es wird besser werden. Wenn du erst verheiratet bist …«

Seufzend ließ sie sich neben Ralph nieder und legte den Kopf auf ihre Knie. »Das ist es ja gerade. Ich werde *seine* Gemahlin.«

»Gefällt er dir nicht?«

Sie blickte auf, und obwohl es dunkel war, musste er ihren

Gesichtsausdruck gesehen haben, denn plötzlich lachte er. »Es gibt Schlimmere, Isabel, glaub mir. Zahnlose, stinkende Bären mit zottigem Haar und einem Wanst, als hätten sie ein Fass verschluckt. Man kann sich eben nicht aussuchen, wen man heiratet, aber ich denke, du hast es ganz gut getroffen – sieht man mal von seinen Manieren ab. Und *mich* nennt er einen Barbaren!«

Vielleicht hätte sie lieber einen zahnlosen, zottigen Bären, der ein Fass verschluckt hatte, geheiratet, wenn dieser denn ein Herz besaß, anstatt einen Schönling mit einem Stein in der Brust.

»Dein Onkel ist Owain Gwynedd, nicht wahr?«, fragte sie, um das Thema in eine unverfänglichere Richtung zu lenken, »der Fürst von Nordwales.«

Ralph sah sie erstaunt an. »Woher weißt du das? Ich dachte, ich müsste dir meine ganze Familiengeschichte erzählen, was ziemlich langwierig und kompliziert gewesen wäre.«

»Oh, mit den Geschichten der walisischen Familien kenne ich mich etwas aus.« Isabel stupste ihn mit der Schulter an und fügte grinsend hinzu: »Oder meinst du etwa, ich durfte als Mädchen offen mit der Schleuder herumschießen? Also habe ich mir stattdessen Geschichten erzählen lassen, die Geschichten von Wales.« Sie sah hoch zum schwarzen Himmel, vor dem Rauchschlieren tanzten, und fragte sich, was ihre Großmutter wohl dazu gesagt hätte, wenn sie ihre Enkelin zusammen mit einem Prinzen von Nordwales unter einer Treppe hätte sitzen sehen – mit Gwenllians Neffen! So oft hatte Isabel die Geschichte von Gwenllian gehört, der Amazone von Nordwales, die mit dem Fürsten von Südwales davongelaufen war, um ihn zu heiraten und ihn im Kampf gegen die Normannen zu unterstützen. Was für ein Mann musste der Bruder ihrer Großmutter gewesen sein, dass er das Herz einer Fürstentochter so schnell hatte für sich gewinnen können? Wieso konnte Isabel sich nicht so sicher sein, wenn sie den Sheriff ansah?

»Nun, es stimmt, mein Onkel ist Fürst von Gwynedd«, riss

Ralphs Stimme sie aus ihren Gedanken, »nicht, dass mir das je einen Vorteil verschafft hätte. Mein Vater war seit jeher gut darin, sich mit seinem fürstlichen Bruder anzulegen.«

»Du sagtest, ihr musstet häufig fliehen – etwa vor deinem eigenen Onkel?«

»Vor ihm, seinen Söhnen, den Fürstenbrüdern von Südwales – von denen wir ja einem gerade das Leben gerettet haben … Mein Vater weiß, wie man sich Feinde macht, sei es aus närrischer Leidenschaft zu einer Frau, Machtgier oder Beeinflussung durch die Normannen. Einst brannte mein Vetter Hywel unser Zuhause in Aberystwyth nieder, und vor kurzem nahm er auch meinen Halbbruder Cadfan gefangen. Mein Vater floh zu den Verwandten meiner Mutter nach England, und mich schickte er hierher, als Garant für seine Treue. Er hat schon immer darauf geachtet, Söhne auf beiden Seiten stehen zu haben. Meine älteren Halbbrüder, die Söhne einer Waliserin, kämpfen als Waliser für seine walisischen Interessen, und ich, der Sohn einer Normannin, soll auf normannischer Seite stehen, um ihm dem Rücken freizuhalten, auch wenn ich meine Mutter kaum kannte und noch weniger über die Normannen weiß.«

»Es tut mir leid, Ralph.« Sie hielt sich davon ab, seine Hand zu ergreifen, drehte sich ihm aber zur Gänze zu und versuchte, seinen Blick einzufangen. »Cadell und seine Brüder griffen einst die Burg meines Onkels in Llansteffan an, und ich verlor das, was für mich einem Zuhause am nächsten stand. Auch dein Vetter Hywel war damals dabei.« Sie biss die Zähne zusammen, war nicht gewillt, sich von ihrem Hass auf diesen Mann überwältigen zu lassen. »Es war schlimm damals, ich verlor einen Freund durch Hywels Hand, aber die Burg wurde nicht zerstört – sie wechselte einfach nur ihren Besitzer, und alles lief verhältnismäßig ruhig ab. Ich kann mir nicht vorstellen, wie es ist, ein Heim in Flammen aufgehen zu sehen – und dann auch noch durch die Hand der eigenen Familie.«

»Sei nicht traurig, Isabel, nicht für mich.« Seine Stimme klang unbeschwert, aber gerade das machte Isabel umso trauriger, denn sie spürte, dass er nicht so unberührt von den Ereignissen war, wie er vorgab. Es machte sie traurig zu wissen, dass er ihr nicht genug vertraute, um ihr einen Blick in sein Innerstes zu gewähren. Sein Leben war sehr viel schwieriger verlaufen als das ihrige, voller Feuer, Tod und Abschieden. Aber vielleicht, mit etwas Zeit, würde er ihr zeigen, was wirklich in ihm vorging. Jetzt ließ sie ihn einfach sprechen und versuchte, zwischen den Zeilen zu lesen. »Ich sage dir: Ich kannte nie etwas anderes, und dass meine Familie mir mein letztes Heim entriss, macht für mich keinen Unterschied. Denn seien wir mal ehrlich: Wir sind hier doch alle miteinander verwandt, und ich kenne keine Familie, in der nicht schon ein Bruder oder Vetter ermordet oder zumindest geblendet wurde, um die Macht eines Familienmitglieds zu stärken. Bei den Normannen mag das anders sein, aber ich wuchs unter Walisern auf. Will ein Waliser herrschen, muss er sich gegen die anderen Kontrahenten durchsetzen, auch wenn es die eigenen Brüder sind. Wir kennen die Ordnung und Gesetze von euch Normannen nicht, bei uns regiert das Blut.«

Nun ergriff sie doch noch seine Hand, ignorierte sein überraschtes Innehalten und verstärkte ihren Griff. Sie wollte ihm zeigen, dass sie verstand, ohne ihn mit Worten zu einem Geständnis seiner bitteren Gefühle zu überreden. Es mochte immer so gewesen sein, dass Waliser sich gegenseitig bekriegten, aber trotzdem tat es weh, vor allem wenn es die eigene Familie war. »Meine Großmutter sagt dasselbe. Die Normannen bringen Frieden und Stabilität in dieses Land, das von Bruderkriegen im Blut ertränkt wurde.« Sie seufzte und strich sich das lange Haar aus der Stirn. »Wir beide stehen wohl mittendrin, Ralph. Um ehrlich zu sein, weiß ich nicht mehr, wer hier Feind und wer Freund ist. In meinen Augen sind die Normannen auch nicht besser als die Waliser, bekämpfen sie sich doch ebenfalls, schon seit ich zurückdenken kann, gegenseitig in England. Meine Großmutter mag unter unserem letzten König Frieden erlebt haben, aber seit Henry tot ist und der Bürgerkrieg herrscht … Wohin gehöre ich?« Sie wies zwischen ihm und ihr hin und her. »Nimm uns beide zum Beispiel. Wir beide tragen einen Teil normannisches und walisisches Blut in uns. Du gehörst der Fürstenfamilie von Nordwales an, während ich mit der aus Südwales verwandt bin. Sag mir Ralph, sind wir beide Feinde oder Freunde? Wie müssen wir uns verhalten, um niemanden zu verraten? Dürfen wir hier beieinandersitzen, oder müssten wir uns hassen? Kann ich den Sheriff heiraten, ohne mein walisisches Herz zu betrügen? Kann ich ihn ablehnen, ohne meine normannische Familie zu verraten? Ich wünschte, es gäbe irgendwo da draußen Klarheit, etwas, das es leichter macht.«

»Es wird nie leichter werden, Isabel.« Seine Stimme aus dem Dunkel, die so nah war und doch aus dem Nichts zu kommen schien, überzog sie mit einer Gänsehaut. Jetzt waren der Schmerz und Zorn in ihr noch deutlicher zu hören. »Warum bekämpfen sich wohl alle gegenseitig?« Er rückte näher an sie heran und ließ das eindringliche Funkeln seiner Augen wirken. »Niemand weiß mehr, wohin er gehört! Jeder kämpft nur noch für sich selbst und schließt Bündnisse, um dem eigenen Zweck zu dienen, nicht aus Überzeugung. Die Überzeugung mag mit den letzten wahren britischen Fürsten, die vor den Normannen hier herrschten, gestorben sein. Wir versuchen, hier zu überleben, Isabel, nichts weiter.«

»Nein.« Entschlossen rückte sie ihr Kinn vor und sah Ralph an. Sie musste sich selbst vom Gegenteil überzeugen, wollte aber auch Ralph etwas Zuversicht schenken und die Bitternis aus seiner gespielten Fröhlichkeit nehmen. »Du wirst schon sehen, Ralph – irgendwann werde ich hinausgehen und Klarheit bekommen. Ich werde Menschen mit Überzeugungen finden. Ich werde Wissen erlangen, und ich werde dieses teilen.«

Das ist ja nicht auszuhalten, Junge! Gib dir ein bisschen Mühe, oder willst du uns allen das Gehör nehmen?«

Isabel blickte von ihrem Stickrahmen auf zu Lady Hayt, die ungeduldig vor Ralph auf und ab schritt. Sie stimmte einen Ton an und begann ein Lied, in das Ralph einstimmen sollte, doch der Page hatte kaum zwei Wörter gesungen, da stieß Lady Hayt erneut einen Laut der Frustration aus.

»Dies ist ein Lied, Ralph! Es heißt doch, ihr Waliser seid so musikalisch! Was ist nur mit deiner Stimme los? Eine Krähe singt lieblicher!«

Ralph stieß ein schweres Seufzen aus und warf Isabel einen Blick zu. Sie versuchte, ihm ein aufmunterndes Lächeln zu schenken, auch wenn sie Lady Hayt recht geben musste. Ralph sang fürchterlich, und als er erneut anstimmte, kniff sie unwillkürlich die Augen zusammen.

Er verstummte bald darauf wieder ob des hoffnungslosen Kopfschüttelns Lady Hayts. Er blickte zu Boden, atmete tief durch, und plötzlich grub ein Grinsen Grübchen in seine Wangen. Als er wieder aufblickte und Lady Hayt direkt ansah, funkelten seine Augen schelmisch.

*»Ich liebe heute, was die Engländer hassen, das Land des Nordens«*, trug er plötzlich mit übertriebener Inbrunst vor. Isabel hob die Augenbrauen und vergaß ganz ihre Stickarbeit, während sie ihm verblüfft lauschte. *»Ich liebe seine Strände und Berge, seine Burg nahe den Wäldern und seine feinen Länder. Seine Auen und Täler, seine weißen Möwen und lieblichen Frauen.«* Er wurde immer lauter, sah Lady Hayt herausfordernd in die Augen. *»Ich liebe seine Soldaten und dressierten Hengste, seine Wälder, seine tapferen Männer und Heime. Seine Felder unter dem kleinen Klee, wo der Ehre sichere Freude gewährt wurde. Ich liebe …«*

Lady Hayt hob eine Hand und warf Isabel einen Blick zu. Schnell sah sie wieder auf den Stickrahmen hinab, aus den Augenwinkeln bemerkte sie aber, wie ihre zukünftige Schwiegermutter auf Ralph zuging. »Ich habe schon verstanden, mein walisischer Held, du liebst deine Heimat und sähest sie am liebsten von solchen wie mir befreit. Aber hast du dir das eben ausgedacht?«

»Diese Lobpreisung meines Landes stammt von meinem Vetter, Prinz Hywel, dem Sohn und Erben unseres großen Fürsten Owain Gwynedd. Prinz Hywel ist nicht nur ein Kriegsherr, sondern auch ein angesehener Barde am fürstlichen Hof. Nicht umsonst nennen sie ihn den *Poetenfürsten*. Das lässt mich ihm fast verzeihen, dass er mein Zuhause abfackelte und ein elender Bastard ist. Nur schade, dass er meine Übersetzung ins Normannische nicht hören konnte, er hätte sich alle Haare ausgerissen, müsste er sein Werk unter den Freinc wiedergegeben sehen.«

»Ja, ja, ja.« Lady Hayt ließ sich auf einen Schemel vor ihrem eigenen Stickrahmen nieder und sah erneut zu Isabel, die vorgab, emsig zu sticken. Sie hatte nicht gewusst, dass Ralphs Vetter ein Barde war, generell wusste sie kaum etwas über Brans Mörder, es verwirrte sie aber, dass Ralph stets so unbeschwert über jenen Familienzweig sprach, der seinen Vater und damit auch ihn ausgestoßen hatte. Unwillkürlich fragte sie sich, wann sich all der angestaute Zorn, den sie in seinen Augen lodern zu sehen meinte und der sich höchstens durch einen Hauch von Trotz zeigte, Bahn brechen würde.

»Wenigstens einer in deiner Familie scheint Talent für die Schönen Künste zu haben«, sagte Lady Hayt mit deutlicher Ungeduld. »Nun aber zurück zum *Lied von Roland*. Versuche ein einziges Mal, einen Ton zu halten.«

»Aber wozu? Mich interessiert weder dieser freincische König Charles, wann auch immer er gelebt haben mochte, noch irgendein Roland! Und zu singen interessiert mich noch weniger. Wie Ihr schon richtig erkannt habt, besitze ich kein Talent! Also wieso …«

»Weil jeder Ritter ein Mindestmaß an Poesie beherrschen muss. Dies schult deine …«

Die Tür flog auf, und eine Magd stürmte herein, die Augen vor Schreck geweitet, das braune Haar hing ihr schweißnass unter der Haube ins Gesicht, ihre Wangen waren gerötet. »Madame!« Sie stolperte über den Saum ihres Kittels und stürzte ins Stroh. Auf Knien und mit Tränen in den Augen starrte sie zu Lady Hayt hoch. »Es ist Heledd! Etwas stimmt nicht mit ihr!«

Lady Hayt sprang sofort auf, jede Gleichgültigkeit war von ihr gefallen, jetzt schien sie angespannt und voller Sorge. »Wo ist sie?«

»Zu Hause, Madame. Sie ist gestürzt, und dann haben die Wehen eingesetzt. Mein Bruder holt die Hebamme, so wie Ihr es uns aufgetragen habt, aber etwas stimmt nicht! Heledd schreit nur, und Ihr habt gesagt, ich solle Euch holen, wenn es so weit ist und …«

»Lass uns gehen.« Sie bedeutete Isabel zu warten und stürmte aus dem Gemach, doch Isabel folgte ihr. Heledd war eine walisische Magd aus der Siedlung, und Lady Hayt war stets ungewöhnlich sanft mit der schwangeren Frau umgesprungen. Die ruhige und liebenswürdige Art der Magd hatte auch Isabel auf Anhieb für sie erwärmt, und so wollte sie sichergehen, dass es Heledd gutging.

»Wo willst du hin?« Ralph ergriff ihre Hand und wollte sie aufhalten, aber sie zog ihn einfach mit sich das Treppengewölbe in die Halle hinab. Dort sah sie gerade noch Lady Hayt und die Magd hinauslaufen, und so rannte sie hinterher und holte die beiden im Hof ein.

»Wie ist das nur passiert?«, hörte sie Lady Hayt an die Magd gewandt sagen.

»Ich weiß auch nicht! Ich fand sie vor dem Haus auf dem Boden liegen, ein umgestoßener Eimer Wasser neben ihr. Sie muss gestolpert sein!«

Lady Hayt wurde noch etwas schneller, eilte durch das äußere Tor und über die Landbrücke zur Siedlung. Sie schien genau zu wissen, wohin sie gehen musste, umrundete ein paar vornehmere aus Steinquadern errichtete Gebäude und eilte zwischen geschäftigen Männern und Frauen durch die engen Gassen in Hafennähe. Dort stieß sie sogleich die Tür einer grob aus Holzbalken gezimmerten Kate mit Strohdach auf und verschwand in der Finsternis. Es war still da drin, und Isabel blieb stehen.

»Ich hab hier nichts zu suchen«, sagte Ralph und ließ ihre Hand los. Isabel hatte gar nicht gemerkt, dass sie ihn immer noch festgehalten hatte, doch jetzt spürte sie umso deutlicher, dass ihre Stütze verschwand. Sie atmete tief durch, nickte Ralph noch zu und trat schließlich ein.

Es war stickig hier drinnen, ein Feuer, das mehr Rauch als Flammen produzierte, brannte in der von Steinen eingekreisten Kochstelle in der Mitte des Raumes. Ein Kessel stand darauf, vermutlich zum Wasser kochen. Und es roch nach Blut.

»Wie lange ist sie schon so?«, erkannte sie Lady Hayts Stimme, und Isabel wandte sich zu ihrer Linken, wo eine reglose Gestalt auf einem aufgeschütteten Haufen Stroh lag. Eine Decke war darübergebreitet, und Isabel konnte kaum etwas von Heledd erkennen, da sie von Menschen umringt war. Die Magd von vorhin, ein Junge, der wohl der Bruder war, Lady Hayt und eine Frau – vermutlich die Hebamme – knieten neben dem Lager. Von Heledd konnte sie nur eine weiße Hand und die Beine erkennen, die sich nicht bewegten. Die Stille war beängstigender, als wäre der Raum von Schreien erfüllt.

»Als ich vorhin wegging, war sie noch wach«, sagte die Magd und scheuchte ihren vielleicht zwölfjährigen schluchzenden Bruder zurück.

»Es ist nichts mehr zu machen«, sagte die Hebamme und erhob sich aus ihrer knienden Position. »Das Mädchen wird sterben, und auch das Kind ist vermutlich längst tot. Selbst wenn sie es noch hätte gebären können, wäre es viel zu früh gewesen.«

»Ich verstehe.« Lady Hayt erhob sich ebenfalls und strich sich mit einer Hand über die Augen. »Der Herr scheint mir keine Enkelkinder zu vergönnen, und ich bezweifle, dass Isabel dazu in der Lage ist, wenn andere vor ihr bereits scheiterten.«

Erschrocken sog Isabel den Atem ein, und bei diesem Geräusch fuhren alle zu ihr herum. Der Blick auf Heledd wurde frei, und was Isabel sah, schien ihren Magen zu verknoten und das Gehörte einen Moment lang unwichtig zu machen. Die Magd war totenblass, Schweiß glänzte auf ihrer Stirn, und das Stroh war von ihrer Hüfte abwärts dunkel gefärbt. Ihre Augen waren geschlossen, aber ihre Mundpartie schien so angespannt, als litte sie immer noch Schmerzen. Gestern noch hatte sie Isabel im Hof fröhlich gewinkt, und heute lag sie halb tot vor ihr, das Lächeln auf ihrem Gesicht und das Glück in ihren Augen bereits gestorben. Wie konnte Gott nur so grausam sein, ein sanftes Wesen wie Heledd derart leiden zu lassen?

*Isabel wird dazu ebenso wenig in der Lage sein.* War es ihr tatsächlich bestimmt, so zu enden? Und wenn Lady Hayt von einem Enkelkind sprach, dann musste Heledd das Kind des Sheriffs getragen haben, ihres Verlobten. Der Schock über den Anblick der Magd und die Bedeutung ihres Todes machten ihr klare Gedanken unmöglich. Im Moment fühlte sie nur Angst und Abscheu. Etwas in ihr wusste, dass der Sheriff nichts für Heledds Tod konnte, genauso war sie trotz der Jahre im Kloster nicht so unbedarft zu glauben, ein Mann bliebe bis zur Hochzeitsnacht keusch. Und doch verstärkte Heledds Anblick den Groll in ihr, der sich von Tag zu Tag zu verstärken schien. Dass Heledd mit seinem Kind starb, machte alles nur noch schlimmer.

»Isabel, ich sagte doch, du sollst in der Burg warten. Los, geh!«

Isabel richtete ihren Blick auf Lady Hayt, die sich bereits wieder abwandte und über Heledd beugte. Die Dame schien tatsächlich betroffen, und Isabel fragte sich, ob sie auch ihren Tod betrauern würde. Vermutlich hatte ihre Mutter recht: Sie würde diese Ehe nicht allzu lange überleben.

Isabel bekreuzigte sich, wandte sich dann wortlos ab und verließ die Hütte. Sie sprach ein stilles Gebet für die arme Heledd und verscheuchte die bitteren Gedanken. Es lag nicht in ihrer Hand, ob sie im Kindbett starb oder nicht, aber zumindest konnte sie verhindern, so zu werden wie ihre Mutter. Selbstmitleid war nichts, was sie weiterbringen würde, auch wenn Heledds naher Tod sie traurig stimmte.

Vor ihr erstreckte sich die blühende Fischersiedlung am Meer, und sie bemühte sich, das Schöne um sich herum wahrzunehmen. Bis zu ihrer Vermählung war schließlich noch Zeit, und sie beschloss, diese zu nutzen. Anstatt in die Burg zurückzugehen, schlug sie den Weg zum Hafen ein, etwas, das Lady Hayt ihr nie erlaubt hätte. Sie schlenderte über den Strand, blickte zu den unterschiedlichen Schiffen auf der wogenden See und fragte sich, ob sie es wohl jemals wagen würde, solch eines zu betreten. Kinder liefen über den Strand, und ein paar heruntergekommene Spelunken, vor denen Fischer saßen, säumten die Straße zum Hafen.

»Wie geht es Heledd?«

Isabel drehte sich um, und als sie Ralph in die eisblauen Augen sah, zwang sie sich, die Trauer nicht zuzulassen. »Sie stirbt. Lady Hayt ist noch bei ihr, und ich …«

»Und du machst einen kleinen Spaziergang?« Er hob eine dunkle Augenbraue. »Also Mut hast du, das muss man dir lassen.«

»Vielleicht bin ich weniger mutig als neugierig«, erwiderte sie, was Ralph lachen ließ. Er wies zu den grobschlächtigen Fischern, die ganz in der Nähe ihren Fang ausnahmen. Dann hob er seine Hand und zählte mit den Fingern.

»Du heulst nicht herum wie andere Mädchen, wenn dein

Pferd dich durch den ganzen Wald schleift und nur noch ein blutiges Bündel von dir übrig bleibt. Du verhilfst einem Rebellen – nein, nicht nur einem Rebellen, dem Rebellen*anführer* – zur Flucht, und jetzt gehst du ganz alleine zum Hafen, wo solche Gesellen wie die dort drüben nur auf Mädchen wie dich warten?«

Isabel zuckte mit den Schultern und gab sich unbekümmert, auch wenn ihr insgeheim gefiel, dass er sie für mutig hielt. »Ich mache nichts anderes als du auch.« Sie hob die Hand und zählte nun genauso wie er. »Erstens habe ich geweint, und ich schäme mich nicht dafür. Zweitens …«, sie hob den nächsten Finger, »… warst du an Cadells Flucht genauso beteiligt wie ich und riskierst Kopf und Kragen. Und drittens läufst auch du alleine am Hafen herum, wo solche Gesellen wie die dort drüben …«, sie wies ebenfalls zu den Fischern mit den schwarzen Zahnstummeln, »… solche wie dich zum Frühstück verspeisen.«

»Pah, ich bitte dich, vor denen habe ich doch keine Angst!« Plötzlich steckte er die Finger in den Mund und pfiff durch die Zähne. Im nächsten Moment stellte er sich auf die Zehenspitzen und winkte wild mit den Armen. »He, ihr da drüben! Ja, euch hässliche Fischfresser meine ich! Sollen wir euch die Arbeit vielleicht abnehmen? Der Fischgestank ist immer noch leichter zu ertragen als der eure. Geht baden, tut mir den Gefallen!«

Die Männer, es waren eine Handvoll, starrten zu ihnen herüber, dann ließ einer von ihnen langsam seinen armlangen Fisch sinken und richtete sich auf. Er strich sich über den Stiernacken, was eine rote Spur auf der gebräunten Haut hinterließ, und dann verzogen sich seine Lippen zu einem zahnlosen Lächeln.

Ralph neben ihr räusperte sich. »Oh, oh.«

Isabel fuhr zu ihm herum. »Oh, oh? Jetzt sagst du oh, oh …?«

»Lauf!« Er ergriff ihre Hand und riss sie herum. Gerade noch konnte sie erkennen, wie drei der Männer losstürmten, ehe Ralph sie schon weiterzerrte. So schnell sie konnte, kämpfte sie sich durch den Sand und hatte das Gefühl, als wolle er sie festhalten. Doch dann erreichten sie eine Straße und kamen schneller voran, ein Blick über die Schulter zeigte ihr aber, dass die hünenhaften Männer ihnen immer noch dicht auf den Fersen waren. Wütende Rufe und Beschimpfungen kamen von überall her, als sich ihre Verfolger wenig rücksichtsvoll durch die Menge kämpften, und auch Ralph und Isabel wurden einige Flüche nachgerufen. Mit festem Griff hielt Ralph ihre Hand umschlossen, sie setzten über Kisten mit Obst hinweg und umrundeten Karren, die sich zu langsam bewegten. Isabel wusste nicht, wohin sie liefen, sie war noch nie in der Siedlung gewesen, auch bezweifelte sie, dass Ralph sich hier auskannte. Sie durchquerten enge Gassen, zwängten sich durch den schmalen Spalt zwischen zwei Häusern, und dann riss Ralph plötzlich eine Tür auf und zog sie in kühles Dämmerlicht hinein. Isabel wollte gerade aufatmen, als Ralph irgendwo dagegenstieß und hohe, längliche Gegenstände, die an der Wand gelehnt hatten, laut krachend zu Boden fielen.

»Keine Angst, hm?«, zischte sie und schlug ihm mit der Faust gegen den Arm, was ihn endgültig das Gleichgewicht verlieren und mit einem Fluch auf den Lippen zu Boden stürzen ließ. Obwohl Isabels Herz noch immer schnell schlug, konnte sie ein Lachen nun nicht mehr zurückhalten. So frei hatte sie sich schon lange nicht mehr gefühlt. Ralph starrte sie verdutzt an, stimmte aber gleich darauf in das Gelächter mit ein.

Als sie nach einer gefühlten Ewigkeit wieder zu Atem kamen, schob Isabel vorsichtig die Tür einen Spalt weit auf, um hinauszuspähen. Ohne den Blick von der düsteren Gasse zu nehmen, knotete sie die Schleuder an ihrer Taille auf und legte einen Stein hinein. Doch alles schien ruhig.

»Was für ein stürmischer Besuch.«

Mit einem leisen Aufschrei fuhr Isabel herum und erblickte einen grauhaarigen Mann mit Pferdeschwanz, der plötzlich im

Lichtschein des Fensters neben einem Tisch stand. Sie hatte ihn nicht hereinkommen hören. Die Arme vor der breiten Brust verschränkt sah er zwischen ihr und Ralph hin und her, die grauen Augenbrauen düster zusammengezogen. »Wenn ihr Diebe seid, könnt ihr gleich wieder verschwinden.«

Ralph sprang auf die Beine. »Wir sind keine Diebe!«

»Und was will die Kleine *damit*?«

Alle blickten auf die Schleuder in ihrer Hand, und Isabel schloss ihre Finger noch etwas fester um die Enden der beiden Riemen. »Nur für den Fall der Fälle …«, murmelte sie und sah dem Waliser in die Augen. Der zuckte jedoch nur mit den Schultern und löste seine verschränkten Arme. »Ich habe zu tun. Geht, oder kommt her, und macht euch nützlich. Die Rohlinge, die du da gerade umgeworfen hast, Junge, sind trocken. Heb sie auf und trag zwei von ihnen nach draußen. Mädchen, steck dein Spielzeug weg, nimm die Messer und dann kommt.« Der Mann drehte sich um und marschierte breitbeinig aus einer Tür im hinteren Bereich der Hütte.

Isabel und Ralph tauschten einen Blick. Sie wussten beide, dass sie sich besser noch nicht nach draußen wagen sollten, aber hierzubleiben war Isabel auch etwas unheimlich.

Doch dann zuckte Ralph mit den Schultern und hob die langen Holzstäbe auf, die weit über ihn hinwegragten. Isabel erkannte, dass sich noch die Rinde auf ihnen befand, und sie sahen aus, als hätte man einen Stamm der Längsseite nach gespalten und dann noch einmal. Wofür man diese Stammviertel brauchen konnte, wusste sie allerdings nicht.

»Komm Isabel, wir haben keine andere Wahl.« Ralph wies auf den Tisch, wo unterschiedliche Werkzeuge auf einem groben Tuch ausgebreitet waren. Isabel schob sie zögerlich zusammen und nahm sie vorsichtig auf, ehe sie Ralph hinausfolgte. Die Schleuder legte sie aber noch nicht ab, nur zur Sicherheit.

Sie gelangten in einen kleinen Hof, der von weiteren Häusern gesäumt wurde und wo in der gegenüberliegenden Ecke ein paar Hühner umherliefen. In einem Bretterverschlag zu ihrer Rechten lagen Baumstämme, vermutlich zum Trocknen, und inmitten des festgetretenen Bodens, wo nur noch hin und wieder ein Grasbüschel überlebt hatte, kniete der Fremde.

»Ihr seid ein Bogenbauer«, stellte Ralph fest und lehnte die langen Holzstücke an seine Schulter.

Der Mann nickte. »Trystan ap Iestyn. Und du, Junge, kommst nicht von hier. Gwynedd würde ich sagen, was dich wohl zu einem unfähigen Gehilfen machen wird. Ihr aus dem Norden versteht nichts von Bogen. Und das Mädchen, das ist eine Freinc, das hört man in jedem Wort. Ihr Freinc habt noch weniger Ahnung davon, wie man einen ordentlichen Bogen macht.«

Isabel öffnete den Mund, um etwas zu sagen, doch ihr fiel beim besten Willen nichts ein. Sie sah zu Ralph, doch der hob nur eine Schulter. »Was?«, fragte er sie lachend. »Wir aus dem Norden verstehen tatsächlich nichts von Bogen, und die Freinc wissen noch weniger darüber. Hast du schon einmal einen freincischen Bogen gesehen?«

»Mein Vater besitzt wunderbare Bogen«, erwiderte sie trotzig. »Womit, glaubst du, gehen er und seine Männer zur Jagd?«

»Das sind Schmuckstücke, Kind«, kam es von Trystan, der seine Lederschürze glattstrich und Ralph zu sich winkte. »Zierliche, hübsche Dinger, die nett anzusehen, aber nutzlos sind. Ich mache Bogen, die einen Pfeil durch einen Ringpanzer jagen. Und jetzt bring die Messer, Mädchen.«

Isabel presste die Lippen aufeinander, um nichts Unüberlegtes zu sagen, doch der Befehlston des Mannes ärgerte sie. »Warum sollten wir Euch helfen? Ralph hier muss dringend zurück zu seinem Gesangsunterricht.«

Trystan sah endlich von den Holzstücken auf, die Ralph vor ihm niedergelegt hatte, und grinste sie an, sein grauer Schnurrbart zuckte. »So, so, zwei Diebe, die Gesangsunterricht nehmen … Welchen Bären willst du mir da aufbinden, Kind? Vielleicht bringe ich euch doch lieber gleich zu unserem ehrenwerten Sheriff?«

»Ich fürchte, Eure Mühe wäre umsonst, er ist gerade nicht da.«

»Und woher willst du das so genau wissen?«

»Sie ist seine Verlobte«, erwiderte Ralph beiläufig und nahm Isabel das Tuch mit den Messern aus den Händen, da sie sich immer noch nicht gerührt hatte. »Eure zukünftige Herrin.«

Trystan hob die Augenbrauen und ließ seinen Blick über sie gleiten; ein mitleidiges Lächeln spielte um seine schmalen Lippen, um die sich Falten eingegraben hatten. Sein Blick wurde in sich gekehrt, seine Züge verhärteten sich, als sähe er längst vergangene und nicht besonders erfreuliche Bilder. Schließlich schüttelte er den Kopf, und sein Lächeln kehrte zurück, auch wenn es etwas Trauriges, sehr Altes an sich hatte. »Nun, *Mylady*, so hätte ich Euch doch höflicher empfangen sollen. Ihr tragt schon schwer genug an Eurem Los.« Er wedelte ungeduldig mit einer Klinge, an der sich zu beiden Seiten hölzerne Griffe befanden. »Und jetzt setz dich hin, nimm die Ziehklinge, und fang an, die Rinde abzuziehen. Und du, Ralph, kannst dieses fertige Stück hier nehmen, und dann zeige ich dir, wie man aus solch einem plumpen Holz einen tödlichen Bogen macht.«

Ralphs Augen leuchteten, als er sich neben dem Waliser auf der Erde niederließ, und auch Isabel fand unweigerlich Gefallen an Trystan, der sich von ihrer Stellung nicht im Geringsten beeindrucken ließ. Die Arbeit würde sie auf jeden Fall von Heledd ablenken, und so band sie sich die Schleuder wieder um die Taille, steckte den Stein zurück und ließ sich ebenfalls bei den beiden nieder.

»Setz dich rittlings auf den Rohling«, wies Trystan sie an und reichte ihr ein rechteckiges Stück Eisen mit scharfer Kante. »So bewegt er sich nicht, und du gerätst nicht in Gefahr, abzurutschen und ein paar Finger zu verlieren. Pass auch auf, dass du nicht zu tief schneidest. Wir wollen das Splintholz nicht verletzen, denn das wird der Rücken unseres Bogens. Splintholz ist zugfest, während das Kernholz für den Bauch druckfest ist. Siehst du, so.« Er schloss seine schwieligen Hände um die ihrigen und führte die Klinge sacht von oben nach unten über den geviertelten Stamm. Schließlich widmete er sich wieder Ralph, der einen anderen, bereits von der Rinde befreiten Rohling vor sich hatte. »Schau, Junge, eine wunderbare walisische Ulme mit breiten Jahresringen. Sie ist schön gerade gewachsen, und Ulmen haben eine gute Zugfestigkeit, während sie unempfindlich gegenüber Feuchtigkeit sind. Sie eignen sich hervorragend, um Freinc zu erschießen.«

»Ich bitte Euch, Trystan.« Isabel verdrehte die Augen und kicherte, während sie mit der Klinge über den geviertelten Stamm schabte und ihn von der Rinde befreite. »Ihr könnt mir nicht erzählen, dass Ihr hier unter der Nase des Sheriffs sitzt und Bogen für walisische Rebellen herstellt. Eher stattet Ihr die Männer des Sheriffs damit aus.«

»Als könnten die Männer des Sheriffs solch einen Bogen spannen. Dafür braucht es Übung von Kindesbeinen an. Du, Ralph, könntest es gerade noch lernen, wenn du ein bisschen Fleisch auf die Rippen bekämest. Und die walisischen *Rebellen*«, fügte er an Isabel gerichtet hinzu, »können sich ihre Bogen selbst machen. Ich verkaufe meine Bogen an alle, die sie mir abnehmen, hauptsächlich Händler, die hier mit ihren Schiffen vorbeikommen. Die meisten sind Maßanfertigungen, denn ein Bogen muss zu seinem Schützen passen. Von irgendetwas muss man ja auch leben.« Er reichte Ralph die Klinge mit den beiden gebogenen Griffen und packte schließlich den Rohling an einem Ende. »So, jetzt arbeiten wir erst mal die grobe Form des Bogens heraus, und du beginnst gleich auf dieser Seite mit einem der Wurfarme. Ja, genau so, nicht zu fest.«

Isabel sah zu, wie Ralph die beiden Griffe fasste und dann die Klinge in der Mitte über das Holz gleiten ließ, sodass er immer ein bisschen wegschabte. Er sah aus, als hätte er in seinem ganzen Leben noch nie etwas Faszinierenderes gemacht, und auch Trystan blickte fast schon mit wehmütiger Zärtlichkeit aufs Holz hinab, als hätte er ein lebendiges Wesen vor sich.

»Werdet Ihr mir zeigen, wie ich einen Bogen spannen muss?« Ralph sah nicht von seiner Arbeit auf, aber seine Wangen leuchteten vor Aufregung.

Trystan zuckte die breiten Schultern. »Von mir aus. Ich habe vom Stringer ein paar Flachssehnen hier. Wenn du das hier erledigt hast, zeige ich dir, was solch ein Bogen vermag.«

»Willst du tatsächlich Bogenschütze werden?«, spottete Isabel gutmütig. »Das wird deinen Vater aber sicher nicht erfreuen, hat er dich doch hierhergeschickt, um einen Ritter aus dir zu machen. Ritter kämpfen mit dem Schwert, Ralph. Solche Bogen, wie diese hier, das sind Rebellenbogen.«

»Und wenn schon. Es wird nicht schaden, wenn ich damit umzugehen weiß.«

»Vielleicht wird er ja ein Rebell«, lachte Trystan und zeigte Ralph, wo er noch etwas Holz wegnehmen musste. »Die besten Bogenschützen kommen aber aus meiner Heimat Gwent, das als Erstes von den Freinc überrannt wurde. Damals flüchtete meine Familie weiter gen Westen, was ihnen ja nicht sonderlich viel nützte, wenn man sich hier umsieht: Freinc überall. Aber sie haben mir ihre Kunst weitergegeben, und Bogen sind im Süden gefragt. Ihr da oben in euren Bergen kämpft ja lieber mit Speeren.«

»Ich mag aus dem Norden stammen.« Ralph richtete seinen Oberkörper auf und kreiste seine Schultern, während er über dem Holzstück kniete. »Aber ich werde ein besserer Schütze sein als alle anderen Briten. Mit einem Jagdbogen weiß ich ja bereits umzugehen, der Unterschied wird nicht allzu groß sein.«

»Da täuschst du dich, Junge. Aber wenn du wirklich so gut

werden solltest, wie du sagst, dann schenke ich dir einen eigens für dich angefertigten Bogen, sobald du dich den Rebellen anschließt. Unter den Freinc wäre dein Talent verschwendet.«

»Ihr redet sehr offen in Gegenwart der Verlobten des Sheriffs«, meinte Ralph mit einem Blick auf Isabel. »Fürchtet Ihr nicht, sie könnte Euch als Verräter an den Galgen bringen?«

»Die kleine, schöne Isabel?« Trystan warf ihr einen amüsierten Blick zu. »Sie verabscheut den Sheriff doch genauso wie ich. Das sieht ein Blinder.« Er sah sie an und hob auffordernd die Hände. »Habe ich nicht recht?«

Isabel hielt mit der Ziehklinge inne und blickte einen Moment lang auf das Holz unter ihr hinab. Walisisches Holz für walisische Rebellen. Sie hob den Kopf und erwiderte Trystans offenen Blick. Zu sagen brauchte sie nichts, er schien es in ihren Augen zu lesen.

Trystan nickte langsam. »Na also. Dann erzähle ich euch sogleich die Geschichte meines Vorfahren, der zufälligerweise denselben Namen hatte wie ich: Trystan. Trystan ap Tallwch verliebte sich einst in ein wunderschönes Mädchen mit dem Namen Esyllt. Doch die war bereits verheiratet mit March y Meirchion.«

Isabel lachte auf. »Das ist nicht die Geschichte Eures Vorfahren, Trystan. Das könnt Ihr nicht einmal der *kleinen* Isabel weismachen.« Sie sah den Waliser mit hochgezogener Augenbraue an. »Diese Geschichte kennt jeder Barde, und ich habe sie schon dutzende Male auf alle erdenklichen Weisen gehört.«

»Isabel wird mal als Bardin durchs ganze Land ziehen«, erklärte Ralph wie beiläufig und konzentrierte sich weiterhin auf sein Werkstück. »Es gibt keine Geschichte, die sie nicht kennt.«

»Ha, du gefällst mir immer besser, kleine Isabel«, murmelte Trystan grinsend.

Isabel lächelte und führte ihre Klinge weiter über den Stamm. Sie hatte sich bereits Splitter eingezogen, aber das machte ihr nichts aus. Sie zog die kleinen Holzstücke einfach wieder aus ihren Händen, wischte das Blut ab und machte weiter. »*Schöne Esyllt*«, sang sie dabei leise, als spräche sie nur mit sich selbst, »*sei nicht ängstlich. Solange ich dich beschütze, werden dich dreihundert Ritter nicht zu verschleppen vermögen, auch nicht dreihundert bewaffnete Männer.*«

»Was habe ich mir da nur ins Haus geholt?« Trystan seufzte und drehte den Holzstab um, damit Ralph auf der anderen Seite weitermachen konnte. »Ein zukünftiger Rebell und eine angehende Bardin. Ich hätte euch gleich rauswerfen sollen.«

»Wir können auch gehen.« Isabel wies zurück zum Haus. »Unsere Verfolger werden längst fort sein. Wenn unsere Gesellschaft …«

»Ihr bleibt hier.« Trystan sah sie entschlossen an und wies dann auf Ralph. »Der Junge muss noch einen Bogen spannen, will er doch der beste Schütze der Briten werden. Und du, Mädchen, kannst die Geschichte von Trystan und Esyllt gleich zu Ende erzählen. Welcher Barde hört denn mittendrin auf, hä?«

Isabel senkte den Blick und schmunzelte in sich hinein. Trystan war einsam, und Isabel beschloss, ihn häufiger zu besuchen, sofern sie sich aus der Burg schleichen konnte. Vielleicht bot das Leben in Tenby doch noch interessante Abwechslung. Ralph wäre bestimmt nicht abgeneigt, den Bogenbauer häufiger zu sehen.

Seit langer Zeit spürte sie wieder Leichtigkeit in ihrem Herzen, und während ihre Hände schmerzten und bluteten, sang sie von einer Liebe, die nicht sein durfte, und einer Frau, die ihren Ehemann verließ und mit einem anderen davonlief.

Pass auf, Isabel, bevor du dir noch den Hals brichst!« Ralphs eindringliches Flüstern drang über das Rauschen des Meeres an ihre Ohren, und hätte sie sich nicht so sehr auf ihren Abstieg konzentrieren müssen, hätte sie zurückgerufen, dass er sich solche Warnungen sparen konnte.

Mit ausgestreckten Armen suchte sie Halt auf dem unebenen Untergrund der zerklüfteten Felsen und setzte einen Schritt vor den anderen. Es war dunkel auf diesem Hang des Burghügels, denn die wenigen Wachen hielten sich mit ihren Fackeln auf der dem Land zugewandten Seite auf und nicht beim Meer. Niemand dachte daran, dass die Verlobte des Sheriffs des Nachts über den Erdwall und dann die Klippen hinunterklettern würde, nur das Licht des fast vollen Mondes zur Orientierung.

Mitternacht war schon lange vorbei, aber sie hatten die Ebbe abwarten müssen, um ihr Vorhaben in die Tat umzusetzen. Jetzt wartete Ralph auf dem Strand unten, der in ein paar Stunden bereits wieder überflutet sein würde, und Isabel kämpfte sich Schritt für Schritt vorwärts. Die Klippen waren nicht besonders steil, das Problem waren die vielen Spalten und unterschiedlich großen Felsgebilde, die sie leicht stolpern ließen. Schon bei Tageslicht hatte sie sich genau umgesehen, um den besten Weg zu finden, und dabei hatte sie festgestellt, dass der Burghügel wie ein versteinerter Fuß aussah, der aus Tenbys Landmasse herauswuchs. Die Burg selbst stand auf dem grasbewachsenen Fußrücken, während sich die abfallenden Felsen wie raue, zerfurchte Zehen daraus bildeten. Meist umschloss das Meer fast den ganzen Fuß, doch jetzt kitzelte es nur die Spitzen vorne.

Ein Kichern entrang sich ihr, als sie sich vorstellte, gerade über den großen Zeh eines Riesen zu klettern, aber als sie abrutschte und ins eisig kalte Wasser eines Gezeitenbeckens platschte, verwandelte es sich in einen Fluch.

»Alles in Ordnung?«, erklang sogleich wieder Ralphs Stimme, und Isabel hob die Hand zu einem Winken. Vermutlich konnte er es nicht sehen, aber Isabel musste so fest die Zähne zusammenbeißen, um vor Kälte und Schmerz nicht schnappend Atem zu holen, dass sie kein Wort herausbrachte.

Zitternd ließ sie sich am Ende des Felsens nieder, rutschte auf ihrem Hinterteil ein Stück über die raue Oberfläche hinab und sprang schließlich den Rest zum Strand hinunter. Sie strauchelte, der Fels war höher gewesen, als sie gedacht hatte, aber Ralph ergriff sie bei den Schultern und lehnte sie gegen seine Brust, bis sie wieder sicher stand.

»Hast du dir wehgetan?«

Sie schüttelte den Kopf und warf einen Blick zurück zur Burg und zum Wall, um sicherzugehen, dass niemand auf dieser Seite der Festung war und sie am Strand entdeckte. Aber es war alles still, und das Rauschen des Meeres übertönte die meisten Geräusche.

»Du weißt, du hättest nicht mitkommen müssen, Isabel. Was auch immer Trystan vorhat, ist meine Sache.«

»Ich soll mir entgehen lassen, wie er dich in die Schranken weist?« Sie rempelte ihn sacht mit der Schulter an und ging leise lachend an ihm vorbei über den festen Sand, in dem sie kaum einsank. »Seit Wochen beklagst du dich bei ihm, dass du endlich schießen lernen willst und dass seine Lehrmethoden nichts bringen. Und dann behauptest du auch noch, du würdest ihn in Treffgenauigkeit schlagen.«

»Das kann ich auch! Nicht mit dem Rebellenbogen, das ist wahr, aber mit einem herkömmlichen. Ich bin ein herausragender Schütze, und Trystan lässt mich ihm noch nicht einmal zeigen, was ich kann! Lieber lacht er sich ins Fäustchen, während ich mich mit seinem Bogen abmühe, der vermutlich kaputt ist und nur dazu dient, mich zu demütigen.«

»Wenn du das glaubst, warum kommst du dann immer wieder zu mir, um bei mir zu lernen?«

Sie blieben stehen und versuchten, vor dem dunklen Schemen von St. Catherines Island etwas auszumachen. Die Insel wurde bei Flut komplett von Wasser umschlossen, war jetzt aber zugänglich. Sie war kleiner als der Burghügel, aber sehr hoch mit ihrer grasbewachsenen Kuppe und mit steil abfallenden und zerklüfteten Klippen. Vor ihr zeichnete sich Trystans stämmige Gestalt ab, die auf sie zukam. »Ich sehe, du hast deine Freundin mitgebracht. Das trifft sich gut. Isabel, du wirst Zeugin eines Abkommens zwischen Ralph und mir werden.«

»Wieso wolltest du uns hier treffen? Und jetzt?« Isabel wies auf den dunkel und verlassen daliegenden Strand, aber Trystan lachte nur auf und wandte sich an Ralph.

»Ich habe genug von deinem Gemaule, Junge. Du hast mich gebeten, dir den Umgang mit dem Starkbogen beizubringen, und ich war bereit, es zu tun. Wenn …«

»Aber du lässt mich nicht einmal schießen, Trystan! Wie soll ich dir zeigen, dass ich ein guter Schütze bin?«

»Ob du ein guter Schütze bist, werden wir gleich erfahren. Das tut jetzt nichts zur Sache. Du kannst keinen Pfeil von einem Starkbogen abschießen, wenn du es noch nicht einmal schaffst, die Sehne bei einem aufzuziehen.«

Isabel warf Ralph einen Blick zu, der genauso finster dreinblickte wie in den letzten Wochen in Trystans Hütte. Seine Züge wirkten scharf im Mondlicht, kaum noch kindlich, und seine Augen funkelten. Deutlich sah sie ihn vor sich, wie er sich einen der groben Bogen zwischen die Beine stellte und versuchte, das starke Holz zu biegen, sodass er die Sehne am oberen Wurfarm einhängen konnte. Doch es war ihm kein einziges Mal gelungen. Ihm fehlte die Muskelkraft, sagte Trystan, und Ralph, anfangs noch voller Tatendrang, war immer zermürbter geworden, da er nie auch nur einen Pfeil hatte abschießen können. Kaum ein ausgewachsener Mann schaffe es, solch einen Bogen zu spannen, sagte Trystan, und Ralph müsse Geduld haben und seinen Körper weiter stärken. Aber Ralph war nicht gerade der geduldigste Mensch.

»Wenn es dir nicht gelingt, die Sehne aufzuziehen, wirst du es erst recht nicht schaffen, den Bogen so zu spannen, dass du deine rechte Hand bis zum Ohr zurückführen kannst. Du hast ja keine Vorstellung von der Zugkraft dieser Bogen, mein Junge. Eure freincischen Bogen stupsen einen gepanzerten Ritter auf seinem Pferd vielleicht an, aber ich durchschlage seinen Ringpanzer auf beiden Seiten und lasse ein schönes Loch zurück. Um das zu vollbringen, braucht es Kraft. Die wirst du noch bekommen.« Er schlug Ralph freundschaftlich gegen die Brust und wies schließlich hinter sich zur Insel. »Aber ich habe dich heute Morgen auch gehört, als du sagtest, du würdest meinen Starkbogen mit einem dieser zarten Böglein in der Treffsicherheit schlagen. Daher gebe ich dir Gelegenheit, mir zu zeigen, was du mit einem Weiberbogen zu vollbringen vermagst.« Er ging ein paar Schritte fort und kam schließlich mit zwei Bogen zurück. Sogar in der Dunkelheit konnte Isabel die Unterschiede an Länge, Dicke und Biegung ausmachen. »Wenn es dir gelingt, mich mit diesem Bogen zu überzeugen, lehre ich dich weiter und lasse dich auch einen Pfeil von einem Starkbogen abschießen. Wenn aber nicht, dann wirst du entweder gehen und mich in Ruhe lassen oder beim Teufel nochmal tun, was ich dir sage, und das ohne Murren, haben wir uns verstanden?«

Ralph nickte grimmig und nahm den leichteren Bogen entgegen. »Was soll ich tun, hier im Nirgendwo und mitten in der Nacht? Soll ich den Mond treffen?«

Ein Lachen entrang sich Trystans Kehle. »Nein, die Aufgabe, die ich dir stelle, wird durchaus zu schaffen sein. Und jetzt kommt.«

Er führte sie zum bedrohlich schwarzen Schemen der Insel, und Isabel ergriff ohne zu überlegen Ralphs freie Hand. Die Finsternis und der sich vor ihnen auftuende Schlund im Gestein der Insel bereiteten ihr ein mulmiges Gefühl. Und er sollte wissen, dass sie an seiner Seite war. Zwar konnte sie Trystan schon verstehen, aber Ralph sollte mit Zuversicht und Mut in seine Prüfung gehen.

Der Sand wich, und sie erreichten ein Geröllfeld, das unter ihren Schritten knirschte und rutschte. Im silbrigen Licht des Mondes sah Isabel nun deutlich, dass es sich bei dem schwarzen Schlund in der Insel um eine Höhle handelte. Der Eingang musste dreimal so hoch sein wie sie selbst groß, und als Trystan sie hineinführte, sah sie die Umrisse von Steinsäulen in einem atemberaubend weitläufigen Hohlraum.

»Vorsichtig, wenn ihr keine nassen Füße bekommen wollt. Hier gibt es überall Gezeitenbecken.«

»Nasse Füße habe ich schon«, murmelte Isabel und sah sich staunend um. Ihre Augen waren genug an die Dunkelheit gewöhnt, um ihre Umgebung vage zu erkennen. »Ich wusste nicht, dass es eine Höhle unter dieser Insel gibt.«

»Es gibt einige, nicht alle sind so groß wie diese hier. Das Meer hat sie aus dem Felsen gewaschen, und ich rate euch, nicht hier zu sein, wenn die Flut kommt. Also Beeilung.«

Isabel und Ralph tauschten einen Blick, dann folgten sie Trystan tiefer in die Höhle hinein. Es wurde immer schwieriger, etwas zu erkennen, und der Boden unter ihnen wechselte von Geröll zu Sand, sodass sie kaum vorwärtskamen. Schließlich blieb Trystan stehen und wies hoch zu einem blassen Fleck in der noch weit entfernten, gegenüberliegenden Höhlenwand. Es war ein Loch im Gestein, durch das das Mondlicht drang und ungefähr die Größe eines Kinderkopfes hatte.

»Ist das dein Ernst?« Ralph griff den Bogen mit beiden Händen; in seiner Stimme lag eine Mischung aus Belustigung und Unbehagen.

»Du sagst, du bist ein meisterhafter Schütze. Dann wird es dir ja wohl nicht so schwerfallen, einen Pfeil durch dieses Loch hindurchzuschießen.« Er reichte Ralph etwas, das sich als die Sehne herausstellte, und Ralph machte sich daran, den Bogen zu spannen.

»Wenigstens bei diesem zarten Spielzeug schaffst du es, eine

Sehne aufzuziehen«, kommentierte Trystan, er klang aber weniger spöttisch als wohlwollend, »mal sehen, ob dir auch ein Schuss gelingt.«

»Und wie soll ich das machen, wenn ich so gut wie blind bin? Ich sehe ja nicht einmal, was mir alles im Weg liegt, ob da irgendwo Felsvorsprünge sind oder …«

»Du siehst doch das Ziel, oder etwa nicht?«

Ralph murrte leise vor sich hin, während er ein paar Schritte vor ging und einen Pfeil von Trystan anlegte. Gebannt beobachtete Isabel seine Bewegungen, die sie weniger sehen als erahnen konnte. Es schien ihr fast unmöglich, dieses winzige Loch in der Ferne zu treffen, unwillkürlich fragte sie sich aber, ob es ihr mit der Schleuder gelingen könnte. Bran hatte einen wild umherlaufenden Hund zwischen die Augen getroffen, und Isabel hatte im Kloster die kleinen, unreifen Äpfel von den Ästen geschossen. Es juckte ihr in den Fingern, das Lederband von ihrer Taille zu lösen und es auf einen Versuch ankommen zu lassen.

Jetzt sollte sie sich aber lieber auf Ralph konzentrieren, und sie fieberte mit ihm, als er Aufstellung nahm.

Einen Moment lang war nur das Rauschen und Gluckern von Wasser zu hören, aber dann klang ein Schnalzen durch die Höhle, die Sehne schnellte nach vorne, und Isabel zuckte zusammen. Sie stieß den Atem aus, blickte zum silbrig leuchtenden Loch und wartete, den Pfeil hindurchfliegen zu sehen, aber stattdessen hörte sie ein Klackern, als er eine Felswand traf, gefolgt von einem leisen Platsch.

Ralph stieß einen Fluch aus, Geröll flog, als er seinen Fuß hineinstieß, und Trystan ging mit verschränkten Armen auf ihn zu. »Kein schlechter Schuss.«

»Es ist gar nicht möglich, da hindurchzuschießen! Genauso gut hättest du sagen können, ich soll den Mond treffen!«

»Ach ja?« Trystan nahm Ralph den Bogen ab, warf ihn zur Seite und hob stattdessen den starren Rebellenbogen auf.

»Sag, Isabel«, sprach er wie beiläufig, während er das kräftige Holz bog, um die Sehne aufzuziehen, »wie konntest du dich einfach so mitten in der Nacht davonschleichen? Ich dachte, du stündest unter den Fittichen der *reizenden* Lady Hayt?«

Isabel grinste. »Ich bin leise wie eine Maus, und Lady Hayt hat einen tiefen Schlaf.«

Ein Schnauben erklang aus Trystans dunkler Ecke. »Man könnte meinen, sie wüsste es besser.«

»Was meinst du damit?«

Stille, gefolgt von einem schweren Seufzen, dann kam Trystan mit dem Bogen auf sie zu. »Na ja, ein junges Mädchen mit deinem Abenteuergeist … ich dachte, sie würde so klug sein und die Tür verriegeln. Aber vielleicht ist sie auf ihre alten Tage auch einfach nur vergesslich geworden.«

»Kennst du Lady Hayt denn?«

Trystan wedelte in Ralphs Richtung. »Gib mir einen Pfeil.« Dann wandte er sich wieder an Isabel. »Wer kennt die Krähe nicht, die mit Krallen und spitzem Schnabel über ihr Nest wacht? Sie verlässt es nicht oft, aber man hört von ihr.« Mit diesen Worten legte er den Pfeil ein, und Isabel hielt erneut den Atem an. Auch Ralph blickte mit deutlicher Anspannung auf Trystans Gestalt. In der Dunkelheit sah es aus, als koste es ihn gar keine Mühe, den Bogen zu spannen, bei dem Ralph noch nicht einmal die Sehne einzuhängen vermochte. Schließlich erklangen erneut das Ratschen und ein Surren, und etwas Dunkles blitzte im silberfarbenen Licht auf, als der Pfeil durch das Felsloch hinausflog.

»Na bitte.« Trystan senkte den Bogen und wandte sich ihnen zu. »Was sagst du nun, Ralph?«

»Ich sage, dass das mit ein bisschen Übung jedes Mädchen kann … Isabel?«

Isabel schnappte nach Luft und fuhr zu Ralph herum. Einerseits wollte sie ihm um den Hals fallen, da sie sich einen Versuch ja insgeheim wünschte, andererseits hätte sie ihm für seine Behauptung aber auch gerne gegen die Brust geschlagen. Was, wenn sie versagte? Sie hatte lange keine Gelegenheit mehr zum Üben gehabt.

»Mit ihrer Schleuder?«, fragte Trystan und ließ seinen Blick über sie wandern. »Eine Schleuder kann nicht derart treffsicher eingesetzt werden.«

Mit einem Mal waren Isabels Zweifel wie weggeblasen. Sie kniff kurz die Augen zusammen und grinste dann in Ralphs Richtung.

»Zeig's ihm, Isabel.« Ralph versetzte ihr einen sanften Stoß in den Rücken. Isabel sah ihn dankbar an. Sie hätte nie selbst um einen Versuch gebeten, da sie ihren Freund im Falle ihres Gelingens nicht beschämen wollte. Sie war zu seiner Unterstützung hier, nichts sonst. Von zu Hause war sie es gewohnt, dass Männer alles besser konnten, und selbst wenn eine Frau ein Talent besaß, hatte sie es gefälligst zu verbergen, um den Mann gut dastehen zu lassen. Dass Ralph sie triumphieren sehen wollte, obwohl er selbst den Schuss nicht geschafft hatte, rechnete sie ihm hoch an. Übermütig lehnte sie sich vor und küsste ihn auf die Wange, bevor sie sich ihrem Ziel zuwandte. Ohne ihren Blick von dem fernen Leuchten abzuwenden, knotete sie die Schleuder auf, ertastete das Mittelstück und legte einen flachen und abgerundeten Stein ein.

»Geht besser ein bisschen zurück«, sagte sie abwesend und konzentrierte sich auf ihr Ziel. Mit ruhigem Atem hob sie den rechten Arm, schwang ihn an ihrer Seite, führte ihn dann über ihren Kopf und machte eine schnelle Bewegung nach vorne. Ihr ausgeglichener Herzschlag beschleunigte sich. Sie starrte hoch und sah dann den Stein im Licht aufleuchten und gleich darauf verschwinden. Die Luft entwich ihr mit einem Keuchen. Sie hatte es geschafft! Sie hatte es wirklich geschafft!

»Ich wusste es!« Plötzlich schlangen sich Ralphs Arme von

hinten um sie, und Isabel fühlte sich so glücklich, dass sie lachen musste. Sie drehte sich zu ihm um, erwiderte seine Umarmung und schrie auf, als er sie plötzlich hochhob und herumwirbelte. »Es hat sich wirklich gelohnt, Nonnen abzuschießen!«, lachte er und drehte sie immer weiter.

»Jaja«, brummte Trystan hinter ihnen, Isabel konnte sein Grinsen aber regelrecht hören. »In Zukunft werde ich mit meinen Worten vorsichtiger sein. Wer hätte denn auch ahnen können, dass die kleine Isabel einem gefährlich werden kann?«

Ralph stellte sie auf die Beine, und außer Atem wandten sie sich Trystan zu. Dabei hielten sie sich an den Händen, und Isabel staunte, wie natürlich sich seine Nähe anfühlte.

Mit verschränkten Armen baute Trystan sich vor ihnen auf. »Isabel hat bestanden, du hingegen aber nicht, Ralph. Was ist also mit unserer Abmachung? Willst du lernen, mit einem Starkbogen umzugehen? Auf *meine* Art? Oder gehst du zurück zum Gesangsunterricht und lässt einen gestandenen freincischen Ritter aus dir machen?«

»Ich fürchte, um den Gesangsunterricht komme ich nicht herum. Aber …« Ralph atmete tief durch, und Isabel drückte seine Hand, um ihm bei seinem Sprung über den eigenen Schatten beizustehen. Fest schloss er seine Finger um die ihrigen und fuhr mit kontrollierter Stimme fort: »Wenn du noch dazu bereit bist, würde ich gerne lernen, mit einem Rebellenbogen umzugehen. Auf deine Art.«

»Natürlich.« Trystan wandte sich lachend ab und hob den anderen Bogen und die Pfeile auf. »Aber vergiss deine Worte lieber nicht. Zur Not muss Isabel dich daran erinnern. Du musst wirklich jeden Tag üben. Vielleicht kommt deine treue Isabel ja wieder einmal mit dir hierher, nachdem Lady Hayt wohl der Auffassung ist, dass Mädchen heutzutage nicht mehr hinausschleichen.«

»Natürlich!«, beeilte Isabel sich zu sagen und nahm Trystan

die Pfeile ab. »Nur in den nächsten Tagen bin ich nicht hier. Ich gehe nach Hause nach Carew, um meine Familie zu treffen. Der Sheriff nimmt mich auf seinem Weg zum monatlichen Gerichtstag in Pembroke Castle mit.«

»Wie hast du das denn geschafft?«, wollte Trystan von ihr wissen, als sie sich auf den Rückweg machten. »Ich hätte mir vorstellen können, der Sheriff ist so fuchsteufelswild, dass er eher alles um sich herum kurz und klein schlägt, anstatt auf die Bitten seiner hinreißenden Verlobten zu hören.«

Isabel blieb stehen. »Der Sheriff kam vor ein paar Tagen tatsächlich sehr übel gelaunt nach Tenby. Noch übellauniger als gewöhnlich. Nachdem er die letzten Wochen nicht da war, hatte ich angenommen, ich wäre seine finstere Miene nur nicht mehr gewohnt. Was meinst du, warum ist er so zornig?«

»Abgesehen von seinem schwarzen Herzen?« Trystan setzte seinen Weg fort, und Isabel folgte ihm an Ralphs Seite. »Ich dachte, mittlerweile hätte es jeder gehört. Nachdem der Sheriff sich vor ein paar Wochen noch damit brüstete, den Fürsten von Südwales unter die Erde gebracht zu haben, heißt es heute, dass ebenjener Fürst munter und gesund im befestigten Carmarthen residiert.«

»Cadell geht es gut?!« Sie schlug sich beide Hände vor den Mund, als sie begriff, dass sie die Worte frohlockend gerufen hatte, aber sogar Ralph hatte neben ihr kurz nach Luft geschnappt.

Trystan warf ihnen über die Schulter einen Blick zu. »So sagt man, ja.«

»Und wie hat er … also, was sagt man denn, wie er überleben konnte? Der Sheriff ließ ihm ja den Schädel einschlagen.«

Sie traten aus der Höhle zurück auf den Strand. »Wie er das geschafft hat, weiß ich nicht. Nur, dass er lebt.«

Isabel sah zu Ralph an ihrer Seite, und er erwiderte ihren Blick. Zwar vertraute sie Trystan, auch wenn sie ihn erst wenige Wochen kannte, aber umso weniger von ihrer Tat wussten, umso besser. Sie durften ihn nicht auch noch in diese gefährliche Angelegenheit verstricken.

»Was schaut ihr denn drein, als drohe der Himmel über euch einzustürzen? Ich dachte, ihr wäret den Fürstenbrüdern wohlgesinnt.«

Ralph gewann seine Kontrolle schneller wieder und räusperte sich. »Das sind wir auch. Es waren sich nur alle so sicher, dass Cadell tot ist. Das hier ist eine echte Überraschung.« Diesmal war er es, der ihre Hand ergriff, und Isabel schloss dankbar ihre Finger um seine. Cadells Genesung war eine glückliche Nachricht, aber die Angst und das über ihr schwebende Unheil schienen sich dadurch noch zu verdichten. Hätten sie es nicht tun sollen? Hatten sie den Krieg erneut entfacht?

Ihr Blick wanderte über die schlafende Siedlung und die friedlich daliegende Burg. Nein, es war das Richtige gewesen. Was für Christenmenschen wären sie gewesen, hätten sie einen hilflosen Verletzten einfach seinem Schicksal überlassen. Sie konnte nur hoffen, dass Cadell niemandem verriet, wie er von jener Wiese am Waldrand fortgekommen war. Womöglich konnte er sich gar nicht mehr daran erinnern.

Für Isabel war Carew eine fremde Burg, auch wenn sie der Hauptsitz ihrer Familie war. Zuletzt war sie als kleines Kind hier gewesen, aber seither hatte sich vieles verändert. Schon als sie sich jenseits der abgeernteten Ackerstreifen näherten, sah sie die Steinmauer, hinter der sich der düster-graue Burgturm erhob. Früher hatte es hier nur eine aus Holz errichtete Palisade und Erdwälle hinter einem Graben gegeben, aber Isabel hatte gewusst, dass ihr Vater die Burg hatte ausbauen wollen. Richtung Süden war die Mauer auch noch nicht fertig, denn dort glänzte immer noch das vom Wetter grau gewordene Holz im Morgenregen.

»Ich möchte Euch dafür danken, dass Ihr mich mitgenommen habt«, wandte sie sich an den schweigsamen Sheriff an ihrer Seite, der seine Kapuze tief in die Stirn gezogen hatte. Jetzt, da sie wusste, was der Grund für seine düstere Stimmung war, wagte sie es kaum noch, ihn anzusprechen, aus Angst, er könnte ihr ihr Geheimnis wie ein dämonisches Wesen vom Gesicht ablesen. Aber sie hoffte, ihn mit etwas Freundlichkeit für zukünftige Besuche bei ihrer Familie milde zu stimmen.

Zum Glück war er die letzten Wochen nicht da gewesen. Mit dem Ausklang der Erntezeit und den Feierlichkeiten von Michaelis Ende September waren die Steuern einzutreiben gewesen. Isabel wusste, dass des Sheriffs Männer die Abgaben in Form von Vieh, Fellen, Getreide und in den wenigsten Fällen auch Münzen und Geschmeide mit Karren und Schiffen auf seine Burg in St. Clears gebracht hatten. Ein Gutteil jener Abgaben sollte dann nach sorgfältiger Prüfung nach England in die königliche Schatzkammer und die Speicher fließen, wobei Isabel bezweifelte, dass dies während all der Unruhen in England auch wirklich geschah. Sie schätzte den Sheriff eher so ein, dass dieser die ungewisse Lage im Königshaus nutzte und sich selbst bereicherte.

»Ich will kein Gejammer hören, wenn ich dich wieder abhole«, sagte der Sheriff und folgte dem festgetretenen Pfad durch das sich rechts und links von ihnen erstreckende Dorf zur Burg. »Lass mich nicht bereuen, dass ich dir nachgegeben habe, sonst war dies das erste und letzte Mal, verstehen wir uns?«

Ich bereue schon, mich überhaupt bedankt zu haben, dachte Isabel, doch sie verbiss sich die Worte schnell. Stattdessen hob sie den Kopf und warf ihm einen unschuldigen Blick zu. »Natürlich, Mylord. Ich möchte nur nach der langen Zeit im Kloster noch einmal meine Großmutter sehen. Gott allein weiß, wie lange Er sie uns noch lässt.« Diese Sorge hatte Isabel nicht wirklich, denn sie glaubte nicht, dass die berühmt-berüchtigte Nesta ferch Rhys so bald aus dem Leben scheiden würde. Die walisische Dame war so unverwüstlich, dass sie wohl alle auf der Burg überleben würde.

Ein Schnauben und Kopfschütteln war alles, was ihr Verlobter erwiderte. Doch seine Unfreundlichkeit kümmerte sie gerade nicht. Sie war kurz davor, ihre Großmutter wiederzusehen, und das war alles, was im Moment zählte. Einzig, dass sie Ralph ganz allein bei Lady Hayt zurückgelassen hatte, tat ihr etwas leid, aber vermutlich quälte er sich ohnehin jede freie Minute bei Trystan mit dem Rebellenbogen. Einen Moment lang kam ihr der Gedanke, ihre Großmutter in das große Geheimnis um Cadell einzuweihen. Vielleicht könnte sie ihr einen Rat geben, schließlich war sie in politischen Belangen erfahren und könnte ihr raten, wie sie sich verhalten sollte oder wie sie sich und Ralph schützen könnte. Aber einerseits wollte sie die alte Dame nicht in diese heikle Angelegenheit hineinziehen, und andererseits war es nicht nur ihr Geheimnis, sondern auch Ralphs. Sie durfte es nicht ohne seine Zustimmung ausplaudern.

Als sie die Brücke über den aus dem Felsen geschlagenen Graben überquerten und ins nun steinerne Torhaus gelangten, trieb Isabel ihre Stute ungeduldig zum Trab an. Ungeachtet der Aufforderung des Sheriffs zu warten, ritt sie in den Hof und sog den Duft ihrer Heimat ein – frisches Stroh, der Misthaufen hinter dem Stall, Tiere und feuchtes Holz. Carew hatte ihr nie besonders am Herzen gelegen, sie hatte sich hier nie so heimisch gefühlt wie in Llansteffan, aber mittlerweile wusste sie, dass es die Menschen waren und nicht der Ort, die Heimat ausmachten.

Ohne auf einen Knecht zu warten, schwang sie ihr Bein über den Hals des Pferdes und rutschte zu Boden. Sie sah sich im fast verlassenen Hof um, wo Regentropfen über den Pfützen im Schlamm hüpften, und rannte schließlich zur Halle, die sich als hölzernes Langhaus an die Palisade drängte. Doch sie hatte kaum den halben Hof durchquert, als ein hochgewachsener Ritter aus dem Stall kam. Dunkles Haar hing ihm nass ins Gesicht, und ohne Zweifel hatte er sich auf den Weg zur Halle machen wollen, doch als er sie entdeckte, hielt er inne. Er wischte sich Regentropfen aus den Augen, sah sie noch einen Moment lang reglos an, und schließlich kam er auf sie zu. »Isabel? Isabel, bist du das?« Er warf einen Blick zum Sheriff und seinen Männern am Tor, die er anhand ihres Wappens wohl erkannte, und Isabel wusste nun ebenfalls, wer ihr entgegenkam, auch wenn sie ihn schon seit Ewigkeiten nicht gesehen hatte.

»Onkel Harri!«, rief sie voller Freude aus und lief ihm das letzte Stück entgegen. Sie wollte sich in seine Arme werfen, so wie sie es als kleines Mädchen getan hatte, aber sie besann sich gerade noch rechtzeitig, stoppte etwas zu abrupt im schmutzigen Schlamm und blieb schließlich schlitternd vor ihm stehen.

»Ich sehe, du hast dich nicht verändert.« Ein Lachen erklang aus seiner Kehle, und als Isabel in sein fein gezeichnetes Antlitz hochsah, begannen ihre Wangen zu brennen. Sie schämte sich für ihr ungestümes Verhalten. Onkel Harri hatte schon immer etwas Statuenhaftes an sich gehabt, seine Züge waren wie aus Stein gemeißelt, aber seinen dunklen Augen mit den grünen Sprenkeln schien stets etwas Übermütiges anzuhaften. Sogar jetzt noch, wo er schon Ende vierzig war und sein Haar mehr Grau als Schwarz zeigte. Alles an ihm, wie er in seiner schlanken Gestalt über ihr aufragte, in der Würde seiner Haltung und dem sanften Lächeln, mit dem er auf sie hinabsah, erinnerte sie an einen König. Und ausnahmsweise hatte das nichts mit ihrer blühenden Fantasie zu tun. Schließlich war König Henry ja Onkel Harris Vater gewesen. Und auch wenn die Wiedersehensfreude sie zuerst beflügelt hatte, erinnerte sie sich jetzt wieder daran, dass er sie doch auch einzuschüchtern vermochte. Onkel Maurice war ihr Vertrauter, ihr Freund und ihre Zuflucht, aber Onkel Harri war wie eine entfernte Heldenfigur, die sie bewunderte. Er war ein Teil des großen Königs Henrys und einer der wenigen, der sie kleinlaut werden lassen konnte.

»Wie kommst du denn hierher?«, wollte er von ihr wissen und sah erneut zum Tor, wo der Sheriff ungeduldig nach Knechten rief, die wohl alle vor dem Regen in den Stall geflüchtet waren. »Hast du deinen Verlobten begleitet, um am Gerichtstag teilzunehmen?« Gutmütiger Spott lag in seiner Stimme, aber Isabel ärgerte sich nicht darüber.

»Ich besuche Großmutter. Ich dachte, es wären bereits alle in Pembroke? Ist mein Vater auch noch hier? Und Onkel Maurice?«

Onkel Harri, der eigentlich Henry FitzRoy – Henry, Sohn des Königs – hieß, schüttelte den Kopf. »Maurice und dein Vater sind bereits in Pembroke. Aber genauso wie du wollte ich unserer geschätzten alten Dame noch einen Besuch abstatten, ehe ich weiterreite.«

»Da wird sie sich aber freuen!« Isabel wusste, wie sehr die Augen ihrer Großmutter stets zu strahlen pflegten, wenn sie ihren ältesten Sohn betrachtete. Er kam so selten von seinen Ländereien in Narberth und Pebidiog, und so waren seine Besuche immer etwas Besonderes. »Du gehst also auch zum Gerichtstag?«

»Isabel – neugierig wie eh und je.« Onkel Harri legte ihr die Hand auf die Schulter. »Komm, lass uns erst mal aus dem Regen gehen, ehe du mich mit weiteren Fragen löcherst.« Onkel Harri führte sie das letzte Stück zur Halle mit dem anschließenden Küchenbau, und Isabel konzentrierte sich auf ihre Schritte über den aufgeweichten Boden.

»Beim Gerichtstag werden dieses Mal nicht nur Streitigkeiten unter Bauern geklärt«, sagte er schließlich. »All die Lords der Umgebung wurden nach Pembroke berufen – nicht nur wegen der andauernden Unruhen in England, vor allem auch wegen der Kämpfe hier.«

Isabel zuckte zusammen, bemühte sich aber um eine gleichmütige Miene. Der Ärger des Sheriffs war eine Sache, aber dass nun gar ihr großer Onkel Harri einem Treffen beiwohnte … und alles nur, weil sie den Rebellenanführer gerettet hatten.

Onkel Harri warf ihr einen kurzen Blick zu, fast schon misstrauisch, aber er ging weiter über den Hof und führte sie mit sich. »Cadell ist nicht tot, und man munkelt, die Fürstenbrüder seien auf Rache aus. Ich befürchte, der Krieg ist lange nicht vorbei«, sagte er und legte die Hand auf die Tür. Unter dem Dachvorsprung, der ihnen etwas Schutz vor dem Regen bot, blieb er stehen und wandte sich ihr noch einmal zu. Eindringlich sah er ihr in die Augen, und Isabel hielt den Atem an, um ja keinen verräterischen Laut von sich zu geben. Sie spürte, wie sie rot wurde, und blickte schnell zu Boden.

»Ich persönlich bin froh, dass Cadell nicht diesen schändlichen Tod sterben musste, aber das sollte vielleicht unter uns bleiben, Isabel. Doch wie er seine Verletzungen überlebt hat, bleibt mir ein Rätsel. Seine Brüder wüten derzeit im von Flamen besiedelten Gower.«

»Nachdem sie zuerst hier waren und sich mit Euch ausgesöhnt haben«, erklang ein Knurren hinter ihr.

Isabel sog erschrocken die Luft ein, doch der Sheriff ging ohne auf sie zu achten an ihr vorbei und stieß die Tür auf. Seiner Miene nach zu urteilen hatte er nur die letzten Worte gehört. Erleichtert atmete Isabel aus und folgte ihm mit ihrem Onkel in den Vorraum, wo er im düsteren Licht an seinem Schwertgurt hantierte, um ihn abzulegen. »Es ist doch nicht nur ein Gerücht, dass Cadells Brüder hier waren und ein neuerliches Abkommen mit Euren Brüdern geschlossen haben, nicht wahr, FitzRoy?« Er warf Isabel einen Blick zu, in dem all der Zorn auf ihre Familie zu liegen schien – als wäre *sie* für die Taten ihres Vaters und Onkels verantwortlich. Das störte sie aber nicht, hieß sie das Abkommen – sofern es denn der Wahrheit entsprach – doch gut.

»Was hinter dem Abkommen steckt, müsst Ihr meine Brüder schon selbst fragen, Sheriff. Ich hörte nur, dass Maredudd und Rhys die Auslieferung jener Männer forderten, die Cadells Männer getötet und Cadell verwundet haben.«

»Und Euer Bruder hat ihnen *nicht* gesagt, dass sie sich zum Teufel scheren sollen?« Der Sheriff warf seinen Schwertgurt durch die geschlossenen Vorhänge in eine Nische, wo er laut scheppernd bei den anderen Waffen landete. »Als wäre es nicht schon genug, dass Cadell nicht ins Gras gebissen hat, dass seine Brüder jetzt auch noch glauben, Forderungen stellen zu können …«

»Wir alle versuchen, hier zu überleben.« Onkel Harri sprach ruhig, doch mit einer frostigen Kälte, die Isabel mit einer Gänsehaut überzog. »Cadells Verletzungen waren nicht das Werk meiner Brüder, und es ist nur verständlich, dass sie ihr Heim nicht dafür brennen sehen wollen. Von ihrer Seite aus wurde das Abkommen nie gebrochen, und wenn Cadells Brüder die Schuldigen zur Rechenschaft ziehen wollen, ist das nicht unsere Angelegenheit. Wenn ich Euch einen Rat geben darf, Sheriff: Gebt den Walisern jenen Mann, der den letzten Schlag geführt hat, auf dass der Gerechtigkeit Genüge getan wird und Cadells Brüder zufrieden sind. Sonst wird der Krieg schlimmere Ausmaße annehmen als je zuvor.«

Der Sheriff warf Onkel Harri einen finsteren Blick aus den klargrünen, kalten Augen zu. »Wenn Ihr Angst habt, Euch den königlichen Arsch zu verbrennen, FitzRoy, lauft am besten auch noch schnell zu den Walisern und küsst ihnen die Füße. Wir anderen schließen keine Bündnisse mit *Rebellen*, die sich gegen die von Gott gewollte Ordnung auflehnen. Wir kämpfen um das, was uns zusteht, um das Land, das unserem König zusteht. Nur weil in den Adern Eurer Familie dasselbe Blut fließt wie in denen der Barbaren, glaubt Ihr seit jeher, es Euch gemütlich machen zu können, während rund um Euch gekämpft wird. Ihr seht zu, wie Verräter an der Krone Land gewinnen, zufrieden damit, unbehelligt am Herdfeuer zu sitzen. Andere können sich solch bequeme Bündnisse nicht erlauben. Allein, dass Ihr vorschlagt, einen meiner Männer zu opfern, der seine Pflicht seinem Land und König gegenüber getan hat, grenzt an Verrat! Glaubt nicht, dass Euch Euer Blut ewig schützen wird.«

Onkel Harri sah völlig unbewegt ins rot gewordene Antlitz des Sheriffs und verneigte sich schließlich knapp, ohne auf seine Worte einzugehen. Die knappe Geste war jedoch so erhaben, dass er als Sieger aus dieser Auseinandersetzung hervorzugehen schien. Von seiner Mutter hatte Onkel Harri walisisches Königsblut und von seinem Vater normannisches geerbt. Wäre er nicht illegitim geboren, und wäre ihre Großmutter König Henrys Ehefrau gewesen, dann wäre Onkel Harri jetzt König von England. Der Bürgerkrieg hätte nie stattgefunden, und auch wenn es Isabel dann nicht gegeben hätte, hätte das Land wenigstens nicht so viel Leid erfahren wie jetzt.

Sacht legte er seine Hand auf Isabels Schulter und wollte sie am Sheriff vorbei in die Halle führen, als der Sheriff seinen Arm zur Seite streckte und sie stoppte.

Im nächsten Moment schlossen sich seine Finger mit einer Stärke um ihr Kinn, dass sie ihren Kiefer knacken zu hören glaubte. Sie riss die Augen auf, als der Sheriff seinen Griff noch verstärkte und sie allein mit seiner Hand auf ihrem Kinn zurückdrängte, bis sie mit dem Hinterkopf gegen die geschlossene Tür stieß. Aus den Augenwinkeln nahm sie wahr, wie Onkel Harri einen Schritt nach vorn machte und dann innehielt. Der Sheriff brachte sein Gesicht knapp vor das ihrige und funkelte sie an.

»Und nun zu dir, meine Liebe. Dein Onkel Maurice meinte, du bist gut im Zuhören und merkst dir, was man dir sagt, also mach die Ohren auf: Das nächste Mal, wenn ich dir sage ›Warte‹, dann wartest du und machst mich nicht noch einmal vor meinen Männern zum Narren, haben wir uns verstanden? Wenn ich dir einen Befehl gebe und verlange, an meiner Seite zu bleiben, dann gehorchst du, ansonsten wirst du mich bald richtig kennenlernen.«

Isabel funkelte ihn an, Tränen des Zorns und Schmerzes stiegen ihr in die Augen, aber eher würde sie sterben, als auch nur eine davon freizulassen. »Ich kenne Euch längst … Mylord«, presste sie hervor. Er drückte sie mit einer Kraft gegen die Tür in ihrem Rücken, dass sie glaubte, ihr Kopf würde durch das Holz hindurchbrechen, doch dann stand plötzlich Onkel Harri neben ihnen und legte seine Hand auf den Arm des Sheriffs. Er sagte nichts, sah den Sheriff nur auffordernd an, mit einer tödlichen Ruhe, die den Raum mit Frost zu überziehen schien. Dann ruckte er sein Kinn kaum merklich in Isabels Richtung, als befähle er einem Hund, von seinem Knochen abzulassen.

Der Sheriff fletschte die Zähne, als wäre er tatsächlich ein wildes Tier, ließ seinen klargrünen Blick noch einen Moment länger auf Isabel ruhen, um sie an seine Drohung zu erinnern, und ließ sie dann endlich los. Ohne Onkel Harri oder sie noch einmal anzusehen, wandte er sich ab und ging in die Halle.

Isabel sah ihm hinterher, sie glaubte, jeden Moment in sich zusammensinken zu müssen, doch Onkel Harri legte ihr seinen Arm um die Schultern und richtete sie auf. Schweigend führte er sie in die Halle, wo, noch bevor Isabel Zeit hatte, ihre Gedanken zu sortieren, eine kugelrunde und freudige Lady Alice herbeistürmte und sie herzlich willkommen hieß. Auch ihre Mutter war anwesend, doch nach einer kühlen Begrüßung verweilte Isabel nicht länger und lief am anderen Ende der Halle das Treppengewölbe hoch ins obere Stockwerk zu ihrer Großmutter. Der Druck auf ihrer Brust war kaum noch auszuhalten, und das Gefühl, jeden Moment in tausend Teile zu zerspringen, war unerträglich. Sie riss die Tür der Kammer des Frauengemachs auf, ohne sich um ein Klopfen zu kümmern, und sah ihre Großmutter auf der Polsterbank am offenen Fenster sitzen und in den Regen hinausschauen. Zweifelsohne hatte sie von dort Isabels Ankunft bemerkt und auf sie gewartet. Sie wandte sich ihr zu, schien alles mit einem Blick zu erfassen und breitete ohne etwas zu sagen die Arme aus. Isabel ließ den angehaltenen Atem ihrer

Lunge entweichen und war überrascht, dass sich ein Schluchzen in diesen Laut mischte. Mit plötzlich verschleiertem Blick eilte sie durch das Gemach und warf sich in die vertraute Umarmung.

»Ich kann ihn nicht heiraten«, brach es aus ihr heraus, eine Wahrheit, die sie jeden Tag begleitete und die sich mit jeder Begegnung mit dem Sheriff verstärkte. Sie hatte das Gefühl, die Zeit lief ihr davon, und jetzt den Duft ihrer Großmutter nach Wildblumen einzuatmen verdeutlichte ihr umso mehr, dass sie nicht nach Tenby gehörte. »Er ist ein Monster.«

Ihre Großmutter sagte nichts, hielt sie nur fest auf ihrem Schoß und streichelte ihr über den Kopf. Sie wusste wohl, wie leer tröstende Worte waren, denn Isabel hatte gar keine andere Wahl. Wer, wenn nicht ihre Großmutter, hatte diese Wahrheit am eigenen Leib erfahren? Sie war mit jenem Mann verheiratet worden, der in ihr Heim eingefallen war, und nach seinem Tod war sie erneut gegen ihren Willen mit einem anderen Mann verheiratet worden. Dass sich diese Männer als gütig und liebenswert herausgestellt hatten, änderte nichts an der Tatsache, dass Frauen nicht entschieden, wem sie gegeben wurden. Manche hatten Glück, andere weniger. Ihre Großmutter sagte nicht, dass alles gut werden würde, dass sie nur Zeit brauchte, um den Sheriff näher kennenzulernen. Zweifelsohne zeichnete sich Isabels letzte Begegnung mit dem Sheriff längst an ihrer Wange ab. Und so saßen sie eng umschlungen und schweigend am Fenster, machtlos, irgendetwas gegen das Schicksal der Frauen zu unternehmen, in einem Moment, der vielleicht für Isabel der letzte sein sollte, da sie familiäre Wärme erfahren durfte.

## Tenby, Südwestwales, Frühling 1153

Du musst lernen, nicht alles auszusprechen, was dir in den Sinn kommt, Ralph.« Isabel beugte sich ein wenig hinunter und versuchte, ihrem Freund ins Gesicht zu sehen. Dabei verzog sie die Nase, denn der Gestank des Viehmists und der verdorbenen Nahrungsmittel, die in seinem Haar und auf seinem Gewand klebten, war kaum zu ertragen. Mit einem kläglichen Lächeln sah er zu ihr auf – glibberiges Eiweiß glitt langsam über seine Wange, als er versuchte, seinen Kopf zu drehen, doch es gelang ihm nicht, sich zu bewegen. Vornübergebeugt, am Hals und an den Handgelenken zwischen Holzbrettern eingeklemmt, stand er an einer der größten Straßenkreuzungen der Siedlung am Pranger. Direkt vor der Landbrücke zur Burg, von wo man auch zum Hafen gehen oder dem Pfad aus der Siedlung hinausfolgen konnte, musste er für sein Mundwerk büßen.

»Du bist die Letzte, die mir etwas über Zurückhaltung erzählen darf«, keuchte er, während er die vom Bogenschießen breiten Schultern zu bewegen versuchte, vermutlich hatte er bereits Schmerzen. »Wärest du nicht seine Verlobte, hätte er dich auch schon längst hier draußen ausgestellt.«

»Ja, aber man sollte doch meinen, ein vernünftiger Mensch lernt aus seinen Fehlern! Wie oft willst du noch hier draußen stehen?«

»Ich werde lernen, den Mund zu halten, wenn du's auch tust.« Ein herausforderndes Grinsen grub die vertrauten Grübchen in seine Wangen, und das Eiklar tropfte über den dunklen Flaum an seinem Kinn zu Boden. »Außerdem ist es mittlerweile ja richtig angenehm hier draußen. Im Winter war es weitaus weniger lustig.«

Isabel schüttelte den Kopf, dann ging sie zu den blühenden Obstbäumen am Wegesrand und zupfte ein paar Blätter ab. Am ausgestreckten Arm wischte sie mit diesen über seine Stirn und seine Wangen hinab, um den schlimmsten Schmutz zu entfernen. Auch an seinen Armen klebten Küchenabfälle. Seine Hemdsärmel waren bis zu den Ellbogen hochgekrempelt, und so zeigten sich die einzelnen Muskelstränge an seinen braungebrannten Unterarmen, die in verhältnismäßig zarte Handgelenke und schlanke Finger führten. Das letzte Jahr und Trystans Schinderei hatten ihn verändert. Lachend schnippte sie eine verfaulte Karotte von seiner Haut.

»Die Mühe kannst du dir sparen.« Ralph machte eine kleine Kopfbewegung zu ein paar Kindern, die mit Händen voll Pferdedung dastanden und lachten. »Am besten, du gehst jetzt etwas zur Seite, *Mylady*, bevor du auch noch getroffen wirst. Ich wette, dem Sheriff gefällst du nicht mehr so gut, wenn du erst mal in der Herzlichkeit der Menge gebadet hast.«

»Ob ich dem Sheriff gefalle oder nicht, ist mir gleichgültig.« Sie stemmte eine Hand in die Seite und ging mit festen Schritten auf die Kinder zu. »Verschwindet! Hier gibt es nichts zu sehen. Und nehmt euren Mist gleich mit, bevor ich veranlasse, dass *ihr* den Tag am Pranger genießen könnt. Na los, bewegt euch!« Sie scheuchte die Kinder davon, die zum Glück nicht wussten, dass sie gar nicht die Macht hatte, irgendjemanden an den Pranger zu stellen. Die meisten in der Siedlung kannten sie nach diesen eineinhalb Jahren in Tenby und behandelten sie als Verlobte des gefürchteten Sheriffs respektvoll – ja fast schon etwas ängstlich, was ihr in Momenten wie diesem aber durchaus nützlich war. Sie winkte auch gleich ein paar Fischer weiter, die grinsend den Kopf schüttelten und ihr die Schulter tätschelten.

»So eine Freundin wie dich hätte ich als Junge auch gerne gehabt, Mädchen. Hätte mir einiges erspart.«

Isabel scheuchte die Männer leise lachend weiter und ging schließlich wieder zu Ralph zurück. »Noch eine gute Stunde, mein walisischer Prinz, dann wirst du erlöst ... bis zum nächsten Mal. Wirklich, Ralph, hätte der Sheriff es nicht getan, *ich* hätte dich nach deinen Worten hier eingesperrt, nur damit du lernst, dich nicht länger mit ihm anzulegen. Irgendwann wird er dir Schlimmeres antun, du musst vorsichtiger sein.«

»So wie du? Vor einer Woche konntest du noch nicht einmal richtig gehen und bist noch gehumpelt! Erzähl du mir nicht, dass es besser wäre, sich nicht mit dem Sheriff anzulegen. Noch ein paar Jahre, und dann wird er lernen, was es heißt, wenn ich mich *wirklich* mit ihm anlege.«

»Du bist ein Narr, Ralph. Ein paar blaue Flecken sind alles, was er mir bescheren kann, aber wenn *du* etwas Unbedachtes tust, wird dich das noch ins Grab bringen.«

»Ja, und blaue Flecken beschert er dir oft genug, oder?« Seine Stimme wurde gepresst und zornverzerrt, aber Isabel winkte ab. Ralph war im Januar fünfzehn Jahre alt geworden, und Isabel erreichte dieses Alter nächsten Monat im Mai – zu ihrer Hochzeit –, doch wirklich schlauer waren sie beide nicht geworden, da musste Isabel ihm zustimmen. Es war ihr einfach unmöglich, dem Sheriff auch nur den kleinsten Sieg über sie zu schenken. Und für ihren Ungehorsam wurde sie jedes Mal bestraft. Wenn er etwas von ihr verlangte und sie sich nicht sofort bewegte oder widersprach, konnte er ungemütlich werden. Auch mochte er es nicht, wenn sie Gefangene besuchte und ihnen etwas zu essen oder zu trinken brachte. Meist umklammerte er nur fest ihren Arm oder ihr Gesicht, sodass sie blaue Flecken bekam, oder er schubste sie, wenn sie sich zu langsam bewegte – so wie vor zwei Wochen, als sie die letzten Stufen der Außentreppe des Turms dank ihm hinuntergestürzt war –, aber Isabel bezweifelte, dass es bei solchen Kleinigkeiten bleiben würde, wenn sie erst mal verheiratet waren. Vor allem, da sie wusste, dass er ihr von da an noch ganz andere Dinge antun würde, an die sie gar nicht denken wollte. Aber auch das würde sie überstehen. Sie würde sich niemals von ihm brechen lassen.

»Er wird mir nichts Schlimmes antun«, riss Ralph sie aus ihren Gedanken. »Ich bin sein Knappe, und er wird für meine Ausbildung bezahlt. Das lässt er sich nicht entgehen. Aber es wurde einfach Zeit, dass ihm jemand sagt, dass er zwischen den Beinen keine …«

Isabel riss die Hand hoch. »Wiederhole es nicht auch noch! Das erste Mal war schon schlimm genug.«

Ein Lachen erschütterte Ralphs Körper, das schnell durch schmerzvolles Stöhnen abgelöst wurde. »Tu nicht so, als hätte es dir nicht gefallen. Glaubst du etwa, ich lasse ihn so von meiner Familie reden?«

»Er provoziert dich doch mit Absicht, Ralph! Lass ihn einfach reden, du weißt selbst, dass er kein Blatt vor den Mund nimmt und sich an den Leiden anderer erfreut.«

»Ja, und irgendwann werde ich mich an *seinem* Leid erfreuen.«

Isabel verdrehte die Augen, wie so oft bei seinen Worten, hockte sich neben ihn und hielt weiterhin Wache. Doch im Innern wuchs ihre Verzweiflung. Ralphs und ihre gemeinsame unbeschwerte Zeit war vorbei. Je mehr Ralph sich zum Mann entwickelte, desto schlimmer wurde das Verhalten des Sheriffs – so wie vor ein paar Tagen. Immer wieder hatte er Ralph daran erinnert, dass sein Vater jetzt auch noch die letzten Ländereien in Wales an seinen fürstlichen Bruder verloren hatte und ihm deshalb nichts anderes übrig blieb, als sich weiterhin vor seiner walisischen Familie in England zu verstecken. Und kaum hatte der Sheriff erfahren, dass einer von Ralphs Vettern vom Fürsten von Nordwales für die eigenen Ambitionen geblendet und kastriert worden war, hatte er nur noch darüber gesprochen und gelacht. Die Barbarei der Waliser, die stets ihre eigene Familie verstümmelte, war für ihn erheiternd ohne Maßen. Eigentlich hatte Isabel gedacht, Ralph würde den Sheriff ignorieren, denn er selbst fand auch nicht immer die besten Worte für seine Familie, aber sie hatte sich getäuscht. Zwar kannte Ralph jenen unglücklichen Vetter kaum, aber ihm war bei den Worten des Sheriffs anzusehen gewesen, wie es in ihm gebrodelt hatte. Isabel hatte schon immer geahnt, dass die Taten seiner Familie ihn härter trafen, als er zugab und sich ansehen ließ. Vom Sheriff an seinen Schmerz über das sinnlose Morden und Verstümmeln erinnert zu werden hatte ihn an seine Grenzen getrieben. Wie beiläufig war er beim Sheriff vorbeigegangen und hatte etwas zu laut und etwas zu nah gemurmelt: »Wenigstens hatte Cunedda noch Eier, die man ihm abschneiden konnte.« Allein beim Gedanken daran verzog Isabel das Gesicht. Sie hatte sich so erschrocken, und die Angst um Ralph wuchs mit jeder Respektlosigkeit. Zu ihrer Überraschung hatte der Sheriff aber nur gelacht – wenn auch mit einem beunruhigenden Funkeln in den Augen. Und so hatte sich Ralph heute Morgen am Pranger wiedergefunden – erneut.

»Was glaubt denn dein werter Verlobter, wo du dich gerade aufhältst?«

Isabel zuckte mit den Schultern. »Er ist längst wieder weg – dem Herrn sei gedankt. Bei Narberth hat ein Schäfer einen Gesetzlosen umgebracht, aber die Familie des Toten beharrt darauf, dass er kein Gesetzloser war. Außerdem sind es Waliser, und sie fordern den *Galanas* für ihren toten Verwandten.«

»Damit werden sie beim Sheriff nicht weit kommen. Bei euch Normannen muss ein Mörder der Familie des Toten doch keine Kompensation bezahlen. Er wird eher aufgehängt.«

»Ja, an ihrer Stelle hätte ich unseren werten Sheriff auch nicht gerufen. Zum Glück ist es Lady Hayt gleichgültig, wo ich mich herumtreibe, solange ich meine Stickstunden bei ihr verbringe und artig lerne, wie eine Ehefrau sich zu verhalten hat. Sie sagt, ich darf in die Siedlung gehen, wenn auch nicht allein.«

»Und mich empfindet sie als eine ausreichende Begleitung?« Ein zufriedenes Lächeln huschte über sein Gesicht, was angesichts seiner momentanen Lage äußerst komisch wirkte.

Isabel lachte, nickte jedoch gleich darauf ernst. Lady Hayt mochte Ralph, das nahm Isabel zumindest an, denn auch wenn sie ihn gerne schalt, unternahm sie doch nichts gegen die häufigen Ausflüge, die Isabel mit ihm machte. Sie schien absichtlich in eine andere Richtung zu schauen, wenn sie sich gemeinsam fortschlichen. Eigentlich scherte sich kaum jemand um sie, und vielleicht war Lady Hayt wirklich gleichgültig, was mit Isabel geschah – vielleicht hoffte sie sogar, wenn Isabel etwas zustieße, würde sie eine bessere Schwiegertochter bekommen. Doch eigentlich glaubte Isabel das nicht. Lady Hayt war ihr zwar ein Rätsel, denn die Dame blieb undurchschaubar, doch irgendwas sagte ihr, dass sie im Grunde kein schlechter Mensch war, vielleicht gar Mitleid mit ihr und Ralph empfand.

Isabel blickte auf und blinzelte ins Sonnenlicht, vor dem sich Trystans hünenhafte Gestalt abzeichnete. Auf einen Bogen gestützt, der kaum mehr als ein plumper Holzstock war, blickte er mit hochgezogener Braue auf sie und Ralph hinab.

»Was soll ich sagen?«, keuchte Ralph und versuchte, zu Trystan hochzusehen, was ihm aber nicht gelang. »Den Mädchen dieser Siedlung gefällt der Anblick meines Hinterns so gut, und ich will sie nicht enttäuschen.«

Isabel verdrehte erneut die Augen, und Trystan sah an Ralphs nach vorne gebeugter Gestalt vorbei, wo er nun sein Hinterteil absichtlich etwas rausstreckte. »Wenn du dich beim Bogenschießen genauso verschätzt wie bei der Einschätzung deiner Wirkung auf Mädchen, sehe ich keine Hoffnung für dich, mein Junge.« Er sah auf Isabel hinab. »Oder findest du unseren Jungen etwa hübsch anzusehen?«

Isabel wurde rot, sie konnte nichts dagegen tun. »So hübsch, wie jetzt unter all dem Schmutz, war er nie zuvor. Und so gut gerochen hat er auch noch nie.«

Ein entrüstetes Schnauben entfuhr Ralph, gefolgt von einem leisen Lachen. »Hör nicht auf sie, Trystan. Isabel sagt das, um zu verbergen, dass sie unsterblich in mich verliebt ist. Sie kann es nur einfach nicht zugeben.«

Dies trug ihm einen Klaps vor die Stirn von ihr ein, was sie aber augenblicklich bereute, da sie jetzt ebenso schmutzig war. Zum Glück konnte er nicht sehen, dass ihre Wangen glühten – nicht weil er recht hatte, sondern weil er sie beschämte, indem er vor Trystan so etwas behauptete. Sie wusste ja gar nicht, was Verliebtsein bedeutete, und sie hatte auch nicht vor, es herauszufinden. Sie wollte hier überleben, das war alles.

Ralph war ihr Freund, ihr einzig wahrer Freund. Er war doch noch ein Junge, wie Trystan es so treffend ausgedrückt hatte – ein hochgeschossener Junge mit einem immer breiter werdenden Kreuz und den blausten Augen, die Isabel je gesehen hatte. Bei ihrer Ankunft in Tenby hatten Isabel und Ralph sich noch auf Augenhöhe befunden, doch seither wuchs der junge Waliser unaufhörlich in die Höhe. Mittlerweile überragte er sie schon um zwei Handspannen und wog vermutlich auch doppelt so viel wie sie. Denn wo Ralph sich so schnell Richtung Mann veränderte, dass sie sich kaum noch an das Kind mit der Statur eines Schilfhalms erinnern konnte, waren Isabels Veränderungen kaum zu erkennen. Sie war immer noch zu schlank, wie Lady Hayt stets betonte, und auch nicht mehr gewachsen. Laut Trystan glich sie einer zarten, goldgelockten Elfe, während der Sheriff sie ein dürres Kind ohne Reiz nannte.

Ihre Veränderungen fanden tatsächlich eher im Inneren statt, denn manchmal, wenn sie Ralph ansah, begann ihr Herz unregelmäßig zu schlagen. So ging es nicht nur ihr, denn ihr war nicht verborgen geblieben, wie die Mädchen aus der Siedlung oder die Mägde auf der Burg die Köpfe nach ihm drehten. Bald würde er ein richtiger Mann sein, aber bis dahin wäre Isabel schon lange verheiratet – oder tot.

»Wenn du weiterhin mehr Zeit am Pranger verbringst, anstatt mit einem Bogen, wird das nie was mit dir.« Trystan schlug Ralph mit seinem Bogen wenig sacht gegen die Schläfe. »Komm zu mir, wenn du hier fertig bist – und wasch dich vorher, um der Liebe Christi willen. Was ist mit dir, Isabel? Ich habe schon lange keine Geschichten mehr von dir gehört.«

Isabel schüttelte bedauernd den Kopf. »Lady Hayt erwartet mich bereits. Ich will sie nicht noch mehr gegen mich aufbringen.«

»Na, dann mach dich am besten gleich auf den Weg, bevor die Krähe dir noch die Augen aushackt – ich pass schon auf, dass unserem Helden hier nichts passiert.«

»Wirklich?« Sie warf Ralph einen Blick zu. »Kommst du hier zurecht?«

»Geh schon, Isabel. Wir sehen uns später.«

Isabel nickte, warf Trystan noch ein dankbares Lächeln zu und eilte dann zurück zur Burg. Doch sie hatte kaum das Torhaus verlassen und den Hof betreten, als ihr der Weg versperrt wurde und sie abrupt stehen bleiben musste, um nicht in die hochgewachsene Gestalt hineinzulaufen.

»Na, wen haben wir denn da? Der kleine Schmetterling ist wohl schon wieder ausgeflogen.«

Isabel versuchte, an dem Mann vorbeizugehen, doch stattdessen machte er einen Schritt auf sie zu, sodass er dicht vor ihr stand.

»Roger de Brabant«, stieß sie aus und funkelte den Ritter, der sie immer ein wenig an einen schmierigen Aal erinnerte, voller Abscheu an. Der Mann war dürr – dagegen war Ralph tatsächlich schon hünenhaft –, sodass sein Kettenhemd aussah, als fiele es über einen Stock. Und seine großporige Haut schien zu eng um seinen Schädel gespannt, die Wangenknochen traten scharf hervor. Wässrig blaue Augen blickten ihr aus dem eingefallenen Gesicht entgegen, und selbst während er sie mit einem widerwärtigen Lächeln ansah, fiel auf, dass sein Unterkiefer etwas vorstand.

»Ihr seid hier? Ansonsten klebt Ihr ja geradezu an des Sheriffs Seite. Was hat diese tragische Trennung nur herbeigeführt?«

Das Lächeln des Ritters verbreiterte sich noch und zeigte eine Reihe makelloser weißer Zähne – das Einzige an ihm, was rein erschien. Er lehnte sich ein wenig gegen sie, sodass sie einen Schritt zurückging. Doch er folgte ihr, bis sie die Palisade im Rücken spürte. Sie verfluchte sich, in die Falle gelaufen zu sein. Sein Körper war so nah, dass sie ihn schon auf ihrer Haut spürte, und sein säuerlicher Gestank nach altem Schweiß stieg ihr in die Nase, genauso wie der metallische Geruch seines heruntergekommenen Ringpanzers. Seine knochigen Finger strichen ihr das Haar zurück und glitten über ihre Wange hinab zum Schlüsselbein.

»So vergesslich, Mylady? Die Osterfeiertage sind vorbei, es ist Zeit für die Steuern. Und wo wäre es besser, um mit der Eintreibung zu beginnen, als hier an diesem schönen Fleckchen Erde?«

Ein verächtliches Schnauben entfuhr ihr, sie versuchte zu ignorieren, wie sein Daumen sich zu ihrer Brust hin streckte. »Tja, fast hätte ich vergessen, dass Ihr und Euresgleichen das Land zu dieser Zeit heimsuchen. Dann will ich Euch nicht länger aufhalten.« Sie versuchte, sich an ihm vorbeizuschieben, doch de Brabant drückte sie mit einem kräftigen Schubs zurück gegen die Palisade. Zorn brodelte in ihr hoch. Sie hatte keine Angst, sie müsste nur etwas lauter werden, und die Wachen oben auf den Wehrgängen kämen ihr zu Hilfe – es war Abscheu und Wut, die ihren Körper innerlich zum Zittern brachten. Leider stand er zu nah, um ihre Schleuder einzusetzen, auch wollte sie ihre Waffe nicht vor seinen Augen benutzen, da sonst der Sheriff erfuhr, was es mit ihrem *Gürtel* auf sich hatte.

Roger de Brabant war ein flämischer Ritter, dessen Vater Land in der Nähe gehalten hatte, ehe er von den Walisern getötet worden war. Auch sein Land war in die Hände der Waliser gefallen, und so war dem noch jungen Roger damals nichts anderes übrig geblieben, als in den Dienst des Sheriffs zu treten. Für seinen Herrn erledigte er die Drecksarbeit, er war sein persönlicher Schläger, derjenige, der sich die Hände schmutzig machte, während der Sheriff die Früchte erntete und die Abgaben zählte, die Männer wie de Brabant zu ihm brachten. Es war auch de Brabant gewesen, der Cadell damals niedergeschlagen hatte. Bedachte man die schmächtige Gestalt des Ritters, war es nicht so verwunderlich, dass Cadell überlebt hatte.

Unverhohlene Begierde glühte in den wässrigen Augen de Brabants, als er sich wieder gegen sie presste, und Isabel wurde schlecht. Es war nicht das erste Mal, dass sich der treue Gefolgsmann des Sheriffs ihr gegenüber so verhielt. Und ihr Verlobter hatte noch nicht einmal etwas dagegen unternommen, als er es im Vorraum vor der Halle einmal mitbekommen hatte. Außer einem kurzen, mahnenden Schnalzen, als pfeife er einen Hund zurück, hatte er nichts getan. Es hatte sie sprachlos vor Wut gemacht. Ihr zukünftiger Gemahl hielt es noch nicht einmal für notwendig, sie zu beschützen – für ihn war sie ein Gefäß, das zukünftige Erben tragen und ihn möglichst nicht beschämen sollte – alles andere war ihm gleichgültig.

»Ihr müsst wissen, der Sheriff ist ein großzügiger Herr. Wenn er mit Euch fertig ist, wird er Euch sicher mit uns teilen. Ich kann's kaum erwarten, goldene Isabel.« Seine Finger gruben sich schmerzhaft in ihre Brust, und Isabel verfluchte ihn für das Kettenhemd, das er trug. So konnte sie ihm nicht wehtun. Ein Tritt ins Gemächt wäre jetzt genau das Richtige gewesen. Stattdessen versuchte sie erneut, sich an ihm vorbeizuschieben, doch er lehnte sich nur noch fester gegen sie und stöhnte in ihr Ohr. Isabel hielt es nicht länger aus.

»Tretet zurück, Sir, oder ich kratze Euch die Augen aus, ich schwöre es bei Gott!«

De Brabant nahm sein Gesicht aus ihrem Haar und grinste sie an, dann ließ er seine Hände langsam ihre Arme hinuntergleiten und umschloss ihre Handgelenke, fast schon sanft. Isabel hatte aber keine Zweifel, dass sich sein Griff verstärken würde, sobald sie Anstalten machte, ihre Hände zu heben.

»Ach ja?«, säuselte er und brachte sein Gesicht knapp vor das ihrige, sodass sich ihre Lippen fast berührten. »Und was willst du jetzt tun? Gib doch zu, dass dir das hier gefällt.«

»Ihr solltet tun, was Lady Isabel Euch gesagt hat«, erklang plötzlich die ruhige Stimme Lady Hayts, und Isabel atmete erleichtert auf.

De Brabant verdrehte die Augen, ließ aber ihre Handgelenke los. »Bis zum nächsten Mal, mein goldener Schmetterling. Bis zum nächsten Mal …« Er presste seine Lippen auf ihre Stirn und sog den Duft ihrer Haut ein. So verharrte er einen elend langen Augenblick, ehe er endlich zurücktrat und sich mit der Hand auf der Brust vor ihr verneigte. Dann wandte er sich ab, nickte Lady Hayt kurz zu und verschwand durchs Torhaus Richtung Siedlung.

Isabel kämpfte gegen den Ekel und konnte nicht verhindern, dass sich ihr ganzer Körper schüttelte, als sie ihm nachsah, um sicherzugehen, dass er verschwand. Doch dann richtete sie sich auf und hob den Kopf, um sich vor Lady Hayt nichts anmerken zu lassen. Als wäre nichts geschehen, ging sie auf ihre zukünftige Schwiegermutter zu, dabei meinte sie immer noch, die widerlichen Lippen de Brabants auf ihrer Haut zu spüren.

»Du bist zu spät.« Lady Hayt sah mit ihren dunklen Augen auf sie hinab.

Isabel zuckte mit den Schultern. »Ich wurde aufgehalten.«

»Das habe ich gesehen. Es ist leichtsinnig, ganz allein hier herumzustreifen. Wo hast du deinen Freund gelassen?«

»Am Pranger.«

»Ja richtig. Ist es wieder einmal so weit? Na, dann komm jetzt, steh nicht nutzlos in der Gegend herum, deine Arbeit wartet auf dich.«

Isabel unterdrückte ein qualvolles Stöhnen und folgte Lady Hayt in ihr Gemach, wo sie sich mit ihrer Stickarbeit auf einem Schemel niederließ. Für Isabel gab es kaum einen mühseligeren Zeitvertreib, aber seit sie Lady Hayt dabei Geschichten erzählen und Lieder vorsingen durfte, war es ein wenig erträglicher. Letztes Jahr hatte Isabel während des Stickens zu summen begonnen, und Lady Hayt hatte sie aufgefordert, ein richtiges Lied zu singen. Anders als bei Ralph hatte sie an Isabels Stimme Gefallen gefunden, und so unterhielt Isabel Lady Hayt, aber auch sich selbst mit Geschichten.

»Und als Gwenllian den jungen Prinzen am Fürstenhof ihres Vaters zum ersten Mal sah, wusste sie in dem Moment, in dem ihre Augen sich trafen, dass ihre Herzen im selben Takt schlugen. Ihre Seelen waren eins, kampfbereit, um sich zurückzunehmen, was die Freinc ihnen genommen hatten …«

»Die Freinc?« Lady Hayt sah mit hochgezogenen Augenbrauen von ihrer Arbeit auf, und Isabel räusperte sich.

»Ich meinte, die Normannen, Madame. Ich bin nur durcheinandergekommen, da ich von Walisern sprach.«

Lady Hayt nickte und senkte ihren Kopf wieder über ihre Arbeit, doch noch ehe Isabel fortfahren konnte, hob sie plötzlich die Hand und sah wieder zu ihr auf.

»Mir ist aufgefallen, dass du in jenen Momenten, in denen du dich unbeobachtet fühlst, Walisisch mit Ralph sprichst.«

Isabel starrte auf die Nadel zwischen ihren Fingern. »Er ist Waliser, Madame. Seine Mutter mag Normannin gewesen sein, aber sie starb früh, und er wuchs unter Walisern auf. Es ist seine Sprache, und ich glaube, er fühlt sich heimischer, wenn er sie hin und wieder benutzen kann.«

»Und natürlich kommt euch das nur recht, wenn ihr euch unterhalten könnt, ohne dass andere euch verstehen. Du scheinst fast schon lieber Walisisch als Normannisch zu sprechen – nicht verwunderlich, bedenkt man, dass du dich diesem Land, der Sprache und dem Volk so verbunden fühlst.«

Isabel sah überrascht auf und begegnete einem stechenden Blick. »Denke nicht, ich wüsste es nicht, Kind. Du tätest gut daran, deine Gesinnung zu überdenken. Oder sie zumindest besser zu verbergen.«

»Ich fühle mich Wales und seinen Menschen verbunden«, sagte sie mit Bedacht. »Das heißt aber nicht, dass ich meiner Familie gegenüber nicht loyal wäre. Ich bin Normannin – das ist mir sehr bewusst.«

Lady Hayt schüttelte den Kopf, legte die Stickarbeit zur Seite und erhob sich. »Wenn du die Wahl hättest, Isabel ... wenn ein Kobold, Geist oder sonst irgendeine Kreatur deiner Geschichten von deinen walisischen Elfenhügeln herabkäme und dir einen Wunsch gewährte, dann ...«

»... dann würde ich mir Gesundheit und Frieden für meine Familie wünschen.«

Ein ungeduldiger Blick traf sie, ehe Lady Hayt zum Fenster schritt und hinaussah. »Wenn du die Möglichkeit hättest, deinen Weg selbst zu bestimmen. Wenn du dein eigenes Abenteuer erleben könntest, wenn du ... meinen Sohn nicht heiraten müsstest und dich dein restliches Leben nicht Männern wie Roger de Brabant ausgesetzt sähest ...« Sie drehte sich zu ihr um und sah ihr verstörend eindringlich in die Augen. »Was würdest du tun?«

Isabel starrte ihre zukünftige Schwiegermutter an und fragte sich, was für ein Spiel hier gespielt wurde. Lady Hayt hatte nie viel gesprochen, sich nie um Isabel gekümmert, wieso stellte sie dann jetzt solche Fragen? »Ich bin nicht dumm«, sagte sie ruhig und erhob sich ebenfalls, um ihren Worten mehr Gewicht zu verleihen. »Männer wie Roger de Brabant und ...«, und der

Sheriff, hätte sie fast gesagt, biss sich aber gerade noch rechtzeitig auf die Unterlippe, »… und andere seines Schlages gibt es zweifelsohne auch unter den Walisern. Ich verherrliche dieses Volk nicht …«

»Tust du nicht?« Zweifel klang aus Lady Hayts Stimme, was Isabel die Hände zu Fäusten ballen ließ.

»Ich weiß, was für ein Volk die Waliser sind. Ich weiß, dass sie kriegerisch und rachsüchtig sind und dass Familienbande im Kampf wenig bedeuten. Ich bin nicht blind, und nur weil ich mich ihnen verbunden fühle, heißt das nicht, dass ich ihre Fehler nicht sehen würde. Ich kann nichts für mein Blut, Madame, ich kann es nicht austauschen, es fließt durch mich hindurch und sagt, dass ich nicht hierhergehöre. Aber wenn Ihr keine Geschichten über Waliser mehr hören wollt, dann sagt es nur, dann werde ich Euch das *Lied vom Roland* vorsingen, bis Ihr es nicht mehr hören könnt. Denn nur weil ich mich hier nicht zugehörig fühle, heißt das nicht, dass ich meine Pflichten nicht kenne. Ich weiß, dass es kein ›Was wäre wenn‹ gibt, und ich weiß, wie mein Leben verlaufen wird. Ihr werdet meine Schwiegermutter, Madame, ich werde Euren Sohn heiraten, und ich werde in Tenby oder St. Clears leben, solange es Gott gefällt.«

»Vielleicht.« Lady Hayt zuckte gleichmütig mit den Schultern. »Aber ich glaube, dieser Gewittersturm, der mir gerade aus deinen Augen entgegenblickt, wird irgendwann ausbrechen, und ich glaube, dann wirst du eine Entscheidung treffen – so wie damals, als du Cadell ap Gruffydd geholfen hast.«

Isabel starrte sie wortlos an. Entsetzen machte sich in ihr breit. Ihr wurde heiß, und ihre Hände begannen zu schwitzen. Doch sie riss sich zusammen und sagte, um eine ruhige Stimme bemüht: »Ich weiß nicht, wovon Ihr sprecht.«

Lady Hayt lächelte und trat an Isabel heran. Ohne den Kopf zu senken, blickte sie auf Isabel hinab. »Auch andere in diesem Haushalt sprechen Walisisch, mein Kind. Manch andere wissen, was wirkliche Loyalität bedeutet, und freuen sich, mir zu dienen. Manch andere nutzen deine und Ralphs Sorglosigkeit, mit der ihr euch sicher und ungehört fühlt. Zukünftig solltet ihr vorsichtiger sein, worüber ihr sprecht, denn jene andere lassen sich auch gerne doppelt bezahlen und geben Geheimnisse an Menschen weiter, die nicht so gutmütig sind wie ich.« Sie sah Isabel noch einen Moment länger in die Augen, ehe sie hochaufgerichtet und würdevoll an Isabel vorbei und aus dem Gemach schritt.

Isabel ließ den angehaltenen Atem ihrer Lunge entweichen und presste ihre Hand gegen die Brust. Es konnte nur eine Magd gewesen sein – vielleicht Heledds Schwester – oder ein Knecht. Fast ein Jahr hatten Ralph und sie nicht über Cadell gesprochen, doch vorige Woche, als sie die Nachricht bekommen hatten, dass Cadells Brüder die Burg von Dinweilir ausbauten, hatten sie sich über ihn unterhalten. Sie hatten spekuliert, in was für einem Zustand Cadell sich wohl befinden mochte, da man nichts mehr von ihm hörte und nur seine Brüder auf Raubzüge gingen. Sie hatten sich gefragt, ob seine Brüder vielleicht nur behauptet hatten, dass er noch am Leben war. Jetzt wusste Lady Hayt davon, und wenn der Sheriff ebenfalls etwas hörte, würde Ralph und ihr nun tatsächlich Schlimmeres als der Pranger drohen.

Isabel lehnte gegen die Stallwand in ihrem Rücken und starrte zum Tor. Ihre Finger rieben unaufhörlich aneinander, und mit dem Fuß klopfte sie einen immer wiederkehrenden Takt auf den Boden. Wo blieb Ralph nur? Sie musste mit ihm sprechen, doch Lady Hayt hatte veranlasst, dass sie die Burg nicht mehr allein verlassen durfte – noch nicht einmal mehr bis zum Pranger, der doch von den Palisaden aus einzusehen war. Plötzlich kümmerte es Lady Hayt also doch, was sie tat – im denkbar ungünstigsten Augenblick! Bestimmt war Ralph noch bei Trystan, nichts ahnend, in welcher Gefahr er sich befand. Der Sheriff wurde abends zurückerwartet. Was würde geschehen, wenn dieselbe Quelle, die zu Lady Hayt gegangen war, auch zum Sheriff sprach? Dass er ihr etwas Schlimmeres als Prügel antun würde, glaubte sie nicht. Dafür war ihre Familie in der Grafschaft Pembroke viel zu mächtig. Aber Ralph … der Junge aus der ausgestoßenen Familie, der im Norden wie im Süden von Wales Feinde hatte und dessen normannische Linie im fernen England nichts gegen das Urteil eines normannischen Sheriffs unternehmen würde.

Sie musste endlich mit ihm sprechen. Vielleicht könnte er noch rechtzeitig fliehen? Die Unterstützung eines Rebellen war nichts, was auf die leichte Schulter genommen werden durfte, auch wenn die Gesetze Englands hier in den walisischen Marken nur bedingt galten. Hier hatten sich längst eigene Gesetze eingebürgert – sie waren verdreht worden, sodass sie den Normannen dienten –, und solange in England Krieg herrschte, kümmerte sich niemand, was hier geschah. Nachbarn, sowohl walisische als auch normannische und flämische, kämpften um jeden Zoll Land und sicherten dieses mit weiteren Bollwerken ihrer Macht. Etwas, das Isabel vielleicht zugutekam. Wenn hier andere Gesetze galten, war Cadell vielleicht gar kein Verräter, er war ein Kämpfer um mehr Land, genauso wie die Normannen und die Flamen. Er war nie zum Gesetzlosen erklärt worden, über ihn war nie Gericht gehalten worden, und somit wäre es auch nicht ein so schwerwiegendes Verbrechen, ihm geholfen zu haben. Aber Isabel wusste, der Sheriff hasste Cadell und würde das Gesetz drehen und wenden, wie es ihm zupasskam. Wenn es seinen Zwecken diente, machte er sich die bedingte Unabhängigkeit von der englischen Krone in den walisischen Marken zunutze und bereicherte sich, aber wenn er jemanden beseitigen wollte, kamen ihm die Gesetze Englands durchaus gelegen.

Die Schatten wurden länger, und ihre Unruhe verstärkte sich noch, bis der Ruf eines Wachmannes an der Palisade sie hochschreckte. Im nächsten Moment ertönte auch schon Hufschlag, und noch ehe Isabel sichs versah, ritt der Sheriff mit seinen Gefolgsleuten in den Hof ein. Ihm folgte Ralph zu Fuß, er schlenderte durch die Staubwolke, und als er ihr den Kopf zuwandte, schnappte sie nach Luft. Sein kinnlanges Haar, das ihm in schwarzen Wellen in die Stirn und den Nacken gefallen war, war abgeschnitten worden. In unregelmäßigen und zerzausten Strähnen stand es ihm vom Kopf ab, und Isabel konnte ihn einen Moment lang nur anstarren. Was war passiert? Hatten die Kinder ihn am Pranger doch noch erwischt?

Ralph sah sie von der anderen Seite des Hofes an, er trug weite Hosen und eine rote Tunika, die ihm bis auf die Oberschenkel fiel und von einem Ledergürtel in der Mitte gehalten wurde. Vielleicht hatte Trystan ihm das Gewand gegeben, während sein verschmutztes trocknete. Grinsend zuckte er mit den Schultern, doch da entdeckte der Sheriff Isabel und schwang sich von seinem Pferd. »Wie es sich für ein anständiges Weib gehört, erwartet sie mich schon im Hof! Vielleicht wird ja doch noch eine passable Braut aus ihr.«

Seine Männer lachten, und Isabel verschränkte ihre Hände ineinander, um sie nicht in das schöne Gesicht des Sheriffs zu schlagen. »Eurer guten Laune nach zu schließen habt Ihr heute jemanden aufgehängt.«

»Keineswegs.« Der Sheriff nahm einen kleinen Beutel vom Gürtel und schüttelte ihn, sodass der Inhalt klirrte. »Die Familie des Opfers überzeugte mich davon, dass es nur rechtens ist, wenn der Täter diesen walisischen Mörderpreis bezahlt, auf den sie so bestanden haben. Schließlich müssen Traditionen gewahrt werden, und das Geld soll ja den Verlust einer Arbeitskraft ausgleichen. Und da dachte ich mir: Sie haben recht! Nur weil dieser Halunke sein Temperament nicht zügeln konnte, gibt es in dieser Grafschaft nun einen Hirten weniger, der seine Schafe hütet und für pünktliche Abgaben sorgt. Ein großer Verlust für mich.«

»In der Tat, Mylord.« Sie versuchte, ihren Ton gleichmütig zu halten, sie wusste, was hinter der fröhlich vorgetragenen Geschichte des Sheriffs steckte.

»So ließ ich dem Mörder die Wahl: ein langer Hals, oder er bezahlt *mir* die Kompensation – er griff lieber auf sein Diebesgut zurück und händigte es mir aus, als dem Herrn gegenüberzutreten, und so sind alle zufrieden.«

»Bis auf die Familie des Opfers …«, murmelte Isabel. Die Ausgleichszahlung stand der Familie zu, nicht dem Sheriff. Der Mörder und seine Familie müssten normalerweise sieben Generationen lang Zahlungen an die Hinterbliebenen des Opfers zahlen, aber sie wusste, es war sinnlos, ihren Verlobten darauf aufmerksam zu machen. Wen interessierte hier schon das walisische Gesetz. Dass die Familie nun ohne ihren Verwandten, ohne ausgleichende Zahlung und ohne Gerechtigkeit dastand, da der Mörder weiterhin frei herumlief, kümmerte ihn nicht. Das erinnerte sie an ihr dringlichstes Problem, und als der Sheriff mit seinen Männern zum Turm ging, ergriff sie schnell Ralphs Arm. »Wir müssen reden – jetzt.«

Ralph sah sie belustigt an und tätschelte ihre Hand, die sich um seinen Hemdsärmel schloss. »Reg dich nicht auf, Isabel. Es sind nur Haare. De Brabant kam am Pranger vorbei und fand es witzig, mir die Haare abzuschneiden – da konnte noch nicht einmal Trystan etwas dagegen unternehmen. Alles halb so wild.«

»Es geht nicht um deine Haare, verflucht! Wärest du eher zurückgekommen, wüsstest du das! Lady Hayt hat …«

»Bursche!« Die immer noch fröhliche Stimme des Sheriffs, der jetzt unterschwellig aber etwas Schneidendes anklang, ließ sie verstummen. »Wenn du dich von Lady Isabel losreißen kannst, wäre es überaus freundlich von dir, das Bier aus dem Keller zu holen, damit wir hier nicht verdursten!« Er warf ihnen über die Schulter einen Blick zu, und Ralph machte sich sofort auf den Weg. »Wir reden später, Isabel.«

»Aber … Ralph, warte!« Sie wollte ihm hinterher, aber da hatte er schon zu den Männern aufgeschlossen, und Isabel sah Roger de Brabant mit einem zufriedenen Grinsen auf sich zukommen. Schnell wandte sie sich ab und machte Anstalten, Ralph zu folgen, als de Brabants schwere Hand schon auf ihre Schulter fiel. »Jetzt gefällt er dir nicht mehr so gut, nicht wahr?« Sein Raunen an ihrem Ohr sandte stechenden Zorn durch sie hindurch.

»*Ihr* wart das. Seid Ihr für solch alberne Jungenstreiche nicht schon etwas zu alt?«

Die wässrig blauen Augen des Ritters verengten sich. »Du solltest freundlicher zu mir sein, kleiner Schmetterling. Ich will dich nicht verletzt sehen, aber wenn du nicht endlich anfängst, mir den nötigen Respekt entgegenzubringen, bleibt mir nichts anderes übrig, als …« De Brabant grinste breit, hob seine Hand an ihre Wange und strich ihr eine Strähne zurück, doch Isabel war nicht gewillt, sich das länger gefallen zu lassen. Sie wandte sich abrupt ab und ging an ihm vorbei. Hinter sich hörte sie noch de Brabants singende Stimme. »Wenn du das mal nicht bereuen wirst, kleiner Schmetterling …«

Isabel begab sich angespannt in die Halle. Ihr Blick war auf den Sheriff gerichtet, der gemeinsam mit Lady Hayt und zwei weiteren seiner Männer aufs Podest an der Stirnseite zuging. Auch de Brabant hatte sich seinem Herrn wieder angeschlossen und schlurfte neben ihm her.

Nach außen hin möglichst ungerührt ging sie an den längsseitigen Tafeln vorbei, als der Sheriff und de Brabant plötzlich vor ihr stehen blieben und sich ihr zuwandten. Etwas Sonderbares lag in de Brabants wässrigen Augen, das sie nie zuvor an ihm gesehen hatte … Bedauern? Er sah sie regungslos an, fixierte sie mit seinem Blick, aber Isabel konnte sich ihm nicht länger widmen und sah zu ihrem Verlobten hoch, der die Arme vor der Brust verschränkte und auf sie hinabsah. »Habt Ihr mir etwas zu sagen, Mylady? Etwas, das die wundersame Rettung von Cadell ap Gruffydd betrifft?«

Alles um sie herum schien zu erstarren, als wäre sie plötzlich ganz allein auf der Welt. Die wie beiläufig gesprochenen Worte ließen ihr kalten Schweiß ausbrechen. Ihre schlimmsten Befürchtungen bewahrheiteten sich. Sie sah am Sheriff vorbei zu Lady Hayt. Die Dame hielt auf den Stufen zum Podest inne und drehte sich erschrocken zu ihrem Sohn um. Sie schien genauso bestürzt wie Isabel. Wie hatte der Sheriff so schnell davon erfahren? Im nächsten Moment fiel ihr Blick auf de Brabant, der sofort zu Boden sah. *Wenn du das mal nicht bereuen wirst, kleiner Schmetterling*. Seine Worte klangen in ihrem Kopf nach, und sie verfluchte sich innerlich, dass sie ihnen keine Beachtung geschenkt hatte. Doch schließlich sprach de Brabant immer wieder Drohungen dieser Art aus, die meist eine lüsterne Bedeutung hatten.

»Ich warte«, unterbrach der Sheriff gefährlich leise ihren panischen Gedankengang. Sein Schatten fiel auf sie, und Isabel blickte zu ihm hoch. Entschieden sah sie ihm in die Augen und schüttelte den Kopf.

Im nächsten Moment traf sein Handrücken mit solch einer Wucht ihre Wange, dass sie den Knochen splittern zu spüren meinte und von den Beinen gerissen wurde. Dunkelheit hüllte sie ein, während das Gefühl zu fallen ihr Übelkeit bescherte. Der plötzlich explodierende Schmerz an ihrer Schulter und im Rücken, verbunden mit dem Krachen, sagte ihr, dass sie irgendwo gegen eine Bank oder den Tisch gefallen sein musste, ehe sie auf dem strohbedeckten Boden still lag. Nach Atem ringend blinzelte sie gegen den schwarzen Schleier vor ihren Augen, ballte die Hände zu Fäusten, um nicht vor Schmerz zu stöhnen, und schließlich hatte sie die Kontrolle über ihren Körper so weit zurückerlangt, dass sie hochblicken konnte. Der Sheriff türmte sich über ihr auf, während Lady Hayt an seine Seite eilte und seinen Arm packte. Tiefe Erschütterung stand in ihrem Antlitz, ein ungewohnter Anblick.

Isabel presste die Handflächen auf den Boden, um sich aufzurichten. Tränen flossen über ihre heißen Wangen, sie konnte es einfach nicht verhindern, und so wischte sie sie wütend fort.

»Du hieltst deine Tat wohl für nobel«, hörte sie den Sheriff über ihr, während sie sich auf die Beine mühte, »ein kleines Mädchen, das ein verletztes Tier rettet, ungeachtet dessen, dass jenes Tier ein gefährlicher Räuber ist und zurückgekehrt ist, um uns alle zu töten.« Das fein gezeichnete Antlitz ihres Verlobten schien zu versteinern, und Isabel wappnete sich erneut, doch da drängte sich plötzlich Lady Hayt nach vorn. »Lady Isabel wurde für ihre kindische und unbedachte Tat vor aller Augen bestraft. Sie wusste nicht, was sie tat.«

»Oh, ich glaube, das wusste sie sehr wohl, oder Isabel?« Der Sheriff ließ seinen Blick auf ihr ruhen, und anders als sonst, wenn er sie zu erziehen meinte, schien er jetzt tatsächlich fuchsteufelswild. Da war kein abfälliges Lächeln mehr, keine Ungeduld, nur ein stilles Rasen, das sich in seinen Augen spiegelte.

Es war ganz still in der Halle, und Isabel spürte die Blicke der Anwesenden auf sich. Doch sie wusste, dass sie auf keine Hilfe hoffen konnte. Viele hier waren genauso schlimm wie der Sheriff oder einfach nur feige.

Mit großer Überwindung zwang sie sich, seine Annahme nicht wie sonst rebellierend zu bestätigen. Wenn sie verhindern wollte, ein paar Zähne zu verlieren, musste sie ihm sagen, was er hören wollte, auch wenn es wehtat. Also wischte sie sich mit der Hand etwas von dem Blut weg, das über ihr Kinn tropfte, und schüttelte mühsam mit dem Kopf. »Ich kam damals doch gerade erst aus dem Kloster zurück, Mylord. Wie hätte ich diesen armen Mann zum Sterben zurücklassen können, wo es allen Gesetzen unserer Mutter Kirche widerspricht. All das Blut, die vielen Toten – ich glaubte, das Richtige zu tun.«

Die Augen des Sheriffs verengten sich zu zwei schmalen Schlitzen. Es war ihm anzusehen, dass er ihr kein Wort glaubte. Erneut hob sich seine Hand zum Schlag, als eine feste Stimme hinter ihr sagte: »Ich war es. Ich half Cadell. Lady Isabel konnte nicht viel dagegen ausrichten.«

Ralph.

Unbeschreibliche Furcht machte sich in ihr breit. Als sie sich langsam umdrehte, sah sie Ralph am anderen Ende der Halle mit zwei großen Krügen in den Händen stehen. Ihre Blicke trafen sich, und er starrte sie an, mit einem Ausdruck, den sie noch nie an ihm gesehen hatte. Seine jungenhaften Züge verhärteten sich im Licht der offenstehenden Hallentür, bis sie scharfkantig wie aus Stein gemeißelt aussahen; die Sehnen an seinem Hals traten deutlich hervor, seine Lippen verschwanden zu einer blassen Linie, und seine Augen … Selbst aus der Entfernung sah sie das wilde Toben in seinem Inneren. Lange hatte sie gefürchtet, der still lodernde Zorn auf den Sheriff, seine Familie und seine Position würde irgendwann mit einem Knall ausbrechen, und jetzt, da er sie ansah, schien der Moment gekommen zu sein. Vor ihrem inneren Auge sah sie ihn bereits ein Schwert ergreifen und auf den Sheriff und alle hier anwesenden Normannen und Flamen losgehen. Sie sah ihn fallen.

Die Zeit schien sich zu dehnen, als er sich unnatürlich langsam zur Seite drehte und die Krüge am unteren Ende der Tafel abstellte. Seine Bewegungen wirkten abgehackt und steif, als wäre jeder Muskel in seinem Körper angespannt.

»Nein«, flüsterte Isabel entsetzt, doch musste sie mit ansehen, wie Ralph mit einer schier unerträglichen Ruhe zwischen den spärlich besetzten Tafeln auf sie zukam. Eindringlich schüttelte sie den Kopf, doch er sah an ihr vorbei zum Sheriff und wiederholte seine Worte: »Hört ihr? Ich war es. Lady Isabel hat keinen Eurer Schläge verdient.«

»Ralph!« Mit der Linken packte sie seinen Unterarm, die

Rechte legte sie auf seine zur Faust geballten Finger. Flüstern, als wäre sie in einen Bienenstock geraten, brandete hinter ihr auf, aber die Verzweiflung und Furcht machten alle Anwesenden unwichtig. Nur noch der Sheriff und Ralph zählten.

»Das ist ja wirklich rührend.« Mit einem hämischen Lächeln, das nicht hässlicher im schönen Gesicht des Sheriffs hätte liegen können, schlenderte er auf sie zu. »Der kleine Waliser-Prinz eilt zur Rettung herbei.«

Ralph straffte die Schultern, und als der Sheriff gerade mal eine Handspanne vor ihm stehen blieb, schienen beide ein wenig überrascht, dass Ralph nicht mehr der *kleine* Prinz war, sondern sich fast auf Augenhöhe mit dem Sheriff befand. Ralph strahlte dadurch noch mehr gefährliches Selbstvertrauen aus, denn er schob Isabel hinter sich und trat dichter an ihren Verlobten heran. »Ich sagte, ich habe Cadell ap Gruffydd geholfen. Macht mit mir, was Ihr wollt, aber lasst Isabel in Ruhe.«

»Er lügt!« Isabel schob sich zwischen die beiden, aber Ralph umklammerte mit erstaunlicher Kraft ihren Arm und hielt sie zurück. Wo war der Junge von einst hin?

»Denkt doch nach, Mylord«, sagte er, mit einer erzwungenen Ruhe, die seiner Stimme etwas Heiseres verlieh, »wie hätte Isabel das anstellen sollen? Ein Mädchen von dreizehn Jahren allein am Waldrand und ein ausgewachsener Krieger. *Ich* war es, der nur darauf wartete, dass sich alle auf die Suche nach ihr machen, und während ich allein war, schaffte ich Cadell auf ein Pferd und ließ ihn entkommen. Isabel kam doch fast zeitgleich mit ihrem Onkel aus dem Wald. Wann hätte sie da noch einen Rebellenfürsten retten sollen?«

Der Sheriff sah zwischen ihnen hin und her und führte seine Hand ans Kinn. »Nehmen wir einmal an, ich glaube, was du da sagst. Wieso solltest du Cadell helfen? Dein Vater ließ Cadells Bruder ermorden und sieht die Fürsten von Südwales als Feinde an.«

»Ich bin Waliser, Mylord. Ich brauche keinen Grund, um meine Familie zu verraten und in meiner Loyalität zu schwanken.«

Der Schlag kam so schnell, dass Isabel das Heben der Hand gar nicht sah. Nur dass Ralph neben ihr taumelte, zeigte, was der Sheriff getan hatte. »Haltet mich nicht für dumm, ihr beiden. Der eine kommt dem anderen zu Hilfe, und jeder erzählt mir Märchen. Glaubt nicht, ich wüsste nicht, was dahintersteckt. Aber *ich* werde mir keine Hörner von einem dreckigen Waliser aufsetzen lassen.« Er packte Isabels Arm und zog sie zu sich. Ralph machte sofort einen Schritt auf sie zu, hielt aber inne, als der Sheriff ihre Kehle packte und zudrückte.

In Ralphs Augen lag eine Mordlust, die Isabel mehr Angst machte als der eiserne Griff um ihren Hals.

»Und jetzt noch einmal, Junge.« Der Sheriff schüttelte Isabel, als wäre sie eine Puppe, und sie hatte Mühe, nicht zu würgen. »Wenn du willst, dass deiner verehrten Isabel nichts geschieht, überzeugst du mich jetzt besser, dass du es warst. *Wieso hast du einem Feind deiner Familie geholfen?*«

Ralph starrte dem Sheriff in die Augen, nur flüchtig fiel sein Blick auf Isabel. Er schien zu zittern, so angespannt war er, und seine Wangenmuskeln zuckten. »Weil mir völlig gleich ist, wer in diesem Land gegen wen in den Krieg zieht, *Mylord*. Vom ersten Moment an, da Ihr ein Wort an mich gerichtet habt, wusste ich, was für ein Dreckskerl Ihr seid, und es bereitete mir ein unsägliches Vergnügen, Euch in die Suppe zu spucken.«

Die gesamte Halle schien den Atem anzuhalten und auf den nächsten Schlag zu warten, aber der Sheriff nickte nur langsam und ließ Isabel los. Sofort überfiel sie ein Hustenkrampf, und sie hatte Mühe, sich auf den Beinen zu halten. Gedemütigt vor der gesamten Halle stand sie da wie ein Häufchen Elend, aber das war nichts im Vergleich zu der Furcht, die ihr das Atmen noch zusätzlich erschwerte.

Ein starker Arm schlang sich um ihre Taille, presste sie an ein nach Holzspänen duftendes Hemd, und sie wusste sofort, dass es Ralph war. Mühsam hob sie den Kopf und blickte durch einen Tränenschleier hindurch zum Sheriff hoch. Dieser sah mit diabolischer Belustigung auf ihre aneinandergedrängten, sich gegenseitig haltenden Gestalten und hob in gespielter Ergebenheit die Hände. »Seht sie euch nur an. Wie bezaubernd.« Im nächsten Moment brach er in schallendes Lachen aus, das Isabel mit einer Gänsehaut überzog. Es schien in ihrem Kopf nachzuhallen und andere Geräusche zu verschlucken.

»Schafft ihn in den Kerker«, brachte er, immer noch lachend, heraus und winkte de Brabant und seinen anderen Schlägern.

»Nein!« Isabel klammerte sich an Ralph fest, aber da wurde er schon gepackt und davongezerrt, während andere sie festhielten. »Hört auf! Er lügt! Er war es nicht! Ich war es! Ralph, sag es ihnen! Ralph!« Ihre Stimme war eher ein verzweifeltes Flüstern und konnte das immer unbändiger werdende Lachen des Sheriffs nicht übertönen, der sich vornüberbeugen musste, da ihn sein Erheiterungsanfall bereits schwanken ließ.

Mit aller Kraft kämpfte sie gegen die stählernen Griffe seiner Männer, wollte nur Ralph hinterher, um ihn zu befreien, ihm ein Pferd zu verschaffen und davonkommen zu lassen, egal wie. Aber er drehte sich noch nicht einmal zu ihr um. Bereitwillig ließ er sich weiterführen. Seine Schritte waren fest, sein Kopf erhoben, als ginge er zu seiner Krönung anstatt in ein dunkles Verlies und einer möglichen Hinrichtung entgegen. Als hätte er genau erreicht, was er wollte.

»Hör auf, Isabel. Du machst es nur schlimmer.« Plötzlich stand Lady Hayt vor ihr und gab den Männern ein Zeichen. Diese ließen mit einem Blick auf den immer noch lachenden Sheriff von ihr ab und traten etwas zurück. Isabel wollte gleich losstürmen, aber da legte Lady Hayt ihr die Hand auf den Arm. Isabel wusste nicht, warum diese Geste sie innehalten ließ, aber sie sah der Dame ins Gesicht.

»Wenn du willst, dass er mit einem blauen Auge davonkommt, musst du dich beruhigen«, sagte ihre zukünftige Schwiegermutter ernst. »Der Schaden ist nicht wieder rückgängig zu machen, aber …«, sie lehnte sich ein wenig zu ihr vor und senkte die Stimme, »… wenn er dir offensichtlich so viel bedeutet, bringst du ihn ins Grab. Reiß dich zusammen, und geh in dein Gemach. Wir sprechen uns gleich.«

Isabel konnte sich nicht rühren, blickte zum Sheriff, der sich nun endlich wieder gefasst hatte und sich selbst zu trinken einschenkte, und öffnete den Mund, um ihn um Gnade für Ralph anzuflehen. Aber dann klangen Lady Hayts Worte in ihrem Kopf nach. *Wenn er dir offensichtlich so viel bedeutet* … Er bedeutet mir die Welt, hätte sie darauf antworten wollen, was sie selbst überraschte. Sie hatte nie darüber nachgedacht, wie Ralph und sie zueinander standen, welchen Wert ihre Freundschaft hatte. Sie war einfach nur da gewesen. Fast jeden Tag seit ihrer Ankunft in Tenby hatten sie zusammen verbracht, und Ralph war ihr in dieser Zeit mehr ans Herz gewachsen, als sie je für möglich gehalten hatte. Erst jetzt begriff sie, dass sie ohne diese Freundschaft nicht mehr leben wollte. Aber sie verstand noch eines: Der Sheriff sah ihre Beziehung zu Ralph nicht als schön und natürlich, schon gar nicht als rein und unschuldig. Er sah seine Verlobte mit einem anderen Mann, denn Ralph stand bereits an der Schwelle zu einem. Er sah eine Gefahr in Ralph – etwas, worüber sie vor kurzem noch gelacht hätte, doch nicht mehr heute.

Es dauerte gerade mal zwei Stunden, bis der Galgen an jenem Platz vor der Burginsel aufgebaut wurde, an dem sich auch der Pranger befand.

Isabel lehnte gegen die Wand des Torhauses und sah von dieser letzten Grenze ihres Freiraums aus zu. Sie hatte die Wache gebeten, das Tor offen zu halten, sodass sie zumindest einen

Blick nach draußen erhaschen konnte, denn ihr Verlobter hatte ihr verboten, die Burg zu verlassen, und auf die Wehrgänge wollte sie nicht. Dort oben fühlte sie sich dem Sheriff zu nahe, der hochmütig auf die Menschen herabblickte, während Isabel nur ins Verlies zu Ralph wollte, um ihm beizustehen. »So ein Aufwand für einen jungen Burschen«, hörte sie einen der Wachmänner über ihr auf dem Wehrgang sagen. »Der nächste Baum hätte es doch auch getan.«

»Der stärkste Ast kann brechen, und der Sheriff will keine unliebsamen Zwischenfälle. Er will diesen Waliser-Prinz tot sehen, also geht er lieber auf Nummer sicher und holt die alten Pfosten hervor.«

Isabel krallte ihre Hände ins glatte Tuch ihres Bliauts und biss die Zähne zusammen. Es war tatsächlich ein hoher Aufwand, um Ralph zu beseitigen, und Isabel wusste auch, dass der Sheriff ihr seine Macht unter Beweis stellen wollte. Schon in ein paar Wochen würde er ihr Ehemann sein, und bis dahin wollte er alles tun, um noch den letzten Widerstand in ihr zu brechen. Er hatte vor, ein folgsames Püppchen vor der Kirche zu treffen, und dafür war ihm augenscheinlich jedes Mittel recht.

Mit einem zornigen Schnauben wandte sie sich ab und flüchtete zurück in den Hof. Sie konnte nicht länger tatenlos zusehen. Es war ihr gleich, was Lady Hayt sagte. Wie sollte sie irgendetwas noch schlimmer machen? Ralph sollte für die Unterstützung eines Rebellenanführers sterben. Was konnte schlimmer sein als das? Der Sheriff hatte am Vorabend beschlossen, dass eine Verhandlung wegen Ralphs Geständnis nicht nötig war. Er hätte sich zum Gesetzlosen gemacht, und so gab es für ihn kein Recht mehr, keine Verteidigung und keine Gnade. Isabels Zutun an diesem Verbrechen ignorierte der Sheriff gänzlich, aber sie würde ihn jetzt daran erinnern. Vielleicht war das dumm, aber es war immer noch besser, als nichts zu tun.

In der Halle hielt sich jetzt am späten Vormittag kaum jemand auf, auch der Sheriff war nicht hier. Sie hatte ihn aber nicht wegreiten gesehen, und so rannte sie mit rasendem Herzen die Wendeltreppe hoch, ließ Lady Hayts Gemach hinter sich und baute sich vor dem auf dem Boden lümmelnden Knappen bei der nächsten Tür auf.

»Ich möchte zu meinem Verlobten.«

»Mylady, der Sheriff will von niemandem gestört werden!« Der kaum ältere Junge vertrat ihr den Weg, aber Isabel drängte ihn einfach zur Seite.

»Aber Ihr könnt doch nicht …«

Schon riss sie die Tür auf und trat in einen von Talgkerzen stickigen, aber hell erleuchteten Raum. Er war ähnlich ausgestattet wie Lady Hayts Gemach, nur dass sie hier trotz der angestauten Hitze sofort eine Gänsehaut bekam. Hier in diesem Raum sollte ihre Hochzeitsnacht stattfinden. In diesem von einem Baldachin überspannten Bett sollte …

Isabel schüttelte sich und sah zum zugehängten Fensterschlitz, wo der Sheriff mit nacktem Oberkörper neben einer Waschschüssel stand. Der Knappe an seiner Seite sah ebenso entsetzt aus wie jener vor der Tür, der nun hereintaumelte. »Mylord, ich habe versucht …«

Der Sheriff hob die Hand und winkte ihn mit einer knappen Kopfbewegung hinaus, ein schmallippiges Lächeln spielte um seine Lippen.

Gleich wurde Isabel noch mulmiger zumute, und einen Moment lang fürchtete sie, ihr Zukünftiger würde auch den anderen Knappen fortschicken, aber zum Glück tat er nichts dergleichen. Die Tür schloss sich hinter ihr. Der Sheriff schien nicht zornig über ihr Eindringen, aber sein Lächeln und das Funkeln in seinen Augen lähmten sie wie ein Reh vor dem Jäger. Dass er fast nichts anhatte, machte die Situation auch nicht besser. Wie schon zu vermuten war, trug sein Körper nicht den geringsten Makel, als hätte er noch nie im Leben gekämpft und sich noch nie verletzt. Er war geradezu perfekt, seine Haut glatt und ohne jede Narben, sein Brustkorb breit und muskulös, sein Bauch flach. So wie ihn hatte sie sich die griechischen Götter aus den Sagen vorgestellt. Was hatte sich Gott nur dabei gedacht, einen so dunklen Charakter so strahlend schön aussehen zu lassen.

»Meine liebe Isabel. Ich habe mich schon gefragt, wann du zu mir kommst. Es hat länger gedauert, als ich annahm. Eindrucksvoll, was meine Männer da unten aufbauen, nicht wahr?«

»Zweckerfüllend, würde ich sagen.« Sie zwang sich, ihre ineinander verschränkten Hände zu lösen und die Schwäche abzuschütteln. Ralphs Leben hing von ihr ab. »Mylord, ich bin hier, um …«

»… für deinen Waliser-Freund zu betteln. Natürlich bist du das, was sonst sollte dich in mein Gemach führen?« Er wandte sich ab und ließ sich auf einem hohen Schemel nieder. Sogleich schlug der Knappe ihm ein Tuch um den Oberkörper und begann damit, sein Gesicht mit schäumender Seife einzureiben. »Nun, dann fang mal an, um Gnade zu flehen, ich bin neugierig, was mich erwartet.«

Einen Augenblick lang konnte sie ihn nur anstarren, und sie wurde das Gefühl nicht los, dass er mit ihr spielte. Der Galgen draußen, dieses Treffen hier … Sie schien genau zu tun, was er wollte, und das ärgerte sie. Wäre er auf sie losgegangen, hätte sie sich nicht so gelähmt gefühlt, denn das kannte sie bereits. In jenen Momenten wusste sie stets, was sie zu erwarten hatte, aber diese stoische, beinahe fröhliche Ruhe machte sie ratlos.

»Mylord«, begann sie trotzdem entschlossen. »Ralph le Walleys und ich … wir begingen einen Fehler, eine kindische Unbedachtsamkeit, die …«

Herrisch hob er die Hand und ließ sie damit verstummen. Er sah sie nicht an, hatte den Kopf in den Nacken gelegt und ließ sich von seinem Knappen die Bartstoppeln wegschaben. Die Klinge kratzte über seinen Hals, und Isabel konnte den Blick nicht von ihr wenden. Eine winzige Bewegung nur, und Blut könnte fließen. Sehr viel Blut.

»Wir wollen dieses unsinnige Zeug nicht noch einmal wiederholen, nicht wahr?«, ertönte seine Stimme freundlich, auch wenn sie gleichzeitig gefährlich klang. »Lass uns zum Punkt kommen. Der Waliser und du, ihr habt einem Rebellen zur Flucht verholfen. Dich werde ich kaum dafür bestrafen, bist du doch mein Weg zu den Geraldines, also fang gar nicht erst wieder davon an, dass du beteiligt warst.«

»Wieso ist Euch diese Verbindung so wichtig?«, entfuhr es ihr, sie konnte sich nicht bremsen. »Ihr selbst habt doch gesagt, dass Ihr nie zu Bündnissen mit den walisischen Rebellen bereit wärt und dass es an Verrat grenzt, am Herdfeuer zu sitzen, während alle anderen für den König um das ihm zustehende Land kämpfen. Aber in Wahrheit wollt Ihr doch genau das! Wenn Ihr mit mir verheiratet seid, habt Ihr eine Nachfahrin des letzten walisischen Fürsten in Eurem Haus. Ihr glaubt, die Waliser lassen Euch dann genauso in Ruhe wie meine Familie.«

Der Sheriff hob ein wenig seinen Kopf und warf ihr ein zynisches Lächeln zu. »Ganz im Gegenteil, meine Liebe, ganz im Gegenteil. Deine werte Familie wird endlich ihren Hintern hochbekommen und die Waliser als das sehen, was sie sind: der Feind. Wenn sie erst mal erkennen, dass sie eine Gefahr für dich sind. Denn seien wir mal realistisch. Die Waliser bringen sich in der eigenen Familie doch ständig selbst um, und die Bündnisse mit deiner Familie wackeln in diesen Zeiten. Sie werden also kaum davor zurückschrecken, meine Steuereintreiber weiterhin zu überfallen oder zu versuchen, mich aus dem Weg zu räumen, nur weil ich dich geheiratet habe. Das weiß auch deine Familie, und da in ihren Adern neben dem barbarischen noch genügend normannisches Blut fließt, wirst du ihnen nicht egal sein. Die Geraldines werden mit ihrer Macht *mich* gegen die Rebellen unterstützen. Sobald sich ein Rebell auch nur in meine Nähe wagt, werden die Geraldines herbeieilen, um die goldene Isabel zu retten. Aber wir wollen doch nicht vom Thema abweichen: Dein Waliser-Freund.« Er lehnte sich wieder zurück und ließ den Knappen mit seiner Arbeit fortfahren. »Da ich dich, wie gesagt, nicht bezahlen lassen kann …«, er lachte leise in sich hinein, »… nicht öffentlich zumindest, muss eben der Waliser herhalten. Er hat sich ja auch freudig dafür angeboten.«

Isabel starrte ihn sprachlos an. Alles in ihr schrie danach, mit den Fäusten auf ihn loszugehen, aber sie begann zu verstehen, dass der Sheriff ein Spiel mit ihr trieb, ansonsten würde er sich wohl kaum die Mühe dieses Gesprächs machen. Irgendetwas war ihm wichtiger, als Ralph tatsächlich hinrichten zu lassen. »Was wollt Ihr von mir? Wollt Ihr, dass ich bettle? Dass ich vor Euch knie, ist es das? Diesen Wunsch erfülle ich Euch gerne, solange Ihr Ralph gehen lasst.«

»Aber, aber, Isabel … was soll ich denn mit dir auf den Knien anfangen?«

Der Knappe trat zurück und reichte dem Sheriff ein Tuch. Dieser wischte sich die restliche Seife vom Gesicht und richtete sich auf. Mit immer noch demselben dämonischen Lächeln kam er auf sie zu, das Kerzenlicht flackerte über seine nackte Brust und zeichnete seine Züge schärfer. Isabel musste ihre Füße fest gegen den Boden pressen, um nicht vor ihm zurückzuweichen.

»Entgegen dem, was du vielleicht von mir annimmst, Isabel, kann ich heulende Mädchen kaum ertragen. Ich will dich nicht winselnd und flehend vor mir sehen.«

»Das fällt mir tatsächlich schwer zu glauben, Mylord.« Oft genug hatte er sie geschlagen – wozu, wenn nicht, um sich an ihrem Leid zu ergötzen?

»Ich will, dass man mir gehorcht, ohne Widerrede, ohne entnervende Tränen und Geheule. Ich will meine Ruhe haben, ich will mich nicht wiederholen, und greinende Weiber sind genau das Gegenteil von dem, was ich will.«

»Und was *wollt* Ihr dann von mir?«

»Einen Erben.«

Isabel zuckte unwillkürlich zusammen. Sie wusste nicht, was sie so schreckte, kannte sie doch ihre Aufgabe. Aber es jetzt aus seinem Mund ausgesprochen zu hören machte es noch einmal sehr viel realer. Trotzdem verstand sie nicht. Er wollte einen Erben im Gegenzug für Ralphs Leben? Einen Erben würde er so oder so bekommen, sofern Gott beschloss, ihr einen Sohn zu schenken.

»In unserer Hochzeitsnacht«, führte er auf ihren verwirrten Ausdruck sogleich näher aus, »will ich kein Geschrei, kein Geheule, keine Tränen, keine lächerlichen Versuche, dich zu wehren, kein Kratzen, kein Treten, keine Drohungen, verstehst du mich? Du wirst weder dich selbst noch mich zum Narren machen, sondern eine gefügige Braut sein. Und auch danach, bis du schwanger wirst. Du lässt es geschehen, ohne einen Mucks. Du wirst alles dafür tun, um mein Kind zu empfangen. Das ist meine Bedingung für das Leben des Waliser-Prinzen.«

Unbeschreibliche Wut kochte in ihr hoch, ihr ganzer Körper war unerträglich heiß. All das Aufheben mit dem Galgen war nur für sie gewesen! Um sie verzweifelt genug zu machen, damit sie sich bereitwillig an seine Fäden hängte. Er hatte nur auf sie gewartet, um sie in die Knie zu zwingen und über sie zu triumphieren, und sie konnte nichts dagegen tun.

»Glaubst du, dass du das schaffst?«, drang seine spöttische Stimme in ihre rasende Verzweiflung.

Ruckartig hob sie den Kopf und starrte ihn an. »Euch einen Erben schenken? Ein braves Ehefrauchen sein?« Eher bringe ich Euch im Schlaf um, wollte sie sagen, aber irgendwie brachte sie ein Nicken zustande, auch wenn sie das Gefühl hatte, sich dabei das Genick zu brechen.

»Du verstehst, dass der Junge nicht straflos davonkommen kann. Er hat vor versammelter Halle gestanden.«

»Der Pranger?« Wieso war ihre Stimme so schwach, sie durfte ihn nicht siegen lassen! Aber was blieb ihr übrig, wollte sie Ralph nicht bald unter der Erde sehen?

Langsam schüttelte der Sheriff den Kopf. »Ich fürchte, meine Teure, das wird nicht reichen.«

»Aber was …«

»Ah, ah, ah …« Er hob einen Finger und sah sie mahnend an. »Lass uns deinen Gehorsam gleich einmal üben. Morgen wird Ralph le Walleys für sein Verbrechen bestraft, und du wirst dabei zusehen. Du wirst an meiner Seite stehen und der gesamten Siedlung zeigen, wohin du gehörst. Mit dem ersten Ton, den du machst, werde ich veranlassen, dass bei der Bestrafung ein Unglück geschieht, verstehen wir uns?«

Mit zusammengebissenen Zähnen brachte sie ein weiteres Nicken zustande. Sie hasste sich für jeden Moment der Unterwürfigkeit. »Erlaubt Ihr mir, ihm zu sagen, dass er nicht hingerichtet wird?«

»Nein.« Er wandte sich ohne ein weiteres Wort ab. Ungerührt schlenderte er zum schweigsamen Knappen, der stets den Blick gesenkt hielt, und ließ sich sein Hemd geben. »Vielleicht sollte ich die Gelegenheit nutzen und dich auch gleich über das weitere Vorgehen aufklären, jetzt, da du schon hier bist.« Er zog das helle Leinenhemd über und strich sich die zerzausten Haare glatt. »Der Waliser-Prinz wird nach seiner Strafe weiterhin im Verlies bleiben …«

Sie öffnete den Mund, aber sein klargrüner Blick ließ sie sich auf die Zunge beißen, und so fuhr er fort: »Er wird im Verlies bleiben, bis wir verheiratet sind und du dich an unsere Abmachung gehalten hast. Danach werde ich einen anderen Ausbildungsplatz für ihn finden. Vielleicht bei deiner Geraldine-Sippe, oder ich schicke ihn zu seinem Vater zurück.«

Er trennt uns, durchfuhr es sie schmerzhaft, auch wenn sie sich sagte, dass alles besser war als Ralphs Tod. »Habt Ihr wirklich solche Angst vor ihm?«, fragte sie, ehe sie sich daran hindern konnte.

Der Sheriff hielt einen Moment lang inne, ergriff dann aber einen Becher vom Tisch und trank. Schließlich ließ er ihn wieder sinken und sagte, ohne sie anzusehen: »Wenn mein Sohn geboren wird, wird es kein Gerede geben. Du wirst nie Gelegenheit finden, mich zum Gespött zu machen, Isabel, das verspreche ich dir.«

»Wenn Euch meine Tugend so wichtig ist, wieso spricht man dann bereits davon, dass Ihr mich bald mit all Euren Männern teilen werdet?«

Ein Lachen entfuhr dem Sheriff, das erstaunlich jung und frei klang. Es erweckte Übelkeit in ihr. »Ach, der gute de Brabant«, stieß er aus. »Er hat sich so sehr in dich verliebt, meine Teure, unverständlicherweise. Aber er kennt seine Grenzen. Er weiß, was ihm blühen würde, und redet nur gerne.«

»Werdet Ihr mich vor ihm schützen, wenn er sie nicht kennt?«

Plötzlich blickte er auf und sah sie verblüffend gerade an. »Ich werde meinen Sohn und mein Ansehen schützen.« Sein Blick wurde stechend, haftete auf ihr, und sie konnte ihn nicht abschütteln. »Wir müssen nicht gegeneinander kämpfen, Isabel. Erfülle deine Pflichten, ruhig und folgsam, und zeige dich einer Gemahlin des Sheriffs würdig. Damit wirst du es dir sehr viel leichter machen.«

»Der leichte Weg lag mir noch nie«, murmelte sie, machte einen flüchtigen Knicks und zwang sich, gemessenen Schrittes das Gemach zu verlassen. Auch draußen ließ sie sich nichts anmerken, um sich vor niemandem eine Blöße zu geben, und wenn es nur eine vorbeigehende Magd gewesen wäre. Erst als sie sich nachts die Klippen hinunterschlich und die Ebbe nutzte, um die Höhle unter St. Catherines Island aufzusuchen, brach sie in Tränen aus.

Liebe Leute, meine braven Untergebenen.« Der Sheriff zog Isabel auf das notdürftig errichtete Podest und blickte auf die unter ihm versammelten Menschen der Siedlung hinab. »Wie manche von euch vielleicht schon erfahren haben, hat sich mein Knappe Ralph le Walleys der Unterstützung der Rebellen schuldig gemacht.«

Raunen ertönte unter ihnen. Die meisten hier waren Waliser und verachteten den Sheriff, auch ein paar Händler waren vom Hafen hoch gekommen, um zu sehen, was hier geschah. Bange Blicke lenkten sich zum Galgen, manche stellten sich auf die Zehenspitzen, um zu sehen, wo der Schuldige war, und auch Isabel hielt nach Ralph Ausschau, aber er war nirgends zu entdecken. Seit seiner Gefangennahme hatte sie ihn nicht mehr gesehen, und es graute ihr davor, wie er seine Nacht verbracht hatte, vermutlich im Glauben, heute sterben zu müssen.

Lady Hayt kam an ihre Seite, sodass sie zwischen dem Sheriff und seiner Mutter eingezwängt war. Bedrohlich dunkle Wolken hingen tief am Himmel, die jeden Moment Regen versprachen, was die Düsterheit des Augenblicks noch unterstrich. Es fiel ihr schwer, ihren Schrecken über das Bevorstehende unter Kontrolle zu halten und sich nach außen hin nichts anmerken zu lassen. Sie wusste, alle Blicke waren auf sie gerichtet, und wenn sie sich die kleinste Regung erlaubte, würde Ralph dafür büßen.

»Nun«, fuhr der Sheriff an ihrer Seite auch schon fort, was die Menschen zum Verstummen brachte. »Eine schändliche Tat, für die es nur eine Strafe geben dürfte. Doch in Anbetracht der Jugend des Schuldigen, die sein Urteilsvermögen beeinträchtigte, und meiner bevorstehenden Hochzeit mit der reizenden Isabel de Carew …«, er zog sie ein wenig vor und umklammerte mit einer Stärke ihren Arm, die sie nach Luft schnappen ließ, »… habe ich beschlossen, Gnade walten zu lassen, um diese Vereinigung nicht von einer Hinrichtung überschatten zu lassen.« Er lächelte auf die versteinerten Mienen hinab, und Isabel wurde schlecht.

Er war natürlich die Güte in Person! Dem fehlenden Jubel über diese Verkündung entnahm sie, dass auch die anderen das Spiel durchschauten und sich bewusst waren, dass die *Gnade* andere Ursachen hatte. Auch Trystan befand sich in der Menge, gleich hinter dem Galgen, und Isabel atmete erleichtert auf. Er konnte nichts unternehmen, und trotzdem tröstete sie das vertraute Gesicht. Mit einem halben Lächeln sah er zu ihr hoch und nickte, als wolle er ihr Mut zusprechen.

Das Aufbranden von aufgeregten Stimmen lenkte ihren Blick zum Torhaus, durch das in diesem Moment eine Gruppe Soldaten mit dem Wappen des Sheriffs heraustraten. In ihrer Mitte hielt sich Ralph.

Ihr Herz schien einen Takt auszusetzen und stolperte unruhig weiter. Unwillkürlich machte sie einen Schritt auf ihn zu, aber der Sheriff zog sie zurück an seine Seite.

»Dreißig Hiebe!«, verkündete er, und Isabel stöhnte unwillkürlich auf. Entsetzt sah sie zu ihrem Verlobten hoch, doch er erwiderte ihren Blick nur mit einer deutlichen Warnung.

»Er kann's überleben«, sagte er leise und bohrte seine Finger in ihre Haut, »solange du dich an die Vereinbarung hältst.«

Ungeheuer!, schrie alles in ihr, aber sie zwang sich, stattdessen wieder zu Ralph hinunterzusehen, der kein einziges Mal in ihre Richtung blickte. Er trug immer noch Trystans Gewänder vom Vortag, sein abgeschnittenes Haar war verfilzt, seine Augen wirkten starr, und sein Gesicht war aschfahl. Aber in seiner Haltung war kein Schrecken zu erkennen. Er ging hochaufgerichtet auf den Galgen zu, die Soldaten versetzten ihm immer wieder Stöße, aber er nahm sie ohne Zucken hin. Ohne zu zögern, erklomm er die beiden Stufen des Podests, wo die Männer ihn ohne Umschweife am Pfosten des Pfahls festbanden, sodass er diesen zu umarmen schien und sein Rücken zugänglich war. Einer der Soldaten riss ihm das Hemd herunter, und Isabels Knie wurden schwach, als sie bemerkte, dass es Roger de Brabant war, der die Peitsche entgegennahm. Mit einem Schnalzen ließ er die Riemen aufs Holz des Podests knallen, dann sah er zum Sheriff hoch, der nickte.

Isabel hielt den Atem an, machte sich auf das Schlimmste gefasst, als de Brabants Blick sich auf sie richtete. Undurchdringlich sahen seine Fischaugen sie an, und Isabel konnte ihn nur stumm anflehen, sich zurückzuhalten. De Brabant mochte Ralph nicht, das war klar, sonst hätte er ihn am Vortag nicht am Pranger heimgesucht, aber vielleicht war ja irgendwo noch ein wenig Menschlichkeit in ihm verborgen. Der Sheriff behauptete, sein Schläger wäre in sie verliebt, doch sie bezweifelte, dass de Brabant solche Gefühle kannte. Vielleicht begehrte er sie, was gefährlich war, denn dann sah auch er eine Bedrohung in Ralph.

Mit ausdrucksloser Miene wandte de Brabant sich von ihr ab und hob den Arm. »Eins!«, zählte er laut, und schon trafen die Riemen mit einem Schnalzen auf Ralphs Rücken. Die Menge schnappte hörbar nach Luft, manche schrien auf. Leuchtend rote Streifen zogen sich von der rechten Schulter zur linken Seite der Hüfte, und Isabel zuckte heftig zusammen. Nur der gnadenlose Griff des Sheriffs hielt sie davon ab, selbst zu schreien.

Auch Ralph kam kein Ton von den Lippen. Er hatte ihr das Gesicht zugewandt, sein Kopf lehnte gegen den Pfosten, und seine Augen waren geschlossen. Seine Lippen hatte er fest zusammengepresst, und seine Kiefermuskeln zuckten.

»Zwei!« Erneut traf die Peitsche mit einer Wucht auf Ralphs Rücken, die ihr Tränen in die Augen trieb. De Brabant hielt sich nicht zurück, zumindest sah es für sie nicht danach aus. Aber wieso sollte er es auch tun? Er war ein Teufel wie sein Herr.

»Drei!«

Isabel wollte die Augen schließen, wenn sie schon nicht wegrennen konnte, aber Ralph konnte dem Schmerz auch nicht entkommen, und so zwang sie sich, weiterhin hinzusehen. Das Atmen fiel ihr schwer, sie starrte auf die Striemen auf dem so stark aussehenden Rücken, bei dem jeder Muskel angespannt zu sein schien. Seine Schultern bebten, er stand breitbeinig da, und schon erklang erneut de Brabants Stimme: »Vier!«

Blut begann zu fließen, ein Wimmern entfuhr ihr, woraufhin Lady Hayt ihre Hand ergriff. »Gleich ist es vorbei«, flüsterte sie den Kopf starr geradeaus gerichtet, aber Isabel wusste, das stimmte nicht. Fast war sie dankbar für den Schmerz unter dem Griff des Sheriffs, er hielt sie in der Gegenwart und ihren Kopf klar. In ihrer Verzweiflung hätte sie sonst vielleicht etwas Unüberlegtes getan. Mit jedem Schlag durchzuckten sie Hass und Rachegedanken.

»Zehn!«

Ralph riss die Augen auf und öffnete den Mund, aber erneut schrie er nicht. Stattdessen presste er die Lippen wieder fest zusammen, und beim nächsten Schlag sah Isabel Blut aus seinem Mund fließen. Er zerbiss sich die Lippen oder sogar die Zunge. Sein unsteter Blick wanderte durch die Menge, während ein weiterer Schlag folgte, und dann sah er plötzlich zu ihr hoch.

Isabel hielt den Atem an, erwiderte seinen Blick. Die ganze Zeit über hatte er ihr auszuweichen versucht, aber jetzt waren seine Augen nur auf sie gerichtet. Es war ihr, als suche er Halt, und Isabel sah ihn so entschlossen an, wie sie konnte. Du wirst das überleben, wir werden uns an ihm rächen, gemeinsam, du hast das alles für mich getan, du Narr, und ich werde nie wieder zulassen, dass du dich in Gefahr bringst.

Seine Eisaugen waren tränenverschleiert, das dunkle Haar hing ihm schweißnass ins bleiche Gesicht, und seine blutigen Lippen wurden weiß, so fest presste er sie aufeinander.

»Zwölf!« Seine Lider zuckten, ansonsten rührte er sich nicht, sah sie nur an, und Isabel kämpfte um Fassung, darum, ihre Tränen nicht loszulassen. Der Sheriff durfte sie nicht weinen sehen. Und sie musste stark für Ralph sein und ihm irgendwie Kraft geben. Plötzlich waren der Sheriff und Lady Hayt neben ihr unwichtig, als wäre sie ganz allein. Alles um sie herum verschwamm zu einem grauen Schleier, und nur noch Ralph war klar zu sehen. Die entsetzten Schreie der Menschen, das leise Kichern des Sheriffs, die abgehackten Atemstöße Lady Hayts, das nasse Klatschen der Peitsche, wenn sie auf Ralphs blutigen Rücken traf, de Brabants Stimme … Alles verband sich zu einem Rauschen im Hintergrund, während sie ihren schnellen Herzschlag umso deutlicher hörte.

Ohne ihren eindringlichen Blick von Ralph zu nehmen, öffnete sie leicht ihren Mund und atmete langsam ein und aus, immer wieder. Sie konzentrierte sich auf das Strömen der Luft, und Ralph fixierte sie, als gäbe es auch für ihn nichts anderes mehr auf der Welt. Am Zucken seiner Arm- und Rückenmuskeln sah sie seine Schmerzen, aber sein Gesicht wurde ruhiger.

Der Sheriff wollte sie trennen, weil er in Ralph eine Gefahr sah. Er fürchtete ihre Gefühle zu ihm, und er tat gut daran.

Jetzt beruhige dich, Isabel.« Trystan führte sie durch seine Hütte hinaus ins Sonnenlicht des Hinterhofs, wo er seine Bogen herstellte, und warf ihr über die Schulter einen Blick zu. »Ralph ist zäher, als du denkst. Er hat es überstanden, und ein paar Wochen im Kerker bringen ihn nicht um.«

»Du weißt nicht, wie es in diesen Kerkern ist! Es ist nass und dreckig und kalt und …«

»Ich weiß sehr wohl, wie behaglich des Sheriffs Verliese sind.«

Isabel verstummte und sah ihn misstrauisch an. Trystan aber wandte ihr bereits wieder den Rücken zu und wollte augenscheinlich nicht näher darauf eingehen. Da sie im Moment an nichts anderes denken konnte als an Ralph, drängte sie ihn auch nicht zu Antworten.

Schwach auf den Beinen ließ sie sich auf der Wiese nieder und blickte auf die einzelnen niedergetrampelten Halme hinab.

Seit Ralphs Auspeitschung vor ein paar Wochen hatte sie kaum noch geschlafen, geschweige denn gegessen. Der Sheriff war bald wieder abgereist und weilte auf seiner Burg in St. Clears, aber heute würde er zurückkommen. Ob er Ralph zur morgigen Hochzeit endlich freilassen würde? Eher nicht, aber vielleicht könnte Isabel ihre Familie um Hilfe bitten, die zur Hochzeit anreiste. Wenn sie sich dem Sheriff gegenüber unterwürfig verhielt, würde er die Freilassung vielleicht auch vorziehen.

Mit einem Schaudern blickte sie auf und erwiderte Trystans forschenden Blick, als er sich gegen seinen von Kerben übersäten Arbeitstisch lehnte, dessen Holz vom Wetter bereits grau war. »Ihm passiert schon nichts, kleine Elfe. Während der Sheriff weg war, hatte Ralph es sicher nicht so schlecht, vertraue mir. Ich habe Beziehungen zur Burg und lasse den Jungen doch nicht im Stich. Seine Wunden wurden versorgt, er bekam gute Mahlzeiten, eine Decke und frisches Stroh.«

»Was denn für Beziehungen?«

»Das tut doch jetzt nichts zur Sache. Hauptsache, unserem Rebellen passiert da unten nichts Schlimmeres, als dass er sich langweilt.«

Isabel schüttelte den Kopf. »Wer weiß, was dem Sheriff noch alles einfällt. Er wird ihn sicher nicht so ohne Weiteres gehen lassen. Seinem Wort vertraue ich nicht. Und wenn er ihn doch noch hinrichten lässt?«

»Das wagt er nicht so einfach. Ralph ist ein Prinz aus Nordwales, Isabel. Er mag einer von vielen sein, und sein Vater mag im Exil leben und sich vor seinem fürstlichen Bruder verstecken, aber genau das kann Ralph retten. Wäre Ralph mit dem Fürsten von Nordwales im Bunde, hätte der Sheriff einen Grund mehr, ihn aus dem Weg zu räumen. Denn dann wäre Ralph nur der Verwandte eines ständig aufständischen Fürsten. Aber Ralphs Vater hat sich den Normannen angeschlossen. Er ist durch Heirat mit den mächtigsten normannischen Baronen verwandt und mit ihnen verbündet. Er lebt bei ihnen in England und gab seinen Sohn in die Obhut des Sheriffs. Wenn dieser ihn tötet, nur weil Ralph einem Verwundeten etwas Wasser und ein Pferd gab …« Er sog zischend den Atem ein, dann zwinkerte er ihr zu. »Vergiss nicht: Ralphs Mutter war Alice de Clare. Ralph gehört einem der größten normannischen Adelshäuser an. Den wirft man nicht so schnell in den Fluss, ohne dass es Wellen schlägt.«

Hoffnung keimte in ihr auf, und plötzlich fiel ihr das Atmen nach langer Zeit wieder etwas leichter. »Wenn der Sheriff Ralph tötet, besteht die Gefahr, dass sein Vater das Bündnis mit den Normannen bricht. Die Brüder von Nordwales würden sich wiedervereinen, und wenn jene in Südwales herausfinden, dass es Ralph war, der Cadell rettete …« Ein befreites Seufzen entkam ihr. »Nord- und Südwales würden sich gegen den Sheriff verbünden und zu einer Macht heranwachsen, die alles Normannische in Wales bedroht.«

Trystan nickte. »Ralphs normannische Verwandtschaft will seinen Vater auf keinen Fall als Verbündeten verlieren. Dafür sind seine Männer zur Unterstützung im Bürgerkrieg zu wichtig. Sie würden nicht erlauben, dass der Sheriff den Sohn umbringt, Geständnis hin oder her. Der Sheriff mag in seinem Zorn herumschreien und blau anlaufen, aber mehr als das, was er schon erleiden musste, kann Ralph nicht mehr blühen. Vielleicht hofft der Sheriff ja, dass sich Ralph da drinnen den Tod holt. Wenn er krank wird, kann er sich herausreden. Aber wie ich schon sagte: Ich kümmere mich um ihn. Konzentriere du dich lieber auf deine morgige Hochzeit.«

Isabel zuckte nicht zusammen, mittlerweile war sie darin geübt, ihren Schreck zu verbergen, wenn jemand sie an die unaufhörlich voranschreitende Zeit erinnerte. Morgen zur selben Stunde wäre sie bereits verheiratet. Aber das schien ihr unwirklich, solange Ralph in einem finsteren Loch vor sich hin vegetierte. »Wir müssen Ralph da rausholen, ehe er wirklich krank wird.«

»Ich kümmere mich schon darum.«

»Aber wie …«

Trystan sah sie ungeduldig an. »Solltest du nicht auf der Burg sein und … ich weiß auch nicht … was machen Mädchen denn, um sich auf ihre Hochzeit vorzubereiten?«

»Gift schlucken?«

Mitleidig sah er sie an, seine gütigen Augen blickten voller Wärme. Schließlich hob er aber mahnend eine graue Augenbraue. »Dass du nicht mehr da bist, wird auffallen, Isabel. Ich dachte, der Sheriff hätte befohlen, dass du nur noch in Begleitung seiner verehrten Mutter das Gemach verlässt, damit du den Wachen nicht mehr auf die Nerven fällst und sie nicht mehr anflehst, dich zu Ralph zu lassen.«

Isabel winkte ab. »Lady Hayt hat keine Zeit, um auf mich aufzupassen, genauso wenig die Wachen. Die Tore stehen weit offen, und die ganze Siedlung strömt in die Burg und wieder hinaus. Nicht nur wegen der Vorbereitungen für morgen. Lady Hayt hat auch veranlasst, dass heute jedermann ein Mahl aus der Burgküche bekommt.«

Ein donnerndes Lachen erscholl, als sich Trystan mit einem Kopfschütteln das graue Haar zurückstrich, das sich aus seinem Pferdeschwanz gelöst hatte. »Na, wenn die gute Lady Hayt nicht aufpasst, unterstellt ihr noch jemand Nächstenliebe. Und ich dachte, ihr ist außer ihrem missratenen Sohn niemand wichtig.«

»Es ist tatsächlich weniger Nächstenliebe als Berechnung. Sie sagt, dass die einfachen Leute an großen Feierlichkeiten des Adels teilhaben müssen, damit sie nicht auf die Idee kommen, ihre Herren abzuschlachten, wenn diese durch die Siedlung reiten. Indem man ihnen einen Tag vor einer Hochzeit ein eigenes Fest gibt, einen Grund zum Feiern, verschafft man ihnen das Gefühl, geschätzt zu werden, und hält sie unter Kontrolle.«

»Auf was für Gedanken Damen von hohem Hause auch kommen müssen.« Mit einem belustigten Schnauben stieß er sich vom Tisch ab und griff nach einem halb fertigen Bogen. »Da kannst du von deiner Schwiegermutter noch allerhand lernen, sag ich dir. Ich hab mich immer schon gefragt, wie es der Sheriff tagein, tagaus heil aus der Burg schafft, so gehasst, wie er wird. Hier und da ein Fest ist also die Antwort.«

»Ja, sonst werden die Leute bei den Feierlichkeiten morgen nur daran erinnert, dass wir alles haben und sie gar nichts.«

»Also ich bin zufrieden mit dem, was ich habe.« Trystan wischte sein Messer an der Lederschürze ab, um es von Rindenresten zu befreien. »Ich lebe mein Leben für mich, und es ist ein gutes Leben. Ich brauche mich nicht zur Burg hochschleppen, um milde Gaben entgegenzunehmen. Vermutlich bin ich mit meinem einfachen Dasein als Bogenbauer glücklicher als Lady Hayt und ihre Anhänger.«

Isabel senkte den Blick. »Da magst du recht haben.«

Plötzlich war es still, und dann fiel ein Schatten auf sie. Als Isabel hochblickte, türmte sich Trystans stämmige Gestalt über ihr auf, die sich dunkel vor dem grellen Sonnenlicht abzeichnete. »Als Adlige gehörst du wohl zu denen, die alles haben, aber ich gebe dir trotzdem etwas.« Er legte ihr ein kreisförmiges Holzstück, ähnlich einer Münze, an einem Lederarmband in die Hand und ging vor ihr in die Hocke. »Mut und Stärke, kleine Elfe. Das soll dir dieser Anhänger verleihen, auf dass du all deine Prüfungen bestehst. Und vielleicht erinnert dich dieses wertlose Ding hin und wieder auch an deine Freunde, die dich bestimmt nicht vergessen werden.«

Isabel starrte ihm in die warmen braunen Augen und stellte mit Schrecken fest, dass Tränen ihre Sicht verschleierten. Schnell sah sie auf ihr Geschenk hinab und betrachtete die filigranen Linien, die in sorgfältiger Arbeit ins Holz eingeritzt worden waren. Es war ein altes Muster, ein keltisches Zeichen. Fast entkam ihr ein Schluchzen. »Ralph hätte Mut und Stärke auch bitter nötig.«

»Ich sagte, um den Jungen kümmere ich mich schon. Ihn kann ich rausholen, dich nicht. Aber ich weiß, du wirst all diese Prüfungen überstehen. Das Rad von Taranis wird dir vielleicht dabei helfen, auf dass auch die alten Götter unserer Vorfahren immer bei dir sind.« Trystan tätschelte ihre Hand, ehe er aufstand und sich abwandte, um sich wieder seiner Arbeit zu widmen.

Isabel sah ihm hinterher. »Taranis – der keltische Gott des Donners, nicht wahr?«

»Ja, und ein Donnerwetter wird's für jeden geben, der dich nicht ordentlich behandelt.« Er warf ihr ein Lächeln zu und blickte dann hoch zur Sonne. »Deine Schwiegermutter wird dich schon vermissen.«

Nur schwer unterdrückte sie ein Seufzen. »*Zukünftige* Schwiegermutter«, betonte sie, denn schließlich musste sie ihr Schicksal nicht eher annehmen als unbedingt notwendig. »Aber du hast recht, ich sollte zurückgehen, ehe mein Fehlen irgendjemandem auffällt – was bei dem heutigen Trubel aber schwer vorstellbar ist. Morgen wird es noch voller, wenn meine Familie erst einmal anreist.« Ihr einziger Lichtblick, auch wenn sie noch nicht wusste, wie sie sich vor ihrer Familie stark und unbekümmert geben sollte. Sie wusste auch nicht, wer kommen würde – ihre Eltern vermutlich und hoffentlich Onkel Maurice, vielleicht sogar Onkel Harri. Zum Glück blieb ihr der bischöfliche Onkel David mit seiner Mätresse erspart. Zuerst hatte sie schon befürchtet, Onkel David würde sie trauen, aber für solch eine unbedeutende Hochzeit fühlte er sich als Bischof von St. David wohl schon zu hochgestellt. Außerdem hatte er bestimmt genügend eigene Sorgen, denn auch wenn Isabel in kirchlichen Belangen nicht besonders bewandert war, kannte sie doch den größten kirchlichen Konflikt, der das Land hier in zwei Lager spaltete. Nicht nur kämpften walisische Krieger gegen normannische Ritter auf dem Schlachtfeld, auch in der Kirche verloren die Waliser immer mehr Halt. Vor ein paar Jahren war der alte Bischof von St.

David an der Seuche gestorben, die damals hier gewütet hatte. Jener Bischof hatte stets dafür gekämpft, die alte keltische Kirche zu bewahren, sie den Walisern zu lassen, unabhängig von Canterbury in England, aber mit der Berufung ihres Onkels David hatten die Waliser einen Schlag ins Gesicht bekommen. Zwar war ihr Onkel als Großmutter Nestas Sohn ebenfalls walisischer Abstammung und hätte somit die britischen Gemüter beruhigen sollen, doch im Grunde war er ja auch nur ein Normanne, und sein Treueschwur an Canterbury hatte nicht lange auf sich warten lassen. Die Normannen nahmen alles an sich, und indem sie Macht über die Kirche erlangten, erlangten sie Macht über das Land. Denn welcher walisische Kriegsherr könnte einen Angriff auf Ländereien rechtfertigen, die der Kirche gehörten und auf denen Klöster erbaut wurden? Es war schon sonderbar, wie befremdlich ihr das Tun ihres eigenen Volkes erschien und wie sehr sie die Hilflosigkeit der Waliser in Anbetracht dieser Stärke selbst in sich fühlte. Und jetzt sollte sie für ihr restliches Leben an einen der Eroberer und Unterdrücker gebunden werden. Ob ihre Großmutter sich wohl noch über eine Stunde auf ein Pferd setzen würde, um an Isabels Untergang teilzuhaben? Vermutlich würde sie sich nicht aufhalten lassen, und Isabel blickte einer Begegnung mit ihr mit gemischten Gefühlen entgegen. Einerseits wünschte sie sich ihre geliebte Großmutter bei diesem schwierigen Schritt an ihrer Seite, andererseits wäre in ihrer Gegenwart der kindliche Wunsch nach einer Zuflucht wohl zu stark.

Mit einem dumpfen Schmerz im Bauch, als habe sie einen Stein verschluckt, blickte sie auf ihr wunderbares Geschenk hinab und hielt sich vor Augen, dass sie nicht allein war. Sie würde den Sheriff heiraten, ihn dazu bringen, Ralph freizugeben, und ihr Schicksal annehmen. Sie hatte Freunde an ihrer Seite, das war alles, was zählte. »Vielen Dank.« Isabel hob den Anhänger und band sich das Lederband um den Hals, ehe sie sich erhob. »Er ist wirklich wunderschön, und ich werde ihn mit Stolz tragen.«

»Ist nur ein dummes Ding, nicht einmal besonders gut gemacht.«

Isabel sah ihn ungeduldig an, dann lehnte sie sich einer Eingebung folgend vor und hauchte ihm einen Kuss auf die Wange. »Und danke für alles, was du für Ralph tust.« Sie schloss ihre Hand um den Anhänger und fühlte sich allein dadurch schon etwas getröstet. Für Trystan mochte es einfach nur ein Holzstück sein, aber Isabel schöpfte dadurch tatsächlich neuen Mut. Sie warf dem alten Waliser noch einen Blick zu, der sich mit einem verhaltenen Lächeln abwandte, und ging schließlich zurück in die Hütte, um auf der anderen Seite die Straße zu erreichen. Sie streckte gerade die Hand nach der Tür aus, als diese plötzlich aufflog und eine Gestalt hereindrängte. Erschrocken wich sie zurück und blickte zu einem Mann in dunklem Umhang hoch, dessen Kapuze weit in die Stirn gezogen war. Etwas überrumpelt hielt auch er inne und sah auf sie hinab. Sein Blick wanderte zwischen ihr und der offen stehenden Tür hin und her, als wüsste er nicht, woher sie so plötzlich gekommen war. Ein dunkler Bart, in den am Kinn wie bei den Iren und Nordmännern kleine Zöpfchen geflochten waren, war alles, was sie von ihm erkennen konnte. Vielleicht war er ein Händler vom Hafen …

»Wer seid …?«, begann sie, doch da packte der Mann plötzlich ihre Schultern und schob sie unwirsch hinaus ins Tageslicht, ehe er die Tür auch schon zuwarf und den Riegel vorschob.

Völlig verdattert stand Isabel da und starrte auf das zerfurchte Türblatt. Sie konnte sich nicht vorstellen, weshalb ein Händler sich so verhielt. Und wieso sollte er die Tür verschließen? Es sei denn, er wollte ein Verbrechen begehen! Die Luft entfuhr ihr mit einem Keuchen, dann sah sie sich in dieser heruntergekommenen Gasse um. Sie wirkte ausgestorben, alle waren bei der Burg oder am großen Platz vor der Brücke, wo auch der Pranger stand und heute gefeiert wurde. Vielleicht war auch im Nachbarhaus niemand zu Hause …

Isabel überlegte nicht länger, sie fürchtete das Schlimmste. Bei diesem Fremden konnte es sich nur um jemand Gefährliches handeln, sie musste Trystan helfen! Verhalten klopfte sie gegen die Tür der Nachbarin – eine verwitwete Näherin, die ihre Waren am Hafen feilbot, genauso wie ihren Körper, was ein offenes Geheimnis war –, und als keine Antwort erklang, schob sie die Tür auf. Zuerst dachte sie, sie wäre abgeschlossen, aber als Isabel mit ihrer Schulter etwas kräftiger drückte, gab sie endlich nach und schob sich durch altes Stroh in den menschenleeren Raum. Er sah nicht viel anders aus als Trystans, nur dass hier nicht überall Sägespäne und Werkzeuge herumlagen, auch wenn er trotzdem etwas schäbiger wirkte mit seinen Spinnweben in den Ecken, den geschwärzten Dachbalken und dem schmutzigen Kochgeschirr im Bodenstroh neben der Feuerstelle. Der dicke Stoff zum abgetrennten Schlafbereich war zurückgezogen, sodass Isabel erkennen konnte, dass sich die Bewohnerin auch hier nicht befand – weder allein noch mit Besuch.

Ohne sich weiter mit der Behausung der Näherin aufzuhalten, lief sie zur gegenüberliegenden Seite des Raumes, löste das Lederband von ihrer Taille, das sie anstelle eines geknüpften Gürtels trug, nahm den Stein für Notfälle in die Hand und schob den nach nassem Hund riechenden Stoff vom Fenster zurück.

Anders als Trystans Hütte hatte diese keine Tür nach hinten, aber notfalls könnte sie auch durchs Fenster hinausklettern, sie würde gerade so hindurchpassen.

Mit angehaltenem Atem lehnte sie sich möglichst verstohlen nach vorn und sah Trystan bei der Arbeit, mit dem Rücken zum Haus. Der Fremde hatte den Hof fast schon zur Gänze durchquert, streckte den Arm aus und …

Isabel öffnete den Mund zu einem warnenden Ruf, als der Fremde die Hand auf Trystans Schulter legte. Trystan drehte sich um, er schien gar nicht alarmiert, stattdessen machte er einen Schritt zurück und führte eine Bewegung aus, die einer knappen Verbeugung am nächsten kam. Der Fremde schüttelte den Kopf, trat vor, schloss Trystan kurz in den Arm, klopfte ihm auf den Rücken und löste sich dann wieder von ihm.

Trystan ließ seinen Blick über den Hof wandern, fast schon etwas gehetzt, und Isabel fuhr sofort ein Stück zurück, damit er sie nicht bemerkte. Eine Verbeugung? Was hatte das zu bedeuten? Trystan schien seinen Besucher zu kennen, ihm gar wohlgesinnt zu sein. Und von seinem Verhalten schloss sie, dass sein Gegenüber hochwohlgeboren war.

Vorsichtig lehnte sie sich wieder ein wenig vor. Trystan deutete gerade auf ein paar an der Wand lehnende Bogen, seine tiefe Stimme klang über den Hof, war aber zu weit entfernt, um einzelne Worte auszumachen. Der Fremde nahm einen der Bogen in die Hand, ließ das grobe Holz durch seine Finger gleiten und lachte, fast schon kindlich. Sein Umhang fiel mit der Bewegung seiner Hände etwas zurück, und ein roter Hemdsärmel ohne Besonderheiten oder großartige Verzierungen kam zum Vorschein, genauso sah Isabel auch, dass der Mann keinerlei Schmuck trug, was sie bei einem wohlhabenden Käufer ungewöhnlich fand.

Schließlich stellte der Fremde den Bogen wieder zurück und ließ sich von Trystan zur Hütte führen. Isabel verstand kaum ein Wort des Gesprochenen, doch sie erkannte, dass es Walisisch war. Dann kamen sie näher, Isabel presste sich gegen die Wand neben dem Fenster und lauschte angestrengt.

Sie vernahm einzelne Wortfetzen einer klaren, hellen Stimme, die zwar zweifellos männlich war, aber doch erstaunlich sanft.

»Keine Sorge … nur die Schuldigen … zur Verantwortung ziehen … werde nicht zulassen … den Jungen rausholen.« Und schon wurde aus den Stimmen ein fernes Rumoren aus der anderen Hütte, als die beiden darin verschwanden. Isabel stieß die Luft aus. Hatte Trystan diesem Mann etwa aufgetragen, Ralph zu befreien? Vorhin hatte er ja noch gesagt, dass er ihn herausholen würde. Sollte der fremde Waliser dies zustande bringen?

Das Rumpeln des Riegels und der Tür in Trystans Hütte riss sie aus ihren Gedanken. Schritte entfernten sich, und Isabel schlich sich durch den heruntergekommenen Raum zurück und schob die Tür einen Spalt weit auf. Sie sah den Fremden gerade noch um die Ecke biegen, ehe sie ihm nachsetzte. Sie musste wissen, was es mit ihm auf sich hatte, herausfinden, ob er tatsächlich vorhatte, Ralph zu helfen. Vielleicht war er ein Verwandter Trystans oder ein Freund, womöglich sogar ein Gesetzloser, den Trystan für diese Tat bezahlte. Aber weshalb dann die Verbeugung?

Der Fremde schritt zielgerichtet zur Hauptstraße, wo sich bereits mehr Menschen tummelten, und je näher sie zur Burg kamen, desto schwieriger war es, seinen dunklen Umhang auszumachen. Eigentlich war er damit unter der warmen Maisonne eher auffällig, auch wenn er bestimmt das Gegenteil beabsichtigte, aber er war nicht der Einzige. Auch Isabel hatte ihr langes Haar unter einem Umhang und einer Kapuze verborgen, damit sie von den Wachen nicht sofort erkannt wurde, und manche Bettler, die alles bei sich trugen, was sie besaßen, waren ähnlich gekleidet.

Sie bewegten sich im Strom der Menschen, die mit ihren Schalen in den Burghof gingen, um dort etwas Eintopf zu ergattern, und Isabel schnürte sich im Laufen die Schleuder wieder um. Unterwegs sammelte sie auch noch zwei Steine auf. Doch als sie wieder aufblickte, war der Fremde plötzlich verschwunden. Ein Fluch entrang sich ihr, als sie sich auf die Zehenspitzen stellte und sich zwischen Menschenleibern hindurchschob. Der Fremde war nicht auffällig hochgewachsen und einfach in der Masse untergegangen. Sie hätte ihn nicht aus den Augen lassen dürfen. Isabel beschleunigte ihre Schritte. Inmitten einer Gruppe plaudernder Frauen trat sie in den Burghof und sah sich um, aber auch hier war der Mann nirgends zu sehen. Und wenn er sich zu dem scheußlichen Loch unter der Halle durchgeschlagen hatte, um Ralph zu befreien? Mitten am Tag inmitten all der Menschen?

Resigniert stieß sie den Atem aus und steckte die beiden Steine weg. Sie hatte den Mann verloren und musste darauf vertrauen, dass Trystan wusste, was er tat. Solange es Ralph nur gutging, würde sie auch die morgige Hochzeit überstehen.

»Wo hast du gesteckt?« Lady Hayt ließ den grünen Bliaut mit Goldbrokat auf die Truhe am Fuße ihrer Bettstatt sinken und stemmte eine Hand in die Seite. »Du solltest ihn doch anprobieren, damit wir morgen keine bösen Überraschungen erleben.«

Böse Überraschungen erlebe ich morgen genug, wollte Isabel erwidern, biss sich aber auf die Innenseite der Wange. Vielleicht gab es ja auch für den Sheriff die eine oder andere böse Überraschung, wenn es Trystans Bekanntem tatsächlich gelang, Ralph zu befreien. Sie hatte noch einmal versucht, die Wache beim Kerker zu überreden, um Ralph sprechen zu können. Sie hatte sich verabschieden wollen, denn wenn Ralph entkäme, müsste er so schnell wie möglich von hier weg. Aber es war ihr nicht gelungen, und sie musste sich damit trösten, dass er zumindest frei und in Sicherheit wäre, auch wenn sie ihn niemals wiedersehen konnte. »Ich habe den Bliaut vor einer Woche anprobiert und glaube nicht, dass ich seither dicker oder dünner geworden bin.« Sie ging zur Wasserschale und wusch sich die Hände, ehe sie einen Apfel ergriff. Sie hatte den ganzen Tag noch nichts gegessen, weil ihr so übel gewesen war, aber jetzt spürte sie, dass sie Hunger hatte. Trystans tröstende Worte hatten ihr etwas Hoffnung verliehen. Ralphs nahende Freiheit lenkte ihre Gedanken ab, und so sah sie nicht ständig mit Schrecken vor sich, dass sie schon morgen das Bett mit dem Sheriff teilen musste.

»Wie du willst.« Lady Hayt kam mit ernster Miene auf sie zu. »Dann sollten wir jetzt wohl das Gespräch hinter uns bringen, das eine Schwiegermutter mit der zukünftigen Gemahlin ihres Sohnes am Vorabend der Hochzeit führen muss.«

Isabel hielt mit dem Apfel in der Hand inne und würgte ein Stück hinunter. Dann räusperte sie sich. »Ihr müsst mir nichts erklären, ich weiß schon alles.«

»Dass du *alles* weißt, bezweifle ich, aber diese Dinge werde ich dir auch nicht erklären können, du wirst sie bald genug selbst erfahren. Im Grunde möchte ich dir nur sagen, dass sich dein Leben ab morgen grundlegend verändern wird. Mit etwas Glück wirst du bald ein Kind empfangen, und wenn du es überlebst, wird dein Leben hier sehr viel heller werden, das kann ich dir versprechen. Es gibt also keinen Grund, den morgigen Tag zu verfluchen. Eine Ehe ist ein Zweckbündnis, du wirst dein Leben weiterleben, und mein Sohn wird weiterhin als Sheriff durch die gesamte Grafschaft ziehen. Ihr werdet nicht viel mehr miteinander zu tun haben als jetzt schon. Aber wenn du Mutter bist, wirst du dem Herrn dafür danken, dass mein Sohn dir ein Kind schenkte.« Mit diesen Worten wandte Lady Hayt sich wieder der Truhe zu und bereitete Kopfschmuck und Geschmeide vor. Isabel beobachtete sie und fragte sich, ob dies gerade freundliche und aufmunternde Worte gewesen waren. Zweifelsohne wusste Lady Hayt, wovon sie sprach, hatte sie doch bestimmt auch dasselbe Schicksal wie alle Frauen geteilt und war in jungem Alter an einen älteren Mann verheiratet worden. Der verstorbene Sheriff war schon vor Isabels Abreise ins Kloster altersschwach gewesen und kurz darauf gestorben, während Lady Hayt zwar älter als Isabels Mutter war, aber jünger als ihre Großmutter. Was für ein Mensch der alte Sheriff wohl gewesen war? Ob Lady Hayt dasselbe hatte durchmachen müssen wie Isabel? »Danke für Eure Zuversicht, Madame, aber Ihr werdet verstehen, dass ich diese nicht teile. Morgen heirate ich den Mann, der meinen besten Freund auspeitschen ließ und in den Kerker warf. Und Ihr, Madame, die Ihr stets danebensteht und Euren Sohn gewähren lasst, werdet meine Schwiegermutter.«

Lady Hayt wandte sich ihr zu, und ihre dunklen Augen unter dem weißen Wimpel verengten sich. Die knochige Hand auf dem Bettpfosten neben sich richtete sie sich aus ihrer gebückten Haltung auf.

»Du bist zornig, das verstehe ich.« Sie sprach ruhig, aber an den stärker hervortretenden Falten um ihren Mund war ihre Anspannung zu erkennen. »Auch ich war einst zornig über die Entscheidung meiner Eltern, mich an den Sheriff zu geben. Wir sind nicht hier, um Freunde zu werden, denn ein junges Ding, das noch nichts vom Leben versteht, ist das Letzte, was ich gebrauchen kann. Und du könntest wohl auf die … wie nennt man mich in der Siedlung? Ach ja, die alte Krähe … verzichten, die dir bei jedem Schritt über die Schulter schaut. Aber so liegen nun einmal die Dinge, es ist meine Aufgabe, eine anständige Braut und Ehefrau aus dir zu machen, das muss dir nicht gefallen, mir genauso wenig.« Ihre Stimme nahm die alte Schärfe an, und Isabel spürte, wie all die Angst um Ralph, all die Erniedrigung und Schmerzen von den Schlägen des Sheriffs in ihr überkochten.

»Ihr seid Herrin dieser Burg«, fauchte sie und stemmte eine Hand in die Seite. Sie wusste, es war nicht klug, Lady Hayt vollständig gegen sich aufzubringen, aber zu lange brannten diese Worte in ihr, und sie wollten raus. Die Anspannung wegen des morgigen Tages tat ihr Übriges, um sie alle Vorsicht vergessen zu lassen. In ihren Augen endete ihr Leben morgen ohnehin. »Seit Wochen flehe ich Euch an, Ralph zu helfen, und Ihr tut *nichts*! Und wenn Euer Sohn mich schlägt, sagt Ihr nicht mehr als ein mahnendes Wort, als wolltet Ihr ein Kind davon abbringen, den Hund am Schwanz zu ziehen! Ihr schaut bei allem zu! Vielleicht gefällt Euch, wie der Sheriff mich für Kleinigkeiten bestraft! Ihr seht es wohl gerne, wenn er mich niederschlägt!

Fühlt Ihr Genugtuung? Stand Eure Schwiegermutter einst genauso über Euch, während Euer Gemahl Euch misshandelte? Genießt Ihr es deshalb so, nun auf der anderen Seite zu stehen und Euer bisschen Macht ausüben zu können?« Sie atmete tief ein, um sich zu beruhigen, doch es half nichts. »Wisst Ihr, das könnte ich Euch noch vergeben, aber dass Ihr zulasst, dass ein junger Mann für ein wenig Mitgefühl mit einem Verwundeten ausgepeitscht wurde und jetzt im Kerker schmort, obwohl Euer Sohn doch bestimmt auf seine Mutter hören würde …«

»Du weißt nicht, wovon du sprichst.« Lady Hayt schien nun genauso aufgebracht, und rote Flecken erschienen auf ihrer blassen Haut. »Natürlich genieße ich nicht, was mein Sohn mit dir macht, Isabel, aber ich kann es nicht ändern! Das ist das Los von uns Frauen, das wir nun einmal tragen müssen. Ich habe es getragen, jetzt bist du an der Reihe. Und was deinen walisischen Freund betrifft – soll ich ihn etwa laufen lassen?«

»Wieso nicht? Der Sheriff wird wohl kaum seine eigene Mutter dafür bestrafen.«

»Täusche dich da mal nicht, junge Dame.«

Lady Hayt kam auf sie zu und blieb dicht vor ihr stehen. »Meine Macht ist nicht groß, doch schrecke ich nicht davor zurück, sie in meinen bescheidenen Grenzen auszunutzen. Oder warum glaubst du, geht es deinem walisischen Prinzen da unten bislang so gut? Wieso hat er Decken, warme Mahlzeiten und frisches Stroh?«

Isabel trat einen Schritt zurück und sah der Dame prüfend ins Gesicht. Vor Verblüffung öffnete sich ihr Mund, doch sie konnte gar nichts sagen. Trystan hatte von denselben Dingen gesprochen und auch davon, Kontakte zur Burg zu pflegen. Aber damit konnte er doch unmöglich Lady Hayt gemeint haben. Ein Gespräch mit Trystan drängte sich ihr ins Gedächtnis.

»Ich bin leise wie eine Maus, und Lady Hayt hat einen tiefen Schlaf«, hatte sie zu Trystan gesagt, und er daraufhin: »Man könnte meinen, sie wüsste es besser. Ein junges Mädchen mit deinem Abenteuergeist … ich dachte, sie würde so klug sein und die Tür verriegeln. Aber vielleicht ist sie auf ihre alten Tage auch einfach nur vergesslich geworden.«

In ihrem Kopf begannen Wortfetzen und Eindrücke durcheinanderzuwirbeln. Sie hatte ein Bild vor sich, es war lückenhaft und verschwommen, doch es brachte ihr Herz zum Rasen. »Kennt Ihr den Bogenbauer?«, fragte sie flüsternd, von ihren ungeheuerlichen Gedanken überwältigt.

Lady Hayts blasses Antlitz übergoss sich so schnell mit einem dunklen Rot, dass Isabel die Augen aufriss. Schnell wandte sich die Dame ab und nahm erneut den Bliaut von der Truhe, um an ihm herumzuziehen.

»Trystan ap Iestyn, Madame. Kennt Ihr ihn? Hat er Euch gebeten, Gnade walten zu lassen?«

»Du redest dummes Zeug, Isabel. Ich bin kein völlig herzloser Mensch und kann alleine auf den Gedanken kommen, einem Jungen im Kerker das Leben leichter zu machen. Ich weiß, du hältst mich für kalt und gefühllos, aber auch ich war einmal ein blauäugiges und unbedarftes Ding, und ich werde nicht gerne daran erinnert. Ich will nicht zusehen, wie sich alles wiederholt, denn du, Isabel, erinnerst mich zu stark an mich selbst. Auch ich hatte einst Kampfgeist und musste auf harte Weise lernen, dass das Leben dadurch nicht leichter wird. Vielleicht ist es mir deshalb zuwider, in deiner Nähe zu sein, weil ich durch dich noch einmal erlebe, wie schnell kämpferische Mädchen brechen können. Ich will nicht dabei zusehen, ich will nicht daran teilhaben, und schon gar nicht werde ich mit dir fühlen, um durch dich das alles noch einmal durchzumachen. Es ist *dein* Leben, ich habe meines schon gelebt.«

Isabel hob den Kopf und sah der Dame in die Augen. »Aber *ich* werde mich nicht brechen lassen.«

»Alle brechen, kleine Isabel, früher oder später brechen wir alle. Und indem ich dir rate, dein rebellisches Wesen endlich aufzugeben und dich einfach zu fügen, tue ich dir einen Gefallen. Es wird sehr viel leichter werden, und spätestens wenn du ein Kind hast, wirst du lernen, dass du es dir nicht mehr leisten kannst, rebellisch zu sein. Denn dann musst du es beschützen.«

Weitere Bilder blitzten vor ihrem inneren Auge auf: Der Sheriff, der zitternd vor Hass in der Halle vor ihr stand und sagte: »*Ich* werde mir keine Hörner von einem dreckigen Waliser aufsetzen lassen.« Und in seinem Gemach hatte er gesagt: »Wenn mein Sohn geboren wird, wird es kein Gerede geben. Du wirst nie Gelegenheit finden, mich zum Gespött zu machen, Isabel, das verspreche ich dir.«

Hatte Lady Hayt ihren Gemahl etwa betrogen? Bestand sogar die Wahrscheinlichkeit, dass William Hayt gar nicht der Sohn des alten Sheriffs war? Und wenn das stimmte und Lady Hayt und Trystan wirklich eine gemeinsame Vergangenheit hatten … Sie konnte gar nicht daran denken. Trystan und der Sheriff … das waren zwei verschiedene Welten. Aber wenn es tatsächlich Gerüchte gegeben hatte, dann war der alte Sheriff bestimmt nicht davon angetan gewesen. Spätestens wenn du ein Kind hast, musst du es beschützen, hatte Lady Hayt gesagt.

»War es bei Euch so, Madame? Musstet Ihr Euren Sohn vor dem Vater beschützen? Hat das Euch gebrochen?«

Lady Hayt legte den Bliaut nieder und blickte aus dem Fenster. »Du sagst, du wirst dich nicht brechen lassen, aber um dein Kind zu schützen, wirst du noch sehr viel mehr tun, glaube mir. Auch wenn es unter dem Hass des Vaters zu einem Monster heranwächst.« Isabel starrte die stets so überlegene Dame an, die plötzlich zerbrechlich und hilfsbedürftig wirkte. Der Verdacht, der in ihrem Inneren zum Leben erwachte, war zu ungeheuerlich, um ihn auszusprechen. Sie wusste, Lady Hayt würde nicht mehr darüber sprechen, und auch aus Trystan würde sie wohl nichts herausbringen. Aber sie musste die Wahrheit wissen und war fest entschlossen, sie zu erfahren. Wenn nur Ralph an ihrer Seite wäre, wenn sie morgen nur nicht besagtes Monster heiraten müsste … Aber sie würde all das überstehen, denn mit Lady Hayt hatte sie zu deutlich vor sich, was mit einem Menschen geschah, wenn er die Kraft zum Kämpfen verlor.

Heller Glockenschlag riss sie aus dem Schlaf, immer und immer wieder ertönte der drängende Ton in ihrem Kopf. Einen Moment glaubte sie, sich immer noch in ihrem fürchterlichen Traum über ihre Hochzeit zu befinden, aber dann begriff sie, dass sie in ihrem Bett lag und alles dunkel war. Und wenn mitten in der Nacht die Glocken läuteten, dann hieß dies Gefahr oder den Ausbruch eines Gefangenen – Ralph!

Nach Luft schnappend fuhr sie hoch und rannte ohne weiter zu überlegen durch die Dunkelheit zum Fenster. Trystans Bekannter musste die Nacht genutzt und Ralph befreit haben. Was, wenn die beiden entdeckt worden waren, ehe sie die Burg hinter sich gelassen hatten? Wenn der Fluchtversuch alles schlimmer gemacht hatte? Unten vor dem Turm war alles ruhig, aber jenseits des Grabens, wo der äußere Hof lag und die Landbrücke zur Siedlung führte, tanzten unzählige Fackeln im Dunkeln. Schemenhafte Gestalten rannten in deren Licht durcheinander, strömten aus der Waffenkammer, und es schien so, als stünde das Tor weit offen. Der Klang von Kriegstrompeten mischte sich in den der Glocken, und plötzlich begriff Isabel mit eisiger Klarheit, dass der Alarm nicht wegen der Flucht eines Gefangenen geschlagen wurde. Dies war ein Angriff! Eine ganze Kriegsbande strömte durchs offene Tor herein, und schon bald erfüllten Todesschreie die Luft.

»Wir müssen von hier fort, schnell.« Mit einem Mal stand Lady Hayt neben ihr und zerrte sie vom Fenster weg, doch Isabel stemmte sich gegen ihren Griff. Sie musste nachdenken. Wer war es, der die Burg angriff? Auf welchem Weg könnten sie am schnellsten entkommen, und wie bekäme sie vorher Ralph aus seinem Verlies? Sie konnte nicht ohne ihn gehen!

»Madame, habt Ihr einen Schlüssel für den Kerker?«

Lady Hayt riss die Augen auf. »Isabel, denk gar nicht daran. Wir haben keine Zeit! Die Waliser sind schon innerhalb der Palisaden!«

Die Waliser! Natürlich. Aber welche? Waren es die Fürstenbrüder? Isabel konnte nicht auf Schonung hoffen, denn wie viele Krieger waren hier eingedrungen, die keinen Wert auf Isabels Zugehörigkeit zur walisischen Fürstenfamilie legten. Wenn sie erst einmal dort draußen wäre und im Durcheinander des Kampfes herumirrte, mochte das ihr Ende sein. Aber Ralph war in noch größerer Gefahr. Er war der Sohn jenes Mannes, der einen der Fürstenbrüder hatte ermorden lassen. Wenn herauskäme, wer er war, drohte ihm ein schlimmeres Schicksal als vom Sheriff. Sie musste ihn befreien, vielleicht könnten sie über ihren Geheimweg über die Klippen entkommen. Aber Lady Hayt … die Waliser mochten wenig Mitleid mit der Mutter des Sheriffs haben. Alleine hierbleiben konnte sie also nicht. Was würde ihre Großmutter jetzt tun, die in solchen Situationen immer einen kühlen Kopf bewahrt hatte? »Innezuhalten und alle Möglichkeiten abzuwägen kann dein Leben retten. Manchmal ist es nicht entscheidend, wer schneller handelt, sondern wer bedachtsamer ist.« Als stünde ihre Großmutter direkt neben ihr, hörte Isabel ihre Stimme, und so zögerte sie nicht länger.

»Folgt mir, Madame, Ihr werdet Ralph aus seinem Verlies herauslassen, und dafür bringe ich Euch an einen sicheren Ort.« Sie wartete keine Antwort ab. Nur im Nachthemd bekleidet zog Isabel ihre zukünftige Schwiegermutter zur Tür, als diese mit einem gewaltigen Knall aufflog und von der Wand abprallte. Isabel fuhr zurück und starrte in die Dunkelheit, vor der sich eine dürre, hochgewachsene Gestalt mit einem Schwert in der

Hand abzeichnete. »Schon wach? Eine aufgeregte Braut, die es kaum erwarten kann …«

»De Brabant!« Lady Hayt hätte nicht entrüsteter klingen können, als der Ritter in ihr Gemach schlenderte. »Was, bei der Gnade unseres Herrn, habt Ihr hier verloren? Geht runter und kämpft, wie es sich für einen Ritter gehört!«

»Und wer soll dann auf Euch aufpassen, Madame? Und auf die Braut.« Sein Blick fiel auf Isabel, sie konnte es weniger sehen als spüren, und ein Schauder schüttelte sie.

»Wir brauchen keine Hilfe«, sagte sie und ergriff erneut Lady Hayts Arm, um sie mitzuziehen. »Tretet zur Seite, wir können uns selbst retten.«

»Kannst du das wirklich, kleiner Schmetterling?« De Brabant machte einen schnellen Schritt auf sie zu, und noch ehe sie sichs versah, hob er die Hand, etwas blitzte im Dunkel auf, und dann prallte sein Schwertknauf mit einem dumpfen Laut gegen den Hinterkopf Lady Hayts. Die Dame gab ein leises Stöhnen von sich und brach in sich zusammen.

Isabel keuchte auf. Dieser verfluchte Mistkerl hatte sie niedergeschlagen! »Wie könnt Ihr es wagen!« Sie ballte die Rechte zur Faust und holte aus, doch da hatte er ihr Handgelenk schon mit festem Griff umfasst. Er schien im Dunkeln sehr viel besser zu sehen als sie. Sie selbst erkannte nur Umrisse im fahlen Schein, der durch die Feuer draußen hereindrang.

»Hast du noch immer nicht gelernt, dass man mir besser freundlich begegnet?« De Brabant schob sie vor sich her, bis sie mit den Beinen gegen das Bett hinter sich stieß. Blinde Wut verschleierte ihren Blick, als sie sich aus seinem Griff zu befreien versuchte, aber dieser lächerlich schmächtige Mann hatte aus unerfindlichen Gründen eine enorme Kraft.

»Das wird der Sheriff Euch nicht mehr durchgehen lassen, de Brabant! Das geht zu weit!«

»Der Sheriff ist wer weiß wohin verschwunden. Und irgendjemand muss sich doch um seine Braut kümmern. Du wirst mir noch danken, mich zuerst gehabt zu haben, bevor die Waliser über dich herfallen. Jetzt fordere ich meinen Dank dafür ein, dass ich deinen Waliser verschonte.«

»Verschonte?« Isabels Knie schnellte hoch, doch der Ringpanzer war ihr im Weg, und so tat sie sich nur selber weh anstatt ihm. Also spuckte sie ihm mitten ins Gesicht und verfluchte ihn so derb, wie es sonst nur die Fischer am Hafen taten.

»Na, na, wirst du wohl artig sein, kleiner Schmetterling, bevor ich dir deine Flügel stutze?« Er stieß sie vor sich aufs Bett, und in ihre unbändige Wut mischte sich nun zum ersten Mal Angst. Verzweifelt versuchte sie, von ihm wegzurutschen, an ihm vorbeizukommen, sie schlug und trat nach ihm, aber er schien es gar nicht zu bemerken. Seine wässrigen Augen funkelten in der Dunkelheit vor unverhohlener Gier, und der Wahn schien seinem Körper unmenschliche Kräfte zu verleihen. Der säuerliche Geruch seines Schweißes drang in ihre Nase, und Isabel glaubte, sich übergeben zu müssen.

»Bleib still liegen, sonst machst du's nur schlimmer, Kleine. Ich hab dir gesagt, es würde so weit kommen, du solltest dich freuen. Der Sheriff wäre nicht halb so gut zu dir wie ich.«

»Ihr dreckiges …«

Ein hohlklingendes Scheppern erklang, und de Brabant fiel kerzengerade nach hinten um.

Isabel riss die Augen auf und starrte um Atem ringend in die Dunkelheit, in der plötzlich Lady Hayt mit einem Nachttopf in der Hand dastand.

»Ich habe diesen Mann schon immer verabscheut.« Die Dame warf ihre Waffe zur Seite und reichte Isabel die Hand. »Wir sollten hier weg sein, ehe er wieder zu sich kommt.«

Isabel nickte, immer noch nach Luft schnappend, und rappelte sich auf. »Ich glaube nicht, dass er noch einmal aufwacht. Das hat ordentlich gescheppert.«

Die Dame lachte erschöpft, und jetzt, da Isabel vor ihr stand, erkannte sie dunkle Blutspuren, die ihr Gesicht zeichneten. »Madame, geht es Euch gut?«

»Kopfwunden bluten immer stark und sehen scheußlich aus. Das ist nichts.«

»Dann sollten wir schleunigst von hier verschwinden, ehe mehr von seiner Sorte hier auftauchen.« Schnell zerrte sie die Schleuder von ihrem auf der Truhe abgelegten Bliaut, ergriff die daneben liegenden Steine und rannte gemeinsam mit Lady Hayt in den Vorraum hinaus, der zum Treppenhaus führte. Dort war alles still und verlassen, nur noch der ferne Nachhall der Rufe und Trompeten drang zu ihnen hindurch. Sie liefen in die kühle Nacht hinaus, und von der Außentreppe her erkannte Isabel, dass der innere Hof zum Glück noch verlassen war. Eine Gruppe Wachmänner verteidigte die Brücke des inneren Grabens, doch es waren zu viele Waliser, die auf sie zustürmten. Der Kriegsruf »Gwenllian« und »St. David« erscholl immer wieder und ließ sie schaudern. Dort drüben kämpften Menschen auf Leben und Tod, und jeden Moment würden die Männer des Sheriffs unterliegen. »Schneller, Madame!« Isabel zerrte die langsamere Lady Hayt hinter sich her. Sie rannten durch den Hof direkt an der Turmmauer entlang, lediglich zwei Schatten, die sich außerhalb der Lichtkegel bewegten und die niemand bemerkte. Nur aus dem Küchenhaus strömte Lampenschein; Weinen drang heraus, und Isabel nahm an, dass sich die Mägde darin verschanzt hatten.

Ohne langsamer zu werden, liefen sie daran vorbei, und ehe sie um die Ecke des Turms bogen, lenkte vielfacher Jubel Isabels Aufmerksamkeit zurück zur Brücke. Sie sah gerade noch, wie die Männer des Sheriffs sich ergaben und die Waffen niederlegten, dann verschwanden sie auch schon aus ihrem Blickfeld. Die Siegesrufe der Waliser verfolgten sie aber, und Isabel war sicher, dass die Krieger jetzt den Turm erstürmten, den sie gerade verlassen hatten. Auf der anderen Seite des steinernen Gebäudes lag das Verlies, Isabel stieß die schwere Holztür im Erdgeschoss auf und versuchte sich zu orientieren. Eine Wendeltreppe führte linkerhand in die Tiefe, und Isabel folgte ihr voller Angst, was sie dort unten erwartete. Eine einsame Fackel brannte in einem Vorraum, von dem zwei Türen abgingen. »Keine Wachen?« Isabel sah sich um, stieß eine der Türen auf und sah einen menschenleeren Raum vor sich.

»Jeder Mann wird zur Verteidigung der Burg benötigt«, schloss Lady Hayt, aber Isabel hörte sie kaum über das Rauschen in ihren Ohren. Sie stieß die andere Tür auf, der Lichtkegel der Fackel ergoss sich in den dahinterliegenden Raum, und eine Gestalt regte sich am Boden. Der Gestank nach Nässe, modrigem Stroh und Ausscheidungen schlug ihr entgegen, aber Isabel unterdrückte die Übelkeit und trat ein.

»Ralph?«

Ein Krächzen erklang, dann hob er den dunklen, verfilzten Schopf und sah zu ihr auf. Fast wäre sie vor seinem Anblick zurückgewichen. Sein Gesicht war eingefallen und blass, die Augen dunkle Höhlen von tiefen Schatten umrandet. Seine vom Bogenschießen aufgebauten Muskeln hatten sich zurückgebildet, er war ausgemergelt und kaum wiederzuerkennen.

»Großer Gott, Ralph.« Sie rannte auf ihn zu und fiel neben ihm auf die Knie. Gegen die Tränen kämpfend nahm sie sein Gesicht in beide Hände, aber er drehte den Kopf weg und schüttelte sie ab.

»Du solltest nicht hier sein.«

»Wo soll ich denn sonst sein, du Held?« Sie packte seinen Arm und wollte ihn hochziehen, als ein Klirren ihren Blick zu seinen Fußknöcheln lenkte. Er war angekettet! Ein Eisenring hielt ihn an jedem Bein so dicht am Boden fest, dass es ihm mit der kurzen Kette nicht einmal möglich war aufzustehen.

»Wir brauchen den Schlüssel!«, keuchte sie, es gelang ihr

nicht, die Panik aus ihrer Stimme herauszuhalten. Lady Hayt sah sich um, aber Isabel wusste, es war vergebens.

»Die Wache hat den Schlüssel«, krächzte Ralph und hustete. Isabel sah sich nach Wasser um, aber da war nur ein umgestoßener Eimer für die Notdurft. Lady Hayts Einfluss hatte sich also in Grenzen gehalten, denn zwar gab es eine löchrige Decke, und verhungert war er auch nicht, aber das war schon alles. Er musste hier raus.

»Vermutlich ist der Wachmann längst tot, und der Schlüssel ist unter seinem Leichnam begraben«, fuhr Ralph fort. »Dieser Lärm bedeutet doch einen Angriff, nicht wahr? Ist ja nicht mein erster, ich sollte es wissen.«

»Wir kriegen dich auch so hier raus.« Isabel rutschte zu seinen Beinen und zerrte an den Ketten. Sie musste die Zähne zusammenbeißen, um nicht zu schluchzen, denn sie wusste, es war sinnlos.

»Isabel, wir müssen fort von hier!« Lady Hayt stand in der Tür und sah immer wieder die Treppe hoch. Von über ihnen drangen Schritte und Lärm, die Krieger trieben in der Halle ihr Unwesen.

»Lady Hayt hat recht, Isabel. Du musst fliehen.«

»Ich lasse dich nicht zurück!«

»Jetzt ist nicht die Zeit, um die Heldin zu spielen.« Ralph ergriff ihren Arm, aber seine Finger schlossen sich so schwach um sie, dass es ihr ein Leichtes war, ihn abzuwehren.

»Das ist ja deine Aufgabe, nicht wahr?«, fuhr sie ihn an. »Du opferst dich und versauerst in diesem Loch, nur um dem Sheriff die Stirn zu bieten.«

»Nicht um dem Sheriff die Stirn zu bieten, sondern um dich zu beschützen.« Er sprach so ruhig und schwach, dass es ihren hilflosen Zorn nur noch verstärkte.

»Niemand muss mich beschützen, Ralph! Weißt du, was für eine Angst ich in den letzten Wochen um dich hatte?«

»Ich kenne das Gefühl.« Er sah an ihr vorbei zur Tür, in der Lady Hayt immer noch angespannt wartete. »Der Sheriff wird nicht aufhören, Isabel. Im Gegenteil, vermutlich wird es schlimmer, wenn ihr erst verheiratet seid. Er will eine folgsame Puppe, die an seinen Fäden hängt, nur spricht, wenn er es erlaubt, nur sagt, was er hören will, und sich nur bewegt, wenn er die Schnüre zieht. Und du bist kein Mensch, der sich Fesseln anlegen lässt – er wird alles tun, um dich zu brechen.«

»Das wird ihm nicht gelingen.«

Er sah sie so müde an, dass sie ihn in die Arme schließen wollte.

Hinter ihr drang erneut Lady Hayts Aufforderung zu gehen an ihre Ohren, und Isabel fuhr wütend zu ihr herum. »Ich gehe nicht ohne Ralph!«

»Isabel, bitte.« Ralphs Fingerspitzen berührten sacht ihre Wange, und Isabel nahm seine Hand sofort in ihre und hielt sie fest. »Nutze die Gelegenheit. Lauf weg, nicht nur vor den Angreifern, sondern vor deiner Hochzeit.« Erneut sah er kurz zu Lady Hayt, ignorierte sie dann aber. »Mir ist gleich, was mir hier unten noch geschieht, solange du dieses Monster nicht heiratest. Jeden Tag saß ich hier drinnen, hungernd, frierend und vor Durst fast den Verstand verlierend, aber nichts tat so weh wie der Gedanke, dich in seinen Fängen zu wissen. Nichts tat so weh wie meine Vorstellung von dem, was du ihm für meine Auspeitschung geben musstest. Geh fort von hier. Versprich es, Isabel. Du sagtest, du willst dein Leben in die Hand nehmen, dann ergreife diese Möglichkeit. Verschwinde endlich von hier.«

Tränen strömten ihre Wangen hinab. Allein beim Gedanken daran, Ralph angekettet in diesem modernden Loch zurückzulassen, drehte sich ihr der Magen um. »Ich kann nicht, Ralph.« Solch ein Versprechen wäre nicht zu halten. Selbst wenn sie bereit gewesen wäre, ihn hier seinem Schicksal zu überlassen – wo sollte sie denn hin? Vielleicht gelänge es ihr, von hier fortzukommen, denn das Verlies lag auf der Rückseite des Turms, und der Erdwall und die abfallenden Klippen zum Strand waren nicht weit. Aber ihre Familie würde sie nur wieder zum Sheriff zurückschicken. Es spielte auch keine Rolle, denn ihr Herz hämmerte so heftig, dass es ihren Beinen verbot, auch nur einen Schritt von ihm wegzugehen.

»Ich bleibe bei dir.« Sie legte ihre Hand an seine schmutzige Wange und strich durch sein struppiges Haar.

»Isabel …« Er legte eine Hand auf ihre, und einen Moment lang zog sich das Verlies um sie herum zurück. Da waren nur seine Eisaugen, die alles Schelmische und Jugendliche verloren zu haben schienen und plötzlich sehr klar und ruhig wirkten. Das Licht der Fackel im Vorraum, das kaum an Lady Hayts Gestalt vorbeikam, legte sich als blasser Schein auf seine Haut, und Isabel wollte nichts lieber, als all die Härte aus seinen Zügen fortzuküssen. Sie wollte seine müden Lider küssen, seine eingefallenen Wangen und seine aufgesprungenen Lippen. Dieses Sehnen überraschte sie, und sie hielt erstaunt inne. Erst jetzt wurde ihr bewusst, wie lange es sie schon begleitete, ohne dass sie es hätte benennen können. Er war nicht nur ihr bester Freund, er war Ralph, ihr Waliser-Prinz.

»Isabel, du bist von Sinnen!«

Isabel zuckte zusammen. Widerwillig sah sie zu Lady Hayt zurück, die aufgeregt nach oben gestikulierte.

»Genau dieses Verhalten ist der Grund, weshalb mein Sohn ihn hier wegsperrte! Eine junge Dame deines Standes, einen Abend vor ihrer Hochzeit und ein walisischer …«

Isabel wandte sich mit einem Schnauben von Lady Hayt ab. »Ich wäre nicht die Erste, die sich in einen Waliser verliebt, obwohl sie einem flämischen Sheriff versprochen ist.« Hinter sich hörte sie die Dame nach Luft schnappen, aber sie konzentrierte sich bereits wieder auf Ralph, der sie ansah, als hätte sie sich in eine *Jili Ffrwtan* aus dem Feenvolk verwandelt.

»Sosehr ich weiß, dass Lady Hayt recht hat und du schleunigst von hier verschwinden solltest«, krächzte er und legte seine Hand an ihren Hals, »so sehr liebe ich dich dafür, dass du hier bist.«

Isabel wollte etwas erwidern, ihr Herz schlug wild bei Ralphs Worten, aber ein Knarzen der oberen Tür erklang, gefolgt von schweren, polternden Schritten die Treppe herunter.

Lady Hayt überwand ihren Ekel vor dem Verlies und suchte Zuflucht an der gegenüberliegenden Wandseite, als auch schon die ersten kriegerischen Gestalten ins Licht der Fackel traten. Isabel fuhr unwillkürlich zurück, sie fühlte sich an jene Nacht in Llansteffan erinnert, nur hatte die Ruhe ihrer Großmutter ihr Mut verliehen. Jetzt war sie auf sich allein gestellt.

»Da ist der Junge«, sagte einer der Krieger, ein dunkelhaariger Mann mit Schnurrbart und einer bluttriefenden Axt in der Hand, »und … wen haben wir denn da?« Er zog eine Augenbraue hoch und sah zwischen Isabel und Lady Hayt hin und her, *»Damen«*, brachte er schließlich heraus, wobei er das normannische Wort benutzte und es aussprach, als hätte er etwas völlig Fremdes in seinem Mund.

»Was redest du da?« Ein anderer Mann schob sich nach vorne, er war nicht sonderlich hochgewachsen, eher fiel er durch seine stämmige Statur auf. Auch war die unterwürfige Art, in der ihm seine Kampfgefährten auswichen, bemerkenswert. Er war noch jung, vielleicht Anfang zwanzig, hatte kurzgeschnittenes Haar in einem warmen Braunton und trug einen Oberlippen- und Ziegenbart, der in Zöpfchen geflochten war.

Isabel konnte ihn nur anstarren, denn sie kannte ihn. Nicht nur von Trystans Hütte, in der sie einen Mann von derselben Statur, mit demselben Bart gesehen und vor dem sich Trystan ehrerbietig gegeben hatte. Nein, sie kannte auch sein Gesicht, und das ließ das Blut in ihren Ohren rauschen.

»Tatsächlich«, sagte er mit einem breiten Grinsen, das noch sehr jungenhaft ausfiel. »Zwei *Damen* im Verlies. Hattet ihr vor, den Gefangenen zu erledigen, bevor wir ihn uns holen? Ein britisches Bürschlein weniger, das ihr aufhängen müsst? Ah, ihr versteht ja unsere Sprache nicht.«

»Ich verstehe Euch.« Isabel erhob sich aus dem Stroh und ignorierte Ralphs Aufforderung, zu Lady Hayt zurückzugehen. Auch er versuchte sich aufzurichten, aber die Ketten hielten ihn am Boden, und er stöhnte vor Schmerz auf. Hin- und hergerissen zwischen dem Wunsch, Ralph aufzuhelfen, und der Bedrohung der walisischen Krieger, die es abzuwehren galt, sah sie zwischen den beiden hin und her. Schließlich straffte sie die Schultern und atmete tief durch.

»Ihr seid Maredudd ap Gruffydd.« Sie bemühte sich, ihre Stimme fest klingen zu lassen, auch wenn die Angst sie in unerbittlichem Griff hielt. Einst war er der Junge mit dem Flaum gewesen, dem sie einen Kinnhaken verpasst hatte, als er sie daran hatte hindern wollen, zu Bran zu laufen. Er war Cadells Bruder, und er hatte Llansteffan Castle im Alter von sechzehn Jahren gegen ihren Vater und Onkel verteidigt. Jetzt war er älter, kantiger und vermutlich noch gefährlicher. Nicht nur einmal war Maredudd vom Sheriff verflucht worden, weil er die Steuereintreiber oder andere normannische Reisende überfiel, und auch aus normannischen Burgen hatte er schon so manches entwendet. Nun war augenscheinlich Tenby an der Reihe. »Wir sind uns schon einmal begegnet, vor Jahren in Llansteffan. Mein Name ist Isabel de Carew. Ich bin die Tochter Eures Vetters William.«

Die Krieger tauschten Blicke, und Maredudd trat einen Schritt auf sie zu. »Tante Nestas Isabel?« Seine Augen verengten sich, und seine Hand hob sich wie von selbst an sein Kinn. »Die Kleine mit der harten Rechten?«

Hitze breitete sich auf ihren Wangen aus, aber sie nickte, was Maredudd in schallendes Gelächter verfallen ließ. »Und was, werteste Isabel de Carew mit dem starken Arm, hast du hier unten im Verlies verloren? Wolltest du dich vor uns verstecken?

Ich dachte, ein Mädchen mit deinem Kampfgeist käme mir eher schwertschwingend entgegengerannt, um mich dafür zu bestrafen, ihre Hochzeit verhindert zu haben.«

»Dafür verdient Ihr keine Strafe«, presste sie hervor und hob ihre Schleuder auf. »Aber ich bin bereit, mich, meine zukünftige Schwiegermutter und meinen Freund hier zu verteidigen.«

Sein Blick fiel auf ihre Hände, die sich um das Band aus Rindsleder schlossen. »Ah, ich erinnere mich. Bist du seither besser geworden?«

Gut genug, wollte sie erwidern, aber während über ihr Krieger plünderten, Ralph angekettet war und Lady Hayt sich gegen die Wand presste, wusste sie, dass sie auch mit ihrer Treffsicherheit hoffnungslos unterlegen war. Erneut machte sich Angst in ihr breit. Sie konnte nicht sagen, zu was für einem Mann Maredudd sich entwickelt hatte und ob er, was Ehre anbelangte, nach seinem älteren Bruder Cadell kam, der in Llansteffan keiner Frau etwas zuleide getan hatte.

»Isabel ist von Eurem Blut«, mischte sich plötzlich Ralph mit heiserer Stimme ein, dem wohl dasselbe durch den Kopf ging, »tut Ihr ihr etwas an, habt Ihr es nicht nur mit der gesamten Geraldine-Sippe zu tun, sondern auch mit Eurem Bruder Cadell, der ihr sein Leben verdankt.«

Die dunklen Augenbrauen des jungen Kriegsherrn zogen sich zusammen. »Wovon redest du?«

»Davon, wer einst Cadell vom Waldrand fortschaffte, in der Hoffnung, ihn zu retten.«

»Was?« Maredudds Blick fiel wieder auf Isabel, tiefes Staunen lag in seinen Augen, aber ehe sie etwas sagen konnte, ergriff Lady Hayt das Wort.

»Was wird hier gesprochen, Ralph?«, verlangte sie von ihm zu wissen, da sie kein Walisisch sprach. Ängstlich behielt sie die Krieger mit ihren Speeren und Äxten im Auge, aber da unterbrach Maredudd sie schon mit misstrauischem Blick.

»Wieso nennt sie dich Ralph, Junge? Ich dachte, du heißt Aneirin. Du bist doch Trystan ap Iestyns Neffe?«

Lady Hayt sog bei der Erwähnung dieses Namens scharf den Atem ein, obwohl sie wohl nicht verstanden hatte, in welchem Zusammenhang er erwähnt worden war. Ehe sie aber erneut fragen konnte, meldete sich wieder Ralph: »Es stimmt, Aneirin ist mein richtiger Name, und Trystan ist mein Onkel. Mich nennen nur die Normannen Ralph.«

Maredudd ließ seine langstielige Axt sinken, sodass sie dumpf im Stroh aufkam, und seufzte schließlich schwer. Hoffentlich glaubte er diese Lüge. »Nun, Aneirin, ich bin hier, um dich zu befreien.«

»Ihr habt die Burg des Sheriffs angegriffen, nur um den Neffen eines Bogenbauers zu befreien?« Die Worte platzten aus Isabel heraus, und sie konnte auch den Unglauben nicht aus ihrer Stimme halten. Das Gespräch zwischen Trystan und Maredudd in der Hütte fiel ihr wieder ein, die Wortfetzen, die sie vernommen hatte: »Den Jungen herausholen.« Ralph war nicht in Gefahr.

»Der Junge ist ein Gefallen, den ich einem Freund schulde«, erwiderte Maredudd und winkte zwei seiner Männer vor, die Isabel zur Seite schoben und sich an Ralphs Ketten zu schaffen machten. »Aber der Angriff auf die Burg hat einen weitaus befriedigenderen Zweck.« Er breitete die Arme aus. »Rache.«

Isabel betrachtete den jungen Kriegsherrn und versuchte, hinter seine unbeschwerte Maske zu blicken, aber da sahen plötzlich die beiden Männer bei Ralph auf und schüttelten die Köpfe. »Entweder findet jemand den Schlüssel, oder das wird eine Zeitlang dauern. Wir werden die Ketten aus dem Stein rausschlagen und die Sache dann einem Schmied überlassen müssen.«

»Oder wir hacken ihm einfach die Beine ab«, ließ sich der andere vernehmen und schwang seine Axt.

Isabel streckte ihm die Hand entgegen. »Nein!«

Der Mann ließ die Axt sinken und machte einen gespielt betretenen Eindruck. Alle begannen zu lachen, und Maredudd legte ihr die Hand auf die Schulter. »Keine Sorge, wir lassen ihn schon in einem Stück. Der Junge gefällt dir, hm? Na ja, er macht im Moment nicht besonders viel her, aber das ist wohl Seiner Abscheulichkeit dem Sheriff anzulasten. Komm.« Er verstärkte seinen Druck und wollte sie aus dem Verlies hinausführen, aber Isabel wich zurück.

»Was habt Ihr mit mir vor?«

Maredudd ignorierte sie und blickte über sie hinweg zu Lady Hayt. »Ihr seid ebenfalls eingeladen, mir zu folgen, *Madame*. Falls Ihr Euch schwach auf den Beinen fühlt, sind meine Männer bestimmt bereit, Euch zu helfen.« In seinem Ton schwang eine unverhohlene Drohung mit, und es gab keinen Zweifel daran, dass sie nun Gefangene waren. Maredudds Gründe für diesen Angriff erschlossen sich ihr nicht, aber sie wusste, dass Trystan ihn um Ralphs Befreiung gebeten hatte. Auch war Trystan klug genug gewesen, Ralphs wahre Identität verborgen zu halten. Eine Vorwarnung wäre auch für Isabel nicht schlecht gewesen, denn sie wusste immer noch nicht, wie sie Maredudd einschätzen sollte. Wie groß war die Gefahr, in der sie nun schwebten? Sie wusste nur, dass es besser war, diesem Prinzen von Südwales zu folgen, denn nur er konnte sie im Zweifelsfall vor seinen Männern schützen.

»Wir müssen mit ihnen gehen«, sagte Isabel an Lady Hayt gerichtet, die Maredudd nur anstarrte. »Bitte gehorcht ihnen, sonst wird alles nur noch schlimmer.«

»Ich will wissen, was mit meinem Sohn ist.« Lady Hayt stieß sich von der Wand in ihrem Rücken ab und starrte Maredudd in die Augen. »Der Sheriff, William Hayt. Ist er gefallen?«

Isabel wandte sich Maredudd zu, um ihm zu übersetzen, aber er schien den Sinn der Frage verstanden zu haben. »Der Sheriff?«, fragte er lachend, und auch seine Männer kicherten leise in sich hinein. »Unser nobelster Sheriff trieb sein Pferd mitten in die anstürmenden Waliser«, sagte er, auch wenn die Dame bestimmt kaum etwas verstand. »Er bahnte sich seinen Weg durch die Menge, getrieben vom ruhmreichen Verlangen nach seiner eigenen Sicherheit.« Seine Stimme wurde noch spöttischer. »Er floh, werte Frau, er ließ seine Männer im Stich, Euch und seine Verlobte, um aus der Burg wegzurennen.«

»Was?« Lady Hayt wirkte hilflos, und Isabel ging auf sie zu und legte ihr die Hand auf den Arm.

»Euer Sohn ist fort, Madame. Geflohen.«

Lady Hayt wich vor ihrer Berührung zurück, als stünden Isabels Finger in Flammen. »Nein, er würde nicht …« Sie stieß den Atem aus und blickte zu Boden, ihr Mund öffnete sich, als wollte sie noch etwas sagen, aber bestimmt war ihr selbst klar, was für ein Mensch ihr Sohn war und dass der Sheriff sehr wohl fort war.

»Dann lasst uns mal gehen und meine Männer den Jungen befreien.« Maredudd streckte die Hand nach Isabel aus, aber da fuhr Ralph dazwischen.

»Was habt ihr mit ihnen vor?«, wollte er wissen und schubste einen der Männer bei seinen Ketten fort. Seine Stimme war immer noch rau, aber seine Augen blitzten, als wäre er in der Lage, sich jeden Moment mit bloßen Händen von den Ketten loszureißen und jegliche Gefahr aus dem Weg zu räumen.

Maredudd seufzte entnervt auf; es war ihm anzusehen, dass er bereits mehr Zeit in diesem Verlies verbracht hatte, als ihm gefiel, aber ehe er etwas erwidern konnte, erklang eine weibliche Stimme hinter den rauen Kriegern: »Das würde ich auch gerne wissen. Was, mein Liebster, hast du mit diesem Mädchen vor?«

Alle blickten zur Tür, durch die in diesem Moment eine junge Frau eintrat.

»Eira, du solltest doch in der Halle warten! Ein Verlies ist kein Ort für dich.« Maredudd eilte zu der Frau und schlang einen Arm um ihre Taille, um sie dicht an sich zu ziehen. Eine beschützende Geste, wie Isabel sofort erkannte. Mit der freien Hand nahm er der Frau den plumpen Holzstab aus der Hand, der ihr vielleicht bis zur Achsel reichte und der sich bei genauerer Betrachtung als Bogen herausstellte, aber die Frau schob ihn von sich.

»Seit wann hältst du mich für so zimperlich, dass ich ein bisschen Gestank und Dreck nicht ertragen könnte? Außerdem scheinen freincische Mädchen auch kein Problem damit zu haben, hier zu sein.« Ihr Blick haftete auf Isabel und hätte nicht verachtender sein können. Helles Haar, das schon etwas Silbriges an sich hatte, fiel ihr unter dem Umhang auf die Brust, ihr schmales Gesicht war von einer edlen Zartheit, aber ihre großen Augen wirkten wachsam und unbeugsam. Ihrer Haut war anzusehen, dass sie sich viel im Freien aufhielt, denn sie hatte von der Maisonne bereits einen goldenen Schimmer angenommen. Sie war außergewöhnlich schön, und da sie sich an der Seite eines Prinzen hielt, musste sie wohl selbst von hoher Geburt sein.

»Der Sheriff ist uns entwischt«, sagte Maredudd und deutete auf Isabel. »Er lebt und wird zurückkommen, um Isabel, William de Carews Tochter, zu heiraten. Das Bündnis zwischen dem Sheriff und den Geraldines müssen wir verhindern. Wenn sich die Flamen rund um den Sheriff *und* die Geraldines erst einmal vereinen, werden sie zu mächtig. Dies ist unsere Chance, einen Bruch zwischen ihnen herbeizuführen. Und alles, was wir dafür tun müssen, ist, unsere werte Isabel hier verschwinden zu lassen.«

Isabel spürte es kalt ihren Rücken hinunterlaufen, und Ralph zerrte erneut an seinen Ketten.

»Gut.« Die junge Frau Eira nickte, musterte Isabel aber weiterhin argwöhnisch.

»Komm jetzt, Isabel.« Maredudd sah sie ernst an. »Es tut mir leid, dass wir uns unter solchen Umständen wiedersehen, vor allem, da ich dir wohl zu großem Dank verpflichtet bin. Mein Bruder konnte mir nichts Genaues von seiner Rettung erzählen. Aber du bist politisch zu wertvoll, um dich hierzulassen.« Er gab seinen Männern ein Zeichen und führte seine Geliebte oder Gemahlin aus dem Verlies hinaus. Im nächsten Moment schrie Lady Hayt auf, einer der Männer hielt ihren Arm umklammert und zog sie aus dem Verlies. Isabel starrte ihr hinterher, ihr ganzer Körper fühlte sich taub an, alles ging so schnell.

»Isabel!«

Ralphs Stimme riss sie aus ihrer Starre, sie drehte sich zu ihm um, als einer der Krieger sie auch schon festhielt und Richtung Tür schob. Sie war eine Gefangene, sie sollte entführt werden! Maredudd war nicht wie Cadell, er machte nicht davor Halt, Frauen in seinen Krieg hineinzuziehen.

»Lasst sie los!«, hörte sie Ralph hinter sich schreien und gleich darauf husten. »Sie ist von Eurem Blut, Maredudd! Lasst sie frei!«

Seine Stimme wurde zu einem Surren in ihrem Kopf, ein Pochen stach in ihren Ohren, und sie konnte nur noch daran denken, dass sie ihrer Familie und vor allem Ralph entrissen wurde. Sie hatte ihn nicht befreien können, und nun galt sie selbst als Kriegsbeute. Vielleicht sah sie ihn niemals wieder und konnte ihm nicht mehr sagen, was er ihr bedeutete.

Ohne weiteres Zögern riss Isabel ihren Arm hoch, befreite sich aus dem Griff des überraschten Kriegers, rammte ihm den Ellbogen in die Magengrube und rannte zurück ins Verlies.

Ralph starrte ihr entgegen, seine Eisaugen voller Zorn. Die Krieger neben ihm blickten verwundert auf, hinter ihr ertönten Rufe, aber Isabel kümmerte sich nicht darum. Vor Ralph fiel sie auf die Knie, umschloss sein Gesicht mit beiden Händen, und noch ehe sie ihre Lippen auf seine legen konnte, hatte er sie schon mit seinen Armen umschlungen und fest an sich gezogen. Er küsste sie mit einer verzweifelten Leidenschaft, die Isabel vergessen ließ, dass sie sich in einem Verlies befanden. Seine Zunge teilte ihre Lippen, ergriff Besitz von ihrem Mund und erstaunte Isabel mit der Intensität dieses durch ihren ganzen Körper hindurchströmenden Prickelns. Nie zuvor hätte sie sich träumen lassen, dass ein Kuss sich so anfühlen konnte. Er riss sie mit sich, sein fester Griff in ihrem Nacken ließ ihr kein Entkommen, aber Isabel wollte ohnehin nirgends anders hin. Der Raum begann sich um sie herum zu drehen, und sie glaubte, den Ralph von vor ein paar Wochen zu spüren. Jenen Ralph, dessen immer breiter werdende Brust sein Hemd zu sprengen drohte und der sie vom Pranger aus schief angrinste. Ralph, ihr Waliser-Prinz.

Um Atem ringend lösten sie ihre Lippen voneinander, aber Ralph hielt sie weiterhin mit einer Hand im Nacken fest, mit einer Kraft, die sie erstaunte. »Sie lassen mich frei«, flüsterte er eindringlich in normannischer Sprache, damit die anderen ihn nicht verstehen konnten. »Sie werden mich gehen lassen, Isabel, so wie sie es Trystan versprochen haben.«

Ein Schatten fiel auf ihn, jemand trat hinter Isabel, legte seine Hand auf ihre Schulter, drückte zu, aber sie ignorierte es.

»Und wenn ich frei bin, komme ich dich holen, das schwöre ich dir!« Ralphs Griff verstärkte sich noch, seine Finger bohrten sich in ihre Haut, während jemand Isabel von der anderen Seite fortzog. »Ich hole dich zurück, ich verspreche es dir, ich hole dich zurück.« Isabel kämpfte gegen den fremden Griff, nickte entschlossen und lehnte ihre Stirn an Ralphs.

Ein Ruck an ihrer Schulter, Ralphs Finger lösten sich und glitten von ihrem Nacken. Isabel riss die Augen auf, starrte in seine Eisaugen, während sie zurück ins Treppengewölbe gezerrt wurde.

Oben schien die Hölle ausgebrochen zu sein. Selbst auf der rückwärtigen Seite des Turms lagen Tote, vermutlich waren es jene, die zu fliehen versucht hatten. Krieger sangen, tranken und grölten, und als sie ihren Herrn erblickten, der mit zwei gefangenen Damen um die Ecke bog, riefen sie Gwenllians Namen, um Maredudds heldenhafte Mutter zu preisen.

»Was haben sie mit uns vor?«, flüsterte Lady Hayt, die starr vor Schreck auf das Geschehen in ihrem einstigen Heim blickte, aber Isabel antwortete nicht. Sie taumelte unter dem Griff des Kriegers und setzte einen Schritt vor den anderen. Ob die Waliser Ralph tatsächlich laufen ließen, wenn sie ihn von diesen schrecklichen Ketten losbekamen? Würde er nun dem Sheriff entgehen, der irgendwo in der Nähe sein mochte und den Kampf abwartete? Was sollte sie tun, um ihm zu helfen? Was, um sich selbst zu retten? Was würde ihre Großmutter an ihrer Stelle tun?

Ihre Schleuder hatte sie verloren, als der Krieger sie gepackt hatte, und sie hatte keine Waffe. Aber selbst mit Schleuder hätte sie gegen die Rebellen nicht viel ausrichten können, und so folgte sie dem Zug um Maredudd durch die Burganlage zurück in die Siedlung. Sie wusste nicht, wohin er wollte und was er mit ihr und Lady Hayt vorhatte, sie fühlte sich wie ihrem Körper entrückt. Hatte sich ihre Großmutter so gefühlt, als ihr Vetter sie ihrem Heim entrissen und entführt hatte? Was würde als Nächstes geschehen?

Maredudd und gut zwei Dutzend Krieger an seiner Seite folgten dem Pfad zum südlich vom Burghügel gelegenen Strand hinunter, über den bei Ebbe auch St. Catherines Island zu erreichen war. Oft hatte Isabel sich mit Ralph dorthin zurückgezogen, um in der Höhle ungehörte Gespräche zu führen oder ihm bei seinen Versuchen, das Loch in der Felswand zu durchschießen, beizustehen. Es war ihm nie gelungen.

Manche von Maredudds Männern trugen Fackeln bei sich und beleuchteten den Strand; die Burg über ihnen wirkte neben dem Rauschen des Meeres fast schon still, und der Halbmond über ihnen, der ein paar Wolkenfetzen beleuchtete, schuf eine mystische Düsterheit, die ihr eine Gänsehaut bescherte.

»Es ist getan, Bruder!« Maredudd hob den Bogen in der einen und die Axt in der anderen Hand und breitete die Arme aus. Erst wusste Isabel nicht, mit wem er sprach, als plötzlich ein Reiter aus der Dunkelheit über den Strand auf sie zukam. Er saß auf einem edlen Pferd, einem Streitross, wie die Flamen sie weiter östlich züchteten. Einen Moment lang glaubte sie, einen normannischen Ritter vor sich zu haben, doch als sie die Augen ein wenig zusammenkniff und an dem Pferd vorbeisah, entdeckte sie zwei walisische Ponys weiter hinten. Ein Junge von vielleicht fünf oder sechs Jahren saß auf dem einen, neben ihm ein hochgewachsener Mann mit goldenem Haar und Bart auf dem anderen. Der Junge winkte aufgeregt, und sofort löste sich Eira, die Frau an Maredudds Seite, von der Gruppe, eilte dem Jungen entgegen und hob ihn auf den Arm. Maredudd schien seine ganze Familie mit in den Krieg zu nehmen, aber Isabel konnte ihnen keine weitere Aufmerksamkeit mehr schenken. Sie sah zu dem prächtigen Braunen, der von den Fackeln in unheimliches Licht gehüllt war und dessen Zaunbeschläge funkelten. Auf seinem Rücken thronte ein Mann mit einem dicken, sehr wertvoll wirkenden Umhang um die Schultern und einer breiten, großgliedrigen Kette, die auf seine Brust fiel. Ein Fürst, fuhr es ihr durch den Kopf, und dann kam er noch näher. Halblanges Haar, das braun oder schwarz war, umrahmte ein kantiges Gesicht, auf dem die Spuren eines dunklen Bartschattens zu sehen waren. Die Nase war leicht schief, und die blassen Linien von Narben zeichneten die wettergegerbte Haut.

Ein Laut, halb erleichtertes Wimmern, halb Freude, entschlüpfte ihr, und sie schlug sich die Hand vor den Mund. »Cadell«, stieß sie zwischen ihren Fingern hervor, aber niemand hörte sie. So oft hatte sie an ihn gedacht, hatte überlegt, in welchem Zustand er war, ob er den Überfall wirklich überstanden hatte oder ob seine Brüder nur das Gerücht verbreiteten. Doch jetzt war er hier, schwang sich aus dem Sattel und ging auf seinen jüngeren Bruder zu. Vielleicht würde jetzt alles gut werden. Cadell war ehrenhaft, er hatte sie schon einmal gehen lassen.

Er sagte etwas zu Maredudd, seine Stimme war ruhig, wie ein Raunen im Wind, und Isabel verstand die Worte nicht, aber dann fiel sein Blick an seinem Bruder vorbei direkt zu ihr. Seine Augen verengten sich, er sah weiter zu Lady Hayt, wieder zu ihr und dann zurück zu seinem Bruder.

»Was hat das zu bedeuten?« Jetzt sprach er lauter und schob sich an Maredudd und den umstehenden Kriegern vorbei.

»Keine Sorge«, lachte Maredudd und stellte sich an Isabels Seite, »deine Gefangenen kommen noch, Rhys schafft sie hier herunter. Aber die beiden hier, das sind *meine* Gefangenen. Rate mal, wer sie ist.«

»Isabel«, stieß Cadell aus und starrte sie an, als wäre sie ein von den Toten erwachter Geist, dabei ging es ihr bei seinem Anblick genauso.

»Oh, deine Erinnerung ist besser als meine, ich brauchte deutlich länger, um sie zu erkennen. Nun, wie wir ja alle wissen, gab unser Vetter FitzGerald seine Tochter an den Sheriff, und morgen sollten die beiden Hochzeit feiern. Leider hat der Sheriff die Beine in die Hand genommen und ist auf und davon. Aber wir haben seine Braut.«

»Bist du verrückt?« Cadell stieß seinem Bruder vor die Brust. »Du kannst nicht einfach eine Geraldine als Geisel nehmen! Wir haben ein Friedensabkommen mit ihrem Vater!«

»Sollen wir warten, bis der Sheriff aus seinem Loch kriecht und sie doch noch heiratet?« Maredudd war deutlich aufgebracht. »Was wird geschehen, wenn dieser Schänder und Schlächter erst ein Geraldine ist? Dann hat er die mächtigste Familie dieser Gegend an seiner Seite, die Flamen werden wieder erstarken, und gemeinsam werden sie uns vernichten! Aber wenn Isabel nicht mehr hier ist, wird ihre Familie den Sheriff für seine Flucht verachten, dafür, dass er seine Braut nicht schützte.«

Cadell strich sich über die Augen, er wirkte angespannt und müde, und erst jetzt fiel Isabel auf, dass er unter seinem mächtigen Umhang nicht mehr so kraftvoll wirkte, sondern eher ausgezehrt. »Vielleicht werden sie dem Sheriff eine Mitschuld geben«, sagte er schließlich ruhig, »trotzdem werden sie uns jagen, bis wir sie wieder herausgeben.«

»Sie kommt trotzdem mit.« Maredudds Stimme wurde leiser, aber Isabel stand direkt neben ihm, sodass sie ihn hören konnte. »Es tut mir leid, dich daran erinnern zu müssen, Bruder, aber du bist nicht länger Fürst. *Ich* bin es, und dies ist meine Entscheidung, mein Feldzug, meine Beute. Ich mache dir die beiden Freinc bei Rhys zum Geschenk, ehe du gehst, so wie es vereinbart war, aber alles andere ist meine Angelegenheit.«

Isabel hielt den Atem an und starrte in Cadells Antlitz, das blass wie eine gekalkte Wand wurde. Cadell war nicht länger der Fürst? Was hatte das zu bedeuten?

»Du machst einen Fehler, Bruder«, sagte er und sah zu Isabel. »Sie ist von unserem Blut, und du behandelst sie, als wäre sie der Feind.«

Maredudd hob die Hände. »Die Verlobte unseres Feindes ist auch nicht unbedingt unser Freund. Ich tue in dieser Situation das einzig Richtige! Sie ist eine Spielfigur in freincischen Machenschaften, mehr nicht, und um ihrem Vater Verbündete zu kaufen, wird sie an ein Monster gegeben. Ich werde ihr kein Haar krümmen. Sagen wir doch einfach, ich befreie sie. Sie hat diese Rettung wohl verdient, nachdem du ihr dein Leben verdankst, wie ich hörte.«

Cadell öffnete den Mund, konnte aber nichts sagen und sah nur Isabel an. Schließlich stieß er den Atem aus. »Ich hielt dich für eine Erscheinung, eine Folge des Schlages auf meinen Kopf. Warst du wirklich dort?«

Isabel schaffte es trotz Maredudds Worten knapp zu nicken. »Ich bin froh, Euch wohlauf zu sehen, mein Herr Cadell.«

Cadell sog scharf die Luft ein und strich sich mit seinen kurzen, kräftigen Fingern über die Stirn. Er schien grenzenlos verwirrt. »Wie ist dir das nur gelungen?«, brachte er schließlich hervor. »Wieso hast du es getan?«

»Weil es das Richtige war«, entfuhr es ihr, ohne darüber nachdenken zu müssen. »Und ich hatte Hilfe.«

Eine Weile blickte Cadell ihr in die Augen, das Staunen stand ihm immer noch ins Gesicht geschrieben, schließlich wandte er sich aber wieder an seinen Bruder. »Und was ist mit seiner Mutter?« Er wies auf Lady Hayt, die sofort die Schultern anspannte, als sie bemerkte, dass von ihr gesprochen wurde.

»Der Sheriff wird bestimmt Lösegeld für sie bezahlen«, meinte Maredudd leichthin, aber Cadell schüttelte den Kopf.

»Nein, wir bringen uns damit in Teufels Küche. Wir sind nicht wegen ein paar Frauen hier, sondern um Rache an den Schuldigen zu üben. Entführen wir Lady Hayt, eine Dame ihres Alters, die politisch nichts mehr wert ist, wird uns nur Grausamkeit unterstellt. Der Sheriff würde ohne zu zögern seine eigene Mutter verkaufen, wäre es ihm dienlich. Er hatte ja auch keine Schwierigkeiten damit, sie hier zurückzulassen. Auf Lösegeld können wir bei ihr nicht hoffen. Aber ich verstehe deine Überlegungen über die Verbindung der Geraldines mit dem Sheriff, Maredudd. Diese Vereinigung sollten wir verhindern, nun da sich uns die Möglichkeit bietet. Aber Isabel grundlos zu entführen würde uns sowohl die Geraldines als auch die Flamen auf den Hals hetzen. Wir müssen es anders machen. So, dass Isabel den Sheriff nicht mehr heiraten kann, aber ohne dass ihre Familie uns verfolgt. Wie du schon sagtest: Der Zorn der Geraldines muss sich gegen den Sheriff richten, nicht gegen uns.«

»Und wie willst du das anstellen?«

Cadell wandte den Blick von Isabel ab und sah seinen Bruder an. »Sie wird unser Pfand, im Austausch gegen den Sheriff.«

Isabel keuchte auf und fuhr zurück, nur um gegen einen Krieger in ihrem Rücken zu stoßen, der sie wieder nach vorne stupste.

»Du willst sie gegen den Sheriff eintauschen?« Maredudd schien ebenso verblüfft, aber seiner Stimme war auch Bewunderung anzuhören. Neben Isabel fragte Lady Hayt ständig, was los war, aber Isabel konnte nicht antworten. Stattdessen lauschte sie mit einem wie verrückt schlagenden Herzen auf Cadells Worte.

»Der Sheriff würde sich nie auf einen Handel einlassen, um sie zurückzubekommen, ihre Familie hingegen … Wir sind hier, um Rache am Sheriff und seinen Handlangern zu üben. Der Sheriff entwischte, und so geben wir den Geraldines die Möglichkeit zur Wahl: der Sheriff oder ihre Tochter. Ihre Familie wird erzürnt sein, unsere rechtmäßige Rache an den Männern von Tenby aber akzeptieren. So wie du sagtest, Maredudd, wird sich ihr Zorn eher gegen den Sheriff richten, der sie nicht beschützte.«

Schwärze legte sich über Isabels Blickfeld, die Erde schien zu beben, und plötzlich gaben ihre Knie nach. Sie war eine Geisel, die eingelöst werden sollte – gegen den Sheriff von Pembrokeshire.

Jemand packte ihre Arme und hielt sie aufrecht, Stimmen rauschten in ihrem Kopf, aber sie konnte sie nicht zuordnen. Schließlich klärte sich ihre Sicht wieder, und sie sah Cadell vor sich. Seine Augen waren unglaublich grün.

»Und wenn die Geraldines sich nicht darauf einlassen?«, hörte sie Maredudd wie aus weiter Ferne. »Einen Sheriff liefert man nicht einfach dem Tod aus, um ein Mädchen zurückzubekommen – egal, wie edel ihre Herkunft auch sein mag.«

»Das werden wir ja sehen.« Cadell warf seinem Bruder über die Schulter einen Blick zu, hielt Isabel aber weiterhin fest. »Zumindest wird es für Spannungen unter den Freinc und Flamen sorgen, sie werden uneins sein, und selbst wenn sie unser Angebot ablehnen, haben wir immer noch, wie von dir so klug vorausgedacht, die Verbindung zwischen dem Sheriff und Isabel verhindert. Wir werden Isabel behalten und ihr einen passenderen Ehemann verschaffen – einen, der uns nützt und nicht ihnen.«

Die Schwärze kehrte zurück, sie schwankte, und Cadell lehnte sie an seine Brust.

»Aha«, knurrte Maredudd. »Und hast du da auch schon an jemand Bestimmtes gedacht?«

Cadell ignorierte seinen Bruder, schob Isabel ein wenig von sich und beugte sich über sie, um ihr eindringlich in die Augen zu blicken. »Isabel, ich weiß, es ist viel verlangt, und ich vergelte dir deine noble Tat nur schlecht, trotzdem bitte ich dich um einen weiteren Gefallen. Kläre Lady Hayt über unser Vorhaben auf. Sag ihr, sie soll ihrem Sohn und deiner Familie meine Nachricht überbringen: du gegen den Sheriff. Wir wollen unsere Rache, die uns zusteht, nichts weiter. Wir werden dich gut behandeln, und dir wird nichts geschehen …«, sein Kiefer spannte sich an, und sein Blick wurde härter, »… solange sie keinen Versuch unternehmen, dich mit einem Kriegsakt zu befreien. Sollten sie uns Truppen entgegensenden, werden wir dich töten. Sollten sie unser Angebot ablehnen und sich für den Sheriff entscheiden, werden wir dich an einen von uns verheiraten, sodass die Verbindung mit dem Sheriff nicht mehr zustande kommen kann. Sie soll es ausrichten, und im Gegenzug lassen wir sie frei.«

»Werdet Ihr die Burg denn nicht halten?« Überrascht über ihre unwichtige Frage verengte sie die Augen. Ihre Gedanken schwirrten, sie konnte keinen festhalten und hörte immer nur Cadells Worte: »Sollten sie uns Truppen entgegensenden, werden wir dich töten.«

Cadell lockerte seinen Griff um ihre Arme, um zu sehen, ob sie wieder stehen konnte, und ließ sie schließlich los. »Wir sind nicht hier, um eine freincische Burg, die durch dich mit den Geraldines in Verbindung steht, einzunehmen, Isabel, sondern wegen ein paar Männer *in* der Burg. Wenn wir weg sind, hat

Lady Hayt nichts mehr zu befürchten. Ich will nur von ihr, dass sie meine Nachricht überbringt.«

Isabel nickte und wandte sich seltsam entrückt und schwach an die Dame, die am nächsten Tag ihre Schwiegermutter hätte werden sollen. Sie wiederholte Cadells Worte, sprach immer weiter, auch wenn Lady Hayt sie unterbrach. »Sie werden dich mitnehmen, Isabel? Um meinen Sohn zu bekommen? Und mich lassen sie hier? Sie lassen mich frei? Aber Isabel, ich kann doch nicht zulassen, dass sie dich entführen, als Geisel nehmen, damit mein Sohn seinen Tod findet ... er wird sich nie darauf einlassen und deine Familie auch nicht. Was werden die Waliser tun, wenn sie meinen Sohn nicht bekommen?«

»Solange meine Familie mich nicht zu befreien versucht, geschieht mir nichts, sagen sie.« Ihre Lippen zitterten, und sie konnte kaum sprechen, was sie ärgerte. »Wenn meine Familie das Angebot ablehnt und somit den Walisern die rechtmäßige Rache vereitelt, werden sie mich behalten und an einen von ihnen verheiraten.«

»Sie werden dich verheiraten?« Plötzlich veränderte sich etwas im Gesicht der Dame, die Angst und Verwirrung schienen zu weichen, und Entschlossenheit trat an ihre Stelle. »An einen Waliser. Weg von hier ... Isabel, wusstest du eigentlich, dass ich in Tenby aufwuchs?« Ihre Augen weiteten sich, sie sprach schnell und aufgeregt. »Es war die Burg meiner Familie, aber meine Eltern hatten keinen Sohn, und ich war die einzige Erbin. Durch meine Hochzeit mit dem alten Sheriff ging die Burg als Mitgift an ihn über, aber im Grunde ist sie die meinige. Ich verbrachte mein ganzes Leben hier.«

Isabel sah die Dame nur an, sie verstand nicht, wieso das jetzt von Belang war, aber Lady Hayt fuhr ohnehin schon fort: »Ich hatte einen Kinderfreund, Isabel. Einen walisischen Jungen aus der Siedlung. Wir verbrachten fast jeden Tag miteinander, und als ich erfuhr, dass ich heiraten muss ...« Sie atmete tief durch, schien die umstehenden Krieger vollkommen zu vergessen. »Isabel, weißt du, was ich einst dafür gegeben hätte, dieser Ehe zu entkommen? Selbst eine Entscheidung zu treffen? Fortlaufen zu können? Aber am Abend vor meiner Hochzeit kam keine walisische Kriegsbande und nahm mich mit in ein neues Leben. Ich sagte dir schon, wir sind uns ähnlicher, als du denkst, und einst war ich wie du. Doch das brach mir das Genick. Das muss dir nicht geschehen.«

»Madame, sprecht Ihr von Trystan?« Mitgefühl mit der müden Dame verdrängte für einen Moment die Angst. Sie ergriff ihre Hand und drückte sie, aber Lady Hayt schüttelte den Kopf.

»Das alles ist Vergangenheit und tut nichts mehr zur Sache. Es zählt einzig, dass du erst mal von hier wegkommst und morgen nicht …« Sie zuckte mit den Schultern.

Furcht und Dankbarkeit tosten durch ihre Brust, aber ehe sie etwas erwidern konnte, brandete Jubel unter den Männern auf.

Mit rasendem Herzen fuhr sie herum und erblickte eine Lichterprozession, die den Weg zum Strand herunterkam. Es waren weitere Krieger mit Fackeln. Schatten tanzten über die zerklüfteten Felsen, und die Luft war von Freude erfüllt, die Siegesrufe wurden von den Klippen zurückgeworfen. An der Spitze der hinzukommenden Krieger hielt sich ein für einen Waliser ungewohnt hochgewachsener Mann mit ebenfalls dunklem Haar. Er hielt ein Seil in der Hand, das sich um den Hals eines neben ihm her stolpernden Mannes schlang, während ein Krieger an seiner Seite einen weiteren Gefangenen hinter sich herzerrte.

*»Ein Fisch unter dem Speer, was will man noch mehr, als ihm den Kopf abzuschlagen? Doch er holt noch Atem, verwünscht unsere Taten, woraufhin wir ihm den Speer in die Brust hineinjagen.«*

»An dir ist ein Barde verlorengegangen, Bruder!« Maredudds fröhlicher Ruf ließ sie zusammenzucken, und immer stärker kamen ihr die Freude und Ausgelassenheit unwirklich vor. Sie war innerlich so aufgewühlt, dass sie sich dem Treiben hier nicht zugehörig fühlte. Ganz so, als stünde sie hinter einem Schleier und warf einen Blick in eine andere Welt.

Eine Berührung in ihrem Rücken ließ sie zusammenzucken, und als sie den Kopf zur Seite drehte, sah sie Cadell neben sich, der ihr seinen Umhang um die Schultern legte. Erst jetzt wurde ihr bewusst, dass sie in nichts als ihrem Nachthemd dastand und erbärmlich zitterte. Dankbar schlang sie den festen Stoff um sich. Das zaghafte Lächeln in Cadells Gesicht und diese kleine Geste des Mitgefühls gaben ihr etwas Kraft und richteten sie ein Stück weit auf.

Schließlich befahl Cadell den umstehenden Kriegern etwas zurückzuweichen und winkte jenem Mann, der auf einem der walisischen Ponys mit dem Jungen am Strand gewartet hatte. »Das ist Niall. Er wird auf euch achtgeben.«

Der Hüne mit dem goldenen Haar und Bart schritt auf sie zu und lächelte freundlich. Wie selbstverständlich legte er den Arm um Lady Hayt und wies nach vorne. »Jetzt werdet ihr etwas zu sehen bekommen.«

Die Situation, diese ganze Nacht war so absurd, dass Isabel sich in die Wange beißen musste, um nicht in ein hysterisches Kichern auszubrechen. Lady Hayt schien wie zu einer Salzsäule erstarrt, wehrte sich nicht und blickte in jene Richtung, in die Cadell davonschritt. Maredudd hatte mittlerweile den Jungen von vorhin auf dem Arm, der ihn stets »*Tad*«, also Vater, nannte, und auch die junge Frau mit dem silbernen Haar, Eira, hielt sich an seiner Seite. Gemeinsam schritten sie zu den Neuankömmlingen mit den Gefangenen, und Isabel nahm an, dass es sich bei deren Anführer um Rhys handelte, den jüngsten der Brüder, der jetzt aber auch schon Anfang zwanzig war und nichts mehr von dem trotzigen und hasserfüllten Jungen von Llansteffan an sich hatte. Jetzt strahlte und lachte er, als er seinen Brüdern entgegenging.

Mit klammen Fingern tastete Isabel nach Trystans Holzanhänger und schloss ihn fest in die Faust. Sie wusste nicht, welche Kraft die alten Götter Britanniens noch hatten, im Grunde suchte sie aber auch nicht nach Taranis' Beistand, sondern den ihrer Freunde. Trystan war mit den Rebellen verbündet, daran hatte sie keine Zweifel, und vielleicht war er einst Lady Hayts Geliebter gewesen. Es war aber nicht Trystans Bild, das vor ihrem geistigen Auge aufflackerte, als sie das Holz in ihrer Hand spürte, sondern Ralphs. War er bereits befreit worden? Ging es ihm gut? Würde er ebenfalls mit den Rebellen gehen? Das wäre zu gefährlich, durften die Fürstenbrüder doch nie herausfinden, wer er wirklich war. Er hatte versprochen, sie zu holen, aber worauf sollte sie hoffen? Nur der Gedanke daran, Ralph wiederzusehen und ihn an ihrer Seite zu wissen, hielt sie noch aufrecht, aber da blieb auch die Angst, dass ihm unter den Rebellen Schlimmeres drohte als beim Sheriff.

Mit vorgehaltener Speerspitze trieben die jüngeren Brüder ihre Gefangenen über den Strand und zwangen sie vor Cadell auf die Knie, als präsentierten sie ihrem König ihre Beute. Er war ein gebeugter König, ohne seinen Umhang wirkte er geradezu dürr, und jetzt fiel auch auf, dass eine Schulter tiefer lag als die andere, als hinge sie herab. Einst war er ihr riesig und prächtig vorgekommen, aber er war bei weitem nicht so hochgewachsen, wie sie ihn in Erinnerung gehabt hatte, und hielt sich eher mit dem stämmigen Maredudd auf Augenhöhe.

Nervös, was nun geschehen sollte, sah sie an Cadell vorbei zu den Gefangenen, und da erkannte sie auch einen der Männer des Sheriffs: Roger de Brabant.

»*Er* war es, der den letzten Schlag gegen Cadell führte«, murmelte sie, und plötzlich ergab alles einen Sinn. Maredudd hatte gesagt, der Grund für diesen Angriff sei Rache, und Cadell hatte versichert, dass nur die Schuldigen zur Rechenschaft gezogen würden.

Isabel keuchte auf. »Der Sheriff, Roger de Brabant und dieser

Mann hier«, sie deutete auf den zweiten Gefangenen, »er schoss den Pfeil ab, der Cadell in der Schulter traf.«

»Wir verlangten die Auslieferung der Schuldigen dieses heimtückischen Überfalls, doch diese Gerechtigkeit wurde uns verwehrt«, erklärte Niall, der seinen Arm von Lady Hayts Schultern nahm und sich nun an Isabels Seite gesellte. Sein Pony hielt er am Zügel, und geistesabwesend tätschelte er ihm den Hals. »So müssen wir uns die Gerechtigkeit selbst verschaffen. Es hat etwas gedauert, aber mit des Sheriffs Hochzeit ergab sich eine Gelegenheit.«

»Die Tore standen offen.« Isabel sah erneut den vermummten Maredudd vor sich, der sich von Trystans Hütte Richtung Burg bewegt hatte und dann verschwunden war. »Maredudd konnte sich hineinschleichen, sich verstecken, und des Nachts, als alle ihren Rausch ausschliefen, öffnete er das Tor für eure Armee.«

»Wir haben ein gutes Gedächtnis und vergessen nicht so schnell, wenn einer der unsrigen überfallen wird. Auch sind wir geduldig, um den richtigen Zeitpunkt abzuwarten.«

Isabel warf dem hünenhaften Mann an ihrer Seite einen Blick zu. Genauso wie Maredudd erinnerte Niall sie eher an einen Nordmann oder Iren mit seinem langen, zottigen Haar und den eingeflochtenen Holzkugeln. Tatsächlich war auch seine Aussprache etwas sonderbar, und sein Name war ungewöhnlich für einen Waliser. Im Moment kümmerte der Krieger sie aber weniger. »Wieso nahm Cadell nicht selbst an den Kämpfen teil?«, wollte sie wissen und sah wieder zum Fürsten und seinen Brüdern, die über den Gefangenen standen und miteinander sprachen. »Es war doch *seine* Rache, er ist ihr Anführer.«

Schweigen herrschte, und so sah Isabel wieder zu Niall hoch, doch der wandte sich ab und rückte den Sattel zurecht. Schließlich deutete er zurück zu Cadell. »Schon mal eine Hinrichtung gesehen, Mädchen? Wenn du dir den Anblick lieber ersparen willst, komm lieber hierher nach hinten, schließe die Augen, und halte dir die Ohren zu. Warne auch die Mutter des Sheriffs.«

Isabel ballte die Hände zu Fäusten und sah zu den im Fackellicht knienden Gefangenen. Roger de Brabant sollte sterben. Der Aal hatte nur noch wenige Momente zu leben. Sollte sie Genugtuung verspüren? Oder doch Mitleid? Im Moment war sie so aufgewühlt, dass sie gar nichts fühlen konnte. Sie tat aber wie geheißen und sagte Lady Hayt, was geschehen würde, doch die Dame nickte nur und war vermutlich froh, dass ihr Sohn nicht unter diesen Männern war. Sogar Eira und der Junge blieben weiterhin in Maredudds Nähe und schreckten nicht vor dem Kommenden zurück. Isabel beschloss, ebenfalls hinzusehen, auch wenn sie Lady Hayts Hand ergreifen musste, um sich festzuhalten.

»Ich habe doch nur einen Befehl befolgt!«, jammerte de Brabant ohne Unterlass, auch wenn bestimmt kaum einer der Anwesenden seine Worte verstehen konnte. Der andere Gefangene, Isabel kannte ihn vom Sehen, sprach indessen Gebete, das Haupt gesenkt, die Hände gefaltet.

»Ihr habt recht«, sagte Cadell und türmte sich über dem Normannen auf. »Und deshalb gewähre ich Euch dieselbe Gnade wie Ihr mir.« Er winkte Maredudd, der ihm daraufhin seinen Bogen reichte. »Euer Leben liegt in Gottes Hand, Ihr elender freincischer Wurm. Wenn es Ihm gefällt, Euch weiterhin auf Erden kriechen zu sehen, werdet Ihr diesen Schlag überleben. Wenn nicht …« Er holte aus. De Brabant kreischte auf, versuchte sich wegzuducken, doch sein Kamerad war ihm im Weg, und Cadell folgte seiner Bewegung. Der Bogen traf de Brabant am Hinterkopf mit solcher Wucht, dass Isabel das Blut sogar aus dieser Entfernung aufspritzen sah. Schnell schlug sie sich die Hand vor den Mund, um einen Aufschrei zu unterdrücken und die brennende Übelkeit hinunterzuschlucken. Der salzige Geruch des Meeres, vermischt mit dem von vermodernden Algen und dem beißenden Gestank der Fackeln, war plötzlich mehr, als sie ertragen konnte. Ihre Beine wurden schwach, doch Niall legte seinen Arm nun um ihre Mitte und hielt sie aufrecht.

Der zweite Gefangene durfte sich seine Art zu sterben aussuchen, und er entschied sich für ein Schwert ins Herz, einen Wunsch, den Cadell ihm ohne großes Aufheben erfüllte. Die Männer jubelten beim Fall der beiden Normannen, gingen danach aber sofort wieder dazu über, ihre Beute zu zählen und mit anderen zu tauschen. Schließlich kam Cadell zu ihnen zurück, seine Miene ernst und seine Augen erschöpft.

»Isabel, es ist Zeit, dich zu verabschieden. Du kommst jetzt mit uns. Hast du Lady Hayt alles erklärt?«

»Sie wird tun, wie ihr geheißen.«

Cadell nickte und winkte Niall zu sich, sodass Isabel und Lady Hayt allein zurückblieben. Der Drang, sich in Lady Hayts Arme zu werfen, war so überraschend wie real, denn die Angst vor allem, was noch kommen mochte, war zu groß.

Die Erde schien sich unter ihr aufzutun und sie zu verschlucken. Was würde sie als Geisel unter den Walisern erwarten? Es stand nicht in ihrer Macht, an ihrer Situation etwas zu ändern, und obwohl sie einer Hochzeit mit dem Sheriff entging, wehrte sich etwas in ihr, einfach fortzugehen. Was würde ihre Familie bei der Nachricht ihrer Gefangennahme sagen? Onkel Maurice, ihre Großmutter? Und Ralph … Er war immer noch nicht hier. Dauerte es tatsächlich so lange, einen Jungen von Ketten zu befreien? Was war mit ihm geschehen?

»Madame.« Isabel nickte Lady Hayt zu, wusste nicht, was sie sagen sollte, nur eines fiel ihr ein: »Falls Ihr noch einmal Ralph begegnet …« Sie verstummte, als ihr bewusst wurde, dass sie keine Nachricht für Ralph hatte: *Komm mich holen.* Sollte sie ihm das ausrichten, obwohl es bedeutete, ihn in Gefahr zu bringen? *Fliehe vor dem Sheriff, und geh zurück zu deinem Vater*, wenn dies bedeutete, ihn nie wiederzusehen? Ein verzweifelter, selbstsüchtiger Teil in ihr wünschte, er möge sie retten und weit fort von all dem Krieg bringen, so wie die Helden in den Sagen. Aber sie waren Kinder, auch wenn ihr das Hämmern in ihrer Brust bei seinem Anblick alles andere als kindlich erschien. Trotzdem waren sie machtlos, und ihr Verstand sagte ihr, dass sie nichts tun konnten. Sie musste sich dieser fremden Zukunft unter Rebellen stellen, und auch wenn sie sich Ralph an ihre Seite wünschte, hatte er ihretwegen schon genug gelitten.

»Alles Gute, Isabel. Möge dir unter den Walisern ein besseres Leben beschieden sein als hier in Tenby.«

Isabel zwang sich zu einem Lächeln, auch wenn sie wusste, dass es kläglich ausfiel. Dann hörte sie hinter sich die drei Fürstenbrüder miteinander sprechen.

»Du willst tatsächlich zurück?«, wollte Rhys mit gepresster Stimme von Cadell wissen. »Du kannst deine Pläne nicht ihretwegen ändern.«

»Das bin ich ihr schuldig«, erwiderte Cadell leicht gereizt, »Maredudd hat darauf bestanden, sie mitzunehmen, jemand muss sich darum kümmern, dass sie in Sicherheit ist. Also wer soll es tun? Ihr beide zieht doch weiter nach St. Clears. Wollt ihr sie etwa auf einen Feldzug mitnehmen, so wie Maredudd Eira ständig mitnimmt?«

Isabel drehte sich zu den Männern um. »Ihr wollt die Hauptburg des Sheriffs einnehmen?«

Alle drehten sich zu ihr um, schienen sich an ihrer Einmischung aber nicht sonderlich zu stören.

»Wir werden sie zerstören«, bestätigte Rhys düster. Mit seinem von Blutspritzern übersäten Gesicht erinnerte er wieder an den Jungen von einst, der ihre Großmutter als freincische Hure beschimpft hatte und der Meinung gewesen war, alle – auch die Frauen – zu töten. »Wir werden jeden einzelnen Freinc aus unserem Land vertreiben, einen nach dem anderen. Tenby und St. Clears sind erst der Anfang. Jetzt, da wir Ceredigion wieder vollständig unserem Land angeschlossen und den Poetenfürsten zurück in den Norden gejagt haben, gehört unsere Konzentration wieder ganz den Freinc.«

Isabel sah dem jüngsten der Brüder in die Augen und versuchte, die Zusammenhänge zu verstehen, um sich von dem beklemmenden Gefühl in ihrem Magen abzulenken. Rhys zeigte immer noch denselben Hass, und auch wenn sie seine Beweggründe verstand, fürchtete sie doch auch um ihre Familie. Sie wusste, dass Brans Mörder, der Sohn des Fürsten von Nordwales, »Poetenfürst« genannt wurde. Zwar verstand sie nicht, warum Cadell und seine Brüder jetzt mit ihm verfeindet waren, hatten sie doch vor ein paar Jahren noch Seite an Seite gekämpft, doch vermutlich war es um Grenzstreitigkeiten gegangen. Ihre Großmutter hatte ihr erzählt, dass die Fürsten von Deheubarth, Gwynedd und Powys seit jeher um Ceredigion, den fruchtbaren Landstrich am Meer, gekämpft hatten. Auch die Normannen mischten im Versuch, dieses Land für sich zu gewinnen, mit, hatte der Earl of Pembroke vor seinem Tod doch versucht, es zu erobern, und damit die neue Rebellion verursacht, die mit dem Verlust Llansteffans einhergegangen war. Doch die Waliser hatten obsiegt, zuletzt Owain Gwynedd und sein mörderischer Sohn, den Isabel immer noch wegen Brans Tod verachtete. Jetzt hielten die Fürstenbrüder von Südwales das Land.

»Was ist mit meiner Familie?« Wenn sie schon alles zurücklassen musste, wollte sie zumindest wissen, wie es weiterging. Auch wollte sie keine Schwäche zeigen, denn wie sie sich jetzt gab, mochte darüber entscheiden, wie man ihr zukünftig begegnete. »Ihr habt doch ein Friedensabkommen mit meinem Vater geschlossen und werdet ihn kaum angreifen, oder?«

»Dieses Abkommen wird nicht gebrochen«, erklärte Cadell bestimmt und warf Rhys einen eindringlichen Blick zu. »Wir respektieren den Anspruch unserer Vettern, der Geraldines, fließt in ihnen doch dasselbe Blut wie in uns. Nestas Nachkommen haben nichts zu befürchten, wir sprechen von den Flamen und den Freinc, die sich unentwegt ausbreiten und alles nehmen, das ihnen nicht gehört. Und um zu beweisen, dass dieser Angriff heute ein gerechtfertigter Rachefeldzug war und keine Provokation gegen unsere Verwandten, übergeben wir Tenby in William FitzGeralds Hände. Er soll wissen, dass wir dich als unsere Verwandte mit uns nehmen und dir nichts geschieht. Wir wollen einfach nur den Sheriff.« Er sah seine beiden Brüder noch einmal warnend an und wandte sich schließlich ab, als gäbe es nichts mehr zu besprechen.

Seine Brüder schienen wenig zufrieden, gingen aber leise miteinander sprechend davon. Dann hörte Isabel Maredudd auch schon wieder lachen, als er seinen Sohn auf die Arme nahm und Eira einen Kuss auf die Stirn hauchte. Vorhin hatte Maredudd noch gesagt, Cadell wäre nicht der Fürst, aber so wie Cadell sprach und die anderen damit zum Schweigen brachte, schien er ihr ein wahrhaftiger Herrscher zu sein.

Sie ritten durch jenen dichten Wald, durch den Isabel sich auf ihrer Reise nach Tenby nach ihrem Sturz von ihrem Pferd hatte kämpfen müssen. Es war dunkel, und die Bäume waren lediglich als schwarze Schemen auszumachen. Sie standen dicht, wuchsen ineinander, ihre Wurzeln breiteten sich überallhin aus, und wo Stürme und Gewitter gewütet hatten, lagen manche umgestürzt und wurden ihrerseits wieder mit Pflanzen überwuchert. Trotzdem bewegten die Waliser sich zielstrebig und beständig vorwärts, als wären sie hier zu Hause. Sie schienen selbst im Dunkeln begehbare Pfade zu finden, und Isabel hatte den Eindruck, sie kannten hier jedes Gebüsch und jeden Zweig. Die meist barfuß laufenden Krieger bewegten sich beinahe lautlos durchs Unterholz, und nur hier und da mischte sich das Schnauben eines Ponys in die Laute der nachtaktiven Tiere.

Isabel zitterte, weniger vor Kälte als durch den Schlafmangel, die Aufregung und die bange Ängstlichkeit. Das lag aber nicht am Wald – im Gegenteil. Nie zuvor hatte Isabel sich in einem nächtlichen Wald so sicher gefühlt, meist hatte das kleinste Geräusch sie schon aufgeschreckt. Doch jetzt, inmitten dieser Bande, die ein Teil der Umgebung zu sein schien, waren alle Bedrohungen der Außenwelt wie durch Zauberhand gewichen. Nicht die Laute der nachtaktiven Tiere machten ihr Angst, sondern der Gedanke an die Zukunft. Niall ließ sie auf seinem Pony reiten und ging neben ihr her. Er forderte sie immer wieder auf einzuschlafen, aber Isabel konnte nicht. Sie fürchtete, was passierte, wenn sie die Augen schloss. In welcher Welt würde sie aufwachen? In der der Rebellen? Wie sollte ihr Leben dort aussehen? Wie weit weg wäre sie von zu Hause? Wie würden ihr die Menschen dort begegnen? Oder war das alles nur ein Traum, und sie würde in Tenby aufwachen, kurz vor ihrer Hochzeit mit dem Sheriff? War Ralph befreit worden oder nicht? Folgte er ihr gar schon? Nein, sie konnte nicht an Schlaf denken.

Bei Sonnenaufgang erreichten sie flaches Flussland, das von den ersten goldenen Strahlen beschienen und seine vom Frühlingsregen erwachte Farbenpracht zeigte. Sie nutzten eine Furt, um den Taf zu durchqueren, und von da an dauerte es nicht mehr lange, bis sie St. Clears, die Burg des Sheriffs, entdeckten. Sie erhob sich von einem der charakteristisch für die Normannen angelegten Erdhügel und blickte über die zerstreuten Hütten eines Dorfes und den Fluss hinweg.

Womöglich war der Sheriff tatsächlich dort, vielleicht war er aber auch ganz woandershin geritten, für Isabel spielte sein Verbleib keine Rolle mehr. Denn Cadell und ein halbes Dutzend Männer lösten sich mit ihr aus der Kriegsbande und zogen weiter gen Südosten, während seine Brüder mit dem Rest hierblieben, um die Burg einzunehmen.

Isabel sprach nicht viel und lauschte lieber den Gesprächen

der anderen, um sich von ihren nagenden Überlegungen abzulenken. Nur hin und wieder wiederholte sie die Worte der Männer flüsternd, um ihre Aussprache zu imitieren. Bislang hatte sie immer angenommen, sehr gut Walisisch zu sprechen, aber ihr war auch bewusst gewesen, dass sie zu oft und zu lange vom Normannischen umgeben gewesen war, um akzentfrei zu sein. Die Sprachen unterschieden sich sehr in ihrer Melodie, darin, wie sie sich im Mund anfühlten, wie Worte betont wurden und wie sie ihre Zunge benutzen musste. Sie hatte walisische Worte geformt, doch die hatten weiterhin normannisch geklungen. Jetzt wollte sie aufmerksamer sein, um bei den Rebellen nicht auch noch durch ihre fremde Sprache aufzufallen. Das Leben dort wäre für sie bestimmt leichter, wenn sie die Menschen nicht bei jedem Wort daran erinnerte, dass sie eine Geraldine war. Wenn die anderen erst einmal merkten, dass sie nicht nur normannisches Blut in sich hatte, akzeptierten sie sie womöglich leichter – bis ihr Vater sie hier herausholte und den Sheriff übergab. Etwas, woran sie aber nicht glaubte. Auch wollte sie auf keinen Fall, dass ihr Vater eine Armee schickte, um sie zu befreien – nicht nur weil sie Angst hatte, dass Cadell seine Drohung wahrmachen und ihr etwas antun könnte, sondern weil ihr Vater sie im Falle eines Sieges nur wieder an den Sheriff geben würde. Im Moment blieb ihr also nichts anderes übrig, als sich in ihr Schicksal zu fügen. So musste sie sich angewöhnen, das britische Volk nicht länger als »Waliser«, also »fremd«, zu bezeichnen, sondern als Briten, und sie musste die Sprache *Cymraeg* nennen, ansonsten würde sie immer als Freinc gesehen werden.

»Ich kann wirklich zu Fuß gehen«, wandte sie sich an Niall, der neben ihr herschlurfte. »Es macht mir nichts aus, ich bin nicht so schwach. Im Gegenteil, es würde mir guttun, mir etwas die Beine zu vertreten.« Dass ihr schon der Hintern schmerzte, behielt sie lieber für sich.

Niall blickte weiterhin geradeaus, aber sie erkannte, wie er in seinen dichten Bart hineinlachte. »Besser, Mädchen, schon besser, aber du klingst immer noch nicht wie eine Britin. Aber wenigstens auch nicht mehr allzu freincisch. Jetzt würde es schon schwerfallen zu sagen, ob du nicht vielleicht auch eine Engländerin oder Flämin bist.«

Isabel stutzte. Hatte er gehört, wie sie die Worte flüsternd nachgeahmt hatte? Hitze breitete sich auf ihren Wangen aus, um sich aber vor diesem fremden Waliser keine Blöße zu geben, fuhr sie unbekümmert fort: »Und werdet Ihr mich denn auch zu Fuß gehen lassen?«

»Nein.« Er wies nach vorne, wo an der Spitze des Zuges Cadell auf seinem prächtigen Ross saß. »Ich habe versprochen, mich um dich zu kümmern. Und dazu gehört nicht, dich durch knöcheltiefen Schlamm stapfen zu lassen.«

Ein Seufzen entkam ihr, aber da ihr Niall freundlich erschien und die anderen einen ausreichenden Abstand hielten, beschloss sie, ihre Aussprache noch etwas weiter zu üben und dabei ihre Neugierde zu stillen. »Niall ist ein ungewöhnlicher Name für einen Briten.«

»Ich bin ja auch Ire.«

»Tatsächlich? Und was führt Euch dann nach Wal… nach *Cymru*?«

»Nicht was – *wer*.«

Er warf ihr über die Schulter einen Blick zu, seine blauen Augen leuchteten vergnügt. »Es war mein Vetter Cadell.«

Dies überraschte sie. »Ihr seid mit Cadell verwandt?«

»Cadells Mutter war die Tochter eines irischen Pächters des Hochkönigs. Cadell ist ja zur Hälfte Ire, wie du sicherlich weißt.«

Das hatte sie nicht gewusst. Zwar war ihr bekannt gewesen, dass Gwenllian nicht Cadells Mutter gewesen war und er in den Augen der Normannen als Bastard galt, aber von seiner wahren Mutter hatte sie nie etwas gehört. Aber so erstaunlich war seine irische Abstammung nicht, bedachte man, dass sein Vater viele Jahre im irischen Exil verbracht hatte. Für die Waliser zählte nicht, ob ein Sohn legitim oder illegitim geboren war, und so hatten der verstorbene Anarawd und Cadell stets die gleichen Ansprüche gehabt wie ihre jüngeren und legitimen Brüder Maredudd und Rhys. Auch in Isabel floss irisches Blut, denn ihre Großmutter mütterlicherseits war eine irische Prinzessin gewesen, die Tochter des Hochkönigs. Doch dieser Familienzweig war ihr vollkommen fremd.

»Mein Vater war der Bruder von Cadells Mutter«, fuhr Niall fort und folgte dem festgetretenen Pfad neben dem von dichtem Buschwerk gesäumten Fluss. »Aber in Irland gab es für mich nichts, meine Eltern sind beide tot, und so schloss ich mich Cadell an. Vermutlich verdanke ich es nur meinem Glück, dass Cadell nicht viel von Geschichten und Musik versteht, denn der beste Barde auf dieser Insel bin ich bestimmt nicht. Im Kampf kann ich bestehen, bin aber ebenfalls nicht herausragend gut, und so machte Cadell mich lieber zum *Pencerdd*, also zum obersten Barden am Hof, anstatt mir eine hohe Position unter den Kriegern zu geben.«

»Hätte es denn nicht etwas gegeben, das Ihr wirklich gerne tut? Ich denke, als Vetter des Fürsten stehen Euch doch alle Wege offen?«

»Oh, ich empfinde durchaus Leidenschaft für die Musik und alte Geschichten, aber ich fürchte, das ist eine sehr einseitige Liebe. Die richtigen Töne und Worte gehen mir immer verloren. Aber als *Pencerdd* halte ich eine hohe Position und habe mein Einkommen, was es mir ermöglicht, auf eigenen Beinen zu stehen und eine Familie zu ernähren.«

»Ein Barde.« Isabel lachte leise auf. Ausgerechnet einem Barden war sie anvertraut worden! Niall führte das Pony schweigend weiter. Der Lärm der in St. Clears zurückgelassenen Armee ließ nach, und Isabel fragte sich unwillkürlich, ob es Maredudd und

Rhys tatsächlich gelingen würde, die so wichtige Burg des Sheriffs einzunehmen.

»Warum kämpft Cadell eigentlich nicht mit seinen Brüdern in St. Clears?«, fragte Isabel schließlich leise nach und dachte daran, dass sie in den letzten Jahren nie von Raubzügen seitens Cadell gehört hatte. Er war wie vom Erdboden verschluckt gewesen, bis jetzt, den Tag seiner Rache. »Wer hätte größeres Interesse daran, den Sheriff vernichtet zu sehen, als er?«

Niall wies nach vorne, wo ein Stück weiter flussaufwärts eine mächtige, aus angespitzten Holzpfählen errichtete Palisade aus der Erde ragte. »Wir sind da – Carmarthen. Hier werden wir bleiben, bis wir weiter nach Dinefwr ziehen.«

»Aber …«

Er warf ihr einen warnenden Blick zu, und Isabel verstummte. Sie kannte Niall zu wenig, um einzuschätzen, wann seine Geduld endete. Auch war er freundlich gewesen, und sie wollte ihn nicht gegen sich aufbringen. Sie konnte sich ohnehin schon denken, dass Cadell nicht mehr der Kriegsherr von einst war. Die Verletzungen damals waren schlimm gewesen und hatten deutliche Spuren hinterlassen. Jetzt war sie erst mal froh, einen Platz zum Rasten zu finden, denn sie spürte die Müdigkeit plötzlich viel zu deutlich. Die Hand gegen die Stirn gelegt, um ihre Augen vor der Mittagssonne zu schützen, blickte sie gen Süden. Nur ein paar Meilen flussabwärts lag Llansteffan – für sie einst eine Oase des Glücks, wo sie jeden Tag den Geschichten ihrer Großmutter gelauscht hatte. Die Nachricht von der Einnahme Carmarthens war für sie damals die erste wirkliche Auseinandersetzung mit den britischen Rebellen gewesen, und jetzt, sechs Jahre später, ritt sie mit ihnen zu genau jener Burg, die sie einst von Llansteffan aus auszumachen versucht hatte. Sie hatte sich gefragt, wie die Rebellen waren, und jetzt befand sie sich mitten unter ihnen. Wirklich dazugehörte sie nicht, und als Geisel würde das wohl auch nie der Fall sein, egal, wer ihr Urgroßvater war. Vielleicht war diese ungewisse Zukunft besser als ein Leben an der Seite des Sheriffs, aber die Angst vor dem, was nun vor ihr lag, konnte sie trotzdem nicht abschütteln.

Carmarthen schien ihr wenig einladend, Speerspitzen blitzten über den Wehrgängen der Palisade, und die wenigen verstreuten Gehöfte am Fluss wirkten heruntergekommen und verlassen. Zwei Gräben umgaben die Anlage, die beide mit schräg in die Erde gerammten und ebenfalls spitz zulaufenden Holzpfählen geschützt waren, sodass jeder Reitereiangriff in einem Blutbad enden würde. Innerhalb der Palisaden erhob sich ein von Menschenhand aufgeschütteter Erdhügel, auf dem ein Turm thronte und der von einem weiteren Graben und einer Palisade umgeben wurde. Der Sheriff hatte einmal erwähnt, dass Cadell Carmarthen hatte ausbauen lassen, sodass es nicht mehr einzunehmen war. Und so sah es auch aus. Die Burg strahlte etwas Unnahbares, aber auch etwas Ruhiges aus. Sie schien still zu stehen, wie ein Ort einer anderen Welt. Und sie versprach Sicherheit.

»Schon die Römer errichteten hier einst eine Stadt«, erklang plötzlich Cadells Stimme neben ihr, als sie sich der Burg näherten. Er lenkte sein prächtiges Streitross an ihre Seite und schenkte ihr ein Lächeln. »Ich hoffe, du hast keine Angst vor Geistern, denn ein paar der Fischer sagen, dass immer noch römische Legionäre nachts hier umgehen.«

»Römische Legionäre?« Isabel wies auf den Fluss hinaus, wo sie zwei Fischer entdeckte. Sie saßen in kleinen ovalen Booten, ähnlich einer halben Walnussschale, jeder auf einer Uferseite, und zwischen sich hielten sie ein Netz gespannt. »Sie haben wohl die falschen Pilze aus dem Wald gegessen.«

Cadell lachte, und auch Niall fiel darin ein. Der Ire drehte sich um und tätschelte freundschaftlich ihr Knie, dabei zwinkerte er ihr zu. In diesem Zwinkern und auch in der Berührung lag nichts Anzügliches oder Zweideutiges, eher etwas Brüderliches, das sie ihre Angst ein wenig vergessen ließ. Niall kam ihr wie ein lustiger, stets zu Scherzen aufgelegter Mann vor, und Isabel fühlte sich zumindest in seiner Gegenwart nicht so bang. Cadell erschien ihr hingegen viel schwerer zu durchschauen. Er war ein gerechter, gütiger Mann, daran hatte sie keine Zweifel, aber er wirkte verschlossen. Sie wusste nicht, was in ihm vorging, und so konnte sie nicht anders, als ihm immer wieder Blicke zuzuwerfen, während sie die leicht ansteigende Brücke über den aus dem Felsgestein geschlagenen Graben überquerten. Jetzt im Tageslicht zeigte sich umso deutlicher, wie ausgemergelt seine Gestalt und wie blass seine Haut war. Zum Zweck dieser Rache hatte er feine Kleidung angelegt und ein Streitross bestiegen, aber er wirkte viel weniger königlich als einst in Llansteffan, wo sein Gewand zerschlissen und sein Haar verfilzt gewesen war. Isabel erkannte sogar erstes Grau im dunklen Schopf, und so keimte Sorge in ihr auf. Was war seit dem Überfall nur mit ihm geschehen?

Der Burghof wirkte von innen nicht viel lebendiger als von außen, er war bis auf das halbe Dutzend Mann auf den Wehrgängen so gut wie verlassen. Ein paar Ponys waren in einem Verschlag angebunden, und zwei Hunde sprangen zwischen den Neuankömmlingen umher, aber ansonsten war alles ruhig. Isabel störte sich nicht daran, konnte sie im Moment doch auf jede Art von Trubel verzichten. Carmarthen erschien ihr nicht als Wohnburg, lediglich als Posten zur Sicherung des Flusses, der den Normannen abgenommen und jetzt durch eine Garnison gehalten wurde.

»Abends kommen die Frauen der Fischer herauf und bereiten für die Männer eine kleine Mahlzeit.« Cadell schwang sich aus dem Sattel und kam an ihre Seite, um ihr vom Pony zu helfen. »Wollen wir sehen, ob wir bis dahin einen Apfel für dich finden? Du bist doch bestimmt hungrig.«

»Ich kann bis zum Abend warten, habt vielen Dank.« Isabel lächelte und legte ihre Hände auf seine Schultern, um aus dem

Sattel zu rutschen. »Aber wenn Ihr nichts dagegen habt, würde ich gerne auf den Wehrgang, um mich ein wenig umzusehen und mir die Beine zu vertreten.«

»Niall wird dich begleiten.« Er lächelte noch einmal auf sie hinab, auch wenn es sehr gezwungen wirkte, und ging dann ohne ein weiteres Wort zur inneren Brücke, die über den Graben zum Turm führte. Enttäuscht sah sie ihm hinterher. Sie hatte gehofft, Gelegenheit zu finden, bei einem ruhigen Gespräch mehr über seine Pläne mit ihr herauszufinden. Ehe sie sich betroffen abwandte, bemerkte sie aber eine Veränderung an seiner Körperhaltung. Seine rechte Schulter hing jetzt noch deutlicher hinab, und sein Arm baumelte kraftlos an seiner Seite. Der lange Ritt hatte seinen Tribut gefordert, und Isabel hatte keine Zweifel, dass seine offensichtlichen Schmerzen von jenem Pfeil des Überfalls herrührten. Er hatte seine Ruhe verdient, und Niall war ihr eine willkommene Gesellschaft. Er brachte sein Pony in den Verschlag, wo Männer bereits Wasser in den Trog schütteten, und führte sie schließlich die Treppe zum Wehrgang hoch, wo er den dort postierten Wachmann knapp begrüßte. Der Mann warf Isabel einen flüchtigen Blick zu, schien aber nicht besonders neugierig und lehnte sich mit seinem Speer wieder gegen die brusthohe Palisade.

»Morgen reiten wir weiter nach Dinefwr«, sagte Niall und folgte dem Wehrgang Richtung Fluss. »Auf dem Weg dorthin kann ich dir Bryn Myrddin zeigen – Merlins Hügel. Kennst du die Geschichten vom großen Weissager Myrddin?«

»Meine Großmutter hat mir von ihm erzählt. Er war ein Barde und Zauberer, nicht wahr?«

Niall nickte und sah aufs grüne Hügelland hinaus, wo aus der Ferne das Mähen von Schafen zu hören war. Gefährlich aussehende Gewitterwolken rollten heran und hingen so tief, als würden sie jeden Moment vom Himmel stürzen. »Ja, Myrddin wurde hier geboren – vor ungefähr sechshundert Jahren –, und östlich von hier, auf dem alten Hügel, soll er seine Weissagungen kundgetan haben. Es heißt, es gibt dort irgendwo eine Höhle, wo er immer noch durch Zauberkraft eingesperrt ist, aber niemand hat sie je gefunden.«

»Ein *Pencerdd* ist für die Ausbildung junger Barden verantwortlich, nicht wahr?«

Mit hochgezogener Augenbraue sah er auf sie hinab. »Wieso? Willst du – ein Mädchen – etwa Barde werden?«

»Ich kenne viele Geschichten. Ein wenig Ablenkung kann ich in der nächsten Zeit bestimmt gut gebrauchen.«

Niall lachte und sah mit himmelblauen Augen auf sie hinab. »Ein Barde muss rhetorische Finessen wie Alliterationen lernen, muss mehrere Instrumente spielen können – vor allem die Harfe –, und er muss all die alten Lieder und Legenden kennen. Traust du dir das zu?«

»Ja«, sagte sie, ohne zu zögern, und Niall fuhr sich über den goldenen Bart, als wolle er ein Grinsen verbergen. Verfilzte Strähnen seines langen Haars tanzten im Wind, und Isabel erinnerte sein Anblick an die Wikinger der alten Geschichten. So hatte sie sich die Krieger des Nordens immer vorgestellt. Er war jünger als Cadell, der mit seinen Anfang vierzig vom Leben gezeichnet schien. Wo sich in Cadells Antlitz seit ihrem letzten Zusammentreffen tiefe Furchen gegraben hatten, wirkte Niall eher jugendlich.

»Nun, wir werden sehen, Isabel. Weibliche Barden sind eher ungewöhnlich, aber ich kann dir bestimmt das eine oder andere beibringen, sofern Cadell einverstanden ist.«

Isabel nickte dankbar. Gerne wollte sie den Iren nach Cadells Gesundheitszustand fragen, sie wollte wissen, ob es ihm gutging, aber Niall war ihr schon einmal ausgewichen. Stattdessen stellte sie jene Frage, die mindestens genauso in ihr brannte: »Niall, ist Cadell noch der Fürst von Südwales?« Sie bemerkte, wie Niall sich anspannte, und sie fürchtete, er würde sie wieder zu schweigen heißen, also fuhr sie schnell fort. »Ich weiß natürlich, dass die Freinc diesen Titel nicht anerkennen und Cadell in ihren Augen ein Rebell ist. Aber nach britischem Recht … Ist Cadell hier Fürst? Ich hörte Maredudd sagen, er selbst wäre jetzt Fürst. Und Rhys sprach von irgendwelchen Plänen Cadells. Es schien mir so, als wären Maredudd und Rhys nicht besonders glücklich darüber, dass Cadell mich hierherbrachte und diese Pläne nicht umsetzt.«

Niall seufzte auf und lehnte sich mit dem Rücken gegen die Palisadenwand. Einen Moment lang schwieg er, als überlegte er, ob er überhaupt antworten sollte, doch dann sah er auf sie hinab.

»Höre nicht auf das, was die beiden sagen. Maredudd und Rhys sind Hitzköpfe, das waren sie schon immer, und das wird sich wohl auch nicht so schnell ändern.« Er hob mit einem gleichmütigen Zucken die Schultern. »Sie sind trotz allem gute Männer, aber Maredudd braucht das Blut, er muss spüren, wie sein Speer in den Körper eines Freinc dringt, er muss sehen, wie sie unter den Pfeilen seiner Männer fallen, um seinen Rachedurst für all die Toten in seiner Familie und seinem Volk zu stillen. Er konzentriert sich eher aufs Kleine und hat seine Freude daran, die Freinc im Wald zu überfallen. Für alles andere fehlt ihm die Geduld, daher würde er als Fürst wohl auch nichts taugen. Rhys hingegen, so launenhaft und reizbar er auch sein kann, sieht immer das Ganze. Versteh mich nicht falsch, er liebt durchaus einen guten Kampf, aber er denkt stets weiter. Er will das Fürstentum seines Großvaters zurück, nicht weniger. Er wird kämpfen, bis jeder einzelne Freinc aus dem Land, das er als das seine ansieht, vertrieben wurde. Was beide gemeinsam haben: Sie wollen sich nicht bremsen lassen, und ein großer Bruder, der über ihnen steht, ist nicht gerade das, was sie sich gewünscht haben, nachdem ihre Freiheit schon zum Greifen nahe war. Daher ja, es gefällt ihnen nicht, dass Cadell seine Pläne änderte, aber sie müssen es nun einmal hinnehmen.«

»Was denn für Pläne?«

»Nichts, worüber du dir Gedanken machen musst. Aber so viel sei dir gesagt: Cadell ist ein Ehrenmann, und er nimmt sehr ernst, was du einst für ihn getan hast. Ich übrigens auch, denn ich weiß, das war keine Kleinigkeit in deiner Position. Wir werden dich nicht führerlos in eine fremde Welt werfen und dich als Geisel leben lassen, wie Maredudd und Rhys es wohl getan hätten. Cadells Pläne haben sich nun geändert – Pläne, die besonders Maredudd und Rhys zupassgekommen wären …« Er stieß sich von der Wand in seinem Rücken ab und beugte sich zu ihr hinunter, seine Hand auf ihrer Schulter. »Mach dir keine Sorgen, Isabel. Wir geben schon auf dich acht, solange wir können. Ich glaube, es ist wichtig für Cadell, dir deine Tat zu vergelten. Ich denke, das verschafft ihm ein wenig Frieden.«

Fast hätte Isabel den hünenhaften Iren für diese Worte umarmt. Sie war nicht allein, und auch wenn Nialls Worte weitere Fragen aufwarfen, war sie in ihrem übermüdeten Zustand einfach nur froh, sich wenigstens ein bisschen geborgen zu fühlen. Sie öffnete den Mund, um sich zu bedanken, als Niall sich plötzlich aufrichtete und in den Hof deutete. »Komm, Isabel. Lass uns hineingehen, du solltest ein wenig ruhen, und es sieht nach einem Sturm aus. Ich habe wirklich keine Lust, nass zu werden.«

Gemeinsam gingen sie zum Wohnturm, und Isabel hoffte, dort noch mit Cadell sprechen zu können. Doch im Turm angekommen hieß es, Cadell hätte sich zurückgezogen und wollte nicht gestört werden. Isabel sah ihn den ganzen Abend nicht wieder und saß gemeinsam mit Niall und den anderen Männern am Tisch und aß Eintopf, der in aus Brot gebackenen Schalen gereicht wurde. Anders als sie es gewohnt war, teilten sich hier nicht zwei, sondern drei Personen einen Becher und eine Schale, doch Niall achtete darauf, dass sie im Kampf gegen die hungrigen Männer der Garnison genügend abbekam. Am Ende blieb weder vom Eintopf noch von der Schale etwas übrig. Schließlich ließ sie sich auf dem Strohhaufen in einer Nische des Vorraums nieder, wo die Frauen der Fischer ihr eine Decke ausgebreitet hatten, während die Männer in der Halle schliefen und Niall zu Cadell hochging.

Es war einigermaßen gemütlich, doch es war ihr unmöglich einzuschlafen, stattdessen hielt sie ihren hölzernen Anhänger in der Hand und starrte in die Finsternis. Der Wind pfiff leise durch die Ritzen der Balken, und die Tür nach draußen öffnete sich immer wieder einen Spalt breit bis zum vorgeschobenen Riegel und fiel dann wieder zu. Regen prasselte auf das Strohdach über ihr, und hin und wieder schien das Leuchten eines Blitzes von draußen herein.

Die Geschichten von den Römern fielen ihr ein, und auch wenn Isabel versuchte, tapfer zu sein, überkam sie ganz allein in der Fremde doch ein wenig Angst. Fast schon fand sie das Schnarchen der Männer hinter dem Vorhang zur Halle beruhigend, und als sich in ihrem Kopf heilloses Durcheinander auszubreiten begann, hatte sie ohnehin keine Gedanken an Geister mehr übrig.

Immer wieder fragte sie sich, was aus Lady Hayt und Ralph geworden war. Sie vermisste ihn so sehr und hatte Angst um ihn. Gleichzeitig ärgerte sie sich darüber, dass sie nicht eher bemerkt hatte, wie sich ihre Gefühle für ihn verändert hatten. Der Gedanke an seinen Kuss verursachte ein seltsames Sehnen in ihr und erfüllte sie mit Wärme.

Auch Cadell spielte in all den Wirrungen eine große Rolle, und jetzt, da sie zum ersten Mal in Ruhe nachdenken konnte, wurde ihr die Bedeutung dieser Nacht wirklich bewusst. Sie war dem Sheriff entgangen, doch jetzt war Cadell ihr neuer Vormund. Vielleicht auch Maredudd, wenn es stimmte, dass er jetzt Fürst war und er sie als seine Kriegsbeute forderte. Isabel verstand die Gesetze und Gepflogenheiten der Waliser nicht, und das machte sie noch hilfloser. Sie wusste nur, dass jetzt nicht mehr ihr Vater oder der Sheriff über sie bestimmten, sondern Rebellen. Würde Cadell sie wirklich verheiraten, wenn ihr Vater dem Austausch nicht zustimmte? Maredudd hatte sie mitgenommen, damit sie die Verbindung zwischen den Flamen und ihrer Familie nicht besiegeln konnte. Aber wie ging es weiter? Cadells Worte in Llansteffan, die sie schon ganz vergessen hatte, drangen in ihr Gedächtnis. Damals hatte er zu ihrer Großmutter gesagt: »Isabel wäre etwas für Rhys.« War sie wirklich von einem Käfig in den anderen gelangt? Die Vorstellung, den grausamen jüngsten der Fürstenbrüder heiraten zu müssen, erfüllte sie mit solchem Unbehagen, dass sie Bauchschmerzen bekam. Niall war ihr so freundlich erschienen, und sie sollte sich darauf konzentrieren, sich unter den Rebellen einzuleben, aber die Ahnung, dass das erst der Anfang war, gab ihr keine Ruhe. Wenn nur Ralph hier wäre … Würde er ihr folgen oder die Gefahr erkennen? Hatten Maredudds Männer ihn wirklich befreien können, oder war er erneut in die Fänge des Sheriffs geraten, der seinen Zorn über Isabels Entführung an ihm ausließ? Allein der Gedanke trieb ihr Tränen in die Augen und nahm ihr den Atem. Wenn sie nur wüsste, wo er war und wie es ihm erging, sie könnte ihre Position als Geisel hier leichter ertragen. Doch die Ungewissheit vergrößerte nur die Angst vor dem nächsten Tag …

## Dinefwr, Südwestwales, Mai 1153

Woher kommt sie?«

»Nicht von hier, das steht fest.«

»Aus dem Osten, würde ich sagen – Morgannwg oder Gwent.«

»Vielleicht ist sie ja auch eine Sächsin. Haben sächsische Frauen nicht goldenes Haar, so wie sie?«

»Die haben alle Arten von Haarfarben, das muss nichts heißen.«

»Habt ihr es denn noch nicht gehört? Sie ist eine Geisel! Einion hat gesagt, dass Cadell sie aus Tenby mitgenommen hat.«

»Eine Geisel? Wer ist sie denn?«

»Angeblich die Verlobte des Sheriffs. Eine Geraldine.«

»Eine Geraldine?! Ah, deshalb spricht sie also unsere Sprache, obwohl man ihr das Freincische anhört!«

»Und wieso sollte unser ehrenhafter Herr Cadell ein Mädchen entführen? Das habe ich ja noch nie erlebt.«

»Sie ist eine Schönheit.«

»Außerdem wird der Sheriff sich jetzt grün und blau ärgern.«

»Ja schon, aber das passt doch eher zu Maredudd, meint ihr nicht?«

»Das stimmt. Dann hat Cadell sie vielleicht einfach … na ja, für sich mitgenommen. Seit seiner Rückkehr kommt er mir ohnehin so anders vor. Fast schon … fröhlich. Wer weiß, ob sie nicht dazu da ist, um ihn *glücklich* zu machen. Ihr wisst schon.«

»*Das* wiederum passt eher zu Rhys.«

»Na ja, sie waren ja alle drei in Tenby. Cadell hat vermutlich wieder irgendwelche politischen Gründe für die Entführung. Wer weiß, wie nützlich die Kleine sein kann. Maredudd will wohl nur den Sheriff aus der Haut fahren sehen, und Rhys lässt sich von einem hübschen Gesicht ja schnell verzaubern.«

»Aber wenn sie eine Geraldine ist … dann ist sie ja mit den dreien verwandt! Wieso entführen sie plötzlich ein Mädchen vom eigenen Blut?«

Mit einem unschuldigen Lächeln im Gesicht ließ Isabel den Korb mit der Schurwolle zu Boden fallen und unterdrückte ein Lachen, als das gute Dutzend Frauen mit ihren Spinnrocken zusammenzuckte und aufschrie. Alle fuhren zu ihr herum, manche wurden unter ihren aufgetürmten Schleiern blass, andere rot, und wieder andere sahen ganz schnell in eine andere Richtung, sodass Isabel ihre Gesichtsfarbe nicht erkennen konnte. Hier saßen sie, die Frauen und Töchter von Cadells Männern, schnatternd vor dem Frauenhaus in der Sonne, und niemand hatte Isabels Näherkommen bemerkt. Einen Moment lang hatte sie erwogen, ihre neu gebastelte Schleuder aus ihrem Haar zu nehmen und den Frauen die Rocken aus der Hand zu schießen, aber damit hätte sie das Gerede wohl noch schlimmer gemacht. Zudem fand sie das Geplauder eher amüsant als ärgerlich, denn sie hatte solches schließlich erwartet. Dies war ihr zweiter Tag in Dinefwr Castle, das sehr viel belebter war als Carmarthen, und schon hatten die Frauen sie zum Mittelpunkt ihrer Gespräche erklärt. Es könnte Schlimmeres geben, zumal sich hier noch niemand abweisend ihr gegenüber verhalten hatte. Und Neugierde war etwas, das sie selbst nur zu gut kannte und bestimmt nicht verurteilte.

»Willst du uns nicht verraten, wieso Cadell dich entführt hat?«, fragte Nona unumwunden. Sie war die Gemahlin jenes Einion, der in Tenby dabei gewesen war und offensichtlich seine mageren Informationen geteilt hatte. Mit einem freundlichen Lächeln sah sie zu Isabel hoch, die Falten um ihre Augen zeigten, dass sie oft und gerne lachte. Ihre beiden jugendlichen Töchter hielten sich an ihrer Seite und wirkten ebenso gespannt wie alle anderen.

»Vielleicht hat er sich ja wirklich in sie verliebt«, mutmaßte eine dieser Töchter, ein dunkelhaariges Mädchen, kaum jünger als Isabel. »So wie König Melwas einst Gwenhwyfar entführte und auf seine Burg brachte. Hatte Gwenhwyfar nicht ebenfalls goldenes Haar und solch weiße Haut wie sie?«

»Das hatte sie«, bestätigte die alte, runzelige Dame, die von allen nur *Nain*, also Großmutter, genannt wurde. »Und diese Entführung stürzte das Land in Krieg, denn Artur wollte seine Gwenhwyfar natürlich zurück. So wie dieser Freinc, dem seine Frau durch Owain aus Powys abhandengekommen war. Die Königstochter aus diesem Hause war es, die Owain entführte – die Tante unseres Herrn Cadell! Und der Freinc ließ keinen Stein auf dem anderen, um seine Gemahlin zurückzuholen. Also, Isabel.« Die alte Frau sah zu ihr hoch, und die blassen Augen schienen durch sie hindurchzudringen. »Als Geraldine ist dir die Geschichte der Nesta doch bestimmt bekannt. War auch deine Schönheit der Grund für diese Entführung? Wird schon bald eine Armee vor unseren Toren stehen, um dich zurückzuholen?«

»Das müsst Ihr den Herrn Cadell selbst fragen.« Isabel rang die Hände und kämpfte um eine gleichmütige Miene. Sie wusste nicht, was von den Plänen der Fürstenbrüder nach außen dringen sollte. Wenn die Damen hier nichts vom erhofften Tausch gegen den Sheriff wussten, hieß das vielleicht, dass sie das lieber für sich behalten sollte. Es war ohnehin schwer zusammenzufassen. So wie sie es verstand, gab es drei Möglichkeiten: Die erste sah so aus, dass ihr Vater eine Armee schickte, um sie zu befreien, was ihren Tod oder ein Leben beim Sheriff bedeuten würde. Die zweite war, dass ihr Vater das Angebot verweigerte, dann müsste sie hierbleiben und heiraten. Und die letzte, für sie angenehmste, wenn auch unwahrscheinlichste, bestand darin, dass ihr Vater den Sheriff gegen sie eintauschte, wodurch alles für sie offen war. Im Moment wollte sie bei diesen fremden Frauen aber lieber nicht näher darauf eingehen. Auch wenn ihr die Frauen freundlich erschienen, mochte sie ihre düstere Zukunft lieber nicht bis ins kleinste Detail vor ihnen ausbreiten.

»Ist schon gut, Isabel«, sagte Nona sanft, »ich weiß, die Situation ist nicht leicht für dich, du vermisst bestimmt deine Familie, aber der Herr Cadell ist ein ehrenwerter Mann. Er wird dir nichts antun.«

Isabel nickte. Das alles wusste sie, und es war auch nicht unbedingt ihre Familie, die sie vermisste, sondern eher Ralph. Einzig ihre Großmutter und Onkel Maurice fehlten ihr, aber das war sie schon gewohnt, war sie in Tenby doch auch von ihnen getrennt gewesen.

»Aber sie ist doch eine Geisel!«, zischte eine andere der Frauen. Sie war ein verbraucht wirkendes, von Bitterkeitsrunzeln übersätes Mütterchen, das nichts Gütiges wie *Nain* ausstrahlte. »Sie ist unter den Freinc aufgewachsen! Sie mag als Geraldine britisches Blut haben, aber das macht sie nicht zu einer Britin. Der Herr Cadell sollte sie irgendwo einsperren.«

»Sei still«, rügte *Nain* mit krächzender, aber bestimmter Stimme. »Du hast recht, das Mädchen wuchs unter Freinc auf und hörte dort bestimmt tagein, tagaus von den barbarischen … wie nennen sie uns? Walisern! Aber ich werde bestimmt nicht hier sitzen und beweisen, dass sie mit ihrer Meinung von uns recht haben. Sie ist ein Mädchen, das in politische Spiele hineingezogen wurde. Lass sie in Ruhe, und zeig etwas Mitgefühl, oder verschwinde.«

Die Frau sah *Nain* einen Moment lang stumm an, dann erhob sie sich und schritt davon.

Isabel sah ihr hinterher und rang den Schrecken über diese hasserfüllten Worte nieder. Sie hatte gewusst, dass ihre normannische Abstammung unter den Rebellen keine Freude auslösen würde, aber der Verachtung in die Augen zu sehen war etwas anderes. Unter normalen Umständen hätte Isabel vielleicht darüber hinweggesehen, aber jetzt, da sie ihrer vertrauten Umgebung entrissen worden war und ins Unbekannte blickte, sorgte sie sich umso mehr. »Vielen Dank«, sagte sie leise an *Nain* gerichtet, die sie verteidigt hatte. »Schon meine Großmutter wurde von einem politischen Spiel ins nächste gerissen, und ich kann nur hoffen, dass ich ihre Lehren ausreichend verinnerlichte, um ihrer Stärke nahezukommen.«

»Deine Großmutter?«

Isabel nickte. »Nesta Tudor. Euch wohl besser als Nesta ferch Rhys bekannt. Sie war es, die mich die britische Sprache lehrte, genauso den Respekt dem britischen Volk gegenüber.«

Ein vielfaches Luftholen erklang, die Frauen tauschten Blicke, und plötzlich sahen sie Isabel fast schon ehrfürchtig an.

»Nesta ferch Rhys ist die Tochter des letzten unabhängigen Fürsten unseres Landes«, ließ sich die alte *Nain* wohlwollend vernehmen. »Lasst uns ihr Ehre erweisen, indem wir ihre Enkeltochter als eine der unseren aufnehmen.« Sie wies neben sich auf die Erde, und Isabel kämpfte gegen Tränen der Erleichterung und Rührung. Sie wusste, hätte sie in den letzten Tagen nicht so viel erlebt, wäre sie nicht so sentimental, aber im Moment war diese Freundlichkeit fast zu viel für sie. Schweigend, um ja keinen verräterischen Laut von sich zu geben, kniete sie neben dem Korb nieder und begann, die Wolle zu sortieren. Sie war froh, etwas zu tun zu haben, denn sie wusste nicht, was ihre Aufgabe hier war oder wie sie sich als Geisel verhalten sollte. Niall hatte sie einfach nur zu den Frauen gebracht, mit den Worten, dass dies bis auf Weiteres ihr neues Heim sein würde. Die Beschäftigung lenkte sie zumindest von ihren Gedanken an Ralph ab. Die Schafe waren gerade erst geschoren worden, und die Hirten brachten ihre Abgaben zur Burg, wo Cadells Männer sie kontrollierten und die Frauen sie weiterverarbeiteten. Es gab viel zu tun, denn bei den Walisern war es üblich, die Hofbeamten dreimal jährlich mit neuen Kleidern auszustatten – zu Weihnachten, zu Ostern und zu Pfingsten. Im Grunde ging ein großer Teil der Abgaben also immer direkt an die Männer und Frauen im Dienst eines Herrschers weiter. Ein erfrischendes Gesetz, wenn sie an die Habgier des Sheriffs dachte, der sehr viel höhere Steuern eintrieb, als die Waliser je gekannt hatten. Aber Isabel hatte schon von ihrer Großmutter gelernt, dass bei Walisern anders als bei Normannen Treue nicht vorausgesetzt werden konnte. Hier gab es keinen von Gott gesalbten König, dem alles Land gehörte und der Macht über jeden Mann im ganzen Reich hatte. Die walisischen Herrscher konnten sich Treue nur verdienen oder erkämpfen. Geschenke waren in einem Fürstenhaus unerlässlich, um an der Macht zu bleiben.

»Schade, dass du nicht aus Morgannwg kommst«, ließ sich schließlich eines der jüngeren Mädchen vernehmen, »du hättest uns sagen können, ob die Gerüchte wahr sind.«

»Was denn für Gerüchte?«

Nona legte die Hand auf die Schulter ihrer Tochter und antwortete an ihrer statt: »Es heißt, dass mit dem neuen Bischof dort auch neue Gesetze erlassen wurden. Angeblich soll es in diesem Land nicht länger erlaubt sein, freie Briten in die Leibeigenschaft zu zwingen – außer sie begehen einen Mord, der ihnen auch nachgewiesen werden kann.«

»Ja, und all die hoffnungsvollen Jungspunde verlassen jetzt ihre Heimat und ziehen in den Osten, weil sie glauben, dort geht es ihnen besser als hier«, zischte die alte *Nain*.

Isabel lächelte. Sie war erleichtert über den Themenwechsel, und es freute sie, dass zumindest diese Frauen sie einbezogen, anstatt Vorurteile wegen ihrer normannischen Herkunft gegen sie zu hegen.

»Der Wächter vom Tor ist auch gegangen«, wusste das junge Mädchen von vorhin zu berichten. »Er sagte, er hätte unter den freincischen Bastarden hier genug gelitten, und wenn den Eindringlingen im Osten Zügel angelegt und die Rechte der Briten endlich geachtet werden, dann zieht er lieber mit seiner Familie dahin. Es heißt auch, die Briten dort hätten ihren Widerstand aufgegeben und fügen sich jetzt der freincischen Vorherrschaft. Den Briten dort wird Sicherheit geboten.«

»Alles Unfug.« Die alte *Nain* spuckte neben sich auf die Erde. »Freinc sind Freinc, und nur weil sie im Osten jetzt gnädigerweise bestimmen, dass sie unser Volk nicht länger abschlachten und versklaven, sind sie nicht weniger der Feind.«

»Aber hier im Südwesten fallen sie immer noch überall ein, wie es ihnen gefällt, und machen mit unseren Leuten, was sie wollen«, erwiderte Nona. »Allen voran der Sheriff.«

Isabel zuckte kaum merklich zusammen, bemühte sich aber schnell wieder um eine ungerührte Miene. »Aber Cadell und seine Brüder werden die Ungerechtigkeit, die ihnen und ihrer Familie widerfahren ist, bestimmt nicht mit ein paar Versprechungen vergessen?«

Die alte *Nain* sah sie misstrauisch an, dann verzogen sich ihre dünnen Lippen zu einem Lächeln. »Und das von einer Geraldine. Hast du also doch noch einen Tropfen britisches Blut abbekommen, wie mir scheint.«

»Zu viel, wenn man meine Familie fragt.«

»Nun, dann sieh deinen Aufenthalt hier nicht als Gefangenschaft an, sondern eher als … Verwandtenbesuch. Auch wenn du uns nicht verraten willst, warum der Herr Cadell dich wirklich mitgenommen hat.« Die alte *Nain* winkte sie näher zu sich. »Komm her, Mädchen, ich weiß, du bist ein braves Ding, es freut mich trotzdem, dass deine Gegenwart unserem griesgrämigen Cadell wieder ein Lächeln ins Gesicht zaubert.«

Isabel öffnete den Mund zu einer Erwiderung, aber *Nain* hob die Hand. »Ich weiß, ich weiß, Cadell ist ein Ehrenmann. Ein bisschen Freude sei ihm trotzdem vergönnt.«

»Was für Freuden du damit wohl meinst?«, ließ sich eine der anderen Frauen grinsend vernehmen, deren unaussprechlichen Namen Isabel vergessen hatte. Sie war im mittleren Alter und mit einem Krieger der Garnison verheiratet. Ohne von ihrer Arbeit aufzusehen, murmelte sie vor sich hin: »Er hatte ja lange genug keine mehr, und ich denke, dass ein Mädchen ihm guttun würde.«

»Ha, lass das nicht diese freincischen Priester hören, die seit neuestem überall herumscharwenzeln und unsere Kirche reformieren wollen«, lachte Nona, die ihre Handspindel aufnahm und sich die Wolle in den Ärmel stopfte. »Habt ihr schon von ihrer neuesten Dummheit gehört? Jetzt wollen sie den Männern vorschreiben, wann sie sich zu ihren Ehefrauen legen dürfen! Das ist nämlich nur noch an bestimmten Tagen erlaubt, sonst kommt man in die Hölle.«

Über diesen Unsinn verfielen alle anwesenden Frauen in Lachen, und Isabel konnte nicht anders, als darin einzustimmen.

»Dass die freincischen Priester sich über unsere Gottesmänner aufregen, weil sie heiraten, ist ja nichts Neues«, meinte die Frau mit dem schwierigen Namen. »Und weil wir hier oft genug unsere Verwandten heiraten, kriegen sie auch regelmäßig Tobsuchtsanfälle. Aber wenn mein Vetter nun einmal der beste Heiratskandidat war?«

»Ja, aber dass sie jetzt legitim geschlossenen Ehepaaren verbieten wollen beieinanderzuliegen …« Nona hob in gespielter Verzweiflung die Hände. »Was glauben diese Priester denn, woher die Kinder kommen? An den paar Tagen im Jahr, die sie es gestatten, kommt doch nichts zustande! Also wenn ich meinem Einion sagen würde, er dürfe nur noch an den von der Kirche vorgeschriebenen Tagen bei mir liegen …«

Bei der Vorstellung der Reaktion ihrer Ehemänner setzten die Frauen ihr Lachen fort, und Isabel ging auf, dass sie noch nie eine solch heitere Gruppe erlebt hatte. Über derart delikate Themen war bei ihr zu Hause nie gesprochen worden, im Kloster natürlich auch nicht. Und schon gar nicht mit solcher Leichtigkeit.

»Schaut euch das mal an, unsere Isabel glüht ja richtig.«

Schnell senkte sie den Blick und konzentrierte sich auf die Wolle. »Das ist nur die Sonne.«

»Jaja, das sagen sie alle«, ließ sich die alte *Nain* grinsend vernehmen. »Aber vielleicht hat es dir ja einer der Männer hier angetan?«

Statt etwas zu erwidern, dachte Isabel wehmütig an Ralph. Sie bewunderte Cadell insgeheim, und Niall wuchs ihr ans Herz. Aber Isabel sah sie beide eher wie ihre Onkel – Maurice oder Harri. Sie sah zu ihnen auf und respektierte sie. Beim Gedanken an ihre Zeit mit Ralph verspürte sie allerdings jedes Mal ein Ziehen in der Magengegend. Es erschien ihr, als erstrahlten all diese Erinnerungen in einem ganz neuen Licht. Im Nachhinein betrachtet kam es ihr absurd vor, dass sie Ralph so lange nur als Freund angesehen hatte, wo ihr Herz jetzt bei jedem Gedanken an ihn schneller schlug. Wann hatte sie sich in Ralph verliebt? Gleichzeitig erfüllte sie dieses Gefühl mit einer schrecklichen Traurigkeit, dass diese Momente von nun an Erinnerungen bleiben würden. Maredudd war nicht hier, um ihn zu fragen, was aus Ralph geworden war. Zwar glaubte sie nicht, dass er sein Wort Trystan gegenüber gebrochen hatte, aber was war dann geschehen? War Ralph vielleicht doch zu seinem Vater geflohen? Er hatte geschworen, sie zu holen, was ihre Angst nur verstärkte. Denn Ralph war niemand, der sein Wort brach, und dass er nicht hier war, konnte nur bedeuten, dass etwas Schlimmes passiert sein musste.

»Tja, die Liebe …«, seufzte eines der Mädchen und wurde ebenfalls kirschrot.

Wieder erfüllte Kichern den Platz vor jener Hütte, die die Frauen sich teilten, um nicht unter den rauen Kriegern schlafen zu müssen und von ihrem oft derben Verhalten verschont zu bleiben. Hier erledigten sie ihre Arbeiten, aßen und schliefen zusammen, während so manche Ehefrau nachts das Lager ihres Gemahls besuchte. Meistens waren die Frauen aber unter sich und lebten streng getrennt von männlicher Gesellschaft. Besonders die Abgrenzung der Töchter vom männlichen Geschlecht wurde hier sehr ernst genommen.

»Aber erwartet hätte ich es nicht«, griff eine andere Frau das Thema schließlich wieder auf. »Dass Cadell all seine Pläne über den Haufen wirft – für eine Geraldine. Um eine Geisel könnten sich doch auch Maredudd oder Rhys kümmern, was macht er also noch hier? Es war ja schon so überraschend, dass er für diesen Racheakt noch einmal in den Kampf zog, auch wenn ich das noch verstehen kann. Er wollte mit einem Knall gehen. Aber dass er jetzt hierbleibt … Und Niall hätte ihn ja begleiten sollen. Jetzt sind sie beide wieder da, um eine Gefangene zu bewachen, obwohl das jeder andere auch tun könnte?« Alle sahen Isabel an, als hätte sie die Antworten auf all ihre Fragen, aber Isabel wusste ihrerseits nicht, wovon sie sprachen.

»Was denn für Pläne?«, fragte sie, in der Hoffnung, endlich etwas Licht ins Dunkel zu bringen.

Nona sah sie ernst an. »Du weißt es nicht? Cadell war drauf und dran …«

»Ein wunderschöner Tag, um die Sonne zu genießen, nicht wahr?«

Wie schon zuvor bei Isabel zuckten alle Frauen zusammen und waren so in ihre Gespräche vertieft gewesen, dass sie den Neuankömmling nicht bemerkt hatten. Isabel ärgerte sich, dass sie selbst so unaufmerksam gewesen war. Ein Blick über die Schulter bestätigte ihren Verdacht.

»Mein Herr Cadell«, sagte sie und spürte, dass die Hitze auf ihren Wangen noch zunahm. Er hatte sie dabei ertappt, wie sie Erkundigungen über ihn anstellte.

»Tauscht ihr interessante Geschichten aus?«, wollte er wissen und ließ seinen Blick durch die Runde wandern.

Die alte *Nain* lachte grunzend auf und zeigte ein zahnloses Grinsen. »Wir haben Isabel kennengelernt und versucht herauszufinden, warum sie hier ist.« Erwartungsvoll und ohne jede Scheu sah sie zu ihrem Fürsten auf, der ein nachsichtiges Lächeln zeigte.

»Das hat politische Gründe, ich möchte euch nicht mit Einzelheiten langweilen.«

»Aber …«

Mit hochgezogener Augenbraue sah Cadell auf sie hinab, was die sonst so resolute Frau zum Schweigen brachte. Schließlich wandte Cadell sich Isabel zu und reichte ihr die Hand. »Ich war auf der Suche nach dir«, sagte er und wies hinter sich. »Willst du mich begleiten?«

»Natürlich.« Sofort ließ sie die Wolle zurück in den Korb sinken und erhob sich mit klopfendem Herzen, dabei entgingen ihr die Blicke der anderen Frauen keineswegs. Auch ihr Flüstern hörte sie, als sie an Cadells Seite davonging: »Habe ihn schon lange nicht mehr so fröhlich gesehen«, vernahm sie, »was hat sie nur mit diesem sauertöpfischen Griesgram gemacht?«

Die Worte gaben ihr weitere Rätsel auf, denn Cadell war ihr nie griesgrämig erschienen, auch damals in Llansteffan nicht. Niall hatte gesagt, dass es ihm Frieden gab, ihr für ihre Hilfe am Waldrand zu danken. Hatte er bislang wirklich geglaubt, ein Engel wäre ihm erschienen?

Jetzt war sie erst mal aufgeregt und neugierig, warum er zu ihr gekommen war. Seit ihrer Ankunft in Dinefwr hatte sie ihn kaum gesehen, denn sie war im Frauenhaus einquartiert worden, schlief und aß bei den Frauen, und nur einmal hatte Niall sie zu sich geholt, um sein Versprechen einzulösen und ihr das Spiel mit der Harfe zu zeigen. Dabei hatte sie ihm eingeschüchtert und nervös Lieder vorgesungen, aber Niall hatte tatsächlich

Gefallen an ihrer Stimme gefunden. Er wollte sie noch mehr britische Lieder lehren, denn bislang kannte sie fast nur normannische.

In Nialls Gegenwart fühlte sie sich genauso wie jetzt in Cadells wohl, auch wenn Letzterer sie um einiges mehr einschüchterte.

»Niall erzählte mir, dass du großes Talent hast und auch viele Geschichten kennst«, brach Cadell das Schweigen, als er sie zur großen Halle führte, an die sein Gemach anschloss. »Und wenn Niall das sagt, mag das schon etwas heißen. Er ist sehr kritisch. Ich wollte ihn eigentlich zu meinem *Penteulu* machen – also meinem Kommandanten der Kriegsbande –, aber Niall liebt die Musik zu sehr und das Kämpfen zu wenig. Dabei ist er in beidem herausragend.«

»Er war damals nicht dabei.« Sie traten in die Halle, und Isabel sah in das vom Kerzenschein beschienene Antlitz des Fürsten. »Ich meine, als der Sheriff … Er war nicht an Eurer Seite.«

»Und ich danke dem Herrn jeden Tag dafür. Es kommt so gut wie nie vor, dass Niall mich nicht begleitet, doch ausgerechnet an jenem Tag hielt ihn ein Fieber ans Bett gefesselt. Wir dachten schon, die Seuche wäre wieder zurückgekommen, aber es ging schnell wieder vorbei.«

»Das hat ihm das Leben gerettet.«

Cadell nickte und führte sie weiter. »Nialls Worte über deine Begabung erinnerten mich an unsere erste Begegnung. Du hast von meiner Stiefmutter Gwenllian gesprochen.«

»Ihr erinnert Euch daran? Meine Großmutter hat mir von ihr erzählt, ich habe sie schon immer bewundert.«

»Dann wird dich bestimmt freuen, was ich für dich habe.« Er öffnete die Tür zu seinem Gemach, das nur wenig fürstlich wirkte mit seinen kargen Wänden, denen Wandteppiche oder bunte Tuchbahnen fehlten. Auch lag überall Gerümpel, ein Stuhl mit drei Beinen, der längst verheizt oder repariert hätte werden können, ein kreisrunder, mit Leder überspannter Holzschild verschwand fast unter Spinnweben in einer Ecke, daneben lagen ein Speer und eine Axt. Das Bett war schmal und einfach, es gab keine Vorhänge, und das kleine Fenster spendete nur wenig Licht.

»Wusstest du, dass Gwenllian genauso von Geschichten begeistert war wie du?« Cadell ging auf den zerfurchten Tisch zu und wies auf mehrere Pergamentbögen, die dort ausgebreitet lagen. »Mein Vater sagte immer, das wäre der Grund gewesen, weshalb sie sich sofort in ihn verliebte. Sie sah einen Helden in ihm, einen Prinzen, der für seine Freiheit kämpfte, und mit ihm davonzulaufen und sich ihm anzuschließen war ein Abenteuer für sie. Sie wollte ihre eigene Heldensage leben – und eine Heldin war sie.« Sein Ausdruck wurde in sich gekehrt, und einen Moment lang schwieg er, ehe er ihr einen Blick zuwarf. »Du erinnerst mich an sie, und ich bewundere, wie tapfer du dein Los trägst. Ich weiß, es ist nicht leicht für dich, und trotzdem habe ich dich noch nie klagen gehört. Eine Stärke, die auch Gwenllian in sich trug. Ich bete, dass dir ein anderes Ende widerfährt als ihr. Euch beide verbindet der Sinn für Abenteuer, und bei Gwenllian ging diese Liebe so weit, dass sie ihre eigenen Geschichten aufschrieb.«

»Sind das die Geschichten?« Isabel konnte es nicht glauben und starrte auf das Pergament, als befände sich ein unermesslicher Schatz vor ihr. Ihre Knie zitterten, als sie sich darauf zubewegte, und ihre Hand kribbelte im Verlangen, die Schriftstücke zu ergreifen, um sicherzugehen, dass sie echt waren.

»Es sind drei Geschichten«, erklärte Cadell, und Isabel spürte, dass er sie beobachtete, aber sie konnte den Blick einfach nicht vom Pergament nehmen. Fein säuberlich war darauf geschrieben, es waren walisische Worte, kein Latein, und obwohl Isabel nie gelernt hatte, Walisisch zu lesen und zu schreiben, war sie doch zuversichtlich, die Geschichten lesen zu können, da sie die Sprache ja gut genug beherrschte.

»Eine vierte hat sie angefangen«, drang Cadells Stimme in

ihr entrücktes Schweigen, »leider kam sie nie dazu, diese zu beenden.«

Isabel trat noch etwas näher an den Tisch heran und sah dann zu Cadell auf. »Darf ich?«

Er nickte und machte eine auffordernde Handbewegung. Mehr Ermutigung brauchte sie nicht. Dies waren Gwenllians Geschichten, sie selbst hatte diese Zeichen geformt, es waren ihre Gedanken gewesen. Die große Gwenllian, die in die Schlacht geritten war, um ihre Familie, ihr Volk und ihr Land zu verteidigen. Sie war mit zweien ihrer Söhne gestorben, und dies hier war ihr Vermächtnis.

»Ich sehe, es gefällt dir. Du kannst jederzeit hierherkommen und lesen. Vielleicht vermögen es diese Zeilen, dir das Warten auf Nachricht deines Vaters etwas leichter zu machen.«

Der Drang, ihm um den Hals zu fallen, kam in ihr auf, aber sie konnte sich gerade noch zusammenreißen und klammerte sich stattdessen an die Tischplatte. »Ich danke Euch!«, stammelte sie und bemerkte erst jetzt, dass ihre Stimme vor Aufregung zitterte. Am liebsten würde sie sich sofort bei einer Kerze an diesen Tisch setzen und mehr lesen.

»Du hast mir schon genug gegeben, Isabel – mein Leben, oder hast du das schon vergessen? Wenn ich mir nur noch eines von dir wünschen dürfte, wäre es deine Vergebung für meine Tat.«

Ehe sie etwas erwidern konnte, legte er beide Hände auf ihre Schultern und lotste sie um den Tisch herum, wo er sie auf einen hohen Schemel niederdrückte. »Und jetzt entschuldige mich, ich werde noch gebraucht. Du kannst inzwischen ja weiterlesen.« Er lachte leise in sich hinein, und seine Schritte entfernten sich, aber als Isabel gerade wieder in die Geschichte eintauchen wollte, fuhr ihr Kopf hoch. »Was ist mit Euren Brüdern?«, entfuhr es ihr besorgt. »Wird es sie nicht erzürnen, wenn ich die Geschichten ihrer Mutter lese? Ich möchte keinen Unfrieden zwischen euch stiften.«

Cadell blieb stehen und drehte sich wieder zu ihr um. Seine Augen wirkten in diesem Licht dunkel, und vom grünen Leuchten war nichts zu sehen, aber trotzdem kamen sie ihr vertraut vor. Sie waren der Beweis, dass er ihre Familie war. »Für Unfrieden zwischen meinen Brüdern und mir wirst du nie verantwortlich sein, mach dir keine Sorgen, Isabel.« Er lächelte ihr noch einmal zu und ließ sie schließlich allein. Isabel sah einen Moment lang das raue Holz der Tür an und dachte an seine Bitte um Vergebung. Es überraschte sie, dass sie gar keinen Groll gegen ihn hegte. Für sie gab es nichts zu vergeben. Er hatte ihre Hochzeit mit dem Sheriff verhindert und sie seitdem nur gut behandelt. Auch ließ er sie nicht spüren, dass sie eine Geisel war – ganz im Gegenteil. Er gab ihr das Gefühl, Teil der Familie zu sein, sein Vertrauen mit den Schriften seiner Stiefmutter ehrte sie zutiefst. Hier könnte sie sich heimischer fühlen als je in Tenby, wären da nicht seine Worte über die Konsequenzen der Entscheidung ihres Vaters: Tod oder Ehe. Die Angst vor beidem umgab sie in jedem wachen Moment, und es blieb auch immer noch die Ungewissheit wegen Ralph. Vielleicht war es wirklich besser, sich abzulenken, und so kehrte sie zurück zu Pwyll aus Gwenllians Geschichte, der auf seiner Jagd einen geheimnisvollen Fremden traf.

Von den Palisaden aus war es Isabel möglich, bis in die Unendlichkeit zu blicken. Überall um sie herum lag dichter Wald, und Isabel sah über die Wipfel des grün wogenden Meeres hinweg zum Horizont und stellte sich vor, wie ihre Großmutter einst dieselbe Aussicht genossen hatte. Hier in Dinefwr war ihre Großmutter aufgewachsen, ihr Vater, der Fürst dieses Landes, hatte unter anderem hier Hof gehalten, und es war auch dieser Ort gewesen, der von den Normannen überrannt worden war. Hier war ihre Großmutter ihrer Familie entrissen und nach England geschickt worden, aber sosehr die Normannen sich auch bemüht hatten, sich diesen Ort zu eigen zu machen, so stark war immer noch der britische Zauber zu spüren. Wenn Isabel von hier aus über die Weite blickte, hatte sie das Gefühl, Bewegungen zwischen den Bäumen auszumachen, als flögen Elfen und Feen darin herum. Verwunschene Gewässer schienen in den Tiefen der Wälder zu plätschern und alte Götter über ihr Reich zu wachen. Hier spürte sie das, was all die vielen Geschichten über Helden und Heimatliebe ausmachte. Es war nichts, was sie in Worte fassen oder greifen könnte, es lag einfach in der Luft, sie atmete es, und es floss durch ihre Adern. Sie gehörte hierher, diese Sicherheit schien sich jeden Tag, den sie hier verbrachte, zu verstärken. Wenn sie das alles nur mit Ralph teilen könnte. Mittlerweile war eine gute Woche vergangen, und sie hatte kein Wort von ihm gehört. Sie fühlte sich schuldig, weil es ihr hier gutging und er womöglich in Schwierigkeiten war. Cadell hatte ihr versichert, dass Maredudds Männer ihn kurz nach dem Aufbruch der Armee von seinen Ketten losbekommen hatten. Was Ralph danach getan hatte, wussten sie nicht, aber er war auf jeden Fall frei gewesen. Vielleicht hatte er sich zu seiner Familie aufgemacht? Aber was war mit seinem Versprechen, ihr zu folgen? War es ihm doch zu gefährlich, wo seine Familie ja ein Feind der Fürstenbrüder war? Vielleicht wollte er nicht unter denen von Südwales leben …

Eine liebliche Melodie begleitete ihre Gedanken, und im ersten Moment dachte Isabel, diese nur in ihrem Kopf zu vernehmen, doch dann begriff sie, dass sie zur Realität gehörte. Verwundert sah sie sich um und erkannte Niall, der in einer Ecke des Wehrgangs gegen die Brüstung lehnte und ein sonderbares Instrument in Händen hielt. Es war aus Holz gefertigt, nicht besonders groß, mit einem flachen Körper, von dem die Saiten in den kurzen Hals übergingen. Soweit Isabel erkennen konnte, spielte Niall es mit einem kleinen Holzstückchen zwischen den Fingern, anders als die Harfe, die er ihr gezeigt hatte.

Neugierig ging sie näher heran, und als Niall sie bemerkte, richtete er sich auf und kam immer noch weiterspielend auf sie zu. Seine großen Hände waren geschickt, das hatte sie schon häufiger erstaunt, und als er bei ihr ankam, verbeugte er sich und stimmte ein fröhliches Lied an.

Isabel lauschte andächtig der tiefen, volltönenden Stimme. Sie wollte ihn wieder einmal schelten, da er sie über sein Talent angeschwindelt hatte, aber lieber genoss sie das wunderbare Lied. Sofort erschienen Bilder von Gwenllians Helden Pwyll vor ihrem geistigen Auge. Sie glaubte ihn vor sich zu sehen, wie er die Gestalt des Königs der Anderswelt annahm, um den Platz mit ihm zu tauschen und so eine Beleidigung wiedergutzumachen. In diesem fremden Reich lernte Pwyll ein Land des Überflusses kennen, in dem alle glücklich und froh waren, und am Ende besiegte er den Feind des Königs und beglich damit seine Schuld. Isabel hatte schon von Annwn, der Anderswelt, gehört und war beim Lesen umso aufgeregter gewesen zu erkennen, dass Gwenllian diesen alten Mythos ihres Volkes in ihre Sage eingewoben hatte. Sie musste Geschichten genauso geliebt haben wie Isabel.

Schließlich verstummte das Lied, und Isabel erwachte aus ihren Träumereien.

»Es ist lange her, seit ein Mädchen bei einem meiner Lieder einen so entrückten Ausdruck angenommen hat.«

Hitze breitete sich in ihrem Gesicht aus, aber Isabel versuchte, sie so gut wie möglich zu ignorieren. Zwar war sie erneut bei ihren Träumereien ertappt worden, aber anders als zu Hause störte sich hier niemand daran. »Das ist ein wunderschönes Lied. Wirst du es mir beibringen?«

Lachend schulterte der Ire sein Instrument. »Eins nach dem anderen, Mädchen. Also wirklich, nicht einmal meine Schüler sind so fleißig. Wenn alle Mädchen so gut lernen wie du, werde ich mich in Zukunft ihnen widmen. Aber bei einem Herrn wie

Cadell ist dein Talent leider verschwendet. Er kennt den Unterschied zwischen einer Krähe und einer Amsel nicht, deshalb behauptet er ja auch, ich wäre gut. Du solltest dich ein wenig in Rhys' Nähe halten. Der versteht etwas von Poesie und weiß die Musik sehr zu schätzen. Solltest du hierbleiben, könnte er einmal ein wichtiger Fürsprecher für dich werden.«

Lieber nicht, dachte Isabel, denn auch wenn die Musik Cadell nicht wirklich berühren konnte, so war er ihr immer noch tausendmal lieber als der zornige Rhys.

»Was ist das für ein Instrument?«, lenkte sie ab und wies auf die feine Holzarbeit. »Es stammt aus deiner Heimat, nicht wahr?«

»Ein Timpan«, erklärte Niall und hielt es ihr entgegen, damit sie es besser sehen konnte. »Siehst du, wir benutzen Bronzesaiten und keine aus Darm wie die Briten bei ihren Harfen. Und mit diesem Ding hier«, er zeigte ihr das kleine, flache Holzstück zwischen seinen Fingern und strich damit über die Saiten, »mit dem spielen wir es. Siehst du? Ganz leicht.«

»Also wirst du es mir beibringen?«

Niall sah zu ihr auf und grinste. »Wenn du das Harfenspiel einwandfrei beherrschst und wir dann beide noch hier sind … Ohne die Harfe überlebt in diesem Land kein Barde, und ich habe das Gefühl, du willst einer werden.«

Isabel blickte zu Boden. Sie wusste nicht, was aus ihr werden sollte, noch nicht einmal, was sie am nächsten Tag erwartete. Aber die Musik hielt sie aufrecht. »Einverstanden.« Isabel bedankte sich und lief zurück zur Halle, um in Cadells Gemach weiter in Pwylls Geschichte zu lesen. Dabei fiel es ihr immer noch schwer zu glauben, dass ihr Gefängnis ein Ort war, an dem sie von Musik und Sagen umgeben wurde, ohne dass jemand sie für diese Leidenschaft rügte. Sogar die Frauen lauschten ihr gerne während der Verrichtung ihrer Tagarbeit, und Isabel nähte, stickte und spann Wolle zum ersten Mal mit Freude. Wenn sie daran dachte, früher in ein Gemach mit ihrer Mutter oder Lady

Hayt gesperrt gewesen zu sein, um in angespanntem Schweigen auf ihre Arbeit zu starren, meinte sie noch immer vor Langeweile zu sterben. Zwar hatte sie Lady Hayt auch vorsingen dürfen, aber die Atmosphäre war damals nie so ausgelassen gewesen wie jetzt. Sie war entführt worden, aber für Isabel fühlte es sich immer mehr so an, als hätten die Rebellen sie befreit.

In der Halle hielten sich einige Männer auf, die sich über einen Becher Bier beugten und lautstark miteinander sprachen. Es schienen Isabel ungewohnt viele, aber sie war so in ihrer Vorfreude auf Gwenllians Geschichten gefangen, dass sie nicht weiter darüber nachdachte. Vielleicht waren ja ein paar Reiter angekommen, und sie hatte nur nichts bemerkt, da sie sich auf der anderen Seite der Palisade aufgehalten hatte. Im Hof war ihr nichts Ungewöhnliches aufgefallen. Ein paar Männer blickten bei ihrem Erscheinen auf, interessierten sich aber nicht sonderlich für sie und widmeten sich den von Mägden gebrachten Speisen.

Voller Vorfreude schob Isabel sich durch die dicken Vorhänge, die den hinteren Teil der Halle abtrennten, und sah sich nach dem *Drysor Ystafell* um, dem Türhüter, damit er ihr sagte, ob Cadell da war, und sie ankündigte. Aber von dem alten Krieger, der nicht mehr in der Schlacht kämpfen konnte, aber immer etwas Ehrwürdiges ausstrahlte, war nichts zu sehen. Vielleicht suchte er nur den Abtritt auf, oder er war weggeschickt worden, was ihr wahrscheinlich erschien, als sie bemerkte, dass die Tür zu Cadells Gemach nur angelehnt war und dahinter eine erhobene Stimme erklang.

»Dieser Bastard von Sheriff war gar nicht dort! Wir haben St. Clears niedergebrannt und jeden Mann mit einer Waffe in der Hand getötet. Der Sheriff muss gewusst haben, dass wir nach Tenby nicht aufgeben und ihn in St. Clears suchen werden. Ich weiß nicht, wo er sich jetzt verkriecht.«

»Hast du etwas von Isabels Familie gehört? Hat ihr Vater schon auf unsere Nachricht reagiert?«

Kurz herrschte Schweigen, und Isabel lauschte mit angehaltenem Atem. Schließlich erklang wieder die Stimme von vorhin, die sie als Maredudd erkannte. »Ich habe FitzGerald noch einen Boten geschickt – für den Fall, dass die alte Lady Hayt beschlossen hat, unsere Nachricht gar nicht oder nicht wahrheitsgetreu zu übermitteln. Noch kam keine Antwort, ich nehme an, du hast auch noch nichts von ihnen gehört. Auf jeden Fall scheint es nach unserer Abreise ordentlich Wirbel in Tenby gegeben zu haben. Von unseren Männern dort weiß ich, dass die Geraldines bald nach unserem Aufbruch dort eintrafen. Vermutlich rief irgendjemand aus Tenby sie zu Hilfe. Und wie erwartet waren sie von Isabels Verschwinden alles andere als angetan. Es heißt, dass die Geraldines allesamt fuchsteufelswild auf den Sheriff sind, so wie wir vorausgeahnt haben. Ein Sheriff, der die Beine in die Hand nimmt, anstatt seine wertvolle Verlobte zu schützen … Zu einer Einigung scheinen sie aber noch nicht gekommen zu sein.«

Ein leises Brummen, dann hörte sie wieder Cadell. »Und Rhys?«, wollte er wissen, er klang ruhig und gefasst.

»Rhys zog weiter nach Aberafan, um unserem Vetter Morgan ap Caradog zu Hilfe zu eilen. Die Freinc dort haben ihm in seinem Land eine Burg vor die Nase gesetzt, und Rhys wird Morgan bei deren Vernichtung unterstützen. Im Gegenzug wird Morgan uns helfen, die letzten Freinc aus unserem Land zu verbannen. Auch nach Powys hat Rhys einen Boten geschickt, damit der Fürst sich an der endgültigen Zerschlagung der Freinc beteiligt.«

»Und du sitzt hier bei mir und schließt dich diesen ruhmreichen Taten nicht an? Seit wann lässt du dir eine Gelegenheit entgehen, dein Schwert in Blut zu tränken?«

Einen Moment lang war es erneut still, und Isabel lehnte sich neben der Tür an die Wand. Sie wusste, es war falsch, das Gespräch zu belauschen, aber ihre Neugierde war schon immer schwer aufzuhalten gewesen. »Ich kam her, um mit dir zu sprechen«, sagte Maredudd mit einem hörbaren Seufzen. »Um dir von St. Clears und den Geraldines zu erzählen, aber nicht nur. Ich bin hier, um dich zu fragen, was du jetzt vorhast.«

»Natürlich.« Ein verächtliches Schnauben erklang. »Du willst wissen, wann ich endlich verschwinde, damit du dich Fürst nennen kannst und nicht länger im Schatten deines Bruders stehst.«

»Das ist es nicht, das weißt du ganz genau, Cadell. Aber du hast einen Schwur geleistet, du wolltest Gott auf Knien für dein Überleben danken. Glaubst du nicht, dass Er erzürnt darüber sein wird, wenn du diesen Schwur brichst?«

»Wie gut, dass du ganz genau weißt, was Gott in seiner Allmacht will und was ihn erzürnt, Maredudd. Vielleicht solltest du dein Schwert niederlegen und Priester werden. Denn nicht nur Gott schulde ich Dank, sondern auch dem Mädchen, was du sehr genau weißt.«

»Du warst doch anfangs dagegen, sie überhaupt mitzunehmen. Sie ist meine Sache.«

»Deine Sache? Du hättest sie als Gefangene mitgenommen und sie sich selbst überlassen. Du denkst nie weiter und kannst die Konsequenzen deines Tuns nicht absehen. Ich sorge wenigstens dafür, dass es ihr hier gutgeht. Das ist das Mindeste, was ich für sie tun kann.«

»Ich habe dir gesagt, wir übernehmen deine Schuld, wir geben auf sie acht und nehmen sie als eine von uns auf – für immer, wenn die Geraldines nicht zur Einsicht kommen. Wir sind ihr ebenso dankbar wie du, aber deine Reise nach Rom kannst du ihretwegen doch nicht einfach vergessen! Und das hat nichts damit zu tun, dass ich Fürst sein will, denn das bin ich längst. Du bist kein Fürst mehr, Cadell, du bist ein Pilger. Dazu hast du dich selbst gemacht, als du Rhys und mir deine Ländereien übertragen und geschworen hast, vor dem Papst auf die Knie zu fallen. Du hast deine Verantwortung diesem Land gegenüber abgelegt, also mach dich nicht zum Narren! Alle reden schon über dich und fragen sich, was du hier noch verloren hast! Erst verkündest du, eine Pilgerreise nach Rom zu unternehmen und dich zurückzuziehen, dann begleitest du uns zu einem letzten Rachefeldzug vor deiner Abreise, um mit einem Zeichen der Stärke zu gehen, und plötzlich bist du wieder hier und scharwenzelst um ein Mädchen herum, ohne Anstalten zu machen, das Land zu verlassen. Glaubst du, die Leute fragen sich nicht, was du bezweckst?«

»Du und Rhys, ihr beide fragt euch, was ich vorhabe. Ihr fürchtet, dass ich nun doch nicht verschwinde und mein Land und meinen Titel zurückfordere.«

»Tust du es? Forderst du alles zurück, obwohl du nicht in der Lage bist, es zu halten?«

Erneut senkte sich Schweigen über die Kammer, und Isabel ballte ihre Hände zu Fäusten. Sie konnte die Anspannung zwischen den Brüdern selbst hier draußen spüren.

»Du weißt, es ist wahr«, hörte sie dann Maredudd leise sagen, »du bist kein Fürst mehr, Cadell. Ein Fürst muss kämpfen können, muss Stärke zeigen, sein Volk verteidigen. Du hast all das eingesehen, und jetzt hat sich deine Meinung plötzlich geändert? Hast du etwa vor, das Mädchen zu heiraten? Willst du ihre Familie vor vollendete Tatsachen stellen und hoffen, dass sie dir vergeben? Nein, vermutlich holst du sie dir nur in dein Bett, nicht wahr? So sieht dein Dank aus, du machst aus ihr eine Hure.« Isabel biss die Zähne zusammen. Sie wollte hineinstürmen und mit den Fäusten auf Maredudd losgehen, aber sie fühlte sich wie gelähmt. In ihrem Kopf herrschte ein einziges Durcheinander, und so wartete sie darauf, dass Cadell seinen kleinen Bruder zusammenstauchte. Aber das tat er nicht, er sprach weiterhin ruhig, wenn auch etwas gepresst.

»Was ich vorhabe, ist meine Sache und geht weder Rhys noch dich etwas an. Hört auf, euch Sorgen zu machen, ich nehme euch schon nichts weg.«

»Cadell ...«

»Verschwinde, überfalle ein paar Freinc, das ist es, was du am besten kannst, mein Leben muss dich nicht kümmern.«

»Es kümmert mich, du bist mein Bruder, und Brüder haben wir nun einmal nicht mehr allzu viele – und wenn erst einmal herauskommt, dass du ... nicht mehr die Stärke von einst besitzt, bist du hier in Gefahr. Also geh an einen sicheren Ort, verlasse diesen Teufelskessel endlich, bevor die Freinc zu Ende bringen, was sie begonnen haben.«

Raschelnde Schritte näherten sich der Tür, und Isabel schob sich schnell durch die Vorhänge zurück in die Halle. Atemlos und mit rasendem Herzen zwang sie sich, gemessenen Schrittes zwischen den Bänken, die sich um die drei Feuerstellen an der Seite tummelten, hindurchzugehen.

Cadell war krank oder verletzt ... Maredudd konnte doch nicht nur sein Schulterleiden meinen, wenn er davon sprach, dass Cadell nicht in der Lage wäre, sein Fürstentum zu halten. Und Cadell hatte seit dem Überfall weder in Tenby noch St. Clears noch sonst irgendwo gekämpft. Was fehlte ihm nur, und was hatte es mit seiner Pilgerreise auf sich? Hatte er diese tatsächlich aufgegeben, um Isabel hierherzubegleiten? Wirklich nur aus Dankbarkeit und dem Wunsch, eine Schuld zu begleichen? Maredudd wollte wissen, was er vorhatte, und Isabel ging es genauso.

Sie hatte fast die andere Seite der Halle erreicht, als eine weibliche Stimme hinter ihr erklang. »Du!«

Isabel blieb stehen und war nicht sicher, ob wirklich sie gemeint war, aber als sie über die Schulter zurückblickte, hatte sie keine Zweifel mehr. Sie sah direkt in die silbergrauen Augen der schönen Eira, die im Verlies von Tenby dabei gewesen und Maredudd »Liebster« genannt hatte. Von ihrer Schönheit war heute nicht viel zu sehen. Ihr Gesicht war von Schrammen gezeichnet, eine blutige Linie zerteilte ihre helle Augenbraue, und ihre Kleidung war zerrissen. Eine blasse Schulter blitzte unter dem dunklen Leinen heraus, und am anderen Arm fehlte der halbe Ärmel.

»Was ist passiert?« Isabel sah sich in der Halle nach Helfern um, aber niemand schien sich für den erbarmungswürdigen Zustand der jungen Frau zu interessieren. »Hast du Schmerzen, kann ich dir helfen?«

Eine Mischung aus Überraschung und Belustigung stand in dem zarten Gesicht, dann lachte Eira laut auf. »Die paar Kratzer?« Sie blickte an sich hinab und schüttelte den Kopf. »Ich bitte dich, so sieht man nun einmal aus, wenn man gerade eine Burg eingenommen hat. Isabel de Carew, nicht wahr?«

Isabel biss sich auf die Unterlippe und nickte nur.

»Nun, ich glaube, wir sollten uns endlich richtig vorstellen, nachdem ich meinem Geliebten ja schon unterstellt habe, Interesse an dir zu haben. Aber so wie es aussieht, ist es eher der andere Bruder, der ein Auge auf dich geworfen hat.«

»Was meinst du …?«

Die junge Frau winkte ab. »Also noch mal von vorne: Ich bin Eira, die Hure von Llandeilo. Aber das weißt du wohl schon längst. Und keine Sorge, ich glaube nicht länger, dass du vorhast, Maredudd den Kopf zu verdrehen.«

Ein belustigtes Schnauben entfuhr ihr. »Da bin ich ja erleichtert, zumal du einen wirklich furchterregenden Anblick bietest. Warte hier einen Moment, ich hole Wasser, um deine Wunden auszuwaschen.«

»Ah, ich sehe, du bist hier in guten Händen.« Plötzlich trat Maredudd an seine Geliebte heran und schlang seinen Arm um ihre Mitte. Sein Blick glitt über Isabel, als versuche er zu entscheiden, was er von ihr halten sollte. Es war sein Einfall gewesen, sie mitzunehmen, aber die Folgen schienen ihm nicht zu gefallen. Er wollte Cadell aus dem Land haben, daran hatte sie keine Zweifel mehr. »Hast du dich schon eingelebt?«, wollte er wissen und führte Eira zu einer verlassenen Bank an der Längsseite der Halle.

Isabel folgte ihnen. »Es sind alle sehr freundlich.«

Maredudd hielt inne, drehte sich dann aber um und ließ sich neben seiner Geliebten auf der Bank nieder. Von dort sahen nun beide zu ihr hoch und musterten sie unverhohlen. »Ja, mein Bruder tut ja auch alles dafür, um es dir so angenehm wie möglich zu machen«, sagte Maredudd schließlich und strich sich mit der Hand über seinen Kinnbart mit den Zöpfchen. »Lass mich dir einen Rat geben: Hänge dein Herz nicht zu sehr an meinen Bruder, auch wenn er sich zu deinem Beschützer erhoben hat. Er wird nicht mehr allzu lange hier sein.«

»Zwingt Ihr ihn zu gehen?« Sie dachte an all die vielen Male, da sie von Brüdern, Vettern und Söhnen gehört hatte, die nicht davor zurückschreckten, die eigene Familie für ihren Machtanspruch zu bekriegen, zu verstümmeln oder zu töten. Maredudd wollte Fürst sein. Würde er Cadell etwas antun, um das zu erreichen?

Maredudd sah sie ungeduldig an, als ahnte er, welchen Verdacht sie hegte. Er schüttelte den Kopf. »Du weißt nichts über uns, Isabel, also urteile nicht vorschnell. Wir leben in einer schwierigen Zeit an einem gefährlichen Ort, und wir können nicht immer hier sein und auf Cadell aufpassen.«

»Wieso sollte irgendjemand auf ihn aufpassen müssen?«

Maredudd wandte sich an Eira an seiner Seite und gab ihr einen Kuss auf die Schläfe. »Bis bald, Liebste. Gib gut auf dich acht, bis ich wieder zurückkomme.«

»Solange du nur zurückkommst und in Powys vorsichtig bist.«

»Du begleitest ihn nicht wieder?« Isabel wandte sich direkt an die junge Frau, die mit einem Schnauben, das halb Lachen, halb Missbilligung war, den Kopf schüttelte.

»Ich erwarte ein Kind, und Maredudd lässt mich nicht mehr mitkommen. Unser Sohn wird auch hierherkommen, jetzt, da ich nicht länger mit Maredudd in den Kampf ziehe. Im Moment befindet der Kleine sich in der Obhut einer treuen Familie. Aber bis zur Niederkunft sitze ich hier fest, genauso wie du, Isabel. Es heißt, du erzählst Geschichten, ich würde gerne welche hören – aber bitte kein Liebesgedöns, sondern etwas mit Abenteuern und Kämpfen.«

»Da wird mir wohl etwas einfallen.« Isabel lächelte den beiden noch einmal zu, wollte sie aber nicht länger stören und ihnen lieber einen Moment für sich allein zum Abschied geben. Es kam ihr ungewöhnlich vor, dass eine Frau an der Seite ihres Liebsten kämpfte, aber insgeheim bewunderte Isabel Eira für diese Tapferkeit. Sie selbst könnte wohl auch nur schlecht zu Hause sitzen, während der Mensch, der ihr die Welt bedeutete, sein Leben riskierte. Aus diesem Grund war sie ja auch so unruhig. Sie saß hier fest, während Ralph womöglich in Schwierigkeiten steckte.

Ohne Eile schlenderte sie zum Brunnen, um Wasser für Eiras Wunden zu holen. Sie ließ sich viel Zeit, und als sie schließlich mit einer Schale und einem sauberen Tuch in die Halle zurückkehrte, war Maredudd nicht mehr da. Eira saß allein auf der Bank, die Hände neben sich abgestützt, den Kopf in den Nacken gelegt. Sie sah zu Tode erschöpft aus, aber Isabel wusste, es wäre sinnlos, sie darauf aufmerksam zu machen und sie zur Ruhe zu mahnen. Also setzte sie sich einfach nur neben sie, wrang das Tuch aus und legte es der jungen Frau in den Nacken.

Eira stöhnte auf. »Du kennst mich kaum, bei unserer ersten Begegnung war ich alles andere als freundlich zu dir, und trotzdem zeigst du Güte. Wieso?« Sie richtete sich auf und nahm Isabel den Lappen aus der Hand.

Isabel hob die Schultern. »Du sahst aus, als könntest du Hilfe gebrauchen.«

Ein fast schon traurig klingendes Lachen entfuhr der jungen Frau. »Im Verlies sahst du auch aus, als könntest du Hilfe gebrauchen. Trotzdem hätte ich dich ohne mit der Wimper zu zucken dort zurückgelassen, um dich mit dieser alten Schachtel von Lady krepieren zu lassen.«

»Hättest du wirklich?« Isabel musste grinsen, sie wusste gar nicht wieso. »Nun, ich bin froh, dass du es nicht getan hast. Böse kann ich dir deswegen trotzdem nicht sein. Du bist eine britische Kriegerin, und in deinen Augen war ich nur ein freincisches verwöhntes Adelsgör, das alles hat, was den Briten genommen wurde.«

Überrascht hob Eira die Augenbrauen. »Aber das bist du nicht, hm? Maredudd erklärte mir, dass du von seinem Blut bist, und so muss ich dich lieben, wie ich ihn liebe.«

»Du musst mich nicht lieben, Eira.« Isabel führte Eiras Hände mit dem Lappen zurück in ihren Nacken. »Bei einer so riesigen Familie wäre es wohl etwas anstrengend, sein Herz in so viele Teile zu zerschneiden. Liebe deinen Maredudd, das ist bestimmt schwer genug, bedenkt man, welchen Gefahren er sich aussetzt.«

Eira blickte auf ihren Schoß hinab. »Der Fürst von Powys wird sich uns nicht anschließen.« Sie rieb ihre aufgeschürften Finger aneinander und atmete tief durch. »Und wenn Powys sich raushält, werden Maredudd und Rhys in sein Land einfallen und ihn spüren lassen, welche Konsequenzen es nach sich zieht, die Freinc zu unterstützen anstatt das eigene britische Volk. Maredudd wird kämpfen, und ich bin dann nicht bei ihm.«

Isabel schwieg und betrachtete das zerkratzte Antlitz der jungen Frau. Im Gespräch zwischen Maredudd und Cadell hatte sie vernommen, dass die Brüder in Powys um Unterstützung bitten wollten, aber von einer Antwort war nie die Rede gewesen. »Woher willst du wissen, dass Powys euch nicht unterstützt?«, fragte sie und legte die Hand auf Eiras. Sie hatte Mitleid mit ihr, konnte nachfühlen, wie einsam und nutzlos sie sich im Moment fühlte, aber sie konnte auch verstehen, dass Maredudd sie in diesem Zustand nicht bei sich haben wollte.

»Ich weiß es, weil der gute Madog aus Powys die Annehmlichkeiten genießt, die ein Leben unter freincischer Vorherrschaft mit sich bringt. So wie sein Vater, Maredudd der Mutlose, sitzt er auf seinem Hintern und lässt andere für ihn kämpfen, bis sich alle gegenseitig aufgerieben haben und ihm alles in den Schoß fällt. Vor ein paar Jahren zog dieser freincische Bastard, der Earl of Chester, gegen Nordwales. Er dachte, er könne Owain Gwynedd vernichten, und Powys schloss sich ihm natürlich an, in der Hoffnung, ein Stück vom Land abzubekommen, das er schon immer haben wollte. Aber Gwynedd obsiegte, schlachtete die Freinc und die Verräter aus Powys ab und trieb die anderen in die Flucht. Daher wird der Fürst von Powys sich nie mit uns verbünden, denn er will nicht gegen die Freinc kämpfen, sondern gegen Gwynedd. Und einen Sieg über dieses Land erhofft er sich durch die Freinc. Allein ihn zu fragen ist schon vergebliche Mühe.«

»Lass uns erst mal abwarten, was für Informationen uns erreichen. Willst du nicht zu den anderen Frauen gehen, wo es etwas friedlicher ist?« Sie wies zu Maredudds trinkenden Männern, die in einem mehrstimmigen Chor vom Untergang St. Clears sangen. Sie hörten sich nicht schlecht an, aber es war fast unmöglich, sich zu unterhalten, und Isabel hatte auch nicht das Gefühl, hier in der Halle etwas verloren zu haben. In der kurzen Zeit, die sie jetzt schon unter Walisern lebte, hatte sie sich an die strenge Abschottung der Frauen gewöhnt, und es gefiel ihr. Unter den Frauen fühlte sie sich beschützt und sicher, was ihr lange gefehlt hatte. In der Nähe des Sheriffs und de Brabant hatte sie immer auf der Hut sein müssen, während sie hier ganze Tage nur in weiblicher Gesellschaft verbrachte. Sie aß bei den Frauen, arbeitete mit ihnen und schlief bei ihnen. Nur zu besonderen Anlässen trafen sich alle in der Halle zu einem gemeinsamen Mahl, so wie es in einer Woche zu Christi Himmelfahrt geplant war.

Zwar war sie gerne in Cadells Nähe, und sie freute sich auch, dass Niall ihr so viel beibrachte, aber sie hatte nicht gewusst, wie beruhigend weibliche Gesellschaft sein konnte, wenn diese leichten Herzens war. In Tenby und bei ihr zu Hause hätte ihr solch eine Abschottung wohl nicht so gefallen, und vermutlich hätte sie dagegen aufbegehrt. Sie hätte es erniedrigend gefunden, wenn Männer die Frauen einfach so ausgrenzten, was in normannischen Haushalten durchaus vorkam. Aber hier hatte sie nicht das Gefühl, als wäre die Trennung der Geschlechter auf Herablassung den Frauen gegenüber begründet so wie bei den Normannen. Die Männer hier respektierten die Frauen in ihrer eigenen kleinen Welt, und die Frauen gebärdeten sich, als wären sie zu würdevoll, um sich unter rauen Kriegern aufzuhalten. Sie waren stolz und nicht gebeugt. Sie gaben Isabel Kraft.

»Ich will keinen Frieden«, riss Eiras Stimme sie aus ihren Gedanken, »ich bin eine von ihnen, gehöre zu den Männern. Ich bin ihren Lärm gewohnt, und bald wird es hier ohnehin unerträglich ruhig, wenn Maredudd abreist, um sich Rhys anzuschließen.«

»Wo ist er jetzt?«

»Er spricht mit Niall. Vermutlich über Cadell. Kein Mensch weiß, was dieser alte Griesgram plant und warum er immer noch hier ist.«

»Cadell ist weder alt noch ein Griesgram.«

Grinsend wandte Eira sich ihr zu. »Ist an den Gerüchten etwas dran? Wärmst du des Nachts Cadells Bett? Was würde deine Familie wohl dazu sagen?«

»Ich wärme niemandes Bett.« Sie ließ ihren Blick durch die Halle wandern und lauschte einer Weile den Männern. Diese Art, in mehreren Stimmlagen zu singen, bis sich alle vereinten, war ihr neu, aber sie fand Gefallen daran. Aber als die Männer ihr Spottlied über die Freinc schließlich zu Ende brachten und nach ihren Bechern griffen, wandte Isabel sich wieder Eira zu. »Wieso nanntest du dich vorhin eigentlich ›die Hure von Llandeilo‹?«

»Geliebte, Hure, für manche ist das doch dasselbe, und da Maredudd und ich nicht verheiratet sind …«

»Stört es dich nicht?«

»Wieso?« Eira tauchte nun doch den Lappen ins Wasser und wischte sich das schlimmste Blut vom Gesicht. »Maredudd wird mich nicht heiraten, denn ich brächte nichts in die Ehe ein. Es wäre ein sinnloses Bündnis, für beide von uns. Das heißt aber nicht, dass ich mich geringer schätze, denn ich bin seine Gefährtin, meine Kinder werden seine Erben. Eine Ehe ist ein Vertrag – nicht wie bei euch Freinc, wo die Ehe als etwas Heiliges, Unantastbares angesehen wird. Bei uns wird eine Ehe geschlossen, um Familien miteinander zu verbinden und Macht zu verstärken. Sie ist nicht fürs Leben gedacht, denn wie jeder Vertrag kann auch dieser auslaufen oder einfach gebrochen werden. Sei es nach den sieben Jahren Probezeit oder wenn einer oder beide aus bestimmten Gründen auf die Trennung bestehen. Dann werden ihre Güter einfach hälftig aufgeteilt, und jeder geht seiner eigenen Wege. Also warum sollte ich eine Heirat anstreben? Niemand würde durch einen Vertrag mit mir profitieren, und ich bringe auch nicht die Kinder eines Mannes zur Welt, den ich nicht will. Die Freinc vernichteten meine ganze Familie und nahmen sich unser Land. Einst war ich eine freie Britin, mein Vater besaß einige Herden Rinder und etwas Land. Jetzt habe ich gar nichts, nur meine Rache. Genauso wie Maredudd.« Ein bitteres Lachen entrang sich ihrer Kehle, und ihre Züge zeigten sich noch schärfer. Den Lappen in ihrem Schoß zur Faust geballt, bis ihre Fingerknöchel weiß waren, starrte sie aufs Bodenstroh. »Ja, vielleicht war es das, was Maredudd und mich zueinander führte. Er verstand meinen Wunsch zu kämpfen, und er hielt mich nie davon ab. Er sagte stets, es wäre mein Recht, meine Familie zu rächen, genauso wie das seinige. Wir verstehen einander. Wenn mich das in manchen Augen zu einer Hure macht, ist es mir gleich, denn es zählt allein, dass ich Maredudds anerkannte Gefährtin bin und meine Söhne seine Erben. Denn nicht jeder illegitime Sohn ist zwangsweise erbberechtigt, täusche dich da nicht, Isabel.« Sie sah wieder auf, ihr Blick aus den Silberaugen ernst und durchdringend. »Ein in den Büschen mit einer Schankfrau gezeugter Sohn ist nicht mehr als ein Bastard bei den Freinc und ohne Erbrecht. Nein, es muss ein Sohn aus einer wahren Verbindung hervorgehen, nicht zwangsweise einer Ehe, aber aus einer anerkannten Beziehung. Sollte der Vater das Kind nicht anerkennen, musst du nachweisen können, dass er bei dir lag, und daher muss die Beziehung öffentlich sein. Merke dir das besser, denn es sind jetzt auch deine Gesetze. Und irgendwann kommst du vielleicht in die Lage, wo auch du die Rechte deiner Kinder durchsetzen musst.«

Isabel nickte, auch wenn sie nicht vorhatte, allzu bald Kinder zu bekommen. Und schon gar keine unehelichen, dafür war sie wohl immer noch zu sehr Normannin. Die walisischen Gesetze waren ihr fremd, und Isabel bezweifelte auch, sie jemals zu durchschauen. »Ich werde mich vorsehen.«

»Du solltest mit dem *Brawdwr Llys* sprechen, dem Rechtsgelehrten, wenn er sich mal zur Halle bemüht. Die meisten unserer Gesetze sind kompliziert und verwirrend, und nur ein Rechtsgelehrter kennt die Antworten, sie sind für dich aber auch nicht wichtig. Einzig über die Ehe und Kinder solltest du dich wirklich auskennen. Zumal Maredudd der festen Überzeugung ist, dass Cadell plant, dich zu heiraten.«

Isabels Kopf fuhr hoch, die Worte rissen sie aus ihrer Benommenheit. »Wie kommt er darauf?« Schon in Cadells Gemach hatte er so etwas behauptet.

»Ich weiß es nicht, aber ich denke, Maredudd kennt seinen Bruder. Und wenn Cadell so still ist und nichts verrät, plant er meist etwas Großes – etwas, das niemand erwartet. Vielleicht erklärt er mit dir eine Verbindung zu den Geraldines, um den Frieden zu wahren. Vielleicht riskiert er den Zorn deiner Familie, in der Hoffnung, dass sie deine Entführung einfach hinnehmen, wenn ihr erst verheiratet seid. Vielleicht will er sich so am

Sheriff rächen – wenn er ihn nicht töten kann, dann nimmt er ihm zumindest vor aller Augen die Frau und macht ihn so zum Gespött. Was weiß ich? Es spricht jedenfalls vieles dafür, und was will Cadell sonst noch hier?«

Isabel wusste darauf keine Antwort. Und als sie einen von Maredudds Barden die Halle betreten sah, rückten Cadell, Niall und alle anderen hier sofort in weite Ferne. Jener Mann in den feinen, vom Ritt aber mitgenommenen Gewändern fungierte für Maredudd als Bote. Er hatte nach Tenby reisen sollen, um herauszufinden, wo der Sheriff sich aufhielt und was er und ihre Familie jetzt planten. Mittlerweile wusste Isabel, dass Trystan den Rebellen Neuigkeiten übermittelte und Augen und Ohren in Tenby für sie war. Immer wieder machten sich Männer zu ihm auf, um Informationen für ihre Fürsten zu beschaffen, und dieses Mal hatte auch Isabel einen Auftrag für den Boten gehabt. Sie hatte den jungen Mann gebeten herauszufinden, was aus dem walisischen Jungen im Verlies geworden war, und dafür verlangte er nichts als ein Haarband seiner Herzallerliebsten – Nonas älterer Tochter. Dieses war leicht zu beschaffen gewesen, und so sprang Isabel jetzt schnell auf, eilte ihm hinterher und ergriff seinen Ellbogen, ehe er sich an einer der Tafeln niederlassen konnte. Angst und Hoffnung hielten sich die Waage.

»Isabel.« Der junge Barde wandte sich ihr freundlich lächelnd zu. Er schien sich nicht an ihrer Ungeduld zu stören. Im Gegenteil. Seine fröhliche Miene versprach eine gute Nachricht.

»Der Junge, nach dem du mich gefragt hast – Aneirin –, er wurde wieder gefangen genommen.«

»Nein!« Isabel lehnte sich fassungslos an die Wand hinter ihr. Das konnte nicht sein … Wenn Ralph etwas geschehen war, war das alles nur ihre Schuld.

»Keine Sorge, nicht für lange. Erst befreiten Maredudds Männer ihn ja, wie du weißt, aber kaum war unsere Armee fort, schafften die Männer des Sheriffs ihn wieder zurück in sein Verlies.«

»Wieso ist er nicht eher geflohen?«

Der Barde zuckte mit den Schultern. »Ich weiß nur, dass er Glück hatte, denn als der Sheriff sich zurück nach Tenby wagte, trafen bald darauf auch die FitzGerald-Brüder ein.«

Ihr Vater und Onkel Maurice! Isabel hielt den Atem an.

»Die beiden kamen zur Unterstützung, waren aber zu spät, der Kampf war ja schon vorbei, aber der jüngere der FitzGeralds hielt den Sheriff davon ab, Aneirin in seinem Zorn gleich hinzurichten. Und damit ihm auch weiterhin nichts passiert, nahm er ihn mit sich. Er soll ihm als Knappe dienen oder so, auch wenn ich nicht verstehe, was ein freincischer Ritter mit einem britischen Jungen anfangen will.«

Isabel entwich die Luft in einem Keuchen. Ralph war bei Onkel Maurice. Er wäre fast getötet worden, und Onkel Maurice hatte ihn gerettet. Kam er deshalb nicht hierher? Fühlte er sich ihrem Onkel gegenüber verpflichtet? Würde sie ihn je wiedersehen? Erneut fühlte Isabel sich unter den Rebellen eingesperrt. Sie konnte nicht einfach gehen, um Antworten auf diese Fragen zu suchen, und so fühlte sie sich schrecklich hilflos.

»Was ist los, du bist ganz weiß im Gesicht.«

Isabel schüttelte den Kopf und zog das Haarband aus ihrem Gürtel. Ohne ein Wort reichte sie es dem Barden und wandte sich ab. Sie versuchte, Trost in dem Gedanken zu finden, dass Ralph bei ihrer Familie zumindest in Sicherheit war, und trotzdem spürte sie ein Brennen in den Augen. Die Hoffnung, ihn bald wiederzusehen, hatte sie jeden Tag begleitet und aufgerichtet. Jetzt wusste sie nicht mehr, was sie tun sollte. Ralph, der Waliser-Prinz, war nun bei ihrer normannischen Familie. Und sie, die normannische Geraldine-Tochter, war bei den walisischen Rebellen. Alles kam ihr verkehrt vor.

Ich habe dich in den letzten Wochen häufiger mit Eira sprechen sehen.« Nona ließ sich neben ihr mit ihrer Näharbeit nieder und breitete das Leinen für die neue Tunika auf ihrem Schoß aus. Isabel hatte sich bewusst zurückgezogen, um in Ruhe ihre Gedanken zu sortieren, da sie aber ohnehin keine Klarheit erlangte, störte die Gesellschaft sie nicht. Sie saß in der kleinen Halle des Frauenhauses beim schwach glimmenden Feuer, das nie gelöscht wurde, und nähte ebenfalls neue Hemden, die zu Pfingsten übergeben werden sollten. Es war üblich, dass jene Gewänder aus Wolle vom Fürsten geschenkt wurden, während jene aus Leinen von seiner Gemahlin stammten. Doch hier gab es keine Fürstin, und darüber, wer Fürst war, konnte man sich auch nicht wirklich einigen. Cadells Verbleib in Dinefwr verwirrte viele, besonders da sie jetzt Maredudd als Fürsten ansahen. Cadell hatte sein Land und seinen Titel abgegeben, aber niemand sprach laut darüber, und alle akzeptierten, dass Cadell das Vermögen während Maredudds Abwesenheit verwaltete. Geflüstert wurde aber überall. Eira erzählte ihr oft von den Spekulationen unter den Männern und Frauen, die sich unangenehmerweise oft um Isabel drehten. Vielleicht war es ja auch Eiras Werk. Vielleicht verbreitete sie Maredudds Überlegungen, denn immer mehr nahmen an, dass Cadell eine Ehe mit Isabel plante. Und Isabel konnte an fast nichts anderes mehr denken.

»Eira und ich verstehen uns gut«, sagte sie an Nona gewandt, ohne von ihrer Arbeit aufzusehen. »Sie ist rastlos und sorgt sich um Maredudd, ich versuche sie ein wenig abzulenken.«

»Das ist sehr freundlich von dir.« Nona senkte den Kopf wieder über ihre Arbeit, aber Isabel war ihr sonderbarer Ton nicht entgangen.

»Magst du Eira nicht?«

»Sie hat mir nie etwas getan, und ich bewundere, dass sie sich den Kämpfen anschließt.«

»Aber?«

Eine von Nonas Töchtern kam zu ihnen, um sich dazuzugesellen, doch Nona schüttelte den Kopf und winkte sie weiter. Dann senkte sie ihre Arbeit und sah Isabel in die Augen. »Ich finde nur, du solltest vorsichtig sein. Du weißt nicht, was Eira bezweckt.«

Ein Seufzen entrang sich ihr. »Eira versucht sich abzulenken und lauscht meinen Geschichten, genauso ihr Junge.« Denn wie Eira befürchtet hatte, war der Fürst von Powys nicht auf den Hilferuf aus dem Süden eingegangen und verblieb lieber auf der Seite der Normannen. Und so plünderten Maredudd und Rhys jetzt sein Land, um ihn daran zu erinnern, mit wem er sich besser nicht anlegen sollte. »Wenn du glaubst, Freundlichkeit sei Misstrauen erregend, dann müsste ich bei euch allen den Verdacht auf finstere Pläne hegen.«

»Wir haben durch deine Anwesenheit hier nichts zu verlieren, Isabel, im Gegensatz zu Eira. Weißt du, dass ein Waisenkind dem Gesetz nach immer von der Familie der Mutter aufgezogen wird? Weil es unter der Familie des Vaters in Gefahr wäre. Denn dort gäbe es Vettern und Onkel, weitere Erben, die einen Grund hätten, das Kind loszuwerden.«

Isabel hob ungeduldig die Augenbrauen, sie wusste nicht, was das mit ihr zu tun hatte, und so fuhr Nona fort: »Eira ist der festen Überzeugung, dass Cadell dich heiraten wird. Und obwohl Cadell sich in den letzten Tagen wieder ziemlich verschanzt hat, glauben das mittlerweile auch alle anderen. Immer öfter erklingen Stimmen, die sagen, dass du genau aus diesem Grund entführt wurdest, so wie es schon oft in der Vergangenheit unseres Landes geschah, so wie es Cadells Vater tat.«

Ein nervöses Flattern zog durch ihren Bauch, und ihr Atem beschleunigte sich. Cadell heiraten? Er war doch wie ein Onkel für sie. Ja, er war gütig und ehrenhaft und bestimmt eine bessere Wahl als der Sheriff, aber er war nicht … Ein stechender Schmerz zog durch ihren Bauch. Er war ein walisischer Prinz, aber er war nicht *ihr* Waliser-Prinz.

»Kennst du den wahren Grund deiner Entführung?«, hakte Nona nach, ihr Blick immer noch durchdringend, aber weniger erbost als besorgt. »Hatte die alte *Nain* recht, als sie dich mit Nesta, Gwenllian oder Gwenhwyfar verglich? Bist du eine Noble, die mit Cadell durchbrannte?«

»Natürlich nicht!« Die Worte platzten aus ihr heraus, klangen aber viel zu panisch, um glaubhaft zu sein, das wusste sie selbst. Sie erkannte auch, dass Nona ihr kein Wort glaubte, und das machte alles nur noch schlimmer. Gleichzeitig beherrschten Cadells mögliche Absichten ihre Gedanken. Hatte er sie tatsächlich mitgenommen, um sie zu heiraten? Oder wollte er sie am Ende an Rhys geben? Und wieso nahm niemand an, dass sie für Niall bestimmt war? Sie verbrachte fast jeden Tag Zeit mit ihm, während sie Cadell kaum zu Gesicht bekam. Vielleicht lag es daran, dass Niall so offen um die Tochter des *Penteulu* warb und jeder wusste, wie unsterblich verliebt er war.

»Was auch immer deine Geschichte ist.« Nona legte ihr die Hand auf den Arm, eine fast schon mütterliche Geste. »Gib auf dich acht, denn Eira sieht ihre Stellung nicht gerne bedroht – nun, weniger die ihre als die ihres Sohns.«

»Aber ich bedrohe doch niemanden …« Sie verstummte. Plötzlich dämmerte ihr, worum Nona die ganze Zeit herumredete, und allein die Möglichkeit, dass Eiras Freundlichkeit nur gespielt war, verursachte einen schmerzhaften Druck in ihrer Brust. »Cadell ist kinderlos und als Fürst zurückgetreten«, sagte sie leise, wie zu sich selbst. »Jetzt ist Maredudd Herrscher über das Land, und sein Sohn wird ihm folgen – Eiras Sohn. Aber wenn Cadell heiratet und selbst einen Sohn bekommt …« Sie sah zu Nona auf, ihre Hände zitterten. »Eira glaubt tatsächlich, dass Cadell alles zurückfordert. Und wenn Maredudd das auch glaubt …« Ihr wurde schwindlig. Würden die Brüder um die Fürstenwürde kämpfen, wie es so oft vorkam? Nur dieses Mal wäre es ihre Schuld. Sie löste all das aus, dabei wollte sie die

Brüder erstarken sehen, anstatt sie zu schwächen. Sie wollte nur das Beste für sie, aber stattdessen schien sie allein schon fähig zu sein, einen Krieg anzuzetteln – nicht nur zwischen ihrer Familie und den Rebellen, sondern auch unter den Rebellen selbst. »Im Moment schwingen alle große Reden, Isabel, du weißt ja, wie gerne sich die Männer reden hören. Noch ist doch nichts entschieden, und vielleicht täusche ich mich in Eira. Du solltest nur wissen, dass diese Gedanken ihr bestimmt schon gekommen sind. Und wenn jemand weiß, was Cadell vorhat, dann solltest es doch du sein. Schließlich dreht sich hier alles um dich.«

Den Boden anstarrend schüttelte sie den Kopf. »Ich weiß gar nichts.«

»Mach dir nicht allzu viele Sorgen. Geredet wird hier immer viel.« Nona streichelte über ihren Rücken. »Wir arbeiten jetzt einfach weiter und überlegen uns, wie wir genug Leinen für Bryn, den Fetten, vernähen. Ich sage dir, wenn er noch dicker wird, dann …« Sie verstummte und horchte auf. Auch Isabel blickte zur Tür, vor der plötzlich aufgeregte Rufe erschollen und allgemeiner Trubel herrschte. Frauen eilten an ihnen vorbei zum Ausgang, und als sie die Tür öffneten, drang der Lärm verstärkt zu ihnen herein. Isabel erkannte, dass es Freude war, die die Menschen draußen erfüllte.

Schnell legte sie die Näharbeit zusammen und eilte gemeinsam mit Nona hinaus. Das Erste, was sie inmitten all der Menschen im Hof sah, war Eira, die sich durch die Menge drängte und aufgeregt winkte. Es gab keinen Zweifel, dass Maredudd zurückgekehrt war, auch wenn sie ihn inmitten all der Hektik nicht erkennen konnte. Von ihrem erhöhten Standort der Burganlage aus, erkannte sie aber mit Staunen hunderte oder sogar tausende von Rindern, die unten auf der Ebene aus dem Wald zu den Palisaden getrieben wurden. Das ferne Muhen mischte sich mit den fröhlichen Rufen der Bewohner Dinefwrs, die nun Wohlstand und Überfluss für dieses Jahr erwarten durften. Einigen hohen Herren in Cadells oder Maredudds Dienst stand ein Anteil an der Kriegsbeute zu, und die Frauen jener Männer waren es, die am lautesten jubelten und ihre Schultertücher in der Luft schwangen. Die beiden jungen Fürstenbrüder hatten ein feindliches Land geplündert, und die Männer und Frauen hier durften sich an diesem Reichtum erfreuen.

»Wenn man sie so sieht, hat man das Gefühl, nichts und niemand könne sie besiegen.« Isabel warf Nona an ihrer Seite einen Blick zu und sah dann ebenfalls in die Richtung der auf sie zuströmenden Menschen.

Dort traten sie aus der Menge, Maredudd und Rhys, zwei junge Krieger, die gerade Mal gut zwanzig Winter überstanden hatten und doch als siegreiche Könige heimkehrten. Sie waren das Inbild des britischen Geistes, das, woran alle hier glaubten, sie brachten Plündergut mit dem Sieg, sie brachten Hoffnung auf die Rückerlangung des britischen Landes und ein Leben in Freiheit.

Und in dem Moment, da Isabel die beiden betrachtete, fühlte sie es. Bisher waren es oft Mitleid und Hilflosigkeit gewesen, die sie beim Gedanken an die tragischen Helden des britischen Freiheitskampfes gespürt hatte. Sie hatte mit den Rebellen gefühlt und ihnen Stärke gewünscht, aber tief im Inneren hatte sie nie wirklich geglaubt, dass sie obsiegen konnten. Die Normannen waren zu stark mit ihren Burgen, die sie jeden Steinwurf lang erbauten, um von dort aus auf die Einheimischen herabzublicken und ihnen Tag für Tag vor Augen zu halten, dass sie es waren, die jetzt hier herrschten. Mit ihren schweren Rössern und Rüstungen, mit ihrem organisierten Vorgehen und ihrer großen Zahl. Aber hier kamen zwei junge Männer mit strahlenden Augen, von den Menschen bejubelt und bewundert; Karren voller Säcke mit Getreide folgten ihnen, müde Krieger mit Blessuren, die jedoch alle ein Grinsen im Gesicht trugen … Zum ersten Mal glaubte auch Isabel, dass die Waliser ihr Land zurückerobern konnten. Denn sie sah endlich das in den Augen anderer, was sie für fast schon verlorengegangen gehalten hatte: Überzeugung.

Diese beiden Männer standen für ihre Sache ein, sie kämpften mit ihrem Blut, mit ihrem Schweiß, und in diesem Moment entfernte Isabel sich noch ein Stück weiter von den Normannen, von ihrer Familie. Sie nahm dies bewusst wahr und fühlte einen eigentümlichen Schmerz in ihrer Brust. Gleichzeitig erfüllte aber auch das Brennen für diesen Freiheitskampf ihr Innerstes. Es loderte in ihr auf, etwas, das immer schon da gewesen war, aber stets nur ein Funke. Jetzt war sie davon erfüllt. Ralph würde nicht hierherkommen, ihr Vater würde sie niemals gegen den Sheriff eintauschen, und wenn er sie befreite, würde er sie zwingen, ein Monster zu heiraten. Sie gehörte nicht mehr dahin und wollte hierbleiben. Ihre ungewisse Zukunft ängstigte sie, aber wenn sie an ein Leben unter den Walisern dachte, sah sie Licht, beim Gedanken an eine Rückkehr zu den Normannen nur Dunkelheit.

Hornpfeifenspieler begleiteten den Siegeszug zum Turm hinauf, ihre Finger tanzten über die flötenähnlichen Instrumente, die an der Spitze nach oben gebogen waren. Viele von ihnen waren Krieger und erfüllten die Luft mit dem leicht trötenden und klagenden Klang. Es war eine fröhliche Melodie, und doch schien in diesen Instrumenten stets Wehmut zu liegen, etwas Tiefes, mit der Erde Verbundenes. Es überzog sie mit einer Gänsehaut und bestärkte sie in ihrem Drang, nicht länger die Tage verstreichen zu lassen, sondern endlich ihren Platz zu finden und etwas zu tun.

Ihr Blick fiel auf Cadell, der den leicht abfallenden Hang vom Turm hinunterging; der hünenhafte Niall an seiner Seite. Gemessenen Schrittes näherte er sich seinen Brüdern, ein nichtssagender Ausdruck auf seinem Gesicht. Unter den tiefhängenden Wolken, die die Feiernden immer wieder mit feinem Sprühregen begossen, war seine Blässe noch deutlicher, genauso die dunklen Ringe unter seinen Augen. Er war ein Schatten dessen, was er einst in Llansteffan gewesen war, aber trotzdem blieb er für sie ebenfalls ein König. Ihm fehlte die Jugend seiner Brüder, war er doch schon doppelt so alt wie sie, und das Grau in seinem Haar schien von Tag zu Tag zuzunehmen. Ihm fehlte der leichte Gang, denn an solch feuchten Tagen war die stets etwas herabhängende Schulter umso deutlicher, genauso, dass seine Füße über den Boden schleiften. Seinen Augen war der Übermut und Frohsinn verlorengegangen, und tiefes Mitgefühl erfasste sie. Wenn sie ihn inmitten des Lärms der Rinder, der freudigen Menschen und der Melodie der Hornpfeifen ansah, brach ihr das Herz. Denn als all die Menschen ihn und seine Brüder umringten, schien es ihr, als wäre er immer noch allein. Seine Lippen formten ein Lächeln, aber es erreichte seine Augen nicht. Er war es nicht, der hier gefeiert wurde, und Isabel glaubte nicht, dass ihn das unberührt ließ, hatte er doch schon oft gespürt, wie es war, ein erfolgreicher Kriegsherr zu sein. Wieso war er immer noch hier und setzte sich dieser Qual aus? Wirklich nur ihretwegen? Hatte er gar vor, mit ihr an seiner Seite zu neuer Macht zu kommen? …

Die Gerüchte um Cadells Vorhaben drängten sich in ihr Bewusstsein. Sie wollte nicht heiraten, sie war einer unwillkommenen Ehe gerade erst entkommen, wobei ihr bewusst war, dass Mädchen nicht entscheiden konnten und sich fügen mussten. Ralphs Bild erschien vor ihrem inneren Auge, aber er lebte jetzt ein anderes Leben. Eines, das sein Vater billigte, schließlich wollte dieser ja, dass Ralph auf normannischer Seite stand und zum Ritter ausgebildet wurde. Ob beim Sheriff oder einem Geraldine war ihm wohl gleichgültig. Aber auf keinen Fall hätte er seinen Sohn bei den Feinden aus Südwales sehen wollen. Vielleicht hatte Ralph sich ja auch bewusst für seine Familie und einen Aufstieg unter den Normannen entschieden. Es war eine kluge Wahl, denn vermutlich stand er jetzt auf der Seite der Sieger. Vielleicht hatte er auch schon genug für sie gelitten. Ralph würde nicht kommen, damit hatte sie sich inzwischen abgefunden. Sie verstand es, aber es tat weh, und sie konnte nur hoffen, dass sein Bild mit der Zeit blasser wurde. Sie musste endlich richtig hier ankommen. Aber nicht durch eine politische Ehe, die Krieg in das Land bringen würde.

Ihre Hand schloss sich um den Holzanhänger, den sie stets bei sich trug. Erneut sah sie Ralph vor sich, verbissen mit dem Bogen übend, sich lachend über die Klippen kämpfend und beinahe gebrochen im Verlies. Welche Zukunft hätte er schon unter den Südwalisern? Er gehörte nicht hierher, anders als Isabel. Sie selbst fühlte sich hier mehr zu Hause als je in Tenby. Mit einem traurigen Lächeln beobachtete sie Eira, die stürmisch ihre Arme um Maredudds Hals schlang. Sofort schwand der raue Krieger, und ein liebender, fröhlicher Mann kam zum Vorschein, als er seine Liebste herumwirbelte. Dies war wirkliche Liebe, aber Isabel hatte inzwischen gelernt, dass das strahlende Blendwerk dieser Gefühle vergänglich war.

An diesem fröhlichen Tag feierten alle zusammen in der Halle, und Isabel fiel auf, dass Maredudd den Platz des Fürsten einnahm, während Cadell sich an jenem für hohe Gäste niederließ. Die Sitzordnung bei den Walisern war sehr streng, und so zeigte Maredudd allen, dass Cadell lediglich ein Gast in dieser Burg war, kein König mehr.

Cadell tat ihr leid, und so ertappte sie sich immer wieder dabei, ihn zu beobachten, anstatt sich an den Gesprächen um sie herum zu beteiligen. Einmal kippte sie sogar die Schale fürs Händewaschen um, da Cadells Anblick, wie er eine Speise nach der anderen ablehnte, sie zutiefst besorgte. Einzig dem ständigen Nachfüllen des Weins stimmte er zu, während er leer vor sich hin starrte.

Tagelang war er nicht mehr in der Halle erschienen, und da sie angenommen hatte, dass es ihm womöglich nicht gutging und er seine Ruhe haben wollte, war sie auch nicht zu ihm gegangen, um sich mit Gwenllians Geschichten zu beschäftigen. Auch hatte sie Angst davor gehabt, ihm zu begegnen, während überall Heiratsgerüchte kursierten. Wie sollte sie sich ihm gegenüber verhalten? Sollte sie ihm ehrlich sagen, dass sie nicht heiraten wollte? Würde er auf sie hören? Ihr Vater hätte sie für solche Worte geohrfeigt und ihr erklärt, dass sie keine Wünsche zu haben hatte. Wenn sie nur wüsste, was Cadell mit ihr vorhatte, damit sie wenigstens Zeit hatte, sich mit ihrem Schicksal abzufinden. Gerne hätte sie das Wort an ihn gerichtet, aber leider saß sie zu weit weg und konnte so auch nicht hören, was die Brüder und die anderen an ihrer Seite miteinander sprachen.

»Was hast du anderes von Maredudd erwartet?«, drang plötzlich Nonas Stimme an ihr Ohr, die sich mit ihrem Gemahl Einion unterhielt. Isabel teilte sich ein Speisebrett mit den beiden und zwang sich, ihren Blick endlich von Cadell loszureißen.

»Das hat er ja schon immer gemacht, und ich finde es sehr nobel«, fügte Nona hinzu.

Einion zuckte lachend mit den Schultern und griff nach dem Becher mit dem Bier. Als er Isabels fragenden Blick bemerkte, wischte er sich den Mund ab und lehnte sich ein wenig zu ihr herüber.

»Maredudd reist morgen wieder ab, um einen Teil des Plünderguts an jene Briten zu verteilen, die unter den Freinc alles verloren haben. Kurz nach Ostern brannten die Freinc mehrere Gehöfte nieder, weil die Menschen nichts mehr hatten, womit sie diese horrenden Abgaben bezahlen konnten. Also nahmen sie ihnen auch noch ihr Letztes.«

»Und Maredudd hilft ihnen?« Ihr Blick fiel zurück auf die Tafel, wo die hohen Herren auf Stühlen anstatt auf Bänken saßen und ausgiebig ihren Sieg feierten. Maredudds Augen glänzten fiebrig im Schein der Wandleuchten, vermutlich hatte er bereits zu viel getrunken.

»Das tut er immer«, sagte Nona, die ihr ein Stück vom flachen Haferbrot reichte. »So wie seine Eltern einst. Gott möge die Seelen unseres verstorbenen Fürsten und seiner Gwenllian schützen.«

»Amen«, sagte Einion an ihrer Seite und bekreuzigte sich, woraufhin Isabel es ihm gleichtat.

Sie wollte sich gerade wieder den Speisen widmen, als der Türhüter in die Halle trat und seinem Herrn von einem Besucher berichtete. Isabel konnte nicht verstehen, um wen es sich handelte, aber als kurz darauf ein hochgewachsener Krieger mit hellem Haar und Schnurrbart erschien, fuhr sie so stark zurück, dass sie fast von der Bank gefallen wäre. Brans Mörder war hier, Hywel ap Owain, der Sohn des Fürsten von Nordwales, den alle »Poetenfürst« nannten. Ein Mann, den sie inmitten all der rasanten Veränderungen in ihrem Leben fast schon vergessen hatte, sodass sein Auftauchen sie wie ein Schlag in den Magen traf.

Plötzlich war es sehr still in der Halle, denn jedermann hier wusste, dass Maredudd und Rhys dieses Jahr den hart umkämpften Landstrich Ceredigion vom Poetenfürsten erobert hatten. Dies konnte also kein Freundschaftsbesuch sein, auch wenn Hywel ap Owain früher ein Verbündeter gewesen war.

»Eine beeindruckende Herde hast du da vor deinen Toren, Vetter. Ich gratuliere dir zu diesem Sieg über unsere ungeliebten Nachbarn aus Powys.« Hywel schlenderte langsam zwischen den Tischreihen hindurch, während seinen Gefolgsleuten Plätze zugewiesen wurden und alle ein wenig zur Seite rutschten, damit die Neuankömmlinge sich setzen konnten.

Maredudd erhob sich und trat hinter seinen Stuhl. »Du hast deine Ohren wohl überall, wenn du so schnell von unserem Raubzug erfahren hast.«

»Eher meine Augen, denn wenn ihr an der Grenze zu meinem Land wütet, wäre es schwer, es nicht zu bemerken. Zudem sind ein paar Berittene schneller als eine ganze Armee mit ihrer Beute.« Hywel trat an Maredudd heran und schloss ihn in die Arme. Die beiden Vettern klopften sich gegenseitig auf den Rücken, und schließlich setzten sich auch die hohen Herren um, damit Hywel an Maredudds Seite Platz nehmen konnte. Gespräche wurden wieder aufgenommen, und so konnte Isabel nicht länger verstehen, was die Männer miteinander beredeten. Um sie herum stellten sich aber alle dieselbe Frage: Was machte Hywel hier?

Ihr war der Grund ziemlich gleichgültig. Die Hände in das Leinen an ihren Oberschenkeln gekrallt, starrte sie in das offene und lebensfrohe Antlitz des Fürstensohnes von Nordwales. Dies war Ralphs Vetter, genauso Maredudds und Rhys', aber für sie war er eine Schreckensgestalt aus ihrer Kindheit. Der unbändige Zorn von einst wallte in ihr hoch, als sie versucht hatte, ihn mit ihrer Schleuder zu erwischen. Das Gelächter drang in ihre Ohren und Hywels Worte: »Ich verneige mich vor deinem Kampfgeist.« Jetzt war er hier, und Isabel war keine acht Jahre mehr alt. Das Wissen, dass ihr Alter nichts an ihrer Machtlosigkeit änderte, gab den Flammen ihrer Wut weitere Nahrung.

Ihr Blick fiel erneut auf Cadell, der den Gesprächen seiner Brüder und des dazugekommenen Gastes zu lauschen schien. Vielleicht könnte er ihr mehr über Hywel sagen, irgendeine Schwäche hatte schließlich jeder Mann.

Die Feierlichkeiten zogen sich hin, und Isabel hatte sich lange nicht mehr so unruhig gefühlt. Als sich Hywel schließlich erhob und vor allen verzückten Anwesenden ein Liebesgedicht vortrug, hielt sie es nicht länger aus. Sie erhob sich so unauffällig wie möglich und lief hinaus.

Getötet hatten hier fast schon alle Männer, das wusste sie, aber Bran war nicht im Kampf gefallen, er war kein Krieger gewesen, sondern ein Hirte. Er war ihr Freund gewesen und so sinnlos gestorben. Hätte Hywel nur einen Moment länger gewartet, hätte das Missverständnis aufgeklärt werden können.

»War es wirklich so schrecklich?«, erklang plötzlich eine männliche Stimme hinter ihr und ließ sie erstarren. Sie wusste sofort, dass *er* es war, und dass er sich jetzt hier draußen befand, während alle drinnen feierten, machte es sehr wahrscheinlich, dass er ihr nachgegangen war. Einen Moment lang spielte sie mit dem Gedanken davonzulaufen, denn es konnte nichts Gutes bedeuten, wenn ein Mann einer Frau in die Nacht hinausfolgte. Doch ihre Wut siegte, und so wirbelte sie zu ihm herum.

»Schrecklich hätte ich es nicht genannt, aber von einem Poetenfürsten darf man sich doch mehr erwarten.« Ihre Hand glitt zu ihrer Mitte, aber sie trug die Schleuder nicht. Unter den Walisern hatte sie ihre Waffe so gut wie nie angelegt, denn sie hatte sich immer sicher gefühlt. Bis jetzt. Einzig ein winziges Messer für Näharbeiten befand sich an ihrem Gürtel, aber zur Not könnte sie ihm damit zumindest wehtun. »Zugegeben«, fuhr sie fort und zwang sich, nicht vor ihm zurückzuweichen, »Ihr habt Alliterationen und große Worte benutzt, wie es nur ein wahrer Barde vermag, trotzdem kam mir die Geschichte eher emotionslos vor.«

Ein leises, raues Lachen erklang aus der Dunkelheit. Hywel breitete die Arme aus und schlenderte mit selbstsicherem Gang auf sie zu, sein helles Haar leuchtete im fernen Schein der Fackeln. »Noch nie ist es mir passiert, dass eine Frau vor einem *Liebes*gedicht davonläuft. Ich weiß, diese Art der Poesie geht gegen alles, was üblich ist, aber da ich von königlicher Abstammung bin, muss ich mich nicht an die Gesetze der Barden halten und darf somit auch Frauenherzen erfreuen. Nun, alle bis auf Eures, offensichtlich. Sind Euch Kriegsgeschichten tatsächlich lieber?«

Isabel setzte ein liebenswürdiges Lächeln auf, hatte in Anbetracht ihres Zorns aber wenig Hoffnung, dass es mehr als eine Grimasse wurde. »Manch andere Frau erkennt leere Worte vielleicht nicht, wenn sie so formvollendet vorgetragen werden, aber meine Ohren sind nicht so leicht zu täuschen. Um von Liebe zu sprechen, muss man wissen, was Liebe ist. Und um zu wissen, was Liebe ist, muss man ein Herz besitzen. Aufs Töten versteht Ihr Euch recht gut, also solltet Ihr vermutlich tatsächlich bei Kriegsgeschichten bleiben.« Mit dem Geräusch ihres pochenden Herzschlags in den Ohren wandte sie sich ab und wollte zum Frauenhaus gehen, als er plötzlich um sie herumeilte und ihr den Weg verstellte. Ein leises Keuchen entfuhr ihr, sie konnte gerade noch einen erschreckten Aufschrei hinunterschlucken.

»Wer sagt, ich verstünde nichts von Liebe?« Ein herausforderndes Lächeln spielte um seine Lippen, und seine Augen funkelten. »Vielleicht bin ich ja sogar der Liebe wegen hier?«

»Eher Eures verlorenen Landes wegen. Aber wenn Ihr eine politisch geschlossene Ehe, um ebenjenes Land zurückzugewinnen, als Liebe bezeichnen wollt, bestätigt mir das nur, dass Ihr nichts davon versteht. Wer ist denn die Unglückliche? Eine von Maredudds Schwestern?«

Ein ungeduldiges Seufzen entfuhr ihm. »Was habe ich getan, um Euch so gegen mich aufzubringen, meine Teuerste?«

»Nichts. Ich stehe nur nicht gern mitten in der Nacht im Regen, um belangloses Zeug zu reden.« Ihre Hand ballte sich zur Faust, und nur zu gern hätte sie sie gegen seine Brust geschlagen, sie konnte sich aber gerade noch beherrschen. »Und nennt mich nicht ›Teuerste‹«, zischte sie stattdessen.

»Wie soll ich Euch dann nennen?«

Isabel setzte zu einer Erwiderung an, dass er sie gar nichts zu nennen brauchte, als ein schrecklicher Gedanke sie durchzuckte. Er tat so, als wüsste er nicht, wer sie war, dabei hatte er bestimmt von ihrer Entführung gehört. Eine Geraldine war verschleppt worden, diese Nachricht musste sich wie ein Lauffeuer verbreitet haben. Es konnte also kein Zufall sein, dass er ausgerechnet jetzt hier erschien. Hatte ihre Familie ihn geschickt, um sie hier herauszuholen? Versprach sie ihm als Dank sogar ihre Hand? Was war dann mit dem Bündnis mit dem Sheriff? Oder hatte Hywel vor, sie gar nicht zurückzugeben und sich eine Geraldine gegen den Willen ihrer Familie zu holen?

Er sei der Liebe wegen hier, hatte er gesagt, und Isabel hatte sofort eine Eheschließung im Verdacht gehabt. Aber dass es um sie gehen könnte, machte sie einen Moment lang sprachlos. Sie musste hier weg. Mit einem hoffentlich gleichmütigen Lächeln wandte sie sich ab und schlug den Weg zum Frauenhaus ein, doch er vertrat ihr sofort den Weg. Ihr Herz drohte ihr aus der Brust zu springen. »Wenn Euch der Regen nicht gefällt, können wir gerne da hineingehen, um uns weiterzuunterhalten.« Er wies mit dem Kinn zum Torhaus, und Isabel konnte sich gerade noch zusammenreißen, um ihn nicht zu fragen, ob er sie für beschränkt hielt. Sollte sie ihrer eigenen Entführung entgegengehen? Schon wieder? Andererseits war das Torhaus vielleicht gar keine so schlechte Idee. Es gab Wachen dort, und das Tor war geschlossen. Er könnte sie nicht einfach so hinauszerren. Womöglich wäre sie dort sogar sicherer als beim Frauenhaus, wo ein einzelner Türhüter wohl nichts gegen ihn ausrichten konnte. Ob jemand sie über das Prasseln des Regens und das laute Lachen und Singen in der Halle schreien hören würde? Vielleicht, wenn sie in der Nähe der Palisade war, aber nicht hier, mitten im Hof.

Mit einem Nicken, das ein Grinsen auf sein Gesicht legte, ging sie also Richtung Torhaus, in der Hoffnung, dort ein paar Soldaten zu finden. Sie mied seinen Blick aus Angst, er würde in ihren Augen lesen, dass sie ihn bereits durchschaut hatte. Sie zitterte jedoch am ganzen Leib, vor Kälte, Nässe, angestauter Wut und Angst.

»Wollt Ihr mir nicht Euren Namen sagen? Seid Ihr eine Schwester von Maredudd? Eine Cousine? Eine Nichte?«

*Als wüsstet Ihr das nicht*! Isabel biss sich aber auf die Zunge. *Ich bin nur die Tochter von Maredudds Vetter, die mit angesehen hat, wie Ihr einen Hirten mit einem Speer durchbohrt habt. Einen gütigen, stets freundlichen alten Mann. Und jetzt wollt Ihr mich entführen und in eine Ehe zwingen.*

»Wenn Ihr die Zähne noch stärker zusammenbeißt, brechen sie noch aus, Ihr solltet vorsichtig sein.«

»Habt Ihr nichts Besseres zu tun, als hier draußen durch den Regen zu laufen?«

»Zwei Dinge führten mich aus der wohligen Halle: eine wie vom Teufel heimgesuchte junge Frau, die an meinen Worten irgendetwas abgestoßen und somit meine Neugierde erregt hat … und eine volle Blase.«

»Ich will Eurer Erleichterung nicht im Wege stehen.« Sie erreichten das Torhaus, und Isabel lauschte, konnte aber niemanden hören. Wo waren alle?

»Sucht Ihr jemanden?« Der amüsierte Ton hinter ihr bereitete ihr eine Gänsehaut. Sie saß in der Falle.

»Die Wachen wurden in die Halle berufen. Während meine Männer da sind, sollen sie ein Auge auf ihren Fürsten haben – Maredudds Befehl.«

»Maredudds …?« Sie verstummte, als ihr Blick auf den Spalt im vor ihr liegenden Tor fiel. Es war geöffnet! Der schwere Riegel lehnte gegen die Wand. Und Maredudd hätte niemals die Wachen abgezogen, er hatte genügend Männer in der Halle bei sich. Aber wer könnte einen falschen Befehl des Fürsten überbringen, den die Wachen auch ernst nahmen? Wer hätte das Tor öffnen sollen? »Eira«, entfuhr es ihr. Die junge Frau war vorhin hinausgegangen, unter dem Vorwand, nach ihrem Sohn zu sehen. Aber wann hätte sie sich mit Hywel absprechen können? Sie hatten an der Tafel nebeneinandergesessen, aber Maredudd hätte doch etwas merken müssen. Und wenn sie sich schon zuvor einig gewesen waren? Vielleicht hatte sogar Eira nach ihm geschickt! Vermutlich hätte Eira auch Isabel irgendwie hinausgelockt, hätte Isabel ihr nicht den Gefallen getan, selbst ihrem Schicksal entgegenzugehen.

»Ihr seid ihr im Weg … Mylady Isabel de Carew.«

Unvermittelt fuhr sie herum, schlug einen Haken und versuchte, an ihm vorbeizukommen. Sie gelangte aus dem Torhaus, der Regen prasselte nun stärker auf sie nieder, als seine Hand ihre Schulter umschloss und sein kräftiger Kriegerkörper sie gegen die Palisade schob. Seine Finger verschlossen ihren Mund, und einen Moment lang konnte sie ihn nur um Atem ringend anstarren.

»Ich will Euch nicht wehtun. Also gebt jetzt keinen Laut von Euch, und kommt mit.«

Isabel drehte den Kopf abrupt zur Seite, sodass seine Hand von ihrem Gesicht glitt. »Ihr widerwärtiger Bastard!«

Ein unterdrücktes Lachen ließ seine Brust erbeben. »Ja, ein Bastard bin ich, aber widerwärtig?« Er lehnte sich ein wenig zu ihr vor, seine Augen verengt, die Belustigung wich aus seinen Zügen, jetzt schien er eher nachdenklich. »Kennt Ihr solche Momente, in denen Ihr in einer Situation seid und das Gefühl habt, sie schon einmal erlebt zu haben?« Langsam glitt sein Blick an ihr rauf und runter. »Ihr habt mich schon einmal auf dieselbe verachtende Weise angesehen. Ich weiß, dass dies nicht unser erstes Zusammentreffen ist, kann mich aber nicht mehr erinnern. Wann sind wir uns schon einmal begegnet, Isabel?«

Die Erinnerung an Brans Tod überlagerte einen Moment lang ihre Angst und erfüllte sie mit Zorn und dem Entschluss, ihm gegenüber nicht länger hilflos zu sein. »Als ich noch zu jung war, um *das* hier zu tun«, stieß sie aus, nutzte seinen Moment der Unachtsamkeit und zog das Messer aus der kleinen Lasche an ihrem Gürtel. Sie konnte nichts mehr hören und sah auch nur noch verschwommen, als die kleine, aber scharfe Klinge plötzlich an genau jenem Körperteil lag, das seiner Aussage nach so dringend Erleichterung bedurfte.

»Fasst mich nie … *nie* wieder an, habt Ihr mich verstanden, Poetenfürst? Ansonsten werdet Ihr die *Liebe* nur noch in Liedern erfahren.«

Hywel starrte sie einen Moment lang aus großen Augen an, dann zogen sich seine hellen Brauen zusammen, und er lehnte sich etwas vor, das Messer an seinem Gemächt ignorierend. »Nur weiter so, kleine Kämpferin. Allmählich kehren die Bilder zurück. Es war bei einem Feldzug mit Cadell im Süden … in … in …«

»Llansteffan«, spuckte sie aus und fühlte sich an jenen entwürdigenden Moment unter seinem Spott erinnert. Stoisch erwiderte sie seinen Blick und spürte, wie das Messer in ihrer schweißnassen Hand schwerer festzuhalten war. Hywel schien es immer noch nicht zu kümmern, dass er hier unter dem Torhaus stand und kurz davor war, kastriert zu werden.

»Das Mädchen mit dem Elfenhaar aus Llansteffan«, sagte er leise und sah sie ungläubig an. »Ja, damals war es derselbe Hass in deinem Blick wie heute. Aber ich weiß noch immer nicht genau, warum. Irgendjemand fiel bei der Einnahme der Burg, jemand, der dir nahestand.«

»Fiel?«, keuchte sie und verstärkte den Druck der Klinge. Fast hätte sie ihren Arm hochgerissenen, um ihm beide Fäuste gegen die Brust zu schlagen. »Bran fiel nicht im Kampf, Ihr habt ihn umgebracht, habt einen Speer durch seinen Körper gejagt und ihm das Leben genommen! Das hättet Ihr nicht tun müssen, er war keine Gefahr, wenn Ihr ihm nur erklärt hättet …«

»Wer war Bran?« Seine ruhige Stimme ließ sie augenblicklich verstummen, und einen Moment lang konnte sie ihn nur anstarren. Regentropfen aus ihrem Haar flossen wie Tränen über ihre Wangen, und auch Hywels Haar klebte längst nass an seinen Wangen.

»Ihr könnt Euch noch nicht einmal mehr an ihn erinnern.« Ihre Stimme war resigniert.

»Ich habe in meinem Leben schon viele Männer getötet, so auch in jener Nacht. Ich kann mich nicht an alle erinnern.« Plötzlich schlossen sich seine Finger wie ein Schraubstock um ihr Handgelenk und rissen ihren Arm zurück. Isabel versuchte noch, mit einem wütenden und entsetzten Schrei, die Klinge vorzustoßen, doch er war zu stark.

»Lasst mich los!«

»Ich kann mich besser konzentrieren, wenn meine Männlichkeit nicht bedroht wird. Und jetzt komm, wir können uns auf dem Weg weiter über deinen noblen Ritter Bran unterhalten.«

Isabel stieß ihn mit einem wütenden Aufschrei von sich, und da er diese Reaktion wohl nicht erwartet hatte, taumelte er zwei Schritte zurück. Sofort hielt sie wieder ihr Messer vor sich, sodass er es sich zweimal überlegen würde, ihr zu nahe zu kommen. Richtig gezielt könnte es durchaus Schaden anrichten, das schien ihm bewusst, als er zwischen der Klinge und ihrem entschlossenen Blick hin und her sah.

»Ich gehe nirgendwohin! Und Bran war kein Ritter, er war ein einfacher Rinderhirte, der uns nur beschützen wollte.«

Erkenntnis leuchtete in seinen Augen auf, aber immer noch schien er verwirrt. Mit zusammengezogenen Brauen sah er sie an und schüttelte den Kopf. »Du verachtest mich, weil ich diesen Steine schleudernden Hirten tötete?«

»Er war mein Freund.«

»Und du hältst dich für Gott und dass dir allein die Entscheidung obliegt, wer stirbt und wer leben darf?« Er machte einen Schritt auf sie zu, hielt aber sofort wieder inne, als sie die Hand mit dem Messer etwas anhob. Sie würde nicht zurückweichen, nicht jetzt, da er wusste, was er ihr angetan hatte. »Wieso ist das Leben dieses Rinderhirten mehr wert als das meiner Männer?«, knurrte er und durchbohrte sie über die geringe Entfernung mit seinem dunklen Blick. Ihm war anzusehen, dass er sie lieber gepackt und geschüttelt hätte. Sein Respekt vor ihrem Kampfeswillen verlieh ihr aber etwas Mut.

»Dein Freund hat einen meiner besten Krieger getötet, einen jungen Mann, der gerade zum ersten Mal Vater geworden war. Ich durfte zu seiner Frau gehen und ihr sagen, dass ihr Gemahl völlig umsonst gestorben ist. Denn er fiel nicht ruhmreich in der Schlacht, im Kampf für eine gerechte Sache. Nein, ihm wurde der Schädel von einem *Rinderhirten* eingeschlagen!« Seine Worte prasselten auf sie nieder wie schmerzhafte Hiebe, aber sie hielt stand, ließ ihn weitersprechen. »Der Hirte kämpfte für Frauen, die nie in Gefahr waren, Isabel! Hätte er sich die Mühe gemacht, nachzufragen und die Situation einzuschätzen, ehe er mit seiner Schleuder um sich wirft, dann würde auch mein Freund Gildas noch mehr herausbringen als Gestammel. Hätte ich warten sollen, bis er noch weitere angreift? Also, ehrenhafte, gerechte Isabel: Du willst Rache, du willst mich bezahlen sehen für den Tod deines Freundes, bist aber der Ansicht, dass *mir* die Rache für den Tod *meines* Freundes und der Behinderung meines anderen verwehrt hätte werden müssen. Ein wenig scheinheilig, meinst du nicht auch?«

Fast schon mitleidig sah er sie an. »Es tut mir leid um deinen Freund, aber das ist alles lange her, und das ist der Krieg. Wenn dieser alte Hirte der Einzige ist, den du je verloren hast, dann schätze dich glücklich. Andere sind nicht so gesegnet.«

»Das ist mir bewusst.« Sie sah ein, dass seine Argumente keine Gegenwehr erlaubten, trotzdem tat Brans Tod im Moment umso mehr weh. Ihr war klar, wie viele geliebte Menschen Männer wie Hywel und andere Kriegsherren bereits verloren hatten. Sie wusste auch, wie viel ihr Volk ihnen genommen hatte und dass sie das Glück gehabt hatte, stets behütet aufgewachsen zu sein. Aber jetzt war sie kurz davor, erneut entführt zu werden, und musste sich erst mal darauf konzentrieren, von ihm wegzukommen.

»Nun denn.« Isabel streckte das Messer noch etwas weiter vor. »Da wir das nun geklärt haben, was wollt Ihr jetzt machen? Werdet Ihr es riskieren?« Sie wies mit dem Kinn auf ihre Waffe und sah ihn herausfordernd an.

Hywel lachte leise. »Um ehrlich zu sein, zweifle ich nicht daran, dass du willens bist, mir mit diesem spitzen Ding richtig wehzutun.«

»Darauf könnt Ihr wetten.«

»Aber Eiras Angebot ist durchaus verlockend.«

»Das kann ich mir vorstellen. Sollt Ihr mich in den Norden mitnehmen oder zurück zu meiner Familie bringen?«

»Das steht mir frei, auch wenn ich mittlerweile Letzteres bevorzuge. Ich weiß nicht, ob ich jemanden heiraten will, der meine Gedichte nicht zu würdigen weiß. Von deiner Familie habe ich wenigstens reichen Lohn zu erwarten.«

Isabel stemmte die freie Hand in die Seite. »Nun, was meine Familie betrifft – so wertvoll bin ich nicht für sie, und die Zeiten, in denen sie Bündnisse mit Rebellen schlossen, sind vorbei. Ein Händedruck ist wohl alles, was Ihr von ihnen zu erwarten habt. Den könnt Ihr auch von mir haben.« Mit einer Kühnheit, von der sie nicht wusste, woher sie so plötzlich kam, wechselte sie das Messer in die linke Hand und streckte ihm die rechte entgegen. »Wie wäre es also, wenn Ihr mich einfach lasst, wo ich bin, und ich dafür verspreche, nie wieder eine Waffe gegen Euch zu zücken. Glaubt mir, Ihr habt mich lieber zum Freund als zum Feind – denn inzwischen bin ich mit der Schleuder deutlich treffsicherer.«

Verblüfft stieß er den Atem aus, er hatte wohl eher erwartet, dass sie ihr Messer vorstieß. Aber dann sah er sie prüfend an. »Freundschaft, hm?«, fragte er schließlich, ohne jeden Spott. »Das heißt, du vergibst mir Brans Tod?«

Er hatte sich seinen Namen gemerkt, fuhr es ihr durch den Kopf, etwas, das ihn, selbst in der gegenwärtigen Situation, in ihrer Achtung steigen ließ. Sie nickte, denn sie musste einsehen, wie kindisch ihr Hass gewesen war. »Eure Gedichte sind auch nicht so schlecht«, fügte sie mit einem Grinsen hinzu, selbst erstaunt, warum sie sich nicht länger bedroht von ihm fühlte. Aber er schien ihr irgendwie … vertraut. Mit seiner Leidenschaft für Poesie und seiner Unbeschwertheit – wären sie sich in anderen Zeiten begegnet, hätten sie wahrscheinlich wirklich wahre Freunde werden können.

Ein kehliges Lachen entrang sich ihm, und ehe sie sichs versah, trat er zwei Schritte auf sie zu und umschloss fest ihre Hand. »Ja, ich glaube, es ist klüger, dich zu meinen Freunden anstatt zu meinen Feinden zu zählen. Nun sag mir, meine Verbündete, soll ich noch Eira für dich aus dem Weg räumen?«

Isabel verdrehte die Augen. »Um die kümmere ich mich schon selbst.«

Sie lachten beide, und plötzlich wusste Isabel, warum sie sich jetzt, da Brans Tod nicht mehr zwischen ihnen stand, in seiner Gegenwart so wohlfühlte. Er erinnerte sie an Ralph, was nicht nur am nordwalisischen Dialekt lag. Die beiden waren Vettern, und einst hatte Isabel gedacht, sie könnten unterschiedlicher nicht sein, aber beide teilten denselben Humor, der Isabel aus jedem dunkelsten Loch holen konnte.

Schlurfende Schritte durch den Matsch erklangen, und Isabel ließ Hywels Hand los.

»Ich geh mal pissen – das waren doch deine Worte, Hywel«, erklang Cadells Stimme aus dem Dunkel, rau und bedrohlich, wie sie es selten an ihm hörte, »und jetzt sehe ich dich mit einem Mädchen hier draußen, das *mir* gehört.« Sein Blick fiel auf das Messer in Isabels Hand, wanderte zu ihrem Gesicht und schließlich weiter zum Poetenprinzen, den er mit stoischer Gelassenheit ansah. Wie ein Racheengel stand er da, sein Antlitz blass im Regen und seine Haltung etwas gebeugt, trotzdem war sein Ausdruck furchterregend, sein Tonfall gnadenlos. »Wüsste ich es nicht besser, würde ich sagen, dass du hier bist, um mich zu bestehlen. Haben *sie* dich geschickt, oder bist du aus eigenem Antrieb hierhergekommen, damit ich dich zurück in den Norden prügle?«

»Nein, es ist …«, begann Isabel, aber Hywels verächtliches Lachen unterbrach sie.

Im nächsten Moment lag er fluchend im Schlamm. Isabel hatte die Faust in der Dunkelheit und im Nieselregen gar nicht gesehen, so schnell war sie gekommen, und Hywel war es offensichtlich nicht anders ergangen. Er war wohl mindestens genauso überrascht wie Isabel, die nur entsetzt zwischen den beiden Männern hin und her sehen konnte. »Mein Herr!« Aber Cadell ignorierte sie.

»Du hast auf die falschen Leute gehört, wenn du glaubst, mich nicht länger ernst nehmen zu müssen, Hywel. Ich mag nicht mehr derselbe sein wie vor ein paar Jahren, aber in mir ist immer noch genug Stärke, um deinen Arsch zu deinem Vater zurückzuschaffen. Verschwinde von hier, und lass dich besser nicht wieder blicken. Du hast eine Niederlage einstecken müssen, deren schwerwiegende Bedeutung mir durchaus bewusst ist. Doch Ceredigion ist seit jeher Teil des Landes meiner Vorväter, und wir nahmen nur, was uns zustand. Gerne können wir auf einem Schlachtfeld weiter darüber disputieren. Kommst du aber noch einmal auf die Idee, ein Mädchen unter meinem Schutz in deinen Rückeroberungsplan einzubeziehen, vergesse ich jegliche Gastfreundschaft und durchbohre dich hier, direkt vor dem Tor, mit einem Speer, wie du es einst so vorschnell bei Isabels Freund getan hast.«

Verblüfft über seine letzten Worte sah sie ihn an, sie hätte nie gedacht, dass er sich daran erinnerte. Hywel richtete sich indessen auf und blickte zwischen Isabel und Cadell hin und her. »Beruhige dich, wir haben nur über Poesie diskutiert«, keuchte er und klopfte seine Hosen ab. Leise lachend schüttelte er den

Kopf. »Unter deinem Schutz steht sie, hm? Ziehst du sie etwa nicht in deine Ränke hinein? Oder willst du behaupten, sie sei nicht aus politischen Gründen hier? Hast du sie dir etwa nur als Bettwärmerin geholt? Wer hätte auch ahnen können, dass du es noch zustande bringst.« Er ließ seinen Blick über den vermeintlich gebrochenen Mann mit der herabhängenden Schulter und den vom Alkohol geröteten Augen gleiten, der es aber doch bewerkstelligt hatte, ihn niederzuschlagen. »Nun, ich gratuliere dir, hatte ich doch schon befürchtet, die Freinc hätten dir nicht nur den Schädel eingeschlagen, sondern dir auch noch …«, er warf Isabel einen flüchtigen Blick zu, ehe er grinsend mit den Schultern zuckte, »… anderes genommen. Schön zu sehen, dass du dich immer noch zu vergnügen weißt. Und dein Schlag ist fast noch genauso hart wie früher. Fast.« Er klopfte Cadell auf den Rücken, nickte Isabel kurz zu und schlenderte dann zurück zur Halle.

Erst jetzt wagte Isabel wieder richtig zu atmen, und als Hywel in der Dunkelheit verschwand, sah sie besorgt zu Cadell hoch. »Geht es Euch gut?«

Cadell drehte sich zu ihr um, er hatte ebenfalls Hywel hinterhergesehen. Jetzt lag Überraschung in seinem Blick. »Ob es *mir* gutgeht?« Er strich sich mit einem Laut, halb Lachen, halb Seufzen, über die Augen. Als er seine Hand sinken ließ, war er aber sofort wieder ernst. »Hat dieses Poetenprinzchen dir wehgetan?«

Sie schüttelte grinsend den Kopf. »Wir haben uns geeinigt. Ich habe versprochen, *ihm* nicht mehr wehzutun, wenn er mich in Ruhe lässt. Werdet Ihr ihn gefangen nehmen oder bestrafen?« Sie hatte Hywel Freundschaft geboten, das hieß, dass sie ihm helfen musste, auch wenn er eine kleine Strafe für seinen Entführungsplan und seine respektlosen Worte gegenüber Cadell verdient hatte. »Er hätte mich nicht mitgenommen.«

»Keine Sorge, sein Scheitern ist Strafe genug, außerdem hofft Maredudd auf weitere Bündnisse mit ihm in der Zukunft.« Er schnaubte verächtlich. »Auf eine solch hirnrissige Idee kann aber auch nur Hywel kommen. Wie konnte er glauben, es würde ihm gelingen, dich einfach vor unserer Nase wegzuschnappen?« Sein Blick fiel zum Torhaus und wanderte dann die Palisaden entlang. Sein Ton wurde sofort wieder frostiger. »Wo sind all die Wachen hin?«

Erschrocken senkte Isabel den Kopf und starrte zu Boden. Sollte sie ihm von Eira erzählen? Vermutlich würde sie in große Schwierigkeiten geraten. Geschieht ihr ganz recht, sagte eine Stimme in ihr, aber Isabel wollte Eira nicht zur Feindin. In letzter Zeit hatte sie viel Zeit mit der jungen Frau verbracht, und dass sie sich so in ihr getäuscht hatte, tat schrecklich weh. Andererseits konnte Isabel nicht glauben, dass die Freundlichkeit und die leuchtenden Augen während der Geschichten gespielt waren. Eira konnte nicht so falsch sein, wie es jetzt erschien. Sie wollte ihren Sohn beschützen und für sein Recht kämpfen. Wie sollte Isabel ihr nur begreiflich machen, dass sie nicht vorhatte, ihrem Sohn irgendetwas wegzunehmen? Vielleicht würde ein Gespräch etwas nützen. Voreilig wollte sie Eira auf keinen Fall anklagen. Das war etwas, das sie unter sich ausmachen mussten.

»Ich glaube, es gab einen Aufruhr drüben beim Frauenhaus«, log sie und wagte es nicht, ihn anzusehen. Stattdessen stellte sie sich auf die Zehenspitzen und blickte zum Langhaus hinüber, als sähe sie angestrengt durch den Regen. Sie wollte auf jeden Fall verhindern, dass die Wachen Ärger bekamen, nur weil sie Eira schützte. »Hywels Männer waren dort etwas laut und ungehobelt, und die Wachen sahen wohl nach dem Rechten. Woher habt Ihr eigentlich gewusst, dass Hywel und ich hier draußen sind?«, beeilte sie sich, ihn abzulenken. Sie wandte sich ab, im Wissen, dass Cadell ihr folgen würde, denn das Gespräch war noch nicht beendet. Doch sie hatte wenig Lust, weiterhin im Regen zu stehen.

»Denkst du etwa, ich lasse dich aus den Augen, wenn ein

Mann wie Hywel die Halle verlässt? Du hast dich übrigens gut geschlagen. Ich habe dein Messer gesehen.«

Sie hörte sein Lächeln mehr, als sie es sah, und blieb unter dem vorstehenden Strohdach des Frauenhauses stehen. »Ihr auch.« Sie sah zu ihm hoch und musste grinsen. Sie fühlte sich, als hätte sie einen Verbündeten vor sich, einen Freund, und sofort durchzuckte sie die schmerzhafte Erinnerung an Ralph. Sie musste ihn vergessen, sagte sie sich, er war in Sicherheit und lebte ein Leben beim gütigsten Menschen, den sie kannte. Trotzdem schlich er sich immer wieder in ihren Kopf, und während Cadell gedankenvoll auf sie herabsah, bekam sie noch mehr Angst, dass die Gerüchte um seine Heiratspläne wahr sein könnten. Wieso konnte sie nicht einfach ohne einen Ehemann leben, in Freiheit? Sie wusste, ihr Wunsch war geradezu lächerlich, jedes Mädchen musste heiraten, und Freiheit war noch weiter weg. Trotzdem drängte es sie, ihr Leben selbst in die Hand zu nehmen und nicht mehr von Männern bestimmen zu lassen. Kein Wunder, dass ihre Familie sie für ein absonderliches Wesen hielt. Ihre Träume waren nicht mit der Wirklichkeit zu vereinbaren, und wenn sie Cadell heiraten musste, sollte sie sich glücklich schätzen, einen gütigen Ehemann zu haben. Trotzdem wollte sie mehr, auch wenn sie sich damit einer Sünde schuldig machte. Vermutlich nicht nur einer. Sie wollte etwas bewirken, wollte selbst Entscheidungen treffen. Vielleicht hatte Eiras Beispiel sie sogar noch darin bestärkt. Vielleicht konnte sie deshalb auch nicht gegen die junge Frau vorgehen, weil Isabel sie insgeheim bewunderte und auch beneidete. Eira war ihre eigene Herrin, kämpfte für das, an was sie glaubte, liebte, wen sie lieben wollte, und war frei. Vielleicht würde Isabel eines Tages dasselbe erreichen.

Es war so dunkel in der Kammer, dass Isabel kaum mehr als die Umrisse der Stützpfeiler des Frauenhauses ausmachen konnte. Mittlerweile kannte sie aber den Weg und wusste, dass je zur linken und zur rechten Seite eine lange Reihe an Schlafstätten die Wand entlangführte. Solange sie dem Mittelgang folgte, sollte sie auf keine Hindernisse stoßen.

Niemand war hier, denn in der Halle wurde immer noch gefeiert, und so ließ Isabel sich in der Finsternis auf Eiras Platz nieder, verschränkte die Arme vor der Brust und wartete. Zu ihrer Verblüffung dauerte es nicht lange, bis sie die Stimme des Türhüters draußen hörte und gleich darauf ein fahler Lichtschein hereindrang. Die Tür schloss sich wieder, raschelnde Schritte durch Stroh übertönten den dumpfen Nachklang der Feierlichkeiten, und dann erklang ein Flüstern.

»Isabel?« Es war Eiras Stimme, und mit ihr wichen alle vorbereiteten Worte aus Isabels Kopf. Sie fühlte sich nur noch traurig und verraten.

»Isabel, bist du hier? Cadell sagte, dass du dich schlafen gelegt hast und …«

»… und da Hywel in die Halle zurückkam, anstatt sich auf und davon zu machen, überlegst du dir jetzt etwas anderes, um mich loszuwerden?«

Die Schritte stoppten, und ein Keuchen war zu hören. »Isabel …«

Isabel hob die Hand, aber dann fiel ihr ein, dass Eira sie ja gar nicht sehen konnte. Also erhob sie sich und versuchte, in der Dunkelheit etwas auszumachen. »Man hat mich vor dir gewarnt, weißt du das?« Sie schnaubte bitter, wollte den Schmerz nicht zulassen, denn schließlich kannte sie Eira kaum. Trotzdem hatte sie in der Rebellenkriegerin eine Art verwandte Seele gesehen. »Nun, ich wollte nicht hören. Nie hätte ich gedacht, dass du eine derart gute Lügnerin sein kannst. Ich hielt deine Freundlichkeit wirklich für echt.«

»Das war sie auch.«

Ein weiteres Schnauben entfuhr ihr, doch plötzlich stand Eira vor ihr, das silbrige Haar ein blasser Fluss, der sich über die Silhouette der schlanken Gestalt ergoss, die Augen glänzten nass. »Mein Junge ist kein Kämpfer, Isabel«, stieß die Waliserin verzweifelt aus. »Er wird sich niemals gegen andere Anwärter durchsetzen können. Diese mögen stärker sein, eine Gefahr in ihm sehen und beschließen, ihn einfach aus dem Weg zu räumen. Ich will doch nur, dass er einen gefestigten Platz hat und sicher ist, dass …«

»Ich weiß, warum du es getan hast.« Isabel ließ den Kopf hängen, strich sich das Haar aus den Augen und bemerkte, dass es an ihren nassen Wangen klebte. »Du hättest mit mir sprechen müssen, ich verstehe, dass du alles tun würdest, um deine Familie zu schützen. Aber ich beabsichtige gar nicht, dir oder deinem Sohn irgendetwas streitig zu machen.«

»Du wirst ja nicht gefragt, Isabel, siehst du das denn nicht? Wenn Cadell entscheidet, dich zu heiraten, dann hast du in dieser Angelegenheit nichts zu sagen. Und wenn er beschließt, einen Erben mit dir zu zeugen, wirst du auch nicht viel dagegen machen können. Cadell mag nicht mehr der Krieger sein, der er einmal war, aber ich bezweifle, dass du gegen ihn ankommen würdest.«

»So ist er nicht.«

Eira seufzte, es klang mitleidig. »Nein, aber das kann sich alles ändern. Und eure Söhne … Sie werden meinen Cadwgan im besten Fall verdrängen, vermutlich aber verstümmeln, um sicherzugehen, dass der Ältere und Erfahrenere nie auf die Idee kommt, ihnen die Macht zu rauben. Ehe du hierherkamst, stand es außer Frage, dass Cadell je heiraten würde. Aber jetzt hat sich alles geändert. Mein Sohn wird das nicht unbeschadet überstehen.«

Fast hätte Isabel bei solch einer absurden Angst ungläubig gelacht, aber die Ernsthaftigkeit in Eiras Stimme hielt sie davon ab.

Dies war ein anderes Land, hier dachten die Menschen anders, und dass Vettern oder sogar Brüder sich gegenseitig vernichteten, war üblich. Cadell und seine Brüder bildeten eine Ausnahme, aber würde auch die nächste Generation so klug sein?

»Ich kann dir nicht versprechen, dass ich Cadell nicht heiraten werde«, sagte sie schrecklich müde, »denn wie du schon sagtest: Ich werde mich fügen müssen. Auch kann ich dir nicht versprechen, dass mögliche Söhne keine Gefahr für Cadwgan darstellen würden, denn ich kann nicht in die Zukunft blicken. Alles, was ich dir geben kann, ist mein Wort, dass ich dir niemals wissentlich schaden würde, dir und deiner Familie nicht. Wenn dir das nicht genügt und du weiterhin gegen mich vorgehen willst, tut mir das sehr leid. Aber ich werde mich wehren.«

Eiras Augen verengten sich, dann wies sie plötzlich hinter sich zur Tür. »Das hast du jetzt nicht getan. Du hast mich nicht verraten.«

»Weil ich hoffe, dass deine Angst vor der Zukunft nicht eine Freundschaft der Gegenwart zerstört.«

»Freundschaft? Aber wie solltet wir jetzt noch Freunde sein? Wie könntest du mir vergeben, mir jemals wieder trauen?«

»Ich habe dir bereits vergeben, Eira, und was die Sache mit dem Vertrauen betrifft … Es wäre eine Lüge zu sagen, dass ich zukünftig nicht vorsichtiger sein werde, aber Vertrauen kann auch zurückgewonnen werden – mit der Zeit.«

Eira schwieg, dann holte sie hörbar Atem. »Ich hätte nie etwas getan, das dich verletzt, bitte glaube mir das. Ich dachte, bei deiner Familie würde es dir gutgehen, und ich hoffte … ich hoffte, so würden sich unser beider Probleme lösen. Du wärst wieder zu Hause, und ich … Cadwgan wäre in Sicherheit. Aber da wir von Vertrauen sprachen, werde auch ich nicht lügen: Hätte Hywel dich als seine eigene Braut mitgenommen, hätte ich nichts dagegen getan. Es tut mir leid.«

Isabel nickte und ging zu ihrem Schlafplatz. »Ich weiß.«

Du musst die Saiten mit den Fingerkuppen zupfen, nicht mit den Nägeln.« Niall beugte sich über sie und beobachtete jede einzelne Bewegung ihrer Hände beim Spiel der Harfe, als unterziehe er sie einer Prüfung. Sie saßen auf der Bank vor dem Frauenhaus im Schatten, um der frühsommerlichen Hitze zu entgehen. Eigentlich hatte Isabel in Cadells Gemach in Gwenllians Geschichten lesen wollen, aber Niall hatte sie nicht vorgelassen, mit der Begründung, dass Cadell Ruhe brauchte. Seit Tagen war Cadell nicht mehr draußen anzutreffen gewesen, und Isabel sorgte sich um ihn.

»Was ist mit Cadell los?«, fragte sie Niall ein ums andere Mal, ohne von der Harfe aufzusehen. Sie erwartete nicht wirklich eine Antwort, musste es aber wenigstens versuchen. »Hat er wegen damals wirklich solche Schmerzen, dass er nicht einmal sein Gemach verlässt? Gibt es denn keine Möglichkeit, ihm zu helfen?«

Niall stieß ein resigniertes Seufzen aus. »Ja, er hat Schmerzen, Isabel. Ich weiß nicht, wie viel du damals mitbekommen hast …«

»Ich war dabei, Niall, ich sah den Pfeil, ich sah, wie de Brabant ihn mit dem Bogen niederschlug. Dann ging mein Pferd durch, und ich fand ihn unter den Toten.«

»Dann weißt du nicht alles.« Niall lehnte sich ein wenig zu ihr hinüber und senkte die Stimme. »Sie waren nicht fertig mit ihm. Zwar dachten sie, er wäre tot, aber sie ließen es sich nicht nehmen, auch noch ein paarmal ordentlich nachzutreten. Er trug Knochenbrüche davon, die schlecht zusammenwuchsen, und die quälen ihn – unter anderem.«

Isabel hielt mit ihrem Spiel inne und stellte die Harfe zur Seite. »Das habe ich nicht gewusst.« Ralph und sie hätten vorsichtiger mit ihm umgehen müssen, vielleicht hatten sie nur noch mehr Schaden angerichtet.

»Nun, jetzt weißt du es«, drang Nialls sanfte Stimme in ihre Gedanken, »Cadell leidet jeden Tag Schmerzen, manchmal mehr, manchmal weniger. Und wenn die Schmerzen zu stark werden, dann trinkt er – viel. Und dann schläft er, sodass er die Schmerzen nicht ertragen muss. Er braucht seine Ruhe, und die sollten wir ihm geben, meinst du nicht?«

Isabel wollte gerade etwas erwidern, als Hufschlag sie aufschreckte. Zwei Reiter kamen durchs Torhaus hereingetrabt, und an den zierlichen Pferden, der Machart der Sättel und der Kleidung erkannte sie sofort, dass es sich um Normannen handelte. Ohne den Blick von den beiden abzuwenden, erhob sie sich und schirmte ihre Augen mit der Hand vor der Sonne ab. Plötzlich spürte sie ihren Herzschlag in den Ohren und der Kehle pochen, und das Atmen fiel ihr schwer. Der eine Reiter hatte schwarzes, halblanges Haar, er war hochgewachsen und schlank, und der andere stellte sich als Reiterin heraus. Ein schlichter Bliaut in dunkelgrüner Farbe fiel über die Flanken des Pferdes, und als die Dame die Kapuze zurückschlug und sich ein weißer walisischer Schleier zeigte, entfuhr ihr ein erstickter Schrei.

»Großmutter Nesta! Onkel Harri!«

Die beiden drehten ihre Köpfe in ihre Richtung, und sofort packte die alte Dame ihre weiten Gewänder und ließ sich hastig vom Pferd gleiten. Sie bewegte sich immer noch flink, ihre schlanke, fast schon fragile Gestalt hätte die einer Jugendlichen sein können, wären da nicht das vom Leben gezeichnete Gesicht und die paar Strähnen weißen Haars an der Schläfe gewesen. Aber im Moment strahlten die vertrauten Augen so, dass auch ihr Antlitz ihre Jugend zurückgewann.

Für Isabel gab es kein Halten mehr. Niall versuchte, sie noch zu erwischen, und sie hörte seine Mahnung zurückzubleiben, aber sie rannte über den Hof und hielt erst inne, als sie die Arme ihrer Großmutter um sich spürte.

»Oh Gott, Isabel, was habe ich mir für Sorgen um dich gemacht. Meine Kleine, in was haben sie dich da hineingezogen?« Ihre Stimme klang erstickt, und man hörte ihr die Erschöpfung an, aber ihr Griff war fest und beschützend. Von Carew hierher waren es bestimmt zehn Stunden Ritt weit in walisisches Gebiet hinein. Zudem war es noch nicht einmal Mittag, sie mussten also schon lange vor Sonnenaufgang losgeritten sein, was die Reise noch gefährlicher machte – alles nur für sie?

Nur mit Mühe konnte Isabel ein Schluchzen unterdrücken. Sie sog den vertrauten Geruch ihrer Großmutter ein, der nur wenig von Pferd und Leder überlagert wurde, und kämpfte gegen die Tränen. Sie konnte nicht glauben, dass nach all der langen Zeit tatsächlich jemand hier war, den sie ohne Einschränkung als Familie bezeichnen konnte. Erinnerungen an die aufregenden Geschichten und die friedlichen Spaziergänge zogen vor ihrem inneren Auge vorbei, und das Gefühl, vollkommen geborgen zu sein, hüllte sie einen wunderbaren Moment lang ein wie in einen schützenden Umhang.

»Isabel, geht es dir gut? Haben sie dir irgendetwas getan?« Großmutter Nesta schob sie etwas von sich, aber Isabel hielt weiterhin ihren Arm umklammert und sah in die grünen Augen, um sicherzugehen, dass sich ihre Gestalt nicht plötzlich als Traumgebilde auflöste.

Schließlich schüttelte sie den Kopf. »Es geht mir gut. Aber was machst du hier?« Sie sah sich im Hof um, wo Onkel Harri die Pferde einem Stallburschen übergab und auf sie zukam. »Seid nur ihr beide hier? Was ist mit Vater?«

Aber noch ehe ihre Großmutter oder Onkel Harri antworten konnten, erklang plötzlich Cadells ruhige Stimme hinter ihr. »Tante Nesta. Harri. Willkommen in Dinefwr.«

Beim letzten Wort zuckte Großmutter Nesta kurz zusammen und ließ ihren Blick über die Burg und die Palisaden schweifen. Ob die Erinnerungen an ihre Kindheit sie übermannten? Sie war hier aufgewachsen, als Tochter eines Königs, doch jetzt sah bestimmt alles anders aus. Es war nur ein kurzer Augenblick, ehe sie sich wieder unter Kontrolle hatte.

»Cadell.« Sie klang frostig und drückte die Schultern durch, um sich größer zu machen. »Ich bin hier, um meine Enkeltochter abzuholen.«

Isabel wandte sich zu Cadell um, neugierig, wie er auf diese Eröffnung reagieren würde. Sein fahles Gesicht und die blutleeren Lippen, die sich jetzt zu einem kaum merklichen Lächeln verzogen, erschreckten sie. Kein Wunder, dass er sich in seinem Gemach eingesperrt hatte. Er sah krank aus.

»Nur ihr beide?«, fragte er leicht belustigt, auch wenn er die Müdigkeit in seiner Stimme nicht verbergen konnte. »Wo ist der Rest? Euer Begleitschutz, eure Armee.«

Onkel Harri schnaubte. »Das frage ich mich auch. Mutter ritt alleine los, ohne irgendjemandem etwas zu sagen, fest entschlossen, unsere Isabel auf eigene Faust zu befreien.«

»Ganz allein?«, entfuhr es Isabel, und sie sah gerührt und bewundernd zu ihrer Großmutter auf.

Onkel Harri nickte ernst. »Zum Glück durchschaute ich schnell den Grund ihrer plötzlichen Abwesenheit und konnte sie einholen. Da es mir hingegen nicht gelang, sie von ihrem Vorhaben abzubringen, blieb mir nichts anderes übrig, als sie zu begleiten.«

»Das war sehr mutig von euch.« Cadell sah zwischen den beiden Neuankömmlingen hin und her. Schließlich verharrte sein Blick bei Großmutter Nesta. »Und von dir, Tante, wohl auch etwas dumm. Es hätte wer weiß was auf dem Weg passieren können. Auch solltest du dir eine solch weite Reise nicht mehr antun. Du weißt, bei mir droht dir keine Gefahr, ansonsten wärst du wohl auch nicht einfach so hergekommen. Dies ist dein Heim, so wie es das meine ist. Aber Gesetzlose und herrenlose Banden treiben dort draußen ihr Unwesen.«

Großmutter Nestas Züge verhärteten sich, die Falten um ihren Mund traten deutlicher hervor. Fest sah sie Cadell in die Augen. »Ich habe einen König, zwei Ehemänner und einen Sohn begraben. Wieso sollte der Tod mich schrecken?« Ihre Worte klangen in der unbewegten Luft nach, und eine Weile konnte niemand von ihnen etwas sagen.

»Außerdem hatte ich wohl auch keine andere Wahl«, fuhr sie schließlich in das bedrückte Schweigen fort. »Meine Söhne verschwenden ja lieber ihre Zeit damit, sich uneinig zu sein und im Kreis zu laufen.«

»Sie werden mir den Sheriff nicht ausliefern?«, wollte Cadell wissen.

»Kommt darauf an, wen du fragst. Isabels Vater würde am liebsten sofort mit einer Armee hier einfallen und Isabel mit Waffengewalt zurückgewinnen. Sturer Hitzkopf. Zwar glaube ich nicht, dass du diesem Engel hier auch nur ein Haar krümmen würdest, aber ich möchte sie auch nicht unbedingt eingesperrt oder zwangsverheiratet sehen. Außerdem ist zwischen unseren Familien wohl schon genug Blut geflossen.«

»Da stimme ich dir zu. Wir wollen keinen Krieg, wir wollen nur den Sheriff.«

»Nun, Maurice sähe den Sheriff tatsächlich lieber ausgeliefert, und ich muss zugeben, schade wär's um ihn bestimmt nicht. Aber es gibt immer noch so etwas wie Recht in diesem Land, und wenigstens wir sollten uns daran halten, wenn der Sheriff es schon nicht tut. Tja, und David glaubt, mit Verhandlungen auf neutralem Boden der Kirche etwas erreichen zu können. Da Isabel vermutlich längst so grau ist wie ich, bis sich meine Söhne einigen, habe ich ihnen die Entscheidung abgenommen.«

Ein Lachen vertrieb einen Moment lang die tiefen Furchen, die der Schmerz in Cadells Antlitz gegraben hatte. »Ich hätte es ahnen müssen. Man entführt nicht einfach eine Geraldine, ohne sich mit Nesta ferch Rhys anzulegen. Nun, dann lass uns mal in Ruhe reden, Tante. Maredudd und Rhys sind leider nicht hier, du wirst mit mir vorliebnehmen müssen, aber vermutlich ist es auch ganz gut so.«

»Ich hätte die beiden gerne gesehen, aber was den Erfolg unserer Verhandlung betrifft, stimme ich dir zu – es ist wohl besser, mit dir zu reden, Cadell. Du hast nicht viel von deinem Vater, der ein schrecklicher Hitzkopf war.« Leise lachend, als wäre dies ein einfacher Verwandtschaftsbesuch, machten Cadell, ihre Großmutter und Onkel Harri sich auf zur Halle. Isabel sah ihnen verdattert hinterher, als Niall plötzlich seine Hand auf ihre Schulter legte.

»Komm, lass sie in Ruhe alles besprechen, und spiele noch etwas auf der Harfe. Wer weiß, wie lange du noch hier sein wirst.«

»Du glaubst, Cadell lässt mich gehen?« Sie wandte sich zu ihm um und sah hoch in seine von der Sonne beschienenen himmelblauen Augen. Die Lippen zusammengepresst zuckte er mit den Schultern.

»Ich weiß es wirklich nicht, Isabel. So wie ich die alte Nesta einschätze, kann sie sehr hartnäckig sein, und Cadell will wirklich nur das Beste für dich. Aber wenn er dich jetzt gehen lässt, war alles umsonst. Wir werden sehen, was am Ende dabei herauskommt. Jetzt komm.«

Es vergingen mehrere Stunden, und Isabel spielte immer noch mit Niall, der nicht von ihrer Seite wich, als ihre Großmutter aus der Halle auf sie zukam. Sofort erhob sich Niall, verneigte sich knapp vor der walisischen Königstochter und schritt davon. Isabel verschränkte ihre Hände in ihrem Schoß, nervös und gespannt auf das Ergebnis der Verhandlung.

»Danke, dass du gekommen bist«, sagte sie, um eine feste Stimme bemüht.

Großmutter Nesta ließ sich neben ihr auf der Bank nieder und sah sie ernst an. Die neugierigen Blicke der Frauen, die aus dem Haus hinter ihnen lugten und im Hof stehen blieben, ignorierte sie geflissentlich. Genauso das ehrfürchtige Geflüster. »Natürlich bin ich gekommen. Ich wäre auch zu deiner Hochzeit gekommen, aber die … nun ja, die wurde ja vereitelt.«

»Somit hatte meine Entführung auch etwas Gutes.«

Ein bitteres Lachen entrang sich der alten Dame. »Ich weiß nicht, was dein Vater sich dabei gedacht hat, dich an den Sheriff zu geben. Aber was Eheschließungen betrifft, hat er noch nie besonders viel Sensibilität bewiesen. Als dein Großvater starb, wollte ich nichts als meine Ruhe und diesen Verlust betrauern. Doch ich hatte kleine Kinder, die beschützt werden mussten, ich war noch im heiratsfähigen Alter und konnte immer noch Bündnisse erkaufen. Du musst wissen, dein Großvater verstand es wie kein anderer, unser Land unter Kontrolle zu halten, aber mit seinem Tod war die Gefahr von Aufständen groß. Also verheiratete dein Vater mich an den Constable von Cardigan, um die Stabilität in dieser Gegend zu erhalten. Ich hätte ihm am liebsten den Kopf abgerissen.«

»Dein eigener Sohn hat dich gegen deinen Willen verheiratet?« Isabel hätte nicht erstaunter sein können. Zwar hatte sie gewusst, dass ihre Großmutter noch einmal geheiratet hatte, aber nicht, dass ihr Vater derjenige gewesen war, der diese Verbindung beschlossen hatte.

»Ja, mit dem Tod deines Großvaters war mein ältester legitimer Sohn – also dein Vater – mein neuer Vormund. Du weißt ja – Frauen dürfen nicht selbst über sich bestimmen, und wenn der Ehemann nicht mehr da ist, geht die Vormundschaft in die Hände des nächststehenden männlichen Familienmitglieds. Nur hatte ich Glück – Stephen war ein ruhiger und sanfter Mann, der mich mein Leben leben ließ und meine Liebe für deinen Großvater und meine Trauer respektierte. Beim Sheriff hingegen hat dein Vater sich wirklich selbst übertroffen.«

»Er will ein Bündnis mit den Flamen.«

»Ja, dieser Krieg um Macht und Land … Wie leid ich ihn bin, wie viele Leben er bereits erforderte, und doch ist ein Ende nicht in Sicht. Die Grenzen schieben sich hin und her, aber wirklich näher am Ziel ist keine Seite. Wenn man von diesem dummen

Bürgerkrieg in England absieht, ist dieser hier bei uns wohl der sinnloseste.«

Isabel biss sich auf die Innenseite der Wange, bevor sie aufblickte und ihre Großmutter eindringlich ansah. »Muss ich wieder zurück und den Sheriff heiraten?«, fragte sie bang, wissend, dass der Sheriff all seinen Zorn über ihre Entführung an ihr auslassen würde. Wenigstens Ralph wäre dann nicht mehr dort, um statt ihr bestraft zu werden.

Großmutter Nesta hob die Augenbrauen und sah sie erstaunt an. »Ich dachte eher, du würdest mich voller Angst fragen, ob du hierbleiben musst.« Sie ergriff Isabels verschränkte Hände und drückte sie. »Willst du etwa nicht mehr zurück?«

»Ich will den Sheriff nicht heiraten.«

Ihre Großmutter nickte ernst. »Ginge es nach mir, müsstest du es auch nicht, aber wie gesagt, dein Vater bestimmt über dich, und er will dich so schnell wie möglich zurückhaben, um diese Ehe zu schließen.«

Ein schmerzhaftes Ziehen zog durch ihren Bauch, ihr Magen fühlte sich an, als umschließe ihn eine steinerne Faust.

»Willst du hierbleiben?«, fragte ihre Großmutter schließlich sanft und auch ein wenig neugierig.

Isabel hob die Schultern. Sie wusste keine Antwort darauf, es kam ihr vor, als gehörte sie nirgendwohin. Hier war sie eine Gefangene, musste vielleicht sogar Cadell oder Rhys heiraten. Im Grunde ahnte sie aber, dass diese Alternative immer noch besser war als der Sheriff. Aber dort wäre es ihr wenigstens möglich, weiterhin ihre Familie zu sehen. Sie stünde nicht auf der anderen Seite des Krieges. Egal wie die Entscheidung ausfiel, sie würde einen Teil von sich verlieren.

»Habe ich denn eine Wahl?«, fragte sie und sah auf in das vertraute Antlitz, das so gütig und weise aussah, ein Beweis dessen, was ihre Großmutter schon alles erlebt hatte.

Großmutter Nesta warf einen Blick zurück zur Halle. »Cadell

ist nicht bereit, dich gehen zu lassen, Isabel, dafür ist ihm das Bündnis deines Vaters mit dem Sheriff zu gefährlich.« Sie wandte sich ihr wieder zu und streichelte über ihren Handrücken. »Aber er sieht dich als Teil seiner Familie an, und nachdem ich ihm klargemacht habe, dass ich dich nicht von einer unliebsamen Ehe in die nächste treiben lasse, war er bereit, Zugeständnisse zu machen. Du wirst erst einmal nicht verheiratet, Isabel, wenn ich deinen Vater davon überzeuge, keinen Versuch zu unternehmen, dich zurück zum Sheriff zu bringen.«

»Ich muss nicht heiraten?« Dieser Gedanke schien zu schön, um wahr zu sein. Seit sie zurückdenken konnte, schien sich alles nur um eine Heirat zu drehen, so wie es bei Mädchen nun einmal üblich war. Sollte sie jetzt wirklich entkommen sein? Nicht nur dem Sheriff, sondern auch Rhys?

»Cadell wird dir alles genau erklären, Isabel. Er erzählte mir von einem Moment am Waldrand und behauptet, dir sein Leben zu schulden. Er will, dass es dir gutgeht, und da ich weiß, dass er es ehrlich meint, werde ich dich ruhigen Gewissens seiner Obhut überlassen – sofern du das ebenso willst. Wenn du dich wirklich dafür entscheidest, auf der Seite der Waliser zu stehen, werde ich deinen Vater davon überzeugen, dich aufzugeben. Zumindest vorerst, bis er wieder klar denken kann. Willst du das, Isabel? Willst du als Cadells Cousine hierbleiben, Teil seiner Familie sein und unter Rebellen leben mit allen Konsequenzen?«

Isabel ballte ihre Hände unter denen ihrer Großmutter zur Faust und atmete tief durch. Erneut wog sie ihre Möglichkeiten ab, dann sah sie auf und sagte bestimmt: »Ja, das will ich.«

Ein wehmütiges Lächeln sah ihr entgegen, dann seufzte ihre Großmutter auf. »Dinefwr – meine Heimat, alles, wofür mein Vater stand und kämpfte. Jetzt kehrt meine Enkelin dahin zurück und nimmt einen Platz ein, den ich nie wiederfand.« Sie erhob sich und winkte Harri, der zu den Ställen ging.

»Großmutter«, entfuhr es Isabel, bevor sie sich endgültig verabschieden musste. »Onkel Maurices neuer Knappe – hast du ihn gesehen? Geht es ihm gut?«

Ihre Großmutter sah über die Schulter zurück und verengte die Augen. Dann hoben sich ihre Mundwinkel, und sie nickte. »Es geht ihm gut, Isabel, mach dir keine Sorgen. Du gehörst jetzt hierher.«

Isabel konnte nicht schlafen. Sie hatte Cadell seit der Abreise ihrer Großmutter nicht mehr gesehen, damit er ihr alles erklären konnte, und so fragte sie sich immer noch, wie genau ihr Leben jetzt aussehen sollte. Ihr Leben unter Rebellen, dem sie nun freiwillig zugestimmt hatte. Sie war nicht mehr nur die Geisel. Sie hatte eingewilligt hierzubleiben.

Regen prasselte auf das Strohdach über ihr und erinnerte sie an die erste Nacht nach ihrer Entführung in Carmarthen. Damals war sie verzweifelt gewesen, die Unsicherheit über Ralph, ihre Familie und ihre Zukunft hatte sie nicht schlafen lassen. Jetzt war es die Aufregung, womöglich etwas Freiheit erlangt zu haben, die sie unruhig zu den Dachbalken starren ließ. Die schweren Gewitterwolken, die abends herangerollt waren und Großmutter Nesta und Onkel Harri hoffentlich verschonten, entluden sich mit ohrenbetäubendem Donner und dem grellen Aufleuchten von Blitzen. Der Wind frischte auf und heulte durch die Ritzen des Langhauses. Zuerst dachte Isabel, dass es nur ihr so ging und sie als Einzige nicht schlafen konnte, als sie plötzlich eine Gestalt bemerkte, die sich zwischen den schlafenden Frauen Richtung Tür bewegte. Sie hielt sich etwas gebückt, als krümme sie sich, und ein kaum vernehmbares Stöhnen erklang über die Geräuschkulisse des Unwetters.

Sofort richtete Isabel sich auf und tapste barfüßig durchs Stroh zur Tür. Dort bekam sie die Gestalt zu fassen, die mit einem erstickten Aufschrei zu ihr herumfuhr und sich als Eira herausstellte. Seit ihrem Gespräch in jener Nacht hatte Isabel ihr und ihrem Sohn Cadwgan noch manches Mal Geschichten erzählt und Lieder vorgesungen, aber geheilt war der Bruch zwischen ihnen noch nicht. Isabel wollte nicht nachtragend sein, und Eira war über die Maßen freundlich, aber sowohl Isabels Misstrauen als auch Eiras schlechtes Gewissen erlaubten keinen ungezwungenen Umgang. Vielleicht würde es Eira beruhigen zu hören, dass Isabel allzu schnell nicht heiraten würde, und dann fanden sie vielleicht zu ihrer alten Freundschaft zurück.

Ehe sie aber etwas sagen konnte, riss die junge Frau die Tür auf, stemmte sich gegen den Sturm und trat in den peitschenden Regen.

»Eira, was machst du da?« Isabel versuchte, sie noch zu fassen, glitt aber von ihr ab. Seufzend warf sie einen Blick zurück zu den Schlafenden, folgte ihr dann aber besorgt in die Nacht hinaus. Kalter Schlamm umspülte ihre Füße, und der Wind schien die Nässe durch ihr Nachthemd und ihre Haut bis auf die Knochen zu peitschen. Eira musste wahnsinnig sein, hier freiwillig herauszukommen.

»Was ist los?« Sie wollte die Waliserin festhalten, aber Eira ging einfach weiter durch die Dunkelheit. Die Fackeln waren alle erloschen, und nur die in kurz aufeinanderfolgendem Takt zuckenden Blitze beleuchteten den verlassenen Hof.

»Etwas passiert«, erkannte sie dann Eiras Stimme über den Lärm, während sie unruhig einfach weiterging. Sie erreichten die Halle, wo Eira umdrehte und der anderen Richtung folgte, als wäre sie ein eingesperrtes Tier. »Etwas passiert, etwas passiert.«

»Was passiert? Eira, rede mit mir. Was passiert?« Mit nun deutlich größerem Kraftaufwand ergriff sie Eiras Arm und zwang sie stehen zu bleiben. Aus großen Augen starrte die junge Frau sie an, während Wasser wie ein Sturzbach über sie floss und das helle Haar in ihrem Gesicht klebte.

»Maredudd«, stieß sie aus und schluchzte. »Etwas passiert, ich fühle es deutlich. Er ist da draußen, er …«

»Maredudd bringt einen Teil der Beute zu den Armen, das weißt du doch. Er verteilt Vieh und ein paar Säcke Getreide, nichts weiter.«

»In freincischem Gebiet!« Sie setzte ihren unruhigen Gang fort, und Isabel biss sich auf die Unterlippe, um die Waliserin nicht anzuschreien, zu packen und durchzuschütteln. Hier draußen holten sie sich nur den Tod, sie musste Eira zurück ins Warme bringen. »Ihm wird nichts passieren«, sagte sie, um Ruhe und Zuversicht in der Stimme bemüht, auch wenn sie gegen den Lärm rufen musste. »Er ist doch nicht das erste Mal fort.«

»Aber er ist doch schon lange weg. Ist er nicht schon viel zu lange weg? Ich spüre es, Unheil kommt über uns. Er …« Sie stöhnte erneut auf und krümmte sich ein wenig, aber dann ging sie weiter.

»Eira, ist alles in Ordnung mit dir, hast du Schmerzen? Lass uns hineingehen.«

»Wenn Maredudd etwas zustößt … Ich kann nicht ohne ihn, Isabel, er ist ein Teil von mir, unsere Seelen sind miteinander verbunden, wir gehören zusammen. Und jetzt ist er da draußen unter den Freinc. Und wenn sie ihm antun, was sie Cadell antaten, wenn …« Ein gellender Schrei entrang sich ihrer Kehle. Sie presste ihre Hände auf ihren Unterleib und fiel auf die Knie.

»Eira!« Isabel ging neben ihr im Schlamm nieder, packte ihre Schultern und versuchte, ihr ins Gesicht zu sehen, aber Eira wand sich aus ihrem Griff und schrie weiter.

»Nein!«, rief sie immer wieder und presste panisch ihre Hände zwischen ihre Beine. »Du darfst es mir nicht wegnehmen, nicht mein Kind, nein, das darfst du nicht!«

»Oh mein Gott.« Jetzt begriff Isabel, was das zu bedeuten hatte, und sah sich nach Hilfe um. Zum Frauenhaus war es zu weit, sie wollte Eira nicht alleine lassen; ohne Unterstützung würde sie es aber nie schaffen, die junge Frau ins Trockene zu bekommen.

Voller Angst um die junge Frau und ihr ungeborenes Kind sah sie hoch zur Palisade, konnte jedoch nichts erkennen. »Hilfe!«, rief sie gegen den Sturm und strich Eira über den Rücken, während diese sich wimmernd auf dem nasskalten Boden zusammenrollte. »Bitte, jemand muss uns helfen!« Isabel beugte sich schützend über die junge Frau, auch wenn sie wusste, dass ihr Körper nichts von der Naturgewalt aufhalten konnte und es ohnehin zu spät war, aber irgendetwas musste sie tun.

»Halte durch, Eira, gleich wird Hilfe kommen.« Erneut sah sie sich um und rief so laut, dass ihr der Hals schmerzte, und dann eilten plötzlich dunkle Gestalten auf sie zu, sie kamen aus der Halle, Männer der Garnison. »Was ist los?«, wollte einer von ihnen wissen und kniete sich neben sie. Isabel erkannte ihn als Einion, Nonas Gemahl, der in Cadells Dienst stand.

»Eira, sie verliert ihr Kind.«

Einion sah sie einen Moment erschrocken an, dann nickte er. »Bringen wir sie rein.« Er schob Isabel zur Seite und legte Eira die Hand auf die Schulter. »Leg deinen Arm um meinen Hals, Eira, keine Sorge, ich halte dich.« Aber Eira rutschte von ihm weg und weinte nur weiter. Sie rollte sich wieder zusammen, die Hände zwischen ihre Beine geklemmt, als könne sie das Blut stoppen, das das helle Nachthemd dunkel färbte.

Einion schüttelte den Kopf, machte Anstalten, seinen Arm unter ihren Körper zu schieben, als Niall und Cadell plötzlich über ihnen standen. Der Aufruhr musste sie ebenfalls aufgeschreckt haben. »Das Kind?« Cadells raue Stimme klang durch den Regen, und seinem düsteren Antlitz im Schein eines Blitzes war anzusehen, dass die schreckliche Nachricht, die seinen Bruder bei seiner Rückkehr erwartete, auch ihn nicht unberührt ließ.

»Bringt sie endlich rein.« Cadell wandte sich ab, und Einion zögerte nicht länger. Er nahm Eira auf den Arm und machte sich mit ihr auf den Weg zum Frauenhaus, während die anderen Männer leise murmelnd und mit gesenkten Köpfen zurück zur Halle gingen. Isabel folgte Eira, hielt dann aber inne, als ein kurzer, abgehackter Schrei durch die Nacht klang. Entsetzen packte sie an der Kehle und schnürte sie zu, als sie herumfuhr und Niall sah, der sich neben seinem umgestürzten Herrn zu Boden warf und sich über ihn beugte.

»Cadell?« Dies konnte doch nicht die Wirklichkeit sein, erst Eira und jetzt er?

Unschlüssig, was sie tun sollte, sah sie zwischen dem Frauenhaus und Cadell hin und her, dann überlegte sie aber nicht länger und setzte sich in Bewegung. Eira war nicht allein, die anderen Frauen würden ihr beistehen, jetzt musste sie sehen, was mit Cadell los war.

Mit klammen Beinen und zitternd vor Nässe und Kälte näherte sie sich den beiden Männern am Boden. Cadells Gestalt zuckte unkontrolliert, und im Licht eines weiteren Blitzes sah sie, dass Niall ihm etwas in den Mund hielt, einen Beißriemen.

Wie erstarrt blickte sie auf den einst so starken und jetzt hilflosen Krieger hinab und hatte das Gefühl, sich nicht länger auf den Beinen halten zu können. Seine Glieder verbogen sich unnatürlich, und einen Moment kam ihr der Gedanke, er könne von einem Dämon besessen sein, so schrecklich war das Bild. Doch dann warf sie die Starre von sich ab, verärgert über ihre dummen Gedanken, und kniete Niall gegenüber an Cadells anderer Seite nieder.

»Wie kann ich helfen?«

Niall sah zu ihr auf, zog die Augenbrauen zusammen, blickte auf Cadell und dann wieder in ihr Gesicht. Er hatte nicht erwartet, sie hier zu sehen. Schließlich schüttelte er den Kopf. »Es ist die Fallsucht. Wir können ihm nicht helfen, nur dafür sorgen, dass er sich nicht verletzt.«

Isabel nickte abrupt, auch wenn Niall gar nicht mehr zu ihr hersah, aber sie wusste nicht, was sie sagen sollte. Sie starrte auf Cadell hinab, die Hände zu Fäusten geballt, da die Hilflosigkeit kaum zu ertragen war.

Wie hatte er seine Krankheit die ganze Zeit vor ihr verbergen können? Wieso hatte er sich ihr nicht anvertraut? Schlimm genug, dass er ständig Schmerzen vom Überfall des Sheriffs ertragen musste, der Herr hatte ihm auch noch dieses Leid aufgebürdet.

»Seit wann …«, begann sie, ahnend, dass auch dies des Sheriffs Schuld war, und Niall bestätigte ihren Verdacht: »Sie sagen, der Schlag auf den Kopf hätte dies verursacht. Wir wissen nicht, was die Krämpfe auslöst, sie kommen aus heiterem Himmel. Aber es geht vorbei, siehst du?«

Tatsächlich wurde Cadells Körper ruhiger, Niall nahm den Beißriemen weg, und dann war auch das Heben und Senken von Cadells Brust zu erkennen. Sein Atem strömte gleichmäßig zwischen seinen geöffneten Lippen hindurch, während es vorhin noch so ausgesehen hatte, als hätte er ganz zu atmen aufgehört.

»Niall?«, hörte sie ihn plötzlich mit schwacher Stimme, und da bemerkte sie, dass der Regen nachgelassen hatte, das Gewitter war vorübergezogen. Nur noch aus der Ferne war der Nachhall von Donner zu hören.

»Ich bin hier.« Niall legte seinem Vetter die Hand auf die Brust und atmete sichtlich erleichtert auf. Bestimmt stand er ihm nicht zum ersten Mal bei, aber der Anblick war wohl immer wieder ein Schock, und dass er Angst hatte, konnte Isabel gut nachvollziehen. Für Isabel hatte es ausgesehen, als fechte Cadell einen Todeskampf aus.

»Kann ich Euch irgendetwas bringen?«, fragte sie, nicht wissend, wie sie die Situation besser machen konnte. »Etwas zu trinken? Eine Decke?«

Cadells Kopf fuhr zu ihr herum, die Augen weit aufgerissen, sodass sie in der Dunkelheit wie schwarze Höhlen wirkten. Atemlos starrte er sie aus seinem todesblassen Antlitz an, als hätte er eine Erscheinung der Anderswelt vor sich. »Isabel.« Er schüttelte den Kopf, als versuche er klarer zu werden. »Du bist hier.«

»Natürlich bin ich hier.« Sie ergriff seine eiskalte Hand und drückte sie. »Macht Euch keine Sorgen, Euch wird es gleich wieder gutgehen. Alles wird gut.«

Cadell sah sie noch einen Moment mit deutlicher Bestürzung an, dann sank er zurück und blickte in den Himmel. Eine drückende Hoffnungslosigkeit ging von ihm aus, bei der Isabel das Gefühl hatte, ihr Magen verwandle sich in einen schweren Stein. Sie wollte ihn nicht so sehen, wollte ihm irgendwie helfen und beistehen. Nicht zu wissen, was zu tun war, wie sie es besser machen konnte, gab auch ihr das Gefühl, verloren zu sein.

»Bring mich rein, Niall«, sagte er schließlich mit seltsam tonloser Stimme, »und dann schicke einen Boten zu Maredudd. Er muss herkommen.«

Maredudd kam eine gute Woche nach den schrecklichen Vorfällen, eilte zuerst zu Eira und verschwand dann für den restlichen Nachmittag in Cadells Gemach. Isabel hatte jeden Tag versucht, mit Cadell zu sprechen, aber niemand ließ sie vor. Er braucht Ruhe, betonte Niall immer wieder, aber Isabel wusste, dass Cadell sie nicht sehen wollte. Zwar verstand sie nicht warum, schließlich hätte er sein Geheimnis nicht ewig vor ihr verbergen können, auch fand sie nicht, dass es so schlimm war und irgendetwas zwischen ihnen änderte. Sie bewunderte ihn immer noch, aber sie nahm an, dass es ihm nicht gefiel, in einer solch schwachen und hilflosen Lage beobachtet worden zu sein. Das konnte sie nachvollziehen, aber wenn er sie wirklich hierbehalten wollte, als Teil seiner Familie, sollte ihr doch erlaubt sein, ihm beizustehen. Er musste vor ihr doch nichts verstecken.

Aber erneut schloss er die ganze Welt aus, und was er mit Maredudd zu besprechen hatte, konnte sie sich auch nicht vorstellen. So lange, wie die beiden unter sich waren, musste es um mehr als Eiras und Maredudds tragischen Verlust gehen. Die ganze schreckliche Nacht war Isabel an Eiras Seite geblieben und hatte ihrem Weinen gelauscht. Die Fehlgeburt hatte auch Isabel getroffen, und spätestens in diesem Moment hatte sie gewusst, wie wichtig Eira ihr immer noch war. Hilflosigkeit und tiefe Trauer hatten auch ihr Herz gebrochen. Die Erkenntnis, dass Freiheit allein einen nun einmal auch nicht vor Gottes Entscheidungen bewahrte. Jetzt konnte Isabel die junge Frau um ihr Leben auch nicht mehr beneiden. Der Groll gegen sie war gänzlich gewichen. In Isabels Augen war Eira einfach eine verletzte Frau, und Isabel konnte sie nicht alleinlassen.

Abends kam Maredudd zurück zum Frauenhaus, um Eira zu sehen, aber die junge Frau hatte sich schlafen gelegt. Isabel saß auf der Bank und übte mit der Harfe, die Niall ihr geliehen hatte. »Soll ich ihr sagen, dass du hier bist?«, fragte sie ihn, darum bemüht, das Mitleid aus ihrer Stimme fernzuhalten. Denn auch Maredudd sah schrecklich aus, seine Augen waren gerötet, und sein Gesicht wirkte fahl. Vielleicht hatte er auch mit Cadell getrunken.

Maredudd schüttelte mit einem tiefen Seufzen den Kopf und ließ sich neben ihr nieder. »Lass sie schlafen, ich gehe nicht so schnell fort und kann immer noch zu ihr.« Er beugte sich vor und stützte seine Ellbogen auf die Oberschenkel. Die Hände ließ er zwischen den Beinen baumeln, und so verharrte er einen Moment lang. Schließlich atmete er hörbar ein. »Eira hat mir erzählt, wie fürsorglich du dich um sie gekümmert hast.« Er warf ihr einen Blick zu. »Ich danke dir dafür, Isabel. Meine Schuld dir gegenüber wird stets größer, und ich scheine kein Talent dafür zu haben, dir deine Güte zu vergelten. Stattdessen nahm ich dich gefangen.«

»Es geht mir gut hier.« Diese Wahrheit überraschte sie immer noch. Allmählich hatte sie zu akzeptieren gelernt, dass sie nicht zurückgehen würde, denn sie hatte die Entscheidung zu einem gewissen Grad selbst treffen können. Und sie verstand jetzt auch, dass Ralphs Weg in eine andere Richtung führte.

Maredudd nickte. »Trotzdem. Du sollst wissen, dass ich es nicht vergesse, auch wenn ich mich nicht immer so benehme. Auch Eira ist dir sehr dankbar. Sie sagte, sie verdiene deine Freundlichkeit nicht, da sie dich verraten hätte. Was meint sie damit?«

Isabel biss sich auf die Unterlippe. »Sie grämt sich, weil unsere erste Begegnung im Verlies nicht gerade freundlich war und sie mich für eine freincische, verwöhnte Göre hielt.«

Maredudd lachte auf und strich sich mit der Hand über die Zöpfchen an seinem Kinn. »Ja, ich fürchte, diesem Irrtum unterlag nicht nur sie. Aber mittlerweile hast du wohl bewiesen, dass es nicht so ist. Um ehrlich zu sein, finde ich, dass du sehr gut hierherpasst, nicht nur, weil du unsere Sprache beherrschst. Wenn ich dich ansehe, sehe ich Familie.« Er ergriff ihre Hand und drückte sie.

Fast wäre ihr ein erschrockener Laut entschlüpft. Nie hätte sie erwartet, mit Maredudd ein derart offenes Gespräch führen zu können, und dass er sie als Familie sah, bedeutete ihr mehr, als sie je geahnt hätte. Der Junge mit dem Flaum kam ihr wieder in den Sinn, und sie lächelte beim Gedanken, dass er wirklich wie ein Bruder für sie sein könnte. Sie fühlte sich ihm und seinen Zielen auf jeden Fall sehr viel näher als ihren wahren Brüdern, die eher Fremde für sie waren.

»Du kannst dich auf mich verlassen«, sagte sie ernst, »ich kümmere mich um Eira und werde immer für sie da sein. Manchmal könnte ich ihr zwar den Hals umdrehen, aber ich verstehe ihren Kampf zu gut, um sie nicht bewundern zu müssen.«

Maredudd nickte und sah auf, als plötzlich Niall vor ihnen

stand. »Cadell will dich sehen«, sagte der Ire mit einem erzwungen wirkenden Lächeln und ließ damit sofort jedes Gefühl von Freude in ihr schwinden. Jetzt war sie nervös, und in ihrem Magen begann es sofort wie wild zu rumoren.

Würde er jetzt mit ihr über seine Krankheit sprechen? Über sein Gespräch mit Großmutter Nesta und ihre Zukunft? Sie bemerkte Niall an ihrer Seite kaum, der ihr immer wieder Blicke zuwarf. Schließlich nickte er dem Türhüter zu, klopfte selbst an und bedeutete Isabel sogleich einzutreten.

Ihre Knie waren weich, und ihr Herz raste, aber Isabel zwang sich, den Kopf hochzuhalten und Cadell zu zeigen, dass sie keine Angst vor ihm oder seinen Entscheidungen hatte. Sein Gemach war nur schwach beleuchtet, und Isabel fragte sich beim Eintreten sofort, ob dies vielleicht mit seiner Krankheit zusammenhing. Aber was wusste sie schon darüber?

Mit vor dem Bauch verschränkten Händen blieb sie bei der Tür stehen und presste die Lippen aufeinander. Cadell lehnte gegen eine der kargen Wände und hielt einen alten Schild in der Hand. Er wartete, bis die Tür sich hinter ihr schloss, dann sah er auf.

»Danke, dass du gekommen bist.«

»Natürlich.« Ihre Stimme zitterte vor Nervosität, und sie atmete tief durch, um sich zu beruhigen. »Ich hoffe, es geht Euch …?«

»Es geht mir gut, danke für deine Sorge.« Mit einem schweren Ausatmen ließ er den Schild zu Boden sinken und ging auf den Tisch zu. Dort verharrte er einen quälend langen Augenblick schweigend, ehe er sich zu ihr umwandte und ihr direkt in die Augen sah. Seine Miene war düster, und sein Blick kam ihr sonderbar leer vor – als sehe er direkt durch sie hindurch. Oder als wolle er sie gar nicht sehen. »Ich möchte mich von dir verabschieden, Isabel.«

Die Worte standen in der Luft, Isabel hörte sie, aber sie ergaben keinen Sinn. Eiseskälte zog durch sie hindurch, als flie-ße ein Gebirgsbach und kein Blut durch ihre Adern. Die Hitze der Aufregung wich. Er wollte sie doch zurückschicken? Zurück zum Sheriff? Sie öffnete den Mund, suchte nach Worten, doch da fuhr Cadell schon fort: »Ich unternehme eine Pilgerreise nach Rom. Ich nehme an, du weißt bereits, dass dies ursprünglich mein Plan war, und jetzt ist es Zeit, aufzubrechen und nicht länger hier zu verweilen. Niall wird mich begleiten.«

Sie konnte ihn nur anstarren. Dann atmete sie erleichtert auf. Es erschreckte sie, mit wie viel Grauen sie der Gedanke an den Sheriff erfüllte. »Nach Rom? Ich dachte … es hieß, Ihr wärt von dieser Absicht abgekommen, Ihr hättet Euch anders entschieden.«

»Es stand immer fest, dass ich gehe. Ich habe die Reise nur etwas aufgeschoben.«

»Meinetwegen.«

Er nickte. »Ich war dir etwas schuldig, und ich habe abgewartet, bis du dich richtig einlebst, um sicherzugehen, dass es dir hier an nichts fehlt. Jetzt hast du Freunde und einen Platz in der Gemeinschaft. Du brauchst mich nicht länger.«

»Das stimmt nicht.« Trauer breitete sich in ihr aus. Cadell und Niall hatten sie hierherbegleitet, ihr ermöglicht, zu Atem zu kommen und sich einzuleben, anstatt eine Gefangene zu sein. Was würde sie nur ohne ihre beiden Freunde tun?

»Meine Brüder werden für dich sorgen, das haben sie mir geschworen. Wenn du irgendetwas brauchst, kannst du dich jederzeit an sie wenden. Du wirst immer einen Platz an ihrem Hof haben und kannst frei über dein Leben entscheiden. Niemand wird über dich bestimmen, du kannst hingehen, wohin du willst, das verspreche ich dir.«

»Ich muss nicht heiraten?« Ihre Großmutter hatte gesagt, dass Cadell vorerst davon abgekommen war, aber nicht, dass dies zukünftig auch so bleiben würde. Sie hatte auch nicht gesagt, dass sie frei über ihr eigenes Leben entscheiden dürfte. Etwas, das für ein Mädchen undenkbar war.

»Deine Freiheit ist meine Gegenleistung für deine selbstlose Tat.«

»Ich wollte nie eine Gegenleistung«, platzte sie heraus, ertappte sich aber dabei, wie sich ein Lächeln in ihrem Gesicht ausbreitete. Freiheit! Was für ein furchterregender und berauschender Gedanke.

»Natürlich weiß ich, dass du keine Gegenleistung erwartet hast, Isabel, aber deine Freiheit ist das Mindeste, was ich dir schenken kann. Und meine Brüder halten dieses Versprechen. Hier hast du für immer ein Zuhause, nur werde ich …«

»… nicht mehr da sein.« Das Hochgefühl schwand augenblicklich, als sie begriff, dass sie schon wieder Abschied nehmen musste. Wie viel Cadell und was er für sie getan hatte, ihr bedeuteten, wurde ihr erst jetzt richtig bewusst. Er war die Heldenfigur ihrer Kindheit, und sie verdankte ihm so viel. Wie sollte sie ohne ihn hier zurechtkommen? Würden die anderen sie als Familienmitglied akzeptieren, wenn Cadell erst mal nicht mehr da war? Es blieb Maredudd, aber so wie sie ihn einschätzte, wäre er meist fort. Und Rhys … an ihn wollte sie gar nicht denken, blieb er für sie immer noch unnahbar und auch ein wenig gefährlich.
»Isabel, ich bin es dem Herrn schuldig, ihm für mein Überleben zu danken. Und jetzt, da ich meine Schuld dir gegenüber begleichen konnte …«

»Ihr sprecht immer nur von Schuld, aber das allein kann doch unmöglich der Grund gewesen sein, weshalb Ihr mit mir hierhergekommen seid! Die Schuld Gott gegenüber wiegt doch sehr viel schwerer als Euer Pflichtgefühl einem Mädchen gegenüber. Ihr hättet Euch doch nie von Eurem Vorhaben abgewandt, wenn da nicht … wenn Ihr nicht etwas vorgehabt hättet.« Gar hatte er tatsächlich vorgehabt, sie zu heiraten, und Großmutter Nesta hatte ihn davon abgebracht. Etwas, worüber Isabel froh war, aber trotzdem wollte sie nicht, dass er ging und sein Leben riskierte. Sie hatte ihm geholfen, damit er lebte, nicht, damit er dieses Leben wegwarf.

Ein leises, bitteres Lachen entrang sich ihm, als er den Kopf schüttelte und auf sie zukam. »Was soll ich denn vorgehabt haben, Isabel? Ich, der kaum sein Gemach verlassen kann, ohne zu riskieren, vor versammeltem Hof einen Krampfanfall zu erleiden!« Er blieb vor ihr stehen, und die Leere in seinem Blick wich nun Traurigkeit, aber auch deutliche Zuneigung stand darin, was es noch schwieriger für sie machte, ihn zu verstehen. »Ich glaube, dir ist nicht klar, wie es damals für mich war«, sagte er sanft und legte eine Hand auf seine Schulter, die von einem Pfeil durchbohrt worden war, »im eigenen Blut zu liegen und darauf zu warten, bei vollem Bewusstsein von wilden Tieren zerfleischt zu werden oder einfach nur allein und sinnlos unter entsetzlichen Schmerzen zu sterben.« Er nahm seine Hand wieder runter und legte sie stattdessen auf ihren Arm. »Aber dann kamst du, und ich schwöre, in jenem Moment war ich mir sicher, du seiest ein von Gott gesandter Engel.«

»Ich erinnere mich.« Sie ergriff seine Hand und drückte sie.

Cadell lächelte traurig und zog seinen Arm zurück. »Ein Engel warst du in jener Nacht und auch in Tenby, als du mit meinem Bruder zum Strand herunterkamst. Sogar jetzt noch habe ich das Gefühl, wenn ich dich ansehe … und so ist es nicht schwer zu verstehen, dass ich dich meiner Pilgerreise vorzog, denn indem ich mich bei dir revanchierte, dankte ich gleichzeitig Gott. Dies mag mich einfältig machen, aber in meinen Augen bist und bleibst du nun einmal ein Engel.«

»Dann geht nicht fort.« Sie konnte nur flüstern, und ihr war bewusst, wie erbärmlich sie sich anhörte, aber sie hatte solche Angst davor, die Nachricht seines Todes zu erhalten. Seit sie zurückdenken konnte, war Cadell der große Fürst von Südwales gewesen, der Anführer der Rebellen, der Streiter für die

Briten … Er konnte nicht einfach so leicht aufgeben und verschwinden. Er mochte sich oft abgeschottet haben, aber das Wissen seiner Nähe hatte sie trotzdem immer beruhigt, und so musste es anderen ebenfalls ergangen sein.

»Ich *muss* gehen, Isabel, hier ist kein Platz mehr für mich.«

»Das sagen Eure Brüder!« Sie schob sich an ihm vorbei in den Raum und ließ ihren Blick über die unbenutzten und verstaubten Waffen gleiten, die bewiesen, dass Cadell kein Kriegsherr mehr war. »Sie wollen, dass Ihr verschwindet, sie treiben Euch fort, Eure eigenen Brüder. Haben sie Euch gedroht?« Empört wandte sie sich ihm zu. »Wollen sie Euch einfach *loswerden*, wenn Ihr nicht freiwillig geht, so wie es in Eurem Volk Brauch ist? Einen Bruder beseitigen, um den eigenen Machtanspruch durchzusetzen?« Von Maredudd würde sie das zwar nicht erwarten, aber wenn sie ehrlich zu sich war, kannte sie ihn nicht besonders gut. Rhys hingegen würde sie sofort zutrauen, sich von allem, was ihn in seinem Rachefeldzug zurückhielt, zu befreien.

»Das würden sie nie tun, Isabel. Wir mögen nicht immer einer Meinung sein, streiten, und Gott weiß, wir haben uns auch schon oft genug die Nasen blutig geschlagen, aber mehr auch nicht. Wir wissen alle, dass die einzige Möglichkeit, gegen die Freinc zu bestehen, Zusammenhalt ist. In Gwynedd und Powys mögen sie sich gegenseitig bekriegen, aber wir halten zusammen. Wir teilten das Erbe unseres Vaters auch nicht unter allen Brüdern auf, wie es eigentlich üblich ist, denn wir wussten, wenn wir das bisschen auch noch auseinanderreißen, sind wir verloren. Wir stimmten darin überein, dem Ältesten zu folgen, und so herrschte erst Anarawd, dann ich, und jetzt wird Maredudd herrschen. Denn Maredudd kann das Fürstentum halten, im Gegensatz zu mir.«

»Aber Ihr müsst doch nicht gleich weggehen, ans andere Ende der Welt!«

»Rom liegt nicht am anderen Ende der Welt, und ich kehre ja zurück.«

Sie warf ihm einen Blick zu, der deutlich machte, dass dies kein Trost war. Auf solch einer Reise konnte allerhand passieren. Sein Schiff könnte sinken, er könnte unterwegs überfallen werden, sein Gesundheitszustand mochte sich verschlechtern, er könnte krank werden … Ob es wohl eine Sünde war, einen Pilger davon abzuhalten, zum Papst zu gehen? Im Moment war ihr alles gleichgültig. Diese Reise mochte Cadells Tod bedeuten, nichts anderes zählte.

»Deine Reaktion überrascht mich«, erklang seine sanfte Stimme, »ich verstehe nicht, weshalb mein Fortgang dich so aufregt.«

»Die Nachricht, dass Ihr mich zu heiraten gedenkt, wäre nicht so schlimm gewesen«, entfuhr es ihr, ohne nachzudenken.

Cadell hob eine Augenbraue, und plötzlich sah er jünger aus, als er war. Dann brach er in schallendes Lachen aus. »Sag nicht, du hättest auf diese Gerüchte gehört.«

»Sie sind mir zu Ohren gekommen, ja.«

»Dann muss ich mich bei dir entschuldigen. Du musst mich für völlig ehrlos halten, wenn du glaubst, ich würde dir deine Tat vergelten, indem ich dich einen alten, kranken und pflegebedürftigen Mann heiraten lasse.«

»Ihr seid nicht alt«, erwiderte Isabel energisch, »und Eure Krankheit schreckt mich nicht. Es ist eher so, dass ich gar nicht heiraten will … niemanden.«

»Das musst du auch nicht. Du bist jung, dein ganzes Leben liegt noch vor dir. Ich will dir Freiheit und Glück schenken, damit du heiraten kannst, wen du willst – jemanden, den du liebst. Irgendwann. Du liebst Geschichten, brennst für all die großen Emotionen, seien es Liebe, Heldentum oder Abenteuer. Sei nicht traurig, wenn ich weggehe, sondern nimm dein Leben in die Hand – auch wenn ich durchaus geschmeichelt bin, dass es nicht *so* schlimm wäre, mich heiraten zu müssen.« Ein leises Lachen entrang sich ihr, und Cadell fiel darin ein, auch wenn sie beide verzweifelt klangen. Erstaunlich vertraulich legte er seinen

Arm um sie und zog sie an seine Brust. »Sei weiterhin mein Engel, Isabel, finde deine Abenteuer und Heldengeschichten, finde deine Liebe und dein Glück. Ich muss zum Papst, denn er ist meine einzige Hoffnung. Meinen Körper kann er nicht heilen, aber vielleicht meinen Geist. Vielleicht werde ich auf dieser Reise den Sinn meines weiteren Lebens erkennen, denn als einstiger Krieger und Fürst – als Last für meine Brüder – will ich nicht leben. Finde auch du deinen Weg – für mich. Ich will zurückkommen und sehen, dass ich das Richtige tat, indem ich dir dein Leben selbst in die Hand gab. Vergeude es nicht.«

Tränen flossen heiß über ihre Wangen, als sie ihren Kopf an ihn lehnte und sich von seiner tröstenden Umarmung umfangen ließ. Der Schmerz wich etwas, denn sie begriff jetzt, dass ihre Angst nur bedeutete, dass ihr alle Wege offenstanden. Wie Cadell sagte, hatte sie zum ersten Mal ihr Leben selbst in Händen. Immer hatte irgendein Mann über sie bestimmt, so wie es üblich war – ihr Vater, ihr Onkel, der Sheriff, Cadell … Aber jetzt gehörte sie nur sich selbst. Das war beängstigend, und sie fragte sich, ob es nicht sehr viel leichter war, wenn andere für einen bestimmten. So erging es schließlich allen Frauen, und sie taten, wie ihnen geheißen. Es war vielleicht sicherer und beruhigend, nicht selbst die Verantwortung zu tragen, aber Cadells Worte bestärkten sie darin, dass sie es tun konnte. Sie konnte ihr eigenes Leben lenken.

## Dinefwr, Südwales, Oktober 1154

Der König ist tot! Lang lebe der König!« Die fremde Stimme klang durch die Halle und übertönte sogar die ausgelassenen Gespräche der Feiernden. Alle fuhren zu der Gestalt in der offenstehenden Tür herum, und Schweigen senkte sich über den rauchgeschwängerten Raum.

Ein Mann trat aus der hereinbrechenden Dunkelheit in die fackelbeschienene Halle und breitete die Arme aus, als genieße er die Aufmerksamkeit. Sein Ton verlor nichts von dem Spott, mit dem er gerade den Tod eines Königs verkündet hatte. »Heute Nacht wandeln die Geister unter uns, und ich bringe euch die Nachricht vom Tod des englischen Usurpators Stephen. Vielleicht mag er ja auch einer dieser Geister sein.« Mit ausgebreiteten Armen verneigte er sich vor Maredudd und seinem gesamten Hofstaat, und jetzt, im zunehmenden Licht, erkannte Isabel ihn auch. Sie hatte ihn schon einmal gesehen, er war der *Pencerdd*, der oberste Barde eines walisischen Lords aus dem Osten. Sie erinnerte sich weder an den Namen des Barden noch an den des Lords, aber der Mann hatte schon einmal als Bote fungiert.

Raunen folgte seinen Worten, und Isabel sah zwischen ihm und Maredudd hin und her. Nach Cadells Abreise vor gut einem Jahr hatte Maredudd sie offiziell zu seiner Cousine erklärt, was ihr einen festen Platz bei Hofe verschaffte und den Schatten der Geisel nahm. Auch hatte sie nichts mehr von ihrer Familie gehört, was bedeuten mochte, dass sie Isabel aufgegeben hatten oder dass sie etwas planten. In Dinefwr hatte Isabel sich im Laufe des Jahres zu so etwas wie Eiras Hofdame entwickelt. Zwar war Eira *nur* Maredudds Geliebte, aber in Ermangelung einer Fürstin hielt sie hier eine hohe Stellung. Isabel unterhielt sie mit Geschichten und sorgte für Maredudd dafür, dass sie keine *Dummheiten* beging – wie ihm hinterherzureiten, wenn er in den Kampf zog. Jetzt, da Eira erneut ein Kind erwartete, war Maredudd besonders besorgt, und Isabel war gerne mit der Waliserin und ihrem Sohn Cadwgan zusammen. Sie hatten nie wieder von dem Vorfall mit Hywel gesprochen, auch wenn Eira in manchen Momenten das schlechte Gewissen ins Gesicht geschrieben stand. Dann entschuldigte sie sich aus heiterem Himmel, ohne zu sagen wofür. Isabel verstand sie auch so. Die Zeit nach der Fehlgeburt hatte sie zusammengeschweißt und vielleicht auch Cadells Erklärung von Isabels Freiheit. Isabel fühlte sich Eira jetzt näher, vielleicht sogar ebenbürtig.

Als Cousine des Fürsten saß sie nun in Maredudds Nähe und konnte seine Miene studieren. Das Lächeln, das ihm den ganzen Abend im Gesicht gestanden hatte, gefror. Er starrte den fremden Barden mit leerem Blick an, als wäre er sich nicht bewusst, dass alle Anwesenden ihn ansahen. Schließlich schüttelte er den Kopf und bedeutete den anderen, Platz zu machen.

»Kommt an meine Tafel, Freund, und stärkt Euch. Nehmt Euch von den Speisen, die wir der reichen Ernte und noch viel ertragreicheren Plünderungen verdanken, und feiert mit uns. Ihr habt Mut, Euch in einer Nacht wie dieser hinauszuwagen.«

»Noch brennen die Feuer auf den Hügeln«, erwiderte der Barde mit einem schelmischen Lächeln und schritt zwischen den Tischreihen hindurch. »Ich kam also gerade noch zur rechten Zeit, um den Beginn des neuen Jahres mit Euch zu feiern.«

»Und interessante Neuigkeiten zu bringen.«

»Neuigkeiten, von denen mein Herr dachte, dass Ihr sie gerne so schnell wie möglich hören möchtet. Jetzt wird sich alles ändern.« Der Barde ließ sich auf einem Stuhl neben Maredudd nieder und ergriff mit einem dankbaren Nicken den Becher, den ihm der Fürst reichte.

»Wieso ist Maredudd nicht erfreut über den Tod des englischen Königs?«, raunte ihr plötzlich Crystin, die Gemahlin des Hofkaplans, zu.

Isabel wandte den Blick von dem Neuankömmling und lehnte sich zu ihrer Sitznachbarin. »Weil der Bürgerkrieg in England nun endgültig vorbei ist.« Sie hielt inne und brauchte einen Moment, um diese Wahrheit zu verinnerlichen. Der Bürgerkrieg dauerte fast schon so lange, wie sie auf der Welt war, und irgendwie hatte sie gedacht, er würde für immer weitergehen. Doch jetzt mochten in England Zeiten anbrechen wie jene blühenden, die ihre Großmutter unter Henry I. erlebt hatte. Und das würde Wales zu spüren bekommen.

Erst mit Henrys Tod waren die Rebellionen in Wales erstarkt, und Unruhe und Krieg waren über das Land gekommen. So wie die Seen bei Henrys Tod über die Ufer in Elfael getreten waren, hatten sich die rauen Waliser von ihren Hügeln ins Tal gestürzt, um ihr Land zurückzuerobern. Doch vor Henrys Tod hatte Wales zum ersten Mal einen länger dauernden Frieden gekannt, Wachstum und Reichtum. Sollte der neue König ebenso stark und fähig sein wie sein Großvater, so konnte dies nichts Gutes für die Rebellion bedeuten. Vielleicht bedeutete es Frieden – nur zu welchem Preis? Für ihre Großmutter war der Friede einst alles gewesen, und sie hatte so manchen Kompromiss dafür geschlossen. Für Isabel war ein Friede aber nur wahrhaftig, wenn beide Seiten vom Abkommen profitierten und die Waliser nicht wieder als Menschen unterer Klasse galten und ihr eigenes Land nicht mehr regieren durften. So sah sie das Ende des Bürgerkriegs ebenfalls als Bedrohung.

»Aber der Krieg war doch schon letztes Jahr zu Ende«, wunderte sich Crystin, die den Neuankömmling misstrauisch musterte. »Damals kamen Stephen und Matilda doch endlich überein. Stephen ernannte Matildas Sohn Henry zu seinem Erben und somit zum Thronfolger. Und Matilda verzichtete dafür auf ihren Anspruch, ließ Stephen seine Krone, zufrieden damit, dass ihr Sohn sie einmal erben würde. Es wurde Frieden geschlossen.«

»Aber es war ein wackeliger Friede«, erwiderte Isabel und versuchte dabei, mit einem Ohr zu lauschen, was der Barde zu berichten wusste. Es ging um die Krönung vor einer Woche und darum, was für ein Mann der neue König Henry war. Hoffentlich hatte er nicht mehr als den Namen mit seinem berühmten Großvater gemeinsam.

»Stephen stimmte zu, Henry zum Thronfolger zu ernennen, das ist richtig«, fuhr sie schließlich an Crystin gewandt fort, »aber das gefiel Stephens Sohn William natürlich ganz und gar nicht. Sein Vater war König, und er wollte die Krone erben und sie nicht seinem Vetter überlassen. Es heißt, William hätte sogar versucht, Henry durch flämische Söldner töten zu lassen, und so war abzusehen, dass der Krieg mit den beiden weitergehen würde. Aber niemand hätte erwartet, dass Stephen so schnell stirbt, und William ist für die Krone noch zu jung. Also hielten sich alle, so wie es scheint, an die Abmachung und krönten tatsächlich Matildas Sohn Henry zum König. Und wenn in England Friede herrscht, heißt das, dass Fürsten wie Maredudd die Unruhe und die Abwesenheit der freincischen Lords hier nicht länger für sich nutzen können. Die Freinc waren in den letzten Jahren schwach, aber mit einem geeinigten Land und einem fähigen König werden sie wieder erstarken. Und wer weiß, wie lange es dauert, bis dieser neue König sein Augenmerk auf britisches Land richtet und die Eroberungsfeldzüge seiner Vorfahren fortsetzt.«

»Ich weiß nicht«, seufzte Crystin und nahm sich von den Austern, »der Krieg in England mag uns zum Vorteil gereicht haben, weil die Freinc damit beschäftigt waren, sich gegenseitig umzubringen und wir wieder Land gutmachen konnten. Aber andererseits war es doch auch gerade die fehlende Ordnung in England, die den freincischen Lords hier in den Marken so viel Macht verlieh. Wenn erst wieder Gesetze herrschen, werden auch den Freinc in unserem Land Zügel angelegt, und die brutalen Raubzüge nehmen ein Ende.«

»Vielleicht.« Isabel blickte wieder zu Maredudd und versuchte sich vorzustellen, was die Kunde vom neuen König nun tatsächlich für Wales bedeuten sollte. »Vielleicht kommt aber auch alles ganz anders. Wer von uns mag das schon sagen?« Das einzig Sichere war, dass sich ihr Leben ändern würde, nur wie, das wusste einzig Gott.

»Als Erstes verbannte der neue König die ganzen Flamen aus seinem Land«, hörte sie den Barden lautstark verkünden. »Er ließ sich keine Zeit damit, sie loszuwerden. Für den Krieg wurden ja massenhaft Söldner aus Flandern angeheuert, und der König hat ihnen befohlen, England auf der Stelle zu verlassen, damit sie jetzt, da sie nichts mehr zu tun haben, aufhören, in seinem Land ihr Unwesen zu treiben.«

»Aber sie werden nicht zurück nach Flandern gehen.« Maredudds Miene wurde noch düsterer, und seine Stimme war kaum mehr als ein Knurren.

»Bestimmt nicht alle, das glaubt mein Herr auch. Eher werden sie hierherkommen und jene Flamen, die Ihr und Eure Brüder besiegt haben, unterstützen. Sie werden sich in den flämischen Siedlungen auf britischem Land niederlassen, und vielleicht kommen sie auch auf die Idee, sich zurückzuholen, was Ihr und Eure Brüder ihren Landesmännern genommen habt.«

»Nicht, wenn ich es zu verhindern weiß.« Maredudd erhob sich, und alle blickten zu ihm auf, wie er im Licht der Kerzen in seiner Halle stand, das Blut jener Männer in den Adern, die schon tausend Jahre zuvor über dieses Land geherrscht hatten. »Wenn der neue König in England glaubt, seine marodierenden und gelangweilten Krieger in mein Land zu schicken, nur weil er sie nicht länger braucht, werden wir darauf antworten. Ich werde nicht zulassen, dass weitere Schlächter in mein Land einfallen und mein Volk in die Knie zwingen. So bald wie möglich wird der Hof in den Süden nach Kidwelly ziehen, um die Flamen auf der Halbinsel Gower zu überwachen. Mit den Flamen in Rhos sollen sich die Geraldines herumschlagen. Und jetzt lasst uns sehen, was die Geister uns über die Zukunft mitzuteilen haben.« Er trat von der Tafel zurück, reichte Eira die Hand und schritt gemeinsam mit ihr auf eine der Feuerstellen zu. Dort kniete er nieder und hob einen der vorbereiteten Steine auf. Das Licht der Flammen tanzte über sein Antlitz, während er mit einem Stock und schwarzer Asche seinen Namen darauf schrieb. Schließlich erhoben sich auch alle anderen und taten es ihm gleich. Diejenigen, die nicht schreiben konnten, machten ihr Zeichen auf einen Stein, und dann wurden alle wieder beim Feuer niedergelegt, und das Fest ging weiter.

Es war der einunddreißigste Oktober, und sie feierten das Ende der Ernte und das geschlachtete Vieh, das alle über den Winter bringen sollte. Maredudd hatte seine Kriegsbande mit Geschenken bedacht, und selbst die einfachen Bauern und Hirten, die ihre Abgaben gebracht hatten, durften an diesem Tag an den Festlichkeiten teilnehmen. Maredudds *Pencerdd* sang die ersten beiden Lieder und begleitete sich auf der Harfe, so wie es seine Pflicht war, im oberen Bereich der Halle vor den Höhergestellten. Seine liebliche Stimme war nicht besonders laut, aber da alle verzückt lauschten, konnte man sie auch noch im unteren Bereich hören. Das erste Lied war über Gott und das zweite über Maredudd, seinen Fürsten und König, so wie es Brauch war. Anschließend unterhielten die niedriger stehenden Barden die Gesellschaft. Der *Bardd Teulu*, der zweithöchste Hofbarde, unterhielt die Kriegstruppe im unteren Bereich der Halle, und der *Cerddorion*, der Nächste im Rang, brachte alle mit seinen Jongliertkünsten und zotigen Geschichten zum Lachen. Auch der fremde Barde gab ein paar Lieder über gewonnene Schlachten zum Besten, Hornpfeifen wurden gespielt, und manche tanzten dazu. Es war eine Nacht, in der die Grenze zwischen der Wirklichkeit und der Geisterwelt verschmolz und die Toten unter ihnen wandelten, aber in ihren Häusern waren sie in Sicherheit. Die Nachricht von kriegerischen Flamen, die womöglich in Maredudds Land auf Raubzüge gingen, schien jedem hier bedrohlicher als der Besuch wütender Ahnen.

Doch am nächsten Morgen, dem ersten November und ersten Tag des Winters, waren Geistergeschichten in aller Munde. Isabel ging noch vor der Messe mit den anderen Frauen in die Halle, um zu sehen, ob ein Stein beim Feuer fehlte.

Aufgeregtes Gemurmel empfing sie und sandte eisige Schauer ihren Rücken hinab. Wenn die Menschen so aufgebracht waren, musste tatsächlich ein Stein von einem Geist entnommen worden sein, und das hieß, dass derjenige, dessen Stein nicht mehr da war, innerhalb eines Jahres sterben würde. Eigentlich hatte Isabel nie an solch abergläubische Traditionen geglaubt, aber die spürbare Angst der Anwesenden übertrug sich auch auf sie. Vielleicht war es gar ihr eigener Stein, der nicht mehr am Feuer lag, durchfuhr es sie. Aber als sie sich ihren Weg durch die Menge bahnte, sah sie die schwangere und totenblasse Eira in Maredudds Arm. Aus großen Augen starrte die junge Frau in die Glut und dahin, wo sie und Maredudd ihre Steine niedergelegt hatten. Bitte nicht, dachte Isabel und fühlte sich an die tragische Fehlgeburt zurückversetzt. Würde Eira erneut ihr Kind verlieren? Oder sollte sie gar bei der Geburt sterben?

Das Wimmern und beunruhigte Murmeln der anderen in den Ohren trat sie noch etwas näher heran und erkannte plötzlich den Stein mit Eiras Namen darauf. Aber wenn ihrer hier lag … Ihr Kopf fuhr hoch, und sie starrte Maredudd an, dessen Blick in sich gekehrt war, während er geistesabwesend über den Rücken seiner verängstigten Geliebten strich.

»Maredudd?«, flüsterte sie und hatte plötzlich das Gefühl zu ersticken. Maredudd hatte ihr nie so nahegestanden wie Cadell, aber er war immer gut zu ihr gewesen und hatte ihr geholfen, sich hier zurechtzufinden. Sie erinnerte sich an den sechzehnjährigen Jungen von einst, dem sie einen Kinnhaken verpasst hatte, und seine Liebe und Treue Eira gegenüber hatte sie immer bewundert. Er war ein guter Fürst und würdiger Nachfolger Cadells, er hielt zusammen, was zusammengehörte … Er durfte dem Leben nicht entrissen werden! Er war doch erst vierundzwanzig! Er konnte noch so viel Gutes für sein Land tun!

Die angehaltene Luft entwich ihr mit einem Keuchen. Es musste sich um einen bösen Scherz handeln. Irgendjemand hatte den Stein versteckt, es bedeutete nichts. Das alles war doch Aberglaube!

Und doch war die Angst der anderen ansteckend. War es die Bedrohung durch die Flamen? Konnten *sie* sein Untergang sein? Isabel ertappte sich dabei, wie sie genauso entsetzt wie alle anderen in die Feuerstelle starrte. Lange hatte sie sich nicht mehr so mutlos gefühlt, aber vielleicht konnte das Schicksal ja noch ausgetrickst werden. Vielleicht war der fehlende Stein nur eine Warnung. Maredudd durfte nichts geschehen, koste es, was es wolle. Er hatte ein Fürstentum zu beschützen, eine Frau und Kinder. Eira war ihr eine Freundin geworden, und sie wollte die so starke Frau nicht so verzweifelt sehen.

Und auch wenn Isabel nicht wusste, wie sie diese Familie, der sie sich immer näher fühlte als ihrer eigenen, helfen konnte, war sie fest entschlossen, es zumindest zu versuchen.

## Kidwelly, Südwestwales, November 1154

»Bewaffnete Flamen, mein Fürst – eine halbe Meile weiter südlich.« Der Krieger aus der Vorhut brachte sein Pony mit der wuscheligen Mähne neben Maredudd zum Stehen und deutete mit ernster Miene hinter sich.

»Wie viele?«, wollte Maredudd wissen und hieß der ganzen Truppe anzuhalten. Sie waren auf dem Weg nach Kidwelly und bereits ein paar Stunden im Nieselregen durch unwegsamen Wald unterwegs – Krieger, Hofbeamte, Frauen und Kinder. Maredudd wollte das Gebiet unter ständiger Bewachung wissen und mit seiner Anwesenheit in Kidwelly auch ein Zeichen setzen, dass dies sein Land war. Den Worten des Kriegers nach zu schließen war dies auch bitter nötig.

»Eine enorme Kriegsbande, mein Fürst. Bestimmt über hundert Mann, darunter mehrere Dutzend Berittene. Und Einion, der sich ja mit einer Gruppe auf Gower umsehen soll, hat berichtet, dass es dort nur so vor Flamen wimmelt. Sie wollen die Burgen, die Ihr und Eure Brüder vor ein paar Jahren dem Erdboden gleichgemacht haben, wieder aufbauen. Wir sind auch ein paar überlebenden Briten eines niedergebrannten Hofs begegnet und haben ihnen aufgetragen, nach Kidwelly zu gehen. Diese Flamen sind auf einem Raubzug, und er ist noch nicht vorbei, wenn die Kriegstruppe weiter gen Norden zieht.«

»Sie sind bestimmt nicht allein, es müssen sich noch mehr in der Nähe versteckt haben.« Maredudd ließ seinen Blick über sein Gefolge schweifen, und seiner Miene nach zu urteilen hielt er seine eigene Macht für nicht stark genug, um die fremde Bande zu vernichten. Sein *Teulu*, die Haushaltstruppe, bestand ebenfalls aus über hundert kampferprobten Kriegern zu Pferde. Sie trugen kurze Kettenhemden, Helme und waren mit Speeren, Äxten und manche auch mit Schwertern bewaffnet. Aber Einion hatte die erfahrensten Krieger bei sich, die sich in ihrer kleinen Gruppe unauffällig in den Wäldern bewegen konnten. Der Zug wurde auch von ein paar Bogenschützen begleitet, doch sie waren trotzdem keine Armee, wie Maredudd sie von seinen *Uchelwyr*, den freien Lords aus der Umgebung, hätte einberufen können. Ihm war deutlich anzusehen, dass er befürchtete, mitsamt den Frauen und Kindern in eine Übermacht zu laufen.

»Irgendjemand muss die Beute ihres letzten Überfalls beschützen und fortschaffen«, sagte Maredudd und zog die Zügel seines unruhigen Ponys fest, das unwillig den Kopf schüttelte. »Wenn diese Bande weiter in den Norden marschiert, ist eine andere mit der Beute nicht fern. Habt ihr irgendwo Anzeichen von diesen Bastarden entdeckt?«

»Keine, mein Fürst, vielleicht ziehen sie bereits zurück nach Gower. Wir entdeckten nur die Kriegsbande. Sie kommt uns entgegen.« Der Krieger sah zu den Frauen und Kindern, und Maredudd folgte seinem Blick. Sein Kinn mit dem Bart und den Zöpfchen zuckte, so sehr biss er die Zähne zusammen, dann sah er weiter auf Eira, die sich mit Isabel an seiner Seite hielt. Er schüttelte den Kopf. »Wir müssen sie umgehen, ein Kampf würde zu viele Verluste bedeuten. Wir müssten Männer abziehen, um die Frauen zu beschützen, aber gegen diese Bande bräuchten wir jeden Krieger. Zudem könnten die anderen Flamen von der Beute hinzukommen und uns in den Rücken fallen. Das Risiko ist zu hoch. Wir weichen ins Dickicht aus, umgehen die Flamen und ziehen nach Kidwelly, wo erst mal alle in Sicherheit sind. Dann wird sich eine Gruppe zu den Überlebenden der Raubzüge aufmachen, um zu sehen, wie wir diesen Menschen helfen können.«

»Aber wenn wir die Flamen nicht angreifen, werden sie weitere Gehöfte überfallen, mehr Briten werden sterben«, entfuhr es Eira aufgebracht. Ihr war anzusehen, dass sie sich am liebsten selbst in den Kampf gestürzt hätte, aber nach ihrer Fehlgeburt war sie in dieser Schwangerschaft sehr viel vorsichtiger.

»Wir werden sie stellen«, erwiderte Maredudd sanft, »aber zuerst müssen du und die anderen Frauen und Kinder nach Kidwelly hinter den Schutz der Mauern. In der Zwischenzeit wirst du, Gwyn«, er wandte sich wieder an den Krieger aus der Vorhut, »Unterstützung von den umliegenden *Uchelwyr* holen. Trommle alle Briten, die eine Waffe halten können, zusammen, und führe sie nach Kidwelly. Wir werfen diese flämischen Bastarde ins Meer, wo sie hingehören. Sie werden sich noch wünschen, in den Osten davongelaufen zu sein, anstatt sich in den Westen zu wagen.«

»Aber du kannst sie *jetzt* vernichten, Maredudd!« Eira hob die Hände und funkelte ihren Geliebten zornig an, »du bist stark genug, du kennst die Wälder hier. Sie mögen beritten sein, aber ihre Streitrösser sind auf solchem Boden nutzlos, und …«

»… und selbst wenn ich gewinne, wäre meine Kriegstruppe am Ende mit viel Glück nur noch halb so stark. Auch könnte jederzeit eine Bande durchbrechen und dich und die anderen Frauen angreifen. Ich sage, wir kämpfen, wenn ihr in Sicherheit seid.«

»Aber …«

»Wenn du einen kopflosen Ansturm vorziehst, musst du dich Rhys anschließen. Bei ihm wirst du Heldentaten erleben, die aus unüberlegten und risikoreichen Momenten geboren werden, aber ich riskiere weder das Leben meiner Männer noch das ihrer Gemahlinnen und Kinder leichtfertig!«

Eira starrte ihn an, und auch Isabel war etwas verwundert. Selten sah sie Maredudd zornig, und noch nie hatte sie ihn die Stimme erheben hören. Zudem hätten seine Worte die von Cadell sein können, denn Maredudd war eher für seinen Hitzkopf bekannt. Doch das letzte Jahr mit dieser Verantwortung hatte anscheinend auch ihn erwachsen werden lassen, und Isabel verstand, dass Eiras Sicherheit für ihn stets an erster Stelle stand. Aber Eira hatte auch recht. Die Kriegsbande würde weiterplündern, bis jemand sie stoppte. Wer würde die armen, wehrlosen britischen Bauern beschützen?

»Vielleicht können wir sie doch gleich vernichten.« Alle fuhren zu Isabel herum, und erst jetzt bemerkte sie, dass sie ihren Gedanken laut ausgesprochen hatte. Hitze stieg in ihren Wangen auf, wie so oft, wenn alle Aufmerksamkeit ihr galt.

Die leise Stimme, die ihr sagte, dass sie sich raushalten sollte und dass ihr Plan niemals schlau genug sein konnte, ignorierend hob sie ihr Kinn und sah Maredudd fest in die Augen. »Ich habe eine Idee, wie wir die Flamen in einen Hinterhalt locken können und zumindest diese Bande davon abhalten, weiteren Schaden anzurichten.«

Nach Atem ringend und schluchzend bahnte Isabel sich einen Weg durchs Gestrüpp. Ihr Kleid war eingerissen und vom aufgeweichten Waldboden schlammverdreckt. Modriges Herbstlaub klebte an ihren halb erfrorenen, nackten Füßen, und als sie hinfiel, hob sie sogleich ihre dreckverschmierten Hände und fuhr sich damit über die Wangen.

Dumpfe, regelmäßige Geräusche von Hufschlag auf weichem Boden und das Murmeln von Gesprächen in einer fremden Sprache drangen an ihre Ohren. Sie hatte es fast geschafft. Zum bestimmt hundertsten Mal fasste sie an ihren unteren Rücken, wo die Schleuder geknotet war, und überprüfte, ob sie sich im Fall der Fälle leicht öffnen würde. Dann tastete sie an ihren Bauch, wo unter dem Leder Steine eingeklemmt waren.

»Hilfe!«, rief sie schließlich mit panisch schriller Stimme in der normannischen Sprache, »bitte, ihr müsst mir helfen! Hilfe!«

Sie schob sich durch dorniges Gestrüpp, auch wenn es ihre Arme zerkratzte, aber zumindest verlieh das Blut ihrer Erscheinung etwas Glaubhaftes. Dann stolperte sie auf einen schmalen Waldpfad, wo ein schier unendlicher Zug aus fremden Reitern in Zweierreihen entlangschritt.

Ein paar Pferde scheuten bei ihrem plötzlichen Erscheinen, Schnauben und Wiehern erfüllten den Wald, genauso das Singen von gezogenen Klingen. Instinktiv hob sie ihre Arme über den Kopf, jetzt musste sie die Angst gar nicht mehr spielen. Dies waren Söldner, die keinen Herrn und Geldgeber mehr hatten und auf Beute aus waren. Sie zogen durchs Land, um sich zu nehmen, was nicht schnell genug fliehen konnte, und vielleicht schlossen sie sich gegen eine entsprechende Anerkennung den flämischen Lords dieser Gegend an, um ihre Armeen zu verstärken. Aber zweifelsohne waren sie gefährlich.

»Bitte«, wimmerte sie und schluchzte erneut auf. »Ihr müsst mir helfen! Meine Familie … sie bringen alle um! Bitte!«

Bewegung kam in die Reihen, Männer redeten leise in einer Sprache, die sie ans Angelsächsische erinnerte, und schließlich erkannte sie aus den Augenwinkeln ein monströses Streitross, das neben dem Zug zu ihr zurückstampfte. Es war ein Rappe, und als sie sich umwandte und den Blick hob, sah sie einen hünenhaften Krieger in Ringpanzer auf ihm thronen. »Wer bist du?«, verlangte dieser mit rauer Stimme in der normannischen Sprache zu wissen und nahm seinen Helm ab. Sandfarbenes, im Nacken zusammengebundenes Haar kam darunter zum Vorschein, ein kantiges, zerfurchtes Gesicht, schmale, misstrauische Augen und ein ebenfalls sandfarbener Kinnbart. Sein Blick schweifte ins Dickicht, aus dem sie gekommen war, dann wandte er sich ihr wieder mit durchdringendem Blick zu. Der Rappe hob und senkte unruhig den Kopf, sein Vorderzeug klirrte, und das Leder knarrte. Der vertraute Geruch von Pferdeschweiß stieg ihr in die Nase und beruhigte sie ein wenig.

»Agnes«, stieß sie aus und benutzte damit die normannische Variante des Namens ihrer Großmutter. »Agnes FitzMaurice de Annwn.« Sie erwiderte den Blick des Mannes, und als er die Augenbrauen ein wenig zusammenzog, wusste sie, dass er noch nie von diesem Namen oder Ort gehört hatte. Wie auch? *Annwn* war die Anderswelt, ein Ort des Überflusses und der Freude, wo niemand alterte und der nur durch einen dünnen Schleier von dieser Welt getrennt war. Isabel hatte in Gwenllians Geschichten darüber gelesen, aber auch schon in den Liedern der Barden davon gehört. »Unsere Burg liegt nur ein paar Meilen weiter nördlich«, fuhr sie aufgeregt fort, »die Waliser greifen sie an! Diese gottlosen Barbaren wollen meinen Vater und meine ganze Familie töten! Bitte, Ihr müsst ihnen zu Hilfe kommen!«

»Wie viele Waliser?«, wollte der Mann wissen.

»Viele!«, rief sie aus und deutete wieder nach Luft schnappend Richtung Norden. »Sicher drei oder vier Dutzend! Mit Äxten bewaffnete Wilde!«

»Weißt du, wer sie anführt?«

»Wie denn?« Sie konnte sich gerade noch zusammenreißen, um nicht die Augen zu verdrehen. Hier war eine Jungfer in Not und stellte ihnen eine Bande Waliser in Aussicht, die nur halb so stark war wie die Flamen, noch dazu ohne Pferde, und bereit, abgeschlachtet zu werden. Worauf warteten sie nur? »Diese Barbaren sehen doch alle gleich aus und folgen jedem dahergelaufenen Schwertschwinger, der sich Fürst nennt. Bitte helft meinem Vater! Die Burg Annwn darf nicht fallen, sie ist mein Zuhause. Mein Vater wird Euch belohnen!«

»Annwn?«, fragte plötzlich ein anderer, der sich an die Seite des Hünen gesellte. Er war etwas schlanker, aber auch er hatte helles Haar, und seine Züge ähnelten denen seines Kumpans. Vielleicht waren sie Brüder. Er sagte etwas in der fremden Sprache, und der hünenhafte Mann, den sie für den Anführer hielt, blickte weiterhin auf sie hinab.

*Tränen*, befahl sie sich stumm, *du musst weinen und verzweifelt sein.* Sie starrte den Mann mit zitternder Unterlippe an, bis ihre Augen brannten und eine Träne ihre Wange hinabrollte.

»Mein Bruder«, sagte der Anführer schließlich wieder im normannischen Französisch, »er hat noch nie von einer Burg Annwn gehört. Auch sagt er, die Waliser hätten alle Burgen in dieser Gegend schon vor Jahren zerstört. Es gibt nur noch Kidwelly und Loughor, und die halten die Waliser.«

»Nein, nein! Mein Vater ließ Annwn auf Befehl des Earl of Pembroke bauen, um die Waliser unter Kontrolle zu halten und beizeiten Kidwelly zurückzubekommen! Er sandte auch einen Boten hinunter nach Gower, um sich mit Eurem Anführer abzusprechen und sich mit Euch gegen die Waliser zusammenzutun. Ich weiß nicht, ob der Bote je dort ankam oder ob auch er …«, ein weiteres Schluchzen schüttelte ihren Körper, dann machte sie zwei Schritte nach vorn und umklammerte den schlammbespritzten Unterschenkel des Anführers. »Bitte«, flehte sie zitternd und hatte Mühe, nicht laut zu schreien und zu fragen, was für Söldner sie denn waren! Ein Kampf und Bezahlung erwarteten sie! »Meine Mutter hat gesagt, ich muss Hilfe holen. Ich darf sie nicht im Stich lassen. Mein Vater wird Euch reich belohnen«, wiederholte sie noch einmal, und endlich kam Bewegung in die Männer. Der Anführer nickte ihr zu, rief Befehle, erklärte vermutlich den Stand der Dinge, und noch ehe sie sichs versah, packte der andere Mann, den sie für den Bruder hielt, sie unter den Achseln und hob sie vor sich aufs Pferd. Gerade noch konnte sie einen erschrockenen Aufschrei unterdrücken, ihr Herz stolperte wild vor sich hin, als ihr »Retter« seinen Arm um sie schlang, die Zügel zusammenfasste und das Pferd antrieb.

»Dann lasst uns mal ein paar Walisern in den Arsch treten.«

Sie folgten wie vorausgesehen weiter dem Pfad durch den Wald, der zwischenzeitlich immer wieder wild verwachsen war und kaum ein Durchkommen bot. Kahle Zweige streckten sich ihnen entgegen, hingen ihnen ins Gesicht, und die schweren Schlachtrösser mussten sich einen Weg über den wurzelübersäten Boden suchen. Die Tiere traten vorsichtig auf, und immer wieder stolperten sie. Die gesamte Truppe war laut, kämpfte gegen den Wald und schien trotzdem von ihm verschlungen zu werden. Fast schon hatte Isabel das Gefühl, eine alte mystische Gottheit, die diesen Forst bewachte, verschwor sich gegen die Flamen. Sie gehörten einfach nicht hierher, ganz anders als die Waliser, die stets eins mit der Natur zu werden schienen. Kein Wunder, dass Einion und seine Gruppe nicht entdeckt worden waren. Sie wussten, wie man sich in diesen Wäldern bewegte. Und von dieser Fähigkeit hing auch das Gelingen dieses Plans ab.

Als sie auf Isabels Anweisung hin den Pfad verließen, um die vermeintliche Burg Annwn schneller zu erreichen, kamen sie noch schwerer voran. Dornen, Äste und Gestrüpp zerrten an ihren Beinen, doch die Pferde bahnten sich ihren Weg.

Eine nervenzerreißende Anspannung erfasste ihren Körper, und sie hatte Mühe, nicht zu zittern. Was, wenn ihr Plan schiefging? Vielleicht war Maredudds Vorhaben doch schlauer gewesen? Fahrig tastete sie nach dem Holzanhänger an ihrem Hals und umschloss ihn mit ihrer Hand. Dies war britisches Land, die Briten kämpften für ihre Freiheit, dann war es vielleicht nicht verkehrt, die alten britischen Götter um Beistand zu bitten.

»Keine Sorge, Mädchen«, erklang plötzlich die tiefe Stimme des Flamen in gebrochenem Normannisch an ihrem Ohr, »wir bringen die Waliser um, jeden einzelnen von ihnen. Du musst dich nicht mehr fürchten.«

Isabel biss die Zähne aufeinander und schloss einen Moment lang die Augen. Ihr Magen verkrampfte sich. Konnte der Mann nicht wenigstens anzüglich werden oder sich sonst irgendwie ungehobelt oder bösartig verhalten? Sie führte diese Männer gerade in den Tod! Wer sagte, dass sie es verdienten zu sterben? Aber wenn nicht sie, dann Maredudd und die anderen. Wäre sie eine Waliserin und keine Normannin, die Lohn versprach, hätten sich diese Männer ihr gegenüber bestimmt auch anders verhalten. An diesem Wissen hielt sie sich fest, denn sie wusste ja, dass ebendiese Bande bereits geraubt, geschändet und getötet hatte. Dies war Krieg, und sie musste eine Seite wählen. Sie *hatte* eine Seite gewählt, und sie würde nicht zulassen, dass ihrer neuen Familie etwas geschah. Wieso war es dann nicht leichter?

Weitere Überlegungen blieben ihr erspart, als sich das Gelände zu verändern begann, und sie ahnte, dem vereinbarten Ort nahe zu sein. Der Wildwechsel, von dem Maredudd gesprochen hatte, tat sich vor ihnen auf, und willig, etwas leichter voranzukommen, folgten die Flamen ihm. Steile Böschungen führten nun zu beiden Seiten hinauf, die Bäume standen immer noch so dicht, dass kaum etwas zu erkennen war. Schließlich wichen sie aber etwas zurück, und der Weg führte auf eine von Klee bewachsene Lichtung, welche von baumbestandenen Hängen umschlossen wurde.

Stille senkte sich über die Truppe, alle blickten angespannt zu den mächtigen Stämmen, die wie eine eigene kraftvolle Armee aussahen, wirksam positioniert, um ebenfalls über die Eindringlinge herzufallen. Wachsam bewegten die Flamen sich vorwärts. Auch Isabel hielt den Atem an, beobachtete die blassen Lichtschimmer, die über der Senke tanzten. Immer noch regnete es, und das beständige Prasseln auf die kargen Winteräste erschien ihr laut wie Schläge auf einen Amboss.

Plötzlich hob der Anführer auf seinem Pferd neben ihr die Hand, und der Zug blieb stehen. Aus zusammengekniffenen Augen sah der Mann auf die finster daliegenden Hänge, legte den Kopf etwas schief, und niemand wagte es, ein Wort zu sagen.

Schweiß brach ihr aus, ihr wurde kalt und heiß. Hatte er sie durchschaut?

»Es ist nicht mehr weit«, sagte sie und deutete Richtung Norden. »Wir sind gleich …« Ein vielfaches Surren erklang, ein Warnruf hinter ihr, Geschrei, im nächsten Moment fielen ein Dutzend Reiter aus ihren Sätteln.

Isabel zuckte zusammen. Sie hatte gewusst, was geschehen würde, und trotzdem war der Angriff nach der Stille zu unerwartet gekommen, um sie ruhig bleiben zu lassen. Sofort brach Unruhe auf der Lichtung aus. Pferde wieherten, begannen unruhig zu tänzeln, und verwundete oder sterbende Männer schrien qualvoll auf.

Verwirrung und Angst lagen in den Stimmen der Flamen, sie drehten sich im Kreis, suchten nach dem Feind, aber zwischen den Bäumen blieb alles still, keine Menschenseele war zu sehen, keine Stimmen zu hören. Dann schossen plötzlich weitere Pfeile aus allen Richtungen hervor, und es nahm kein Ende mehr. Männer rissen ihre Schilde hoch, der Mann hinter Isabel verstärkte seinen Griff um sie, zog mit der freien Hand sein Schwert, während sein Pferd tänzelte und sich angstvoll um sich selbst drehte. »Bleib dicht bei mir, dann geschieht dir nichts«, sagte er mit deutlicher Anspannung, und Isabel wurde übel, so hinterhältig fühlte sie sich. Gleichzeitig lähmte die Angst sie, von einem der Pfeile getroffen zu werden, auch wenn sie wusste, wie geübt Maredudds Schützen darin waren, ihr Ziel zu treffen. Niemand würde in ihre Nähe schießen, und doch herrschte solch ein Tumult, dass sie nicht anders konnte, als sich an den Flamen in ihrem Rücken zu pressen.

Es sah aus, als kämen die Pfeile von überall her, als wären sie hunderte, auch wenn Isabel wusste, dass Maredudd nur ein gutes Dutzend Schützen hatte. Diese jagten die Geschosse mit ihren groben, kräftigen Bogen, die sie stets an Ralph und Trystan erinnerten, auf kurzer Distanz durch Ringpanzer hindurch. Bald war Isabel von Sterbenden und Verwundeten umgeben. Hin und wieder sah sie einen Schatten zwischen den Bäumen huschen, die Schützen bewegten sich wie Feengeister des Waldes, und sie konnte die Angst der Flamen gut verstehen. Alles ging so schnell, und so plötzlich der Pfeilhagel gekommen war, so abrupt hörte er wieder auf. Einen Moment lang herrschte Stille, nur Stöhnen und Klagen waren zu hören, im nächsten Augenblick erklang Kriegsgebrüll von den Bäumen her. Nun zeigten die Waliser ihre schreckliche Macht. Mit Äxten, Speeren und Schwertern bewaffnet preschten Maredudds Männer der Kriegsbande auf ihren robusten und trittsicheren Ponys die Hänge herunter, Krieger zu Fuß folgten, und über allem stand der Ruf »Gwenllian!«. Ganz in der Nähe waren Maredudds Mutter und seine Brüder gestorben, und der Anblick der herbeistürmenden Waliser machte Isabel einen Moment lang bewegungsunfähig. Faszination, Furcht, Staunen.

Ein Knurren hinter ihr, das wie ein Fluch klang, riss sie aus ihrer Starre. Der Kampf war noch lange nicht vorbei, denn auch wenn jetzt viele außer Gefecht gesetzt waren, bestand immer noch große Gefahr.

Ohne weiter nachzudenken, packte sie fest den Arm, der an ihrem Bauch lag, und warf sich so heftig und abrupt zur Seite, dass es den unvorbereiteten Flamen mit ihr aus dem Sattel riss. Sie fiel hart auf den Rücken, der flämische Krieger landete halb auf ihr und stieß weitere Flüche aus. Isabel rang um Atem, das Gewicht des Flamen in seinem Ringpanzer half auch nicht unbedingt, um Luft zu bekommen. Keuchend versuchte sie, ihn von sich zu schieben, als er bereits aufsprang, sein aus der Hand gefallenes Schwert aufhob und einen Axthieb abwehrte. »Lauf zu den Bäumen!«, rief er ihr mit einem kurzen Blick über die Schulter zu und stieß seinen Angreifer von sich. Isabel konnte ihn einen Moment lang nur anstarren – hatte er denn immer noch nicht begriffen, dass sie sein Feind war? –, doch da galoppierte schon ein weiterer Waliser auf ihn zu und warf seinen Speer. Isabel fuhr so stark zurück, dass sie gegen das aufgebrachte Pferd des Flamen stieß, doch sie spürte kaum, wie ein schwerer Huf sie am Arm traf. Sie sah nur die blutige Metallspitze, die aus dem Hinterkopf des Flamen ragte, als er zusammenbrach. Ein Wimmern entfuhr ihr, doch da war schon Maredudd neben ihr und zerrte sie hoch.

»Schnell, steh auf.« Sein Gesicht war blutverschmiert, aber seiner Kraft nach zu schließen, mit der er sie zu den Bäumen zog, war es nicht seines. Am Rande der Lichtung stieß er sie nieder und fuhr sogleich herum, um sich zurück in den Kampf zu stürzen. Isabel tastete nach ihrer Schleuder. Doch vor ihr herrschte solch ein Durcheinander aus Körpern, blitzenden Klingen und Pferden, dass sie nicht wusste, worauf sie zielen sollte. Der Lärm war ohrenbetäubend, Pferde kreischten schrill, als die Waliser ihre Äxte in Beine oder Hälse fahren ließen, um die Reiter aus dem Sattel zu holen. Der Gestank der Ausscheidungen von Pferden und Menschen lag in der Luft, der Geruch von Blut und Tod. Brennende Übelkeit verengte ihr den Hals und die Brust, aber als ein flämischer Krieger auf sie zustürzte, spürte sie gar nichts mehr. Ihr Körper handelte wie von selbst. Sie sah in den hasserfüllten Augen des Kriegers, dass er sehr wohl begriffen hatte, welchen Part sie bei diesem Überfall gespielt hatte, vielleicht hatte er sie auch mit Maredudd gesehen. Jetzt stand pure Mordlust in seinem Blick.

Isabel rappelte sich auf, sah sich hektisch nach einer Waffe um, da es zu lange dauern würde, die Schleuder von ihrer Taille zu lösen und einen Stein abzuschießen. Dabei kam es ihr vor, als wäre ihr Blickfeld eingeschränkt. Sie sah durch einen finsteren Tunnel und erkannte nichts als das Schwert in der Hand eines toten Flamen.

Schreiend stürzte sie vorwärts, dabei wusste sie gar nicht, wieso sie schrie. Es brach einfach aus ihr heraus. Entschlossenheit, Angst, Wut über dieses sinnlose Blutvergießen, Schuld, da sie es zu verantworten hatte. Der Flame schien einen Moment lang verdutzt, vermutlich hatte er gedacht, sie würde fliehen. Doch da warf Isabel sich schon auf den von Regen und Blut durchweichten Waldboden auf die Knie, ergriff das Schwert und richtete immer noch schreiend die Spitze auf den vorstürmenden Mann. Er konnte nicht mehr bremsen, riss die Augen auf, holte mit seinem eigenen Schwert aus und lief direkt in die Klinge, die nicht durch seinen Ringpanzer brach, ihn aber zumindest so verletzte, dass seine Hand mit dem Schwert mit einem Ächzen herabsank. Die Wucht seines Ansturms riss sie zurück. Das Heft grub sich in den Boden, und von diesem Widerstand gehalten glitt die Spitze des Schwertes plötzlich in den Körper des vom Schwung seines Laufs vorstürzenden Flamen. Isabel versuchte, ihm noch auszuweichen, doch da begrub er sie schon unter sich und regte sich nicht mehr.

Isabel rang um Luft, spürte nasse Wärme, die sich auf ihr ausbreitete, und plötzlich hatte sie das Gefühl, all das nicht mehr länger ertragen zu können. Sie glaubte in tausend Teile zerspringen zu müssen und schlug gegen den Toten auf ihr ein. »Geh runter von mir«, kreischte sie mit fast überschlagender Stimme und konnte ein Schluchzen nicht unterdrücken. Sie hatte einen Mann getötet. Sie hatte das Zittern des Schwertes gespürt, als die Spitze am Ringpanzer aufgehalten worden war und das Heft ihr fast aus der Hand geglitten wäre. Und sie hatte gespürt, wie der Widerstand plötzlich nachgelassen hatte und die Klinge knirschend und mit einem Rucken eingedrungen war. Überall auf ihr war Blut, und der metallisch-süßliche Geruch raubte ihr den Atem. Mit aller Kraft schaffte sie es, unter dem schweren Krieger hervorzukriechen, aber kaum war sie frei, hob sich ihr Magen. Sie konnte sich noch nicht einmal umsehen, da übergab sie sich so heftig und oft, dass sie glaubte, nie wieder aufhören zu können. Schließlich ließ das Würgen doch nach, aber jetzt fühlte sie sich so schwach, dass sie fast an Ort und Stelle zusammengebrochen wäre. Sie konnte sich gerade noch aufrecht halten, und als sie den Kopf hob, erkannte sie mit Erleichterung und Schrecken zugleich, dass nur noch Waliser aufrecht standen. Diese waren gerade dabei, die letzten qualvoll stöhnenden Verwundeten zu töten und sie auf ihr Hab und Gut zu untersuchen. Streitrösser wurden eingefangen und ihre Zügel aneinandergebunden, Pfeile und Speere eingesammelt, genauso die Waffen der Feinde, und tote Waliser an den Rand der Lichtung gezerrt.

Isabels Herz machte einen Satz. Maredudd! Der Stein von Calan Caef! Sie rappelte sich auf, ließ ihren Blick über die Lichtung schweifen, als sie plötzlich eine Bewegung am Boden bemerkte. Es war ein verwundeter Flame, der sich im Rücken einer beieinanderstehenden Gruppe Waliser aufrichtete und sein Schwert hob.

Isabel sah das schreckliche Geschehen schon, bevor es passierte, blutige Bilder blitzten vor ihrem geistigen Auge auf, als sie sich die Schleuder von der Taille riss. Sie traf keine bewusste Entscheidung, hatte den Schock ihres ersten Toten noch nicht überwunden, und trotzdem bewegten sich ihre eiskalten Finger instinktiv und legten den Stein ein.

Der Flame kniete nun, die Waliser lachten, sahen die Gefahr nicht, wo war Maredudd? Sie konnte ihn nicht entdecken, es war Iestyn, der Kommandant, auf den der Flame zielte.

Auf einmal völlig ruhig atmend schwang Isabel die Schleuder an ihrer Seite, fixierte ihr Ziel, führte den Arm hoch über ihren Kopf und ließ den Stein nach vorne schnellen. Lautlos kippte der Flame um, Isabel sah gerade noch das Blut an der Seite seiner Stirn, wo der Stein ihn mit voller Wucht getroffen hatte. Maredudds Männer fuhren herum, blickten auf den Flamen und dann zu ihr. Sie hätten nicht absurder aussehen können mit ihren offenstehenden Mündern und dem Staunen in ihren Augen.

Isabel sah sie an, hob etwas hilflos die Schleuder und zuckte mit den Schultern. Einen Moment lang geschah gar nichts, die

Lichtung wirkte unheimlich still, doch dann begannen plötzlich alle durcheinanderzureden, kamen auf sie zu und schlossen sie ein. Iestyn strich ihr über den Kopf und wuschelte ihr durchs Haar, als wäre sie ein Hund, sie hörte Dankesworte, Fragen, woher sie den Umgang mit der Schleuder gelernt hätte, Staunen und Wohlwollen. »Was für ein Teufelskerl, diese Geraldine!«, »Wer hätte das gedacht?«, »Mir scheint, nicht nur ihr Verstand ist gefährlich.«

»Isabel.« Plötzlich stand Maredudd vor ihr, und Isabel wäre vor Erleichterung fast wieder in die Knie gesunken, doch sie konnte sich gerade noch aufrecht halten.

Sie hatten gesiegt. Maredudd war noch am Leben, und ein Blick zum Rande der Lichtung zeigte, dass sie kaum Verluste zu beklagen hatten. Ihr Plan hatte tatsächlich funktioniert, dabei war Maredudd anfangs dagegen gewesen, da er die Gefahr für sie für zu groß gehalten hatte. Aber Isabel hatte darauf bestanden, dass die Söldner in den letzten Siedlungen, die sie niedergebrannt hatten, zweifellos Gelegenheit gehabt hatten, sich an Bauernmädchen zu vergehen. Sie würden keine normannische Adlige anfassen, wenn sie die Aussicht hatten, Lohn von ihrem Vater zu bekommen. Maredudds breitem Grinsen, mit dem er auf sie herabsah, entnahm sie, dass er jetzt mit dem Ergebnis zufrieden war. Nur Isabel fühlte eine bleierne Leere in sich.

»Geht es dir gut?« Er ließ seinen Blick über sie schweifen und scheuchte die anderen etwas zurück. »Ich nehme an, das ist nicht dein Blut, sonst würdest du wohl nicht mehr aufrecht stehen.«

Isabel wies zurück auf den toten Flamen, der durch ihre Hand gefallen war. »Es ist seins.«

Ein anerkennendes Nicken war Maredudds Antwort, vermischt mit einem ungläubigen und belustigten Schnauben. »So fielen heute gleich zwei Gegner durch deine Hand. Ich sollte dich zur obersten Kriegsberaterin machen.«

»Wir hatten Glück.«

»Das auch, aber deine unerwarteten Fähigkeiten und deine normannische Abstammung sind besser als Glück. Ich glaube, manche meiner Männer hatten schon ganz vergessen, dass du keine wahre Britin bist. Nun, wie dem auch sei. Ich stelle eine Truppe ab, um die Frauen nach Kidwelly zu bringen, während ich mit dem Rest in den Süden ziehe. Wir wollen versuchen, die Bastarde mit der Beute noch zu erwischen. Das wird ein Kinderspiel im Vergleich zu dem hier.« Er wies hinter sich zu den Toten, und Isabel ahnte, was er von ihr wollte.

»Bist du dabei?«, fragte er da auch schon und zeigte damit wieder den alten Heißsporn, der wohl nicht ganz begraben war. Der Kampf hatte ihn offensichtlich beflügelt, und Eira war auch so gut wie in Sicherheit. Aber Isabel fühlte eine niederdrückende Müdigkeit in sich, die es ihr kaum noch möglich machte, die Augen offen zu halten. Sie hatte getötet und unzählige andere in den Tod geschickt. Aber sie hatte auch dafür gesorgt, dass ihren Freunden nichts geschah. Eira wartete bestimmt bereits voller Sorge auf Nachricht, und vermutlich mussten die Krieger sie mit Gewalt zurückhalten, damit sie ihnen nicht nachkam.

Isabel hatte eine Entscheidung getroffen, als ihre Großmutter ihr die Wahl gegeben hatte, aber im Grunde hatte sie immer schon hierhergehört. Dies war jetzt ihre Familie, und wollte sie, dass sie ihr rechtmäßiges Erbe zurückerhielt und diesen Krieg überlebte, konnte sie sich keine Zweifel erlauben. Der Anteil, den sie leisten konnte, war verschwindend gering, sie war nur eine Frau, aber wie Maredudd schon gesagt hatte: Ihre normannische Abstammung konnte von Nutzen sein. Sie konnte zumindest bei einem ausgewogenen Kampf den entscheidenden Vorteil herausholen. Der Krieg erschreckte sie, er war nicht heldenhaft, nicht leuchtend und glorreich. Er war dreckig, er war nass und stank. Aber all die Männer, Frauen und Kinder in den britischen Siedlungen, die nun von den marodierenden Flamen heimgesucht wurden, konnten sich nicht wie Isabel aussuchen, ob sie dem Krieg lieber fernblieben. Sie waren dem Tode geweiht, wenn niemand etwas unternahm. Wie könnte sie da zu den Frauen zurückgehen und sticken oder ihren Zweifeln nachgeben? Nie zuvor hatte sie Eira so verstanden wie jetzt. Bewundert und beneidet hatte sie die Waliserin schon immer, aber jetzt wusste Isabel, was sie antrieb.

»Natürlich bin ich dabei.« Ihr Blick fiel auf den Bruder des Anführers mit dem sandfarbenen Haar, der sie zu beschützen versucht hatte. Ihre Augen brannten bei seinem Anblick, und ihre Kehle zog sich zusammen. Doch dann wandte sie sich ab und folgte Maredudd und den anderen. Sie hatte eine Seite gewählt. Jetzt war sie wahrhaftig eine Rebellin.

Blutüberströmt und erschöpft bot Isabel der flämischen Bande mit der Beute einen noch überzeugenderen Anblick. Die Männer scharrten sich um sie, als sie weinend vom Untergang Annwns erzählte und vom Schicksal ihrer armen Eltern, die sich einer Übermacht stellen mussten. Unaufmerksam für ihre Umgebung, verteilt zwischen den Bäumen, um die Herde Rinder unter Kontrolle zu halten, und die Karren mit Kochgeschirr, Kleidung und Nahrungsmitteln bewachend, boten sie leichte Ziele für Maredudds Bogenschützen. Es ging schnell, die Flamen waren von geringer Zahl, und bis sie begriffen hatten, dass sie angegriffen wurden, war ein Großteil schon tot.

Jetzt war es Maredudds Beute, die hier im Wald stand, und da es schon dämmerte und Kidwelly Stunden entfernt lag, begaben sie sich mit der wertvollen Fracht auf eine alte Römerstraße, um von dort Aber Llychwr ganz in der Nähe zu erreichen. Die Burg war nur noch eine Ruine am Flussufer, denn Maredudd und Rhys hatten Gower nach dem schändlichen Angriff auf Cadell verwüstet, und diese einst normannische Burg am Zugang der Halbinsel war beinahe dem Erdboden gleichgemacht worden.

Der Palisadenzaun war niedergebrannt, und nur noch der breite Graben am Fuße des Steilhangs zeugte von den einstigen Verteidigungsanlagen. Die Mauer aus Flusssteinen, die mit einem Gemisch aus Sand und Ton zusammengehalten wurde, war großteils eingestürzt. Oben im Hof lagen Trümmerstücke des einstigen Steinturms, wo Katapulte die Wände niedergeschossen hatten. Trotzdem bot die Ruine einen sicheren Unterschlupf, denn die Tiere konnten besser zusammengehalten werden, und von dem erhöhten Standpunkt aus war es möglich, das gesamte Umland zu überblicken. Die flämischen Söldner, die tiefer auf der Halbinsel angeblich ihre alten Burgen wieder aufbauten, waren nicht weit, aber sie würden sich nicht unbemerkt nähern können.

Trotzdem war es Isabel unmöglich, in dieser Nacht zu schlafen. Die Gesichter der Toten suchten sie heim, und auch wenn sie sich immer wieder sagte, dass sie das Richtige getan hatte, quälte sie ihre hinterhältige Tat. Ihr war übel, und noch nicht einmal die euphorische Stimmung der Männer konnte sie aufmuntern. Alles Schulterklopfen und »Gut gemacht, Mädel« konnten nicht davon ablenken, dass sie jetzt im Krieg war und dass der Krieg nicht schwarz-weiß, dass keine Seite wirklich gut war. Ob es Eira zu Beginn wohl auch so ergangen war? Und Gwenllian? Woher hatten sie ihren Mut genommen, die Gleichgültigkeit im Angesicht des Todes? Oder waren sie so felsenfest davon überzeugt gewesen, richtig zu handeln?

»Du warst heute sehr mutig.«

Isabel öffnete die Augen und sah eine Gestalt neben sich sitzen, die sie an der Stimme als Maredudd erkannte. Das einstige Strohdach der Burg war längst nicht mehr da, aber Wolken verdeckten den Mond, und so konnte sie kaum etwas sehen.

»Alle Männer reden von dir«, fuhr er fort und stieß ein belustigtes Schnauben aus, »natürlich fragen sie sich, ob du nicht ein Wechselbalg bist und ausgetauscht wurdest, denn eine Geraldine scheinst du nicht zu sein. Aber im Grunde dreht sich alles um deine Tapferkeit. Und um dein Talent, eine verängstigte Jungfer in Not vorzugeben.«

Isabel lachte leise, richtete sich auf und lehnte sich gegen eines der Mauerstücke in ihrem Rücken. Sie war dankbar über die Ablenkung von ihren düsteren Gedanken, und allein eine menschliche Stimme zu hören tröstete sie. Eingewickelt im Umhang eines Kriegers, der ihr großzügigerweise überlassen worden war, blickte sie in die Dunkelheit.

»Und trotzdem quälst du dich, fragst dich, auf welche Seite du gehörst.«

»Ich weiß, auf welche Seite ich gehöre. Ich habe nur noch nie jemanden …« Sie biss sich auf die Innenseite der Wange und schüttelte den Kopf. Der Schmerz kehrte heftig zurück, und der hellhaarige Flame erschien vor ihrem geistigen Auge.

»Es wird leichter, das verspreche ich dir.«

»Das befürchte ich ja.« Sie wandte ihm ihr Gesicht zu, auch wenn sie kaum etwas sehen konnte. »Was geschieht mit der Seele eines Menschen, wenn er gleichmütig oder sogar frohen Mutes tötet?«

»Niemand hier tötet gleichmütig, Isabel.«

Sie hob eine Augenbraue, auch wenn er es nicht sehen konnte, aber nach einem Blick auf die leise singenden Männer schien er zu ahnen, dass sie seine Worte bezweifelte, denn er fuhr sogleich fort: »Wir haben keine Wahl. Wir werden nicht gefragt, ob wir kämpfen oder töten wollen, denn wir müssen es tun, um zu überleben. Um als Briten zu überleben. Unser Volk stirbt, wenn wir es nicht tun, und so frohlocken wir und feiern, wenn wir einen Sieg errungen haben. Denn wir haben überlebt. Wir können weiterkämpfen, können uns nehmen, was uns zusteht, wenigstens noch für einen weiteren Tag. Wir freuen uns nicht, weil die Feinde tot sind, sondern weil wir leben.«

»Ist da wirklich ein Unterschied?«

»Ein feiner, aber ja.«

Isabel legte ihren Kopf auf die Knie und seufzte. »Meine Großmutter sagte immer, ein Brite sieht es als Schande an, in seinem Bett zu sterben. Briten sind zum Kämpfen geboren, und selbst wenn es keine Freinc hier gäbe, würden sie sich immer gegenseitig bekriegen, wie sie es schon immer getan haben.«

»Nun, wir lassen uns nicht gerne etwas wegnehmen, sei es von Fremden oder Nachbarn. Und wenn die Ernte schlecht war und unsere Kinder im Winter zu verhungern drohen, nehmen wir uns von anderen, was wir brauchen.«

»Auch wenn dann deren Kinder hungern?«

»So ist das Leben. Jeder kümmert sich um sich selbst und seine Leute. Die anderen können ja versuchen, ihr Hab und Gut zu verteidigen oder zurückzuholen. Nur die Stärksten überleben.« Er legte ihr die Hand auf die Schulter und drückte sie leicht, seine Stimme war sanft. »Es ist ein gutes Gefühl zu wissen, dass man seine Familie und sein Volk beschützen, ernähren und verteidigen kann. Es fühlt sich gut an, ein Schwert in der Hand zu halten und für diejenigen, die man liebt, zu kämpfen. Es nimmt uns das Gefühl, hilflos unter Gottes Himmel zu sein. Ja, es erfüllt uns mit Hochstimmung, aber glaube nicht, dass wir nachts nicht auch für jene beten, die durch unsere Hand fielen. Oder dass wir ihre Gesichter nicht in unseren Träumen sehen. Das ist der Preis für unsere Sicherheit. Für unsere Freiheit. Du kannst kämpfen, Isabel, oder die anderen gewinnen lassen, etwas anderes gibt es nicht. Sieg oder Niederlage. Du musst aufstehen und dich für eine Seite entscheiden. Aber wenn du beschließt, nichts zu tun, beklage dich auch nicht, wenn du ganz unten bist, gefangen und der Willkür anderer ausgesetzt.«

»Sein Leben selbst in die Hand nehmen – das ist es, was Cadell zu mir sagte.«

»Ja, mein Bruder verlor seinen Verstand nach dem Schlag auf den Schädel zum Glück nicht ganz.«

Sie lachten beide leise, und Isabel fühlte die Schwermut ein wenig weichen.

»Wo hast du eigentlich gelernt, mit einer Schleuder umzugehen?«, wollte Maredudd schließlich wissen. »Dieser Schuss war … Du hättest jeden von uns treffen können, aber der Stein fand sein Ziel. Das war kein Glück.«

Isabel zuckte mit den Schultern, und plötzlich sah sie Ralph vor sich, der ihr dieselbe Frage gestellt hatte. »Ich habe auf Nonnen geschossen«, flüsterte sie in Erinnerung an ihre erste Begegnung mit ihrem Waliser-Prinz. In diesem Moment vermisste sie ihn mehr denn je.

Maredudd schnaubte ungläubig, wurde aber schnell wieder ernst. »Ich muss für meine Leute sorgen«, sagte er und blickte zu seinen Männern hinüber. »Das heißt, ich muss für sie bluten und kämpfen, aber das heißt auch, dass ich mich um sie kümmern muss. Briten unter meinem Schutz verloren ihr Dach über dem Kopf und all ihr Hab und Gut. Es wird Zeit, dass wir es ihnen zurückgeben und du siehst, dass unser Volk sich nicht nur aufs Kriegführen versteht.«

»War Eira eine solche Britin, die ihr Dach über dem Kopf verlor? Hast du sie heldenhaft gerettet?«

Ein kehliges Lachen entrang sich ihm. »Eher umgekehrt, würde ich sagen.«

Es fühlte sich sonderbar an, den Siegeszug diesmal nicht als Zuschauer zu beobachten, sondern wirklich dabei zu sein, selbst gefeiert zu werden.

Die Garnison von Kidwelly, der Hofstaat aus Dinefwr, die vom Erkundungsritt heimgekehrten Krieger des *Teulu*, die durch die Flamen heimatlosen Briten … Alle standen im Hof bereit und begrüßten den heimgekehrten Fürsten und seine Kriegstruppe mit lautem Jubel.

Auch jetzt spielten die Männer Hornpfeifen, Frauen und Kinder eilten ihren Ehemännern und Vätern entgegen, Freunde begrüßten sich, rissen Witze und klopften sich auf die Schultern, und alle gratulierten zur zurückerlangten Beute.

»Du siehst schrecklich aus«, sagte Eira an Isabel gewandt, nachdem sie sich von Maredudd gelöst hatte. Mit einem Grinsen kam sie ihr entgegen und nahm sie unerwartet in den Arm. »Jetzt bist du auch eine Rebellenkriegerin.«

»Ich war nur eine Ablenkung.«

»Unsinn! Du hast sie in die Falle geführt, wo sie ihre schweren Pferde nicht nutzen konnten und Maredudd seine Schützen einsetzen konnte. Du hast zwei Männer getötet, heißt es, und alle mit deiner Schleuder in Staunen versetzt.«

Auf den Tod der Männer war sie nicht stolz, trotzdem konnte sie nicht anders, als sich über die Bewunderung ein wenig zu freuen. Es war, als gehörte sie jetzt wirklich dazu. Sie war eine Rebellenkriegerin.

»Ich werde versuchen, ein guter Ersatz für dich zu sein, bis du wieder mit ihm reiten kannst«, sagte sie und wies auf Maredudd.

Eiras Augenbrauen zogen sich zusammen, dann sah sie zwischen ihr und Maredudd hin und her.

Isabel schnappte nach Luft. »Damit meinte ich nicht …! Ich meinte, als Kriegerin! Als Rebellin! Bitte glaube nicht, dass …«

Ein Lachen entfuhr der jungen Waliserin, und plötzlich nahm sie Isabel noch einmal in den Arm und drückte sie fest. »Nein, das würde ich auch nicht annehmen. Ich kenne Maredudd, und außerdem mussten er und Rhys ihrem Bruder schwören, die Finger von dir zu lassen.«

»Was?«, entfuhr es Isabel überrascht.

»Na ja, Rhys hat einen gewissen Ruf, aber lange dauern seine Liebschaften nie, und Cadell wollte dich in guten Händen wissen, ehe er abreist. Außerdem weiß ich, dass ich dir vertrauen kann, und es beruhigt mich ein wenig, dich an Maredudds Seite zu wissen. Du erhöhst die Wahrscheinlichkeit, dass er am Leben bleibt. Jeder Mann, der durch den Überraschungseffekt fällt, ist eine Gefahr weniger.«

»Ich bin froh, dass ihm nichts geschehen ist – nicht wegen einer Liebelei, sondern weil ich an seine Sache glaube. Jeden Tag mehr. Ja, ich fühle mich manchmal etwas allein und schlecht bei dem, was ich tue, aber ich bewundere ihn, dich, einfach alle hier. Ich glaube, ihr tut das Richtige.«

»Du solltest dich nie alleine fühlen, Isabel.« Eira ergriff ihre Hand und drückte sie. »Du hast eine Familie hier. Ich weiß, du wurdest etwas hin- und hergeworfen, und Cadells Verhalten half auch nicht unbedingt, um dich sicherer werden zu lassen – von meiner Dummheit ganz zu schweigen. Aber jetzt bist du angekommen. Du gehörst zu uns.«

»Ich danke dir.« Schnell sah sie wieder zu den jubelnden Menschen, damit Eira nicht bemerkte, dass Tränen in ihren Augen standen. Bei all den Schrecken, die der Krieg mit sich brachte, hatte sie wirklich eine Familie, die sie nahm, wie sie war, die ihr die Freiheit gab, sie selbst zu sein. Sie wollte nie wieder weg von hier.

»Wir werden eure Häuser wiederaufbauen!«, verkündete plötzlich Maredudd über den Lärm der aufgeregten Menschen. Er hob die Hand, und allmählich wurde es stiller um ihn herum. Alle wandten sich ihm zu und sahen ihn neugierig an. Das dunkle Haar verfilzt, der Bart von Blut und Dreck zusammengeklebt, das noch junge Gesicht nur notdürftig gewaschen und in blutbesudelter Kleidung stand er da. Die Menge bildete einen Kreis um ihn, alle wollten ihn betrachten, und Mütter mussten ihre aufgeregten Kinder zurückhalten, damit sie nicht auf ihn zuliefen. Erneut nieselte es, aber niemand störte sich daran, sie waren den Regen gewohnt. Es waren die einzelnen Sonnenstrahlen, die durch die Wolkendecke brachen und auf Maredudds Gestalt fielen, die Aufsehen erregten.

»Man muss ihn einfach bewundern«, murmelte Eira neben ihr, und auch Isabel konnte ihn einen Augenblick nur staunend ansehen. Nach dem vertraulichen Gespräch mit ihm in der letzten Nacht und mit Eira jetzt ging es ihr bereits viel besser. Sie verstand, was es bedeutete, seinen eigenen Leuten alles zu geben, ohne sich um andere zu kümmern. Denn die eigenen Leute waren es, für die er Verantwortung trug. Und er nahm sie ernst, das sah sie in seinen Augen und hörte es in seinen Worten.

»Euer Vieh und eure Habe werdet ihr zurückerhalten, und vom nächsten Raubzug gegen die Flamen sollt ihr ebenfalls einen Anteil bekommen. Ich werde Männer mit euch schicken, die euch dabei helfen, eure Häuser wieder aufzubauen, bis dahin seid ihr hier auf Kidwelly willkommen.«

Die übel zugerichteten Schäfer und Bauern, die alles verloren hatten und auch Tote betrauern mussten, brachen in Tränen aus. »Gott segne Euch!«, riefen sie. »Der Herr möge Euch schützen.« Und die anderen fielen ebenfalls darin ein.

»Gott möge seine schützende Hand über dich halten«, murmelte auch Isabel und lächelte. Die bekannte Angst, die seit Calan Caef in ihrem Herzen Wurzeln geschlagen hatte, begleitete sie immer noch, aber wenn sie ihn so ansah, glaubte sie, dass er sogar das Schicksal besiegen konnte.

Über den Winter blieb es ohnehin ruhig, denn Anfang Dezember fiel Schnee, und so hielten sie sich meist in der Burg auf. Eira wurde immer runder, und je mehr Zeit verstrich, umso ruhiger wurde sie. Gott hatte anscheinend nicht vor, ihr dieses Kind zu nehmen.

Maredudd ritt nur hin und wieder aus, um bei seinen Hirten und Bauern nach dem Rechten zu sehen, ihnen Vorräte zu bringen, wenn der Winter ihnen allzu stark zu Leibe rückte, und um die Flamen auf Gower zu beobachten. Dabei begleitete Isabel ihn jedes Mal, denn es machte ihr Freude zu sehen, dass der Kampf um Freiheit nicht nur darin bestand, Blut zu vergießen, sondern auch jenen, die nichts hatten, zu helfen. Es war ihr, als bezeuge sie die Taten eines Helden, und an seiner Seite zu stehen gab ihrem Leben zum ersten Mal einen Zweck. Sie kam sich nicht länger nutzlos vor, und vor allem fühlte sie sich nicht länger machtlos.

Im Februar schließlich wollte Maredudd Kidwelly verlassen, um herauszufinden, ob Normannen und Flamen sich gegen ihn zusammenschlossen. Nun, da England wieder einen unumstrittenen König hatte, war es anzunehmen, dass sie sich zurückholen wollten, was Maredudd und seine Brüder während des Bürgerkriegs an sich genommen hatten.

»Du bleibst hier«, sagte er an Isabel gewandt, als er in den Hof trat und sein Pferd entgegennahm. »Mein Weg führt mich in normannisches Gebiet. Das ist zu gefährlich.«

»Hast du mich nicht gerade dafür? Wenn wir auf Normannen treffen, kann ich sie ablenken.«

»Wir werden zu nahe an Tenby sein. Wenn dich jemand während deiner List erkennt und es ihm gelingt davonzukommen, fliegt alles auf. Was glaubst du, wie wird deine Familie reagieren, wenn sie hört, dass du als Agnes de Annwn dein Unwesen treibst?«

Isabel verdrehte die Augen und ergriff die Zügel seines Ponys, damit er nicht einfach ohne sie losreiten konnte. »Aber mit mir an deiner Seite ist es wahrscheinlich, dass eben niemand davonkommt. Außerdem – wann haben deine Schützen schon mal jemanden fliehen lassen? Sie hocken im Dickicht, während ihr kämpft, und töten alle, die dem Gemetzel ausweichen. Wenn wir auf jemanden treffen, der mich kennen könnte, halte ich mich einfach im Hintergrund.«

Maredudd rückte den Sattel zurecht und warf ihr einen Blick zu. Ein Mundwinkel hob sich, dann seufzte er. »Du wirst nicht nachgeben, nicht wahr?«

Ein Grinsen war alles, was sie darauf erwiderte, und so zuckte er mit den Schultern. »Na, dann mach dich fertig, wir werden nicht ewig auf dich warten. Aber beschwere dich nicht, wenn du dich tot wiederfindest oder zurück auf der Burg des Sheriffs.«

»Ja ja.« Isabel winkte ihm noch kurz und eilte zum Stall, um ihr Pony zu holen. Dort trat plötzlich Eira aus den Schatten und verstellte ihr den Weg. »Du wirst darauf achten, dass er vorsichtig ist?«

»Das aus deinem Mund?« Isabel stieß sie neckend an der Schulter. »Maredudd ist schließlich der Vernünftigere von euch beiden.«

»Ja, aber für gewöhnlich kann ich auf ihn aufpassen. Jetzt bin ich nicht dort. Du wirst das weiterhin für mich übernehmen, nicht wahr? Du bringst ihn wieder lebend zu mir zurück.«

Isabel wünschte, dass das in ihrer Macht stünde. Sie war schließlich kein Mann, nur ein sechzehnjähriges Mädchen mit einer Schleuder, das fließend Normannisch sprach. Doch sie nickte so entschlossen sie konnte und umarmte ihre Freundin. »So wie jedes Mal. Und du gibst auf euch hier acht.«

Sie ritten gen Norden, folgten dem Lauf des Towy und überquerten diesen mit einem Boot, das die Pferde ein wenig nervös machte. Da sie aber nicht zum ersten Mal über einen Fluss fuhren, ließen sie sich schnell beruhigen. Schließlich drangen sie weiter in den Westen vor, und Isabel packte nun auch eine gewisse Aufregung. Sie war ihrer Familie nicht mehr so nahe gewesen, seit sie vor zwei Jahren entführt worden war. Sie kannte diese Gegend, auch wenn sie sich damals bei ihrer Heimreise aus dem Kloster an die Straßen gehalten hatten und Maredudd sich durch die fast undurchdringlichen Wälder schlug. Mittlerweile war Isabel diese Art des Reisens gewohnt, sie vertraute ihrem Pony, und sie hatte sich angeeignet, ihre Umgebung deutlicher wahrzunehmen. Sie achtete auf Details und fand sich besser zurecht als einst bei ihrem orientierungslosen Lauf durch denselben Forst.

Es war Nachmittag, als sie das dunkle Gehölz hinter sich ließen und sich ihren Weg über frostige Wiesen bahnten. Schließlich entdeckte Isabel hinter einem Hügel eine schmale Rauchsäule gen Himmel steigen, und das Gefühl, hier bereits einmal gewesen zu sein, wurde stärker, je näher sie kam. Damals war es finstere Nacht gewesen, sie war gerade aufgewacht, und der Schock über den Überfall auf Cadell saß tief. Zumal sie ihn genau an diesem Ort wiedergefunden hatte.

Das kleine Gehöft in der Talsenke jenseits des Waldes sah immer noch so aus, wie sie es in Erinnerung gehabt hatte. Im fahlen Licht des düsteren Winternachmittages wirkte es allerdings nicht mehr so idyllisch, eher heruntergekommen, aber sie erkannte es wieder. Die Hütte aus Flechtwerk machte den Eindruck, als würde sie bei einem stärkeren Windstoß einfach zusammenbrechen, und jene Schafe, die im Herbst nicht geschlachtet, sondern über den Winter gebracht wurden, mähten im halb offenen Verschlag. Der Bach, wo sie sich damals das Gesicht gewaschen hatte, war zugefroren.

Maredudd und seine Handvoll Begleiter schwangen sich aus dem Sattel, und Isabel tat es ihnen gleich. Sie sah sich um, suchte nach einem Lebenszeichen und unterdrückte das ungute Gefühl, das sie an diesem stillen und verlassenen Ort überkam. Wären nicht der Rauch, der aus einer Luke im Strohdach strömte, und die Schafe, hätte sie angenommen, die Familie wäre fortgezogen. Doch dann hörte sie plötzlich Stimmen aus dem Verschlag, und im nächsten Moment hopste ein kaum dreijähriges Kind gefolgt von seinem Vater heraus. Das kleine Mädchen sang eine fröhliche Melodie, und beim Anblick des schwarzen Wuschelkopfes verflüchtigte sich ihre Angst, der Familie könnte etwas zugestoßen sein.

»Madog!«, rief Maredudd freudig aus und schlug die Kapuze seines einfachen Umhangs zurück, der ihn nicht sofort als nobel auswies.

Der Schäfer blieb einen Moment lang stehen, ließ seinen Blick über die Reiter schweifen und lachte dann laut auf. Mit zügigen Schritten kam er auf sie zu. »Mein Fürst! Ich hätte Euch nicht so früh im Jahr erwartet. Die Freinc halten ja noch ihren Winterschlaf.«

»Ob sie sich auch dieses Jahr so lange ruhig verhalten, bleibt abzuwarten«, erwiderte Maredudd und klopfte dem Schäfer auf die Schulter. »Mit dem neuen König auf dem englischen Thron fassen sie womöglich Mut und werden etwas tatkräftiger. Außerdem …« Er brach ab und blickte verdutzt an sich hinab. Isabel tat es ihm gleich und sah das Mädchen neben ihm stehen und an seinem Umhang zupfen. Mit großen Augen sah es zu ihm hoch, neugierig, aber ohne Furcht. Maredudd lächelte, hob es auf den Arm und küsste es fest auf die Wange. »Na, kleine Mari, du bist ja schon richtig groß geworden.« Er warf sie ein winziges Stück in die Luft und fing sie wieder auf, was die Kleine in glucksendes Lachen ausbrechen ließ. Schließlich warf er sie immer höher, und das Gehöft wurde von der freudigen Kinderstimme erfüllt.

»Wenn Ihr sie fallen lasst, mein Fürst, erschlage ich Euch hiermit.«

Maredudd fing die Kleine auf, und alle fuhren zur Hütte herum, wo die Gemahlin des Schäfers mit einer hocherhobenen Kelle in der Tür stand. »Aber wenn Ihr meine Tochter runterlasst, bekommt Ihr und Eure Männer eine warme Mahlzeit.«

»Sie verdirbt immer den ganzen Spaß«, murmelte der Schäfer und nahm seine Tochter an sich, »aber sie macht den besten Eintopf weit und breit, den solltet Ihr Euch nicht entgehen lassen.«

»Ich werde mich hüten.« Maredudd streichelte Mari über den Kopf, die jammernd ihre Hände nach ihm ausstreckte, und verzog bedauernd das Gesicht.

»Hoch!«, rief die Kleine immer wieder, aber da kam bereits eine junge Frau in Isabels Alter herbei und nahm Mari entgegen, um sogleich mit geröteten Wangen und einem scheuen Blick zu den Männern zurück in der Hütte zu verschwinden. Isabel erkannte sie als jenes Mädchen, das einst Cadell hinter den Vorhängen versorgt hatte. Sie musste die älteste Tochter sein, während die beiden Jungen sofort herausstürmten und dabei halfen, die Pferde zum Verschlag zu bringen.

»Ihr kommt nicht nur mit Euren Männern, wie ich sehe«, ließ sich dann wieder die Frau des Schäfers vernehmen und kam mit den Händen in die Seiten gestemmt über den vom Frost harten Boden auf sie zu. Ihr Blick glitt abschätzend über Isabel, und ihre Augen zogen sich zusammen. »Dieses Mal nicht mit Eira unterwegs?« Weiterhin musterte sie Isabel mit stechendem Blick, als Maredudd an ihre Seite trat.

Beschwichtigend legte er der Frau eine Hand auf die Schulter. »Eira erwartet ein Kind und ist sicher. Isabel gehört zu uns.«

»Es ist schön, Euch wiederzusehen«, sagte Isabel in walisischer Sprache, und die dunklen Brauen der Frau verengten sich noch mehr. »Ihr wart so freundlich, meinem Onkel und mir vor ein paar Jahren Unterschlupf zu gewähren.«

Die Waliserin fuhr luftschnappend zurück, als hätte Isabel sie geohrfeigt. Auch ihr Gemahl sah sie bleich und schreckensstarr an.

»Das freincische Kind!«, japste die Frau und schwankte. »Was beim Allmächtigen habt Ihr mit ihr zu schaffen, mein Fürst?«

»Sie gehört zu uns, Gwladys, das ist alles, was du wissen musst. Und ich muss dir wohl nicht erklären, wie delikat diese Angelegenheit ist. Niemand darf wissen, dass sie mit mir durch die Gegend zieht.«

Die Waliserin fuhr zu ihm herum und hob ihre Kelle. »Könnte ich keine Geheimnisse bewahren, würde ich nicht schon jahrelang die Freinc für Euch ausspionieren, mein Fürst.«

»Ach, hör auf, mich Fürst zu nennen. Du hast mir vor nicht allzu langer Zeit noch einen Satz heiße Ohren verpasst, wenn ich mit Cadell zu dir kam und heimlich von deinem berühmten Eintopf naschte.«

»Heute sollt Ihr Eintopf bekommen, *Fürst*. Von mir freiwillig serviert«, erwiderte sie mit einem mütterlich tadelnden Blick und machte sich auf den Weg zur Hütte. »Auch du sei mir willkommen, Isabel. Ich sehe, du bist den freincischen Schächern von einst entkommen.«

»So könnte man sagen, ja.«

»Es war Isabel, die meinem Bruder Cadell zur Flucht verhalf«, warf Maredudd ein und duckte sich unter dem niedrigen Türsturz hindurch. »Wäre sie nicht gewesen …«

Verblüfft fuhr die Schäferin zu ihr herum und sah an ihr rauf und runter. Ehe sie aber etwas sagen konnte, ergriff Isabel das Wort: »Ich sah Cadell an jenem Abend hier bei euch in der Hütte, und es tat mir leid, dass ich euch nicht eher für alles danken konnte, was ihr für mich, aber auch für Cadell getan habt.«

Die Waliserin reichte ihr eine Schale mit vom Feuer erwärmtem Wasser zum Waschen. »Hier halten wir zusammen, Kind. Und wenn du unseren guten Herrn Cadell einst tatsächlich von diesen freincischen Bastarden weggebracht hast, bin ich sicher, dass du das schon längst verstanden hast.«

Mittlerweile schon, dachte sie, aber sie hatte lange gebraucht, um sich voll und ganz dem Zweck zu widmen, ohne Zweifel, ohne Angst und Schmerz.

Schließlich ließen sie sich alle um die Feuerstelle auf den Binsen nieder – Maredudd, Isabel und seine Männer –, während die Familie sich etwas abseits hielt und auch nichts von den Speisen anrührte. Isabel wusste von ihrer Großmutter, dass es unter Walisern üblich war, dass immer zuerst die Gäste aßen, und nur wenn etwas übrig blieb, griffen auch die Gastgeber zu. Daher versuchte sie, nicht allzu gierig zu sein, auch wenn der von verschiedenen Wurzeln angereicherte Eintopf ihr aufzeigte, wie hungrig sie vom langen Ritt war.

»Greif nur ordentlich zu, Mädchen«, sagte Gwladys und schaukelte Mari hin und her, die sich an ihre Mutter kuschelte und eine Strohpuppe an sich drückte. »Wer weiß, wann du wieder etwas Richtiges zu essen bekommst, wenn du diesem glorreichen Kämpfer für die Armen und Schwachen folgst.«

»Wie ist die Lage hier in der Gegend?«, griff Maredudd sogleich das Thema auf und winkte Mari zu sich, die sich nicht zweimal bitten ließ und sofort auf seinen Schoß kletterte. »Haben die Menschen hier genug zu essen?«

»Nicht dank der Freinc«, schnaubte Gwladys und erhob sich, um noch eingelagerte Äpfel zu verteilen. »Ohne dich hätten wir ja noch nicht einmal unsere Abgaben im Herbst bezahlen können, geschweige denn den Winter überleben. Aber es geht uns gut, sorge dich nicht.«

»Wisst ihr irgendetwas vom Sheriff?« Maredudd fütterte Mari Eintopf, seine Fragen klangen beiläufig, aber Isabel durchfuhr bei der Erwähnung ihres ehemaligen Verlobten ein kalter Schauer. Und wie immer wurden Gedanken an den Sheriff mit wehmütigen Bildern von Ralph begleitet, die sie schnell auszublenden versuchte.

»Er sei übelster Laune, heißt es.« Es war der Schäfer, der nun antwortete. »Im Frühling sollen alle freincischen Barone dem neuen König die Treue schwören, und die Händler in Tenby sagen, dass der König bestrebt darin ist, eine Herrschaft wie sein Großvater Henry zu führen.«

»Hoffentlich ist er nicht so fähig wie sein Großvater«, murmelte Maredudd.

»Das bleibt abzuwarten. Der Krieg leerte die königlichen Schatzkammern, und die Barone machten ja auch, was sie wollten, und nahmen die Abgaben an die Krone nicht so ernst. Jetzt soll wieder Ordnung ins Land gebracht werden, was Gesetze und Finanzen betrifft. Das bedeutet für unseren geliebten Sheriff, dass er pünktliche und korrekte Zahlungen leisten muss.

Etwas, das ihm nicht gefällt. Es heißt, er will seine Burg in St. Clears wiederaufbauen, und von dort aus wird er erneut über uns herfallen, um sich einfach von uns zu holen, was er durch die Krone verliert.«

Isabel schnaubte. »Das werden wir ja sehen. Irgendwann werden wir den Sheriff auch noch erwischen.« Sie streckte ihre Hände dem Feuer entgegen. Nach dem langen Ritt durch die winterliche Kälte schienen ihre halb erfrorenen Glieder nun endlich wieder etwas aufzutauen, und auch ihr Gewand trocknete. »Woher wisst ihr all das über den König?«, fragte sie schließlich, als sich Gwladys wieder niederließ.

»Wir gehen häufig nach Tenby«, sagte die Waliserin, »und die Händler dort berichten gerne von den Vorgängen in England. Wir haben auch einen Freund in der Siedlung, der ein guter Zuhörer und Beobachter ist, was Geschehnisse rund um den Sheriff betrifft.«

Trystan, dachte Isabel, schließlich hatte der Bogenbauer sich vor dem Überfall auf die Burg mit Maredudd getroffen. Schon damals hatte sie geahnt, dass er die Rebellen unterstützte.

Gwladys fuhr ohnehin schon fort: »Es gab einen ziemlichen Aufruhr vor zwei Jahren, als die Braut des Sheriffs bei Maredudds Angriff entführt wurde.« Belustigung blitzte in ihren Augen, als ihr Blick über Isabel wanderte. »Man sagt auch, die von England gekommenen Flamen hätten es nicht so leicht, hier wieder Fuß zu fassen. Sie sprechen vom Geist eines freincischen Mädchens, das die Rebellen unterstützt. Die junge Frau soll aus Annwn kommen. Angeblich teilt sie die Schleier zwischen den Welten und führt ihre Feinde ins Verderben.«

Isabel und Maredudd tauschten einen Blick. So war also doch jemand entkommen, um von ihrer List zu erzählen, und das bedeutete, dass die Feinde ihr nicht mehr so ohne Weiteres glauben würden. Sie mussten sich etwas Neues einfallen lassen.

Da es in dieser Gegend vor Normannen nur so wimmelte, beschlossen sie, nicht bei der hilfsbereiten Schäferfamilie zu übernachten, sondern sich gleich auf den Rückweg zu machen. Mittlerweile war Isabel es gewohnt, mit wenig Schlaf auszukommen, und es machte ihr auch nichts aus, mehrere Tage kaum zu essen. Sie machte es einfach so wie die Waliser und kaute auf Wurzeln und Gräsern, auch wenn ihr ein Eintopf wie jener von Gwladys hin und wieder doch ganz guttat. Da sie St. Clears umgingen, das der Sheriff angeblich wieder heimsuchte, kamen sie erst weit nach Mitternacht in Carmarthen an, wo sie sich ein paar Stunden ausruhen konnten. Am Morgen ging es den vergleichsweise kurzen Weg zurück nach Kidwelly.

»Ich will die Flamen auf Gower vernichtet sehen, ehe sie zu stark werden.« Maredudd saß rittlings auf einer Bank neben dem Feuer und knetete seine Hände. Er sah niemanden an, blickte starr zu Boden und schien kaum zu bemerken, dass er nicht alle aus der Halle geschickt hatte. Eira und Isabel waren bei ihm, genauso sein Sohn Cadwgan, der aber in einer Ecke hockte und auf einer Harfe herumzupfte, ohne sich mit seinen acht Jahren für das Gesprochene zu interessieren. »Über den Winter konnten sie ihre Burgen bestimmt nicht wiederaufbauen, vermutlich haben sie die Ruinen nur notdürftig mit einem Holzbau ausgebessert. Sie werden leicht zu vernichten sein. Jetzt erwarten sie keinen Angriff und sind schwach. Wir können zuschlagen, ehe der Frühling hereinbricht und die Flamen in Rhos ihr Tuch wieder über Land transportieren. Sie werden keine Möglichkeit haben, sich zusammenzuschließen, und im Frühling können wir uns dann in aller Ruhe die Handelsgüter auf ihrem Weg nach England holen.«

»Und wenn sie einander zu Hilfe kommen?« Eira sah von ihrer Stickarbeit auf, Schweiß von der Hitze des Feuers stand ihr auf der Stirn, und das Licht der Flammen flackerte über ihre blasse Haut und das helle Haar. »Wenn die Garnisonen aus benachbarten Burgen herbeieilen, sobald sie vom Angriff auf einen ihrer Verbündeten hören, und euch in den Rücken fallen? Oder wenn sie gar nicht alle Burgen wiederaufgebaut haben und sich nur auf eine konzentrierten? Es sind zu viele, und du verlierst zu viele Männer, bis das Tor aufgebrochen ist und ihr gegen Wände anlauft – Holz oder Stein, das macht in diesem Fall kaum einen Unterschied. Bei diesem ständigen Regen werden ihre Palisaden noch nicht einmal richtig brennen.«

»Was ist mit Rhys?«, wollte Isabel wissen. Sie saß neben Eira und spann Wolle, was ihren unruhigen Händen etwas zu tun gab. »Kannst du deinen Bruder nicht bitten, dir bei der Vernichtung der Flamen zu helfen?«

Maredudd schüttelte den Kopf. »Rhys ist in Ceredigion und passt auf, dass der Poetenprinz nicht allzu wagemutig wird und sich Verlorenes zurückzuholen versucht. Wenn Rhys abzieht, ist es nur eine Frage der Zeit, bis der Norden seine Fänge wieder nach unserem Land ausstreckt.«

»Und wenn ich mich erneut als Jungfer in Not ausgebe?« Isabel sah in die zweifelnden Gesichter und zuckte mit den Schultern. »Ich kann einen anderen Namen benutzen und durchaus überzeugend sein, wenn es sein muss. Ich gehe in die Burg, und nachts öffne ich das Tor, so wie ihr beide es einst in Tenby getan habt.«

»In Tenby waren alle Wachen sturzbesoffen vom vorhochzeitlichen Fest. Die Flamen aber werden misstrauisch und aufmerksam sein.«

Isabel ließ ihren Spinnrocken sinken und sah in die Flammen. Sie versuchte, sich die Situation vorzustellen, sich an alte Geschichten zu erinnern, um von ihnen die zündende Idee zu erhalten, und plötzlich stockte ihr der Atem. »Und wenn es kein hilfsbedürftiges Mädchen ist, sondern eine Truppe Normannen, die überfallen wurde?«

»Wie meinst du das?«

Isabel lächelte. »Du sprichst doch Normannisch, nicht wahr, Maredudd?«

»Mehr schlecht als recht, wie du weißt. Jeder würde es durchschauen.«

»Die Flamen sprechen selbst mit Akzent und würden es nicht unbedingt heraushören, wenn wir üben. Wie lange würde es dauern, dir und einer Handvoll deiner Männer ein paar Phrasen in reinstem Normannisch beizubringen?«

Seine Stirn zog sich in Falten, aber Eiras Augen leuchteten auf. »Das könnte funktionieren! Sie müssen euch nur so lange glauben, bis die Tore offen sind und der Rest der Truppe nachrücken kann. Wenn ihr erst einmal drinnen seid, könnt ihr siegen.«

»In Dinefwr gibt es auch normannische Ringpanzer, die ihr erbeutet habt«, fügte Isabel hinzu, plötzlich ganz aufgeregt von diesem Einfall, »und du besitzt ein paar flämische Streitrösser.«

Maredudd strich sich über seinen Bart und kaute auf seiner Lippe, was Isabel laut aufseufzen ließ. »Aber wenn dieser Plan gelingen soll …« Sie sah ihn bedauernd an und wies auf sein Kinn. »Dann musst du dich auch von deinem Bart trennen.«

Eiras Befürchtung bewahrheitete sich, denn bei ihrem Vormarsch auf die Halbinsel Gower passierten sie lediglich Ruinen. Die Flamen schienen sich alle gemeinsam auf einer Burg aufzuhalten, und es blieb nur noch eine übrig, auf der sie sein konnten: Llanrhidian. So bahnten sie sich ihren Weg durch das von unzähligen Wasserläufen durchzogene Marschland und machten immer wieder Halt, um den Karren mit den Fässern aus dem Schlamm zu befreien. Sie waren nur zu sechst, denn die übrige Armee folgte ihnen in sicherem Abstand. Zweihundert Mann, angeführt von Iestyn, Maredudds Kommandanten über die Kriegstruppe, die hoffentlich nicht allzu schnell entdeckt werden würde. Isabel war bewusst, von einer Burg aus war es meist möglich, weit zu blicken und das Umland zu beobachten, aber wenn ihr Plan gelang, hatten die Flamen den Feind ohnehin schon innerhalb ihrer Mauern. Wie immer hing alles davon ab, dass die Gegner ihnen glaubten und überrumpelt wurden. Zudem würde bald die Sonne untergehen und es schwerer machen, die Armee zu entdecken.

Die Burg von Llanrhidian erhob sich auf einem sanft ansteigenden Hügel und war, wie Maredudd vorausgesagt hatte, nur notdürftig ausgebessert worden. Sie wies keine besonderen Verteidigungsanlagen auf, und die Steintrümmer gingen in Holzbauteile über.

»Da sind sie, die Bastarde«, knurrte Maredudd an ihrer Seite. Er sah ungewohnt aus in dem knielangen Kettenhemd und dem Waffenrock mit dem Wappen des Sheriffs, das einst einem Begleiter des Steuereintreibers abgenommen worden war. Sein dunkles Haar war kurzgeschnitten und sein Bart vollständig weggeschabt. Mit den glatten Wangen, die nach dem langen Ritt nur wenige dunkle Stoppeln aufwiesen, wirkte er noch jünger als seine fünfundzwanzig Jahre. Er erinnerte sie wieder an den Sechzehnjährigen von Llansteffan, dessen Kinn ihrer Faust begegnet war. Auch die anderen Männer in ihrer Begleitung waren kaum noch wiederzuerkennen. Sie waren alle so stolz auf ihre Schnurrbärte gewesen, hatten sich aber ebenso wie Maredudd davon verabschieden müssen. Jetzt sahen sie tatsächlich fast schon normannisch aus, während Isabel eines von Eiras Kleidern geändert hatte, um es der normannischen Mode anzupassen. Auch hatte Eira ihr die Haare mit einer ekligen Tinktur, von der sie gar nicht wissen wollte, was darin war, dunkel gefärbt. Schließlich hätten die Gerüchte um sie auch ihre Haarfarbe beinhalten können. Mit dieser Veränderung wurde hoffentlich jegliches Misstrauen beiseitegeräumt.

Mühsam schleppten sie sich den Trampelpfad zum Burghügel hoch; die beiden Pferde, die vor den Karren gespannt waren, keuchten und hatten Schaum vor dem Mund. Der Mann, der

Isabels Zelter am Zügel führte, rutschte immer wieder aus und fluchte über das unhandliche Kettenhemd, in dem er sich kaum bewegen konnte.

Schließlich erreichten sie das geschlossene Tor, und Isabel warf noch einmal ein prüfendes Auge auf die Männer und betete, dass sie ihre Rolle gut spielen würden. Ein falsches Wort, eine Misstrauen erweckende Geste, und sie wären alle verloren.

»Wo ist euer Anführer?«, rief Maredudd, und seiner Aussprache war tatsächlich kaum etwas Fremdes anzuhören. Sie hatten die wichtigsten Phrasen immer und immer wieder geübt, bis Isabel zufrieden gewesen war, und in diesem Moment war sie tatsächlich etwas stolz auf ihn.

»Wer will das wissen?«, kam es von der Wache auf der Palisade her, der bei weitem nicht so gut Normannisch sprach.

Maredudd legte den Kopf in den Nacken und ließ seinen Blick über die heruntergekommen aussehende Holzwand schweifen. »Philip FitzRobert! Ich komme im Auftrag des Sheriffs von Pembroke! Er lässt Euch feinsten Wein aus dem Po…«, er fluchte leise, da er sich immer wieder bei diesem Wort verhaspelte, »… aus dem Poitou schicken!«

»Wein, he? Wieso sollte der Sheriff sich um uns scheren?«

Diese Frage kam nicht unerwartet, aber doch wuchs mit jedem weiteren Satz aus Maredudds Mund die Gefahr, entlarvt zu werden. Er sprach das Normannische nicht schlecht, aber abseits weniger einstudierter Phrasen, war der Aussprache deutlich anzuhören, dass er Brite war. Flüchtig warf er ihr einen Blick zu, in dem dieselbe Nervosität stand, die sie verspürte. Eigentlich hätten sie zu diesem Zeitpunkt in die Burg geleitet werden sollen, aber gerade für solche Komplikationen war sie zur Stelle. Ihr Blick fiel zu den Schützen auf den Palisaden, und sie spürte, wie ihr der Schweiß ausbrach.

»Der Sheriff ist ebenfalls flämischer Herkunft«, flüsterte sie Maredudd schnell in normannischer Sprache zu, damit er die

Worte wiederholen konnte. »Er möchte sich mit den tapferen, freien Männern seines Volkes gegen die walisischen Barbaren verbrüdern. Und bei Gott, Maredudd, vergiss nicht: Sag ja ›walisisch‹ und nicht ›britisch‹.«

Maredudd verdrehte die Augen, sprach ihr aber schnell nach, bevor er seufzte und sich bemüht hoheitsvoll aus dem Sattel schwang. Doch als er auf dem Boden aufkam, strauchelte er ob der ungewohnten Höhe seines Reittiers und seiner schweren Bekleidung, wodurch Isabel nur schwer ein Kichern unterdrücken konnte. Sie sah wieder einmal dem Tod ins Auge oder lief Gefahr, in Gefangenschaft zu geraten, und doch war sie es mittlerweile so gewohnt, sich mit Maredudd diesen Gefahren auszusetzen, dass sie auch die Absurdität ihrer Situation erkannte. Sie boten einfach einen solch lächerlichen Anblick in ihrer Verkleidung.

»Wir wurden überfallen!«, rief Maredudd, ein Satz, den er vorbereitet hatte. Dabei griff er sich mit schmerzverzerrter Miene an sein Bein, was sein ungeschicktes Absteigen begründen würde. »Die … die *Waliser* haben uns im Wald in der Nähe von Loughor erwischt! Wir mussten einen Karren zurücklassen und verloren zwei Dutzend Mann!«

»Dem Sheriff ist es ja sehr ernst, wenn er uns zwei Karrenladungen voll Wein bringen lässt«, erklang die spöttische Stimme vom Wehrgang. »Wartet hier.«

Einen Moment lang war es ruhig, dann war das Anheben des schweren Riegels zu hören, und das hölzerne Tor schwang nach innen auf. Sie hatten es geschafft, zumindest den ersten Part. Damit ihr Vorhaben aber weiterhin so gut verlief, musste Isabel das Ruder übernehmen. Ohne abzuwarten und zu sehen, wer aus dem Tor trat, sprang sie vom Pferd und warf sich dem ersten Menschen, der sein Gesicht zeigte, in die Arme. Fast glaubte sie, Maredudd die Augen verdrehen zu sehen, zumindest spürte sie seine Belustigung, aber dann konzentrierte sie sich schon voll und ganz auf ihre Geschichte. »Bitte, Mylord!«, schluchzte sie und zwang sich, Tränen ihre Wangen hinabfließen zu lassen. Nach dem Ritt durchs Marschland und den Schwierigkeiten mit dem Karren waren sie ausreichend schlammbespritzt, um verzweifelt auszusehen. »Ihr müsst uns helfen, guter Herr! Sie haben alle getötet! Fast hätten sie meinen Bruder umgebracht, er ist verletzt!« Sie blickte auf in ein runzliges, wettergegerbtes Gesicht, das von graudurchwebtem Haar umrahmt wurde. Die faltigen Wangen waren von grauen Bartstoppeln übersät, und in Isabel stieg die Frage auf, was solch ein verhältnismäßig alter Mann mit einer Bande Söldner zu schaffen hatte. Wenn er unter ihnen war, hieß das, er musste immer noch ein guter Kämpfer sein, und sein Alter verschaffte ihm vielleicht auch etwas Weisheit. Etwas, das sie nicht gebrauchen konnten. Wie gut, dass die meisten Männer schwach gegenüber hilflosen Mädchen waren.

»Ist ja schon gut«, sagte der Mann, weniger tröstend als genervt, und schob sie an den Schultern von sich. An der Stimme erkannte sie ihn als den Sprecher vom Wehrgang. Er musste eine hohe Position innehaben. Auf jeden Fall hatte er keine Schwierigkeiten damit, Befehle zu geben: »Mein Name ist Odo, und ich führe das Kommando. Hier seid Ihr erst mal in Sicherheit, Mylady, also beruhigt Euch jetzt.« Er strich seinen Umhang glatt und klopfte ihn etwas ab, als wolle er sich von ihrer verschmutzten Gestalt säubern.

»Aber …«, aus schreckgeweiteten Augen sah sie ihn an, täuschte ein Zittern vor und schniefte, »… so viele Männer … sie starben! Ich sah sie sterben! Der Sheriff sagte, es wäre sicher! Er sagte, im Winter geht niemand auf Raubzüge und dass wir sofort aufbrechen und nicht auf den Frühling warten sollen. Wir sollen Euch noch vor der Kampfsaison erreichen, um seinen Vorschlag zu besprechen. Aber er hatte unrecht! Die Waliser, sie …«

»Bitte, Mylord.« Es war Maredudd, der an sie herantrat, er sprach langsam und bedacht, als wäre er sehr müde – was er bestimmt war, aber so fiel zumindest sein Akzent nicht besonders auf. »Meine Schwester ist sehr aufgeregt. Vielleicht habt Ihr einen Ort, wo …«

Odo verdrehte die Augen, wies aber hinter sich zur Burg. »Kommt. Und dann erzählt endlich, wer es war, der diesen Angriff verschuldete. Habt ihr Verletzte, die zusammengeflickt werden müssen?«

Maredudd setzte zu einer Antwort an, aber umso weniger er sprach, desto besser, und so schluchzte Isabel noch einmal laut auf. »Wir … wir mussten sie alle zurücklassen! Sonst wären wir nicht entkommen.« Sie warf sich herum und vergrub ihr Gesicht erneut im nach Schweiß und Rauch riechenden, gefütterten Wams des Anführers. Dabei entging ihr nicht, wie die beiden anderen Flamen, die aus dem Tor gekommen waren, sich mit den Ellbogen anstießen und zweideutige Gesten machten. »Regt Euch nicht so auf, jetzt ist es ja vorbei. Kommt.« Odo schob sie erneut von sich und führte sie durchs Tor. Maredudd bedeutete indessen seinen Männern, die die beiden Zugpferde vor dem Karren führten, ihm zu folgen, und so traten alle in den feindlichen Burghof. Sie waren drinnen, und Isabels Herzschlag beschleunigte sich sofort. Um ruhigen Atem bemüht warf sie einen Blick zurück durchs Tor auf das in seinen Brauntönen daliegende Marschland. Fast erwartete sie, Maredudds Armee dort zu erblicken, aber noch war alles ruhig. Die beiden hölzernen Flügel schlossen sich mit einem Knall, der schwere Balken wurde wieder eingelegt, und Isabel zuckte unwillkürlich zusammen. Sie hasste es, eingesperrt zu sein. Überall tummelten sich feindliche Krieger. Sie hielten Wache auf den Wehrgängen, lümmelten nutzlos auf Trümmerstücken oder kamen aus der Halle, um zu sehen, was im Hof los war. Viele sahen Isabel an, als hätten sie ewig keine Frau mehr erblickt, was sie nicht unbedingt ruhiger machte. Ein herzzerreißendes Jaulen lenkte ihren Blick zu einem provisorisch errichteten Schuppen an der Palisade, vor dem eine Gruppe Männer wild lachend einen zottigen Hund mit vorgehaltenen Lanzen quälte. Sie kreisten ihn ein, stießen ihn immer wieder mit den scharfen Spitzen an und wichen grölend zurück, wenn die gefährlichen Zähne nach ihnen schnappten.

»Dann wollen wir uns mal euren Wein vornehmen, während ihr erzählt«, riss Odos Stimme sie aus ihrer Starre, und er wies auf den Karren. »Es ist nicht viel, das wir euch nach dieser beschwerlichen Reise anbieten können, aber wir konnten vor Wintereinbruch noch ein paar Vorräte einlagern und uns ein paar Mädchen besorgen, die sich um uns kümmern.« Ein anzügliches Grinsen zeigte fehlende Zähne. »Wenn Ihr wollt, FitzRobert, schicke ich Euch eines, damit es nach Eurer Wunde sieht.« Er hob vieldeutig eine Augenbraue, und sein Lächeln verbreiterte sich noch.

Maredudds Kiefer spannte sich an, und seine Hand ballte sich zur Faust. Isabel war lange genug mit ihm unterwegs, um solche Zeichen zu erkennen. Schnell packte sie seinen Arm und grub ihre Finger so fest wie möglich ins Eisengeflecht, um ihn ihren Griff spüren zu lassen. Noch war nicht die Zeit gekommen, diese armen walisischen Mädchen zu befreien. Noch mussten sie ihre Rolle spielen, auch wenn Isabel ahnte, dass es den Mädchen nicht besser erging als dem erbarmungswürdigen Hund.

Zu ihrer Erleichterung schien Maredudd sein Temperament zügeln zu können, denn er wandte sich ab und ging leicht humpelnd auf den Karren zu. Er winkte einem der jüngeren Krieger seiner Truppe, den sie als Knappen verkleidet hatten, und kurz darauf hielt er schon seinen Becher aus der Satteltasche in der Hand. Zwei seiner anderen Männer hoben eins der Fässer vom Karren, ehe die Flamen noch darauf kamen, es selbst zu tun, und ein falsches Fass erwischten, und öffneten mit einem Messer den Deckel. Maredudd tauchte den Becher ein, hob ihn an seine Lippen und trank gierig, sodass der fast farblose Wein über sein Kinn hinabtropfte. Schließlich füllte er ihn noch einmal auf und reichte ihn Odo. »Bitte versteht, dass ich neben meiner Schwester nicht über die *Versorgung meiner Wunde* sprechen möchte.« Er schloss seine Hände fest um den Becher, bis seine Knöchel weiß hervortraten. »Zudem lege ich keinen Wert auf die Gesellschaft walisischer … Huren.«

Odo sah seinen Besucher aus rauchblauen Augen an, als unterziehe er ihn einer Prüfung. Schließlich lachte er laut auf, ergriff den Becher und trank daraus. »Mmh, wirklich sehr gut. Schade um den zweiten Karren.«

»Wohin sollen meine Männer die Fässer bringen?«

Odo wies zum halb verfallenen Schuppen an der Palisade, wo der Hund mit einem letzten Winseln niedergestreckt wurde. »Ins Vorratshaus. Und jetzt kommt, erzählt mir, wieso Ihr Eure Schwester auf diese gefährliche Reise mitgenommen habt.«

Maredudd ergriff mit sanftem Griff Isabels Arm und gesellte sich an Odos Seite, der mit einer Handvoll weiterer Flamen zu einer aus Stein und Holzelementen errichteten Halle ging. Maredudds Männer blieben inzwischen bis auf den vermeintlichen Knappen beim Karren zurück. Nach außen hin gelassen gab Maredudd seine Waffen ab, und schließlich traten sie ins Innere des zugigen Raums, der von flackernden Lichtstreifen erfüllt war. Durch die breiten Ritzen zwischen den Holzpfählen drang graues Tageslicht herein und schuf wirbelnde Staubfinger, während die Feuerstelle in der Mitte der verrauchten Halle ein orangefarbenes Farbenspiel an die kargen Wände warf. Auch hier wimmelte es nur so von Kriegern, die neugierig ihre Köpfe von ihren Bechern hoben und bei ihrem Anblick sofort grinsten.

»Was meine Schwester betrifft«, sagte Maredudd, als sie sich auf einer Bank neben dem Feuer niederließen, »hat es einen guten Grund, weshalb sie sich hier an meiner Seite befindet.«

Isabel verkniff sich ein Schnauben. Der Grund war der, dass sie so manchem Flamen den Schädel einschlagen würde, dachte sie mit einem grimmigen Lächeln, lauschte aber sofort wieder Maredudd, der nun etwas sicherer sprach, da sie diesen Part geübt hatten. »Ihr seid ein Söldner, Odo, ohne noble Herkunft, ohne Namen, ohne Land.«

»Ich habe Land«, erwiderte Odo, weniger gereizt als übertrieben selbstbewusst. Er umfasste die Halle mit einer weitgreifenden Geste und breitete schließlich die Hände aus. »Ich bin Lord von Llanrhidian.«

»Bis die Waliser es euch wegnehmen. Denn in Wahrheit sitzt Ihr in der Falle, seid eingesperrt auf dieser Halbinsel, während Maredudd ap Gruffydd den Ausgang mit Loughor und Kidwelly bewacht.«

»Ihr fangt an, mich zu reizen … Mylord.«

Maredudd winkte ab. »Ich bin kein Lord, genauso wenig wie Ihr. Aber mit der Unterstützung des Sheriffs könnt Ihr einer werden. Mit seiner Unterstützung könnt Ihr die Waliser schlagen. Und um dieses Bündnis zu besiegeln, bietet der Sheriff Euch eine Verbindung mit seinem Hause an.« Er wies auf Isabel, die ein scheues Lächeln aufsetzte und keusch zu Boden sah, um einen überzeugenden Eindruck als junge Braut zu machen.

»Eure Schwester? Wie steht sie in Verbindung zum Sheriff?« Odo warf einen Blick zur Hallentür, durch die gerade zwei von Maredudds Männern mit einem Fass Wein schritten, und wandte sich schließlich wieder seinem Besucher zu. »Ich dachte, Ihr wärt kein Lord.«

»Ich bin der Vetter des Sheriffs, allerdings illegitimer Herkunft und von normannischer, nicht flämischer Seite. So ist auch meine Schwester ein Bastard. Doch in Anbetracht Eurer Herkunft erscheint dem Sheriff diese Verbindung durchaus angebracht. Immerhin würdet Ihr eine enge Verwandte des Sheriffs heiraten, wenn sie auch nicht ehelich geboren ist.«

Odo ließ seinen Blick über Isabel wandern, abschätzend, als wäre sie ein Pferd, das es zu begutachten galt, und nahm schließlich einen Becher Wein von einem walisischen Mädchen in Isabels Alter entgegen. Zwei weitere junge Frauen kamen herbei und reichten auch Maredudd und Isabel etwas zu trinken. Isabel schenkte ihnen ein aufmunterndes Lächeln, aber die Waliserinnen sahen sie gar nicht richtig an und blickten schreckhaft zu Boden. Wie schon zu erwarten war, hatten zwei von ihnen Schrammen und blaue Flecken im Gesicht, ihre Kleider waren nur noch Fetzen, die sie mehr schlecht als recht bedeckten.

Wir holen euch hier raus, dachte sie und trank vom wertvollen Wein, um sich abzulenken. Die Fässer hatten sie für diese List aus Dinefwr holen lassen, aber nur zwei waren mit Wein gefüllt.

»Der Sheriff will also meine Männer«, sagte Odo nachdenklich und strich sich übers Kinn. »Achthundert Söldner für seinen Zweck, und dafür gibt er mir die da?«

Isabels Hand zuckte ob des verächtlichen Blicks zu ihrer Schleuder. Es war ja nicht so, als würde jedes Mädchen davon träumen, *ihn* zu heiraten. Aber im Grunde wusste sie ja, dass sie als Braut nicht viel hermachte. Während der Zeit an Maredudds Seite hatte sie abgenommen, war gar mager geworden, und ihr goldenes Haar, das einst das einzig wirklich Schöne an ihr gewesen war, hatte sich Eiras Tinktur aussetzen müssen. Der Schlamm machte ihr Erscheinungsbild auch nicht unbedingt besser, aber für diesen alten zahnlosen Flamen reichte es wohl allemal.

»Achthundert Männer?«, wiederholte Maredudd ungläubig. »Wo sollen diese Männer sein? Versteckt Ihr sie in den Klüften zwischen den Trümmern dieser Burg?«

Odo wog seinen Becher hin und her und betrachtete den Inhalt. »Einige von uns gingen nach Rhos, aber ich kann sie jederzeit herbeirufen. Andere sind unterwegs, um die restliche Halbinsel nach einem günstigen Platz für weitere Burgen zu inspizieren.«

Sehr interessant, dachte Isabel, und auch Maredudd warf ihr einen Blick zu. Somit würden sie nach der Vernichtung dieser

Burg weiter zur Küste ziehen, um auch noch die restlichen Flamen zu erwischen.

»Um Gower zu halten, braucht Ihr Unterstützung. Alice ist die Cousine des Sheriffs, und somit wäret Ihr Teil einer mächtigen Familie. Der Sheriff würde Euch auch dabei unterstützen, Euren Feind Maredudd ap Gruffydd zu vernichten. Es heißt, er hätte Eure Männer nicht nur einmal überfallen, und Ihr hättet große Verluste davongetragen.«

»So wie Ihr gerade, oder nicht?« Odo schüttelte den Kopf. »Ich werde darüber nachdenken müssen, morgen reist Ihr zurück und gebt dem Sheriff meine Antwort. Bis dahin könnt Ihr und Eure Männer Euch einen Platz in der Halle zum Schlafen suchen.«

»Und meine Schwester?«

Odos Blick fiel wie beiläufig auf sie, dann zuckte er mit den Schultern. »Sie wird mir bei der Entscheidung helfen. Ich werde testen, ob sie sich lohnt. Meine Mädchen werden sie waschen und dann zu mir bringen.«

Isabel fuhr zurück, und diesmal war es Maredudd, der ihren Arm ergriff und sie so zur Ruhe mahnte. »Wenn dies Eure Bedingung ist.« Er sah Isabel eindringlich in die Augen, und sie konnte nur schwer ihren Protest hinunterschlucken. Natürlich wusste sie, dass es nie so weit kommen würde und Maredudd das auch nicht zugelassen hätte, trotzdem gefiel es ihr nicht, so behandelt zu werden. Aber immerhin erhielt sie jetzt die Gelegenheit, mit den gefangenen Mädchen zu sprechen. Diese führten sie in einen von der Halle abgetrennten Bereich, in dem sich ein grob zusammengezimmertes Bett mit einer Strohmatratze und Fellen befand. Talgkerzen verströmten beißenden Geruch, und das Bodenstroh war dem Aussehen und Gestank nach zu urteilen auch noch nie ausgetauscht worden.

Zwei der Mädchen brachten eisig kaltes Wasser zum Waschen, und das dritte von ihnen wollte Isabels Bliaut öffnen.

Schnell trat Isabel einen Schritt zurück und sagte in der walisischen Sprache an die gefangenen Mädchen: »So, lasst uns besprechen, wie wir euch hier rausholen.«

Es dauerte eine Weile, bis Isabel die Mädchen mit geflüsterten Ermahnungen beruhigen konnte, aber schließlich ließen sie sich alle im Stroh nieder, und Isabel erzählte, wer sie war und welcher Plan sie hierherführte. Daraufhin fing eines der Mädchen vor Erleichterung an zu weinen, und das andere tröstete es. Isabel erfuhr, dass die beiden Schwestern waren, und betete zu Gott, dass sie alle unbeschadet nach Hause kämen. Die Dritte im Bunde, die Älteste, machte sich schließlich wieder auf, um Odo zu dienen, ehe ihr Fehlen bemerkt wurde. »Aber bei Gott, lass dir nichts anmerken«, zischte Isabel noch und machte sich anschließend daran, den schlimmsten Schmutz abzuwaschen. Sie hatten noch Zeit, die Sonne war erst vor kurzem untergegangen. Hoffentlich gelang es Maredudd, ihren Gastgeber lange genug in der Halle aufzuhalten und ihn derart mit Wein abzufüllen, dass er sie vergaß. Ansonsten müsste sie wohl von ihrem Messer unter der als Gürtel getarnten Schleuder Gebrauch machen.

Unruhig lief sie in dieser stinkenden Kammer auf und ab, als plötzlich Warnrufe von draußen her erklangen. Isabel und die beiden Mädchen tauschten Blicke, dann straffte Isabel die Schultern. »Es geht los. Ihr wisst, was zu tun ist. Kommt.« Mit diesen Worten schob sie die Brettertür nach draußen auf und blickte in den Hof. Sie löste die Schleuder, nahm das Messer und die Steine darunter hervor und verstaute alles im engen Ausschnitt ihres Gewandes, damit sie eine Hand frei hatte. Dann rannte sie los. Hier draußen herrschte bereits reger Trubel. Männer bewaffneten sich und versammelten sich vor dem geschlossenen Tor oder eilten auf die Wehrgänge. Rufe in der flämischen Sprache klangen durch die von Fackeln beschienene Nacht, und

Isabel wusste, die Armee war entdeckt worden. Jetzt musste alles sehr schnell gehen, ehe der Feind bemerkte, auf wessen Seite sie standen. Noch würden sie annehmen, die Waliser wären ihnen gefolgt. Aber wo war Maredudd? Und Odo? Bei den Männern mit den Fässern konnte Isabel sie nicht entdecken.

Aber sie hatte keine Zeit, um sich jetzt nach ihnen umzusehen, sie musste den Weg für die Armee bereiten. »Schnell!«, rief sie Maredudds Männern entgegen. »Zur Palisade mit den Fässern!«

Die Waliser drehten sich zu ihr um. »Wo ist Maredudd?«

»Ich weiß es nicht, vielleicht kümmert er sich um die Halle. Kommt!« Die Männer ergriffen die Fässer und schleppten sie das kleine Stück zurück zur Palisade in der Nähe des Tors, öffneten die Deckel und kippten den Inhalt auf die Holzwand.

»Was macht ihr da?!«, verlangte einer der Flamen zu wissen, er war noch jung, vielleicht Anfang zwanzig, und trug einen Ziegenbart.

Isabel winkte ab. »Wäre doch schade, wenn die Waliser diesen köstlichen Wein erwischen, oder nicht? Schnell, packt mit an.« Sie deutete auf die übrigen Fässer, und Ziegenbart gab seinen Kumpanen ein Zeichen, ihm zu helfen. In all dem Trubel und der Aufregung der näher kommenden Armee dachten sie gar nicht an die Absurdität ihrer Tat. Erst als sie den ersten Deckel öffneten und ihr Fass ebenfalls zur Palisade kippten, fuhren sie hoch. »Was ist das für ein Gestank?«

Isabel lächelte freundlich und zuckte mit den Schultern. »Fischöl.« Sie streckte die Hand zur Seite, und einer von Maredudds Männern reichte ihr eine Fackel. Ziegenbart und seine Kumpane rissen die Augen auf, machten einen Schritt auf sie zu, aber da warf sie die Fackel schon gegen die von stinkendem Öl getränkten Holzpfeiler. Feuerzungen zischten fauchend hoch, und der Gestank breitete sich in so stechender Intensität aus, dass sie husten musste. Die Männer auf den Wehrgängen schrien auf, die Waliser an Isabels Seite zogen ihre Waffen und töteten die helfenden Flamen, ehe diese sich vom Schock des plötzlichen Feuers hatten erholen können. Kaum einer begriff, dass sie der Feind waren, denn jetzt galt alle Aufmerksamkeit dem vernichtenden Feuer. Männer liefen zum Brunnen, und andere rannten den Wehrgang entlang vom Feuer weg.

Auch Isabel wich ein wenig zurück, die Hitze war unerträglich, aber sie wusste, die notdürftig zusammengebaute Palisadenwand würde bald in sich zusammenbrechen und eine Bresche für die anstürmende Armee bereiten. Sie mussten nur noch ein paar weitere Momente inmitten des Feindes überstehen, der sich zum Glück in einen panisch umherlaufenden Haufen verwandelt hatte. Rauch stieg von der Halle auf, und bald leckten bereits die ersten Flammen über die hölzernen Wände. Isabel hatte den Mädchen aufgetragen, brennende Äste und Scheite von der Feuerstelle ins Bodenstroh zu werfen und Kerzen umzustoßen. Maredudd musste ebenfalls dort sein, um die Burg wie geplant in Brand zu stecken. Denn wenn auch die Halle brannte, würden die Flamen das Tor öffnen und hinaus ins Freie flüchten. Sie wären von Feuer umschlossen, und es würde nicht lange dauern, bis dieses sich ausbreitete, den Stall und die Vorratsspeicher erreichte. Die Überzahl der Flamen war wertlos, denn schon jetzt herrschte Panik ob des überraschenden Angriffs.

»Los! Öffnet das Tor!« Isabel zerrte einen der walisischen Krieger mit sich, damit er ihr mit dem schweren Balken half. Ein Flügel loderte bereits, aber wenn sie sich beeilten, könnten sie der Armee noch Einlass gebieten – oder dem Feind die Flucht. Egal wie, Maredudds Männer hätten einen Vorteil, auch wenn sie bergauf kämpfen mussten.

Schweiß strömte ihr übers Gesicht, die Hitze brannte in ihren Augen, und der Rauch verschleierte ihr die Sicht, aber sie sah noch genug, um das Dutzend flämischer Krieger vor dem Tor zu entdecken, das ihr Vorhaben zunichtemachen wollte.

»Bastarde«, knurrte einer von ihnen und hob sein Schwert. Ihre Tarnung war aufgeflogen. Sofort befand sich Isabel mitten im Kampfgetümmel, Klingen schlugen aufeinander, Schwerter trafen Axtblätter, schmerzverzerrte Schreie schollen über die allgemeine Lärmkulisse, und Isabel wich zurück, suchte sich ihr Ziel. Ohne den Blick von den Feinden zu nehmen, griff sie in den Ausschnitt ihres Bliauts, zog einen Stein hervor, legte ihn auf die Schleuder, sah sich um, fand einen Flamen, der mit dem Rücken zu ihr kämpfte und somit die Gefahr verringerte, einen eigenen Mann zu treffen. Dann schwang sie das Lederband neben sich, holte weit aus und schleuderte das Geschoss dem Flamen entgegen. Der Mann fiel kerzengerade um, und der Waliser, der gegen ihn gekämpft hatte, hielt verdutzt inne. Er sah sie an und hob anerkennend seine bluttriefende Axt, dann wehrte er bereits wieder den Hieb eines weiteren Feindes ab.

Isabel griff nach einem weiteren Stein, wollte ihn einlegen, als plötzlich ihre Schulter gepackt und sie herumgerissen wurde.

»Das Mädchen aus Annwn.« Es war Odo, der ihr aus hasserfüllten Augen entgegenstarrte und ihre Knochen unter seinem Griff knacken ließ. »Maredudd und seine Geisterfrau. So geisterhaft scheinst du mir gar nicht zu sein! Eher aus Fleisch und Blut. Eine Brandstifterin! Mal sehen, ob ein Geist brennen kann.« Die Kämpfenden umrundend zerrte er sie zur brennenden Palisade, all ihre Versuche, sich zu wehren, schien er noch nicht einmal zu spüren, und ihre Verbündeten waren zu sehr damit beschäftigt, am Leben zu bleiben, um ihre Not zu bemerken. Überall waren Feinde, einige auf den Wehrgängen, Kämpfende im Hof, Männer, die die Pferde aus dem Stall befreiten, andere, die versuchten, die bereits wild brennende Halle zu löschen … Die Halle! Maredudd! Er war nicht zurückgekommen.

»Was habt Ihr mit ihm gemacht?!«, schrie sie und stemmte ihre Füße in den Boden, aber Odo zerrte sie einfach weiter.

»Ihr dachtet wohl, eure List würde nicht auffliegen.«

»Ihr kamt reichlich spät darauf.«

»Früh genug, um diesen walisischen Möchtegernfürsten rösten zu lassen.«

»Nein!« Isabel sah nichts mehr als die versengenden Flammen vor sich, spürte die Hitze, die ihr die Haut vom Körper zu schmelzen schien, und hörte nur noch das Krachen des Feuers. Ihr Kopf war leer, ihr Körper handelte von selbst. Ihre freie Hand fuhr hoch, fasste in den Ausschnitt ihres Bliauts, bekam das Messer zu fassen …

Odo blieb dicht vor der Palisade stehen, grinste sie höhnisch und siegessicher an. »Hoffentlich wird dir jetzt warm genug, Geistermä…« Ihre Hand schoss hoch, das Messer bohrte sich in seine Kehle, Blut spritzte ihr entgegen, und seine Finger lösten sich von ihrem Arm, fuhren an seinen Hals, als Isabel das Messer schon zurückzog. Schreiend und mit über ihre heißen Wangen fließenden Tränen stieß sie Odo von sich; er taumelte zurück, fiel gegen die von Öl getränkte Palisade und wurde augenblicklich von den Flammen umschlossen. Im nächsten Moment erklang ein ohrenbetäubendes Krachen. Die Holzwand wankte von der Erschütterung des Aufpralls, Isabel wich zurück, und da brach die Palisade auch schon in einer Wolke aus stiebenden Funken in sich zusammen. Männer fielen von den Wehrgängen, schrien, aber Isabel verharrte nicht länger. Sie sah sich nicht nach Maredudds Männern um, konnte nicht sichergehen, dass sie noch lebten, denn ihr Kopf war nur von einem einzigen Gedanken erfüllt: Sie hatte es Eira versprochen.

Mit dem Gefühl zu ersticken rannte sie über den Hof zurück, alle um sie herum schienen sich unwirklich langsam zu bewegen, die Flammen verströmten keine Hitze mehr, eher war ihr kalt. Ihr Blick fiel zu den Männern mit den Wassereimern – sie würden das Feuer nicht mehr löschen können. Es war zu stark, obsiegte sogar gegen die feuchten Holzpfähle, die schwarzen und beißenden Rauch in den Himmel aufsteigen ließen. Es musste eine Stelle geben, wo sie durchkommen konnte. Die Tür … sie brannte lichterloh. Eines der Fenster … nein. Einer der Abschnitte, wo die Holzwand in Steinelemente überging … sie fand nichts. Hustend und weinend blieb sie stehen, sah sich fieberhaft um und erkannte plötzlich eines der walisischen Mädchen über den Hof laufen. Es war die Älteste der drei, die junge Frau, die hinausgegangen war, um die Flamen und seine Gäste zu bedienen. Sie sah sich hektisch um und rief immer wieder: »Odo!« Blanke Angst lag in ihrer Stimme, Verzweiflung.

»Großer Gott.« Isabel starrte die junge Frau an, und plötzlich wusste sie, wie Odo von ihrem Vorhaben erfahren hatte. Die Waliserin hatte sie verraten! Ihr Griff um ihre Schleuder verstärkte sich, aber sie wusste, sie durfte sich jetzt nicht mit Rachegedanken aufhalten.

Wo waren die anderen Mädchen? Isabels Blick fiel zurück zur Halle, und auf einmal ahnte sie es.

Hinter ihr nahm der Kriegslärm zu. Die Armee musste eine nicht brennende Bresche der eingestürzten Palisade gefunden haben, um einzudringen. Sie hörte den Ruf »Gwenllian«, der ihr schon so vertraut war.

»Gwenllian«, Isabel biss die Zähne zusammen, »gib mir Kraft und Mut, für deinen Sohn.«

Sie rannte los – ein Schemen in der vom rötlich beleuchteten Rauch erfüllten Nacht, ein Geist aus der Anderswelt. Sie umrundete die Halle, band sich im Laufen ihre Schleuder um und schluchzte vor Erleichterung auf, als sie erkannte, dass das Feuer Odos Kammer kaum erreicht hatte. Rauch stieg daraus auf, aber die Flammen schienen nur zaghaft daran zu lecken. Ohne zu überlegen, riss sie die Tür auf, schlug sich ob des ihr entgegenströmenden Rauchs die Hand vor den Mund und kniff die Augen zusammen, da das Feuer sie blendete. Es brannte hier also doch. Die Verbindungstür zur Halle stand in Flammen – wie sollte sie hinein? Eiras Bild erschien vor ihrem geistigen Auge, das Bild ihres Sohnes Cadwgan, bald würde sie ein weiteres Kind bekommen. Der Stein von Calan Caef kam ihr in den Sinn, und die Angst verwandelte sich in pure Entschlossenheit.

»Gwenllian!«, brüllte sie aus Leib und Seele, hielt den Atem an, nahm Anlauf und trat mit aller Kraft, die sie aufbringen konnte, gegen die brennende Tür, die aufsprang und halb aus der Halterung fiel. Sie wollte weiter, als plötzlich ein Blitz durch ihr Bein zu fahren schien. Mit einem erstickten Aufschrei sah sie an sich hinab und bemerkte, dass ihr Bliaut durch ihren Tritt in die Flammen Feuer gefangen hatte. Schnell griff sie nach den Fellen auf dem Bett und schlug es aus. Dann rannte sie weiter, trat ein in die Halle und versuchte, sich im Rauch zu orientieren. Es war hell hier drinnen, aber gleichzeitig so trübe, dass sie kaum die Hand vor Augen sehen konnte. Die Kälte von vorhin wich gänzlich, sie hatte das Gefühl, ihre Haut würde jeden Moment Blasen werfen, so heiß war es hier. »Maredudd!«, rief sie, so laut sie konnte, auch wenn dies einen Hustenanfall verursachte. Sie krümmte sich, versuchte zu atmen und schrak auf. Hatte sie etwas gehört? Einen Hilferuf?

Sie schleppte sich vorwärts, warf einen besorgten Blick zum brennenden Strohdach, von dem immer wieder einzelne Feuerhalme herabsegelten und ihr Gewand in Brand zu stecken drohten. Sie musste schneller sein.

Erneut hörte sie die Stimme, sie war weiblich, und plötzlich erkannte sie die Umrisse der beiden walisischen Mädchen in der rückseitigen Ecke, wohin sich das Feuer noch nicht so stark ausgebreitet hatte. Sie beugten sich über eine reglose Gestalt.

»Wir kamen zu ihm zurück«, keuchte eines der Mädchen, als Isabel neben ihnen auf die Knie fiel und einen Moment lang nur starr vor Schreck auf Maredudds rußgeschwärztes Antlitz blicken konnte. »Rhian wollte uns im Feuer einsperren, aber wir konnten die Tür der Kammer öffnen und entkommen. Aber dann hörten wir, dass der Fürst hier sei, und kamen zurück. Sie hat euch verraten! Rhian! Wir dachten, sie würde ebenfalls wegwollen, aber Odo hat ihr Versprechungen gemacht, hat sie bei uns spionieren lassen. Rhian glaubt, Odo hätte sie heiraten wollen! Und Odo …« Das Mädchen konnte kaum noch sprechen, ihre Worte waren jetzt auch nicht wichtig.

Isabel packte Maredudds Schultern. »Los, helft mir.«

Die beiden Waliserinnen nahmen jede einen Arm, und Isabel die Beine, trotzdem brachten sie ihn kaum von der Stelle. Das unerträglich heiße und schwere Kettenhemd tat sein Übriges, um sie aufzuhalten. Der Raum begann sich vor ihren Augen zu drehen, ihre Atemzüge gingen stoßweise. Sie schafften es nicht. Isabel ließ seine Beine fallen, schleppte sich zu den Mädchen, packte das Kettengeflecht im Nacken, zog daran, um ihn weiterzuschleifen.

»Du wirst hier nicht sterben«, keuchte sie und kämpfte mit aller Kraft. »Du kehrst zu ihr zurück.« Plötzlich brach eines der Mädchen neben ihr zusammen, ihre Schwester schrie auf, und dann ging auf einmal ein Regen aus brennendem Stroh auf sie nieder. Isabel hob die Arme über den Kopf, schrie ebenfalls ob des versengenden Schmerzes, der überall auf ihrem Körper ausbrach. Donner dröhnte in ihren Ohren, und wie durch Nebel sah sie auf der anderen Seite der Halle einen Dachbalken herabstürzen.

Können Geister brennen? Ihr Blickfeld wurde immer kleiner, Schwärze drängte sich nach innen, dann fiel plötzlich etwas Schweres auf sie, schlug auf sie ein. »Durchhalten«, hörte sie die Stimme eines Mannes in der walisischen Sprache an ihrem Ohr, und sie begriff irgendwie, dass er sie niedergeworfen hatte. Er schlug das Feuer aus.

Angestrengt versuchte sie, etwas zu erkennen, meinte unzählige Schemen durch den Rauch tanzen zu sehen, dann wurde sie bewegt, sie schwebte. Nein, sie wurde getragen, sie musste bei Verstand bleiben. Die Schwärze kehrte zurück. Isabel riss die

Augen auf, wollte ihr Blickfeld weiten, dagegen ankämpfen, und plötzlich wurde die Luft etwas reiner, kühler; der Himmel drehte sich über ihr, Rauchschwaden waberten im rötlichen Licht.

Gierig atmete sie ein, und mit jedem Atemzug schien sich die Trübheit zu lichten. »Maredudd«, stieß sie aus und drehte den Kopf zur Seite. Überall im Hof waren Tote, und überall war Feuer. Der Krieger trug sie hinaus, fort von der Burg, und umso weiter sie in die kalte Nacht gelangten und den Hügel hinabliefen, umso stärker fühlte sie sich. »Lass mich runter.« Sie kämpfte gegen den Griff, erst verstärkte er sich, aber dann stellte der Krieger sie auf die Füße. Isabel sah sich um, erkannte die am Boden liegende Gestalt am Fuße des Hügels, die fast von umstehenden Kriegern verdeckt wurde, Männer beugten sich über ihn. Sie rannte, strauchelte, rappelte sich wieder auf, stieß andere zur Seite und warf sich neben Maredudd zu Boden. »Wach auf, Maredudd! Verdammt, wach auf.«

»Er lebt«, hörte sie die Stimme des Kommandanten neben sich. »Aber er war lange da drin. Er braucht viel frische Luft.« Iestyn wies ein paar seiner Männer an, die sich sogleich daranmachten, Maredudd vom Kettenhemd zu befreien.

»Llanrhidian ist gefallen«, sagte der Kommandant schließlich und legte ihr die Hand auf die Schulter. »Die Flamen hier sind vernichtet. Wir haben obsiegt. Wir werden die Toten begraben, die Verwundeten versorgen und uns etwas ausruhen. Dann gehen wir zurück nach Kidwelly. Leg dich hin, Isabel, es gibt jetzt nichts, was du tun kannst.«

Sie schüttelte den Kopf, starrte in Maredudds Antlitz und lauschte voller Angst den rasselnden Geräuschen seiner Atemzüge. »Wenn er stirbt, haben wir nicht obsiegt, sondern verloren.«

Sie konnte nicht weinen, fühlte sich taub, der Schmerz in ihrem Hals von ihren Schreien um Hilfe und Gottes Gnade war das einzig Reale. Das Pferd unter ihr lullte sie mit seinem wiegenden Gang in einen fast schon schwerelosen Zustand, in dem sie der Welt und all seinen Schrecken entkam. Die Geräusche der vorwärtsmarschierenden Armee drangen nicht bis zu ihr hindurch, vielleicht weil es auch unter den Männern so unheimlich still war. Kaum jemand sprach, alle schlurften mit hängenden Köpfen weiter. Die Landschaft zog an ihr vorüber, als befände sie sich tatsächlich in Annwn und sähe die wirkliche Welt durch einen Schleier. Bis sich die Burg von Kidwelly in der Ferne auf ihrem Hügel abzeichnete und sie an die fürchterliche Wahrheit erinnerte. Der Moment, vor dem sie solche Angst gehabt hatte, trat ein. Sie schnellte zurück ins Bewusstsein, und damit kam all der Schmerz wieder. Ihr Bauch verkrampfte sich, ihr Brustkorb wurde eng und machte ihr das Atmen schwer. Zitternd blickte sie über die Schulter zurück auf den Karren, auf dem Maredudds zugedeckter Körper lag. Erneut sah sie vor sich, wie er in Krämpfe verfallen war, ähnlich wie sie es bei Cadell gesehen hatte. Kalter Schweiß hatte seinen Körper bedeckt, und rote Bläschen waren aus seinem Mund getreten. Alles Flehen hatte an diesem Morgen nichts genützt, und jetzt, da sich die Sonne hinter der Burg niedersenkte, konnte sie immer noch nicht verstehen, wie all das nur hatte passieren können. Sie hatte es doch versprochen. Maredudd hätte derjenige sein sollen, der das Schicksal besiegte.

Die Bewohner der Burg wussten sofort, dass etwas nicht stimmte. Heute gab es keinen Jubel, keine Tänze, keinen Gesang. Das Tor öffnete sich, Menschen eilten mit besorgten Mienen herbei, fragten, was geschehen war, wurden mit traurigem Kopfschütteln bedacht. Eine unwirkliche Stille senkte sich über den Hof.

Isabel ließ sich mühsam aus dem Sattel gleiten, ihre Knie zitterten, und sie musste sich an der Mähne festhalten, um nicht hier, inmitten der Menge der durchs Tor hereindrängenden Armee, zusammenzubrechen. Ihre Haut schmerzte, wo das Feuer sie berührt hatte, und bei kleineren Anstrengungen verfiel sie immer noch in Husten, aber ihre Schwäche rührte nicht nur vom Kampf her. Der Verlust hatte ihr einfach jede Kraft genommen, jede Hoffnung.

Ein schriller Frauenschrei ließ sie zusammenzucken, und Isabel kniff die Augen zusammen. Sie wollte nur noch weglaufen, sich verstecken und nichts von alldem mitbekommen, aber sie zwang sich, die Lider zu öffnen. Eira drängte sich zwischen den Pferden hindurch, murmelte dabei immer wieder »Bitte nicht«. Männer wichen ihr respektvoll und mit trauernder Miene aus, und dann erreichte sie auch schon den Karren. Ihre Augen weiteten sich, wurden so riesig, sie schienen fast alles von ihrem blassen Gesicht einzunehmen. Eine Hand auf ihrem gewölbten Bauch sah sie mit blankem Entsetzen zum Kommandanten Iestyn auf. Dieser hatte sichtlich mit sich zu kämpfen, die Sehnen an seinem Hals traten scharf hervor, und sein Kiefer zuckte. Nie hatte sie diesen gestandenen Mann mit tränenunterlaufenen Augen gesehen, und es schien sogar, als zittere er, während er das Tuch zurückschlug und den Leichnam offenbarte, der notdürftig gewaschen und vom schlimmsten Ruß befreit worden war.

Eira begann zu schreien, so laut und herzzerreißend, dass Isabel glaubte zu ersticken. Immer wieder rief sie »Nein!«, rief Maredudds Namen, weinte und kreischte. Sie kletterte auf den Wagen, warf sich auf Maredudds Körper und umschlang ihn; ihr Weinen hörte einfach nicht auf. Es ließ die Schuld in Isabel nur noch lauter schreien. Sie hätte es verhindern müssen, hätte Maredudds Fehlen eher nachgehen müssen, hätte der Waliserin Rhian nicht trauen dürfen, hätte schneller sein müssen … Diese List war *ihr* Einfall gewesen, sie hatte gewusst, wie gefährlich es war, sich mit einer guten Handvoll Krieger in eine fremde Burg sperren zu lassen, sie hatte vom Stein von Calan Caef gewusst, und trotzdem hatte sie diesen Vorschlag gemacht. Die Siege an Maredudds Seite und die stets gelungenen Überfälle hatten sie überheblich gemacht, hatten ihr vorgegaukelt, unbesiegbar zu sein, unsterblich. Maredudd war ihr unsterblich vorgekommen, er war doch ein Held gewesen! Aber hieß es nicht, Helden waren dazu verdammt, jung zu sterben? Er war nur fünfundzwanzig Jahre alt geworden.

Isabel atmete tief durch, erlangte aber keine Erleichterung. Sie konnte Eiras Weinen nicht länger ertragen, musste fliehen, und so bahnte sie sich einen Weg durch die Menge. Sie wäre fast entkommen, ließ die Menschen hinter sich, als sie sich plötzlich Cadwgan gegenübersah – Maredudds und Eiras Sohn. Er stand am Rande des Hofes, völlig unbewegt, fast schon entrückt, und starrte zur heimgekehrten Armee. Mit seinen acht Jahren wirkte er noch so unschuldig und zart. Er hatte Maredudds dunkles Haar, aber Eiras sanfte Züge, die seine Kindlichkeit noch unterstrichen.

»Isabel?«, erklang seine liebliche Stimme, die ihr immer so viele Fragen zu ihren Geschichten gestellt hatte.

Isabel ballte die Hände zu Fäusten und zwang sich, stark zu sein, wenigstens noch für ein paar Momente. Sie hatte weder den Geliebten noch den Vater verloren. Ihr Schmerz war nichts im Vergleich zu dem der anderen. Mit angehaltenem Atem ging sie auf den Jungen zu und bemühte sich zu einer Miene, die Mitleid, Schuld und Leid heraushielt.

Cadwgan hob den Kopf und sah zu ihr auf, ernst, aber nicht zerstört wie seine Mutter. »Haben die Freinc meinen Vater umgebracht?«

Die Luft entwich ihrer Lunge, und beinahe hätte sie aufgeschluchzt. Sie presste die Lippen aufeinander und legte Cadwgan die Hand auf die Schulter. Ein abgehacktes Nicken war zuerst alles, was sie zustande brachte, bevor sie flüsternd hinzufügte: »Es waren die Flamen auf Gower.«

Cadwgan nickte, als würde er tatsächlich verstehen und als wäre die Welt für ihn kein großes Rätsel, so wie für alle anderen. »Das dachte ich mir schon. Männer sterben immer im Kampf.« Mit diesen Worten wandte er sich ab und ging zurück zum Turm, langsam und bedacht, aber er weinte nicht, ließ den Kopf nicht hängen.

Isabel konnte ihm nur hinterherstarren. Maredudd und Eira hatten ihren Sohn immer wieder auf Raubzüge mitgenommen, schon damals in Tenby war er in Nialls Obhut dabei gewesen, er wusste, was der Kampf bedeutete. Trotzdem war es ihr immer so vorgekommen, als interessiere er sich viel mehr für ihre Geschichten und Lieder als für Äxte, Speere und Bogen. Vielleicht weil er schon so früh gelernt hatte, was der Krieg wirklich bedeutete und wie weit entfernt er in Wahrheit von den Liedern lag.

Mit dem Gedanken an Tenby und Niall kam ihr nun auch unweigerlich Cadell in den Sinn. Sein Bild vor ihrem geistigen Auge gab dem Schmerz neue Nahrung. Bei seiner Rückkehr erwartete ihn die Nachricht vom Tod seines Bruders. Wie würde er das verkraften? Zu Rhys war sofort ein Bote aufgebrochen, um ihn nach Kidwelly zu holen, aber Cadell war nicht zu erreichen. Es war noch nicht einmal sicher, ob er noch lebte.

Isabel schüttelte den Kopf, verbat sich einen Blick zurück zum Karren, zu Eira, zu allen anderen und gab dem Drang nach, sich zu verstecken. Im Vorratshaus, zwischen den Leinensäcken kauernd, starrte sie ins Nichts, konnte nicht weinen, nicht an die letzte Nacht denken, sie wollte nur hierbleiben und niemanden sehen. Sie wagte es nicht, Eira unter die Augen zu treten und sich ihrem Vorwurf zu stellen. Eira würde Antworten verlangen, die Isabel nicht hatte. Wie war es nur dazu gekommen? Was hatten sie falsch gemacht? War das Vorhaben der Waliser tatsächlich zum Scheitern verurteilt? Stand Gott auf der Seite der Normannen, wie so viele behaupteten? Es hieß, der König von England wäre von Gott gesalbt, und jeder, der sich gegen den König stellte, stellte sich somit auch gegen Gott. Konnte es denn wahr sein? Aber was war mit dem britischen Volk? Gott konnte doch unmöglich wollen, dass es unter den Normannen versklavt und ausgelöscht wurde.

Bedienstete kamen immer wieder zu ihr herein, behelligten sie aber nicht, und so blickte sie auch nicht auf, als erneut das flackernde Licht einer Kerze ihr Versteck erhellte. Bis sich plötzlich jemand vor ihr niederkniete.

»Es heißt, du hättest Verbrennungen davongetragen.«

Beim Klang von Eiras Stimme fuhr sie hoch und starrte ihre Freundin im Licht der kleinen Flamme an. Eiras Augen waren gerötet und geschwollen, ihre Miene genauso leer, wie Isabel sich bislang gefühlt hatte. Doch jetzt kehrten die Emotionen zurück, sie konnte einfach nicht davor weglaufen, und die Tränen rannen ihr die Wangen hinunter. Sie schämte sich vor Eira. Es musste ihr verhöhnend vorkommen, hatte sie doch den größten Verlust erlitten.

»Ich bin hier, um dir zu danken.«

Isabel konnte sich nicht rühren. »Was?« Sie hatte Schuldzuweisungen, Verachtung und Hass erwartet, aber die Müdigkeit in Eiras Stimme war noch schlimmer.

»Sie sagen, du bist ins Feuer gelaufen, um ihn zu retten. Sie sagen, du wärest beinahe mit ihm verbrannt.«

Vielleicht wäre es besser gewesen. Jetzt kam ihr alles nur noch sinnlos vor. Wie sollte das Leben weitergehen? Nicht nur ihres, auch das der Briten? Der Frühling würde erneut Kämpfe mit sich bringen, der Sheriff würde wieder seine viel zu hohen Abgaben einfordern, und der neue König mochte den Eroberungsfeldzug seiner Vorfahren beenden wollen. Sie waren dem Untergang geweiht.

»Hast du Schmerzen?« Eira versuchte, ihren Blick einzufangen, aber Isabel wich ihr aus. Die Worte brannten wie Dornen, die sich durch ihren Hals schoben. »Ich habe es versprochen.« Jetzt sah sie doch noch auf, zwang sich, Eiras Blick standzuhalten, und schluckte gegen den Kloß in ihrer Kehle, der es ihr fast unmöglich machte zu sprechen. »Und ich habe versagt.«

Tränen flossen nun auch über Eiras Wangen und funkelten wie Bernstein auf ihrer vom Kerzenschein rötlich scheinenden Haut. Sie schüttelte den Kopf, konnte aber offensichtlich nichts mehr sagen. Auch Isabel blieb stumm, und so saßen sie da, bis die Kerze herunterbrannte und der Morgen anbrach. Es wurde Zeit, einen Fürsten zu beerdigen.

Zittrig und mit bleiernen Beinen bewegte Isabel sich zur Kapelle. Ihre Schwäche rührte nicht nur daher, dass sie die letzten beiden Tage so gut wie nichts gegessen hatte, schließlich war sie die Enthaltsamkeit gewohnt. Nein, eher war es das bevorstehende Aufeinandertreffen mit Rhys, das es ihr fast unmöglich machte, sich vorwärtszubewegen. Er wollte sie sehen, war ihr berichtet worden, was sie mit Angst und Unruhe erfüllte. Rhys hatte ihre Existenz in den letzten Jahren gerade mal zur Kenntnis genommen, aber wirklich kennengelernt hatte sie den hasserfüllten Jungen von Llansteffan nie. Eher war er ihr immer unnahbar und fremd vorgekommen, weniger zugänglich als seine Brüder. Aber sie konnte sich schon vorstellen, was Rhys ihr zu sagen hatte, und sie musste all ihre verbliebene Kraft sammeln, um die Tür zur Kapelle zu öffnen.

Der Geruch von Weihrauch umfing sie, der ihr immer tröstlich erschienen war, ihr heute aber Übelkeit bescherte. Das düstere Licht verschlimmerte den Schwindel, der sie seit Maredudds Tod begleitete, und auch hier sah alles aus, als liege ein Schleier über ihren Augen. Sie war hier, aber auch wieder nicht. Alles kam ihr vor wie ein Traum.

Einzig die hochgewachsene Gestalt, die aufrecht vor dem

Altar stand und zum Kruzifix hochblickte, war real. Die weiten Hosen in dunklem Grün und die hüftlange Tunika in einem etwas helleren Farbton unterstrichen seine schlanke Gestalt. Er hätte eine Statue sein können, so reglos hielt er sich, und Isabel überlegte, wieder umzukehren. Aber dann straffte sie sich: »Mein Herr Rhys.« Oder sollte sie ihn jetzt »Fürst« nennen? Im Grunde waren sie Familie und hatten nie besonders auf Förmlichkeiten geachtet. Die Müdigkeit drohte sie in die Knie zu zwingen.

»Du warst dabei«, hallte seine raue Stimme durchs Gewölbe. Sie kam ihr fremd vor, hatte nichts von Maredudds Sanftheit. »Ich will wissen, wie es geschah.«

Isabel rang ihre Hände, wagte es nicht, näher zu treten, und Rhys machte auch keine Anstalten, sie zu sich zu bitten, und so verharrte sie an Ort und Stelle. Sie wollte nicht darüber sprechen, kam seiner Aufforderung aber nach und fing an zu erzählen. Erst stockend, denn ihre Erinnerungen an den Plan und ihren Vormarsch waren verschwommen, aber von jenem Moment an, da sie die Burg von Llanrhidian betreten hatten, sah sie alles deutlich vor sich. Den Flamen Odo, dessen Blut sie bespritzt hatte, die walisischen Mädchen, den jungen Krieger mit dem Ziegenbart, der nicht gerade der Hellste gewesen war und mitgeholfen hatte, das Schicksal der Burg zu besiegeln … Sie redete und redete, lauschte ihrer in der Kirche nachhallenden Stimme, als wäre sie eine Fremde, und merkte erst, als sie bei jenem Part angekommen war, da ihr die Sinne in der Halle geschwunden waren, dass Rhys sich zu ihr umgedreht hatte. Seine grünen Augen funkelten wie zwei Smaragde im Kerzenschein, sein schwarzes Haar und der Oberlippenbart glänzten wie Seide. Rhys mochte der schönste der Brüder sein, aber sein scharf gezeichnetes Gesicht und der leere Blick ließen ihn trotz seiner Jugend alt wirken.

Abrupt verstummte sie und sah ihn nur noch an. Ihm war nicht anzumerken, wie er den Tod seines Bruders aufnahm.

Schon als er in den Hof von Kidwelly geritten war, hatte sie seinen Ausdruck nicht zu lesen vermocht. Er war ernst gewesen, ja, aber eher nichtssagend als von Trauer gezeichnet. Schweigend hatte er sich zu Maredudds Leichnam führen lassen, ehe dieser beerdigt worden war. Auch jetzt konnte Isabel ihm keine Gefühle anmerken, was sie nervöser machte, als wenn er sie für ihre Mitschuld verdammte. Oder war er gar froh, nun alleiniger Herrscher über das umkämpfte Land seiner Vorfahren zu sein? Nun war er der Fürst über das, was noch übrig war, damit lag aber auch die Verantwortung auf seinen Schultern. Sie kannte ihn zu wenig, um zu sagen, was in ihm vorging, und da sie das Schweigen nicht länger ertrug, fuhr sie mit ihrer Erzählung fort: »Dann kamen Männer aus der Armee, sie trugen uns hinaus. Meine Erinnerung daran ist …«

Plötzlich hob Rhys die Hand und ließ sie damit innehalten. Er wandte sich wieder dem Altar zu, und Isabel sah, wie er tief einatmete. Seine breiten Schultern bebten. Es war ein Moment der Schwäche, ehe er sich wieder straffte und sich zurück in eine Statue verwandelte, aber es machte ihn menschlicher.

»Was willst du jetzt tun?«, fragte er in die Stille.

Isabel sah ihn nur an, wusste nicht, was er meinte, als er ihr über die Schulter einen Blick zuwarf: »Cadell ist fort, Maredudd tot. Zu deiner Familie kann ich dich nicht lassen, solange der Sheriff lebt …«

»Ich will auch nicht zurück.«

Rhys nickte und sah wieder zum Kruzifix auf. »Ich gab Cadell dasselbe Versprechen wie Maredudd. An meinem Hof hast du ein Zuhause, aber die Zeiten, in denen du ausgeritten bist, um Freincs in die Falle zu locken, sind vorbei. Die Gefahr, dass deine Leute dich kriegen, ist zu groß. Ich kann mir jetzt keine rachsüchtigen Geraldines leisten und auch keinen erstarkten Sheriff. Von jetzt an bleibst du hier und stickst, so wie alle anderen Frauen auch. Ich habe ein Fürstentum zurückzugewinnen.«

»Und wie willst du das anstellen?«, fragte sie frei heraus, von seinem Befehl etwas gereizt.

Rhys sagte nichts, sah weiter zum gekreuzigten Herrn auf, als erwarte er sich von ihm eine Antwort. »Ich bin der Letzte«, hörte sie ihn schließlich leise sagen, und sie wusste nicht, ob er zu ihr, Gott oder mit sich selbst sprach. Ihr wurde das Herz schwer, und sie fragte sich, ob er lieber allein sein wollte, doch er fuhr schon fort: »Zuerst meine Mutter mit meinen Brüdern Morgan und Maelgwyn, hier ganz in der Nähe. Dann mein Vater. Dann Anarawd durch den Verräter aus dem Norden. Dann Cadell bei diesem heimtückischen Überfall der Freinc. Und jetzt auch noch Maredudd. Unsere Familie – ausgelöscht. Einer nach dem anderen. Nur noch ich bin übrig.«

»Cadell ist nicht tot.«

Rhys fuhr zu ihr herum, seine dunklen Augenbrauen zogen sich zusammen, und die Smaragde in seinem Blick funkelten sie an. »Nur noch ich bin übrig«, wiederholte er, jede Silbe betonend, und Isabel sah, wie er die Hände zu Fäusten ballte. Da war er wieder, der jähzornige Junge von einst, und sie hatte Mitleid mit ihm.

»Du bist nicht allein«, sagte sie sanft, denn sie wusste, in diesem Moment war er nicht wütend auf sie, sondern auf das Leben. Sie kannte das Gefühl. »Anarawds Sohn Einion ist der Kommandant deiner Kriegstruppe und, wie mir scheint, ein treuer Freund. Maredudds Sohn ist hier – du musst nur ein paar Schritte gehen, um bei ihm zu sein. Deine Eltern und Brüder sind fort, aber du bist nicht allein. Deine Familie ist jetzt ein ganzes Volk.«

Rhys sah sie an, und sie erwiderte seinen Blick. In diesem Moment kam er ihr nicht mehr so fremd vor, so unnahbar. Er war vier Jahre alt gewesen, als seine Mutter und zwei seiner Brüder getötet worden waren, fünf, als sein Vater fiel. Mit elf verlor er einen weiteren Bruder, mit vierzehn kämpfte er bereits um das verlorene Land seiner Vorväter – Isabel erinnerte sich an das Blut auf seinem Gesicht in Llansteffan. Jetzt war er dreiundzwanzig, und er hatte recht – er war momentan als Einziger übrig. Wie lange würde es dauern, bis auch er fiel? Bis der Letzte der Linie ausgelöscht war? Es gab immer noch Einion ap Anarawd und Cadwgan ap Maredudd. Auch Rhys hatte bereits Kinder, wie sie wusste. Aber mit jedem weiteren Erben, der fiel, mit jeder weiteren ausgelöschten Generation wurde die Sache der Briten schwächer. Die Normannen gewannen.

In diesem Augenblick, so schien es ihr, dachten sie dasselbe, denn plötzlich straffte Rhys sich und sah sie mit völlig klarem Blick an. Entschlossenheit ging von ihm aus, die auch Isabel ein Stück weit aus dem Nebel zog. »Ich werde Deheubarth wiedervereinen.«

»Wie?«

Fast schon belustigt hob er eine Augenbraue, als könne er nicht glauben, dass sie eine Antwort erwartete. Rhys war nicht gerade dafür berühmt, mit Frauen über Politik zu sprechen, dafür setzte er wohl zu gerne Kinder in die Welt. Aber nachdem sie ihm eine Weile unbeugsam in die Augen geblickt hatte, schien er es sich anders zu überlegen. Mit einem leisen Schnauben zuckte er die Schultern. »Isabel FitzWilliam de Carew, Angehörige einer der mächtigsten Familien dieser Gegend, will wissen, wie ich ihr Volk zu vernichten gedenke.«

»Wenn du mir nicht traust …«

»Nimm es nicht als Beleidigung, ich traue so gut wie niemandem.«

»Dann wirst du verlieren.«

Sein Blick verdüsterte sich, aber sie konnte nicht an sich halten. Es war ihr egal, dass er Frauen auf die Freuden zwischen ihren Schenkeln reduzierte und sie einzig als Gefäß für weitere Kinder sah, denn er würde sich jetzt anhören müssen, was diese Frau hier in der Kapelle zu sagen hatte. »Wenn du die Freinc besiegen willst, musst du etwas ändern. Dein Vater blieb erfolglos, und deine Brüder scheiterten ebenfalls. Du musst dir etwas Neues ausdenken. Cadell versuchte es mit Bündnissen und einem Gebiet nach dem anderen. Maredudd mit Nadelstichen durch seine Überfälle. Ihr habt Land dazugewonnen, aber wie willst du es halten? Wie willst du auch noch den Rest gewinnen?«

»Mir wird schon etwas einfallen«, erwiderte er leichthin.

Isabel sah ihn an, und er sah sie an, und plötzlich mussten sie beide lachen. Es war kein sonderlich fröhliches Lachen, eher müde und auch etwas bitter, aber Isabel hätte nicht gedacht, jemals wieder dazu fähig zu sein. Sie wusste, dass Rhys sie im Grunde nicht leiden konnte. Für ihn wäre sie wohl immer eine Freinc, und jetzt, da seine Brüder nicht mehr da waren, sah er sie wohl nur noch als Last. Aber in diesem Moment konnte sie ihn in seiner Trauer verstehen, und ihr Ziel des wiederhergestellten Deheubarths vereinte sie.

»Ich kann nicht mit Frauen befreundet sein«, sagte er plötzlich, als hätte er ihre Gedanken erraten. Mit einem resignierten Seufzen fuhr er sich über den Oberlippenbart und lehnte sich gegen einen der Stützpfeiler, der das Dach trug. »Mein Ruf, was Frauen betrifft, ist dir sicher nicht entgangen. Ich bin nicht wie Maredudd, der Kampfgefährtinnen, Beraterinnen und Verbündete in ihnen sieht, oder Cadell, der sich mit freundschaftlicher Verbundenheit und Dankbarkeit zufriedengibt. Ich bin einfacher gestrickt. Vielleicht sind wir beide uns deshalb fremd. Ich mache mir nicht die Mühe, eine Frau näher kennenzulernen, die ohnehin nicht für mich zu haben ist. Aber wie du schon sagtest: Es ist Zeit für Veränderungen. Ich bin nicht mehr der Junge von einst, und ich muss meine Leute beschützen. Ich sehe, dass du, Isabel, eine Frau, vielleicht ein paar Antworten für mich hast. Du bist eine Freinc, kennst ihre Geheimnisse und bist nicht auf den Kopf gefallen. Du könntest mir dabei behilflich sein, dieses Land wieder stärker zu machen. Du hast dich bereits als nützlich erwiesen, und du wirst es weiterhin tun – auf eine für mich sichere Weise. Ich habe nicht vor, mich umbringen zu lassen oder auch noch den Rest meines Landes an die Freinc und Flamen zu verlieren. Ich werde das Fürstentum meines Großvaters wiederherstellen, koste es, was es wolle.«

Isabel nickte langsam und sah ihm in die Augen. »Ich kenne dich nicht gut, aber ein paar Dinge weiß ich doch: Du bist jähzornig, voller Hass und Rachsucht – vermutlich sogar gerechtfertigt. Du bist auch ein Hurenbock. All das wird dir bei deinem Vorhaben nicht zugutekommen. Und trotzdem werde ich, eine Frau, dir meine Freundschaft nicht verwehren, wann immer du bereit bist, sie anzunehmen.«

Rhys' Augenbrauen flogen in die Höhe, und der eben angesprochene Jähzorn zeigte sich augenblicklich in der leichten Röte auf seinen Wangen und dem Blitzen seiner Augen. Aber Isabel ließ sich nicht mehr so leicht einschüchtern. Sie hatte bereits zu vielen Kriegern standgehalten, zu viele Kämpfe miterlebt, um vor dem hasserfüllten Jungen von Llansteffan zurückzuschrecken. Also hob sie die Hand und ließ ihn gar nicht zu Wort kommen. Stattdessen ging sie auf ihn zu und baute sich vor ihm auf. Eine fast schon vergessene Kraft ergriff sie, die sich nach den Tagen der Schwäche berauschend anfühlte. Vielleicht war die Sache der Briten doch noch nicht verloren. Es gab immer noch Rhys. »Du brauchst nicht wütend zu werden, nur weil es eine Frau ist, die dir sagt, was du selbst nur zu genau weißt. Und wenn du es nicht weißt, dann solltest du schleunigst die Augen aufmachen und erkennen, wer du bist, bevor jemand anderes deine Schwächen nutzt. Ich weiß, du hast Geduld, bist nicht wie Maredudd, der immer sofort etwas unternehmen musste und gegen das Gefühl der Machtlosigkeit in kleineren Überfällen kämpfte. Ich weiß, du siehst das Ganze, und deinen Worten entnehme ich, dass du bereit bist, über deinen Schatten zu springen. Denn wenn du ein Fürst sein willst, brauchst du alles: Cadells Sinn für Bündnisse und Durchhaltevermögen in der zermürbenden Aufgabe, ein Ziel nach dem anderen zu erreichen. Maredudds Leidenschaft für sein Volk und seine Aufopferungsbereitschaft. Aber vor allem brauchst du das, was die Freinc haben.«

Rhys strich sich über sein Kinn. »Ich brauche noch mehr Burgen.«

»Du brauchst nicht nur dort Burgen, wo die Freinc welche erbauen und du sie ihnen abnimmst. Du musst selbst welche errichten, an den Orten, die für *dich* wichtig sind. Es reicht nicht, sich in gemachte Häuser zu setzen. So haben die Freinc in diesem Land nicht Wurzeln geschlagen.«

»Burgen kosten Geld, sie brauchen Männer, die sie bauen, Männer, die wissen, was sie tun. Kein Brite weiß, wie man eine freincische Burg erbaut.«

»Die Flamen sind Meister im Burgenbau.«

»Und sie werden für mich eine errichten?« Ungeduldig stieß er sich vom Stützpfeiler ab und begann, vor dem Altar auf und ab zu gehen.

»Es wird sich ein Baumeister finden lassen«, sagte Isabel, »in England oder von weiter her.«

»Burgen sind nicht das Einzige, was ich brauche. Wenn ich die Freinc besiegen will, muss ich sie mit ihren eigenen Waffen schlagen. Ich brauche Streitrösser und Rüstungen für eine ordentliche Kavallerie in ebenem Gelände, während meine leicht gerüsteten Bogenschützen immer noch einen entscheidenden Vorteil in den Wäldern herausholen können. Ich brauche die Kirche auf meiner Seite, muss Abteien und Nonnenklöster stiften, ehe die Freinc sich auch noch diesen Bereich völlig einverleiben.«

»Mit einem Nonnenkloster würdest du bestimmt ein Zeichen setzen. Soweit ich weiß, gibt es bislang kein einziges in britischem Land.«

Rhys zuckte mit den Schultern. »Bei uns ist es nicht üblich, Mädchen fortzuschicken und unterrichten zu lassen. Nonnen sind etwas Englisches und Freincisches. Aber sie könnten unserem Zweck dienen.«

»Du brauchst auch Verbündete«, warf Isabel ein. »Meine Familie ist stark, denn sie hält zusammen. Du und deine Brüder wart stark, jeder kümmerte sich um einen Teil des Reiches, und so konntet ihr euch gegen die Freinc behaupten. Aber jetzt bist du allein, Rhys. Du brauchst jemanden an deiner Seite.«

»Ich kann niemandem trauen. Mein Onkel Owain in Gwynedd und sein Sohn, der Poetenprinz, würden mir jederzeit in den Rücken fallen, wenn es ihnen dienlich ist. Sie wollen Ceredigion und werden jetzt, da Maredudd tot ist, nicht zögern, es sich zu nehmen. Und Powys steht zu den Freinc. Wir haben vor zwei Jahren versucht, Madog auf unsere Seite zu holen, aber sein Land grenzt direkt an England, und es ist bequemer und sicherer für ihn, den Freinc zu folgen.«

»Ja, und als Strafe für seine Abweisung habt ihr Teile seines Landes verwüstet.« Isabel schüttelte den Kopf. »Gwynedd mag dir im Moment wirklich nicht viel nützen, denn es ist allein für sich bereits stark. Aber mit Powys nimmst du den Freinc einen Verbündeten weg und zeigst auch Gwynedd, dass du nicht allein bist … Vielleicht solltest du auch darüber nachdenken zu heiraten.«

Rhys fuhr zurück, als hätte sie ihn geschlagen, was sie auflachen ließ. »Was? Du willst ein ganzes Land zurückerobern, fürchtest dich aber vor einer Ehefrau?«

## Carmarthen, Südwestwales, Sommer 1155

»Aber diese Menschen müssen geschützt werden!« Isabel lief hinter Rhys her in die Halle und kümmerte sich nicht um die Blicke der Bediensteten oder Krieger. Sie waren es gewohnt, dass Isabel sich eher ungewöhnlich benahm und auch nicht darauf achtete, diskret und leise zu sprechen. »Sie haben alles verloren, weil sie treu zu dir stehen, es ist deine Aufgabe, dich um sie zu kümmern!«

Rhys warf ihr einen ungeduldigen Blick über die Schulter zu und schritt weiter zum Podest, was Isabel nur noch aufgebrachter machte. Sie raffte ihre Röcke, holte Luft, um loszuschimpfen, als Rhys' frischgebackene Gemahlin Gwenllian von der Treppe her kam und sofort zu ihm eilte.

Zornig blieb Isabel stehen und stemmte die Hände in die Seiten. Jetzt, da Gwenllian ihn in die Finger gekriegt hatte, würde es dauern, bis sie wieder von ihm abließ. Ohne Scheu oder Scham warf sie ihre Arme um Rhys' Hals und küsste ihn fest auf den Mund. Isabel konnte sich nicht erinnern, eine Braut in einer politisch geschlossenen Ehe je glücklicher gesehen zu haben. Natürlich, Rhys war jung und gutaussehend, zudem der mächtigste Brite in Südwales, aber vor gar nicht allzu langer Zeit hatte er noch das Land ihres Vaters angegriffen. Gwenllian war die Tochter des Fürsten von Powys und die Besiegelung eines Bündnisvertrages. Madog wagte es immer noch nicht, sich gegen die Freinc zu stellen, aber er besorgte Rhys erfahrene Baumeister für normannische Burgen sowie Rüstungen und

Streitrösser als Mitgift. Dafür versprach Rhys, das Land seines Schwiegervaters zukünftig in Ruhe zu lassen und nicht mehr bei Raubzügen heimzusuchen. Es war ein wackeliger Friede zwischen den beiden Fürsten, den die junge und verliebte Gwenllian besiegelte.

»Ich sehe, du warst nicht schnell genug.« Eira trat an Isabels Seite, ihre Tochter Anwen auf den Armen, den Blick auf Rhys und Gwenllian gerichtet. »Du hättest mit ihm reden sollen, bevor sie ihn erwischt.«

»Glaube mir, das habe ich versucht, aber Rhys war zu bestrebt darin, seine Gemahlin zu erreichen. Als wäre er ein Jahr fort gewesen und nicht nur ein paar Tage.« Sie hielt inne, ließ ihre Worte in ihrem Kopf nachklingen und erkannte, dass sie den schneidenden Tonfall in ihrer Stimme verabscheute. Sie klang eifersüchtig. Und was noch viel schlimmer war: Sie fühlte sich eifersüchtig. Das junge Liebesglück versetzte ihr einen Stich im Bauch, erfüllte sie mit einer Sehnsucht, die sie schon lange vergessen hatte oder noch nie richtig gekannt hatte. Hunger und Durst, aber nicht nach Brot und Wasser. Sie brauchte etwas anderes, und das Wissen, dass Rhys seiner Gwenllian nicht eine Minute treu war, mischte Zorn in diese giftigen Emotionen, die sie seit neuestem heimsuchten. All das zwischen Rhys und Gwenllian war ein Schauspiel, Gefühle, die nicht richtig gewürdigt wurden, während Maredudd und Eira durch echte Liebe verbunden gewesen waren – Isabel sehnte sich nach einer solchen Verbundenheit. Von Tag zu Tag wurde der Wunsch nach einer Umarmung, nach Halt stärker, danach, jemandem wirklich wichtig zu sein und jemanden zu haben, der ihr wichtig war. Mit Maredudds Tod schien ihr einfach alles entglitten zu sein, sie wusste nicht mehr, wer sie war, und obwohl Eira und sie sich nahestanden, fehlte Isabel etwas.

»Du brauchst einen Ehemann«, beschied Eira ohne jede Belustigung und bewies damit, dass Isabels Ton auch ihr nicht entgangen war. »Oder wenigstens einen Geliebten. Gibt es hier niemanden, der dir gefällt? Du bist frei und kannst machen, was du willst. Das können nicht viele Frauen von sich behaupten. Cadell machte dir damit ein großes Geschenk. Seine Familie wird sich immer um dich kümmern.«

»Ich will nicht, dass man sich um mich kümmert«, sagte sie leise. Sie wollte eine eigenständige Persönlichkeit sein, suchte aber immer noch nach ihrem Platz auf dieser Welt. Sie wollte keine Almosen und lieber ihren Beitrag leisten. An Maredudds Seite hatte sie das Gefühl gehabt, etwas zu tun, aber jetzt trieb sie wieder in der Leere. Und was die Männer hier anbelangte … Sie mochte viele von ihnen, vor allem jene, die einst Maredudd eidverbunden gewesen waren. Aber keiner von ihnen löste das in ihr aus, was sie in den Geschichten gehört und bei Eira und Maredudd beobachtet hatte. Wenn sie diese Männer ansah und sich vorstellte, ihre Lippen auf den ihrigen zu spüren, fühlte sie gar nichts. Vielleicht leises Unbehagen und einen Hauch von Ekel. Zu präsent waren nach all der Zeit immer noch der Kuss mit Ralph und die Geborgenheit, die sie in seinen Armen gespürt hatte. Sie hatte ihm bedingungslos vertraut, und allein beim Gedanken an ihn erschienen ihr all diese Krieger um sie herum wie Schattenbilder. Seit sie hier auf Carmarthen lebte, der zurzeit am besten befestigten Burg in Rhys' Besitz, drängte sich Ralph häufig in ihre Gedanken. Sonderbar, hatte sie es davor doch geschafft, ihn aus ihrem Herzen zu verbannen. Rhys' und Gwenllians Anblick, ein unfreiwilliges Ehepaar, das sich doch gegenseitig Glück zu schenken vermochte, ließ die Frage in ihr aber zu laut schreien, ob sie selbst jemals solche Sicherheit erfahren würde. Oder war sie dazu verdammt, für immer haltlos zu treiben, von einer Identität zur nächsten, nie dahinterkommend, wer sie wirklich war? Die Geraldine-Geisel? Cadells mögliche Verlobte? Eine Geschichtenerzählerin? Eine Rebellin? Maredudds und Rhys' Cousine?

»Großartig«, riss Eiras Schnauben sie aus ihren düsteren Gedanken. »Jetzt gehen sie hoch und werden so schnell nicht wiederkommen. Wenn die erst einmal ineinander verkeilt sind …«

»… werden die Menschen da draußen bis zum nächsten Frühling auf Gerechtigkeit warten und im Winter verhungern.« Isabel schüttelte entschieden den Kopf.

»Mein Fürst!«, rief sie laut und deutlich und eilte dem Ehepaar hinterher. Sie holte die beiden am Fuße der Treppe ins Obergeschoss ein, schlüpfte an ihnen vorbei und versperrte ihnen mit einem aufgesetzten Lächeln, das gar nicht den Anspruch auf Natürlichkeit erheben sollte, den Weg.

»Isabel«, stieß Rhys aus, der sich auch nicht die Mühe zu falscher Freundlichkeit gab. »Kann das nicht warten?«

»Bedauerlicherweise, nein.«

»Liebe Isabel«, mischte sich da Gwenllian ein. Mit ihrem lieblich-runden Gesicht und dem Kirschmund sah sie zu Isabel hoch. Der weiße aufgetürmte Schleier verbarg ihr dunkles Haar fast zur Gänze; Gwenllian trug ihn aber voller Stolz. »Mir ist bewusst, wie sehr du deinen Vetter vermisst hast, während er fort war, um …« Sie runzelte die Stirn und sah hilfesuchend zu ihrem Gemahl hoch, konnte sie sich doch nie merken, welche Aufgaben ihn von ihr fortführten.

»… die Ausbauarbeiten in Dinefwr zu überprüfen«, half Isabel ihr auf die Sprünge und warf an ihr vorbei einen Blick zu Eira, die mit deutlicher Belustigung dastand und sacht das Hinterteil ihrer Tochter klopfte.

»Genau!« Gwenllian, die zwar nicht mit demselben Verstand wie ihre Namensvetterin, Rhys' Mutter, gesegnet war, dafür aber ein großes und offenes Herz hatte, schmiegte ihre Wange an Rhys' Arm. Dabei sah sie so zufrieden mit sich und der Welt aus, dass Isabel erwog, die beiden in Ruhe zu lassen. Aber die Angelegenheit war zu dringend. »Ich weiß, du hast deinen Vetter vermisst«, nahm Gwenllian den Faden schließlich wieder auf, »aber mir ergeht es nicht anders, und ich habe beschlossen, meinen Gemahl jetzt eine Weile für mich zu beanspruchen. Du kannst später immer noch mit ihm sprechen, davon geht die Welt nicht unter.«

Rhys grinste breit, was ihn einen Moment lang wie den Jüngling aussehen ließ, der er in Wirklichkeit war, und zog seine Gemahlin etwas näher zu sich. Er wollte sie an Isabel vorbeischieben, aber Isabel trat zur Seite und versperrte ihnen erneut den Weg.

»Rhys«, sagte sie eindringlich, »die Freinc, die St. Clears im Auftrag des Sheriffs wiederaufbauen, haben zwei Gehöfte in der Nähe angegriffen. Sie ließen die Männer zusehen, wie sie die Frauen vergewaltigten, nahmen alles mit sich, was sich tragen ließ, und brannten die Hütten nieder. Diese Menschen haben nichts mehr! Und sie sind nicht die Einzigen. Die Überfälle häufen sich wieder.«

»Und was soll ich deiner Meinung nach tun?« Jedes Lächeln war aus seinem Gesicht gewichen, und er hätte sie nicht zorniger ansehen können. »St. Clears liegt nur zwei Stunden von hier entfernt, die Freinc bauen mir eine Burg vor die Nase, und will ich behalten, was mir gehört, muss ich befestigen, was ich habe. Soll ich Männer zu einem sinnlosen Rachefeldzug ausschicken und gegen eine Übermacht anlaufen lassen?«

»Gib den Menschen ein Zuhause, gib ihnen Vorräte, ansonsten werden sie nicht überleben.«

Rhys sah auf sie hinab, so angespannt, dass die Sehnen an seinem Hals wie geflochtene Stricke hervorstanden. Dann packte er plötzlich ihren Arm, ignorierte den erschrockenen Aufschrei seiner Gemahlin und zerrte sie die Treppe hoch in sein Gemach. Grob schubste er sie hinein und warf die Tür hinter sich zu.

»Es reicht, Isabel! Ich habe genug davon, dass du und Eira mir wegen jedes Bauerns in den Ohren liegt. Es gibt Größeres, um das ich mich kümmern muss!«

»Diese Bauern sind *deine* Leute, Rhys! Sie haben ein Recht auf deinen Schutz! Wenn du das Herz und die Zustimmung deines Volkes verlierst, dann …«

»Und ich werde sie schützen, wenn mein Land gesichert ist. Aber solange jeder von allen Seiten einfallen kann, ist das nicht möglich! Ich muss meine Burgen verstärken und neue bauen, aber dafür brauche ich Männer, und es kostet Geld! Verstehst du das denn nicht? Ich kann nichts entbehren.«

»*Du* verstehst nicht!« Nur schwer konnte sie sich davon abhalten, ihn zu packen und zu schütteln oder mit ihren Fäusten gegen seine Brust zu donnern. »Jetzt, da Maredudd tot ist, testen die Freinc und Flamen, wie weit sie bei dir gehen können! Sie plündern vor deiner Nase, und solange du nichts dagegen unternimmst, werden sie dich als schwach einstufen und immer weitermachen. Du wirst nicht einmal halten können, was deine Brüder dir erkämpften, wenn du deinen Feinden zeigst, dass du dein eigenes Volk nicht schützen kannst. Die Freinc nutzen dies bereits, aber bald wird auch dein Onkel Owain Gwynedd erkennen, dass du kein Gegner für ihn bist.«

»Soll er es doch versuchen. Wenn ich mein Land erst mal verstärkt habe, wird es niemand mehr wagen, hier einzufallen.«

»Und wie viele werden bis dahin sterben? Du kannst sie nicht einfach als Opfer in deinem Streben nach Größerem abtun. Du willst Deheubarth wieder unter dir vereinen, und auf dem Weg dahin bist du bereit, ein paar einfache Leute zurückzulassen. Du glaubst, der Zweck heiligt deine Mittel, aber das ist nicht so! Maredudd hat es verstanden, er wusste, dass sein Volk über alles geht, dass der Kampf an zweiter Stelle kommt und zuerst die Versorgung, aber du …«

»Maredudd ist tot!« Rhys machte zwei schnelle Schritte auf sie zu, und Isabel konnte sich gerade noch zusammenreißen, um nicht vor seinem zornigen Ansturm zurückzuweichen. Jetzt sah er aus, als hätte er nicht übel Lust, *sie* zu schütteln. »Euer strahlender Held ist tot, verstehst du? Seine Fürsorge, seine unüberlegten Angriffe, seine Ungeduld brachten ihn ins Grab! Er ist tot!« Zitternd und mit glänzenden Augen starrte er auf sie hinab, und Isabel starrte zurück. Der Schmerz hinter dieser Wahrheit traf sie immer noch wie ein Peitschenhieb, und dass es Rhys genauso erging, ließ sie augenblicklich verstummen. Sie verstand seine Beweggründe, aber das hieß nicht, dass sie die Menschen einfach im Stich lassen konnte. Sie hatte ihre geschundenen Leiber gewaschen, als sie völlig zerstört in Carmarthen eingetroffen und um Zuflucht gefleht hatten. Sie hatte gemeinsam mit Eira versucht, den Kindern mit Spielen das Entsetzen aus den Augen zu nehmen, aber das reichte nicht.

»Maredudd stürmte stets sofort los, wenn es eine Ungerechtigkeit wiedergutzumachen gab«, fuhr Rhys leiser und gepresst fort, »er verharrte nicht ein einziges Mal, um einen günstigeren Zeitpunkt abzuwarten, eine Kampfsaison auszusetzen, um zu erstarken und dann im darauffolgendem Jahr mit aller Macht zuzuschlagen. Er hatte nicht die Geduld dazu.«

»Er hatte nicht das Herz dazu«, erwiderte Isabel. »Untätig zuzusehen, wie Menschen, für die er die Verantwortung trägt, leiden, konnte er nicht mit ansehen. Du hast gar kein Recht, dich Fürst zu nennen.«

Nach Luft schnappend fuhr er zu ihr herum, und einen Moment lang glaubte sie, er würde sie schlagen, aber in diesem Moment flog die Tür auf, und Eira trat mit ihrer Tochter auf dem Arm herein.

»Ich werde nicht alles, was Maredudd aufbaute, wofür er einstand, von dir zerstört sehen, Rhys«, sagte sie, deutlich um Ruhe bemüht, ihre grauen Augen blitzten aber wie eine gezückte Klinge, »errichte du deine Burgen, und besetze sie mit ganzen Armeen, aber ich werde denen, die sich nicht selbst helfen können, geben, was sie zum Überleben brauchen. Und wenn ich es mir persönlich von den Freinc hole.«

»Rede keinen Unsinn, Eira. Geht jetzt beide, ich kann dieses Geschwätz nicht mehr hören.«

»Nein.« Eira trat vor ihn hin. »Tu meine Worte nicht ab, als wären sie das belanglose Gerede einer Frau. Ich meine es ernst. Ich werde Maredudds Werk fortführen, und wenn ich allein in den Kampf ziehen muss.«

»Du wirst nicht allein sein«, warf Isabel ein und gesellte sich demonstrativ an Eiras Seite. »Wir sind zu zweit, und wir werden noch ein paar Schützen finden, die uns Rückendeckung geben. Mit ein paar kleinen Truppen von Räubern werden wir schon zurechtkommen.«

Rhys sah zwischen ihnen hin und her und schnaubte verächtlich, als sein Blick über Eira glitt. »Und ich soll euch ernst nehmen? Hast du solche Sehnsucht nach meinem Bruder, dass du ihm in den Tod folgen willst, Eira? Denkst du denn gar nicht an deine Kinder?« Er wies auf die kleine Anwen in Eiras Armen, und einen flüchtigen Moment lang spiegelte sich ehrliche Sorge in seinem Blick. »Willst du sie zu Waisen machen?«

»Ich denke nur noch an meine Kinder«, zischte Eira zwischen zusammengebissenen Zähnen, »sie sollen den Unterschied zwischen Richtig und Falsch vorgelebt bekommen. In mir werden sie jemanden haben, zu dem sie aufsehen können, während sich ihr Onkel hinter neu errichteten Bollwerken verschanzt. Deine Mutter hatte mehr Mumm als du, Rhys. Sie zögerte nicht, gegen ihre Feinde zu ziehen.«

»Meine Mutter ist tot, Eira! Maredudd ist tot, all eure Helden sind tot, und bald werdet ihr beide dazugehören. Gib deinen Kindern jemanden, zu dem sie aufsehen können, sie werden sich an deinem Grabe deiner erinnern.«

»Wenigstens wird man sich an mich erinnern.« Eira wollte sich abwenden, aber Rhys legte ihr die Hand auf die Schulter.

»Ich kann diesen hirnrissigen Einfall nicht erlauben.«

»Du musst nicht auf uns aufpassen.« Plötzlich klang Eira ungewöhnlich sanft. Sie legte ihre Hand auf Rhys' Wange und sah ihm mit fast schon so etwas wie Zärtlichkeit in die Augen. »Ich weiß zu schätzen, dass du uns beschützen willst. Ich weiß auch, dass du ein guter Fürst sein willst. Aber wir müssen unseren Beitrag leisten können. Halte uns nicht auf.« Sie sah ihn noch einen Moment lang an, dann wandte sie sich ab, und Isabel folgte ihr hinaus, wo Gwenllian ihnen vor der Treppe den Weg verstellte.

»Komm mir jetzt nicht dumm, weil ich deinem Gemahl die Meinung gesagt habe, Gwen.« Eira hob warnend die Augenbrauen und warf sich ihr silbriges Haar zurück hinter die Schulter, als mache sie sich bereit zu einem Kampf.

Gwenllian sah zwischen Isabel und Eira hin und her, dann fiel ihr Blick auf die kleine Anwen. »Das hatte ich nicht vor, Eira. Denn ich finde, ihr habt recht. Ich kann nicht mit euch reiten – Rhys würde es nicht erlauben, und was mein Vater dazu sagen würde, möchte ich mir gar nicht vorstellen. Er würde mich wohl gleich zurückholen. Außerdem bin ich, wie ihr bestimmt wisst, nicht zum Kämpfen geschaffen. Ich kann dir nur anbieten, mich um deine Kinder zu kümmern. Ich werde sie mit meinem Leben beschützen, denn sie sind von Maredudds Blut, und Rhys liebte seinen Bruder wie nichts sonst auf der Welt.« Ihr Blick wurde in sich gekehrt, als sie an ihnen vorbei zur geschlossenen Tür ihres Gemachs blickte. »Er träumt vom Tod aller, die er verloren hat, ruft nachts ihre Namen …« Sie schüttelte den Kopf, wie um diese düsteren Erinnerungen abzuschütteln, und sah wieder zu Eira hoch. »Ich werde mich um die beiden kümmern, wenn du mich lässt.«

Eira atmete tief durch, sie kämpfte sichtlich um Fassung, dann schlang sie ihren freien Arm um Gwenllian und küsste sie auf die Wange. »Ich danke dir.«

Isabel hatte gedacht, in ihrer Zeit mit Maredudd bereits alles gesehen zu haben und dass sie nichts mehr schrecken konnte. Aber als sie von einer sanft abfallenden Anhöhe auf die Kate einer Schäferfamilie hinunterblickte, war sie einen Moment lang wie erstarrt. Der Rauch, den sie hatten aufsteigen sehen und der sie über die Hügel hierhergeführt hatte, war das erste Zeichen gewesen. Eine halbe Meile entfernt war ihnen dann ein einzelnes Schaf über den Weg gelaufen, und jetzt hatten sie die Grausamkeit der normannischen Eindringlinge vor sich.

»Lasst uns sehen, ob jemand überlebt hat«, brach Eira das bedrückte Schweigen und schlug die Fersen in den Bauch ihres Ponys. Isabel folgte ihr, genauso Iestyn, der einstige Kommandant von Maredudds Kriegstruppe, sowie eine Handvoll Bogenschützen. Die Männer hatten sich ihnen angeschlossen, um Maredudds Werk fortzuführen. Sie waren noch nicht lange als eigene kleine Kriegsbande unterwegs, bislang hatten sie die verstreuten Bauern, Hirten und Fischer besucht, um zu sehen, ob alles in Ordnung war. Doch nun wurden sie mit Asche und Tod konfrontiert. Die Kate qualmte immer noch, das nasse Holz hatte wohl nie richtig Feuer gefangen und nur Rauch produziert, doch das spielte keine Rolle. Es gab niemanden mehr, der zurückkehren könnte. Ein Mädchen, vielleicht sechs oder sieben Jahre alt, war die Erste, die sie fanden. Vermutlich hatte sie wegzulaufen versucht. Ihre Schenkel waren entblößt und blutig, ihr Kleid zerfetzt.

Die Männer bekreuzigten sich, und auch Isabel hob ihre Hand, aber sie zitterte so sehr und war von diesem Anblick derart entsetzt, dass sie vergaß, was sie hatte tun wollen.

Die Eltern lagen nicht weit entfernt. Die Mutter schien ebenfalls geschändet worden zu sein, neben der schwelenden Hütte lag ein eingewickelter Säugling, den die Angreifer wohl ins Feuer hatten werfen wollen. Wer hätte gedacht, dass Isabel die zerschlagenen Flüchtlinge, die in Carmarthen eingetroffen waren, je als glücklich bezeichnen würde?

»Er ist tot, nicht wahr?«, fragte Eira, die in ausreichendem Abstand stehen blieb. Sie sah zu Iestyn auf und kämpfte sichtlich gegen Tränen. »Ich kann nicht nachsehen.«

Der einstige Kommandant nickte und ging zur Kate. Mit dem Griff seiner Axt schob er die Decke etwas zur Seite und seufzte schwer. »Wenigstens haben sie ihn getötet, bevor sie ihn hierher warfen.«

Isabel schloss die Augen, wollte die Zerstörung nicht mehr sehen, aber der beißende Rauch ließ sie der Wirklichkeit nicht entrinnen.

»Da drinnen ist noch ein Junge«, hörte sie Iestyns von Bitterkeit erfüllte Stimme. »Lasst sie uns begraben.«

Sie sahen sich um, und schließlich fand Bryn, einer der Bogenschützen, eine aus Holz gefertigte Schaufel hinter der Kate. Die Schafe waren alle fort, Beute für den Angreifer, so auch vermutlich jegliches Kochgeschirr und alles andere, was sich nutzen oder verkaufen ließ.

Schweigend machten sie sich an die Arbeit, sprachen Gebete, und als sie fertig waren, senkte sich bereits Dunkelheit über das Land.

»Wir müssen die Schuldigen finden«, sagte Iestyn in die Stille und sah in die Runde der Gefährten, die im Kreis um die Gräber standen und zu Boden blickten. »Ich bezweifle, dass es eine große Gruppe war. Vielleicht marodierende Söldner oder erneut eine Bande von St. Clears. Die Beute wird sie verlangsamen, und vermutlich werden sie die Nacht über rasten. Wir können sie immer noch einholen.«

Blicke wurden getauscht, alle sahen Iestyn an, und schließlich ergriff Eira das Wort. »Ist Rache wirklich unser Ziel? Nicht, dass ich die Schuldigen nicht bluten sehen will, aber sollten wir uns nicht darauf konzentrieren, den Menschen hier zu helfen?«

»Indem wir diese Mörder zur Strecke bringen, helfen wir ihnen, denn diese Familie wird sonst nicht ihr letztes Opfer bleiben. Auch können wir die Schafe zurückholen. Es gibt genügend Briten, denen die Tiere weiterhelfen würden«, warf Isabel ein.

»Die Hufspuren führen in dieselbe Richtung, von der sie gekommen sind«, ließ sich Iestyn vernehmen und drückte seine Finger durch, als mache er sich schon jetzt zum Kampf bereit. »Es wird schwierig sein, sie jetzt, da es dunkel ist, wiederzufinden, aber die freincischen Pferde sind schwer und beschlagen. Es lässt sich machen.«

Isabel nickte. »Dann lasst uns aufbrechen.«

Sie ritten die halbe Nacht hindurch, doch Müdigkeit war ihnen fremd. Es war ihnen gleich, dass sie durch den finsteren Wald nur langsam vorankamen, denn sie ahnten, dass sich ihr Ziel bis zum Morgengrauen nicht bewegte. Die Freinc würden es bestimmt nicht wagen, durch die Dunkelheit zu irren, stets in Gefahr, sich zu verlaufen, in einem Sumpf zu versinken, einen Abhang hinabzustürzen oder ihre Beute zu verlieren. Isabel und ihre Truppe hatten hingegen keine Schwierigkeiten. Ihre Augen gewöhnten sich an die Schwärze unter den Baumkronen, und sie wussten, worauf sie achten mussten. Sie prüften, auf welcher Seite der Stämme das Moos wuchs, sahen auf die Bepflanzung am Boden und schlichen durch das Gestrüpp, als wären sie tatsächlich Feenwesen. Angst hatte Isabel schon lange keine mehr vor den Geräuschen der nachtaktiven Tiere oder dem Säuseln der Blätter. Im Gegenteil. Sie fühlte sich hier immer heimischer. Fast war es so, als wäre Maredudd gar nicht gestorben, oder als würde sein Geist sie begleiten und ihnen den Weg weisen. Er hätte gewollt, dass sie sein Volk verteidigten.

»Sehnst du dich jetzt nicht nach einem warmen, trockenen Schlafplatz, wo du die Füße hochlegen und dich auf ein Frühstück freuen kannst?«, flüsterte Eira in Iestyns Richtung, der den Zug anführte.

Sein leises Lachen war zu hören. »Um euch verrückte Weiber allein auf Freinc-Jagd gehen zu lassen? Ich habe euch schon gesagt: Maredudd war mein Herr, und ich werde weder die Mutter seiner Kinder ungeschützt lassen noch die Frau, die selbst fast gestorben wäre, um ihn zu retten. Findet euch damit ab: Ich werde euch mit meinem Leben verteidigen, sonst sucht Maredudd mich zu Calan Caef noch heim.«

Sie lachten alle in sich hinein, wehmütig und mit ihren Gedanken bei jenen, die der Kampf um Freiheit und Gerechtigkeit gefordert hatte. Isabel fiel auf, dass Eira in letzter Zeit häufiger lachte. Obwohl Maredudds Erbe schwer war, schien sie jetzt, da sie nicht mehr nutzlos zu Hause sitzen musste, viel weniger schwermütig. Isabel ging es ganz genauso. Sie waren von Tod umgeben, und doch bestärkte jedes Dankeschön der erleichterten Briten, wenn sie ihnen zu essen brachten, und auch jedes willkürlich ermordete Opfer ihren Entschluss, an diesem Kampf festzuhalten.

Bald würden sie auf Überfälle gehen, um Steuereintreiber und Händler zu berauben. Sie würden den Briten zurückgeben, was die Freinc ihnen unrechtmäßig nahmen. Nicht alle waren schlecht, Isabel wusste, dass es in ihrer Familie sehr gerechte Herrscher gab, aber es mussten nicht immer die Lords sein, die mit Grausamkeit über das britische Volk kamen. Garnisonsbesatzungen, Soldaten, die den Bau in St. Clears bewachten und denen schnell langweilig wurde, marodierende Söldner … Es gab zu viele, die dachten, sie könnten sich von den Einheimischen nehmen, was sie wollten, aber das hatte nun ein Ende. Ihre geplanten Angriffe mochten Unschuldige treffen. Jene Männer, die Handelsgüter eskortierten, wollten vielleicht niemandem etwas zuleide tun, aber unter Maredudd hatte sie gelernt, dass man die eigenen Leute um jeden Preis schützen musste. Und wenn den Flamen und Normannen nicht gefiel, dass britische Truppen sie angriffen, so müssten sie einfach nur britisches Land verlassen. Sie hatten gar kein Recht, hier zu sein, denn sie waren mit Gewalt hier eingefallen und verbreiteten Angst und Schrecken.

Isabel war sich bewusst, dass auch in ihr normannisches Blut floss, aber ihre Familie war durch eine Eheverbindung in dieses Land gekommen, die ihre Anwesenheit legitimierte. Auch Rhys und seine Brüder hatten ihre Familie stets als Nachfahren ihres Großvaters, dem walisischen Fürsten Rhys ap Tewdwr, respektiert. Sie waren vom selben Blut, und ihre Familie stand den Walisern allein dadurch näher und schröpfte sie nicht wie viele andere. Sie respektierten dieses Land, das hatte Großmutter Nesta ihnen eingebläut – sie hatte ihnen das walisische Blut weitergegeben und sie gelehrt, das Land als Heimat zu sehen – nicht als ein erlegtes Tier, dessen Kadaver noch die Haut abgezogen und das Fleisch rausgeschnitten werden konnte, so wie all die Eroberer. All jene, die hier Unrecht verbreiteten, mussten vertrieben oder vernichtet werden. Dies war die einzige Klarheit, die Isabel kannte, das Einzige, was zählte, während sie sich weiter durch den Wald schlug. Sie hielten sich stets gen Westen, wissend, dass die Freinc von dort gekommen waren, und als sie plötzlich ein fernes Mähen über das Rauschen der Blätter hörten, wussten sie, dass ihnen ihr erster wirklicher Kampf als Rebellenbande bevorstand.

Iestyn schwang sich aus dem Sattel, und Isabel und die anderen taten es ihm gleich. Sie warfen die Zügel über die umliegenden Büsche und schlichen weiter, barfuß, um zu spüren, wohin sie traten, und um keinen Lärm zu verursachen.

Es war still, bis auf die Schafe war nichts zu hören, vermutlich schliefen die Männer. Zweifelsohne hatten sie aber Wachen aufgestellt, und so gingen sie auf alle viere nieder und schoben sich so leise wie möglich näher heran. Iestyn machte ein Zeichen zur Seite, und als Isabel an ihm vorbeiblickte, erkannte sie einen an einen Baumstamm lehnenden Mann in Kettenhemd, das Schwert zwischen seinen Beinen abgestützt. Er hielt den Kopf gesenkt, schien zu dösen, und neben ihm waren ein gutes Dutzend Schafe in ein Seilgeviert gesperrt. Um ein leise glimmendes

Feuer lagen weitere Gestalten im Moos. Isabel schätzte, dass die ganze Bande nicht mehr als sieben oder acht Männer umfasste.

Ohne den Blick vom Wachmann zu nehmen, löste sie ihre Schleuder und griff nach dem Stein. Aus den Augenwinkeln bemerkte sie, dass die Bogenschützen sich ebenfalls bereitmachten.

»Sollten wir sie mit Kriegsgebrüll aufwecken?«, flüsterte Eira belustigt. »Es ist doch ziemlich … unfein, sie im Schlaf zu töten.«

Iestyn schnaubte. »Ich sage dir, was unfein ist: Kinder zu begraben. Und jetzt nimm schon deine Axt, und schlag dem Bastard da drüben den Schädel ein. Ich will diese Schafe zurück.«

## Dinefwr, Südwestwales, Herbst 1156

Sie kamen viel zu spät, aber eine Bande sich herumtreibender Flamen war ihnen in die Quere gekommen. Und das an einem Tag, an dem Isabel tatsächlich zurück zur Burg wollte, um an einem Fest teilzunehmen. Für gewöhnlich konnten feiernde Menschenmassen sie nicht begeistern, und sie zog die Freiheit und Weite dem Zusammenpferchen in der Burg vor, aber heute wollte Rhys einen neuen *Pencerdd* ernennen. Sein oberster Barde war schon im Winter an einem unerbittlichen Husten verstorben, und bislang war Rhys zu beschäftigt gewesen, um einen neuen zu bestimmen. Doch jetzt, da etwas Ruhe eingekehrt war und er die Grenze des umstrittenen Ceredigions gegen den Norden gesichert hatte, lud er alle Barden des Landes ein, um sich in einem Wettstreit zu messen. Schon außerhalb des Tores bemerkte Isabel den Trubel, wo sich jene, die keinen Platz in der Halle fanden, bei kleinen Feuern zusammenschlossen, sich aufwärmten und Speisen zubereiteten. Hohe Herren des Fürstentums, die Land hielten und Rhys als ihren Fürsten anerkannten, waren mit ihrem Gefolge gekommen. Pferde bevölkerten die Wiese beim Flussufer, und Knechte lümmelten gelangweilt von ihrer Aufgabe, Wache zu halten, im Gras.

Der Hofbarde eines Fürsten war ein sehr hochgestellter Mann und der Posten durchaus begehrt. Nicht nur erhielt der Barde eine Harfe seines neuen Herrn, ihm standen auch Anteile der erbeuteten Güter und Abgaben zu. Bei Festen saß er gleich schräg gegenüber seines Fürsten, auch war er dazu berechtigt, selbst neue Barden auszubilden, denn dieser Berufszweig war sehr angesehen.

Draußen spielten ein paar Männer Hornpfeifen, und ihre Pferde legten ob des Trubels die Ohren an. Da sie solchen Lärm aber gewohnt waren, ließen sie sich artig ins Innere der Palisaden führen, wo Isabel sich gleich aus dem Sattel schwang.

Eiras Lachen klang hinter ihr her. »Seit Tagen freue ich mich auf meine Kinder, und trotzdem bist du schneller, um ein paar neue Geschichten und Lieder zu hören. Die Bardin in dir ist doch noch nicht ganz verlorengegangen!«

Isabel hob nur die Hand zu einem schnellen Winken und eilte den steilen Hügel hinauf zum Burgturm. Ihr Umhang streifte über den matschigen Boden, so auch ihr Überkleid, aber das war ihr egal. Beim Überfall vorhin war sie vom Pferd gefallen und starrte ohnehin vor Dreck, aber sie hatte bereits viel zu viel versäumt und wollte sich nicht erst umziehen. Zwar wusste sie, dass Rhys sie nicht gerne in den Hosen der Männer sah, aber diese waren beim Reiten und Kämpfen nun einmal praktischer, und außerdem verbarg das Überkleid ihre Beine – fast. Sie hatte den Rock seitlich etwas eingerissen, um sich besser bewegen zu können, aber Rhys hatte an ihrer Tätigkeit als Rebellin ohnehin so viel auszusetzen, dass ihre Kleidung wohl sein geringstes Problem war.

Noch vor Einbruch des Winters hatten sie fast schon so etwas wie Berühmtheit erlangt. Ihre Namen machten sowohl unter den Briten die Runde, deren Segen und Dankbarkeit Isabel genug war, um ihr Leben zu riskieren, als auch bei den Normannen. Die keltische Legende von der Anderswelt Annwn kam immer wieder auf, und Eira und Isabel mit ihrem hellen Haar galten bald als Rachegöttinnen, die von ihren Leibwächtern mit den tödlichen Pfeilen begleitet wurden.

Nachts saßen sie oft bei kleinen Feuern beisammen und lachten über diese Mär. Sie versetzten nur Nadelstiche, wie Rhys immer wieder betonte, der eher auf den Hammer zurückgreifen wollte. Vielleicht waren sie wirklich nur ein Tropfen auf dem heißen Stein, aber der Anblick der lachenden Kinder und erleichterten Eltern bewies, dass es das Richtige war.

Das Tor der Halle stand offen, der Türhüter warf ihr nur einen Blick zu und winkte sie mit einem belustigten Kopfschütteln weiter. Stimmengewirr empfing sie, aber kein Gesang. Hohe Herren saßen auf Bänken an den Tafeln, während sich Bedienstete und wartende Barden neben dem Eingang hielten und entlang der Wände herumdrückten. Alle blickten zu Rhys an der hohen Tafel, der seine Hand hob und seinem *Bardd Teulu*, dem Barden für die Kriegstruppe und das Gefolge, bedeutete, den nächsten Kandidaten vorzulassen.

Isabel schob sich zwischen den Menschenleibern vorwärts entlang der Längsseite der Halle näher zu Rhys, um die Barden besser hören und sehen zu können. Böses Knurren und Zischen folgten ihr, aber Isabel kümmerte sich nicht darum. Sie hätte einen Platz an den Tafeln einnehmen können, als Cousine des Fürsten stand ihr der zu, aber es wäre besser, wenn Rhys sie in ihrem Aufzug nicht bemerkte. Er duldete still ihre und Eiras Verrücktheit, aber er musste nicht unbedingt daran erinnert werden.

Rhys saß mit dem Rücken zu ihr ein paar Schritte weiter vorne, und in diesem Moment trat ein hochgewachsener Mann in einem dunklen Wollumhang vor ihn hin. Die Kapuze hatte er tief in die Stirn gezogen, und den Kopf hielt er gesenkt, sodass man sein Gesicht nicht erkennen konnte …

»Aneirin ap Trystan aus Llangelynnin in Gwynedd, mein Fürst«, erklang eine tiefe Stimme, rau, fast ein bisschen heiser, trotzdem erreichte sie auch den hintersten Winkel der Halle. Isabel zuckte bei diesem Namen unwillkürlich zusammen. Der Name Aneirin ließ ihr Herz schneller schlagen, genauso wie der Zusatz Trystan. Vielleicht war es aber auch nur die andere

Sprachmelodie des Nordens, die sie nach so langer Zeit an Tenby und somit auch an Ralph zurückerinnert hatte. Die Gespräche waren eingestellt, und alle lauschten gespannt dem neuen Anwärter für diesen hohen und würdevollen Posten. Hoffentlich hatte Isabel die Besten noch nicht versäumt und konnte sich noch einige anhören.

»Aneirin, hm?«, fragte Rhys belustigt. »Der Name eines der größten Barden, die die Welt je gesehen hat. Mal sehen, ob du diesem Namen gerecht wirst.«

Der Mann atmete sichtbar ein, straffte die Schultern und räusperte sich. Dann verließen erste Töne seinen Mund, und um Isabel herum war ein Luftholen zu hören, gefolgt von leisem Kichern. Nur Isabel war ganz und gar nicht zum Lachen zumute. Alles um sie herum begann sich zu drehen, während die falschen Töne und das Krächzen des Mannes in ihrem Kopf dröhnten und sich mit denen eines Jungen vermischten, der das *Lied vom Roland* sang. Jetzt gab die Stimme ein bekanntes Lied von eben jenem berühmten Aneirin zum Besten, aber die Worte drangen nicht bis zu ihr hindurch.

Das war unmöglich, das konnte nicht sein!

»Hat er keine Ohren?«, vernahm sie hinter sich ein Flüstern. »Wie kann er sich mit solch einer Stimme hier hinstellen und glauben, das würde irgendjemandem gefallen?«

»Er will uns wohl zum Narren halten. Das kann er ja nicht ernst meinen.«

»Aus dem Norden ist er, das sagt eh schon alles. Vermutlich hat ihn der Poetenprinz höchstpersönlich geschickt, um unseren Fürsten zu ärgern.«

»Das wäre gut möglich. Wenn sie schon nicht sein Land bekommen, vermiesen sie ihm den Abend mit solch einer Darbietung.«

Rhys schien ähnlicher Ansicht, denn er hob die Hand und winkte dem Sänger. Dieser hielt den Kopf aber weiterhin gesenkt, kämpfte immer noch um jeden Ton und blickte wohl zu Boden, bis der *Bardd Teulu* ihn mit einem entnervten Seufzen grob anstieß. Der Sänger zuckte zusammen, riss den Kopf hoch, und in diesem Moment fiel die Kapuze zurück und offenbarte sein Gesicht.

Mit einem Keuchen fuhr Isabel zurück, stieß gegen die eng beieinanderstehenden Menschen hinter sich und hörte wie aus weiter Ferne die Beschwerden über ihre Tollpatschigkeit. Irgendjemand hielt sie an den Schultern und richtete sie wieder auf, aber Isabel konnte nicht nachsehen, wer es war. Ihr Blick haftete auf den vertrauten Augen, deren Farbe im schummrigen Licht nicht zu erkennen war, aber sie wusste, sie waren eisblau.

Es war offensichtlich, dass sein unaufhaltsames Wachstum nach ihrem Fortgang weitergegangen war, denn vor ihr stand fast schon ein Riese. Waliser waren eher stämmig und kleiner, während sich in Ralphs hochgeschossener Statur zeigte, dass er auch zur Hälfte normannischer Abstammung war. Sein rabenschwarzes Haar war von der Kapuze zerzaust und fiel ihm bis in den Nacken, wo es sich über dem Saum seines Umhangs kräuselte. Seine Züge waren kantiger geworden, besonders am Kinn und den Wangenknochen, wo sich auch ein dunkler Bartschatten zeigte.

»Du bist ja fast noch ein Kind«, stellte Rhys bei seinem Anblick fest und lehnte sich in seinem gepolsterten Stuhl zurück. Isabel wusste, Ralph war nun achtzehn Jahre alt, nur ein paar Monate älter als sie selbst und auch nur ein paar Jahre jünger als Rhys. Ihn als Kind zu bezeichnen sollte eine Beleidigung sein, aber Isabel konnte sich nicht darüber ärgern, in ihrem Kopf herrschte reinstes Durcheinander. Was hatte er hier zu suchen? War etwas mit ihrer Familie geschehen?

»Vielleicht ist es deiner Jugend zu schulden, dass es dir so schwerfällt, dein Talent einzuschätzen. Bei wem warst du in der Lehre?«

Ralph nannte einen Namen, den Isabel noch nie gehört hatte, und sie war sicher, den anderen ging es genauso. Schließlich war er erfunden. Er selbst hieß ja auch nicht Aneirin. Jetzt fiel ihr wieder ein, dass Trystan ihn einst so genannt hatte, um zu verschweigen, wen die Rebellen wirklich aus dem Kerker befreiten. Hitze stieg in ihr auf, breitete sich von ihren Zehenspitzen bis zu den Ohrläppchen aus. Dass Ralph hier war, konnte nichts Gutes bedeuten, er war der Knappe ihres Onkels, eines Geraldine.

»Und du kommst aus Gwynedd.« Rhys ließ immer noch nicht von ihm ab, und Isabel trat unruhig von einem Fuß auf den anderen. Sie musste hier raus, aber ihre Knie zitterten.

»Sag mir, Aneirin, hast du gehört, dass mein fürstlicher Onkel vorhatte, gegen mich zu ziehen, um sich Ceredigion zurückzuholen? Aber ich war schneller. Ich ging mit meiner Armee in den Norden, wartete und wartete, um ihn in der Schlacht zu besiegen, doch er kam nicht. Also baute ich ihm eine Burg an die Grenze, die ihn auf seiner Seite des Flusses hält. Jetzt sagen die Leute, mein Onkel hatte nie vor, einen Kampf anzufangen, und wollte nur testen, ob ich als neuer Fürst ein Gegner für ihn bin.«

Ralph verschränkte die Hände vor seinem Bauch und machte einen fast schon übertrieben unterwürfigen Eindruck. »Mein Herr Rhys, ich bin nur der Sohn eines Fischers, der die Ehre hatte, bei einem Barden in die Lehre zu gehen. Es war mir bisher nie vergönnt, vor Fürst Owain zu singen.« Seine leicht heisere, tiefe Stimme klang fremd, es war die eines Mannes, nichts Kindliches lag mehr in ihr. Zudem hatte Isabel in der langen Zeit unter den Walisern des Südens fast schon vergessen, wie anders die Aussprache jener im Norden war. Sie hatte fast vergessen, wie schön es klang, wenn Ralph Walisisch sprach.

»Ha, darum sei mein Onkel zu beneiden. Seine Ohren sind noch heil. Nun, wenn du nach Gwynedd zurückkehrst, kannst du ihm ausrichten, es steht ihm jederzeit frei, mich selbst zu besuchen, er muss mir keine falschen Barden schicken, um zu sehen, ob ich als Fürst etwas tauge, und dass er lieber gegen mich kämpfen oder sich mit mir verbünden soll.«

»Aber mein Herr …«

Rhys machte eine abwinkende Geste, und Isabel hielt es nicht länger aus. Sie sah zu, wie Ralph sich verneigte und dann mit hängendem Kopf und gespielter Betrübnis über diese Abfuhr aus der Halle schritt, um im gelblichen Licht des nahenden Sonnenuntergangs zu verschwinden. Sie starrte ihm hinterher, überlegte fieberhaft, was sie nun tun sollte. Vermutlich hatte er sie gar nicht gesehen, sie könnte sich verstecken, bis er wieder abgereist war. Andererseits fragte sie sich auch, aus welchem Grund er hier war. Er wusste, dass sie mit den Rebellen gegangen war, aber das war Jahre her. Er konnte nicht ahnen, dass sie sich in Dinefwr aufhielt. Wieso stellte er sich dann vor Rhys, um sich dem Gespött aller auszusetzen? Und wenn er tatsächlich für seine Familie aus dem Norden spionierte? Sie wusste nicht, wie er die letzten Jahre verbracht hatte, nur eines war sicher: Er musste verschwinden, so schnell wie möglich. Rhys war nach dem Feldzug gegen seinen Onkel ohnehin nicht gut auf Nordwales zu sprechen, und wenn er erst erfuhr, dass Ralph der Sohn des Mannes war, der seinen Bruder hatte töten lassen, würde Ralph diesen Tag nicht überleben. Jetzt war kein Cadell mehr hier, der ihn bremsen könnte, und kein Maredudd, der zumindest Gnade und Güte kannte.

Isabel hörte noch, wie der nächste Kandidat ein nun deutlich lieblicheres Lied anstimmte, und verließ die Halle.

»Hast du nach dieser fürchterlichen Darbietung zu viel vom Wettbewerb?«, fragte der Türhüter mit einem Lachen.

Isabel sah sich abgelenkt um. »Wo ist er hin?«

Vage deutete er in südlicher Richtung den Hügel hinunter zur Flussseite. »Dein Mitleid in Ehren, Isabel, aber dem ist nicht mehr zu helfen.«

»Ich weiß …« Sie seufzte gespielt und rannte dann los, ließ auch den äußeren Hof hinter sich und stürzte sich den steilen Hang hinunter. Sie sah Ralphs hochgewachsene Gestalt im dunklen Wollumhang sofort und wurde noch schneller, um ihn zu erreichen, bevor er bei den Ponys und somit bei den Knechten ankam.

»Ralph?« Sie packte seinen Arm und ließ ihn damit wie vom Blitz getroffen herumfahren. Außer Atem starrte sie zu ihm hoch, und er starrte mit seinen Eisaugen zurück, die von den letzten glühenden Strahlen der Sonne beleuchtet wurden. Die deutlichen Veränderungen an ihm trafen sie völlig unvorbereitet, sodass sie kein Wort herausbrachte. Erst jetzt, so nah und im Tageslicht, erkannte sie die Härte seiner Züge, die ihn älter wirken ließ. Eine Härte, die sich auch in seinen einst so unbekümmerten Augen widerspiegelte und etwas Dunkles, Fremdes in seinen Blick legte. Eine Distanziertheit, die sie bisher nicht an ihm gekannt hatte und die bewies, dass er nicht mehr der Junge von einst war. Der Mann, der vor ihr stand, hatte Jahre ohne sie verbracht, und sie wusste nicht, was in der Zwischenzeit passiert war, um einen Menschen derart zu verändern. »Was tust du hier?«, brachte sie schließlich schwach heraus.

Er schwieg weiterhin, sah sie immer noch wie erstarrt an, während Isabel gegen die Gefühlsflut kämpfte, die durch sie hindurchschoss; Erinnerungen zogen an ihrem geistigen Auge vorbei – schöne, wie jene Momente bei Trystan und in der Höhle, aber auch schreckliche, wie seine Auspeitschung und der Kerker. Seinen Arm unter ihren Fingern zu spüren, ihn wahrhaftig zu berühren, während er sich gleichzeitig so anders anfühlte, war beinahe zu viel für sie. Die ganze Zeit über hatte sie gedacht, ihn nie wiederzusehen, und jetzt stand er vor ihr, ein britischer Prinz, der ihr die Sprache verschlug.

Plötzlich stieß Ralph den Atem aus, als hätte er ihn die ganze Zeit über angehalten. »Isabel.« Seine Stimme klang so fremd, und erneut brachte keiner von ihnen ein Wort heraus. Gefangen vom Anblick des anderen sahen sie sich an.

Isabel schüttelte den Kopf, um wieder klar denken zu können.

»Du musst von hier weg.« Seine dunklen Brauen zogen sich zusammen, aber Isabel ließ ihn nicht zu Wort kommen. »Wenn herauskommt, wer du bist … Es heißt, dein Vater huldigte dem neuen König und berät ihn in walisischen Angelegenheiten. Er ist ein Verräter am walisischen Volk! Angeblich plant König Henry bereits, hier einzufallen, und dein Vater unterstützt ihn dabei. Etwas Besseres könnte Rhys nicht passieren, als Cadwaladrs Sohn in die Finger zu bekommen und ihn als Geisel zu halten, um das Ruder herumzureißen. Sofern er auf diesen Gedanken kommt und dich nicht für die Ermordung seines Bruders tötet. Also bitte …« Sie holte tief Luft, grub ihre Finger fester in seinen Arm, kam aber nicht weit; hart und unnachgiebig wie ein Fels war er schon immer gewesen, aber früher hatte sie ihre Hand fast um seinen dürren Oberarm schließen können, jetzt gelangten ihre Finger nicht einmal mehr halb herum. Vermutlich hatte er sich weiterhin im Bogenschießen geübt, denn er hatte die breiten Schultern und die kräftige Brust eines Schützen, während seine Hüften schmal und die langen Beine schlank waren. Einen Moment lang lenkte seine beeindruckende Gestalt sie von allen Gedanken ab. Erneut schüttelte sie den Kopf. »Bitte geh, ehe dir hier etwas passiert.«

Mit einem Mal wurde sein Ausdruck etwas weicher, und ein Lächeln grub die bekannten Grübchen in seine Wangen. Ein Anblick, der Isabels Herz schneller schlagen ließ und ihr die Röte ins Gesicht trieb. Sie schalt sich innerlich. Sie war kein verliebtes Mädchen mehr, das sich so leicht aus der Fassung bringen ließ. Doch gleichzeitig durchströmte sie ein ungewöhnliches Gefühl, das sie zuletzt vor langer Zeit im Kerker gefühlt hatte, als seine Lippen die ihrigen berührt hatten. Es war ungewohnt und aufregend und gefährlich.

»Du machst dir Sorgen um mich?«, fragte er, leise lachend, und strich sich über den dunklen Bartschatten an seinem Kinn. »Und ich hatte schon den Eindruck, du willst mich loswerden.«

»Natürlich will ich dich loswerden, wenn dein Bleiben bedeutet, dass du bald als Druckmittel gegen einen skrupellosen Mann herhalten musst oder getötet wirst!«

Ein bitteres Lachen entrang sich ihm. Unvermittelt wandte er sich ab, als hätte sie etwas Schreckliches gesagt. Sie sah das Heben und Senken seiner Schultern, als er tief einatmete und sich mit beiden Händen das Haar zurückstrich. Einst hatte sie gewusst, was in ihm vorging, aber jetzt nicht mehr.

»Großer Gott, ich hab dich so vermisst.« Plötzlich drehte er sich wieder zu ihr um und schlang seine Arme um sie. Mit festem Griff, der ihr den Atem nahm, drückte er sie an seine Brust und legte eine Hand in ihren Nacken, als wolle er verhindern, dass sie sich wieder von ihm löste.

Isabel erstarrte, aber als er mit seiner Hand über ihren Rücken strich, sie den vertrauten Geruch des Waldes an ihm einatmete und seine Wange an ihrem Scheitel spürte, wurde ihr Körper ganz von selbst nachgiebiger. Sie wusste gar nicht wieso, aber es war, als verliere sie eine enorme Last und wäre plötzlich ganz leicht. Die Art, wie sich ihre Körper zusammenfügten und ihr Kopf genau auf Höhe seines Herzens ruhte, wo sie dem beruhigenden Pochen zuhören konnte, verlieh ihr ein seltenes Gefühl des Friedens. Irgendwo da drinnen war er doch noch, ihr Ralph. Wie lange hatte sie sich danach gesehnt, so gehalten zu werden und sich dabei zu fühlen, als existierte außerhalb dieser Umarmung nichts und niemand. Er erinnerte sie an längst vergangene Zeiten und ließ sie sich wieder wie das Mädchen von einst fühlen, das noch kein Blut vergossen hatte.

»Mach dir keine Sorgen, Isabel.« Ralph schob sie sanft von sich, und als sie zu ihm aufblickte und all die Veränderungen an ihm wieder deutlich vor sich sah, erkannte sie, dass die Realität eine andere war – ihr Leben war erfüllt von Krieg, Blut, Hunger und Leid, und wenn sie nicht vorsichtig war, zog sie Ralph noch hinein und brachte ihn in Gefahr.

»Ralph, bitte, du musst fort von hier, so schnell wie möglich.«

»Natürlich werde ich wieder gehen. Wir gehen zusammen. Ich bin hier, um dich zurückzuholen.«

Als hätte er sie geschlagen, wich sie von ihm zurück und stieß gegen den Stamm eines Baums in ihrem Rücken. Sie öffnete den Mund, wollte etwas sagen, aber da fuhr er schon fort: »Ich hätte nie zulassen dürfen, dass du so lange Zeit hier leben musst. Sieh dich an …« Er kam auf sie zu und legte ihr die Hand auf die Schulter. Mit dem Daumen strich er über ihren Hals hoch zu ihrem Kinn, und Isabel zuckte ob des brennenden Schmerzes zusammen. Eine Schramme, nichts weiter, die sie sich vermutlich bei ihrem Sturz vom Pferd zugezogen hatte. Vielleicht war es auch der Flame gewesen, der sie zu Boden geworfen hatte, ehe ein Pfeil in seine Brust gefahren war.

»Du bist nur noch Haut und Knochen, du bist verletzt, siehst aus, als hättest du dich diesen Hügel hier durch den Schlamm herabgerollt, und auf deinem Gewand sind Blutflecken.«

»Nicht meins.«

Er stieß die Luft aus, in gespielter Belustigung, aber er klang alles andere als froh. »Ach nein?« Kopfschüttelnd fuhr er sich mit beiden Händen über die Augen und sah wieder auf sie hinab. »Isabel, bei unserer ersten Begegnung hast du besser ausgesehen, und da ist dein Pferd mit dir durchgegangen. Was machen die hier nur mit dir?«

»Gar nichts! Ich bin vom Pferd gefallen … mal wieder, das ist alles.« Sie stieß sich vom Stamm in ihrem Rücken ab und richtete sich auf, um ihm zu zeigen, dass es ihr ausgezeichnet ging. »Aber mich würde interessieren, was in dich gefahren ist, dass du mich plötzlich zu meiner Familie zurückbringen willst – sie geben mich nur wieder an den Sheriff!«

Ralph sah einen Moment lang schweigend auf sie hinab, seine Miene in dem ungewohnt kantigen Gesicht ernst. »Nein, Isabel, das werden sie nicht. Du kannst nach Hause kommen.«

Die Worte hallten durch ihren Kopf und machten keinen Sinn. Sie spürte lediglich ein Druckgefühl im Bauch, nahendes Unheil. Dann drangen wieder die fernen Hornpfeifen der vielen Männer vor der Burg zu ihr hindurch, und sie schüttelte die Starre ab. »Komm mit.« Sie packte Ralph am Arm, zog ihn vom Ufer weg, umrundete den Hügel und führte ihn unter die zerklüfteten Klippen, auf denen die Burg thronte. Dort drehte sie sich zu ihm um, ihr Herz raste in der Brust, aber sie wollte sich nichts anmerken lassen.

»Was soll das heißen, dass ich nicht zum Sheriff zurückmuss?«

Ralph sah zurück über die Schulter, um sicherzugehen, dass sie allein waren. Als er sich ihr wieder zuwandte, wanderte sein Blick über sie, und plötzlich entfuhr ihm ein Schnauben. »Es stimmt, nicht wahr? Das, was geredet wird, ist wahr! Deshalb siehst du so aus. Du …«, er hatte sichtlich Mühe, Worte zu finden, und stieß schwer den Atem aus, »… du bist eine Rebellenkriegerin!«

Seine Verblüffung und sein abfälliger Ton ärgerten sie, auch wenn ihr bewusst war, dass ihre Rolle hier durchaus ungewöhnlich war. Statt des beunruhigenden Herzpochens spürte sie nun Wut in sich hochkochen. Etwas, das sich sehr viel besser anfühlte als die Angst, die sie wegen seines Erscheinens hatte. »Und wenn es so wäre? Das erklärt immer noch nicht, was du hier tust.«

»Du bist aufgeflogen, Isabel. Verstehst du denn nicht? Was du hier treibst, sorgt für Gerede, für Gerüchte. Die Verlobte des Sheriffs wird beim Angriff der Briten entführt, aber dann taucht plötzlich ein Mädchen unter den Briten auf, auf das deine Beschreibung passt! Ein Mädchen, das spricht wie eine Normannin und aussieht wie eine Normannin, aber die eigenen Leute umbringt. Der Sheriff glaubt, dass du gar nicht entführt wurdest, sondern freiwillig mit den Briten gingst, vor allem nachdem du einst Cadell zu Hilfe kamst. Zudem hat einer der Männer seiner

Steuereintreiber behauptet, dich erkannt zu haben. Er entkam einem deiner Überfälle, und der Sheriff ist fest entschlossen, dich zurückzuholen! Er ist davon überzeugt, dass du ihn zum Narren hältst, und das ist etwas, das er ganz und gar nicht leiden kann, wie du sehr gut weißt. Deine Familie konnte ihn gerade noch davon abhalten, ein britisches Dorf anzugreifen, um dich herauszulocken und dir eine Falle zu stellen!«

»Dieser elende Bastard …« Isabel biss die Zähne zusammen. Der Sheriff würde Unschuldige töten, nur um sie zurückzuholen? Wieso überraschte sie das noch? Sie bedeckte ihre Augen mit den Händen, als könne sie die Welt ausschließen, und wandte sich von Ralph ab. »Ich kann das nicht glauben. Er lässt mich einfach nicht los, dabei will er mich doch gar nicht, es geht ihm ganz allein um seinen Stolz … Man könnte meinen, er wäre Brite …« Sie ließ die Hände sinken und sah Ralph über die Schulter hinweg an. »Es ist mir egal, Ralph. Er wird mich nicht kriegen.«

»Das stimmt, denn deshalb bin ich hier.« Er kam auf sie zu und schloss seine Finger um ihre, sein Daumen strich beruhigend über ihren Handrücken. Aber in seinen Augen lag eine unverkennbare Unruhe, die Isabel nervös machte. Sie spürte genau, dass er etwas vor ihr verbarg, und so entzog sie ihm ihre Hand und ging ein paar Schritte von ihm weg. »Erzähl mir alles von Anfang an. Bitte. Was geschah nach dem Überfall? Wieso bist du nicht …«

»Wieso bin ich dir nicht gefolgt, so wie ich es geschworen habe?«

Sie sah zu ihm auf und nickte schließlich, obwohl sie sich nicht sicher war, dass sie die Antwort hören wollte.

Ralph zog einen Mundwinkel zur Seite und sah sie einen Moment lang nur an, aber sein Lächeln erreichte seine Augen nicht; diese wurden nur noch abweisender, als errichte er eine Mauer zwischen ihnen. »Zuerst«, begann er, und seine Stimme wurde noch etwas rauer, fremder, »zuerst war ich nicht in der Lage, dir zu folgen, sosehr ich es auch gewollt habe. Ich lief zum Strand hinunter, in der Hoffnung, dich noch zu erwischen. Stattdessen erwischten mich die Männer des Sheriffs, der kurz darauf selbst zurückkam. Um seine Laune stand es nicht zum Besten, wie du dir sicher vorstellen kannst, und natürlich musste er seinen Zorn irgendwo auslassen.«

Entsetzt sah Isabel ihn an. »Großer Gott … was hat er dir angetan?« Sie machte einen Schritt auf ihn zu, aber diesmal war es Ralph, der vor ihr zurückwich.

»Nichts, was ich nicht aushalten könnte, Isabel. Aber als deine Familie bei der Burg eintraf, war ich fast hinüber. Dein Onkel Maurice nahm mich mit, nur dauerte es ziemlich lange, bis ich wieder aufrecht stehen konnte.«

Isabel schlug sich die Hand vor den Mund, bevor sie grimmig murmelte: »Dafür wird er bezahlen.«

Ein Lächeln zeigte einen Moment lang den Ralph von einst. »Du musst mich nicht beschützen, Isabel.«

»Wieso nicht? Du warst mein bester Freund und …«

»Natürlich. *Warst.*«

»Ralph, es sind Jahre vergangen, ich weiß nicht, wer du jetzt bist, und du weißt nicht, wer ich bin. Das Mädchen, das du kanntest, gibt es nicht mehr. Ich bin jetzt …«

»… eine Rebellenkriegerin?« Ein verzweifeltes Lachen entrang sich ihm. »Ein Mädchen, das mir zu Hilfe eilen will und das Unrecht, das mir widerfuhr, rächen möchte? Dass ich so etwas erlebe …«

»Was soll daran bitte schön lustig sein?« Sie stemmte eine Hand in die Seite und funkelte ihn an. »Du hast damals ständig große Reden geschwungen, jedes Mal wenn der Sheriff mir auch nur ein Haar krümmte! Wieso darfst du dich zum Rächer ernennen, und ich soll stillschweigend zusehen, während ein ganzes Volk vor die Hunde geht und diejenigen, die mir etwas bedeuten, leiden? Glaubst du, es war leicht für mich zuzusehen, wie man deinen Rücken in Fetzen schlug? Glaubst du, es tut mir nicht weh, mir vorzustellen, was er dir noch alles antat? Und all das meinetwegen?« Sie schlug ihm mit der Faust gegen die Brust, konnte sich nicht bremsen. »Ich habe dasselbe Recht, jene zu beschützen, die mir wichtig sind, wie du! Ein unreifer Junge darf dem Sheriff drohen, aber eine Frau, die schon das Blut seiner Männer vergossen hat, soll den Mund halten?«

»Ich bin schon lange kein Junge mehr, Isabel.«

Isabel verdrehte die Augen, doch da packte er plötzlich ihren Arm. Mit einem Ruck zog er sie zu sich und beugte sich über sie, seine vom unheimlich gelblichen Licht beschienenen Eisaugen loderten. »Ich bin kein Junge mehr, Isabel.« Seine Gesichtsmuskeln zuckten, und die bekannten Einkerbungen gruben sich in seine Wangen. Nie hätte sie gedacht, sich jemals bedroht von ihm zu fühlen, aber erneut zeigte er, dass sie ihn nicht kannte. »Du musst nicht mehr weglaufen, jetzt kann ich dich vor dem Sheriff beschützen.«

Diese Worte klangen absurd aus seinem Mund, während er sie mit schmerzhaftem Griff festhielt. Auch glaubte sie ihm kein Wort. »Beschützen? Indem du mich zu meiner Familie zurückbringst? Die war es doch, die mich an den Sheriff gab!« Sie wich nicht vor ihm zurück, erwiderte seinen Blick und blieb standhaft, bis er selbst mit einem Seufzen losließ und sich abwandte.

»Dein Onkel Maurice wird es nicht noch einmal zulassen.«

Onkel Maurice. Wie lange war es her, dass sie seine Stimme gehört und in seine gütigen Augen geblickt hatte. Es war ein anderes Leben gewesen. »Ralph, was geht hier vor?«

Er blickte auf sie hinab. »Der Sheriff war fest entschlossen, dich zurückzuholen, mit welchen Mitteln auch immer, und auch deine Familie ist von deinem neuen Leben als Rebellin nicht gerade angetan. Deine Großmutter hielt sie lange davon ab einzugreifen, denn sie wusste, weiterer Krieg würde nichts bringen. Auch war es ganz nützlich, den Sheriff erst mal etwas zappeln zu lassen. Dass er dich nicht beschützen konnte und alles nur seinetwegen eskalierte, hat deine Familie nicht vergessen. Aber jetzt will niemand mehr warten, und Pläne wurden geschmiedet, wie man dich am besten aus Rebellenhand befreit. Deinem Onkel gelang es schließlich, alle davon zu überzeugen, dass ich die beste Wahl bin, um hier nach dir zu suchen. Als Brite kann ich mich hier einschleusen und mich umsehen.«

»Und mich zurückbringen.«

»Zu deinem Onkel! Ich habe ein Abkommen mit ihm, denn er will genauso wenig wie du, dass du den Sheriff heiratest.«

»Aber der Sheriff würde das Verlöbnis nie auflösen, dafür ist ihm die Verbindung mit meiner Familie zu wichtig. Genauso ist meinem Vater die Verbindung mit dem Sheriff und mit den Flamen von zu hoher Bedeutung. In dem Moment, in dem ich zu meiner Familie zurückkehre, wird mein Vater mich wieder an den Sheriff geben. Onkel Maurice hat in dieser Angelegenheit nichts zu sagen.«

»Das stimmt.« Ralph drehte ihr den Rücken zu und legte seine Hand auf die Steilwand. »Aber wenn du bereits verheiratet bist, kannst du nicht mehr an den Sheriff gegeben werden.« Seine Worte waren kaum mehr als ein leises Murmeln, und zuerst dachte Isabel, sich verhört zu haben, aber je länger sie auf seine angespannte Gestalt blickte, desto sicherer war sie, dass sie ihn sehr gut verstanden hatte.

Die Angst vor einem neuen Käfig schnürte ihr die Kehle zu, aber sie durfte sie nicht zulassen und gab sich lieber dem Zorn hin, da Männer immer noch glaubten, über sie bestimmen zu dürfen. »Und an wen gedenkt mein Onkel, mich hinter dem Rücken seines Bruders zu geben?«

Ralph drehte sich langsam zu ihr um und sah sie an. Er presste die Lippen aufeinander und hob dann eine Augenbraue. Isabel starrte ihn an, und langsam dämmerte es ihr. Ihr Herz machte einen wilden Sprung. »An *dich*?!« Plötzlich wurden ihre Beine ganz schwach, und am liebsten hätte sie sich hingesetzt. »Aber …« Ihre Gedanken rasten, sie wusste nicht, was sie sagen sollte. Mit zittrigen Händen strich sie sich übers Gesicht und das Haar zurück. Ralph! Verheiratet sein mit Ralph le Walleys, ihrem besten Freund, dem Jungen, der ihr ohne zu zögern geholfen hatte, Cadell zu retten. Der Junge am Pranger, der Junge in Lady Hayts Unterricht, der Junge in den Höhlen von St. Catherines Island. Der angehende Mann, der dem Sheriff die Stirn geboten und dafür fast umgekommen war. Der Mann, der vor ihr stand und ein Fremder war …

»Dein Onkel wird behaupten, wir hätten ohne sein Wissen heimlich geheiratet. Dein Vater, der Sheriff … niemand kann dann mehr etwas dagegen unternehmen. Noch kann ich dir nichts als meinen Schutz bieten, denn dein Onkel kann mir nichts bezahlen, wenn ich in seinem Dienst verbleibe. Er braucht das, was mein Vater ihm für meine Ausbildung gibt, selbst dringend genug, hat er doch seine Burg verloren und muss seine Familie ernähren. Er ist schon viel zu sehr auf deinen Vater angewiesen und kann uns nicht helfen. Aber eines Tages …« Sie hörte, wie er auf sie zukam, und als seine Stimme sanfter wurde, verkrampfte sich ihr Magen, so schmerzhaft war die Erinnerung an ihre kindliche Liebe. »… werde ich dir geben, was du verdienst. Ich brauche nur etwas Zeit, ich kann ganz gut mit dem Schwert umgehen, und mit dem Bogen macht mir so schnell keiner was vor.«

»Mit dem Rebellenbogen, Ralph … Was willst du damit unter Normannen?« Isabel schüttelte den Kopf und starrte auf die Grashalme zu ihren Füßen. Tiefe Traurigkeit erfasste sie.

»Isabel, damals hätte mich nichts davon abgehalten, dir hinterherzueilen, sobald ich dazu in der Lage war – sosehr ich deinem Onkel zu Dank verpflichtet bin, aber du gingst nun einmal vor. Aber Maurice machte mir klar, dass wir beide keine Zukunft unter den Rebellen haben, dass es zu gefährlich wäre und überstürztes Handeln nichts bringen würde. Natürlich waren das für mich erst mal nur leere Worte, aber dein Onkel versprach mir, dass, wenn ich warte, bis der richtige Augenblick gekommen ist, und ich ihm dann helfe, dich hier herauszuholen, er dafür sorgt, dass wir beide …« Er zuckte mit den Schultern, und Isabel hob die Augenbrauen.

»… heiraten werden.« Schon wieder waren es Männer, die ihr vorschreiben wollten, wie sie ihr Leben zu gestalten hatte, ohne nachzufragen, was sie davon hielt. Ralph bedeutete ihr immer noch viel, und wenn sie sich überhaupt vorstellen könnte zu heiraten, dann ihn, aber sie war nicht mehr einfach nur hier, um dem Sheriff zu entkommen. Sie war nicht mehr nur hier, weil sie unter den Rebellen frei leben konnte. Sie glaubte mit ganzem Herzen an diesen Kampf. Es war inzwischen ihr Kampf und ihre Familie. Was wäre sie für ein Mensch, wenn sie jetzt einfach davonliefe? Auch hatte sie Zweifel, dass Maurices Plan so ohne weiteres funktionieren würde. Und was würde dann aus Ralph werden?

»Das ist doch lächerlich, Ralph. Wie sollten wir leben? Mein Vater wird mich verstoßen, Onkel Maurice kann uns nicht helfen, das hast du schon gesagt, und wer sonst sollte dich für Arbeit bezahlen, wenn mein Vater – der Kastellan von Pembroke und Lord von Carew und Emlyn – sowie der Sheriff gegen dich sind? Sie werden dafür sorgen, dass kein Normanne und kein Flame dich in seinen Dienst stellt, wenn deine Ausbildung vorbei ist. Eher würde ich dem Sheriff zutrauen, dass er dich umbringen lässt, um mich doch noch zu heiraten. Aus reiner Bosheit! Das soll ich riskieren? Und wie wollen wir überleben? Der Sohn eines Verräters und die gefallene Geraldine …«

»Ich *kann* für uns sorgen und uns schützen. Daher wäre ich dir sehr dankbar, wenn du aufhören würdest, mich als wehrlos und dem Sheriff unterlegen darzustellen.«

Isabel blickte hoch und wich ob seines finsteren Blickes unwillkürlich einen Schritt zurück. Nein, er war nicht länger wehrlos, und das machte es vielleicht noch schlimmer. Sie hatten sich verändert; konnte sie ihm überhaupt noch so trauen wie einst? Wer war Ralph, der Mann, der vor ihr stand und beinahe durch des Sheriffs Hand gestorben wäre? Ein Erlebnis, das sich nicht nur an seinem für den Kampf gestählten Körper zeigte, sondern vor allem in der Unnahbarkeit seiner Augen.

»Mach dir keine Gedanken, Isabel«, sagte er, sichtlich um Ruhe bemüht, aber die Ungeduld war ihm anzumerken. »Ich kümmere mich schon um alles. Wenn es sein muss, gehen wir nach England zu den Verwandten meiner Mutter, wo sich auch gerade mein Vater aufhält.«

»Wo sich dein Vater seit Jahren vor allen in Nord- und Südwales versteckt, meinst du wohl. Dein Vater ist ein Verräter, Ralph. Er ließ Anarawd ermorden und verriet auch seinen eigenen Bruder, den Fürsten von Nordwales. Jetzt will er sich mit dem neuen König zusammentun, um sein eigenes Volk zu vernichten.«

»Er hat sich längst mit dem englischen König zusammengetan, und der gibt ihm dafür Land in Shropshire, gleich an der Grenze. Das bedeutet, mein Vater wird nun auch in England eine Existenz haben und nicht mehr nur der Fürstenbruder im Exil sein.«

»Fürstenbruder im Exil? Ich hörte, dein Vater nennt sich in England ›König von Nordwales‹.«

»Das ist doch jetzt unwichtig. Es geht darum, dass mein Vater uns aufnehmen wird, dass er engen Kontakt zum Hof unterhält und die englischen Noblen kennt. Er wird mir eine lohnende Anstellung verschaffen können, denn ich bin immer noch ein de Clare. Und dann können wir …«

»In England! Briten töten für die Normannen!« Isabel schloss die Augen und atmete tief durch. »Du kennst mich nicht mehr, Ralph. Wie kannst du glauben, dass ich mich auf diese Seite stellen würde? Es berührt mich, dass du solch ein Opfer für mich bringen willst, nur damit ich nicht mehr zum Sheriff zurückmuss, aber es ist nicht nötig! Ich habe gar nicht vor, von hier wegzugehen.«

»Ich werde nicht zulassen, dass du in die Hände dieses Ungeheuers gerätst.« Ralph sah auf sie nieder, und jetzt, da die Sonne hinter den Baumwipfeln im Westen niedersank, schien das Funkeln seiner Eisaugen kein Feuer mehr in sich zu tragen, sondern eine deutliche Kühle. »Du bist lieber hier als mit mir zusammen?«

»Hier lebe ich frei, Ralph! Ich helfe den Menschen, sie sind meine Familie! Ich kämpfe für sie! Es stimmt, es ist nicht leicht, aber es ist besser, als das alles hier zu verraten, meine Freunde, um zum Feind davonzulaufen und ein nutzloses Dasein als Ehefrauchen zu führen!«

Als hätte sie ihm eine Ohrfeige verpasst, wich er zurück und starrte sie an. Blass und mit angespanntem Kiefer ließ er seinen Blick auf ihr ruhen. »Du bringst dich in Gefahr«, sagte er schließlich langsam, als müsse er jedes Wort abwägen. »Jetzt noch mehr, da der Sheriff entschlossen ist, dich zurückzuholen. Glaubst du, nur weil er nachgegeben und dein Onkel mich hierhergeschickt hat, verwirft er seinen Plan? Er wird dir eine Falle stellen.«

»Soll er's doch versuchen.«

Mit einem wütenden Knurren warf er die Hände in die Luft. »Was, beim Allmächtigen, ist nur los mit dir? Diese sinnlosen und kindischen Kämpfereien führen doch zu nichts, außer in dein Grab. Du bist eine Frau, Isabel, und glaubst, etwas ausrichten zu können, wenn du ein paar Ladungen Wolle stiehlst. Hör endlich auf damit, dein Onkel vermisst dich, er will dich in Sicherheit wissen und dich endlich wiederhaben! Hier hast du doch kein Leben!«

Fassungslos sah Isabel ihn an. Zuvor hatte sie es zwar gesagt, aber nicht richtig geglaubt. Sie hatte gedacht, er kannte sie, hatte gehofft, er würde sie verstehen. Dass er vielleicht sogar stolz auf sie wäre. Doch dieser Streit führte zu nichts. Die wenigsten Männer verstanden ihren Kampf. Sie sahen nicht die Freude in den Augen derer, die nichts hatten und die auf jedes erbeutete bisschen Wolle oder auf jeden Sack Getreide angewiesen waren. Vielleicht konnte Isabel keine gewaltigen Burgen bauen und Armeen von tausenden in den Kampf schicken, aber jedes Kind, das einen weiteren Winter überstand, war die Gefahr wert. Es machte ihr Herz schwer, dass Ralph ihr fremd geworden war und sie ihm. Maredudd hatte dies alles verstanden, aber Isabels dummer Einfall hatte ihn den Menschen in Not weggenommen. Jetzt musste sie seine Aufgabe übernehmen, das war das Mindeste, was sie tun konnte, um die Schuld wenigstens annähernd zu begleichen.

»Geh, Ralph«, sagte sie, müde und traurig. Sie hatte keine Kraft, um sich zu rechtfertigen und etwas zu erklären, das er nicht verstehen wollte. »Ich werde nicht von hier weggehen, mein Platz ist unter den Walisern. Geh zu Maurice, und sag ihm, dass du mich hier nicht hast finden können, ehe noch jemand dahinterkommt, wer Aneirin aus Gwynedd wirklich ist.«

»Isabel …«

Sie schüttelte den Kopf. »Du bist meinetwegen schon zu oft in Gefahr geraten. Ich weiß, du kannst mich nicht verstehen, aber bitte wirf nicht auch noch dein Leben für mich weg. Geh einfach.«

Wenn der Sheriff etwas gegen uns plant, werden es Madog und Gwladys wissen.« Isabel schwang sich auf ihr Pony und warf Eira einen Blick zu. Ihre Freundin verabschiedete sich gerade von ihrer Tochter und wirkte todtraurig. Sie hatte aber nicht gezögert, sofort wieder aufzubrechen, als Isabel ihr von der drohenden Gefahr des Sheriffs erzählt hatte. Jetzt gab Eira die kleine Anwen zurück in Gwenllians Hände und stieg ebenfalls auf.

»Wirst du mir nun endlich sagen, wer dieser junge Mann war, mit dem du gestern Abend so lange verschwunden warst? Ich weiß, du hast die Informationen von ihm. Und dass er ein angehender Barde ist, kann er meinen von seinem Lied taub gewordenen Ohren erzählen.«

»Wer er ist, ist doch egal …«

»Wenn er eine Gefahr für uns darstellt, hat es sehr wohl …«

Isabel warf ihr einen Blick zu. »Er stellt keine Gefahr dar, vertrau mir. Er ist schon abgereist. Er ist jemand aus meiner Vergangenheit, und das wird er auch bleiben.« Angespannt ließ sie ihren Blick über den Hof schweifen. Sie konnte Eira nicht mehr sagen, ohne Ralph in Gefahr zu bringen. Dass Ralph Cadwaladrs Sohn war, genauso wie dass er im Dienst eines Normannen stand, würde Eiras Loyalität ihr gegenüber vielleicht überstrapazieren. Für Rhys und alle anderen hier wäre Ralph ein Feind, und das gleich in zweierlei Hinsicht. Während ihr Blick zwischen den Wirtschaftsgebäuden umherwanderte, hoffte sie inständig, dass er bereits aufgebrochen war. Dabei fiel es ihr schwer, den Kloß in ihrem Hals hinunterzuschlucken, denn es tat weh, ihn gehen zu lassen … Aber so war es auch für ihn am besten. An ihrer Seite war er nur in Gefahr, das war beim Sheriff schon so gewesen, und das hatte sich unter den Briten nicht geändert.

Ungeduldig warf sie einen Blick zum Turm und knetete die Zügel in den Händen. Sie warteten immer noch auf Iestyn, und dass er nicht wie sonst immer pünktlich war, erfüllte sie mit einem unruhigen Prickeln. Sie wollte endlich zu Gwladys und Madog, die Schäfer in der Nähe von Tenby, um mehr über die Absichten des Sheriffs zu erfahren.

Lautes Männerlachen lenkte sie zurück in die Wirklichkeit, und als sie wieder zum Turm blickte, sah sie Iestyn von dort herkommen. An seiner Seite hielt sich ein hochgewachsener Mann in weiten Hosen von dunkler Farbe, einer roten Tunika, die bis auf die Oberschenkel fiel, und einem Bogen in der Hand. Um die Hüften hatte er sich einen Beutel mit ein paar Pfeilen geschnallt, was ihn wie einen der vielen walisischen Bogenschützen aussehen ließ. Nur war er nicht so klein und stämmig wie diese, auch wenn sein Oberkörper zeigte, wie oft er einen Bogen spannte. Isabel wich alle Farbe aus dem Gesicht, und sie versuchte, einen Fluch zu unterdrücken. Ralph!

»Ist das nicht dieser Aneirin?« Eira lenkte ihr Pony an ihre Seite und blickte den beiden Männern entgegen. »Du sagtest doch, er wäre schon abgereist.«

»Das dachte ich auch …« Isabel starrte ihm grimmig entgegen. Sein Blick war nichtssagend, als er an Iestyns Seite zu ihr kam, ganz so, als würden sie sich nicht kennen. Er sah sie auch kaum an, während er an seinem Gürtel herumrückte.

»Was macht Aneirin hier?«, wollte Eira sofort vom einstigen Kommandanten ihres Geliebten wissen.

»Er hat sich uns angeschlossen.« Iestyn drosch Ralph auf die Schulter. »Hat gehört, was wir mit unserer kleinen Bande so treiben, und wollte mit. Und zu einem zusätzlichen Bogen sollten wir nicht Nein sagen.«

»Na, wenn er so schießt, wie er singt, sage ich allemal lieber Nein«, ließ sich Isabel vernehmen, was Eira mit einem breiten Grinsen quittierte.

Ralphs von den ersten Morgenstrahlen beschienene Eisaugen verengten sich. Zwischen der dunklen Umrandung seiner Wimpern funkelten sie wie Edelsteine. Isabels Herz raste, und ihre Hände begannen bei seinem durchdringenden Blick zu schwitzen. Wieso war er noch hier?

»Woher wollen wir wissen, dass wir ihm trauen können?«, fragte Eira immer noch misstrauisch.

»Ich habe ihn ausführlich befragt«, sagte Iestyn, während

Ralph Isabel mit einem kaum merklichen, spöttischen Kopfschütteln ansah. »Natürlich können wir nicht sicher sein, aber beim ersten Anzeichen auf Verrat werde ich nicht zögern, ihm die Kehle durchzuschneiden. Bis dahin kann er Freinc für uns töten, denn schießen kann er wirklich, ich hab's gesehen. Hab ihm einen Bogen von uns gegeben, und der Bursche ist verdammt talentiert.«

»Und trotzdem ist er aus dem Norden und …«

»Iestyn hat recht«, warf Eira ein, ehe Isabel weitersprechen konnte. »Wir sollten endlich aufbrechen, und Aneirin kann uns nützen.«

Isabel ballte die Hände zu Fäusten, sagte aber nichts mehr und trieb ihr Pony an, wissend, dass die anderen bald aufschließen würden.

»Du musst kein Gift schlucken, nur ein paar Tage mit mir verbringen«, erklang auch schon Ralphs Stimme neben ihr, kaum dass sie den Pfad gen Westen eingeschlagen hatten. Zu ihren Seiten ragte mannshohes Gestrüpp auf, und Isabel fand es auf einmal sehr verlockend, ihr Pony hineinzutreiben und zu verschwinden.

»Ich verstehe nicht, wieso du das tust. Ich werde nicht zurückgehen. Mein Platz ist hier, und nichts, was du sagst, wird das ändern … *Aneirin.*«

»Das habe ich auch nicht geglaubt, denn deine Sturheit ist mir nicht neu … *Isabel.*«

Sie fuhr zu ihm herum, und er hob mit einem angedeuteten Lächeln eine Augenbraue. Auf einmal wusste sie nicht mehr, ob sie lachen oder ihn schlagen sollte. Ihr Mundwinkel zuckte, aber noch bevor ihr ein Schmunzeln entkam, sah sie wieder zu Eira und Iestyn nach vorne, damit er es nicht bemerkte. »Wieso bist du noch hier? Ich glaube, wir haben gemerkt, dass wir in dieser Sache nicht mehr einer Meinung sind.«

»Irgendjemand muss auf dich aufpassen.«

»Das kann ich selbst, die letzten Jahre habe ich es schließlich auch geschafft.«

Ralph seufzte. »Aber ich kann nicht einfach fortreiten, wissend, dass du dich wie ein Mann in den Kampf stürzt und jeden Moment umkommen könntest. Ich hätte keinen Moment des Friedens mehr. Und der Friede ist mir wichtig. So wie ich es verstanden habe, dir auch. Siehst du, wir sind doch einer Meinung?«

Nun musste Isabel doch lachen. Sie wurde aber gleich wieder ernst. »Weißt du, in was für eine Gefahr du dich begibst? Wenn die anderen herausfinden, wer du bist …«

Ralph unterbrach sie träge lächelnd: »Deine Angst um mich ist so rührend. Aber ich bleibe hier! Vielleicht werde ich ja auch ein Rebellenkrieger?«

Verblüfft starrte sie ihn an. Wie konnte er so schnell seine Ansichten ändern?

»Das war ein Scherz, Isabel. Auch wenn ich damals nach deiner Entführung kopflos losgestürmt wäre, um meinen Schwur einzuhalten, ist mir heute durchaus bewusst, dass ich deinem Onkel mein Leben verdanke. Und noch sehr viel mehr. Ich werde ihn nicht betrügen.«

Sie sah ihn an, musterte seine fremdartig scharfen Züge und seinen für ihn so ungewohnt ernsten Ausdruck, und sie stellte mit leiser Verwunderung fest, dass sie seine Treue ihrem Lieblingsonkel gegenüber wertschätzte. Gleichzeitig war da aber auch ein Teil in ihr, der traurig darüber war. Er wollte sie heiraten – um sie vor dem Sheriff zu beschützen, was ehrenhaft war, und aus Loyalität ihrem Onkel gegenüber, der sie zurückholen wollte. Aber nicht ihretwegen. Vielleicht trug er noch sentimentale Erinnerungen an sie in seinem Herzen, aber sie hatten sich in den letzten Jahren so weit voneinander entfernt, dass sie nicht einfach an alte Gefühle anschließen konnten. Isabel wollte das auch nicht, denn es würde alles nur noch komplizierter machen. Trotzdem tat es weh, dass Ralph es augenscheinlich auch nicht vorhatte. Er würde sie heiraten und schützen, aber nicht lieben. Das erkannte sie an der stets aufrechterhaltenen Mauer, die so deutlich zu spüren war, dass auch seine Scherze sie nicht verbergen konnten. Der Sheriff hatte ihm mehr genommen als nur fast sein Leben.

»Ich bin froh, dass mein Onkel in dir einen so loyalen Knappen gefunden hat«, sagte sie, um sich nichts von ihrem innerlichen Aufruhr anmerken zu lassen, »und für dich bin ich froh, dass du einen gütigen Herrn hast. Es tut mir leid, dass du ihn enttäuschen musst, aber mein Leben unter den Normannen ist vorbei.«

Ralph sah sie an, hob eine Augenbraue und verzog den Mund zu einem halben Lächeln, als wolle er sagen: »Das werden wir ja noch sehen.« Ehe sie jedoch etwas erwidern konnte, schlug er die Fersen in den Bauch seines Pferdes und schloss zu Iestyn auf. Eine Distanz, die ihr willkommen sein sollte, ihr aber einen Stich versetzte. Wie konnte sie sich in nur einem Moment wünschen, dass er gänzlich verschwand, und gleichzeitig, dass er bei ihr blieb? Wieso musste sein plötzliches Erscheinen sie so verwirren? Sie hatte Wichtigeres, woran sie denken musste.

Wir haben nichts dergleichen gehört, Isabel, es tut uns leid.« Gwladys reichte ihr eine Schale Eintopf und ließ sich wieder etwas abseits mit ihrem Gemahl und ihren Kindern nieder, während Isabel und die anderen sich über das warme Essen hermachten.

»Der Sheriff macht also ein großes Geheimnis aus seinem Vorhaben«, brummte Eira über einem dampfenden Löffel. »Und wenn er weiß, dass es Spione in der Siedlung gibt?«

Gwladys und Madog sahen sich an, dann fiel ihr Blick auf Ralph, und sie senkten die Köpfe.

»Vor Aneirin könnt ihr frei sprechen«, ließ sich Iestyn zwischen zwei gierigen Bissen vernehmen. »Ich kümmere mich um ihn, sollte er auch nur auf die Idee kommen, etwas auszuplaudern.«

»Keine Sorge, ich verabscheue den Sheriff mindestens genauso wie ihr.« Das brachte Ralph neugierige Blicke ein, und Isabel war froh, dass Gwladys und Madog ihn nicht erkannten. Der Dreizehnjährige von einst und der Achtzehnjährige von jetzt hatten so gut wie nichts gemein. Ein desinteressierter Blick im schwachen Licht der Feuerstelle von vor fünf Jahren war nichts, was eine Gefahr darstellen konnte. Isabel lächelte in sich hinein, als sie über die Absurdität der Situation nachdachte. Wie sehr die anderen fürchteten, dass Ralph etwas ausplaudern könnte, war Ralph doch erst durch ebenjenen *Spion* in Tenby zum Rebellenbogen gekommen. Der deutliche Hass in seinen Augen, wenn er vom Sheriff sprach, zeigte allen, dass er die Wahrheit sagte.

»Bitte seid vorsichtig«, bat Isabel die beiden Schäfer, als sie Gwladys den Holzlöffel zurückgab.

»Wir werden schon auf uns aufpassen.« Madog schenkte ihr ein gütiges Lächeln und holte schließlich seine Harfe hervor. Eine Weile lauschten sie alle satt, gewärmt und zufrieden den wunderbaren Melodien, und Isabel ertappte sich dabei immer wieder, wie sie zu Ralph hinüberblickte. Er lehnte an der Wand neben der Tür, die Knie angezogen und die Arme darauf abgelegt. Sein schwarzes Haar leuchtete wie glühende Asche im Licht des Feuers, und das flackernde Spiel des rötlichen Scheins und der Schatten gaben seinem Antlitz etwas Unheimliches. In seinen Augen lag etwas Nachdenkliches, während er ihren Blick erwiderte. Isabel sagte sich, dass dies allein der Grund war, warum sie immer wieder in seine Richtung blickte. Sie spürte einfach sein Starren, das sie nervös machte. Wie sie in dieser Nacht auch nur ein Auge zumachen sollte, während er sich im selben Raum befand, war ihr schleierhaft. Sie würden hier ein paar Stunden bleiben, sich ausruhen und dann noch vor Sonnenaufgang aufbrechen, um bei ein paar umliegenden Gehöften auf dem Weg nach Dinefwr vorbeizusehen. Aber diese Stunden erschienen ihr schon jetzt als unerträglich. Schon einmal hatte sie in ebendieser Hütte geschlafen und immer wieder Blicke mit Ralph getauscht. Nur damals hatte seine Gegenwart sie beruhigt und ihr Friede und Zuversicht geschenkt, während er sie jetzt so angespannt machte, dass sie kaum ruhig sitzen konnte.

Er war zu plötzlich und unerwartet in ihr Leben zurückgekommen, und seine Pläne beschäftigten und verwirrten sie ebenfalls. Wäre es wirklich so schlimm, ihn zu heiraten und ein Leben fern all dieser Kämpfe mit ihm gemeinsam zu führen? Erschreckenderweise wollte ein Teil in ihr genau das. Aber da war immer noch ihr Pflichtgefühl, die nagende Schuld wegen Maredudds Tod und das Mitleid mit den unterdrückten Briten. Wie sollte sie all jenen ihren Rücken kehren und glücklich sein, während hier ums nackte Überleben gekämpft wurde?

Erneut drehte sie den Kopf und wäre fast zusammengezuckt, als Ralphs intensiver Blick sie traf. Seine Augen waren ein wenig verengt, was nichts vom blauen Leuchten preisgab. Jetzt wirkten sie fast schwarz, von einem rötlichen Schein überlagert. Prüfend sah er sie an, als suche er irgendetwas an ihr, was das unruhige Kribbeln in ihr verstärkte.

Unvermittelt sprang sie auf, da sie ansonsten das Gefühl gehabt hätte, platzen zu müssen. »Ich sehe nach den Pferden«, erklärte sie und flüchtete aus der stickigen Hütte.

Draußen sog sie gierig die frische Luft ein und konzentrierte sich auf ihre Atmung, um wieder klarer zu denken. Als sie sich einigermaßen sicher auf den Beinen fühlte, ging sie zum Verschlag hinüber und überprüfte tatsächlich, ob bei den Pferden alles in Ordnung war. Es war bereits dunkel, aber ihre Augen waren genügend an die Nacht gewöhnt, um sich orientieren zu können. Als sie wieder zurück Richtung Hütte ging, fiel ihr aber jeder Schritt schwerer. Sie wollte sich nicht wieder dieser nervenzerreißenden Anspannung stellen, lieber genoss sie den Frieden hier draußen. Kurzerhand beschloss sie, zum Bach zu gehen, und als sie dem kurzen Weg durch die niedergetrampelte Wiese folgte, fühlte sie sich plötzlich wieder wie das dreizehnjährige Mädchen von einst, das ein Geheimnis mit einem walisischen Prinzen teilte. Mit *ihrem* walisischen Prinzen. Das Schicksalsrad drehte sich unaufhörlich, und nun hatte es sie beide wieder hierher an jenen Ort geführt, an dem sie durch Cadell zur Rebellin geworden war. Wie könnte sie ihn nur dazu bringen, von hier wegzugehen? Wie sollte sie es schaffen, ihn gehen zu lassen? Jeder Moment in seiner Nähe machte es schwerer.

Am Ufer des in der Finsternis glitzernden Baches ließ sie sich nieder und ergriff ein Büschel der herausragenden Wasserpflanzen und zerrupfte sie nachdenklich. Sie brauchte eine Beschäftigung, etwas, das ihre Gedanken von Ralph lenkte. Als sie jedoch Schritte hinter sich vernahm, spannte sich ihr Körper an. Eira konnte es nicht sein, die bewegte sich leichtfüßig wie eine Elfe.

Eine Hand auf dem Messer an ihrem Gürtel fuhr sie herum, war aber nicht überrascht, Ralph über ihr aufragen zu sehen.

»Willst du mich abstechen?« Er wies auf die Lederscheide unter ihrer Hand und verschränkte die Arme vor der Brust.

Isabel wandte sich wieder dem Bach zu und setzte ihre Pflanzenmisshandlung fort. »Du hättest auch ein Angreifer sein können.«

»Hm … Ich nehme an, die Erfahrung hat dich gelehrt, vorsichtig zu sein.« Er trat neben sie, und erneut spürte sie seinen Blick auf sich.

»Kannst du das nicht lassen?«, entfuhr es ihr.

»Was?« Er klang belustigt.

»Mich so anzusehen!«

Ein tiefes Lachen entfuhr ihm. »*Wie* sehe ich dich denn an, Isabel?«

Sie sah zu ihm hoch und setzte zu einer Antwort an, als sie jedoch in sein schattenhaftes Gesicht blickte, brachte sie kein Wort mehr heraus.

»Darf ich mich neben dich setzen?«

Isabel schüttelte den Kopf, um das Rauschen in ihren Ohren loszuwerden. Wieso machte er sie so nervös? Wäre sie nur wieder in die Hütte gegangen. Hier draußen allein mit ihm war alles nur noch schlimmer.

»Mir wäre es lieber, wenn du zurückgehst«, murmelte sie, ohne zu ihm aufzusehen. »Damit meine ich nicht zu den anderen, sondern zu meinem Onkel.«

Mit einem Seufzen ließ er sich ungeachtet ihres scharfen Blicks neben ihr nieder. »Nun, das hatten wir ja schon, oder? Lass uns lieber über etwas reden, das uns nicht auf der Stelle treten lässt. Erzähl mir von deinem Leben hier, wie es dir ergangen ist, seit … Tenby.«

Isabel sah aufs wogende Ufergras und zuckte mit den Schultern. »Da gibt es nicht viel zu erzählen, Ralph. Ich lebte am Fürstenhof, alle waren freundlich zu mir, und nach anfänglichem Hadern ging es mir dort gut. Nur fragte ich mich …« Sie biss sich auf die Lippe und zuckte mit den Schultern. Jetzt wusste sie ja, warum er nicht eher zu ihr gekommen war. Erneut sah er sie an, und Isabel schloss die Augen, in der Hoffnung, ihn ausblenden zu können. Sie versuchte, sich daran zu erinnern, wie sie damals als Kinder hier gewesen waren, ohne dieses Ziehen in ihrer Magengegend.

»Weißt du noch, wie wir damals hier saßen? Es scheint mir so lange her zu sein. Ich habe versucht mir das Blut abzuwaschen, und du hast mir das Haar zurückgestrichen, damit es nicht nass wird«, äußerte sie ihre Gedanken laut. Sie bereute ihre Worte sofort.

Ralph hob die Hand und ließ eine Strähne ihres Haars durch seine Finger gleiten. Wehmut überlagerte seine Stimme, als er abwesend murmelte: »Mir war völlig egal, ob es nass wird, ich wollte dich nur berühren.«

Sie sah zu ihm hoch, und er zog seine Hand zurück. Einen Moment lang lag Verwirrung in seinem Blick, als hätte er seine Worte genauso wenig laut aussprechen wollen, aber als er ihr in die Augen sah, schien sich etwas zu verändern. Die Luft zwischen ihnen verdichtete sich, vibrierte, und auf einmal fiel ihr das Atmen schwer. Sie spürte seine Wachsamkeit, als wäre er jederzeit bereit, die Mauer zwischen ihnen wieder zu verstärken, aber je länger sie sich ansahen, desto intensiver wurde sein Blick.

Hitze stieg in ihr auf, sie spürte sich erröten und dankte stumm der Dunkelheit. Die Erinnerung an den Kuss drängte sich ihr wieder einmal auf, und der Wunsch, ihn noch einmal auf diese Weise zu spüren, ließ ihre Hände zittern.

»Ist dir kalt?«, fragte er unvermittelt und atmete hörbar aus. Isabel schüttelte den Kopf.

Ralph nickte und sah wieder zum Bach; es war förmlich zu spüren, wie er sich wieder in Distanz flüchtete. Doch es gelang ihm nicht besonders gut, das Schweigen zwischen ihnen kam ihr weiterhin so geladen vor wie die Luft vor einem Gewitter.

»Iestyn scheint von deinem Können stark beeindruckt zu sein«, sagte sie schließlich, um ihre Anspannung zu verbergen.

»Na ja, bei deinem Onkel hatte ich Zeit zu üben, da ich nicht den halben Tag am Pranger verbrachte.«

»Der muss dir schon richtig fehlen, er war ja fast schon ein Zuhause für dich.«

Sie lachten beide, auch wenn es etwas gequält klang und Isabel sich seiner Gegenwart immer noch überbewusst war. Auch Ralph wurde schnell wieder ernst. »Ich kann nicht für die Rebellen kämpfen, Isabel. Ich gehöre nicht hierher, mein Vater würde …«, er seufzte tief, »mein Vater ist ein Feind von Südwales, und auch wenn ich nicht der einzige Sohn bin, sähe er mich doch lieber für die Freinc kämpfen, so wie er es tut. Bei den Freinc ist unsere Zukunft, meint er, von ihnen können wir am meisten herausschlagen. Vor allem aber kann ich deinen Onkel nicht betrügen, er hat ohnehin schon alles verloren. Seine Gefolgsmänner verließen ihn nacheinander, da er sie nicht mehr bezahlen konnte. Ohne Land ist er mittellos, und es liegt nicht in seiner Natur, auf Raubzüge zu gehen und sich so zu bereichern.«

»Meine Mutter wird sich wohl tagtäglich darüber beschweren, dass sie ihn und seine Familie durchfüttern muss«, murmelte Isabel mit einem bitteren Lächeln. Trotzdem ließ der Gedanke an ihre Mutter einen Funken Heimweh in ihr aufkommen, was sonderbar war, denn Isabel hatte immer gedacht, er würde sie darin bestärken hierherzugehören. Aber sie vermisste ihre Mutter, ihre Großmutter, ihre Geschwister, Onkel, Tanten und alle, die dazugehörten. Als würde sie sich nicht schon zerrissen genug fühlen! Aber Ralph brachte einen Teil in ihr zum Vorschein, den sie fast schon vergessen und begraben hatte – die Normannin.

»Ja, wahrscheinlich.« Ralph ließ sich zurücksinken und stützte sich auf die Ellbogen. »Ich verdanke deinem Onkel, dass er mich vom Sheriff wegholte. Ich verdanke ihm mein Leben. Ich kann nicht hier bei seiner Nichte bleiben, wenn er sich tagtäglich fragt, was aus ihr geworden ist.«

»Tut er das?« Isabel sah über die Schulter zu ihm hinab. »Ich dachte, jetzt, da er selbst Kinder hat, sogar einen Sohn …«

»Er liebt dich, als wärest du sein eigenes Kind, Isabel. Er nahm die Nachricht deiner Entführung fast noch schwerer als …« Er verstummte plötzlich. Aber Isabel kannte die Wahrheit ohnehin.

»Als mein Vater.« Sie legte sich ebenfalls zurück, bettete ihren Kopf ins kaltfeuchte Gras und blickte hoch zu den Sternen, die hinter den vereinzelt weißen Schlieren tanzten. »Du kannst es ruhig sagen. Ich verstehe auch, dass du nicht hierbleiben kannst. Ich will, dass du gehst, denn dieses Leben ist nichts für dich.«

»Ach nein?« Altbekannter Schalk klang aus seiner Stimme, den sie fast schon für verloren gehalten hatte. »Aber für dich ist dieses Leben geeignet? Die kleine Isabel ist eine wahrhaftige Rebellin? Macht es dir wirklich nichts aus? Das Kämpfen?«

»Du meinst, das Töten?« Sie drehte den Kopf von ihm weg und grub ihre Finger in die Erde. »Natürlich macht es mir etwas aus, aber ich habe keine andere Wahl. Ich bin es diesen Menschen schuldig. Ich bin es Eira schuldig. Ich nahm ihr Maredudd.«

Einen Moment lang herrschte Stille, dann sagte Ralph mit deutlicher Verwirrung: »Was solltest du mit Maredudds Tod zu tun haben? Es heißt, er starb beim Angriff auf eine flämische Burg.«

Sie konnte ihn immer noch nicht ansehen. »Es war ein hirnrissiger Einfall. *Mein* hirnrissiger Einfall. Auch hätte ich sofort ahnen müssen, dass etwas nicht stimmt, ich hätte Maredudd eher aus dem Feuer holen müssen, ich hätte …« Eine Berührung an ihrer Schulter ließ sie innehalten. Sie wandte sich ihm zu und sah in seine in der Dunkelheit funkelnden Augen. Nur dieses Mal fühlte sie sich nicht so unerträglich unruhig, sondern eher, als hielte die ganze Welt den Atem an, so still war es.

»Schuld ist der Grund, aus dem du kämpfst?«, fragte er. Mitgefühl schwang in seiner Stimme mit, und er streichelte weiter beiläufig über ihre Schulter, sodass Isabel sich fragte, ob er es überhaupt bemerkte.

Isabel presste die Lippen aufeinander, dachte über seine Frage nach und befand, dass es stimmte. Sie sah es als ihre Pflicht an, den Menschen zu geben, was sie ihnen genommen hatte.

»Zum Teil«, antwortete sie und strich sich ihr loses Haar aus dem Gesicht. »Aber du hast sie auf dem Weg hierher gesehen. Die einfachen Leute, die Kinder. Maredudds Taten hatten einen Sinn. Sie waren gut. Wenn nicht wir, wer sonst, Ralph? Wenn jeder sagt, dass auch andere für die Schwachen einstehen können, wer tut es dann am Ende?«

Ralph sah sie schweigend an, etwas veränderte sich an ihm,

das sie in der Dunkelheit nicht richtig ausmachen, sondern eher fühlen konnte. Es schien, als wäre seine Haltung nicht mehr so hart und abweisend. »Ich verstehe dich. Und ich bewundere dich dafür.« Er richtete sich neben ihr wieder in eine sitzende Position auf, atmete hörbar ein und strich sich über die Augen. »Aber ich könnte es nicht ertragen, wenn dir hier etwas geschieht, nur weil ich dich nicht beschützt habe. Ich kann deinen Onkel nicht im Stich lassen und hierbleiben. Aber ich kann dich auch nicht alleine kämpfen lassen. Also was soll ich tun? Dir einfach einen Sack über den Kopf stülpen und dich mitnehmen?«

»Als könntest du mich gegen meinen Willen irgendwohin bringen«, erwiderte sie mit Belustigung in der Stimme und richtete sich auf die Ellbogen auf, »ich bin stärker, als ich aussehe.«

»Ja, das bist du.« Langsam drehte er sich wieder zu ihr um, ließ seinen Blick über sie gleiten und rang deutlich mit sich. Erneut standen sie still in einem Moment, in dem sie nur aufeinander zugehen oder sich abwenden konnten. Seine Brust hob und senkte sich deutlich, auch Isabels Atem beschleunigte sich. Sie wusste, wenn sie ihm nahekam, war dies gefährlich, sie musste die Gefühle von sich fernhalten, um nicht zerrissen zu werden. Ralph schien denselben Kampf auszufechten.

Zögernd hob sich seine Hand, seine Fingerspitzen berührten ihre Wange.

Isabel hielt den Atem an, grub ihre Finger in die Erde. Sie verloren den Kampf, wieso fühlte es sich dann an, als würden sie gewinnen?

Sacht strich seine Hand zurück unter ihr Haar, sein Blick hielt den ihrigen gefangen, während sein Körper wie eine Bogensehne gespannt war. Sie spürte die eiserne Zurückhaltung, wusste, er würde jeden Moment loslassen. Entweder aufgeben und etwas ins Rollen bringen, das sich nicht mehr aufhalten ließe, oder zurück hinter seine Mauer flüchten.

Isabel wünschte, er würde sich für Ersteres entscheiden, und so legte sie vorsichtig ihre zitternde Hand auf seine im Schoß geballte Faust. Seine Finger zuckten unter den ihrigen, der Atem entwich ihm mit einem leisen Stöhnen, und sein Griff in ihrem Nacken verstärkte sich. Einen letzten Moment sah er ihr noch in die Augen, Isabel erkannte die Resignation in den seinen, und im nächsten Augenblick trafen seine Lippen die ihrigen.

Isabel keuchte auf ob der Intensität dieser Berührung. In ihrem Inneren schien etwas zu bersten, und plötzlich war ihr egal, was richtig und was falsch war oder auf welche Seiten sie beide gehörten. Sie wollte einfach nur dem beinah schmerzhaften Ziehen in ihrem Bauch nachgeben. Aus Ralphs Kehle stieg ein Laut wie ein Knurren, und obwohl sie gespürt hatte, dass er lediglich von einer winzigen Geste ihrerseits zurückgehalten wurde, überraschte sie, wie heftig dieser Ausbruch war. Besitzergreifend zog er sie an seine Brust und vertiefte seinen Kuss. Sie wusste nicht, ob sie wegen der plötzlichen Schwäche und Schwerelosigkeit zurück ins Gras sank oder weil Ralph sie niederdrückte, doch plötzlich lag sie auf ihrem Rücken und Ralph auf ihr. Ihre Lippen verschmolzen, seine Zunge berührte ihre, und selbst der Bach wurde von ihren hilflosen Versuchen zu atmen übertönt. Ihr Kinn und ihre Wangen brannten von seinem kurzen Bart, er schmeckte und roch so anders als einst, nicht weniger nach Wald, aber es mischte sich etwas Fremdes hinein, das ihr gefährlich und berauschend vorkam. Sein Gewicht, das sie unter ihm gefangen hielt, kam ihr enorm vor, und gleichzeitig wollte sie ihn noch näher an sich ziehen. Seine unter ihren Händen zuckenden Muskeln an den Armen, der Brust und im Rücken waren ihr neu und ließen etwas in ihrem Bauch und Unterleib vibrieren. Sie wollte nur noch bei ihm sein, mehr von ihm spüren.

Die eine Hand in ihrem Haar vergraben, fuhr seine andere an ihrem Körper hinab. Fest strich sie über ihren Bauch, die Hüften, schloss sich um ihre Kniekehle und hob ihr Bein etwas an, nur um dann denselben Weg wieder zurück nach oben zu streichen. Nicht grob, aber auch nicht unbedingt zärtlich umschloss er ihre Brust, und wie auf ein unsichtbares Kommando entwich ihnen zugleich ein Stöhnen.

Nie zuvor hatte sie sich so gefühlt, sich ihrer selbst so bewusst und der Nähe eines anderen. Seine Finger hätten in Flammen stehen können, so sehr versengten seine Berührungen ihre Haut, dabei lag immer noch ihre Kleidung zwischen ihnen. Eine Barriere, die ihr plötzlich unerträglich war, sie wollte seine Haut auf ihrer spüren, und so zerrte sie sein Hemd hoch und ließ ihre Finger darunter gleiten. Wärme empfing sie, als sie seinen flachen und harten Bauch berührte, knapp unter dem Nabel, wo sie eine Linie kurzen Haars ertastete. Ralph entfuhr ein Keuchen. Es war so aufregend und gleichzeitig so natürlich, seinen Körper zu erkunden, mit ihren Händen zu sehen und so viel zu entdecken, obwohl sie einst gedacht hatte, ihn in- und auswendig zu kennen. Aber jetzt bemerkte sie, dass sie nichts von ihm wusste, und das Fremde reizte sie nur noch mehr.

»Isabel.« Ralph presste seinen Mund an ihren Hals und umklammerte ihre Schultern, als sie der Linie von seinem Nabel hinunterfolgte. Sie spürte die einzelnen Muskelstränge, die sich zusammenzogen, nahm wahr, wie sich sein ganzer Körper anspannte, wollte, dass er sie auch so berührte, als er plötzlich zurückfuhr. Er verwandelte sich in einen dunklen Schemen, und als ihre Sicht sich wieder klärte, stand er schwer atmend mehrere Fuß von ihr entfernt da und starrte auf sie hernieder.

»Es tut mir leid … verzeih mir … ich wollte nicht …«

»Was?« Beraubt, enttäuscht und verwirrt stützte sie sich auf die Ellbogen und sah zu ihm hoch. Ihr war entsetzlich kalt, und sie zitterte.

»So über dich herfallen.« Er wandte sich ab und fuhr sich unwirsch über die Stirn. »Das alles hier ist einfach nicht richtig. Wir gehören nicht hierher, es sollte nicht so sein. Dein Onkel gibt uns die Möglichkeit, von hier zu entkommen, gemeinsam!

Ich weiß, wie viel dir der Kampf bedeutet, aber wenn du mich heiratest … ich kann dich nicht so entehren.«

»Und ich kann dich nicht so heiraten!« Sie sprang auf die Füße und sah ihn mit dem Gefühl zu ersticken an. Tränen schossen ihr in die Augen, und sie bemühte sich verzweifelt, das Zittern aus ihrer Stimme herauszuhalten. »Ich könnte mir nie verzeihen, wenn ich alle so im Stich lassen würde.«

Ralph stand nur da und ließ die Schultern sinken. »Ich weiß.« Sie sahen sich an, und niemand wusste mehr etwas zu sagen. Es gab einfach keine Worte mehr, denn sie traten auf der Stelle, waren Gefangene zwischen ihren Gefühlen füreinander und ihrem Pflichtbewusstsein. Es gab keinen Weg zueinander, und so gingen sie schweigend zurück und lösten Eira und Iestyn bei ihrer Wache ab, jeder auf einer Seite der Hütte, eine Wand zwischen ihnen, die einfach nicht zu überwinden war.

Der nahende Morgen vertrieb die Schwärze und hüllte die Welt in graues Licht. Noch war die Sonne nicht aufgegangen, und Isabel fühlte sich, als wäre eine Armee über sie hinweggetrampelt. Sie hatte kaum geschlafen, denn ihre Gedanken waren um Ralph und die Bedrohung durch den Sheriff gekreist. Im einen Moment hatte sie bei der Erinnerung an ihre Nähe mit Ralph vor sich hin gelächelt, sich vor Sehnen, ihn wieder bei sich zu spüren, unruhig hin- und hergeworfen, im nächsten hatte sie gehetzt ihren Blick über den Waldrand und die Wiesen schweifen lassen, mit dem stechenden Gefühl, beobachtet zu werden. Dann war sie wieder den Tränen nahe gekommen, da sie dazu verdammt schien, nie Liebe zu finden, dabei wünschte sie sich nichts mehr, als wie Maredudd und Eira ihr Leben und ihren Kampf verbinden zu können. Nur, wenn sie Maredudd und Eira vor sich gesehen hatte, war ihr nie der Gedanke gekommen, wie krank einen die Sorge um das Leben jenes geliebten Menschen machen konnte. Vielleicht sollte sie mit Eira darüber sprechen, aber Eira war doch das beste Beispiel dafür, dass solch eine Liebe einem das Herz brechen konnte. Eine Liebe inmitten von Kämpfen konnte nicht überleben.

Das wirklich Erschreckende war jedoch, dass Ralph der einzige Mensch war, bei dem sie sich vorstellen könnte, den Schmerz zu riskieren. Noch erschreckender war, dass sie schon jetzt nicht ertragen könnte, wenn ihm etwas zustieße.

Mit knappen Worten verabschiedete sie sich von ihren Gastgebern und behielt weiterhin die Umgebung im Auge. Bei Gwladys und Madog fühlte sie sich fast schon zu Hause, und die Sorge um ihre Freunde so nahe an Tenby machte sie unruhig.

Unwillkürlich blickte sie zu Ralph hinüber, der gerade den Sattelgurt seines Reitpferdes festzog. Ralph und die Zeit in Tenby gehörten für sie zusammen, und es war immer noch ungewohnt, ihn in ihrer neuen Welt zu sehen. Noch ungewohnter waren aber seine anmutige Haltung, mit der er seinen großen, muskulösen Körper trug, seine sicheren Handgriffe und die stumme von ihm ausgehende Warnung, ihm nicht zu nahe zu kommen. Von einem schlaksigen Schilfhalm hatte er nichts mehr.

Als hätte er ihren Blick gespürt, drehte er sich zu ihr um und sah sie an. Isabel stockte der Atem. Das bekannte nervöse Flattern strömte durch ihren Körper, und sie wandte sich schnell ab, um sich nichts anmerken zu lassen. Erneut blickte sie zum Waldrand und kniff die Augen ein wenig zusammen. Ihr war, als hätte sie eine Bewegung ausgemacht. Zwischen den knochigen Stämmen der Buchen, die bereits ihr buntes Laub verloren. Oder bildete sie sich das nur ein, da die Kunde vom Vorhaben des Sheriffs sie so nervös machte? Andererseits waren sie hier in seinem Gebiet und … ein Schatten bewegte sich zwischen den Bäumen, und Isabel überlegte nicht länger.

»Freinc!«, rief sie, schwang sich auf ihr Pony und trieb es an, kaum dass sie im Sattel saß. Sie hörte noch, wie Eira der Schäferfamilie auftrug, die Kinder zu nehmen und sich im Wald zu verstecken, ehe das wilde Rauschen des Windes und das donnernde Stampfen der Hufe alle anderen Geräusche verschluckten. In der langen Zeit der Überfälle und in feindlichem Gebiet hatten sie gelernt, nicht lange zu zögern, sondern dass schnelles Handeln Leben retten konnte. Daher stellte in ihrer Gruppe nie jemand lange Fragen oder begann Diskussionen. Sie vertrauten einander und waren aufeinander eingespielt.

Das Schnauben eines Pferdes und schneller Hufschlag erklangen neben ihr, und als sie zur Seite blickte, bemerkte sie, dass Ralph mit seinem eleganten Reitpferd zu ihr aufgeschlossen hatte. Es war schneller als die Ponys, und so deutete Isabel nach vorne zum Wald.

Ralph nickte und gab seinem Wallach die Zügel frei, der auch schon davonstob und im Gestrüpp verschwand. Isabel sah sich nach den anderen um und erkannte, dass diese sie fast eingeholt hatten. In einer auseinandergezogenen Reihe galoppierten sie auf die Baumgrenze zu und brachen schließlich ebenfalls zwischen Farnen und dornigen Büschen in den Forst. Der große Abstand zwischen ihnen machte sie verwundbar, aber er erhöhte auch die Wahrscheinlichkeit, dass sie die Normannen erwischten und niemand entkam. Wenn auch nur einer von ihnen den Sheriff erreichte und erzählte, dass die Schäfer mit den Rebellen unter einer Decke steckten, würde das Blut ihrer Freunde an ihren Händen kleben.

Mit rasendem Herzen trieb sie ihr Pony weiter, obwohl sie wusste, wie gefährlich es war, derart schnell durchs Unterholz zu preschen, aber sie vertraute der zuverlässigen Stute. Gegenüber den Normannen hatten sie mit ihren Reittieren einen unbestreitbaren Vorteil.

Zweige schlugen ihr ins Gesicht, Isabel hielt sich eine Hand vor und versuchte sich zu orientieren. Das Kreischen der aufstiebenden Vögel, die sich über das Eindringen in ihren Lebensraum beschwerten, übertönte einen Moment lang jedes andere Geräusch, aber dann hörte sie Kampfgeräusche.

Ralph musste den Feind erreicht haben. Sofort riss sie die Zügel herum, beugte sich dicht über den Hals der Stute und hielt auf den Lärm zu, während Baumstämme bedrohlich an ihr vorbeiflogen. Die Angst um ihn hielt sie fest umklammert. Er trug keine Rüstung, anders als die meisten Normannen. Er hätte sich genauso gut nackt den feindlichen Schwertern stellen können. Und ein Bogen war auch keine Nahkampfwaffe. Wie sollte er sich gegen eine Übermacht verteidigen? Die schrecklichsten Bilder zogen vor ihrem geistigen Auge vorbei und ließen ihr Herz immer heftiger poltern. Ein Blick zur Seite zeigte ihr, dass sich Eira mit Iestyn in eine andere Richtung bewegte, vermutlich hatten sie Fliehende entdeckt, aber dann verschwanden sie auch schon hinter den wild verwachsenen Bäumen, und Isabel erkannte Ralph vor sich, der ihre Widersacher zum Glück gerade erst erreicht hatte. Die Normannen kämpften weiter vorne gegen zwei der Bogenschützen, die ihre Äxte schwangen und in arger Bedrängnis waren. Als die Normannen Ralph jedoch entdeckten, preschten sie sofort auf ihn zu, denn sie sahen in dem jungen Mann, der nur mit einem vermeintlichen Stock bewaffnet war, bestimmt eine leichte Beute.

Ralph schwang indessen ein Bein über den Hals des Pferdes, sprang zu Boden und steckte ein paar Pfeile vor sich in die Erde, wie sie es schon hundertmal bei den walisischen Bogenschützen gesehen hatte.

»Ralph, bist du verrückt?!« Isabel schlug die Fersen in die Flanken des Ponys, aber sie schien nicht voranzukommen. Der Feind kam ihr viel schneller vor, und Isabel trennte immer noch ein gutes Stück Wald von den Kämpfen.

»Lauf weg!«, rief sie, da er es niemals rechtzeitig schaffen würde, den Bogen zu spannen, um einen Pfeil abzuschießen. Die galoppierenden Pferde schienen nur so auf ihn zuzufliegen.

Aber Ralph nahm die Sehne aus dem Beutel an der Hüfte, hängte sie seelenruhig an einer Seite ein und stellte dann den Bogen zwischen die Beine. Die Handvoll Normannen hatten ihn fast erreicht, und Isabel erinnerte sich unwillkürlich an Ralph, wie er sich ständig in Trystans Hütte abgemüht hatte, um das starre Stück Holz ausreichend zu biegen, um die Sehne auf der anderen Seite einzuhängen.

Jetzt jedoch hatte er den Bogen kaum abgestellt, da zog er die Sehne in einer fließenden Bewegung hinauf, und schon schien sie gespannt zu sein. Mit demselben Schwung, mit dem er die Sehne aufgezogen hatte, hob er nun den Bogen, nahm einen Pfeil, legte ihn ein und führte seine rechte Hand zurück zum Ohr, als biege er einen Grashalm und keinen Bogen mit einer enormen Zugkraft. All das war eine einzige geschmeidige Bewegung, und der Schuss folgte auf dem Fuße. Einer der feindlichen Reiter, der erste in der Reihe, flog aus dem Sattel. Der nächste Pfeil surrte nur wenige Augenblicke später von der Sehne, und noch ein Normanne lag am Boden. So erging es auch dem dritten, und als der vierte Ralph erreichte und sein Schwert schwang, machte Ralph einen Hechtsprung nach vorne, tauchte unter der Klinge weg, rollte sich ab und ergriff das Schwert eines gefallenen Feindes. Mittlerweile hatten auch die beiden Bogenschützen das Geschehen erreicht und kümmerten sich um den letzten Normannen, während Isabels Blick auf einen der Gefallenen fiel. Er regte sich, der Pfeil war nicht wie bei den anderen durchs Kettenhemd gedrungen. Jetzt versuchte er, sich hinter Ralph aufzurichten, sein Schwert in der Hand.

Isabel trieb ihre Stute zum Verletzten und trat mit aller Kraft mit ihrem Stiefel gegen die Schläfe des Normannen, der sofort wieder in sich zusammenbrach. Sie wollte ihn nicht töten, denn sie könnten Informationen aus ihm herausbekommen, aber der Mann, der gegen Ralph kämpfte, musste aufgehalten werden. Sie brachte ihr Pony zum Stehen, schwang sich zu Boden und löste die Schleuder von ihrer Taille. Mit geübtem schnellem Handgriff legte sie den Stein ein und zielte, aber Ralph tanzte um den Feind herum, sodass sie Angst hatte, ihn anstatt des Normannen zu treffen. Er führte das Schwert genauso sicher, wie er den Starkbogen nutzte, und obwohl Iestyn gesagt hatte, dass Ralph damit umgehen konnte, erstaunte sie die Leichtigkeit, mit der er kämpfte. Seine Bewegungen waren fließend, seine Miene konzentriert, aber nicht vor Anstrengung verzerrt. Endlich bewegte Ralph sich auf die andere Seite, und die Schusslinie war frei. Isabel zögerte nicht länger, holte aus und traf den Feind am Hinterkopf. Wie erwartet brach der Mann in sich zusammen, er bewegte sich aber noch benommen, und so ließ Ralph sein Schwert niederfahren.

Isabel konnte diesen Anblick immer noch schwer ertragen, aber sie zwang sich, jedes Mal hinzusehen, um nicht zu vergessen, was der Krieg bedeutete. Ralph ließ erschöpft die Schwertspitze sinken und blickte auf den Toten. Er schien ein wenig zu wanken, aber da kamen schon Eira, Iestyn und die restlichen Bogenschützen auf die Lichtung.

»Ich hoffe, das waren alle!«, keuchte Eira, deren Gesicht und Gewand von Blutspritzern übersät waren. »Wenn jemand entkommen ist …«

»Sechs haben wir erledigt«, ließ sich einer der Schützen vernehmen, »hier liegen fünf und …«

»… und wir erwischten weitere vier auf der Flucht«, fügte Iestyn hinzu. »Habt ihr die Wappen gesehen? Männer des Sheriffs.«

»Was hatten sie hier nur zu suchen?« Eira tippte einen der Toten mit der Stiefelspitze an. »Ob sie gewusst haben, dass wir in der Nähe sind?«

Isabel blickte ebenfalls auf das Wappen, und plötzlich ahnte sie, was es mit diesen Männern auf sich hatte. Entsetzt sah sie auf zu Ralph und beobachtete, wie er die verschossenen Pfeile einsammelte. Er sah nicht in ihre Richtung, aber sie war sicher, dass er ihren Blick spürte, denn seine Bewegungen wurden steifer. Das Aufeinandertreffen mit diesen Männern konnte kein Zufall sein. Ralph hatte doch gesagt, dass der Sheriff sich nicht damit zufriedengeben würde, auf Nachricht zu warten. Vermutlich hatte er Ralph nicht vertraut und eine Gruppe hinterhergeschickt, um ihm nachzuspionieren. Als sie die Burg verlassen hatten, mussten die Feinde sich an sie herangehängt und dann die Nacht über abgewartet haben, um zu sehen, an wen sie sich als Nächstes wenden würden. Diese Männer hätten eine ganze Reihe Rebellenunterstützer aufgedeckt, indem sie Ralph nach Dinefwr gefolgt waren.

»Was es mit dem Sheriff auf sich hat, werden wir bald herausfinden«, meinte Eira mit einem Blick auf den Verwundeten, der gerade stöhnend wieder zu sich kam. »Ich frage mich, wie diese Schweinehunde uns finden konnten.«

»Wir sind ganz in der Nähe von Tenby«, beeilte Isabel sich zu sagen und hörte ihre eigenen Worte über das plötzliche Rauschen in ihren Ohren kaum. »Vielleicht ist es Zufall, dass wir hier auf Männer des Sheriffs getroffen sind.«

»Das wird der Freinc uns gleich sagen«, knurrte Iestyn.

Panik erfüllte sie. Sie hätte diesen Mann töten müssen! Wieso hatte sie nicht vorher daran gedacht? Jede Information, die sie aus dem Normannen herausbekamen, würde Ralph schaden. Der Verwundete wusste, dass Ralph dem Sheriff und den Geraldines diente, dass es Ralph gewesen war, der den Feind zu Gwladys und Madog geführt hatte – ungewollt, daran zweifelte sie nicht, und trotzdem war es seine Schuld.

Ihre Gedanken rasten, sie musste Ralph eine Möglichkeit zur Flucht verschaffen, nur wie?

»Die Sonne geht bald unter«, entfuhr es ihr, »wir sollten ein Feuer machen und uns ausruhen.« Sie winkte Ralph und sah ihm eindringlich in die Augen. »Aneirin, kannst du nach Feuerholz suchen, während wir den Freinc befragen?« Und sobald du außer Sichtweite bist, lauf, so schnell du kannst, und verschwinde endlich von hier.

Ralph sah nur kurz zu ihr auf und ging dann mit gesenktem Kopf weiter von Leichnam zu Leichnam. »Hier liegt genug Holz herum«, murmelte er gerade so laut, dass sie ihn verstehen konnte, »außerdem ist hier inmitten dieser Blutlachen wohl nicht der richtige Platz zum Rasten.«

Isabel starrte ihn an. Was tust du?, versuchte sie ihn stumm zu fragen, aber Ralph sah sie gar nicht mehr an. Erkannte er die Gefahr denn nicht? Er schien gar nicht richtig bei sich!

»Jemand muss zurückreiten und Gwladys und Madog Bescheid geben«, unternahm sie einen erneuten Versuch. »Ich werde das übernehmen, Aneirin kann mich ja begleiten.«

Endlich richtete er sich auf und sah sie an. Er schien jetzt etwas klarer. »Du hast recht«, stimmte er zu ihrer Erleichterung zu, steckte die Pfeile weg und gab auch ein paar Bündel an die Bogenschützen. »Wir sollten gleich aufbrechen. Wir beide.«

Nun blickte Eira von dem Verwundeten auf und sah misstrauisch zwischen ihnen hin und her. »Wartet, bis wir wissen, ob wir alle erwischt haben. Wenn jemand entkommen ist, müssen Madog und seine Familie für immer von hier verschwinden. Wenn wir jedoch alle getötet haben, können wir ihnen Entwarnung geben.« Sie sah zu Ralph und wieder zurück zu ihr. Dann erhob sie sich, ließ Iestyn weiter versuchen, den Mann richtig aufzuwecken, und kam auf Isabel zu. Mit festem Griff nahm sie ihren Arm und zog sie etwas zur Seite. »Ist er ein Freinc?«, zischte sie und wies mit dem Kopf in Ralphs Richtung. »Gehört er zu diesen Bastarden?« Ihre grauen Augen blickten anklagend, aber auch besorgt, was in Isabel den Wunsch weckte, ihr alles anzuvertrauen. Aber sie konnte nicht.

»Er ist keine Gefahr, Eira, er hasst den Sheriff, glaub mir. Dieser Mann hier könnte jedoch etwas sagen, das ein falsches Licht auf ihn wirft.«

»Du vertraust ihm wirklich?«

»Wie niemandem sonst auf der Welt.« Zumindest hatte sie so für den Ralph von einst in Tenby empfunden. Wer Ralph nun wirklich war, wusste sie noch nicht genau, und dass sie ihm vertraute, war vielleicht ein Fehler. Aber Isabel konnte nicht zulassen, dass ihm etwas geschah.

Ihre Antwort schien Eira einen Moment zu überraschen, aber dann lächelte sie. »Nun, dann lass uns zusehen, dass der Freinc nicht dazu kommt, etwas zu sagen, das deinem Aneirin schadet, in Ordnung? Wenn du ihm vertraust, vertraue ich ihm auch. Sieh nur zu, dass er sich im Hintergrund hält.«

Isabel nickte dankbar und nahm ihre Freundin kurz in den Arm. »Es tut mir leid, dass ich dir nicht mehr sagen kann. Die Wahrheit ist zu gefährlich.«

»Irgendwann wirst du sie mir schon verraten, aber jetzt ist wohl wirklich nicht der richtige Augenblick. Ich glaube nun aber zu verstehen, warum du bisher nie einen Mann angesehen hast, wenn Aneirin aus deiner Vergangenheit ist. Du hast dein Herz an diesen Freinc verschenkt, hm?«

»Er ist kein Freinc.« Für euch wäre er sogar Schlimmeres. »Er stammt aus dem Norden, das hört man ja.«

»Steckt er wirklich mit Owain Gwynedd zusammen, so wie Rhys geglaubt hat?« Sie hob die Hand und winkte ab. »Nein, sag nichts. Es spielt keine Rolle, jetzt nicht. Er kämpft für uns, und er hat gut gekämpft, ohne zu zögern. Mehr brauche ich im Moment nicht. Aber vielleicht willst du ja noch einmal darüber nachdenken, ihn zu bitten, sich uns auf Dauer anzuschließen. Wir können ihn wahrlich gebrauchen, und so wie ihr euch anseht …« Sie blickte an ihr vorbei in den Wald, Wehmut spiegelte sich in ihren Augen, und ihr schönes Antlitz, das jetzt von Blutflecken verunstaltet wurde, verhärtete sich, »… nun ja, ihr erinnert mich an mich und Maredudd. Manchmal gehören zwei Menschen einfach zusammen.«

Isabel biss sich auf die Unterlippe und legte sich die Hand auf den Bauch, um das brennende Gefühl darin zum Stoppen zu bringen. Maredudds und Eiras Liebe war einer Sage würdig gewesen, und sie hatte auch wie ein Heldenepos geendet. Eira stand nun alleine da, Trauer begleitete sie in jedem wachen Augenblick, und nur der Kampf hielt sie noch aufrecht. Sosehr sich Isabel nach derselben Verbundenheit sehnte, fürchtete sie doch auch den Verlust. Aber sie wusste, es war zu spät, um sich vor diesen Gefühlen zu verstecken. Sie hatten längst tiefe Wurzeln in ihr geschlagen.

»Wie viele wart ihr?! Nun rede schon!« Iestyns Gebrüll rief sie zurück aus ihren Gedanken. Sie hatte jetzt keine Zeit, um über die Zukunft nachzudenken, denn wenn der Normanne etwas Falsches sagte, hatte Ralph bald keine mehr.

Mit einem Blick zu ihrem alten Freund, der mit verschränkten Armen dastand, ging Isabel auf Iestyn und den Normannen zu. Auch die Bogenschützen standen im Halbrund um die beiden, und Eira ging neben ihnen auf die Knie.

»Wie habt ihr uns gefunden?!«, rief Iestyn, und der Normanne öffnete das Auge, das nicht zugeschwollen war. »Wie viele wart ihr?«

»Er versteht dich doch nicht«, warf Isabel ein und schob Iestyn etwas zur Seite. Blieb nur zu hoffen, dass die anwesenden Waliser mit ihren paar Brocken Normannisch nichts verstanden. »Wie viele wart ihr?«, fragte nun auch sie, jedoch in der Sprache der Normannen.

Der Mann schnaubte und stöhnte dann sofort qualvoll auf. »Offensichtlich zu wenige, ihr dreckigen walisischen …«

»Wie viele wart ihr?« Isabel packte ihn am Waffenrock und brachte ihr Gesicht knapp vor das seinige. »Sag mir, wie viele bei dir waren.«

Stur sah der Mann sie an, das Blut in seinem Gesicht trocknete, und erste bläuliche Verfärbungen breiteten sich von seiner

Schläfe über die Wange hinunter aus. Es war kaum möglich, sein Mienenspiel zu erkennen, aber der Hass blickte deutlich aus seinem heilen Auge. »*Du* bist es«, spuckte er ihr entgegen. »Isabel de Carew. Ich habe dich in Tenby gesehen. Du bist es. Ich werde dich zum Sheriff zurückbringen, damit er dich lehrt, wie man mit kleinen, liederlichen …«

»Ich frage dich jetzt zum letzten Mal.« Sie wies zu Iestyn nach hinten, der mit einem zahnlückigen Grinsen seine Axt auf dem Zeigefinger balancierte. »Sag mir, wie viele ihr wart, und wir lassen dich zurück zu deinem Herrn gehen, damit du ihm eine Botschaft von mir überbringst.«

»Ihr bringt mich so oder so um. Wieso sollte ich einer Hure sagen, was sie wissen will?«

»Weil sie deine einzige Hoffnung ist, doch noch zu überleben. Wenn du schweigst, stirbst du, aber wenn du redest, lassen wir dich vielleicht laufen. Und weil dir dein Schweigen keinen schnellen Tod bescheren wird. Auf die eine oder andere Weise wird Iestyn am Ende erfahren, was wir wissen wollen. Es wird nur sehr unschön werden.« Sie sah ihn mit solch eisiger Kälte und Entschlossenheit an, dass sie den Widerstand förmlich bröckeln zu sehen meinte. Gleichzeitig spürte sie aber auch Blicke in ihrem Rücken, die sich wie Eiszapfen in ihren Körper bohrten. Sie wusste, es war Ralph, der vermutlich immer noch die kleine Isabel in ihr sah und jetzt unweigerlich ein Bild dessen vor sich hatte, was aus ihr geworden war.

»Fünfzehn«, stieß der Normanne schließlich voller Verachtung aus und spuckte ihr Blut entgegen, das auf ihrem ohnehin verschmutzten und blutigen Umhang landete. Isabel wiederholte die Zahl den anderen auf Walisisch und atmete genauso wie sie erleichtert auf, da sie anscheinend alle erwischt hatten. Natürlich konnte der Mann auch lügen, aber er wusste nicht, wie viele sie getötet hatten, denn die anderen Toten lagen weiter weg.

»Fünfzehn also«, fuhr Isabel an den Normannen gewandt fort. »Und was genau plant der Sheriff, um …«

Etwas blitzte zwischen ihr und dem am Boden liegenden Mann auf, sie sah eine blasse, kleine Hand, und im nächsten Moment klaffte eine blutende Wunde am Hals des Normannen.

Isabel fuhr keuchend zurück und schlug sich die Hand vor den Mund, hinter ihr fluchten Männer, und als Isabel zur Seite sah, begriff sie, was vorgefallen war. Eira hatte dem Normannen die Kehle durchgeschnitten.

»Ich habe genug von diesem Blöken und Näseln«, erklärte die Waliserin mit einem Schulterzucken, wischte die Klinge im Laub neben sich ab und erhob sich. Alle starrten sie an, sogar die Augen des Feindes waren immer noch schreckgeweitet auf Eira gerichtet, und es war Iestyn, der die Stille brach.

»Bist du von Sinnen, Weib?! Der Vogel hat gesungen, wir hätten noch mehr herausfinden können!«

»Was hätte er uns schon erzählen können? Wie Isabel schon sagte, wir sind nahe an Tenby, und diese Bastarde ritten wohl aus, um sich bei den umliegenden Bauern zu vergnügen. Vielleicht hat der Sheriff sie auch auf Rebellenjagd geschickt, unser Treiben ist ja kein Geheimnis, und dass der Sheriff uns tot sehen will, auch nicht. Es ist schon hell, ich will meine Zeit nicht ewig hier ungeschützt in freincischem Gebiet verplempern, also lasst uns zusammenpacken. Jemand muss auch noch zu Gwladys und Madog und ihnen Bescheid sagen.« Eira steckte das Messer weg und stapfte zu den Pferden, während Isabel immer noch zu Atem zu kommen versuchte. Sie hat es für Ralph getan, fuhr es ihr durch den Kopf. Der Normanne hatte sterben müssen, das war ihr bewusst, und sie vergoss seinetwegen bestimmt keine Tränen. Er hätte dem Sheriff von Gwladys und Madog und auch von ihr erzählt. Aber Eiras Tat war zu plötzlich gekommen, zu grausam. Sie hätten ihm noch die Möglichkeit zu einem Gebet geben müssen. Aber dann hätte er Gelegenheit gehabt, Ralph zu erkennen.

Wie an Fäden gezogen drehte sie sich um und begegnete Ralphs Blick. Er sah sie an, als hätte er eine Fremde vor sich, und diese leblosen Augen, die sonst doch immer den Schalk in sich trugen, taten ihr mehr weh, als sie sollten.

»Du siehst aus, als müssten wir uns Gwladys' Eintopf bald auf dem Boden ansehen, Junge.« Iestyn ging auf Ralph zu und klopfte ihm auf die Schulter.

Wie aus einem Traumzustand gerissen zuckte Ralph zusammen, und da bemerkte Isabel, dass sich sein Hemd am linken Oberarm dunkel gefärbt hatte.

»Verdammt! Ra... Aneirin«, rief sie aus und eilte auf ihn zu. »Wieso hast du nicht gesagt, dass du verletzt bist?«

Ralph starrte sie einen Augenblick lang leer an, dann sah er langsam an sich hinab, und Isabel stellte fest, dass Iestyn recht hatte: Er sah aus, als müsse er sich jeden Moment übergeben oder in Ohnmacht fallen. »Ist es schlimm? Hast du Schmerzen?«

Er reagierte nicht, starrte auf das Blut, und so weiß, wie er im Gesicht war, konnte man meinen, es fließe kein einziger Tropfen mehr durch seinen Körper. »Aneirin!« Sie schnipste mit ihren Fingern vor seinem Gesicht, und endlich fand sein unsteter Blick wieder den ihrigen, und er hörte auf zu schwanken.

»Ich ... ich habe es nicht bemerkt«, flüsterte er und schluckte hart, als kämpfe er gegen die Übelkeit. Sein Anblick war erschreckend, er war leichenblass, schwitzte und zitterte.

»Setz dich hin, und lass mich deine Wunde ansehen«, befahl sie, aber Ralph wich einen Schritt zurück. »Ist nur ein Kratzer.«

Iestyn an ihrer Seite seufzte ungeduldig, schob kurzerhand die blutdurchtränkten Hemdfetzen auseinander und zuckte mit den Schultern. »Hm ... müsste genäht werden, aber dafür ist jetzt keine Zeit. Das kann Gwladys nachher übernehmen. Wasch die Wunde am besten aus, dann wirst du schon nicht daran krepieren. Wir gehen zurück zu den Schäfern, dort fließt der Bach vorbei, und wir können uns alle das Blut abwaschen.«

Ralph nickte nur und schloss tief einatmend die Augen. Sein Zittern ließ etwas nach, aber Isabel sorgte sich immer noch um ihn.

»Ralph …?«, flüsterte sie, aber da fuhr Iestyn schon fort.

»Jaja, unsere Eira kann zuweilen ganz schön wild sein. Du gewöhnst dich schon noch daran.« Lachend wandte er sich ab und schlurfte davon. »Nur keine Sorge, Aneirin aus dem Norden, sie wird dir im Schlaf schon nicht die Kehle durchschneiden.«

»Dann bin ich ja beruhigt.« Ralph blickte auf und schien nun endlich wieder etwas mehr er selbst zu sein. Was war nur los mit ihm? Hatte ihn Eiras Tat so sehr schockiert? Oder der Einblick in Isabels Leben?

Unvermittelt ergriff sie seine Hand und drückte sie. »Komm, lass uns zusammenpacken, und dann sehe ich mir deinen Arm genauer an, ja?« Sie wartete auf eine Reaktion, sehnte sich verzweifelt danach, ihn festzuhalten und von ihm gehalten zu werden, um den Schreck dieses Kampfes zu vergessen, aber sie wagte es nicht, ihm näher zu kommen. Dass die anderen reden würden, war ihr ziemlich gleichgültig – sie würden denken, der verletzte Möchtegernbarde, der kämpfte wie ein Kriegsherr aus alten Geschichten, gefiele ihr –, aber sie fürchtete, dass er sie fortstieß, und auch, dass sich seine Nähe zu gut anfühlte.

Ralph sah auf sie hinab, seine vertrauten Augen so dumpf und müde, dass es ihr die Brust verengte, aber er schloss seine Finger fest um die ihrigen und strich mit dem Daumen über ihren Handrücken. Dabei fiel ihr auf, wie rau und groß seine Hand sich anfühlte, als wäre die ihrige winzig klein. Ob sie sich wohl jemals daran gewöhnen würde, dass alles an ihm ihr so fremd erschien? Hätte sie überhaupt Gelegenheit, mit ihm vertraut zu werden? Er sollte von hier weg, und diese Notwendigkeit vergaß sie erschreckenderweise viel zu schnell. Aber er stieß sie nicht von sich, und allein diese Kleinigkeit beruhigte sie genauso, wie sie sie alarmierte. Wo sollte das alles noch hinführen?

»Lasst uns aufbrechen«, sagte sie schnell und bemühte sich, die in ihr tobenden Gefühle unter Kontrolle zu halten.

Sie wandte sich ab und wollte ihr Pony einfangen, als Ralphs Hand plötzlich ihre Schulter umschloss. »Geht ihr schon einmal zur Hütte«, sagte er an die anderen gerichtet und zog sie ein bisschen zu sich. »Isabel und ich, wir suchen Madog und seine Familie im Wald, um ihnen Entwarnung zu geben und sie zurückzubringen.«

Alle wandten sich ihnen zu und sahen sie an. Iestyn fand als Erster wieder Worte. »Was ist mit deinem Arm?«

»Wie du schon sagtest: Er wird mich nicht umbringen, und ich kann die Wunde später immer noch säubern. Als Erstes sollten wir wohl der Familie Entwarnung geben.«

»Lass sie«, mischte sich Eira an Iestyn gewandt ein und warf Isabel ein mitfühlendes Lächeln zu. »Wir machen es so, wie Aneirin gesagt hat. Die beiden holen Madog und seine Familie zurück.«

In Iestyns Gesicht legte sich ein Grinsen, und auch die Bogenschützen strichen sich über ihre Bärte, um ihre Erheiterung zu verbergen. Sie dachten, Ralph und sie wollten alleine sein, dabei war dies im Moment das Letzte, was sie wollte. Aber sie spürte, dass etwas mit ihm nicht stimmte.

Eine Weile ritten sie schweigend Seite an Seite durch den Wald, wobei Isabel ihm immer wieder prüfende Blicke zuwarf, um zu sehen, ob seine Verletzung ihm zu schaffen machte. Erstaunlicherweise schien er aber gar nicht zu merken, wenn sie ihn ansah, denn er war in seine Gedanken vertieft.

»Madog und seine Familie haben ein Versteck hier in der Nähe«, brach sie schließlich die Stille, die einzig durch die am Morgen erwachten Vögel gestört wurde. »Es ist eine Höhle im Felsgestein des Hangs da drüben. Lass uns dort als Erstes nachsehen.«

Ralph nickte nur und folgte ihr weiterhin, doch plötzlich hob er den Kopf und sah linkerhand eine Böschung hinab. »Hast du das gehört?«

Isabel lauschte. »Was meinst du?«

»Komm, lass uns nachsehen, vielleicht sind es ja die Schäfer.« Ohne auf ihre Antwort zu warten, lenkte er seinen Braunen durch das Gestrüpp hinunter und verschwand um die Biegung des Hangs.

Isabel seufzte, sah sich in alle Richtungen um und folgte ihm schließlich, dabei fragte sie sich ein ums andere Mal, was mit ihm los war.

»Ralph, wir gehen in die falsche Richtung. Glaube mir, ich kenne mich hier aus. Was auch immer du gehört haben magst – es war vermutlich nur ein Hase.«

»Gerade du solltest doch wissen, wie vorsichtig man hier sein muss. Oder kamen dir die Männer des Sheriffs gerade wie Hasen vor?« Er sah sie nicht an, ritt stoisch weiter, und in Isabel keimte ein ungutes Gefühl auf.

»Was ist los?« Sie trieb ihr Pony an seine Seite und lehnte sich hinüber, um seinen Arm zu ergreifen, aber er schüttelte sie ab. »Ralph, wir müssen Madog und die anderen finden. Sie sind bestimmt in ihrem Versteck, also komm.«

»Ich kann es immer noch riechen.« Er lenkte sein Pferd vom Wildwechsel ins Gestrüpp, wohin die ersten Sonnenstrahlen nicht hindurchdrangen, und schien angestrengt nachzudenken.

»Was kannst du riechen? Ralph, was zum Teufel ist los mit dir?«

»All das Blut, Isabel.« Er warf ihr einen scharfen Blick zu. »Auf meiner Haut, meinem Gewand, sogar in meinem Mund. Ich habe heute vier Menschen getötet.« Ein bitteres Lachen entfuhr ihm, als er sich im Sattel aufrichtete und sich das Haar aus dem Gesicht strich. »Nein, wohl eher dreieinhalb. Den einen verletzte mein Pfeil ja nur, es war diese silberhaarige Wilde, die ihm den Garaus machte.«

Isabel sah ihn an, und langsam dämmerte es ihr. »Du hast nie zuvor jemanden getötet?«

Ein Schulterzucken. »Die, die meine Pfeile erwischten … das war nicht so schlimm. Aber der mit dem Schwert … Hast du es gesehen?«

»Ja.« Sie hatte es gesehen, und sie wusste, wie schrecklich es war, die Klinge in einen Menschenleib fahren zu spüren. Sie wusste, wie schwer es war, nicht nur körperlich – vor allem seelisch. Etwas sperrte sich im Inneren, schrie dagegen an, aber der eigene Überlebensinstinkt war stets lauter.

»Du hast nicht gezögert«, sagte sie leise und versuchte, jedwede Emotion aus ihrer Stimme herauszuhalten. »Du hast nie zuvor jemanden getötet und bei diesem hier nicht einmal gezögert.«

»Hätte ich ihn nicht getötet, hätte er mich umgebracht. Oder jemand anderen hier. Dich.« Er drehte sich zu ihr um und sah sie an, seine Augen dunkel im düsteren Licht des Waldes.

Isabel stieß den Atem aus, als hätte sie ihn die ganze Zeit über angehalten. Sie wollte ihm sagen, dass es leichter werden würde, so wie Maredudd es einst zu ihr gesagt hatte, aber das stimmte nicht. Zumindest hatte Isabel diese Erfahrung bisher nicht gemacht. Es war die Wahrheit, mit der Schleuder zu töten oder jemanden schwer zu verletzen, damit andere es zu Ende führten, war nicht so schlimm, wie die Klinge selbst zu spüren. Aber die Gesichter blieben ihr im Gedächtnis. Das war der Preis, denn wenn sie es nicht tat, wären es die Gesichter der hungernden Kinder, die sie heimsuchten. Und Maredudds.

»Ralph, ich weiß, es ist schwer.« Sie ergriff seine Hand, und diesmal ließ er es zu, auch wenn sich seine Finger unter den ihrigen zur Faust ballten. »Lass uns darüber reden, aber erst müssen wir Madog und seine Familie holen. Die anderen werden sich schon Sorgen machen. Komm, wir müssen umkehren, wer weiß, wo wir hier überhaupt sind.« Zu ihrer Schande musste sie sich eingestehen, dass sie sich so sehr auf Ralph konzentriert hatte, dass sie nicht mehr auf die Umgebung geachtet hatte. Eine Unaufmerksamkeit, die sie sich für gewöhnlich nicht erlaubte, aber Ralphs Anwesenheit war auch alles andere als gewöhnlich für sie.

Ralph schien sie aber gar nicht gehört zu haben, denn plötzlich schwang er sich aus dem Sattel und ging ein paar Schritte zwischen dem Farn hindurch auf eine kleine Lichtung, auf der das nass verdorrte Herbstlaub ausgebreitet lag.

Fast wäre ihr ein frustrierter Aufschrei entschlüpft, aber sie konnte sich gerade noch zusammenreißen und stieg ebenfalls ab, um ihm zu folgen. »Was tust du jetzt schon wieder?«

Ralph stand mit dem Rücken zu ihr und hantierte an seinem Gürtel, antwortete aber nicht.

»Ralph, das ist wirklich nicht lustig. Ich verstehe, dass dich mein Leben erschreckt, und das ist einer der Gründe, warum du endlich zu Onkel Maurice zurückgehen solltest. Es ist nichts für dich. Also …«

Unvermittelt drehte er sich zu ihr um, und seine vor Anspannung scharfen Züge und sein entschlossener, fast schon stechender Blick ließen sie einen Schritt zurückweichen.

»Es tut mir leid, Isabel.«

»Was …?«, begann sie, doch dann sah sie den armlangen Strick in seinen Händen. Ehe sie reagieren konnte, hatte er die Entfernung zwischen ihnen mit zwei schnellen Schritten durchquert und sie an den Oberarmen gepackt.

Ein entsetztes Keuchen entfuhr ihr, sie wollte ihn anschreien, bekam aber vor Überraschung nichts heraus. Immerhin ließ ihr Körper sie nicht ganz im Stich und erinnerte sich noch an seinen Überlebensinstinkt, denn schon fand sie sich tretend, windend und um sich schlagend wieder.

»Bitte, Isabel, ich will dir nicht wehtun, aber du zwingst mich dazu.«

Seine langen Finger bekamen ihre Handgelenke zu fassen

und hielten sie fest, als wären sie nichts als dünne Zweiglein. Isabel setzte all ihre Kraft ein, um gegen seinen Griff anzukommen, aber Ralph drückte sie an seine Brust, drehte sie ohne sichtbare Mühe um, hielt ihre Arme auf den Rücken und band ihr die Hände mit dem Strick zusammen. Dann löste er auch noch die Schleuder von ihrer Taille und zog ihr Messer aus dem Gürtel.

»Hast du völlig den Verstand verloren?«, entfuhr es ihr, als sie endlich wieder ihre Sprache wiederfand. »Schneide mich sofort los, Ralph! Jetzt!« Ihr Gewand verfing sich in den dürren Ästen des Gestrüpps und machte es ihr noch schwerer, sich zu bewegen und zu entkommen.

»Ich will dich nicht knebeln, wenn du aber weiter so schreist, werde ich es tun.« Er drehte sie wieder zu sich um, und als sie die Gewissensbisse in seinen Augen sah, hätte sie sie ihm am liebsten ausgekratzt.

»Du elender Verräter! Das hast du alles geplant! Da mühe ich mich ab, um dich von den anderen wegzubekommen, damit der angeschossene Bastard dich nicht verrät, und du wartest auf eine Gelegenheit, um mich gegen meinen Willen zu verschleppen? Was war mit deinem Reuegetue? War das auch alles ein Spiel? Hast du in Wirklichkeit schon hunderte getötet?«

»Nein, diese hier waren wirklich meine Ersten, und sie bestärkten mich nur in dem Entschluss, dich aus diesem Leben fortzubringen. Auch wenn du mich dafür hasst.«

»Oh, und wie ich dich dafür hasse! Und sobald ich frei bin, wirst du dafür büßen, das schwöre ich dir!«

Ralph presste die Lippen aufeinander und sah sie einen Moment lang an, dann beugte er sich zu ihr vor und ließ seinen Blick aus den Eisaugen wirken, die sie einst zu kennen geglaubt hatte. Seine Hände schlossen sich so fest um ihre Oberarme, dass es schon wehtat. »Der Sheriff ist hinter dir her, Isabel. Du weißt das, du hast es gerade selbst erlebt.«

»Seine Männer sind tot! *Wir* haben sie getötet, Ralph.«

»Dieses Mal, ja. Aber er wird nicht aufgeben. Er wird dich immer weiter jagen, dir Fallen stellen, über Leichen gehen, ein Druckmittel finden … Irgendwann wird er dich entweder töten oder heiraten, und ich muss beides verhindern. Ich habe dir gesagt, dass ich deinen Kampf verstehe, trotzdem kann ich dich nicht einfach inmitten dieses Wahnsinns zurücklassen oder zusehen, wie du in deinen Untergang läufst.«

»Stattdessen nimmst *du* mich gefangen?« Sie bewegte ruckartig ihre Schultern, sodass er von ihr abließ. »Lieber bin ich in Gefahr und frei, in der Lage, für meine Sicherheit zu kämpfen, als eine Gefangene und von falschen Freunden behütet, untätig, mir selbst oder anderen zu helfen.«

»Verstehst du denn nicht?« Er warf die Hände in die Luft, und einen Moment lang glaubte sie, er würde sie schütteln. Die Sehnen an seinem Hals hoben sich deutlich hervor, und Isabel fing an, ihn zu fürchten, so voller Hass war sein Blick plötzlich. »Weißt du überhaupt, wozu der Sheriff fähig ist? Hast du eine Ahnung, was Folter ist?«

Isabel öffnete den Mund, um etwas zu erwidern, doch er schnitt ihr sofort das Wort ab. »Nein, Isabel, du weißt *nichts* davon! Ein Mensch kann nur ein gewisses Maß an Schmerz aushalten, bevor er bricht, bis er jede Menschlichkeit verliert! Hätte der Sheriff dich in jenen Momenten in den Kerker geführt und mir befohlen, dich zu töten, ich hätte es, ohne mit der Wimper zu zucken, getan. Verdammt, ich wusste noch nicht einmal mehr meinen eigenen Namen, dabei war ich nur Stunden dort unten, ehe deine Familie kam!«

Er zitterte, schien zum Zerreißen angespannt, und Isabel konnte ihn nur mit Tränen in den Augen ansehen.

»Heute hätte er dich fast bekommen«, fuhr er gepresst fort. »Wir beide wissen, warum diese Männer da waren, dass sie mir folgten und dass ihr einziges Ziel war, dich zurückzuholen. Ich werde nicht zulassen, dass es der nächsten Gruppe gelingt.«

Isabel senkte den Blick. Sie hatte es geahnt, aber jetzt wusste sie, wieso er plötzlich so blass gewesen war, so erschüttert. Nicht seine Verletzung oder die Toten hatten ihn derart getroffen, sondern die Konfrontation mit den Männern des Ungeheuers, das ihn beinahe zerstört hatte. »Wie konntest du überleben?«, flüsterte sie, plötzlich selbst zitternd, wenn sie daran dachte, was er hatte aushalten müssen. Von der Auspeitschung und dem Kerker geschwächt hätte es nicht mehr viel bedurft, um ihn endgültig zu beseitigen.

»Meine körperlichen Wunden heilten«, sagte er rau, »die anderen … Deine Großmutter half mir, und irgendwann fiel mir wieder ein, wer ich war und wer zu meinem Leben gehört.«

Ihr Kopf fuhr hoch. »Großmutter Nesta?« Sie hätte nicht verblüffter sein können, und plötzlich erinnerte sie sich an den Besuch in Carmarthen. Isabel hatte ihre Großmutter gefragt, wie es Ralph ging, und Nesta hatte sie belogen. Heiß kehrte der Zorn zurück, denn so wie es schien, konnte sie wirklich niemandem vertrauen! Alle wollten ihr Leben in eine Richtung lenken und dachten nicht daran, was ihr wichtig war.

»Ich will nur, dass dir nichts passiert«, hörte sie Ralph, ruhiger nun.

Isabel funkelte ihn an, sie verstand seine Beweggründe, aber das gab ihm nicht das Recht, sie zu entführen. Sie konnte auf sich aufpassen, das hatte sie heute bewiesen. »Es ist nicht deine Aufgabe, mich zu beschützen. Wie oft soll ich dir das noch sagen?« Bestimmt schob sie sich an ihm vorbei, strauchelte über eine Wurzel und konnte gerade noch ihr Gleichgewicht halten, was mit gefesselten Händen nicht leicht war. Ohne zurückzusehen, ging sie auf ihr Pony zu und überlegte, wie sie es in den Sattel schaffen sollte, um endlich von hier zu verschwinden.

»Brauchst du Hilfe beim Aufsteigen?«

Fast wäre sie ihm bei seinen ruhig gesprochenen Worten an die Kehle gesprungen. »Wäre ich nicht gefesselt, wäre es sehr viel leichter!«, zischte sie stattdessen und klammerte sich an den Zorn, um das Mitleid und die in ihr aufkommende Angst nicht zuzulassen. Ralph wollte sie wirklich zurück zu ihrer Familie bringen! Weg von ihren Freunden, ihrem Leben, ihrem Kampf und ihrer Freiheit.

Mit all ihrer Wut sah sie ihn an, sie schien aber nicht besonders furchterregend auszusehen, denn Ralph hob sie kurzerhand hoch und verfrachtete sie auf ihre Stute. Gleich darauf band er ihre Zügel am Sattel seines Pferdes fest und schwang sich ebenfalls hoch.

»Bitte versuche nicht zu fliehen. Ich bezweifle, dass du mit auf dem Rücken festgebundenen Händen schneller bist als dieses Pferd. Und wir sind weit genug von den anderen weg, sodass dich niemand schreien hört. Also bitte, Isabel, komm jetzt einfach mit zu deinem Onkel, und finde dich damit ab, auch wenn es schwer für dich ist.«

»Schwer?« Ein Zittern überlagerte ihre Stimme, und zu ihrer Schande stellte sie fest, dass sich ihre Kehle verengte, sodass sie fast nicht mehr sprechen konnte. Fassungslos über seinen Verrat starrte sie seinen breiten Rücken an, aber dann schüttelte sie den Kopf und zwang sich, ruhig zu bleiben. Dieser Ralph hier war nicht mehr ihr Freund von einst, und sie würde ihm gegenüber keine Schwäche zeigen. »Eira und die anderen werden nach mir suchen.«

»Vielleicht werden sie das, aber sie wissen nicht, wo. Wir könnten überall sein, und bis sie anfangen, sich Sorgen zu machen, werden wir schon am Ziel sein – das, wie du dich vermutlich fragst, ganz in der Nähe ist. Ihr habt mir ja den Gefallen getan, weit in freincisches Gebiet vorzudringen. Dein Zuhause Carew ist nicht einmal zwei Stunden entfernt.«

»Carew ist schon lange nicht mehr mein Zuhause, und ich dachte, du hättest gesagt, du bringst mich nicht zu meinem Vater.«

Ralph warf ihr einen Blick über die Schulter zu, und Isabel verfluchte sich, da ihr die Angst wohl anzuhören gewesen war. Auch war es schwerer als gehofft, ihn als Fremden zu sehen, wenn sein vertrautes Gesicht ihr entgegensah und sie wusste, welche Gründe ihn zu dieser Tat brachten.

»Auf halbem Weg nach Carew liegt eine verlassene und halb verfallene Kapelle, die einst unter einem britischen Angriff angezündet wurde. Dort …«

»… werden wir heiraten?« Verachtung schwang in ihren Worten. Dass er ihr nur helfen wollte, entschuldigte nicht, was er ihr antat. »Ich kann nicht glauben, dass ausgerechnet *du* mich in eine Ehe zwingst. Du, der mich ermutigte, hinaus in die Welt zu gehen und mein Leben in Freiheit zu leben. Ich dachte immer, du kennst und verstehst mich. Wie kannst du mich gefesselt in eine Kapelle schleppen wollen und glauben, dass ich dir das je verzeihe? Wie kannst du glauben, dass ich dich heiraten werde? Solange ich ›Nein‹ sage, kannst du nichts machen!«

»Dein Onkel kennt einen Priester, der wird den Part mit dem ›freiwillig‹ wohl weglassen. Auch wenn ich hoffte, dass du nicht so schwer zu einer Ehe mit mir zu überreden wärst. Schließlich waren wir einst Freunde.«

»Ja – *waren.*« Isabel schüttelte den Kopf und kämpfte gegen Tränen der Wut, während die immer gleichen Bäume und Sträucher des verblühenden Herbstwaldes an ihr vorüberzogen. »Glaube ja nicht, dass du deine Freude mit mir als Ehefrau haben wirst«, sagte sie schließlich leise.

Ralph wandte sich ihr zu und hielt sein Pferd an. Artig blieb auch ihr Pony stehen, aber am liebsten hätte sie es in Galopp getrieben, als Ralph sie ernst ansah. »Wenn du mit mir verheiratet bist, kann der Sheriff dich nicht mehr bekommen, Isabel. Du bist vor ihm sicher, und das ist der schwerwiegendste Grund für meine Entscheidung. Also bitte glaube nicht, dass du irgendetwas von mir zu befürchten hast.«

Ein Schnauben entkam ihr. »Als könntest du mich zu irgendetwas zwingen.«

Ralph hob eine Augenbraue und ließ mit einem schlecht verborgenen Lächeln im Mundwinkel seinen Blick über sie schweifen, wie sie gefesselt und besiegt dasaß.

Zorneshitze strömte durch ihren Körper und ließ ihre Wangen glühen. *Jetzt* war also der Moment gekommen, da er den alten Ralph hervorholte, der Humor kannte? Aber es war mehr als nur Schalk, den sie in seinen Augen blitzen sah. Und das, was sie entdeckte, gehörte ganz bestimmt nicht zu einem Jungen. Wie konnte er sie jetzt so ansehen?!

So hochmütig wie möglich erwiderte sie seinen Blick und schob ihr Kinn etwas vor. »Außer mich zu meinem Onkel zu bringen und dich zum Mann zu nehmen«, sagte sie übertrieben gleichmütig.

Ein Lachen entkam ihm, und Isabel kam es so vor, als hätte seine Offenheit über die Folter des Sheriffs ihn etwas befreit. Schließlich wies er mit dem Kinn zu einem leise fließenden Bach am Fuße einer flach abfallenden Böschung. »Komm, steig ab, und versuche nichts Dummes, ja? Ich muss mir das Blut abwaschen und meine Wunde säubern. Wäre ja eine Schande, wenn du schon in ein paar Tagen Witwe wärst, nur weil ich mich nicht sorgfältig um diesen Kratzer gekümmert habe. Und du könntest ein bisschen Wasser auch ganz gut vertragen.« Er zwinkerte ihr zu, was ihn einen Moment lang wie den Ralph vom Pranger aussehen ließ. »Du weißt schon – damit du eine ordentliche Braut abgibst.«

Isabel verengte die Augen und biss die Zähne zusammen. »Glaube ja nicht, mich mit deinen Scherzen, deinem Grinsen und deinen hübschen Augen besänftigen und einlullen zu können.«

Seine Brauen flogen in die Höhe. »Meinen *was*?«

»Jetzt hilf mir schon vom Pferd.« Ohne darauf zu warten,

dass er sich von seinem Lachen erholte, schwang sie ein Bein über den Hals der Stute und ließ sich zu Boden gleiten. Einen Augenblick lang erwog sie, einen Fluchtversuch zu unternehmen, aber sie wusste, sie würde sich nur lächerlich machen. Also schritt sie so würdevoll wie möglich zum Bach hinunter und ließ sich am Ufer auf die Knie nieder.

»Bindest du mich los, oder soll ich einfach meinen Kopf eintauchen?«

Immer noch lachend kam Ralph an ihre Seite und klopfte ihr auf die Schulter. »Leider vertraue ich dir nicht genug, um dich loszubinden.« Er lehnte sich zu ihr hinunter, sodass sie seinen Atem an ihrem Hals spürte, während er in ihr Ohr flüsterte: »Ich fürchte, ich werde dich waschen müssen.«

Isabel fuhr so schnell herum, dass Ralph die Hände abwehrend hochriss und zwei Schritte zurückwich.

»Wenn du mich anfasst, beiße ich dir die Hand ab.«

»Das dachte ich mir schon.« Grinsend öffnete er seinen Gürtel, ließ den Beutel mit den Pfeilen zu Boden fallen und zog sich seine Tunika über den Kopf.

Schnell sah Isabel weg aufs Wasser, während ihr das Herz in der Kehle pochte. Aus den Augenwinkeln nahm sie wahr, wie Ralph sich neben ihr niederkniete, und dann sah sie seine sehnigen Hände eintauchen und Wasser schöpfen. Seinen Unterarmen haftete noch etwas Drahtiges an, jedoch zeigte sich hier schon, warum es ihm so leichtfiel, einen Starkbogen zu spannen. Als sie weiter aufsah, glitt ihr Blick über seine kräftigen Oberarme, die im Umfang wohl größer als ihre Oberschenkel waren. Gebräunte Haut spannte sich straff über seinen gesamten Oberkörper, was in ihr die Vermutung aufkommen ließ, dass er seine Bogenübungen gerne ohne Hemd abhielt. Sie konnte sich bildlich vorstellen, wie sich seine breiten Schultern dabei anspannten, die Wölbungen seiner steinern wirkenden Brust stärker hervortraten und die Muskeln an seinem flachen Bauch zuckten. Ihr Blick fiel auf die schmale Haarlinie, die von seinem Nabel hinunterführte, und sofort fühlte sie sich daran erinnert, mit ihren Händen darüber gestrichen zu haben. Ihr walisischer Prinz, der sie entführte, um sie zu einer Heirat zu zwingen.

Plötzlich lehnte er sich vor, beugte sich erneut übers Wasser, und gerade als in ihr der Gedanke aufkam, ihn kräftig zu schubsen, zu rennen und sich auf ihr Pony zu schwingen, sah sie die Narben auf seinem Rücken.

Erschrocken sog sie den Atem ein.

»Ich glaube, du erinnerst dich noch«, sagte er rau, ohne sie anzusehen, und spritzte sich das Wasser ins Gesicht.

Isabel konnte nichts erwidern, nur das unförmige Geflecht aus Furchen und Ausbuchtungen auf seinem Rücken anstarren. Sie konnte kein einziges Fleckchen glatte, unversehrte Haut finden.

»Willst du mir sagen, was du ihm dafür geben musstest, um mir die Gnade der Peitsche zuteilwerden zu lassen?« Unvermittelt wandte er sich ihr zu. »Nicht, dass der Sheriff es mir nicht in ausführlichster Kleinigkeit erzählt hätte, aber ich will es von dir hören. Welcher Wahn befiel dich, um dir so etwas anzutun?«

»Ich weiß nicht, was der Sheriff dir erzählte, aber deinem Ausdruck nach zu schließen, war es eine Lüge. Ich musste ihm ein Versprechen geben, das ist alles.«

Plötzlich umfasste er ihren Arm und lehnte sich zu ihr vor. »Das heißt, du musstest nicht mit ihm …«

»Natürlich nicht!« Isabel befreite sich mit einer abrupten Bewegung der Schultern aus seinem Griff. »Glaubst du etwa, ich hätte mich dir einfach so am Ufer eines Baches hingegeben, wenn ich mit der Erinnerung leben müsste, dass der Sheriff mich schon hatte?«

»Ich dachte, dass dir nach dem Sheriff nichts mehr Angst machen kann.« Seine Augen verengten sich. »Du hättest dich mir wirklich …« Er schluckte deutlich und kämpfte augenscheinlich um Worte. »Du hättest dich mir ohne den Bund der Ehe hingegeben?«

Seine Verblüffung ärgerte und belustigte sie zugleich. »Ich bin eine freie Frau und kann machen, was ich will.«

Plötzlich zogen sich seine Augenbrauen zusammen. »Und wie oft hast du das schon gemacht?« In seinem Ton schwang etwas Bedrohliches mit, das sie nun wirklich zornig machte. Sie wollte ihm gerade sagen, dass ihn das nichts anging, als ihr Blick auf seinen verletzten Arm fiel. Jetzt, da das Blut großteils abgewaschen war, sah es nicht mehr so schlimm aus. Es war nicht die frische Wunde, die sie versteinerte, sondern alte, verheilte, die sie vorhin bei ihrem verstohlenen Blick aus den Augenwinkeln nicht bemerkt hatte.

»Gibst du mir eine Antwort, Isabel?«

Sie hörte ihn kaum, starrte auf die geröteten und hervorstehenden Narbengebilde, die er als Junge bestimmt noch nicht gehabt hatte.

»Ein Brandeisen«, hörte sie Ralphs tiefe Stimme, die ihren Magen verkrampfte. »Zumindest die Brüche heilten dank deiner Familie wieder ziemlich gut zusammen.«

Ihr Kopf fuhr hoch. Wieder einmal erwies sich ihre Vorstellungsgabe als Fluch, denn sie sah Ralph gefesselt vor sich, sah das glühende Eisen, sah des Sheriffs hämisches Grinsen, und sie hörte die Schreie, das Zischen, wenn das Folterinstrument sein Ziel traf, und fast schon meinte sie, die verbrannte Haut zu riechen.

Ihr war es unter den Rebellen gutgegangen, während Ralph fast zu Tode gefoltert worden wäre. Schlimmer noch: Viel zu schnell war er aus ihren Gedanken verschwunden, immer mehr zu einer blassen Erinnerung verschwommen, im Glauben, dass es ihm gutginge. Sie war viel zu sehr mit ihrem eigenen Überleben in der ihr fremden Welt beschäftigt gewesen. Eine solche Tortur, während seine Wunden von der Auspeitschung immer noch frisch gewesen waren … Er musste Ewigkeiten im Fieber gelegen haben, halb tot und allein, und sie hatte ihn einfach aus ihrem Kopf und ihrem Herzen gebannt. Hätte Großmutter Nesta ihr nur die Wahrheit gesagt.

Tränen befreiten sich aus ihren Augenwinkeln, und obwohl sie schnell die Lider zusammenkniff, war es zu spät. Mit diesem Brechen des ersten Damms konnte sie das in ihrer Kehle steckende Schluchzen nicht mehr länger zurückhalten. Seit Ralphs plötzlichem Erscheinen war zu viel passiert, sie fühlte sich, als wäre sie in einen reißenden Strom geraten und ginge ständig unter, doch dann umfingen sie plötzlich seine Arme und pressten sie an seine nackte Brust. Um Atem ringend schmiegte sie ihr Gesicht an seine Haut und atmete seinen vertrauten Geruch ein. Sie spürte, dass Ralphs Finger am Seil um ihre Handgelenke zogen, und plötzlich wich die schmerzende Anspannung aus ihren Schultern, und ihre Hände waren frei. Wie von selbst schlang sie ihre Arme um seinen Hals und hielt sich fest, während Ralph sie an sich drückte und sie den Tränen freien Lauf ließ. Sie hörte ihn beruhigende Worte murmeln, deren Inhalt nicht bis zu ihr hindurchdrang. Stattdessen konzentrierte sie sich auf den fremden, nordwalisischen Singsang, der den Druck von ihrer Brust nahm und sie allmählich wieder zu sich kommen ließ.

»Ich will dich nie verletzt sehen, Isabel«, hörte sie ihn an ihrem Scheitel murmeln. »Schon gar nicht durch mich.«

»Aber du wirst dich nicht davon abbringen lassen. Du wirst mich zwingen, von hier fortzugehen. Warum nur? Es gibt andere, die du retten kannst, du musst mich nicht aus Ehrgefühl und Loyalität heiraten.«

Sanft schob er sie von sich, nahm ihr Gesicht in beide Hände und strich ihr Haare und Tränen von den Wangen. Mit zusammengepressten Lippen erwiderte er ihren Blick und senkte einen Moment lang die Lider. Dann seufzte er schwer und sah sie eindringlich an. »Ehrgefühl und Loyalität, hm?« Er lachte unfroh auf. »Ja, es stimmt, ich würde nicht einmal einen Hund in die Obhut des Sheriffs geben, und deinem Onkel schulde ich Treue. Gute Gründe, um dich zu heiraten. Aber ich kam nicht allein deshalb hierher, sondern auch wegen …«, er zuckte mit den Schultern, »… einem alten Versprechen. Erinnerungen. Dein Bild hielt mich aufrecht, verhinderte, dass ich völlig wahnsinnig wurde, es brachte mich zurück. Es sollten Erinnerungen bleiben, es war genug zu wissen, dass ich dich in Sicherheit bringen kann, denn mit meiner Seele, die bereits in die Hölle gefahren ist, will ich dich auf keinen Fall vergiften. Aber … wenn du so voller Leidenschaft von deiner Aufgabe sprichst, von Gerechtigkeit und Kampfeswillen, dann sind es plötzlich nicht mehr nur Erinnerungen, die mich an dich binden. Es ist …« Er schüttelte seufzend den Kopf. »Bitte lass mich dich in Sicherheit bringen. Bitte lass mich für dich sorgen. Mein Vater kann erwirken, dass ich frühzeitig zum Ritter geschlagen werde, und mir etwas Land an der Grenze abzweigen. Wir werden dort in Frieden leben. Dir würde nie wieder etwas geschehen.«

»Ralph, das bin nicht ich, und du weißt das. Ich bin keine brave Ehefrau und fleißige Hausherrin. Ich kann meinem Mann nicht hinterherwinken und darauf hoffen, dass er im Kampf überlebt, während ich sticke und die Kinder bei Laune halte. Auch kann ich meinen Gemahl nicht dafür respektieren, auf der falschen Seite zu stehen, während britische Frauen und Kinder für das Verbrechen, britisch zu sein, abgeschlachtet werden. Lass mich gehen, ich flehe dich an. Ich würde dich nur unglücklich machen.«

Ralph atmete tief ein und lehnte dann seine Stirn an ihre. »Ich würde alles für dich tun, Isabel«, hauchte er gegen ihre Lippen, was ihr fast das Herz brach, »aber ich kann nichts tun, das dich in ein sicheres Grab bringt.« Abrupt kam er auf die Beine, und noch ehe sie sichs versah, hatte er sie schon an den Armen gepackt und ebenfalls hochgezogen. Nicht grob, aber bestimmt drehte er sie um und band ihr wieder die Hände zusammen. »Es tut mir leid. Aber ich bin nun mal Brite, und dies scheint wohl die Art zu sein, auf die wir unsere Frauen in die Ehe führen müssen.«

Deutlich angespannt sah Ralph sich nach allen Seiten um, ehe sie den Schutz des Waldes hinter sich ließen. Es war fast schon Mittag, und trotzdem schien es nicht heller zu werden. Düstere Wolken beherrschten den Himmel und ließen kaum die Sonne hindurch. Isabel konnte aber genug sehen, um die verfallene Kapelle auf dem Hügel zu erkennen. Vereinzelte Bäume, die ihr Laub noch nicht ganz abgeworfen hatten, drängten sich darum und verbargen das Gebäude fast zur Gänze. Bewegungen ließen auf Pferde schließen, was bedeutete, dass ihr Onkel bereits hier war, und vielleicht sogar dieser Priester. Sollte sie jetzt gleich verehelicht werden, mit auf dem Rücken gefesselten Händen? Und wohin sollte sie dann gehen? Nach England zu Ralphs Vater, um eine normannische Ehefrau zu werden? Wie sollte sie das nur verhindern?

»Woher wusste Onkel Maurice, wann du zurückkommst?«, brach sie das Schweigen, das seit ihrem Zwischenstopp am Bach zwischen ihnen geherrscht hatte.

Ralph konzentrierte sich weiterhin auf ihre Umgebung und behielt die fernen Weiden im Auge. Die Mauer stand wieder. »Er wollte zehn Tage hier warten, da wir nicht sicher sein konnten, wie lange es dauern würde, dich unbemerkt von dort wegzubekommen.«

Ein Schnauben entkam ihr. »Aha.«

Ralph warf ihr einen kurzen Blick zu, trieb dann aber sein Pferd an und trabte über die weite Wiesenfläche. Das Gras reichte ihrem Pony bis zur Schulter, und Isabel fragte sich ein ums andere Mal, ob jetzt der Moment zur Flucht gekommen war. Wenn sie sich einfach zur Seite fallen ließe …

»Sie haben uns schon entdeckt.«

Isabel blickte auf und erkannte zwei Reiter, die den Hügel herabkamen. Sie musste keine Falkenaugen haben, um zu wissen, dass der erste Onkel Maurice war. Sie erkannte seine schlanke Gestalt, das dunkle Haar und vor allem seine aufgerichtete Körperhaltung, die ihm etwas Würdevolles verlieh. Aus der Ferne konnte er leicht mit seinem Halbbruder Harri verwechselt werden, aber Harri war höher gewachsen, und sein Haar war pechschwarz. Zudem wusste Isabel ja, wer sie hier erwartete. Der andere Reiter hingegen war ihr unbekannt. Vielleicht war er einer der verbliebenen Männer ihres Onkels oder ein Knappe. Irgendwelche treuen Seelen mussten ihrem Onkel ja noch beistehen, zumindest hoffte Isabel das.

So wenig wusste sie über das Bescheid, was in den letzten Jahren in ihrer Familie vorgefallen war, und mit einem Mal fiel es ihr schwerer zu atmen. Ihr Kopf fühlte sich ganz taub an, Erinnerungen wirbelten darin herum und ließen sie schwindeln. Es schien ihr ein ganzes Leben lang her, dass sie ihren Lieblingsonkel zuletzt gesehen hatte, und jetzt ritt sie gefesselt auf ihn zu.

Sie spürte, dass Ralph sie ansah, ihre Miene studierte, und so bemühte Isabel sich, ihrem Onkel so ausdruckslos wie möglich entgegenzublicken, auch wenn sie nicht aufgewühlter hätte sein können.

Am Fuße des Hügels angekommen trieb Onkel Maurice sein Pferd in einen sanften Galopp, und als er nur noch ein paar Schritte entfernt war, hielt er es an.

»Ihr habt es geschafft!« Mit einem Lächeln, das sie an längst vergangene Gespräche des Vertrauens erinnerte, jetzt aber nicht hierherzupassen schien, schwang er sich aus dem Sattel und kam auf sie zu. Sein Gewand war einfach, fast schon zu einfach für einen Geraldine, mit dem einfarbigen Bliaut ohne Verzierungen, dem simplen Wollumhang und dem Ledergürtel, der keine wertvolle Schnalle aufwies. Vielleicht wollte er lieber unerkannt bleiben, vielleicht konnte er sich auch nichts anderes mehr leisten. Eigentlich sollte es sie nicht kümmern, nur fiel ihr das schwer.

»Onkel.« Sie sah ihn an, versuchte all die widersprüchlichen Gefühle der Wiedersehensfreude, Enttäuschung und den Zorn aus ihrer Miene herauszuhalten, aber sie spürte, wie ihr Kinn zu zittern begann. Schnell sah sie weg und atmete tief durch.

Einen Augenblick lang war es sehr still, dann spürte sie plötzlich eine Hand auf ihrer. »Was hat das zu bedeuten?« Sofort löste Onkel Maurice den Knoten und befreite sie vom einschneidenden Seil.

»Es bedurfte etwas Überredung, um Isabel zum Mitkommen zu bewegen«, sagte Ralph, was ihr einen verächtlichen Laut entlockte.

»Isabel.« Onkel Maurice ergriff ihre Hand und drückte sie. Sein Daumen strich über einen schmerzenden Striemen an ihrem Handgelenk. »Liebes, Ralph kam, um dich zu befreien, dich in ein behütetes Leben zu bringen, fort von dem Krieg, in den die Waliser dich hineingezogen haben. Wir wollen dir doch nichts Böses.«

Langsam, aber nachdrücklich entzog Isabel ihm ihre Hand, dann schwang sie sich aus dem Sattel. Sie wusste gar nicht, was sie sagen sollte, denn sie konnte nicht schon wieder ihre Beweggründe erklären und versichern, dass sie keiner Befreiung bedurfte. Onkel Maurice würde genauso mit Unverständnis reagieren wie ihr einstiger bester Freund. Sie war es einfach müde und wollte nur fort.

»Was ist nur mit dir geschehen?« Zu ihrem Verdruss gab ihr Onkel nicht so schnell auf, nahm ihr Gesicht in beide Hände und beugte sich zu ihr hinab. »Du bist nur noch Haut und Knochen und siehst schrecklich aus. Wo ist dein Lächeln, Isabel? Freust du dich denn nicht, mich wiederzusehen? Früher bist du mir entgegengelaufen und hast gestrahlt. Jetzt bist du ein Schatten deiner selbst. Wie konnte meine Mutter das nur nicht erkennen und behaupten, es ginge dir gut?« Sanft strich er ihr das Haar zurück, was Isabel nicht länger aushielt. Sie trat einen Schritt zurück und funkelte ihn zornig an.

»Nein, ich freue mich nicht, Onkel, denn du holst mich zurück in die Gefangenschaft. Lass mich gehen, ich bitte dich.«

Deutlich überrascht hob er die Brauen, doch dann schien er in ihren Augen die Entschlossenheit zu erkennen, und er schüttelte den Kopf. »Isabel, die sich stets zu den Walisern hingezogen fühlte … es tut mir leid, dass du diese Befreiung als Gefangenschaft ansiehst, aber du bist dort nicht länger sicher. Noch mehr tut mir leid, dass ich einst nicht verhinderte, dass dein Vater dich an einen Mann gab, von dem ich wusste, dass er dich nicht verdient. Aber jetzt kann ich es verhindern. Wenn du mit Ralph gehst und …«

Ein Lachen entfuhr ihr, sie wusste gar nicht, woher es so plötzlich kam, aber sie konnte nicht mehr damit aufhören. Wie oft sie dieselben Reden nun schon hörte.

»Verheirate mich mit Ralph«, sagte sie leise, wieder ernst, »aber glaube nicht, dass ich mich ohne Gegenwehr füge.« Sie sah zu Ralph hinüber, der die beiden Pferde festhielt und die ihr nun schon bekannte Distanziertheit ausstrahlte. Mit so viel Verachtung, wie sie nur zustande brachte, ohne sich anmerken zu lassen, wie viel er ihr in Wahrheit bedeutete, sah sie ihn an. »Ich werde zu fliehen versuchen, immer wieder, und irgendwann wird es mir gelingen. Bringt mich nach England, und ich werde zurückrennen. Mir ist egal, was …«

Eine Bewegung hinter ihrem Onkel erregte ihre Aufmerksamkeit. Reiter umrundeten den Hügel, und als sie ein Geräusch hinter sich vernahm, erkannte sie weitere, die aus dem Wald kamen und sich zu allen Seiten hin ausbreiteten. Sie waren gerüstet, trugen bunte Waffenröcke und Helme, woran sie sofort als Normannen zu erkennen waren. Es war eine eigene kleine Armee, die sie umzingelte, und noch ehe Isabel aus ihrer Starre finden konnte, war Ralph an ihrer Seite.

»Schnell!« Er streckte ihr die Zügel entgegen, schob sie zu seinem Reitpferd, aber Onkel Maurice drängte sich dazwischen.

»Es ist zu spät, Junge. Hör auf.«

Ralph sah seinen Herrn einen Moment lang fast schon mordlustig an, dann packte er Isabel und schob sie zurück zum Pferd. »Los!«

Isabel zögerte nicht, stellte einen Fuß in den Steigbügel und wollte sich hinaufschwingen, als ihr Onkel sie um die Taille fasste und zurückzog.

»Ihr seid von Sinnen! Seht euch doch um.«

Isabel riss sich los und drehte sich zu ihm um, während sie aus den Augenwinkeln bemerkte, dass Ralph den Griff um seinen Bogen änderte, als wolle er zuschlagen.

Die anrückenden Reiter waren jetzt aber wichtiger, und so folgte Isabel Onkel Maurices Anweisung und ließ ihren Blick über die Wiese schweifen. Sie konnte keine Lücke erkennen, der Kreis schloss sich.

»Verhaltet euch ruhig, und lasst mich reden«, sagte ihr Onkel leise, aber Isabel wusste, dass er nichts ausrichten konnte. Sie erkannte ihren Vater, diesen mächtigen Krieger mit dem goldenen Haar, der gekommen war, um seinen Besitz zurückzufordern. Und mehr als Besitz war Isabel nicht für ihn, das war ihr bewusst.

An seiner Seite hielt sich der Sheriff.

Isabel hatte die Macht seiner Anwesenheit unterschätzt. Von einem Moment zum anderen fühlte sie sich wie gelähmt. Sie spürte seinen Blick auf sich, als drücke er auch ihr ein Brandeisen auf die Brust. In den letzten Jahren war er eine Figur des Schreckens für sie gewesen, ein Dämon, der sie in ihren Albträumen heimsuchte, ein unsichtbarer Feind, gegen den sie bei jedem Überfall kämpfte. In ihm sah sie all das Böse in diesem Land. Und nun war er hier, und sie war verloren.

»Das könnt Ihr nicht zulassen«, hörte sie Ralph wie aus weiter Ferne, »Ihr habt mich zu Fürst Rhys geschickt, damit ich genau das hier verhindere. Lasst mich sie wegbringen.«

»Wir haben es versucht und sind gescheitert, Ralph. Isabel ist nicht meine Tochter, ich habe in dieser Angelegenheit nichts zu sagen. Soll ich meine beiden Männer und dich gegen diese Armee antreten lassen? Denk doch nach! Verhalte dich ruhig, mach nichts Dummes, und dann wird uns später eine Lösung einfallen.«

»Später ist sie verheiratet!«

Isabel wusste, dass Ralph damit recht hatte. Nichts konnte sie jetzt noch vor dem Sheriff retten, und es war seine Schuld. Ralph hatte sie in eine Falle geführt. Unwissend – daran hatte sie keine Zweifel, und doch war alles aus. Unter den Rebellen wäre ihr das nie passiert, sie hätte ihre Kampfgefährten an ihrer Seite gehabt, hätte nicht ohne Waffen und allein einer Übermacht gegenübergestanden. Sie hätte den Schutz der Wälder gehabt, in denen sie sich zu bewegen wusste. Hätte er sie nicht einfach gefesselt auf ein Pferd verfrachtet, um sie in die vermeintliche Sicherheit an seiner Seite zu bringen, wäre sie jetzt frei.

Isabel spürte, wie Ralph sich neben ihr anspannte und seinen Bogen umklammerte. Zweifelsohne gingen ihm dieselben Gedanken durch den Kopf, und ihr blieb nur zu hoffen, dass er an der Vernunft festhielt und, so wie Onkel Maurice sagte, keine Dummheiten beging. Wenn er versuchen würde, sie hier herauszuhauen, würde er sterben. Der Knappe eines Normannen, der andere Normannen angriff, würde keine Gnade erfahren, und der Sheriff hatte ihm schon genug angetan. Sie musste William Hayt heiraten, diese Wahrheit pochte in ihrem Kopf, denn um diesem Schicksal zu entgehen, bliebe ihr nur der Tod. Und sie war nicht bereit, ihre eigene Seele ins Verderben zu führen, um dem Sheriff die Stirn zu bieten. Irgendwie würde sie da wieder herauskommen, sie brauchte nur Zeit zum Nachdenken.

So ruhig wie möglich sah sie den beiden Männern, die ihren Untergang bedeuteten, entgegen. Onkel Maurice hob die Hand zum Gruß, als Isabel plötzlich eine dritte vertraute Gestalt auf einem Pferd erkannte, die sich nun an die Seite ihres Vaters gesellte.

Der Mann kam ihr sofort bekannt vor, aber sie musste die Augen ein wenig zusammenkneifen und in ihrer Erinnerung suchen, um ihn zuordnen zu können. Er war ihr Onkel David, der Bischof von St. David, den sie schon ewig nicht gesehen hatte. In feinem Gewand, das eher einem hohen Lord als einem Kirchenmann stehen würde, thronte er auf einem Rappen und blickte mit deutlicher Missbilligung auf sie herab.

Seine Anwesenheit konnte nichts Gutes bedeuten, und in Isabel kam der Verdacht auf, dass ihr Vater seinem Bruder und Ralph von Anfang an nicht getraut hatte. Vermutlich war er Onkel Maurice gleich zu Beginn gefolgt, und jetzt war ein Gutteil der Geraldines hier, nicht nur ihr mächtiger Vater, sondern eben auch ein hoher Vertreter der Kirche sowie die flämische Anhängerschaft des Sheriffs, um zu unterstreichen, dass diese Verbindung geschlossen werden musste. Diese Macht erstickte Onkel Maurices möglichen Protest sofort im Keim und ließ keinen anderen Ausgang als eine Eheschließung gelten.

»Gut gemacht, Junge«, ließ sich ihr Vater mit einem Blick auf Ralph vernehmen, der sich mit seinem breiten Kreuz vor sie stellte, als könne er sie beschützen. »Wäre mein Bruder nur eher auf die Idee gekommen, dich einzuschleusen, hätten wir unsere geliebte Isabel nicht derart lange in den Händen des Feindes gesehen.«

Ralph sagte nichts, stand weiterhin nur da und vibrierte förmlich vor Anspannung. Jetzt wirst du zusehen, wie ich den Sheriff heirate, dachte sie ungläubig und verzweifelt, dabei wollte sie nur noch einen letzten Moment mit ihm allein, um ihm zu sagen, dass sie ihn geheiratet hätte, wäre sie ein einfaches Mädchen, das das Leid da draußen nie gesehen hatte.

»Ihr habt einen Priester hier, FitzGerald«, ertönte plötzlich die höhnische Stimme des Sheriffs, die ihr kalt über den Rücken kroch. Er war nun nahe genug, dass sie sehen konnte, wie seine klargrünen Augen mit einer Intensität der Bosheit über sie und Ralph wanderten. »Das wäre doch nicht nötig gewesen. Euer Bruder, der Bischof, wird uns höchstpersönlich trauen. Eine Geraldine und der Sheriff von Pembroke … solch eine Verbindung wird doch nicht alle Tage geschlossen.«

»Vor einem politischen Bischof mag es eine Hochzeit sein«, sagte Isabel und wunderte sich über ihre ruhige, gefasste Stimme, »aber vor Gott wird sie nie Gültigkeit haben. Nicht, solange ich Nein sage.«

»Isabel, halt den Mund«, kam es von ihrem Vater, aber der Sheriff lächelte auf sie hinab. Er stützte beide Hände auf den Sattelknauf und lehnte sich ganz entspannt zu ihr nach vorne. Ohne den Blick von ihr zu nehmen, sagte er zu ihrem Vater: »Lord Carew, Ihr erlaubt mir doch ein paar Worte unter vier Augen mit meiner Braut?«

Ihr Vater nickte grimmig, und Isabel zuckte zusammen, ehe sie sich zur Ruhe mahnen konnte. Ralph drängte sie sofort zurück, aber Onkel Maurice legte ihm die Hand auf die Schulter und murmelte eine Warnung, die Isabel über das Rauschen in ihren Ohren nicht hörte.

Ehe sie sichs versah, hatte der Sheriff sich aus dem Sattel geschwungen, Ralph wurde von ihrem Onkel und einem weiteren Mann zurückgehalten, und Isabel sah sich ihrem schlimmsten Albtraum gegenüber. Ihr Herz raste, als sie ihm trotzig entgegensah. Er streckte eine Hand nach ihr aus, um sie zur Seite zu führen, aber Isabel setzte sich in Bewegung, ehe er sie berühren konnte. Wieso sollte sie sich noch wehren und zu diesem Gespräch oder dann zu ihrer Hochzeit gezerrt werden? Der Sheriff mochte diesen Kampf gewonnen haben, aber der Krieg war noch nicht vorbei, und sie würde sich bestimmt nicht ihre Würde von ihm nehmen lassen. Dem Vertrag in dieser Kapelle konnte sie nicht entgehen, aber sie würde nicht aufhören zu kämpfen.

Mit den Blicken der anderen im Rücken ging sie auf den Hügel zu, auf dem die Ruine thronte, und blieb schließlich im brusthohen Gras stehen.

»Mylord.«

Der Sheriff schlenderte lächelnd auf sie zu. »Isabel, Isabel, da hast du doch tatsächlich zu mir zurückgefunden. Und dein Freundchen ist auch wieder einmal nicht weit.« Er musste nicht zu Ralph sehen, um zu zeigen, wen er meinte.

Plötzlich drehte er sich aber doch zu den Männern um und wies auf einen untersetzten Krieger in Kettenhemd, der sich in Onkel Maurices Nähe hielt. Seine Hand lag auf dem Schwertknauf.

»Euer neuer Schläger?«, mutmaßte Isabel mit gespielter Begeisterung.

Der Sheriff nickte leise lachend. »Ein reichlich hohler Kopf, aber starker Arm. Er tötet, wenn ich es sage und wen ich wünsche. Wir beide, Isabel …«, er wandte sich ihr wieder zu, Donner rollte aus der Ferne heran, und in Isabel kam der unchristliche Wunsch auf, ein Blitz möge ihn erschlagen, »… wir beide werden uns bald in dieser Kapelle dort oben wiederfinden, um weitere Verzögerungen zu vermeiden. Du magst dich fragen, wie das Ganze ablaufen wird, und ich bin gerne bereit, einem unbedarften jungen Ding zu helfen: Dein bischöflicher Onkel wird dich fragen, ob du mich zum Mann nimmst, und du wirst mit Ja antworten.«

Ein Schnauben entfuhr ihr. Sie setzte gerade zu einer Erwiderung an, als er die Hand hob und fortfuhr: »Wir wollen doch nicht, dass mein *Schläger* den hübschen Waliser-Prinzen mit einem Schwert durchbohrt, oder? Wäre ja schade, wenn bei unserer Hochzeit sein Herz buchstäblich und nicht nur im übertragenen Sinne entzweigerissen würde.«

Feuer schien durch ihre Adern zu strömen, die Erinnerung an Ralphs gezeichneten Körper gab den Flammen nur neue Nahrung. Es erforderte schon ein schmerzhaftes Ausmaß an Selbstbeherrschung, um ihm nicht an die Kehle zu gehen. »Eure Drohungen könnt Ihr Euch sparen. Ralph ist ein de Clare, und für seine Ermordung würdet Ihr bezahlen.«

Der Sheriff zuckte mit den Schultern. »Ja, da hast du recht, der Mörder wird bezahlen. Um genau zu sein: Er wird hängen. Aber wie sollte ich auch wissen, dass einer meiner Männer solch einen Hass auf alle Waliser hat und sofort zum Schwert greift, wenn er erfährt, dass einer hier ist? Fürchterlich schade um ihn, aber bei seinem Stiernacken ist es vielleicht sogar eine Verbesserung, ihm einen langen Hals zu ziehen.«

»Es überrascht mich nicht, dass Ihr einen Eurer Männer opfert, wenn es Euch dient.«

»Das trifft sich gut, so weißt du auch, dass es mir ernst ist. Du wirst Ja sagen, oder in dem Moment, da ein anderes Wort deinen Mund verlässt, stirbt der Junge. Haben wir uns verstanden? Vom heutigen Tage an bin ich dein Herr, und nichts anderes hat dich zu interessieren als mein Wohlgefallen.«

*Mich interessiert nichts anderes, als Euch in der Hölle brennen zu sehen.*

Isabel knickste. »Ich habe verstanden, Mylord.«

Isabel sah hoch zur Burg von Tenby und fühlte sich in der Zeit zurückversetzt. Sie konnte einfach nicht glauben, dass das Schicksal sie nach all der Zeit und allem, was sie erlebt hatte, wieder hierherführte.

An des Sheriffs Seite, inmitten einer kleinen, flämischen Armee, passierte sie den Platz mit dem Pranger, wo Ralph ausgepeitscht worden war, und sofort durchzuckten sie Bilder jener fürchterlichen Momente. Der einzige Trost war, dass Onkel Maurice gleich nach der knappen Vertragsabschließung, die ihre Familie Ehebund nannte, aufgebrochen war und Ralph mit sich genommen hatte. Wo Ralph jetzt war, wusste sie nicht, aber sie hoffte, dass er sein Leben als Onkel Maurices Knappe fortführte und sich nicht in Gefahr brachte. Tief im Inneren wusste sie aber, dass er sie nicht einfach in Tenby zurücklassen würde. Ein Gedanke, der sie gleichermaßen mit Hoffnung und Furcht erfüllte.

Die Menschen in der Siedlung staunten nicht schlecht über die zurückgekehrte Verlobte, die nun die neue Herrin von Tenby war. Von überall her strömten sie herbei, um zu sehen, was der Durchmarsch der vielen Reiter zu bedeuten hatte. Manche erkannten sie und tuschelten aufgeregt, andere betrachteten sie schockiert. Isabel interessierte sich für keinen von ihnen, bis sie plötzlich eine bekannte Gestalt vom Hafen heraufkommen sah. Trystan. Wie immer hatte er sein graues Haar im Nacken zusammengebunden, er trug eine einfache, aber saubere Tunika und hielt mehrere Bogen in der Hand. Als er sie erblickte, blieb er stehen, sah zum Sheriff, wieder zu ihr und wurde dann blass wie eine gekalkte Wand. Isabel versuchte sich an einem Lächeln, aber es fiel wohl kläglich aus, denn Trystan schien alles andere als beruhigt. Fast schon gehetzt sah er sich unter den Reitern um und ließ seinen Blick über die einfachen Leute wandern, als suche er jemanden. Als er wieder zu ihr zurücksah, schüttelte sie kaum merklich den Kopf, Ralph war nicht hier. Am liebsten hätte sie sich aus dem Sattel geschwungen, um zu Trystan zu laufen, aber eingesperrt zwischen den Reitern wurde sie über die Brücke in den Burghof geschwemmt – ihr neues Zuhause und Gefängnis. Blieb nur zu hoffen, dass der Sheriff bald wieder abzog und sie hier in Ruhe ließ. Auch betete sie inbrünstig um die kleine Gnade, dass den Sheriff noch vor dieser Hochzeitsnacht der Schlag treffen würde. Oder dass er sich zumindest so betrank, dass er seine Pflicht als Ehemann nicht mehr erfüllen konnte. Denn Isabel war alles andere als bereit, der ihren als Ehefrau zu begegnen.

Erneut drängte sich Ralph in ihr Gedächtnis, seine Nähe am Bach, wo er nicht zu Ende geführt hatte, was sie angefangen hatten, weil es nicht ehrenhaft war. Und jetzt sollte sie ihre Jungfräulichkeit an ein Monster verlieren – und das wurde auch noch ehrenhaft genannt.

»Willkommen zu Hause«, säuselte der Sheriff an ihrer Seite; er machte sich nicht die Mühe, die Häme aus seiner Stimme herauszuhalten. »Dann wollen wir es hinter uns bringen, was meinst du, werte Braut?« Er saß ab und kam auf sie zu, aber ehe er ihr beim Absteigen helfen konnte, ließ sie sich selbst hinuntergleiten.

Ein paar seiner Männer grinsten und flüsterten sich gegenseitig zotige Kommentare über die aufkommende Nacht zu, was Isabel stumm hinnahm.

Ehe der Sheriff sie aber ihrem Unglück entgegenführen konnte, trat plötzlich Lady Hayt in den Hof. Erst schien sie verwirrt, ihren Sohn und die halbe Armee hier zu sehen, als sie jedoch Isabel in ihrer Mitte entdeckte, schlug sie sich entsetzt die Hand vor den Mund.

»Ah, ich sehe, meine Mutter ist ebenfalls ganz entzückt, Euch wiederzuhaben, *Madame*. Was meinst du, Isabel?« Der Sheriff lehnte sich zu ihr hinunter und legte einen Arm um ihre Schultern. Eine Berührung, die jeden Muskel in ihrem Körper in Anspannung versetzte. »Ist meine Mutter so verdrießlich, weil sie ihren Platz als Burgherrin an dich übergeben muss, oder schaut sie so verzwickt drein, weil sie sich jetzt wieder mit deiner Anwesenheit herumschlagen muss?«

Isabel drehte den Kopf und sah dem Sheriff ins unangenehm

nahe Antlitz. »Oder es ist *Euer* Anblick, den sie so schwer erträgt«, sagte sie und ging Lady Hayt entgegen, um dem Arm des Sheriffs zu entkommen.

»Madame.«

»Isabel.« Lady Hayt sah an ihr vorbei zu ihrem Sohn, aber der schien irgendetwas mit seinen Männern zu bereden. »Ich hatte gehofft, dich nie wiederzusehen.«

Ein leises, müdes Lachen entkam ihr, als sie zur Antwort nickte. Etwas anderes gelang ihr nicht.

»Man hörte hier von allerhand Abenteuern, die du bei den Rebellen erlebt haben sollst«, ließ sich Lady Hayt schließlich wieder vernehmen. Ihr Ton war gelassen, sie sprach wie beiläufig, aber ihren von Faltenkränzchen umrahmten Augen war tiefe Betrübnis anzusehen. »Manch eine Truppe, die Abgaben bringen sollte, fand ihren Weg nicht mehr bis zu uns.«

Isabel zuckte mit den Schultern. »Ihr wisst ja, was man über die walisischen Wälder sagt: Feen und andere Zauberwesen gehen darin um, und wer sich darin verirrt, kommt vielleicht nicht mehr zurück.«

Langsam und ohne den prüfenden Blick von ihr zu nehmen, nickte Lady Hayt, dann schüttelte sie den Kopf, wie um ihre Fassung zurückzuerlangen. »Nun, deine Rückkehr ist sehr überraschend, William erwähnte nichts davon. Ich werde dir gleich dein Lager herrichten lassen.«

»Das ist nicht nötig.« Mit einem Mal stand der Sheriff wieder neben ihr. »Isabel und ich sind längst verheiratet, und so wird sie von nun an mein Gemach teilen.«

Lady Hayt sah zwischen ihrem Sohn und Isabel hin und her, die Furchen um ihren Mund traten stärker hervor. »Nun, wenn das so ist …« Etwas unschlüssig stand die einst so unerschütterliche Dame da und schien mit sich zu ringen. Fühlte sie sich an ihre eigene Hochzeitsnacht zurückerinnert? Der Schreck in ihren Augen deutete zumindest darauf hin. »Dann solltet ihr jetzt erst mal etwas essen. Und dann lasse ich nach heißem Wasser schicken, damit Isabel baden kann und dann …«

»Mutter, geh aus dem Weg, und Isabel, komm endlich. Ich habe keine Lust, ewig hier draußen herumzustehen.«

Ehe sie sichs versah, hatte er schon ihren Arm umklammert und sie an Lady Hayt vorbeigeschoben. Ohne nach rechts oder links zu blicken, zog er sie zielstrebig ins Innere des Turms, durch die fast verlassene Halle und hoch in sein Gemach. Isabel hatte Mühe, nicht ins Stolpern zu geraten, sie hatte das Gefühl, vor lauter Angst zu ersticken, und als der Sheriff die Tür hinter sich schloss und sie in den Raum stieß, wäre sie beinahe hingefallen.

Aus weit aufgerissenen Augen sah sie ihn an und dachte an jenen Tag, da sie in diesem Gemach um Gnade für Ralph gefleht hatte.

Wie sollte sie ihm entkommen? Gab es hier irgendwo eine Waffe? Würde ihr die Flucht gelingen, wenn sie dem Sheriff etwas antat? Könnte sie es denn überhaupt? Dies war keine Schlacht, es wäre Mord. Sie würde ihrem vor Gott angetrauten Gemahl das Leben nehmen, was sie nur in die Hölle bringen konnte. Aber war es denn so anders, seine Männer bei Überfällen zu töten? Ja, sagte sie sich, auch wenn ihr das nicht gefiel. Denn bei den Überfällen kämpfte sie *für* etwas und nicht *gegen* etwas. An diesen Unterschied hatte sie von Anfang an festzuhalten versucht. Sosehr sie manche der Normannen und Flamen für ihre Taten verachtete – es ging nie um Rache, Machtgewinn oder sogar Lust am Töten. Sie tat es, damit andere, die sich nicht selbst verteidigen konnten, lebten. Die Ermordung des Sheriffs hingegen würde einzig ihr allein dienen und sich mit nichts rechtfertigen lassen. Angst vor der Hochzeitsnacht konnte sie wohl kaum als Grund nennen, wenn sie ihrem Schöpfer gegenübertrat – diese mussten alle Mädchen überstehen.

Und wenn sie sich fügte und betete, dass es schnell vorbei wäre? Heute würde ihr bestimmt nicht mehr die Flucht gelingen, aber wenn sie es geschickt anstellte, womöglich ein anderes Mal. Der Sheriff gab ohne Zweifel den Befehl, sie bewachen zu lassen, schließlich wusste er sehr genau, welche Rolle sie bei den Rebellen gespielt hatte. Er traute ihr nicht über den Weg. Aber vielleicht könnte sie sein Vertrauen gewinnen? Wenn sie seinen Forderungen nachgab und eine brave Ehefrau war, würde er womöglich nachlässiger werden, und sie könnte irgendwann den Moment nutzen. Aber würde sie bis dahin durchhalten? Im Moment fürchtete sie, dass sie alles andere als gefügig sein konnte. Sie wollte nur schreien und rennen.

»So, meine Liebe. Dann lass uns mal über deinen Verrat reden.« Der Sheriff lehnte sich gegen die geschlossene Tür, und Isabel versuchte verzweifelt, ihre Atmung unter Kontrolle zu halten.

»Wie viele meiner Männer hast du getötet?«

»Nicht genug«, flüsterte sie, auch wenn sie hatte bestimmt klingen wollen.

Der Sheriff lächelte und stieß sich von der Tür in seinem Rücken ab. Fast wäre sie ans andere Ende des Raums zurückgewichen. Wo ist deine Würde?, schalt sie sich stumm. Wo ist dein Stolz? Reiß dich zusammen, und begegne ihm wie eine Geraldine.

»Und bist du von einem dieser dreckigen Lauchfresser schwanger?«, wollte er dann plötzlich wissen. »Oder von deinem kleinen Waliser-Freund?«

Fast hätte sie ihm an den Kopf geworfen, dass sie keine Hure war, egal, was er dachte, aber plötzlich erinnerte sie sich an seine Worte, dass er sich keine Hörner aufsetzen und ein Kuckuckskind ins Nest legen lassen würde. Der Ausweg zeigte sich ihr als blendend helles Licht.

»Vielleicht«, presste sie hervor und kämpfte gegen das Zittern. »Vielleicht werdet Ihr schon bald einen Waliser zum Erben ernennen.« So gut sie konnte, hielt sie seinem Blick stand, wartete auf Zorn, aber der Sheriff wirkte nur noch belustigter bei ihren Worten.

»Irgendetwas sagt mir, dass du lügst. Eine, die bei einem Haufen ungewaschener Barbaren herumhurt, würde nicht wie Espenlaub vor mir zittern. Hat dich wirklich keiner da drüben angerührt? Nun, wie soll man es ihnen auch verdenken? Du bist ein dürres Vögelchen, das immer noch nicht zur Frau geworden ist.«

Von einem Moment zum anderen stand er dicht vor ihr. Isabel fragte sich, ob er sich aufgelöst und vor ihr wieder Gestalt angenommen hatte, vielleicht war ihr auch nur schwindlig geworden.

»Glaub mir, Isabel, es wird für mich auch keine Freude, also reiß dich zusammen, und leg dich hin, damit wir diese lästige Pflicht hinter uns bringen. Du erinnerst dich, wie sich eine brave Braut zu verhalten hat?« Er legte einen Finger unter ihr Kinn und zwang sie, ihn anzusehen. »Keine Tränen, kein Gewinsel, keine lächerlichen Versuche, mich abzuwehren. Du liegst einfach nur da, verstehen wir uns?«

Zum Teufel mit der Würde! »Wenn Ihr mich anfasst, töte ich Euch im Schlaf«, spuckte sie ihm entgegen und stieß ihn von sich. »Vermutlich wird es Euch gelingen, mich zu zwingen, Ihr seid bestimmt stärker als ich, aber wenn Ihr glaubt, dass ich dies still erdulde, kennt Ihr mich schlecht. Jetzt habt Ihr niemanden mehr in Eurer Gewalt, mit dem Ihr mich erpressen könnt. Kommt nur her, und versucht es, Ihr werdet nicht unbeschadet davonkommen, das schwöre ich Euch. Und ehe Ihr Euch verseht, werdet Ihr nicht mehr aufwachen.« Entschlossen sah sie ihm in die klargrünen Augen, die ihr aus diesem unwirklich schönen Gesicht entgegenblickten, und formte die Finger zu Krallen. Sie würde ihn nicht töten, das hatte sie mit sich selbst schon ausgemacht, aber *er* wusste das nicht. Sein Zögern zeigte ihr, dass er sie ernst nahm, und nun schien er zum ersten Mal böse zu werden.

Nur machte ihr das keine solche Angst mehr, denn plötzlich wusste sie, von was für einem Schlag er war. Es gab Männer, denen bereitete es eine helle Freude, Frauen unter sich weinen und kämpfen zu sehen. Nicht nur einmal war sie in ein Dorf geritten, das gerade angegriffen wurde, hatte das Lachen der Männer gehört, während sie Mädchen vergewaltigten. Aber der Sheriff war nicht so. Er hatte selbst gesagt, dass ihm dies kein Vergnügen bereitete. Nein, ihm genügte es nicht, Macht über einen Körper zu erlangen, denn diese hatte ein Mann sehr schnell über eine Frau. Der Sheriff wollte die absolute Unterwerfung, von Körper *und* Geist, er musste der Siegreiche sein und auf die Bezwungene herabblicken. Ja, er wollte die Niederlage in ihren Augen sehen, aber das würde er nicht erreichen.

Mit unheimlicher Ruhe in den Schritten trat er an sie heran. Isabel machte sich bereit zum Kampf, legte den Kopf in den Nacken und erwiderte seinen stoischen Blick.

Er könnte sie immer noch vergewaltigen, das wusste sie, denn er wollte, dass die Ehe vollzogen und somit rechtsgültig war. Würde er dafür auch riskieren, dass sie ihn wirklich umbrachte? Er wusste, wer sie war, was sie getan hatte, und zweifelsohne traute er ihr so eine Tat zu. Sie durfte nur nicht zurückweichen und jetzt schwach werden.

Ewigkeiten schienen zu vergehen, in denen sie sich nur anstarrten, beide bis zum Zerreißen angespannt, um auf den anderen loszugehen. Dann lehnte er sich plötzlich zu ihr vor, seine grünen Augen so nah, dass sie nichts anderes mehr sehen konnte. Sein Atem strich über ihre Lippen, und Isabel hob die Hände, bereit, ihre Fingernägel in sein Gesicht zu schlagen.

»Irgendwann, Isabel«, flüsterte er so knapp vor ihrem Mund, dass er sie fast berührte, »wirst du wieder etwas von mir wollen. Und dann wirst du zu mir kommen und mich auf Knien anflehen, dich zu nehmen.« Mit diesen Worten drehte er sich um, schob den Riegel zurück und verließ das Gemach.

Isabel stieß den Atem aus, den sie angehalten hatte, und schlug sich die zitternde Hand vor den Mund. Plötzlich wurde ihr schwarz vor Augen, und sie sank in sich zusammen. Sie hatte gesiegt, aber ehe sie auf dem Boden aufkam, hörte sie eine Stimme im Inneren, die ihr sagte, dass er recht hatte. Wenn sie nicht bald von hier verschwand, würde er bekommen, was er wollte: ihre Unterwerfung.

## Tenby, Südwestwales, Juni 1157

Isabel spürte, dass Onkel Harri sie immer wieder prüfend ansah. Nach außen hin gelassen saß er an der hohen Tafel an der einen Seite des Sheriffs und warf ihr an ihm vorbei Blicke zu. Seinen Becher hielt er locker in der feingliedrigen Hand und schwenkte den Wein darin, während der Sheriff redete und redete. Vermutlich wollte Onkel Harri sichergehen, dass es ihr gutging, auch wenn dies nicht der Grund für sein Kommen war. Vergessen hatte er aber bestimmt nicht, wie grob der Sheriff an jenem Tag in Carew zu ihr gewesen war, als sie ihre Großmutter besucht hatte. Es war schön zu sehen, dass er sich um sie sorgte, denn sie hatte lange nichts mehr von ihrer Familie gehört. Einzig ihre Großmutter schickte ihr hin und wieder Nachrichten, die der Sheriff aber öffnen ließ, bevor Isabel sie zu Gesicht bekam. So waren die Zeilen meist nur leere Floskeln, aber sie gaben Isabel trotzdem Kraft. Woher ihre Großmutter wusste, dass es sie allein schon tröstete, eine vertraute Handschrift zu sehen, war ihr nicht klar, aber etwas sagte ihr, dass sie Erfahrung damit hatte.

Mit einem Lächeln versuchte sie Onkel Harri zu beruhigen, denn es ging ihr wirklich nicht zu schlecht. Seit über einem halben Jahr war sie jetzt schon hier, aber der Sheriff hielt sich zumeist in seiner neu errichteten Burg in St. Clears auf. Wenn er sich dann doch mal nach Tenby begab, verhielt Isabel sich ihm gegenüber höflich und respektvoll, genau so, wie er es wollte. So waren die Wachen auch nicht mehr allzu streng, wie zu Beginn ihrer Ehe, oder eher Gefangenschaft. Immer häufiger konnte sie sich aus ihrem Gemach begeben, ohne in einen Soldaten zu laufen. Auch hatte sie sich nachts schon zweimal über die Klippen in die Siedlung hinuntergeschlichen, um Trystan zu besuchen. Gerne hätte sie diese Unternehmung öfter auf sich genommen, um ein wenig Freiheit zu atmen, aber sie blieb lieber noch vorsichtig. Sie musste den Eindruck einer unterwürfigen Gemahlin erwecken, und so verbrachte sie ihre Tage meist mit Lady Hayt oder über Pergamente gebeugt. Die Ruhe, die sie hier fand, hatte sie wieder an jene Zeit mit Cadell erinnert, und so war sie im Geiste immer wieder Gwenllians Geschichten durchgegangen. Irgendwann hatte sie diese auch Lady Hayt erzählt, die großen Gefallen daran gefunden hatte. Doch leider endete die vierte Geschichte abrupt mittendrin, und so setzte Isabel sich nun jeden Tag daran, sich ein Ende auszudenken und es aufzuschreiben. Vielleicht hätte Cadell sich darüber gefreut.

Sogar der Sheriff äußerte sich wohlwollend über ihre Beschäftigung, hielt diese sie doch in ihrem Gemach. Trotzdem schien er ihr immer noch wie ein lauernder Wolf. Er wartete auf den richtigen Moment, um sie wie einen Zweig zu brechen, und sein wissendes Lächeln, wenn er sie ansah, ließ ihr jedes Mal den Atem stocken. Er war sich seines Sieges sicher, und Isabel hatte keinen Zweifel, dass ihm die Jagd gefiel. Manchmal fragte sie sich, ob es nicht leichter wäre, es einfach hinter sich zu bringen, als sich so zur Beute zu machen.

»Ihr stellt dem König also Eure Schiffe für diese Unternehmung?«, riss der Sheriff sie aus ihren Gedanken.

Onkel Harri nahm seinen Blick von Isabel und lächelte freundlich. »Natürlich unterstütze ich meinen Neffen, indem ich seine Flotte verstärke.«

Ein Grinsen entkam Isabel, als der Sheriff mit einem Schnauben nach den Austern griff. Er wurde nicht gerne daran erinnert, dass Onkel Harri königlichen Geblüts war, und umso lieber erinnerte ihr Onkel ihn daran. Manchmal kam es aber sogar Isabel absonderlich vor, dass Harri dem Hof so nahestand. Hier im abgeschiedenen Wales erschienen ihr England, Könige und Höflinge wie eine andere Welt. Aber Onkel Harri hatte den neuen König sogar schon mehrmals selbst getroffen, und während des Bürgerkriegs hatte er immer auf Seiten seiner Halbschwester Matilda gestanden, der Mutter des neuen Königs. Mit seiner engen Verbundenheit zu diesem neuen Widersacher der Briten sollte Onkel Harri eigentlich ihr Feind sein, aber Isabel konnte nicht anders, als zu ihm aufsehen. Sie war eine Rebellin, hatte für den Widerstand getötet, und jetzt saß sie neben ihrem Onkel, der auch der Onkel des neuen Königs war, und hörte den Planungen zu einer Invasion von Wales zu. Sie könnte sich nicht zerrissener fühlen.

»Der König ist seit April wieder in England«, führte Onkel Harri näher aus, während Isabel so tat, als lausche sie dem Flötenspiel am unteren Ende der Halle. In Wirklichkeit hörte sie aber sehr genau zu, denn wenn der König wirklich in ihrem Land einzufallen gedachte, musste sie Rhys und alle Briten warnen. So wie es aussah, stand ein neuerlicher Besuch bei Trystan an, der die Informationen hoffentlich an Gwladys und Madog weitergeben würde. Die Schäfer würden dann wiederum mit Eira und den anderen in Kontakt treten, und so war es ihr in dieser Gefangenschaft zumindest möglich, etwas Nützliches zum Widerstand beizutragen. Vielleicht war ihre Position hier sogar die Lösung, um den Briten zum Sieg zu verhelfen. Als Spionin mochte sie noch etwas ausrichten können. Eira war einmal sogar selbst bei Trystan gewesen, mit einem wahnwitzigen Plan, sie zu befreien, aber Isabel hatte Trystan aufgetragen, sie davon abzubringen. Der Sheriff würde sie nur jagen, und wie Ralph schon gesagt hatte: Er würde Unschuldige bezahlen lassen. Nein, für den Moment musste sie noch bleiben und ihren Aufenthalt beim Feind nutzen, so gut wie möglich. Ebenso hatte sie Trystan gebeten, Ralph davon abzuhalten, sollte er auf den Gedanken kommen, etwas gegen ihre Gefangenschaft hier zu unternehmen, aber Isabel hatte nichts mehr von ihm gehört. Vielleicht war dies ein Segen, denn das hieß, er war in Sicherheit. Zwar war sie immer noch fuchsteufelswild auf ihn, aber in Gefahr wollte sie ihn trotzdem nicht sehen. Wenn sie ehrlich zu sich war, wünschte sie sich trotz allem, bei ihm zu sein. »Die Planungen für den Feldzug sind in vollem Gange«, hörte sie ihren Onkel neben sich sagen. »Nicht nur ich werde den König mit Schiffen unterstützen, sondern auch mein Bruder Robert.«

Bei diesem Namen horchte Isabel auf. Ihr Onkel Robert war der jüngste Sohn ihrer Großmutter, von ihrem zweiten Ehemann, dem Constable von Cardigan. Isabel war ihm nur selten begegnet, aber sie hatte gute Erinnerungen an ihn. Er war nicht so ruhig und sanft wie Onkel Maurice oder so würdevoll und einschüchternd wie Onkel Harri. Von ihrem stets so gefühllos und hart erscheinenden Vater hatte er auch nichts, und David, dem Bischof, der so gerne an der Macht stand, ähnelte er ebenfalls nicht. Sie alle waren Brüder, nicht vom selben Vater, aber alle waren sie Söhne der berühmten Nesta ferch Rhys. Robert hatte Isabel eher als unbeschwert und lustig in Erinnerung. Er gab nicht viel auf Förmlichkeiten, war ein bisschen rau und gab sich ungezwungen. Wenn sie an Onkel Robert dachte, sah sie ihn mit einem Krug Wein in der Hand und einer Frau auf dem Schoß. Es beunruhigte sie, dass er und Onkel Harri drauf und dran waren, in den Krieg zu ziehen, gleichzeitig hoffte sie aber auch, dass sie verloren, um den Briten den Sieg zu schenken. Wieso konnte es nicht einfacher sein?

»Und was erwartet Ihr jetzt von mir?«, wollte der Sheriff wissen, nachdem er eine Auster geschlürft hatte. »Soll ich etwa selbst Männer zusammentrommeln und in den Norden ziehen? In einen Krieg, der mich überhaupt nichts angeht, damit hier im Süden alles an die Barbaren fällt?«

»Keineswegs. Der König bat um meine Unterstützung, und

Robert war bereit, sich anzuschließen. Ihr hingegen, Sheriff, wurdet mit keinem Wort erwähnt.«

»Na, dann ist ja gut. Denn wenn es so wäre, würde ich Euch sagen, dass es mich einen Dreck schert, dass der König in Gwynedd einzufallen gedenkt. Was hat mich Nordwales zu kümmern? Wenn der König sich dort Land erschließen will, soll er es machen, aber ich lasse meine Besitztümer bestimmt nicht unbewacht dafür zurück. Für einen Feldzug, der ohnehin nicht glücken wird. Wie alt ist der König überhaupt? Zwanzig? Ein Kind, das glaubt, sich mit den Lauchfressern anlegen zu können. Andere, Erfahrenere, scheiterten schon vor ihm, dieser Kampf wird eine Farce.«

Onkel Harri zuckte gleichmütig mit den Schultern. »Der König ist vierundzwanzig und durchaus erfahren. Ihr erinnert Euch vielleicht daran, dass er schon im Bürgerkrieg für die Sache seiner Mutter kämpfte.«

Ein verächtliches Lachen entfuhr dem Sheriff. »Ja, und versagte. König Stephen musste dem Bengel seine Söldner bezahlen und ließ ihn wie einen geschlagenen Köter zurück zu seiner Mutter kriechen, anstatt ihn hinzurichten. Und plant der König auch, seine werte Gemahlin auf den Feldzug mitzunehmen? Man sagt, sie wäre auf den Kreuzzug gegangen, das stelle man sich mal vor!«

»Die Königin begleitete ihren ersten Gemahl, den König der Franken, tatsächlich auf den Kreuzzug. Später ließ sie sich von ihm scheiden und heiratete unseren König Henry. Gibt es irgendetwas, das ihr über Königin Eleonore zu sagen wünscht, Sheriff?« Onkel Harri klang so höflich und sprach wie beiläufig, dass man fast glauben konnte, er treibe wirklich nur einfache Konversation. Aber dem Sheriff war es eine Warnung, dass er sich mit seinen Reden über den König und seine Königin auf dünnes Eis begab. Sie mochten hier im tiefsten Wales sein, aber die Zeiten der Anarchie waren vorbei. Sie hatten wieder einen unangefochtenen König, auch wenn dem Sheriff das nicht gefiel.

Dieser schien aber immer noch nicht genug zu haben, und so sprach er voller Verachtung weiter. »Ja, man erzählt sich so einiges über die Königin und ihre sonderbaren Anwandlungen, mit denen sie sich in die Politik einmischt. Was für ein König soll das sein, der sich von einer *Frau* beraten lässt?«

Onkel Harri trank aus seinem Becher und warf Isabel wieder einmal einen Blick zu, nur dieses Mal schien er amüsiert. »Nun, wie heißt es so schön: Nur schwache Männer fürchten starke Frauen.«

Ein Knurren erklang aus des Sheriffs Kehle. Offensichtlich fühlte er sich, so wie beabsichtigt, angesprochen. Isabel schenkte ihrem Onkel ein verstohlenes Grinsen, und einen Moment lang fühlte sie sich wie seine Verschwörerin. Viel zu schnell nahm Onkel Harri aber den ernsten Grund seines Besuches wieder auf, und als er plötzlich von Ralphs Vater sprach, hielt sie angespannt den Atem an.

»Cadwaladr ap Gruffudd steht nun schon einige Zeit auf der Seite der Normannen und huldigte dem König, ohne zu zögern. Er ist ein wertvoller Verbündeter und befehligt ein nicht zu unterschätzendes Heer. Es gibt immer noch genügend Lords in Gwynedd, die ihm folgen anstatt seinem Bruder Owain, der sich Fürst nennt. Und da der König die Treue seiner Untertanen zu belohnen gedenkt, wird er nun in Gwynedd einfallen, Owain vernichten und Cadwaladr stattdessen zum Fürsten von Nordwales machen.«

Die Luft entfuhr ihr mit einem Zischen, was zum Glück niemand außer Lady Hayt an ihrer Seite bemerkte. Schnell nahm sie einen Schluck und versuchte sich zu beruhigen. Ralphs Vater sollte Fürst von Nordwales werden? Ralph wäre somit ein Fürstensohn und als Sohn einer de Clare auch noch ein wünschenswerter Erbe für die Normannen. Sollte dies tatsächlich das Ende der Briten sein? Wie würde Ralph dazu stehen? Er hatte sie zu seinem Vater bringen wollen, um ein Leben unter Normannen zu führen. Wo war er jetzt, auf welcher Seite stand er?

»Und Ihr meint tatsächlich, das gelingt?«, zweifelte der Sheriff. »Owain Gwynedd ist nicht dumm, er hat schon so einige Versuche seines Bruders, ihn zu vernichten, überlebt.«

»Ja, aber der Kreis schließt sich um ihn. Madog aus Powys wird den König ebenfalls unterstützen, schließlich will er das Land zurück, das Owain Gwynedd ihm vor ein paar Jahren abknöpfte. Die beiden sind ja nicht erst seit gestern verfeindet. Owain hat jetzt die Macht der Normannen gegen sich, das Fürstentum Powys und Gwynedd ist gespalten, da ein Teil Cadwaladr folgt. Er kann nicht gewinnen. Und wir, mein Bruder und ich, werden mit der königlichen Flotte von Milford Haven aus in den Norden hinaufsegeln und ihm in den Rücken fallen. Wir werden Anglesey angreifen. Wenn Owain erst seinen Rückzugsort verliert, kann ihn nichts mehr retten. Ihr seht also, Sheriff, der Krieg ist so gut wie vorüber, und wenn Gwynedd erst einmal unter einem königstreuen Waliser steht, wird auch bei uns im Süden Ruhe einkehren.«

*Oh, Onkel Harri!*, wäre es ihr beinahe entkommen. *Du stehst auf der falschen Seite!* Aber sie wusste, ihr Onkel glaubte an den König, an den Frieden und die Ordnung, die die Normannen für das Land bedeuteten. Er war kein Freund der streitsüchtigen und kriegerischen Waliser, auch wenn seine Mutter eine von diesem Volk war. Harri war dem Königshaus treu – seiner Familie, und Isabel konnte ihn nicht dafür verachten. Aber sie konnte ihn auch nicht gewinnen lassen.

»Wo soll diese Schlacht gegen Owain Gwynedd stattfinden?«, fragte sie unschuldig und versuchte, etwas Angst in ihre Stimme zu legen. »Etwa hier in der Nähe?«

Onkel Harri wandte sich ihr zu und legte ihr die Hand auf den Oberarm. »Keine Sorge, Isabel. Der König marschiert entlang der Nordküste in Owains Land ein und wird ihn dort stellen. Das ist so weit weg, dass niemand hier überhaupt etwas davon bemerken wird.«

Isabel nickte und ballte die Hände unter dem Tisch zu Fäusten. Ihr Herz hämmerte in der Brust. Sie musste den Fürsten aus Nordwales rechtzeitig warnen. Sie kannte ihn nicht, nur seinen Sohn, den Poetenprinzen, aber Owain Gwynedd war ein britischer Fürst, der für die Freiheit seines Volkes kämpfte. Und Onkel Harri hatte recht: Wenn die Normannen in Gwynedd erst mal Fuß gefasst hatten, wäre der Süden verloren. Rhys' Kampf wäre vorüber, ehe er überhaupt begonnen hatte. Alles, was sie getan und wofür sie gekämpft hatte, wäre umsonst gewesen.

»Was ist mit dem Fürstenbürschchen hier?«, stellte der Sheriff eine Frage, die ihr selbst unter den Nägeln brannte. Fast hätte sie ihm einen dankbaren Blick zugeworfen. »Wird Rhys seinen Onkel Owain im Norden nicht unterstützen? Oder entscheidet er sich, dem König zu huldigen, und stellt sich so wie Powys auf dessen Seite?«

»Weder noch.« Onkel Harri strich sich müde über den Nacken. »Soviel ich weiß, hat er sich keiner Seite erklärt. Er scheint sich rauszuhalten.«

Das kann er gut, dachte Isabel bitter, aber gleichzeitig wusste sie auch, wie schlau Rhys war. Es stimmte, er war nicht wie Maredudd, der sich kopflos in den Kampf gestürzt hätte. Rhys konnte abwarten und den richtigen Moment kommen lassen, um mit dem Hammer zuzuschlagen. Die letzten Monate hatte man nichts von ihm gehört, aber Isabel wusste, er sammelte seine Kräfte. Es war die Ruhe vor dem Sturm.

»Rhys ist aber der Grund, aus dem ich hier bin«, holten Onkel Harris Worte sie zurück aus ihren Gedanken. »Es ist verdächtig ruhig um ihn, und dass er keine Partei ergreift, muss nicht heißen, dass er den Kampf im Norden nicht nutzt. Wie ich schon sagte, mein Bruder Robert und ich werden uns daran beteiligen, aber meine anderen Brüder werden die Ländereien hier im Süden sichern, und dasselbe solltet Ihr auch tun, Sheriff. Wer weiß, vielleicht kommt Rhys auf den Gedanken, die Situation zu nutzen und uns anzugreifen. Vielleicht nimmt er an, dass wir geschwächt sind und den König im Norden unterstützen. Womöglich wartet er auch nur ab, um die Stärke des Königs abzuschätzen und sich dann entweder gegen ihn zu stellen oder sich ihm zu unterwerfen – je nach Ausgang. Wir wissen es nicht, aber in nächster Zeit heißt es auf alle Fälle, Vorsicht walten zu lassen.« Vieldeutig wies er auf Isabel, und ihr entging nicht der Vorwurf in seiner Stimme. Ihre Familie hatte also nicht vergessen, dass der Sheriff sie nicht vor den Rebellen geschützt hatte.

»Mir braucht Ihr nicht zu sagen, dass man den Walisern nicht trauen darf, FitzRoy«, knurrte der Sheriff und winkte einem Pagen, der ihm sogleich nachschenkte. »Ich bin es nicht, der ständig Bündnisse mit ihnen schließt, so wie Eure Brüder. Schön zu sehen, dass wenigstens Ihr gegen sie ins Felde zieht, auch wenn ich gerne sehen würde, dass Ihr das auch hier im Süden macht und nicht nur im Norden bei jenen, die nicht mit Euch verwandt sind.«

Onkel Harri ließ seinen Blick durch die Halle wandern, mit einem Mal wirkte er erschöpft, fast schon resigniert. »Der Moment wird kommen, da wir uns alle für eine Seite entscheiden müssen.«

Danke, dass du mich eingeladen hast, an den Strand zu gehen.« Isabel sah zu Onkel Harri hoch und atmete die salzige, frische Luft. »Ich weiß gar nicht mehr, wann ich das letzte Mal die Burg von außen gesehen habe.«

»Der Sheriff hält dich an der kurzen Leine, hm?« Zärtlich strich er ihr mit einem Fingerknöchel über die Wange. »Du weißt aber schon, dass du dir das zu einem gewissen Teil selbst zuzuschreiben hast? Was ich über dich und deine Zeit bei den Rebellen hörte …«

»Wie du schon sagtest«, murmelte sie, da es ihr schwerfiel, offen mit ihrem hoheitsvollen Onkel zu sprechen, »jeder muss sich irgendwann für eine Seite entscheiden.«

Onkel Harri nickte, und sie war ihm dankbar, dass er das Thema damit auf sich beruhen ließ. Um sein Misstrauen aber schwinden zu lassen, lenkte sie ihn lieber ab und fragte ihn über Großmutter Nesta und alle anderen zu Hause aus. Nur zu zweit schlenderten sie über den Sand am Fuße des Burghügels, gerade so weit vom Wasser weg, um von den Wellen nicht erwischt zu werden, während Onkel Harris Männer in der Siedlung in diversen Schenken warteten. Zwar hatte der Sheriff nicht gerade begeistert ausgesehen, als Onkel Harri sie zu einem Spaziergang eingeladen hatte, aber er hatte sich fügen müssen. Ein Umstand, den sie sich zunutze machen wollte. Seit jenem schrecklichen Tag ihrer Eheschließung war sie nicht mehr bei Tageslicht in der Siedlung gewesen.

»Dort vorne lebt ein Bekannter von mir«, sagte sie und deutete auf Trystans Hütte. »Wäre es in Ordnung, wenn du bei der Taverne auf mich wartest? Ich möchte nur sehen, ob es ihm gutgeht. Er ist ein alter Mann, und als ich einst in Tenby lebte, war er immer so freundlich und hörte gerne meinen Geschichten zu. Er wird sich fragen, wie es mir geht.«

Das Misstrauen war ihrem Onkel anzusehen, aber Isabel war nach all den Überfällen, bei denen sie eine Jungfer in Not gespielt hatte, geübt im Lügen. »Bitte, Onkel, dies ist der einzige Tag, an dem ich mich etwas freier bewegen kann, ehe ich zurückmuss. Was soll ich denn schon in der verfallenen Hütte eines alten Mannes, inmitten der Siedlung, anstellen? Von mir aus kannst du auch gerne mitkommen.«

Diese Worte überzeugten ihn, denn plötzlich lächelte er und gab ihr einen flüchtigen Kuss auf die Stirn. »Bleib nicht zu lange, sonst schickt der Sheriff noch einen Suchtrupp. Ich hole dich hier ab, ehe ich abreise, und bringe dich zurück zur Burg, damit dein werter Gemahl mir nicht unterstellt, dich unbeaufsichtigt gelassen zu haben. Aber stell wirklich nichts an, ja?«, sagte er noch mit einem Zwinkern, ehe er sich abwandte und Richtung Hafen davonschritt.

Isabel atmete auf, sah ihm noch einen Moment lang hinterher und klopfte schließlich an Trystans Tür.

Überraschung, Sorge und Freude standen dem alten Waliser ins Gesicht geschrieben, als er aufmachte, aber Isabel grinste ihn nur an.

»Was machst du denn hier?«, entfuhr es ihm, und sofort sah er sich nach allen Seiten um. »Bist du weggelaufen?«

»Aber nein. Ich komme, um dich zu besuchen, habe aber nicht lange Zeit.« Sie schob sich an ihm vorbei in die Hütte und sog den vertrauten Geruch der Holzspäne ein. »Mein Onkel Henry FitzRoy ist da und ermöglichte es mir, hier vorbeizusehen.«

»Nun, das ist eine wahre Freude, ich habe mich schon gefragt, was du den lieben langen Tag so machst und wie es dir ergeht.« Trystan schloss die Tür hinter ihr und machte sich sofort daran, ihr etwas Milch in einen Becher zu gießen. »Und?«

Isabel schüttelte den Kopf. »Trystan, ich habe etwas erfahren …« Sie erzählte ihm alles, was in der Halle gesprochen worden war, während sie gleichzeitig das drückende Gefühl im Bauch spürte, ihre Familie zu verraten. »Cadwaladr warnte den König auch vor Hinterhalten, die Owain seiner Armee bestimmt stellen wird. Schließlich kennt Cadwaladr die britische Art der Kriegsführung nur zu genau. Bei Gott, ich selbst habe oft genug im Wald auf der Lauer gelegen und aus dem Verborgenen angegriffen, nur um dann wieder zu verschwinden. Aber der König kennt die Gefahr jetzt und will ihn austricksen. Er plant, seine Hauptarmee gegen Owain antreten zu lassen, während er selbst ihn mit einem kleineren Teil umgeht und ihm dann in den Rücken fällt.«

»Isabel, weißt du denn, was du da tust?« Trystans Stimme war nur ein Flüstern. Er setzte sich neben sie auf den strohbedeckten Boden neben der Feuerstelle und ergriff ihre Hand mit seiner rauen. »Du verrätst deinen König.«

»Mein König ist Rhys ap Gruffydd«, erwiderte sie mit fester Stimme. »Ich mag ihn nicht besonders, aber wer fragt Untertanen schon, ob sie ihren König mögen? Er ist der rechtmäßige Herrscher über dieses Land, und er allein kann die Unterdrückung seines Volkes aufhalten.«

Erstaunt, aber auch bewundernd sah er sie an, dann seufzte er schwer. »Du hast also deine Seite gewählt. Na schön. Aber selbst wenn ich deine Informationen bis zu Rhys durchbekomme ... wer sagt, dass er Owain auch wirklich warnt? Die beiden sind doch erst letztes Jahr aneinandergeraten, vielleicht sieht Rhys seinen Onkel lieber geschlagen?«

»Wenn Owain fällt, herrscht Cadwaladr über Gwynedd, ein Verräter an seinem Volk. Die Normannen hier werden erstarken, wenn sie im Norden Fuß fassen. Rhys wird das bestimmt nicht wollen. Also bitte, du musst ihn irgendwie warnen. Vielleicht fällt dir ja auch eine Möglichkeit ein, Owain direkt zu kontaktieren und ...«

Die Tür öffnete sich, und Isabel fuhr mit einem erschrockenen Luftholen herum, was fast ihre Milch verschüttet hätte. Wenn Harri schon hier war und ihre Worte gehört hatte ... auch Trystan schien alarmiert, denn er sprang sofort auf.

Ein hochgewachsener Mann zeichnete sich als dunkle Silhouette vor dem Tageslicht ab. Ein Schwert hing an seiner Seite, und einen Moment lang dachte Isabel wirklich, ihren Onkel vor sich zu haben, aber die Schultern dieses Mannes waren breiter, er passte gerade mal so durch die Tür.

»Ich bin hier, um meinen Bogen abzuholen.«

Ein leiser Schrei entfuhr ihr, und die Gestalt riss den Kopf zu ihr herum. »Isabel?«

Sie konnte ihn nur anstarren, als er in die Hütte eintrat und der Schein des Feuers ihn beleuchtete. Von ihrer sitzenden Position aus wirkte er riesig, und das Gewand eines britischen Kriegers ließ ihn nur noch fremder wirken. Er hatte dunkle, weite Hosen an, wie die Waliser sie oft trugen, darüber fast kniehohe Stiefel. Anders als die Normannen trug er kein knöchellanges Kettenhemd, sondern eines, das ihn nur bis zu den Oberschenkeln bedeckte, und darüber eine lederne Kapuze, die hinab über seine Schultern reichte. Sein schwarzes Haar fiel ihm leicht in Stirn und Nacken, es war länger als bei ihrer letzten Begegnung. Auch schien er sich schon einige Tage nicht mehr den Bart weggeschabt zu haben, denn an seiner Oberlippe, am Kinn und entlang des Unterkiefers zeigte sich ein dunkler Schatten. Seine Eisaugen waren ihr aber immer noch vertraut.

»Beim Allmächtigen, Ralph, was machst du hier?« Trystan zog ihn näher zum Feuer und warf die Tür hinter ihm zu. Endlich nahm Ralph den Blick von ihr und wandte sich dem Bogenbauer zu.

»Einst sagtest du zu mir, dass du einen Bogen für mich fertigst, wenn ich mich den Rebellen anschließe.« Er warf Isabel einen flüchtigen Blick zu, straffte dann aber seine Schultern und sagte feierlich an Trystan gewandt: »Nun, es ist so weit. Ich bin ein Rebell, und ich brauche einen Bogen.«

Ein Holzscheit knackte im Feuer, und eine Möwe landete raschelnd im Strohdach, von wo sie einen schrillen Ruf ausstieß. Aber ansonsten war es so still, als hielte die Welt den Atem an.

Plötzlich regte Trystan sich, ging leicht taumelnd auf Ralph zu, packte sein Gesicht mit beiden Händen und küsste ihn auf die Wangen. »Und einen Bogen sollst du bekommen, mein Junge.«

»Was hat das zu bedeuten?« Isabel rappelte sich auf und sah zwischen den beiden hin und her. »Bist du etwa gekommen, um mich zu holen? Hat Eira dich geschickt?«

Ralph wandte sich ihr zu und holte Luft, als wappne er sich, aber ehe er etwas sagen konnte, meldete Trystan sich zu Wort. »Ich habe noch zu arbeiten, und wie es aussieht, steht nun ein Bogen mehr auf der Liste. Mal sehen, ob ich das richtige Holz hier habe.« Mit diesen Worten verschwand er durch die Hintertür in den Hof hinaus und ließ Isabel mit Ralph allein zurück. Unschlüssig standen sie da, und Isabel blickte zur Tür, da sie nicht wusste, wo sie sonst hinsehen sollte.

»Ich bin nicht hier, um dich zu holen«, erklang dann unvermittelt Ralphs raue Stimme, die ihr eine Gänsehaut verursachte, »sosehr ich mir wünschte, dich von hier fortbringen zu können, ich kann es nicht.«

Langsam drehte sie sich zu ihm um und sah zu ihm auf. »Du bist nur hergekommen, um Trystan zu sehen und dir einen Bogen machen zu lassen? Hättest du gar nicht versucht … mich zu sehen?«

»Hättest du mich denn sehen wollen, nach allem, was du mir zu verdanken hast?«

Isabel blickte zu Boden. Sie war lange Zeit wütend gewesen, aber sie wusste auch, dass er mit einem recht gehabt hatte: Der Sheriff wäre über Leichen gegangen, um sie zurückzuholen. Ralph hatte sie beschützen wollen und dabei versagt. Er hatte es nicht wissen können, und auch wenn es sie ärgerte, dass er über sie hatte bestimmen wollen, berührte es sie gleichzeitig, dass sie ihm genug bedeutete, um ihn Dummheiten begehen zu lassen. »Du hast getan, was du für das Richtige hieltest.«

»Ja, aber es war das Falsche. Es war kindisch, unüberlegt und selbstsüchtig.«

Sie sah auf, aber er schien sie gar nicht mehr zu bemerken. Mit deutlich zusammengebissenen Zähnen blickte er zum Fenster. »Wenn ich nur daran denke, dass der Sheriff …« Er presste die Lippen aufeinander, in seinen Augen lag purer Hass, seine Hand umklammerte die Tischplatte neben sich, bis die Fingerknöchel weiß waren.

Isabel ging einen Schritt auf ihn zu, hielt dann aber inne, fürchtend, er würde seinem Zorn Luft machen. Zwar richtete sich seine Wut nicht gegen sie, trotzdem war es beängstigend, mit einem vor Hass vibrierenden Mann allein in einer winzigen Hütte zu stehen.

»Es ist nicht so schlimm«, flüsterte sie, seine Miene aufmerksam beobachtend, »ich kann mit dem Sheriff umgehen. Außerdem ist er so gut wie nie hier.«

Abrupt wandte er sich ihr zu und starrte auf sie nieder. Isabel konnte sich gerade noch zusammennehmen, um nicht zurückzuweichen.

»Mit ihm umgehen?«, knurrte er, alles andere als von ihren Worten beruhigt, aber Isabel wollte nicht länger vom Sheriff sprechen. Wenn sie Ralph so sah, verlangte eine giftige Stimme, ihm an den Kopf zu werfen, dass er gar kein Recht hatte, sich so zu benehmen, schließlich hatte er sie in diese Situation gebracht. Die rational denkende Isabel hatte sich längst von diesem Gedanken befreit, aber irgendwo schlummerte immer noch ein Vorwurf.

Ralph schien zu ahnen, was in ihr vorging, denn plötzlich wurden seine Züge etwas weicher. Nun war es Schuld in seinen Augen, die ihr entgegensah. »Ich erwarte nicht, dass du mir vergibst, Isabel. Auch kann ich dir nichts anbieten, um es dir leichter zu machen, mich wieder als Freund zu betrachten.«

»Du wirst immer mein Freund sein, Ralph.« Mehr als das, dachte sie und fuhr schnell fort, um den Drang, ihm näher zu kommen, zu unterdrücken: »Und ich bin froh, dass du nicht ohne Sinn und Verstand nach Tenby gestürzt bist, um mich vom Sheriff wegzuholen.«

»Oh, ich hatte durchaus geplant, dich ohne Sinn und Verstand hier rauszuholen und dich wieder auf ein Pferd zu binden.« Er lächelte müde, und Isabel konnte nicht anders, als es zu erwidern. Sie war traurig, zornig und verzweifelt und trotzdem so unbeschreiblich froh, dass er hier war. Stand er wahrhaftig vor ihr? Er war so plötzlich gekommen, dass sie ihren Augen immer noch nicht so recht traute.

»Bei mir dauert es leider immer etwas länger, bis ich aus Fehlern lerne«, sagte er und lehnte sich gegen den Arbeitstisch. »Du kannst dir bestimmt vorstellen, dass ich Maurice ziemlich lästig gefallen bin, damit er etwas unternimmt und sich gegen deinen Vater behauptet. Aber zumindest hielt mich das so lange auf, um meinen Kopf wieder etwas zu benutzen und auch über die Worte deines Onkels nachzudenken: Ich kann dich nicht hier rausholen und mit mir nehmen, ohne zu wissen, wohin, wie wir überleben, wer uns jagen wird und wie die nächsten Tage, Monate oder auch Jahre aussehen sollen. Zu Rhys kannst du nicht zurück, er würde sich und seine Männer zum Ziel machen, denn deine Familie und der Sheriff würden jetzt bestimmt nicht mehr zögern, um dich mit militärischen Mitteln zurückzuholen. Auch kannst du nicht mehr mit Eira auf Überfälle gehen, ohne zu riskieren, dem Sheriff in die Hände zu fallen. Mit einem Befreiungsversuch würde ich erneut alles nur noch schlimmer machen.«

Isabel lachte leise. »Ich kenne die Gründe, aus denen ich hier festsitze. Glaube mir, ansonsten wäre ich schon längst auf und davon. Aber es zeigt sich nun, dass ich nützlich sein kann, wenn ich hierbleibe.« Sie ließ ihren Blick über ihn gleiten und betrachtete das Schwert, dessen Griff keine besonderen Verzierungen oder sonstigen Schmuck aufwies. Aber es erfüllte bestimmt seinen Zweck. »Jetzt bist du also ein Rebell?«, fragte sie verwirrt und sah wieder hoch in sein Gesicht. »Warst du bei Rhys? Weiß er, wer du bist?«

Ralph schüttelte mit angespanntem Kiefer den Kopf. »Nein, ich folge nicht Rhys, auch wenn dir das vielleicht lieber wäre.« Mit einem Seufzen strich er sich über die Augen. »Als dein Onkel mir nicht helfen konnte, ging ich fort von ihm, auch wenn es nicht besonders ehrenhaft war, nach allem, was ich ihm verdanke. Aber ich konnte nicht bei ihm bleiben, nachdem er nichts gegen deine Ehe unternehmen wollte. Ich musste jemanden finden, der bereit ist, mir zu helfen. Ich musste überlegen, wie ich es anstelle, alles wiedergutzumachen, und glaube mir, ich hatte viel Zeit zum Nachdenken – nicht nur über dich und deine Situation, sondern leider auch über mich.«

»Und was kam dabei heraus?« Isabel ging zögernd auf ihn zu, sich fragend, warum sie in seiner Gegenwart nicht mehr so ungezwungen sein konnte wie früher. Die alte Isabel hätte ihm wohl gegen die Schulter geschlagen und ihn lachend aufgefordert, mit der Sprache rauszurücken. Aber jetzt schienen ihr jedes Wort und jede Geste so mächtig, als könnten sie ihr ganzes Leben verändern. Wenn sie ihm näher kam, wurde ihr heiß, und das Blut in ihren Adern schien sich in einen kribbelnden Strom zu verwandeln. So wog sie das Risiko sehr genau ab, sich dieser fremden Macht auszusetzen, da sie ihr das Denken schwer machte.

Mit zitternder Hand stellte sie die Milch ab und lehnte sich neben ihn, nach außen hin ungerührt, auch wenn die erwartete Reaktion auf seine Nähe sofort einsetzte.

Ralph spannte sich an, seine Hand lag gleich neben ihrer auf dem Tisch, und Isabel konnte einen Moment lang nur darauf starren. Sie wollte, dass diese langen, feingliedrigen Finger ihre umschlossen und festhielten, aber noch war ihr Verstand laut genug, um sie an ihre Ehe mit dem Sheriff zu erinnern und daran, dass Ralph und sie nie zusammen sein könnten. Neben ihm zu lehnen war alles, was sie sich erlaubte, seine Hand zu ergreifen würde wohl bereits zu wehtun.

»Erinnerst du dich an unser Gespräch am ersten Abend in Tenby unter der Außentreppe?«, fragte er leise, nahm die Hand fort und verschränkte sie mit seiner anderen. »Damals sagte ich dir, dass es nicht schlimm für mich sei, wenn meine Vettern verstümmelt werden, mein Heim in Flammen aufgeht, mein Vater mich von einem Verbündeten zum anderen schickt … Aber das stimmte nicht.«

Isabel biss sich auf die Unterlippe. »Ich weiß.«

Nun sah Ralph sie an, das rötliche Licht des fast heruntergebrannten Feuers flackerte über sein schwarzes Haar und die leicht gebräunte Haut. Einzelne Lichtfinger griffen zwischen den Balken der Wand herein und tanzten durch die Luft. »Nun, damals glaubte ich tatsächlich, dass es mir egal ist. Ich redete mir ein, dass es mich nicht zu kümmern hat, dass es ganz normal ist und die Welt nun einmal so funktioniert. So konnte ich es überleben. Aber als ich von deinem Onkel fortging und Stunde um Stunde, Tag für Tag im Wald saß und überlegte, wie ich dich befreien könnte, wurde mir bewusst, was für ein Feigling ich war. Ich hatte die ganze Zeit damit verbracht, mir auszumalen, was dir beim Sheriff angetan wird und wie du meinetwegen leidest, anstatt dass ich mir endlich ein Beispiel an dir nehme und kämpfe. Du hattest recht, ich war ein dummer Junge, auch wenn ich mir einbildete, erwachsen zu sein. Du hingegen bist lange vor mir erwachsen geworden.« Er senkte den Blick und atmete tief durch. Es war ihm anzusehen, wie viel es ihn kostete, all dies auszusprechen, gleichzeitig aber auch, wie lange er schon darauf brannte, es loszuwerden. »Du hast nie weggesehen, um es dir leichter zu machen oder weil es dann weniger wehtut, Isabel.« Er sah wieder zu ihr hoch, seine Eisaugen spiegelten die Glut zu ihren Füßen wider. »Du hast Überzeugungen und stehst dafür ein, egal, wie hart es ist. Du läufst nicht vor dem Kampf davon und redest dir nicht ein, dass dich das alles nichts angeht. Es wurde höchste Zeit, mir ein Beispiel an dir zu nehmen, und so wusste ich, was ich zu tun habe – dich zu befreien war nicht möglich, also wollte ich wenigstens jemand sein, der deiner würdig ist – jemand mit Überzeugungen. Jemand, der aufsteht und etwas unternimmt. Mein ganzes Leben lang habe ich in eine ungewisse Zukunft geblickt, mit dem Glauben, dass sich alles schon irgendwie richten lässt, aber du hast mich gelehrt, dass ich vor meiner Vergangenheit nicht weglaufen kann und dass ich die Gegenwart mitgestalten muss, um überhaupt eine Zukunft zu haben. Du hast mir die Augen geöffnet, mit deiner Stärke, deinem Mut und deinem Mitgefühl. Denn du hast recht: All das, was um uns herum geschieht – es zählt.« Plötzlich ergriff er ihre Hand und führte sie an seine Lippen.

Isabel zuckte zusammen, so überrascht war sie von dieser unerwarteten Berührung. Sie war nicht darauf vorbereitet gewesen, ihr Herz pochte in der Kehle, und sie wusste nicht, was sie sagen, geschweige denn denken sollte. Sie konnte nur ihre blasse Hand ansehen, die in seiner fast verschwand, und sein schattenhaftes Gesicht, das sich darüber beugte. Vorhin hatte sie noch mit ihrem Onkel und dem Sheriff an der Tafel gesessen und Kriegsplänen gelauscht, und jetzt war sie hier mit Ralph. Sie hatte gewusst, seine Nähe war gefährlich, ihr Herz war jetzt schon schwer, denn der Abschied würde nicht lange auf sich warten lassen. Trotzdem wollte sie, dass er nicht mehr losließ.

»Ich will dich immer noch heiraten, Isabel«, sagte er leise.

Isabel ließ langsam den angehaltenen Atem ihrer Lunge entweichen, wiederholte seine Worte in ihrem Kopf, als er schon fortfuhr: »Auch wenn es jetzt nicht mehr möglich ist und ich dein Vertrauen und deine Freundschaft für immer verspielt habe.«

»Nichts hast du verspielt«, flüsterte sie.

Ralph kniff die Augen fest zusammen, sein Griff verstärkte sich. Schließlich ließ er ihre Hand mit einem tiefen Einatmen sinken, gab sie aber nicht frei. Eindringlich sah er sie an. »Wenn du es mir erlaubst, werde ich dich hier rausholen. Aber noch bin ich nicht dazu in der Lage. Du musst also noch etwas länger durchhalten und für mich weiterkämpfen.«

»Ich will nicht, dass du dich in Gefahr bringst und etwas Unüberlegtes tust. Mach dir um mich keine Sorgen.«

Ein trauriges Lächeln zauberte ihm die vertrauten Grübchen

in die Wangen, und am liebsten hätte Isabel darübergestrichen. Nicht nur das. Sie wollte ihn küssen, damit es sich in ein glückliches Lächeln verwandelte. Aber sein Blick zeigte immer noch harte Entschlossenheit.

»Nein, Isabel, es wird nicht unüberlegt sein, das verspreche ich dir. Wenn ich dich von hier weghole, dann in ein sicheres Leben. Ich baue mir etwas auf, werde eigenes Land haben, Männer, die mir folgen. Ich bin ein Prinz von Nordwales und neunzehn Jahre alt. Es wird Zeit, dass ich meinen Platz einnehme und in diesem Kampf mitmische.«

Isabel erhob sich langsam und trat einen Schritt von ihm zurück. »Land und Männer?« Eine fürchterliche Ahnung beschlich sie, und auf einmal fiel ihr das Sprechen schwer. »Bist du zu deinem Vater gegangen? Es heißt, der König will ihn zum Fürsten von Nordwales machen, und das würde für dich bedeuten …« Sie stieß die Luft aus. »Ist dies der Platz, den du einnehmen wirst?«

»Natürlich nicht!« Er erhob sich ebenfalls und baute sich mit seiner hochgewachsenen Gestalt, die durch das Kettenhemd noch mächtiger wirkte, vor ihr auf. Plötzlich kam ihr die Hütte noch viel kleiner vor. »Wie kannst du das glauben, ich sagte doch schon, ich bin ein Rebell.« Die letzten Worte sagte er fast schon mit einem Grinsen, das Isabel so lange hatte sehen wollen, und plötzlich verstand sie. Er kämpfte nicht für Rhys und nicht für seinen Vater. Blieb nur noch einer.

»Nein«, entfuhr es ihr, und sie schlug sich die Hand vor den Mund.

Jetzt befreite sich das Grinsen vollkommen. »Doch. Vor dir steht ein Schwurmann des Fürsten von Nordwales, Owain Gwynedd.«

»Großer Gott!« Auch in ihrem Gesicht erschien ein Lächeln, auch wenn sie gar nicht wusste, wieso sie plötzlich so überglücklich war. Sie hatte sich gewünscht, Ralph würde für den Süden kämpfen und Rhys unterstützen, auch wenn ihr bewusst war, wie gefährlich das für ihn werden konnte. Aber sie hatte ihn an ihrer Seite in ihrem Kampf haben wollen, um in seiner Nähe zu sein. Owain Gwynedd war zwar Rhys' Onkel, aber die beiden belauerten sich ständig, und auch wenn sie keine Erzfeinde waren, traute der eine dem anderen nicht über den Weg. Trotzdem erfüllte Ralphs Verkündung sie mit einer überschwänglichen Euphorie, denn sie wusste, was seine Worte bedeuteten: Er nahm seine Herkunft an. Er war ein Prinz von Nordwales und verleugnete nicht länger seine Heimat. Als Sohn eines walisischen Fürstenbruders und einer normannischen Adligen war er stets herumgereicht worden, hatte sich treiben lassen und sich nirgends eingemischt, aber jetzt hatte er eine Seite gewählt. Nicht nur freute sie sich für den britischen Freiheitskampf, da Ralph als Cadwaladrs Sohn vielleicht ein paar Briten von normannischer Seite zurückholen konnte. Bestimmt gab es Männer unter Cadwaladr, die nicht so erfreut darüber waren, dem normannischen König zu folgen und lieber zu jemandem vom selben Blut gingen, der für die Briten kämpfte. Vor allem freute sie sich aber für Ralph. Er hatte sich selbst gefunden und verdrängte nicht länger die Feuer seiner Vergangenheit. Sie sah in seinen Augen, dass ihn das verändert, stärker gemacht hatte.

»Du bist wirklich zu deinem Onkel gegangen«, flüsterte sie, immer noch ungläubig, gleichzeitig konnte sie aber nicht aufhören zu strahlen.

Ralph zuckte gespielt gleichmütig die Schultern. »Und du kannst dir bestimmt vorstellen, dass er durchaus misstrauisch war. Aber er sieht auch die Möglichkeiten. Nur muss ich mich ihm beweisen. Mein Onkel hat mir eine kleine Kriegsbande unterstellt, deren Vertrauen ich ebenso erst gewinnen muss. Aber wenn ich mich bewähre, werde ich einer seiner *Uchelwyr*, ein freier Mann und Herr über mein eigenes Land, im Gegenzug für meine Unterstützung im Kampf.«

Isabel glaubte, ihren Ohren nicht trauen zu können. Ralph hatte sich Gwenllians Bruder angeschlossen, jenem Mann, der seit jeher erbittert um die Freiheit seines Landes kämpfte. Ein größeres Zeichen, um zu beweisen, dass er es ernst meinte, hätte er nicht setzen können. Aber das hieß auch, dass sie mit Ralph jemanden vor sich hatte, der ihre Informationen weitertragen konnte.

»Ralph, dass ich hier bei Trystan bin, hat einen Grund.« Sie senkte den Blick und schloss einen Moment lang die Augen, um ihr normannisches Herz zum Schweigen zu bringen. »Ich weiß, wie du deinem Onkel beweisen kannst, dass du ihm treu bis. Ich habe Informationen über den geplanten Feldzug des Königs.« Sie erzählte ihm alles, wissend, dass es das Richtige war, und trotzdem mit großen Schuldgefühlen.

»Wirst du an der Schlacht teilnehmen?«, fragte sie schließlich voller Angst, ihn zu verlieren. Sie wusste, er war nicht besonders erfahren im Kampf, und eine Schlacht war etwas anderes als das Scharmützel im Wald. »Wirst du für deinen Onkel gegen den König kämpfen?«

Ralph sah sie ernst an. »Dies ist einer der Gründe, warum ich dich nicht gleich mit mir nehmen kann, ins Ungewisse. Sollte ich fallen, wärest du allein im Norden, ohne Familie, Sicherheit …«

»Sag das nicht!« Sie schubste ihn, aber wie erwartet taumelte er nicht einmal, und sie stieß sich am Ringpanzer nur die Fingerknöchel. »Du wirst nicht fallen, hast du mich verstanden? Die Briten werden den Sieg davontragen, und du kommst zu mir zurück. Komm ja nicht auf die Idee, dir nur deinen Bogen abzuholen und dich mir nicht lebend zu zeigen. Ich kann hier auf dich warten, Ralph, was bei Gott nicht leicht ist, aber ich will nie wieder hören, dass auch nur die Möglichkeit besteht, dass du nicht wiederkommst.«

»Kannst du das wirklich?« Er machte einen Schritt auf sie zu.

Sofort schrumpfte die Hütte noch weiter und machte ihr das Atmen schwer. »Auf mich warten? In dieser Hölle?«

Isabel zwang sich, ruhig zu bleiben, auch wenn sie plötzlich das Blut in ihren Ohren rauschen hörte. Mehr als ein Nicken brachte sie nicht zustande.

Ralph sah sie schweigend an, prüfend, dann wies er mit einer knappen Kopfbewegung zur Hintertür, durch die Trystan verschwunden war, um ihnen dieses Gespräch zu ermöglichen. »Ich bin nicht nur hier, um mir einen Bogen machen zu lassen. Ehe ich für Owain in die Schlacht ziehe, wollte ich wissen, wie es dir geht. Auch wenn ich dich nicht hätte sehen können, allein von Trystan zu hören, dass du durchhältst, hätte mich schon beruhigt. Aber …« Fahrig strich er sich das Haar aus der Stirn und verzog den Mund. »Wenn es mir gelingt … wenn ich meinen Onkel überzeuge und mir etwas aufbaue … wirst du dann mit mir gehen? In Gwynedd wärest du außerhalb der Reichweite deiner Familie und des Sheriffs. Auch habe ich meinem Onkel von dir erzählt.«

Isabel fuhr von ihm zurück. »Du hast *was*?«

Verblüfft über ihre Reaktion hob er eine Augenbraue. »Ich musste ihm doch sagen, warum ich plötzlich vor ihm stehe und für ihn kämpfen will. Ich erzählte ihm alles, und er ist bereit, dich unter seinen Schutz zu stellen, wenn ich ihm beweise, dass ich ihm nützen kann. Auch hat sich sein Sohn Hywel sonderbarerweise für dich starkgemacht. Ich wusste gar nicht, dass ihr beide euch kennt.«

»Der Poetenprinz.« Isabel stieß undamenhaft die Luft durch die Nase aus. »Nun, wir schlossen zwar Freundschaft, aber es überrascht mich trotzdem, dass er mich in seiner Nähe haben will, hatte er doch bei unserer letzten Begegnung ein Messer an seinen …« Sie hielt inne und biss sich auf die Lippe. Mit heißen Wangen sah sie zu Ralph hoch, der ihren Blick amüsiert erwiderte.

»Aha«, meinte er gedehnt. »Er nannte dich eine Kämpferin, die es wert ist, sie denen im Süden abzuschwatzen. Also … wirst du mit mir kommen, wenn ich es geschafft habe?«

»Aber … der Sheriff. Ich bin mit ihm verheiratet.«

Ralph sah an ihr vorbei zur Wand. »Das muss nicht so bleiben.«

»Nein, Ralph.« Sie packte seinen Arm und grub ihre Finger ins Kettengeflecht seiner Rüstung, jegliche Angst ihm zu nahe zu kommen vergessend. »Wir werden den Sheriff nicht töten, hörst du?« Ein Lachen entkam ihr, da sich ihre Worte so absurd anhörten, aber sie wurde gleich wieder ernst. »Einen Ehemann aus dem Weg zu räumen … diese Sünde ließe sich mit nichts rechtfertigen. Ich verlasse den Sheriff, aber ich werde ihm nichts antun. Wenn dir das nicht genügt, wenn du die Frau eines anderen nicht an deiner Seite haben willst …«

»Es genügt mir, solange du damit leben kannst.«

Kokett hob sie ihr Kinn an. »Ich sagte dir doch schon einmal: Ich bin frei und kann tun und lassen, was ich will. Vielleicht bin ich schon zu sehr Britin, um eine Ehe als etwas Heiliges und Unantastbares zu sehen. Also werde ich mit dir gehen, um an deiner Seite den Kampf für die Briten weiterzuführen, aber *nicht*, um dein Haus zu hüten, hast du mich verstanden? Ich werde nie ein braves Frauchen sein.«

Ein ersticktes Lachen ließ ihn erbeben. »Ich hatte nichts anderes erwartet, und ich bin froh über deine Antwort. Denn ich brauche dich in diesem Kampf. Du magst mich für verrückt halten, aber ich fürchte, du hast mich mit etwas zu viel Überzeugung angesteckt. Meine Ziele sind größer, als diese Schlacht gegen den König zu gewinnen und mir unter Owain Gwynedd ein schönes Leben zu machen.« Er trat von ihr weg und begann plötzlich, in der Hütte auf und ab zu gehen wie ein eingesperrtes Raubtier. »Isabel, die Normannen sind stark, und solange wir ihnen nicht als vereintes Reich gegenübertreten, werden wir nie einen wahrhaftigen Sieg erringen. Gwynedd kann ein mächtiges Fürstentum werden, aber es ist gespalten. Ich weiß, ich kann nichts dagegen unternehmen, dass mein Vater jetzt für den König kämpft, aber ich will alles dafür tun, um ihn zukünftig wieder mit seinem Bruder zu vereinen.«

»Du willst Cadwaladr und Owain Gwynedd vereinen?« Ungläubig starrte sie ihn an, sie wusste nicht, ob sie lachen oder ihn für verrückt erklären sollte. Der Fürst von Nordwales und sein Bruder waren schon so lange verfeindet, dass Isabel sich gar nicht erinnern konnte, jemals von einer Einheit gehört zu haben. Mit dem Tag, da Cadwaladr den damaligen Fürsten von Südwales Anarawd hatte ermorden lassen, um seine Eheschließung mit Owains Tochter zu verhindern, hatten die beiden Brüder in Zwietracht gelegen. Und Ralph glaubte, diese Kluft schließen zu können?

»Wenn mein Onkel mir vertraut und ich einen festen Platz an seinem Hof habe«, erklärte Ralph, ohne auf ihre schockierte Reaktion zu achten, »werde ich auf ihn einwirken. Und mit meinem Vater werde ich auch fertig. Ich werde zwischen ihnen vermitteln und Gwynedd zu dem machen, was es einmal war – meine Heimat. *Ich liebe heute, was die Engländer hassen, das Land des Nordens*«, zitierte er das Gedicht des Poetenfürsten, mit dem er einst Lady Hayt geärgert hatte. Langsam kam er auf sie zu, sein Blick schien durch sie hindurchzudringen, und während er sie so ansah, hatte sie das Gefühl, er könne alles schaffen. *»Ich liebe seine Strände und Berge, seine Burg nahe den Wäldern und seine feinen Länder. Seine Auen und Täler, seine weißen Möwen und lieblichen Frauen.«* Er legte eine Hand unter ihr Kinn und machte es ihr unmöglich, ihren Blick von seinen glühenden Augen abzuwenden.

Es war erstaunlich, wie schnell die Stimmung wieder in dieses nervenzerreißende Knistern umschlagen konnte. »Du meinst es wirklich ernst«, flüsterte sie und konnte nicht umhin, zutiefst gerührt zu sein. Sie selbst hatte mit Überfällen etwas zu bewirken versucht, und sie hoffte, dass Eira nicht aufhörte, den Menschen zu helfen. Aber Ralph wollte das britische Land den Briten zurückgeben. Etwas, das ihr stets so groß erschienen war, dass sie nie über ihren eigenen kleinen Flecken in Südwales hinausgeblickt hatte. Aber Ralph schien fest entschlossen.

»Es wird nicht leicht, und es mag Jahre dauern«, sagte er und ließ seine Hand an der Seite ihres Halses hinuntergleiten. Eine beiläufige Geste, die kleine Blitze durch ihren Körper zucken ließ und etwas in seinen Augen veränderte. Er sprach von Politik, von der Überbrückung einer Distanz, die unmöglich schien. Und mit jedem weiteren Wort schien er auch die Mauer zwischen ihnen weiter einzureißen, beweisend, dass kein Hindernis zu groß war. »Nur vereint können wir wirklich etwas ausrichten. Gwynedd soll der Anfang sein. Aber auch Deheubarth und Powys müssen mitziehen.«

»Ich kann mich nicht erinnern, dass es solch eine Einigung der Fürstentümer je gab«, flüsterte sie atemlos.

»Es gab auch noch nie einen Feind wie die Normannen, Isabel. Seit fast hundert Jahren kämpfen wir nun schon um unser Land. Es wird Zeit, dass wir aufhören, uns gegenseitig zu bekriegen. Wir müssen Geduld haben, und es wird schwer werden, aber alles, was diesen sturen Fürsten fehlt, sind neutrale Vermittler, mit Blut in ihren Adern, das nobel genug ist, um ernst genommen zu werden – eine Geraldine, die Nachfahrin des letzten Fürsten von Deheubarth Rhys ap Tewdwr, und ein Prinz von Gwynedd.« Seine Finger zwirbelten das feine Haar in ihrem Nacken, drückten sie ein wenig zu sich.

»Das sind aber hohe Ziele, mein Prinz.«

Ralph nickte abwesend lächelnd, sein Blick fiel auf ihre Lippen. »Das ist deine Schuld, Isabel. Du hast mir gezeigt, dass man nicht vor einem Kampf zurückschrecken darf, nur weil er auf den ersten Blick aussichtslos erscheint. Das betrifft nicht nur Gwynedd.« Er beugte sich zu ihr hinunter, sah ihr wieder in die Augen, eine Frage stand in den seinigen, als fürchtete er, sie wäre immer noch böse, dass er sie gefesselt in eine Kirche hatte schleifen wollen. Dabei hatte sie ihm gerade gesagt, dass sie mit ihm weglaufen würde! Mit einem Lächeln, das von einer tiefen Wärme in ihr drinnen ausging, nickte sie, und mehr brauchte Ralph nicht, um sie an sich zu ziehen und sie so zu küssen, als gehörte sie ihm.

»Der freincische König ist tot!«

Isabel fuhr mit einem Luftschnappen zusammen, das sogar Lady Hayt an ihrer Seite aufschreckte. Gemeinsam schritten sie vom Strand hoch zur Siedlung, um von dort zurück zur Burg zu gehen, aber die auf dem Platz vor der Brücke hallenden Rufe ließen sie innehalten. Es hatte lange gedauert, Lady Hayt zu überreden, die beengenden Mauern zu verlassen und sich die Geschichten lieber bei einem Spaziergang am Meer anzuhören, wie sie es mit Großmutter Nesta früher so oft getan hatte, aber nun schien ihre Schwiegermutter zu Tode erschrocken.

»Was ist los, Isabel?«, keuchte die Dame und blickte auf die immer dichter werdende Menschenmenge, die alle in walisischer Sprache durcheinanderredeten. »Was rufen die Leute?«

Isabel konnte nicht antworten, sie hörte immer nur die Worte »Der König ist tot«, und ihr wurde schwindlig.

»Madame.« Plötzlich war einer der beiden Soldaten, die sie begleitet hatten, neben ihr und ergriff ihren Arm. »Schnell, geht hinein, ehe die Meute hier noch völlig verrückt wird.«

Isabel stemmte sich gegen den Griff. »Sie sagen, der König ist tot.«

Die Männer und auch Lady Hayt erstarrten, dann ergriff einer der Soldaten einen der vorbeieilenden Fischer und hielt ihn fest. »He, wer sagt hier, der König ist tot?«

Der Fischer sah den schwer gerüsteten Mann mit dem gegürteten Schwert aus weit aufgerissenen Augen an und schüttelte den Kopf.

»Bitte, lasst ihn!«, rief Isabel und drängte den Soldaten zur Seite. Dann ergriff sie die Hand des aufgeregten Fischers und fragte ihn in walisischer Sprache, woher er diese Information hatte.

»Sie sagen es am Hafen unten«, erwiderte dieser außer Atem, »ein Händler aus dem Norden hörte, dass Owain Gwynedd den Freinc in der Schlacht besiegte und tötete.«

»Gütiger Gott.« Isabel ließ den Mann los und versuchte, diese Information zu verdauen. Mitte Juli hatten sie von König Henrys Vormarsch gehört. Er hatte seine gewaltige Armee in Chester zusammengezogen und war dann entlang der Nordküste in Gwynedd einmarschiert. Owain, der ja bereits von den Plänen gewusst hatte, war vorbereitet gewesen und hatte seine Position mit Wällen und Gräben verstärkt. Zwar war die Macht der Normannen mit ihren walisischen Verbündeten gewaltig gewesen, aber anscheinend schienen die Briten doch obsiegt zu haben. Bedeutete dies, dass es auch Ralph gutging? Die letzten Wochen hatte sie so viel Zeit in der Kapelle verbracht, dass manche sie schon für eine Nonne gehalten hatten. Dabei war sie nicht sicher gewesen, ob sie mit ihren Gebeten für Ralph alles schlimmer machte. Ob Gott ihr zürnte, wenn sie für einen Mann betete, der nicht ihr Gemahl war? Sie hatte es trotzdem tun müssen, hatte irgendwie ihre nagende Unruhe und Angst zu bewältigen versucht. Jetzt war der Kampf offensichtlich vorbei, und wenn der König tatsächlich gefallen war, bedeutete dies, dass alles möglich war. Die Briten könnten die Gelegenheit nutzen. Würde auch Rhys endlich hervorkommen?

»Isabel!«

Erst jetzt bemerkte sie, dass Lady Hayt mit der Hand vor ihrem Gesicht herumfuchtelte. »Was ist los? Isabel, nun rede endlich!«

»Die Waliser haben gesiegt. Sie sagen, der König sei gefallen.«

»Beim Allmächtigen.« Lady Hayt bekreuzigte sich, genauso die beiden Soldaten. »Wer soll dem König denn auf den Thron folgen? Sein Sohn starb doch letztes Jahr mit nur drei Jahren, und sein anderer Sohn ist gerade mal zwei Jahre alt! Wird der Bürgerkrieg etwa wieder von neuem beginnen?«

»Wer weiß, ob es überhaupt stimmt«, versuchte Isabel die Dame zu beruhigen und atmete tief durch, um auch ihre eigenen Gedanken zu ordnen. »Was ein paar Waliser am Hafen sagen, muss nicht unbedingt die Wahrheit sein.«

Einer der Soldaten nickte bekräftigend, und Isabel wusste, dass sie jedes Mal, wenn sie etwas Abfälliges über Waliser sagte oder in der Kirche oder beim Sticken angetroffen wurde, als brave Ehefrau angesehen wurde. Es gefiel den Männern, dass sie so viel Zeit mit ihrer Schwiegermutter verbrachte, nie etwas über die Begleitung der Soldaten sagte – im Gegenteil, Isabel war stets freundlich und dankbar – und dass sie nur selten ihr Gemach verließ. Einmal hatte sie sogar ein paar der Männer in der Küche reden gehört, sie könnten nicht verstehen, wie solch haarsträubende Lügen über sie als Kämpferin erzählt werden konnten und warum der Sheriff sie wie eine Gefangene behandelte. Zum Glück war ihr keiner dieser Männer bei einem Überfall begegnet, und so hatte sie bereits einen Gutteil der Garnison auf ihrer Seite. Wie vorausgesehen wurden die Wachen immer unvorsichtiger ihr gegenüber. Manchmal musste Isabel sie sogar daran erinnern, sie zu begleiten, was ihnen ein Lächeln entlockte.

»Lady Isabel hat recht«, ließ sich der Soldat nun vernehmen und wies hoch zur Burg, »der Sheriff soll doch morgen zurückkommen, er wird bestimmt mehr über die Vorgänge im Norden wissen. Es wäre jetzt wirklich besser, wenn wir zurückgehen.«

Lady Hayt nickte, und auch Isabel ließ sich widerstandslos weiterführen. Ralph hatte versprochen, zu ihr zu kommen, wenn alles vorbei war. Aber wenn sogar schon ein Händler die Neuigkeiten kannte, wieso hatte Ralph es noch nicht hierhergeschafft? Und wenn ihm etwas zugestoßen war? Wie hatten sie so überheblich sein können, Pläne für ein ganzes Land zu schmieden, wenn sie noch nicht einmal gewusst hatten, ob Ralph die Schlacht gegen eine Übermacht überlebte? Ralphs Visionen hatten sie geblendet, seine Leidenschaft für seine neu gefundene Identität, die ihm einen Sinn im Leben gab. Dabei hatten sie aus den Augen verloren, wie schwierig und gefährlich dieses Unterfangen war.

Ein Kribbeln in ihrem Nacken vertrieb einen Moment lang das flaue Gefühl in ihrem Magen. Einem Impuls folgend warf sie einen Blick zurück über die Schulter auf den Platz mit dem Pranger und sah plötzlich Trystan in der Menge stehen. Er hielt einen Bogen in der Hand und streckte ihn in die Luft, ohne seinen eindringlichen Blick von ihr zu nehmen.

Isabels Herz sprang in ihrer Brust. Bedeutete dies, dass Ralph hier war, um seinen Bogen zu holen? War er wirklich am Leben? Ging es ihm gut? Trystan nickte, und Isabel schloss erleichtert die Augen. Der alte Waliser hatte sich die Mühe gemacht und ihr eine deutliche Nachricht zukommen lassen.

»Isabel?« Lady Hayt ergriff ihren Arm und zog sie weiter ins Torhaus, aber Isabel bemerkte es kaum. Sie wusste, sie musste heute Nacht einen Ausflug die Klippen hinunter unternehmen, um Trystan zu fragen, ob Ralph tatsächlich hier war. Vielleicht würde sie sogar auf Ralph treffen, ein Gedanke, der die Stunden bis zur Nacht viel zu langsam vergehen ließ.

Wie immer zog sie sich abends in die Kapelle zurück und versuchte, sich nichts von ihrer Aufregung anmerken zu lassen. Sie war nicht überrascht, keine Wachen auf ihrem Weg zurück in ihr Gemach vorzufinden, das sie sich zum Glück nicht mehr mit Lady Hayt teilte. Nur wenn der Sheriff auf der Burg war, legte sie sich freiwillig zu ihrer Schwiegermutter, die dies unkommentiert ließ. Auch der Sheriff sagte für gewöhnlich nichts, er lauerte nur weiter.

Diese Nacht aber blieben ihr der klargrüne Blick und das wissende Lächeln erspart. Dafür klopfte ihr das Herz, wenn sie daran dachte, vielleicht bald in eisblaue Augen zu blicken.

Der Abstieg die Klippen hinunter fiel ihr leicht, sie kannte hier mittlerweile jeden Stein, auch wusste sie genau, wann das Wasser seinen niedrigsten Stand hatte. Trotzdem war sie vorsichtig, denn es nieselte, und so könnte sie leicht ausrutschen. Auch verdeckten die Wolken jedwede Sterne und den Mond. Wetterverhältnisse, die ihr wiederum zum Vorteil gereichten, da sich die Wachen lieber im Turm aufhielten und sich nicht gerne nach draußen begaben.

Isabel störte sich nicht daran, nass zu werden, schon gar nicht jetzt im Sommer, wo die Luft nicht allzu kalt war. Außerdem war es bis zu Trystan nicht weit, und dort könnte sie trocknen und sich anhören, was im Norden geschehen war.

Unterschiedlichste Gedanken rauschten ihr durch den Kopf, als sie das letzte Stück hinunterrutschte und im Sand landete. Schnell warf sie einen Blick zurück zur schlafenden Burg und wollte gerade loslaufen, als eine Berührung sie aufschreckte. Ihr Mund öffnete sich, ihr Herz machte einen Satz, aber ehe ihr ein Schrei entschlüpfen konnte, verschloss eine Hand ihre Lippen. Im nächsten Moment strich warmer Atem über ihr Ohr und ließ einzelne Strähnen ihres Haars tanzen. »Still, ich bin's.«

Noch einmal hätte sie fast einen Aufschrei ausgestoßen, nur dieses Mal einen des puren Glücks. Sie konnte ihn gerade noch hinunterschlucken, aber ihr heftiges Luftschnappen ließ sich nicht mehr verhindern.

»Ralph!«, zischte sie und fuhr zu ihm herum. Sie konnte nur seine Silhouette ausmachen, die vor ihr aufragte, aber das genügte ihr. Ohne zu überlegen, warf sie ihre Arme um seinen Hals und hielt ihn fest, nur um sicher zu sein, dass sie nicht träumte. Ihr Gesicht an seinem intensiv nach Eisen riechenden Kettenhemd ruhend versuchte sie seinen Herzschlag auszumachen, aber obwohl ihr dies nicht gelang, fühlte sie sich beruhigt und sicher. Seine Hand fuhr in ihren Nacken, und sein anderer Arm schlang sich um ihre Taille, während sie spürte, wie er sein Gesicht in ihrem Haar vergrub und tief einatmete. Im Moment war nichts anderes wichtig, als dass er gesund zu ihr zurückgekommen war. All die brennenden Fragen, die sie seit Wochen und besonders an diesem Abend heimgesucht hatten, wurden unwichtig. Sie spürte, dass er sie genauso brauchte wie sie ihn, und der Gedanke an das, was er in der Schlacht gesehen und getan hatte, ließ sie ihn nur noch fester halten. So als könne sie all diese Schrecken aus seiner Seele vertreiben. Doch viel zu schnell schob Ralph sie von sich.

»Isabel.« Seine Stimme klang beunruhigend fremd, rau wie immer, diesmal nur fast ein Flüstern, und doch alarmierte sie sie sofort. Er beugte sich zu ihr hinunter und legte eine Hand an ihre Wange. Ihre Augen hatten sich genug an die Dunkelheit gewöhnt, um die Müdigkeit in den seinigen zu sehen, der kurze Bart ließ ihn kriegerischer und härter erscheinen.

»Es heißt, der König ist tot«, sagte sie und versuchte, das plötzlich in ihr aufkommende Zittern zu unterdrücken. Sag, dass deine normannische Seite einen neuerlichen Bürgerkrieg in England fürchtet, und nichts anderes geschehen ist.

Aber Ralph schüttelte den Kopf. »Er lebt, auch wenn viele zuerst dachten, er wäre gefallen.«

»Dann haben wir verloren?«

Wieder schüttelte er den Kopf, und plötzlich machte sich eine schreckliche Ahnung in ihr breit. »Die Briten haben gesiegt«, sagte sie langsam, nun ebenfalls mit sonderbar tonloser Stimme. Regentropfen flossen ihre Wangen hinab und schienen ihr plötzlich eisig kalt. »Das heißt, die Normannen haben verloren. Meine Onkel …«

Ralph schloss die Augen, und Isabel fuhr mit einem Keuchen von ihm zurück, sie konnte kaum noch atmen. »Sind sie tot?«

»Robert FitzStephen lebt noch.«

»*Noch?!*«

Ralph streckte die Hand nach ihr aus, aber als er merkte, dass sie nicht auf ihn zukam, fuhr er fort: »Er wurde schwer verwundet, ich weiß nicht, ob er es heil nach Hause geschafft hat. Zumindest gelang es ihm, lebend zu entkommen.«

Isabel starrte ihn an, ihre Zähne klapperten, obwohl ihr nicht wirklich kalt war. Zumindest nicht von außen. Sie wagte es nicht, die Frage zu stellen, die ihr wie ein Strick die Kehle verengte. Aber sie wusste, dass sie keine andere Wahl hatte, auch wenn sich jedes Wort wie Dornen durch ihren Hals schob: »Und … und Onkel Harri?«

Ein neuerliches Kopfschütteln, und mit dieser kaum merklichen Geste schien sich die Kälte weiter auszubreiten und ihr ganzer Körper zu erstarren. Schreie tosten durch ihren Kopf, sie hörte immer wieder eine Stimme, die rief: Es ist deine Schuld. Sie wollte sich die Hand vor den Mund schlagen, um sie nicht aus sich herausbrechen zu lassen, gleichzeitig wollte sie sich die Ohren zuhalten, um sie nicht mehr zu hören. Aber es war die Wahrheit! Sie hatte den Briten vom Plan der Normannen erzählt, wissend, dass dies zur Niederlage führen konnte, wissend, dass eine Niederlage Tod bedeutete. Sie hatte Onkel Harri umgebracht, Henry FitzRoy, den Sohn des großen Königs Henry, der immer nur gut zu ihr gewesen war. Nie wieder sollte sie seine Stimme hören, der stets etwas Überlegenes anhaftete, oder seine hoheitsvolle Gestalt sehen und dabei das Gefühl haben, einen König zu betrachten.

»Die Flotte des Königs landete auf Anglesey«, hörte sie Ralphs ruhige Stimme, die kaum bis zu ihr hindurchdrang, »die Normannen plünderten und brandschatzten, wohin sie auch kamen, sogar in Kirchen.«

Diese Worte schreckten sie hoch. »Onkel Harri hätte das nie getan.«

»Deine Onkel waren nicht die Einzigen dort, Isabel. Männer im Blutrausch sind schwer zu kontrollieren. Selbst wenn sie sich nicht daran beteiligten, waren sie es, die bezahlten. Ein Hinterhalt war bereits geplant, aber sie kamen nicht einmal bis zu diesem durch. Die Bevölkerung griff selbst zu den Waffen, um diese Sünden zu vergelten. Diese Männer waren nicht gerüstet und liefen gegen eine Überzahl an gepanzerten Rittern und kampferprobten Fußsoldaten an, aber ihr Zorn und ihr Hass verliehen ihnen Kraft. Es heißt … es heißt, es wäre Gottes Rache für die Schändung der Kirchen gewesen. Sie schlugen die Normannen. Ich weiß nur, was meinem Onkel berichtet wurde und was ich auf dem Weg hierher hörte, aber alle sagen dasselbe: Dein Onkel Robert wurde sehr schwer verwundet, und nur wenige schafften es zurück auf die Schiffe. Dein Onkel Harri blieb mit einer kleinen Gruppe zurück, um den anderen die Flucht zu ermöglichen. Er kämpfte bis zuletzt und starb in vorderster Reihe.«

Nun brach das Schluchzen aus ihr heraus, und sie konnte sich nicht länger auf den Beinen halten. Weinend fiel sie in sich zusammen, aber ehe sie auf dem Boden aufkam, hatte Ralph sie an den Schultern gepackt und hielt sie fest. Isabel fühlte sich wie eine Puppe in seinen Händen, sie konnte ihre Glieder nicht mehr spüren, geschweige denn bewegen. Hilflos hing sie in seinen Armen und sank auf seinen Schoß, als er sich am Fuße der Klippen mit ihr niederließ.

»Es ist nicht deine Schuld«, flüsterte er und strich ihr über den von Weinkrämpfen bebenden Rücken. »Du konntest das Geschehen dort nicht beeinflussen. Dein Onkel starb im Kampf für seinen König, er starb für seine Überzeugung und um seinen Bruder zu schützen. An ihn wird man sich stets als Helden erinnern. Er war seines Vaters Sohn.«

»Er war seiner Mutter Sohn«, schluchzte sie und erschrak

sogleich. »Gütiger Gott, Großmutter Nesta.« Sie schob sich von ihm und taumelte voller Entsetzen ein paar Schritte zurück. »Das wird ihr das Herz brechen! Das überlebt sie nicht! Sie ist alt, und Harri war … Oh mein Gott. Ich … ich habe ihr das angetan und …« Sie schlug sich die Hände vor ihr regen- und tränennasses Gesicht. Die Trauer um Harri zog sich in eine finstere Ecke ihrer Seele zurück, jetzt beherrschte nur noch die Angst, auch ihre Großmutter zu verlieren, ihre Gedanken. »Ich muss zu ihr, Ralph. Ich muss sie um Vergebung bitten, ihr alles erklären. Wenn sie diese Nachricht erhält, muss ich … ich muss bei ihr sein.«

Ralph trat vor sie hin. »Ich bringe dich zu ihr. Jetzt gleich, wenn du willst.«

»Ja … nein … ich weiß es nicht.« Sie konnte nicht durch das Dröhnen in ihrem Kopf dringen, alles drehte sich, und in ihr herrschte reinstes Durcheinander. Angst, Schuld, Schmerz, Erinnerungen … »Nein, ich kann hier nicht weg«, entfuhr es ihr, als sie die Wahrheit erkannte. »Der Sheriff wird von Harris Tod gehört haben. Er würde wissen, wo ich bin, und mich zurückholen. Und selbst wenn er es nicht sofort durchschaut … er würde mich überall suchen, und wenn er mich zurückgebracht hat, wird er mich einsperren. Jedes bisschen Freiheit, das ich mir aufgebaut habe, wäre dahin. Niemand würde mir mehr trauen, und ich könnte weder dich noch Trystan sehen.«

»Isabel.« Ralph legte ihr die Hand an ihren Hals und fing ihren unsteten Blick ein. Er beugte sich über sie und ließ nichts anderes gelten, als dass sie ihn ansah und wieder normal atmete. »Was willst du tun?« Die so gefasst und nüchtern gesprochenen Worte vertrieben den Nebel der Panik. Er ließ diese Frage so klingen, als wäre die Antwort leicht, und sie müsse nur ein Wort sagen, und schon könnte er es möglich machen. Aber Isabel wusste, es war nicht so einfach.

»Ich muss zu meiner Großmutter«, sagte sie bestimmt, »aber

ich werde nicht weglaufen. Ich werde den Sheriff bitten, mich gehen zu lassen.«

Seine Augenbrauen verengten sich, und er richtete sich abrupt auf. Er wollte etwas sagen, aber Isabel ließ ihn nicht zu Wort kommen. »Er wird mich gehen lassen, Ralph, vertraue mir, ich weiß, wie ich mit ihm umgehen muss.«

*Irgendwann, Isabel, wirst du wieder etwas von mir wollen.*

Ein eisiger Schauer schüttelte sie, aber gleichzeitig wusste sie auch, dass sie es überstehen konnte. Die Vergebung ihrer alten Großmutter, für die jeder Tag der letzte sein könnte, war es ihr wert. Isabel musste sie einfach sehen.

»Wieso sollte der Sheriff das für dich tun?« Ralphs Stimme nahm eine gefährliche Schärfe an, aber Isabel legte ihre Hand auf seine Brust, um ihn wieder an Sanftheit zu erinnern.

»Das spielt keine Rolle. Kannst du …« Sie sah ihm in die Augen und versuchte nicht daran zu denken, schon morgen dem Sheriff gegenübertreten und ihn um einen Gefallen bitten zu müssen. »Kannst du mich einfach halten?«

Ralph sah noch einen Moment lang misstrauisch auf sie hinab, dann legte er seine Arme um sie und zog sie zu sich. Isabel schloss die Augen, versuchte all die Angst und den Schmerz zu bewältigen. Sie hatte einen Teil ihrer Familie verloren. Gleichzeitig hatten die Briten einen wichtigen Sieg errungen, Ralph war wieder bei ihr, sie spürte seine Nähe, während sie hier im Regen standen. Aber sie fürchtete auch den morgigen Tag, den Sheriff und die Begegnung mit ihrer Großmutter. Würde der Sheriff sie gehen lassen? Wie würde er sie behandeln? Würde es sehr schlimm werden? Nicht nur körperlich … Sie fürchtete die Wehrlosigkeit, sich einem Monster wie ihm auszuliefern, sie fürchtete die Niederlage. Im Grunde hatte sie immer gewusst, dass sie ihm nicht ewig entgehen konnte, vielleicht machte es die lange Zeit der Vorbereitung leichter.

Wie hatte sie nur als Gemahlin eines teuflischen Mannes

enden können? Wieso hatte ihr Vater ihr keinen gütigen ausgesucht? Wieso hatte sie Ralph nicht geheiratet, als sie die Möglichkeit gehabt hatte? Sie hätte mit ihm weglaufen sollen, ohne zu ihrem Onkel zurückzukehren, einfach nur weg. Die vielen Gründe, die dagegensprachen, kümmerten sie im Moment nicht. Sie wollte morgen in das Burggemach gehen, um dort Ralph anzutreffen, nicht den Sheriff.

»Isabel, du zitterst so stark, dass mir selbst ganz kalt wird.« Ralph verstärkte seinen Griff und zog seinen Umhang nach vorne, um auch sie darin einzuhüllen. Plötzlich war sie sich seiner Nähe intensiver bewusst, obwohl das Kettenhemd verhinderte, dass Wärme von ihm auf sie übergehen konnte. Ein Gedanke kam in ihr auf, der sie seine Umarmung noch eindringlicher fühlen ließ.

Dem Sheriff stand ein Tag des Sieges bevor, aber er würde nicht alles von ihr bekommen. Sie würde ebenso gewinnen.

»Du hast recht«, stammelte sie mit zitternden Lippen, »es ist wirklich kalt. Lass uns aus dem Regen gehen.«

Ohne auf seine Reaktion zu warten, drängte sie sich aus seinem Griff und stapfte zielgerichtet durch den Sand zu St. Catherines Island hinüber. Ralph holte sie sofort ein, sagte aber nichts, bis sie die Höhle betraten. »Wann kommt die Flut?«

»Noch lange nicht.« Isabel ging weiter, kletterte über Felsen und wich Gezeitenbecken aus, um keine nassen Füße zu bekommen. Die Finsternis war beinahe vollkommen, die Steinsäulen inmitten des riesigen Höhlenraums waren kaum noch auszumachen, aber nach all den vielen Malen, in denen sie mit Ralph hier gewesen war, um zu sehen, ob er den Felsspalt mit einem Pfeil durchschießen konnte, fand sie sich hier blind zurecht. Sie hatte keine Zweifel, dass ihm die Prüfung nun gelingen würde, nur hatte er keinen Bogen bei sich. Vermutlich war der noch bei Trystan.

»Wie lange bleibst du hier?«, fragte sie, den Moment des Abschieds bereits fürchtend.

»Nur diese Nacht.«

Sie hatte den stechenden Schmerz erwartet, nur nicht, dass er so heftig sein würde. Plötzlich konnte sie sich nicht vorstellen, auch nur noch einen einzigen Tag in Tenby weiterleben zu können. Onkel Harris Tod, die bevorstehende Begegnung mit dem Sheriff und der Schmerz ihrer Großmutter schienen ihr alle Kraft zum Durchhalten zu nehmen. In diesem Moment wollte sie ihn anflehen, sie jedweder Vernunft mitzunehmen.

»Isabel.« Ralph trat hinter sie und legte seine Hände auf ihre Schultern. Er holte Atem, als wolle er noch etwas sagen, schien dann aber keine Worte zu finden. Isabel ging es ganz genauso. Es gab nichts mehr zu sagen.

Entschlossen drehte sie sich zu ihm um und hob ihre Hände an seinen Hals, um die Verschnürung seines Umhangs zu lösen. Es gelang ihr blind, und als der dicke Stoff von seinen Schultern glitt, breitete sie ihn neben ihnen im Sand aus. Sie schlüpfte aus ihren Lederschuhen und nahm auch ihren Umhang ab, obwohl ihr die kalte Höhlenluft sofort bis auf die Knochen zu schneiden schien. Gleichzeitig erfüllte sie aber allein der Gedanke an das, was sie vorhatte, mit einer Hitze, die ihr Herz stolpern ließ. Gänsehaut bedeckte ihre Haut, während das Blut in ihren Adern zu kochen schien. Mit zitternden Händen ergriff sie auch ihr Hemd, um es sich über den Kopf zu ziehen, als Ralph plötzlich ihr Handgelenk umklammerte.

»Was tust du da?«

Isabel sah zu ihm hoch, sah seine in der Dunkelheit glitzernden Augen und seine mächtige Gestalt, deren Konturen kaum noch auszumachen waren. Er war ein gewaltiger Schemen in der Schwärze der Höhle, und allein der Gedanke, dass sein Körper auf ihrem liegen würde, schwer und unnachgiebig, dass sie gefangen wäre und eins mit ihm, machte ihr Angst. Gleichzeitig sehnte sie sich aber danach, seine Kraft als Schutzschild bei sich zu haben, seine Wärme zu spüren, seinen Halt.

Ihre Stimme sollte fest klingen, aber sie zitterte: »Weißt du das nicht?«

Schweigend sah er sie an, sie konnte seine Gesichtszüge nicht erkennen oder von seiner Miene lesen, was sie noch nervöser machte. Es war ihr, als bewegten sich die Wände auf sie zu, seine Gestalt schien immer größer zu werden und drohte, sie zu verschlingen. Sag doch etwas!, wollte sie schreien, starrte ihn aber nur zitternd an, eine Ewigkeit, wie ihr schien.

Plötzlich bewegte er sich, machte einen Schritt auf sie zu. Isabel wich keuchend zurück und schalt sich eine Närrin.

»Isabel, was hat der Sheriff nur mit dir gemacht?« Seine Stimme klang besorgt, aber sie hörte den tödlichen Unterton, den er zu verbergen versuchte. Isabels Herz sank: Er glaubte, ihre Ehe wäre vollzogen worden. Natürlich dachte er das. Fand er sie deshalb nicht mehr begehrenswert? Isabel wollte nicht, dass er sie mit dem Sheriff im Hinterkopf berührte. Morgen würde alles anders sein, und der Sheriff würde bekommen, was er wollte, aber heute durfte er nicht länger in ihren Gedanken sein.

Verlegen sah sie zu Boden und verschränkte die Arme vor der Brust, als könne sie sich so vor seinem stechenden Blick schützen. »Der Sheriff hat gar nichts mit mir gemacht«, murmelte sie, »noch nie. Du bist der Einzige, der mich je berührt hat.« Abrupt sah sie wieder zu ihm hoch, musste wissen, wie er auf ihre Eröffnung reagierte, doch erneut konnte sie zu wenig sehen, was sie fast wahnsinnig machte. Dafür hörte sie aber sein Luftholen.

»Aber der Sheriff …«

»… hatte Angst, sein Leben zu verlieren. Ich kann ziemlich überzeugend sein.«

Ein überraschter Laut klang durch den Höhlenraum. »Ja, das kannst du.« Plötzlich verschwamm seine Gestalt, und im nächsten Moment fand sie sich in seinen Armen wieder, beschützt und vor der ganzen Welt abgeschirmt, so wie sie es sich gewünscht hatte. Mit einem erleichtert klingenden Seufzen drückte er sie an sich und bettete seine Wange auf ihren Scheitel. »Du weißt gar nicht, wie froh ich bin. Deinetwegen. So oft dachte ich daran, wie sehr du leiden musst und was dieses Schwein …«

Isabel löste sich widerwillig von ihm. »Denke nicht länger daran. Bitte.«

Er trat einen Schritt zurück, das Misstrauen war förmlich greifbar. »Isabel, du musst das nicht tun«, flüsterte er, und fast hätte Isabel erwidert, dass sie sehr wohl musste. Morgen wäre es zu spät. Es war aber nicht nur die Bedrohung durch den Sheriff, die sie in seine Arme trieb … sie *wollte* bei Ralph sein. Herausfordernd reckte sie ihr Kinn vor. »Wenn du Angst hast …«, begann sie, als sein empörtes Schnauben sie unterbrach.

»Natürlich habe ich Angst! Ich habe eine Heidenangst! Am meisten davor, dich zu zerbrechen.«

Sie hätte wohl lachen sollen, stattdessen verkrampfte sich ihr Magen, und ihr Blick fiel auf ihren Umhang, den sie sich plötzlich zurückwünschte. Die Worte des Sheriffs klangen in ihrem Kopf, sie wurde ihn also doch nicht los: *Du bist ein dürres Vögelchen, das immer noch nicht zur Frau geworden ist.*

Ralph schien zu merken, dass seine erwartete Reaktion ausblieb, und er kam wieder auf sie zu. »Meine wunderschöne Elfe.« Er strich ihr eine Haarsträhne zurück und ließ seine Hand unter ihr Kinn gleiten, um ihren Kopf anzuheben. »Ich wiege bestimmt das Doppelte von dir, und mein Herz rast jetzt schon so, dass ich kaum noch klar denken kann. Natürlich habe ich Angst, dir wehzutun.«

»Es ist mir egal, wenn du mir wehtust«, sagte sie ehrlich, denn schließlich hatte ihr ihre Mutter schon erklärt, dass es wehtun musste. Sie war darauf vorbereitet und könnte es ertragen. Denn sie glaubte, dass es die Nähe zu Ralph wert war. Auch erinnerte sie sich daran, wie sie sich am Bach berührt hatten, und für dieses Gefühl der Schwerelosigkeit würde sie jeden Schmerz auf sich nehmen.

»Mir ist es nicht egal«, erwiderte er leise und presste seine Lippen auf ihre Stirn. »Isabel, ich kam nicht mit dir hierher, im Glauben, wir würden uns lieben, das musst du wissen. Bitte denke nicht, ich würde das von dir erwarten.«

Isabel schloss die Augen. »Aber ich erwarte es von dir«, sagte sie im erneuten Versuch, spielerisch oder sogar verführerisch zu sein, aber ihre Stimme war wohl zu ernst dafür.

Sie spürte Ralphs Ausatmen auf ihrer Haut und noch deutlicher, wie er mit sich rang.

»Es sollte nicht so sein, es ist nicht das, was ich für dich will, was du verdienst. Ich will es als Eheleute tun. Ich will ein Bett für dich, Wärme, Sicherheit. Und keine verdammte Höhle, in der du mir zu Tode frierst.«

Isabel lächelte, und plötzlich ging es nicht mehr darum, den Sheriff zu besiegen, den Tod ihres Onkels zu vergessen und Trost zu suchen. Sie wollte ihn einfach nur so gerne küssen.

Mit einer Zärtlichkeit in ihrem Herzen, die sie an einem Tag wie diesem für unmöglich gehalten hätte, hob sie ihre Hand und strich mit einem Finger die Linie seines Bartes von seiner Unterlippe zum Kinn hinunter. »Und ich will nur dich, Ralph, egal wie.« Sie stellte sich auf die Zehenspitzen und küsste sein Kinn genau da, wo sie ihn eben noch berührt hatte, ihre weichen Knie ignorierend. »Egal wo.« Sie hauchte ihm einen Kuss an den Mundwinkel. »Ich will einfach nur dich.«

Ralph ergriff ihre Hand und zog sie herunter. Zuerst glaubte sie schon, er würde seine Vorstellung von Ehre gewinnen lassen, aber im nächsten Moment umfasste er ihre Taille und hob sie zu sich hoch. Sein Mund fand den ihrigen, er küsste sie mit einer Dringlichkeit, die seine Worte Lügen strafte.

Isabel zerrte an seinem Kettenhemd, und gemeinsam gelang es ihnen, ihn daraus zu befreien. Es fiel in den Sand und würde später wohl keine Freude beim Wiederanziehen machen, aber im Moment hatte Isabel anderes im Sinn. Sie konzentrierte sich darauf, ihn auch noch von seinem gepolsterten Unterhemd zu erlösen. Kaum war dieses fort, legte sie beide Hände auf seine warme, fast schon heiße Haut und konnte nicht anders, als ihre Lippen an seine Brust zu pressen. Als wärme sie sich an einem Feuer, ging seine Hitze auf sie über und vertrieb das Zittern. Ralph legte seine Hand auf ihren Hinterkopf, stand ansonsten aber ganz still da, während sie seinem Herzschlag lauschte, der jede noch so liebliche Melodie eines Barden in den Schatten stellte. Es pochte wirklich rasend schnell, was sie lächeln ließ, da es ihr nicht anders erging. Der Geruch des Regens lag in der Luft, aber an seiner Haut vermischte er sich mit dem von Wald und etwas Unbekanntem.

Sie wusste gar nicht, wie lange sie so verharrten, aber es war lange genug, um jede Anspannung aus ihrem Körper weichen und sie ganz ruhig werden zu lassen. Alle Gedanken außer die um Ralph schwanden, und obwohl sie immer noch aufgeregt war, war es jetzt eine freudige, erwartungsvolle Aufregung, ohne Furcht. Sie sehnte sich nach ihm, und so drehte sie den Kopf ein wenig und hauchte Küsse auf seine Brust. Sofort verkrampfte sich sein ganzer Körper, und Isabel wusste nicht, ob es ihm unangenehm war oder gefiel. Sie erinnerte sich an jene Stellen, wo Narben vom Brandeisen ihn zeichneten, und strich sanft mit ihren Fingern darüber und küsste ihn auch dort.

Niemand hatte ihr gesagt, was sie tun musste, wie dies abzulaufen hatte, was richtig und was falsch war. Ihre Mutter hatte ihr nur gesagt, sie solle sich hinlegen, die Augen zumachen und es über sich ergehen lassen. Aber Isabel erschien das falsch, es war alles andere als das, was sie wollte.

»Ich weiß nicht, was ich jetzt … was ich als Nächstes tun soll«, flüsterte sie mit brennenden Wangen, seinem Blick ausweichend.

Ralph lachte leise, aber es klang nicht spöttisch. Seine Fingerspitzen berührten ihren Hals und glitten unter den Ausschnitt ihres Hemdes ihr Schlüsselbein entlang. Es war eine simple Berührung, und doch zuckte sie durch ihren ganzen Körper. »Ich kenne mich schon aus«, sagte er rau, schloss seine Hand um ihre Schulter und zog sie etwas zu sich, aber Isabel stemmte sich dagegen.

»Wie oft hast du das denn schon gemacht?«, entfuhr ihr ihr Gedanke, sich sofort verfluchend, da sie die Antwort gar nicht wissen wollte.

Ralph hielt einen Moment lang inne, dann zog er langsam seine Hand aus ihrem Hemd und hob erneut ihr Kinn an, damit sie ihn ansehen musste. »Seitdem ich dreizehn bin, wollte ich immer nur ein einziges Mädchen berühren.«

Isabel atmete auf. Ihr entging nicht, dass dies keine wirkliche Antwort war, und doch war es genug. Sie wollte etwas erwidern, aber er brachte sie mit einem Kuss zum Schweigen. Seine anfängliche Zurückhaltung wich, seine Hände strichen ihren Rücken hinunter und umfassten ihr Gesäß, während er seinen Kuss vertiefte und sie in die Schwerelosigkeit zurückführte, die sie am Bach kennengelernt hatte.

Isabel fragte sich nicht länger, was zu tun war. Sie hörte auf ihren Instinkt, auf das, was ihr Herz ihr diktierte. Und während ihre Hände über seine Brust die Schultern hinaufstrichen und jeder harten Rundung folgten, ergriff sie Ehrfurcht vor dieser Intimität, die nur sie beide teilten.

»Darf ich dir das ausziehen?«, fragte Ralph heiser gegen ihren Mund und hob ihr Hemd ein wenig an.

Isabel streckte als Antwort ihre Arme in die Höhe und schloss die Augen, als der Stoff gemeinsam mit seinen Fingerknöcheln langsam über ihren Körper nach oben strich. Ein Schauer schüttelte sie, ihr nasses Haar fiel auf ihre Haut, und als sie ihre Hände auf seine Brust legte, spürte sie, wie schnell sie sich hob und senkte.

»Du bist so wunderschön«, flüsterte er, woraufhin Isabel ihn leicht schubste.

»Du kannst mich doch gar nicht sehen.«

»Oh, ich sehe genug.« Er beugte sich zu ihr hinunter, um sie wieder zu küssen, und strich ihr gleichzeitig mit der Hand über die Brust. Sein heißer Atem drang mit einem Flüstern an ihr Ohr: »Leg dich hin, Isabel …«

Isabel schluckte. Das nervöse Kribbeln in ihrem Inneren steigerte sich ins Unermessliche, und sie musste sich kurz die Hand auf den Bauch pressen, da sie das Flattern darin kaum noch aushielt. Doch dann atmete sie tief durch und ließ sich auf dem Umhang nieder.

Ralph stand über ihr, sie hörte sein heftiges Atmen über das ferne Donnern der Wellen, die an den Fels der Insel schlugen. Angespannt sah sie zu ihm hoch, wartete, überlegte, was sie tun sollte, als er sich endlich rührte. Sie sah, wie er sich hinunterbeugte und sich aus seinen Stiefeln befreite, der Rest seiner Kleidung folgte auf dem Fuße. Isabel wusste nicht, ob sie der Dunkelheit dankbar sein oder sie verfluchen sollte. Einerseits war sie froh, dass sie nicht genau sehen musste, was sie erwartete, andererseits wollte sie aber auch alles an ihm entdecken. Auf jeden Fall war sie erleichtert, dass ihm das heiße Glühen ihrer Wangen wohl verborgen blieb.

Das Herz pochte ihr in der Kehle, als sie etwas zur Seite rutschte, Ralph ihren Umhang aufhob und sich dann neben ihr niederließ. Mit sonderbar abgehacktem Atem breitete er den Stoff über sie und sah dann lange auf sie hinab.

Isabel erwiderte seinen Blick, versuchte ruhig zu bleiben, aber die Ungewissheit über das, was er von ihr erwartete, ließ das Zittern zurückkehren. Was sollten sie jetzt tun? Wieso fühlte sie sich so beklommen? Sie war dankbar für den Umhang, der sie vor ihm verbarg, denn plötzlich war ihr die ganze Situation peinlich. Ralph war ihr bester Freund, sie hatten zusammen Unfug getrieben, waren durch die Siedlung gestreunt und hatten zusammen gelacht. Damals war alles so einfach gewesen. Aber diese neuen Gefühle waren ihr vollkommen fremd, und sie hatte sich immer noch nicht an sie gewöhnt.

»Ist dir kalt?«, brach seine heisere Stimme das bange Schweigen.

Isabel zuckte mit den Schultern. Ihr war nicht wirklich kalt, sie konnte aber nicht aufhören zu zittern.

Ralph sah sie an, erneut mit diesem durchdringenden Blick, den sie viel zu deutlich spürte und von dem sie glaubte, er würde bis in ihre Seele sehen. »Du kannst es dir jederzeit anders überlegen, vergiss das nicht. Versprichst du mir, dass du Nein sagst, wenn du aufhören willst?«

»Ich will nicht aufhören.«

»Versprich es mir.«

Isabel nickte, und mehr brauchte Ralph nicht. Ohne weiter zu zögern, rückte er näher an sie heran, ließ seine Hand an ihren unteren Rücken wandern und zog sie das letzte Stück zu sich, bis ihr Körper an seinem lag. Isabel konnte nichts sagen, denn auf einmal war ihr heiß, sie glühte, als hätte sie Fieber. Seine Haut auf ihrer zu spüren, noch viel mehr sein Verlangen, ließ ihr den Atem stocken. Ehe sie aber zurück in ihre Unsicherheit fallen konnte, küsste er sie, teilte mit seiner Zunge ihre Lippen und führte sie fort von jeglichem Denken. Mit sanftem Druck strichen seine gestreckten Finger ihren Rücken rauf und runter, bohrten sich dann in ihre Haut und pressten sie noch stärker an ihn, was sie schier aufzulösen schien. Eingehüllt in der Wärme seines Körpers und des Umhangs wurde ihr immer heißer, ihr Kuss war bald kein vorsichtiger Tanz mehr, sondern der verzweifelte Wunsch, mehr des anderen zu bekommen. Sein Mund ergriff Besitz von ihrem, und sie lösten sich auch nicht voneinander, um Luft zu holen. Isabel klammerte sich an ihm fest und merkte kaum, dass er schon halb auf ihr lag. Ihr Körper übernahm jedes Denken für sie, und so wurde sie in der Erforschung des seinigen mutiger, genauso wie er. Seine Hände berührten sie auf eine Weise, die ihr das Gefühl gab, bersten zu müssen, und alles, was sie wollte, war, die Anspannung aus seinen Muskeln lösen zu können. Sie spürte seine mühsame Zurückhaltung im Beben unter ihren Händen, wenn sie über die rauen Narben auf seinem Rücken strich, und das Zucken seiner Muskeln, aber je mehr sie sich bemühte, ihn mit Berührungen genauso zerfließen zu lassen wie er sie, desto starrer wurde er.

»Isabel«, keuchte er plötzlich und fasste ihre Handgelenke zusammen, sodass sie gefangen war. »Was machst du nur mit mir?«

Isabel hob lediglich ihren Kopf und küsste ihn wieder, was er mit einem tiefen Stöhnen beantwortete, das fast schon etwas frustriert klang. Er ließ ihre Hände los, richtete sich auf und blickte vor ihr kniend auf sie hinab, sein Atem ging mindestens genauso schnell wie ihrer. Seine Augen funkelten dunkel, und er sah kein einziges Mal weg, als er sacht ihre Knie auseinanderschob und sich zwischen ihren Beinen positionierte. Sein Blick hielt den ihrigen gefangen, und plötzlich schien die Welt um sie herum ganz ruhig. Langsam beugte er sich wieder über sie, stützte seine Hände rechts und links neben ihrem Kopf ab, sein Gesicht knapp über dem ihrigen, sodass sie seinen Atem über ihre Lippen streichen spürte. Immer noch hielt er ihren Blick gefangen, seine Fingerspitzen berührten ihre Wange, und dann drang er in einer einzigen fließenden Bewegung in sie ein. Isabel zuckte zusammen, sie spürte den Schmerz, aber als er seine Lippen auf ihre Stirn legte, war nichts mehr wichtig. Vorsichtig begann er sich in ihr zu bewegen, und irgendeine Macht befahl ihr, sich seinem Rhythmus anzupassen. Der Schmerz wich, und ein nie gekanntes Gefühl breitete sich in ihr aus, das sie staunen ließ. Ralph war ihr Verbündeter, ihr Vertrauter und ihr Geliebter, und obwohl sie dazu verdammt schienen, stets auseinandergerissen zu werden, glaubte sie jetzt, dass sie es schaffen würden, irgendwann wahrhaftig zusammen sein zu können.

Mylady Isabel, der Sheriff wünscht Euch zu sehen.«

Isabel blickte von ihren gefalteten Händen auf zum Altarbild, von dem der Erzengel Gabriel mit ausgebreiteten Flügeln auf sie herabblickte. Jetzt war es also so weit. Der Sheriff war am späten Vormittag in Tenby eingetroffen, als Isabel sich längst hier in der Kapelle aufgehalten hatte, und so war sie bislang von seiner Anwesenheit verschont geblieben. Sie war hier, um für Onkel Harris Seele zu beten, für Onkel Roberts Genesung, für Ralphs Sicherheit und für den britischen Widerstand. Auch hatte sie dem Sheriff nicht gleich unter die Augen treten wollen, um ihn später ungestört in dem Gemach zu treffen, das sie sich teilten. Das Wissen, dass sie ihm jetzt gegenübertreten musste, ängstigte sie weit weniger, als sie am Vortag noch angenommen hatte. Im Gegenteil. Sie konnte es kaum erwarten, es hinter sich zu bringen und endlich zu ihrer Großmutter zu gehen.

»Vielen Dank, Sir Hamon«, sagte sie freundlich und richtete sich auf. Ohne Eile bekreuzigte sie sich vor dem Kruzifix auf dem Altar und wandte sich schließlich dem Ritter im Dienste des Sheriffs zu. Gelassen erwiderte sie seinen Blick einen Augenblick lang, dann hob sie ihre Röcke und ging die beiden Steinstufen hinunter, weiter den Korridor entlang und schließlich in den Burghof. Ihre Ruhe wunderte sie selbst ein wenig, aber außer einem leichten Unbehagen fühlte sie nichts beim Gedanken an die Begegnung mit ihrem Gemahl und dem, was er von ihr erwartete. Die letzte Nacht hatte ihr eine Kraft gegeben, die durch nichts erschüttert werden konnte. Sie hatte geliebt und war geliebt worden. Mit Ralph hatte sie eine Verbundenheit erfahren, die für sie an ein Wunder grenzte. Sie erinnerte sich an jeden einzelnen Augenblick davon, meinte immer noch seine Nähe zu spüren und in seine Wärme gehüllt zu sein. Nichts, was der Sheriff mit ihr tat, würde ihr dies nehmen können. Vielleicht hatte sie die Entscheidung, sich Ralph hinzugeben, im ersten Moment getroffen, um dem Sheriff ihre Jungfräulichkeit vorzuenthalten und seinem Sieg einen schalen Beigeschmack zu verleihen. Aber bald war für sie klar gewesen, dass es für sie immer nur einen gegeben hatte und immer nur ihn geben würde. Der Sheriff mochte ihren Körper nehmen, aber weder würde er Niederlage noch Unterwerfung finden. Sie war siegreich, denn sie hatte einen Moment mit Ralph geteilt, der ihr ganzes Ich mit Stärke erfüllt hatte. So waren ihre Schritte fest, ihr Rücken gerade und ihr Kopf hocherhoben, als einer der Knappen ihr die Tür zu ihrem Gemach öffnete, wo der Sheriff bereits auf sie wartete.

Er saß auf dem Bett, die Ellbogen auf den Oberschenkeln abgestützt, die Unterarme baumelten zwischen seinen Beinen hinunter. Sein Anblick traf sie sofort mit einer Welle des Widerwillens, doch Isabel ließ sie von ihr abgleiten, wie die Klippen auch der Brandung standhielten.

»Isabel.« Die Ernsthaftigkeit, mit der er ihren Namen sagte, verwirrte sie einen Moment lang, denn für gewöhnlich begrüßte er sie höhnisch als geliebte Gemahlin, Braut oder sonst eine Absurdität.

Sein rotgoldenes Haar fiel ihm nass bis zur Schulter hinunter, seine Wangen waren glatt rasiert, was die Makellosigkeit seiner Züge und Haut betonte. Spott oder Boshaftigkeit suchte sie in seinem Blick vergebens, jetzt schien er einfach nur sehr erschöpft.

»Mylord.« Sie knickste und ignorierte den Knall, mit dem die Tür hinter ihr ins Schloss fiel und sie mit dem Sheriff alleine ließ. »Ich hoffe, Eure Reise durch die Grafschaft ist gut verlaufen.«

»Ich komme gerade von Carew.« Seine Züge verhärteten sich, und plötzlich wusste Isabel, was er ihr mitzuteilen hatte. Jedoch verwirrte sie, dass er ihr den Tod ihres Onkels nicht mit einem Lachen an den Kopf warf.

»Ich weiß es bereits«, sagte sie, um ihm nicht die Genugtuung geben zu können, ihr mit seiner Information wehzutun. »Jeder hier spricht davon. Einer meiner Onkel ist tot, der andere schwer verwundet. Es hieß auch, der König sei gefallen, aber mittlerweile sagen die Leute schon wieder, das stimmt nicht.«

»Es ist auch nicht wahr.« Mit einem Seufzen richtete er sich auf und nahm seine ihm eigene lockere Haltung ein, in der er einerseits wirkte, als wäre ihm alles egal, andererseits aber auch mit seiner schlanken Gestalt etwas Stolzes ausstrahlte. Des Teufels perfekte Verkleidung.

»Eure Bedrückung über den Tod meines Onkels überrascht mich«, sagte sie rundheraus, »ich dachte stets, Ihr wärt ihm nicht besonders wohlgesinnt.«

Unfroh lachte er auf. »FitzRoy kümmert mich auch nicht, auch wenn er einer der Besseren deiner Sippschaft war. Nur ist es natürlich nicht sehr erfreulich, wenn Normannen abgeschlachtet werden. Von Anglesey kam kaum einer davon – dein Onkel FitzStephen war einer von nur wenigen Glücklichen. Beinahe alle Befehlshaber sind tot. Und die Peinlichkeit in der Hauptschlacht zwischen Gwynedd und dem König …«, er verschränkte die Arme vor der Brust, »… nun, nachdem der *König* bewiesen hat, dass er kein Gegner für ein paar aufrührerische Waliser ist, noch nicht einmal, wenn schon halb Wales mit einer verdammten walisischen Armee auf seiner Seite steht, werden die Lauchfresser jetzt von überall her von ihren Hügeln herunterkommen und glauben, sich hier wieder breitmachen zu können. Allen voran unser werter Fürst von Südwales Rhys ap Gruffydd.«

»Fürchtet Ihr etwa, St. Clears noch einmal zu verlieren? Oder einen neuerlichen Angriff auf Tenby?«

Ein hämisches Lächeln legte ihm die wohlbekannte Bosheit in die Augen, mit der Isabel sehr viel mehr anfangen konnte. »Oh, das würde dir gefallen, nicht wahr?«, säuselte er und kam auf sie zu. »Aber freu dich nicht zu früh, der König mag versagt haben, aber wir hier im Süden haben schon lange gelernt, wie wir mit ein paar Rebellen umgehen.« Er blieb dicht vor ihr stehen, wollte sie einschüchtern, aber Isabel hob den Kopf und hielt seinem Blick stand. Natürlich fragten sich jetzt alle, ob Rhys zuschlagen würde, nachdem er die Vorgänge im Norden abgewartet und den neuen König eingeschätzt hatte. Nur war der Sieg für die Briten nicht ohne Verluste einhergegangen, wie Ralph ihr in der letzten Nacht auf dem Rückweg in die Siedlung erzählt hatte. Des Königs Hauptarmee war entlang der Nordküste gegen Owains gezogen und hatte sich auf dem Weg wie vorausgesehen mit Überfällen herumschlagen müssen. Also war der König erwartungsgemäß mit einer eigenen Truppe ausgebrochen, um Owain in einem Bogen zu erreichen, während der Rest seiner Armee dem geradlinigen Weg folgte. Owain war gewarnt gewesen, so hatten zwei seiner Söhne den König mit ihrer Kriegstruppe in den Wäldern erwischt, Ralph war unter ihnen gewesen. Er hatte ihr erzählt, dass der König zehnmal so viele Männer gehabt hatte, und doch war es ein Gemetzel an den Normannen gewesen, die sich mit ihren schweren Pferden dort nicht zu bewegen gewusst hatten. Der Standartenträger hatte des Königs Wappen fallen lassen, und alle hatten geglaubt, der König wäre getötet worden. Doch der hatte sich in die offene Ebene zurückgezogen und seine Truppen gesammelt, woraufhin auch Owain hatte weichen müssen, um nicht von zwei Seiten angegriffen zu werden. Doch Owain hatte nicht aufgegeben und den König Tag und Nacht aus dem Wald heraus angegriffen.

Indessen hatte sich Madog, der Fürst von Powys und Verbündete des Königs, zwischen den Armeen positioniert, ohne sich anmerken zu lassen, für welche Seite er am Ende kämpfen würde. So war dem König und Owain nichts anderes übrig geblieben, als erst mal Friede zu schließen. Ralph hatte ihr erzählt, dass die Armee des Königs immer noch gefährlich gewesen war, und Owain hatte eingesehen, dass er ihm erst mal huldigen musste. Für den Moment genügte es, dass das Land und vor allem der König wussten, dass sie in Wales kein leichtes Spiel hatten.

Mit der Huldigung Owains war auch Landverlust einhergegangen, so hatte Owain seinem Bruder Cadwaladr sein Land in Gwynedd zurückgeben müssen. Ein schwerer Schlag für Owain, ein Hoffnungsschimmer für Ralph, der hoffte, seinen Vater und seinen Onkel nun wiedervereinen zu können. Zugutekam ihm, dass Owain ihn mit einer Kriegstruppe an die Grenze von Cadwaladrs Land schickte, um diese im Auge zu behalten und sicherzustellen, dass Cadwaladr die Füße stillhielt. Ralph hingegen würde seine Position bestimmt nutzen, um zu vermitteln. Erst mal waren die Briten des Nordens nach der Huldigung nun aber Verbündete des Königs, aber Isabel wusste, dass dieses Bündnis nur geschlossen worden war, um neue Kraft zu erlangen.

Der Kampf hatte für die Briten gerade erst begonnen, und dem Sheriff standen bestimmt noch mehr böse Überraschungen bevor.

»Wieso hasst Ihr die Waliser so sehr?«, fragte sie ruhig, was ihn überrascht blinzeln ließ. Sie hatte ihn unvorbereitet getroffen, was ihr eine Genugtuung war, aber sie wollte auch wirklich die Antwort wissen. Für den schrecklichen Moment war immer noch Zeit, denn wenn sie mehr über ihn wusste, fand sie vielleicht eine Schwäche.

Zuerst dachte sie, er würde nicht antworten, aber dann trat er von ihr zurück und ging zu dem schweren Holztisch mit den eingravierten Verzierungen, auf dem neben einer Waschschüssel auch ein Krug mit zwei Bechern stand. »Sie sind nicht würdig, über dieses Land zu herrschen«, sagte er und schenkte sich ein. »Der Süden hat gute Erde, seine Flusstäler, Wälder und Küsten. Es ist wunderbares Land, aber die Waliser machen sich nicht die Mühe, es zu bestellen. Stattdessen führen sie Krieg, und das seit jeher. Sie sind Diebe und Plünderer, die ihre Zeit damit verbringen, ihre Nachbarn zu überfallen. Ehe die Normannen kamen, gab es hier keine Bauern, nur Hirten, die ihr Vieh immer wieder durch Raubbanden verloren und dann in eigenen Raubzügen zurückholten. Anstatt etwas anzupflanzen, töten sie.« Er warf ihr einen Blick zu. »Nicht ganz das Volk, von dem deine Barden singen, hm?«

»Es ist genau das Volk, von dem sie singen. All das, was Ihr sagt, ist wahr, trotzdem ist es ihr Land, es ist ihr Geburtsrecht. Nur weil Ihr glaubt, eine bessere Art der Herrschaft zu führen, gibt Euch das noch nicht das Recht, ein Land für Euch zu beanspruchen und die Einwohner zu vertreiben oder zu töten.«

»Es gibt mir jedes Recht.«

Isabel schnaubte, war aber noch nicht fertig. Der Sheriff schien ihr redefreudig, und das wollte sie ausnutzen. »Ist es etwas Persönliches?«, fragte sie, die Antwort bereits ahnend. »Hat Euch irgendein Waliser einmal etwas getan?«

»Du meinst, außer meine Männer zu überfallen, meine Burgen anzugreifen und mir generell ständig ein Dorn im Auge zu sein?«

»Ja.«

Verblüfft über ihre Unverblümtheit hob er die Augenbrauen. Er lehnte sich mit dem Becher in der Hand gegen den Tisch und studierte sie. »Wusstest du, dass mein Vater dunkles Haar hatte?«, fragte er dann unvermittelt, auch wenn Isabel wusste, in welchem Zusammenhang seine Worte mit ihrer Frage standen. »Es war braun wie Erde, und die Haare meiner Mutter sind schwarz.« Mit einem bitteren Lachen hob er eine Strähne seines Haars, das jetzt, da es nass war, dunkler wirkte, ansonsten aber rotgold strahlte. »Kannst du dir vorstellen, was mein Vater in mir sah?«

Isabel zuckte gleichmütig mit den Schultern. »Einen walisischen Bastard, nehme ich an.« Das Gerücht hatte sie schließlich schon oft gehört, auch wenn sie es für Unsinn hielt, ein Kind aufgrund seiner Haarfarbe zu verurteilen. Onkel Maurice hatte auch schwarzes Haar, obwohl Großmutter Nesta rötliches und ihr Gemahl goldenes gehabt hatte. Dafür war Großmutter Nestas Vater vom dunklen Schlag gewesen, und alle hatten stets betont, wie sehr Onkel Maurice nach der walisischen Seite schlug. Ihr Gemahl mochte ein Opfer von Vorurteilen sein, vielleicht war auch etwas Wahres dran, sie wusste es nicht, und es kümmerte sie auch nicht.

Der Sheriff nickte. »Kannst du dir vorstellen, was er mit mir machte, wenn er wieder mal einen über den Durst trank und beschloss, mich für meine Haarfarbe zu hassen? Weißt du, was er mit meiner Mutter machte, wenn sie versuchte, ihn aufzuhalten?«

Erneut gab Isabel sich unbekümmert, auch wenn seine Worte ihr wehtaten. Sie hatte Mitleid mit dem Jungen, der er vielleicht einmal gewesen war, und mit Lady Hayt. Aber der Mann, der vor ihr saß, rührte sie nicht. »Euer Vater war also ein abscheulicher Mensch. Also dachtet Ihr, Ihr macht es ihm gleich? Ihr werdet ein ebensolches Monster?«

»Ach, was für liebliche Worte meiner werten Gemahlin.« Er schüttelte lächelnd den Kopf, aber in seine Augen traten harte Entschlossenheit und alter Hass. »In jenen Momenten, da mein Vater herauszufinden versuchte, was man mit einem Jungen alles anstellen kann, ehe er krepiert, schwor ich mir, nie wieder zu unterliegen, nie wieder einen Kampf zu verlieren. Wenn mich das zum Monster macht, so sei es denn.«

»Selbst wenn es kein gerechter Kampf ist? Wenn es um den Sieg über unschuldige Kinder und wehrlose Hirten, Fischer oder Bauern geht? Gibt es Euch ein Gefühl von Macht, jene, die ohnehin nichts gegen Euch ausrichten können, bluten zu sehen, so wie Ihr einst geblutet habt?«

Die Brauen des Sheriffs zogen sich zusammen. Schweigend durchbohrte er sie mit seinem stechenden Blick, als versuche er sie zu durchschauen, aber Isabel trug die Kraft der letzten Nacht in sich und ließ sich nicht mehr einschüchtern. Lady Hayt hatte ihr davon erzählt, dass sie ihren Sohn hatte schützen müssen. Aber obwohl Isabel nun verstand, warum er die absolute Unterwerfung suchte, war sie nicht bereit, sie ihm zu geben.

»Ich ließ dich in mein Gemach holen, um dir etwas zu sagen«, eröffnete er ihr plötzlich, und der Kummer über die normannische Niederlage wich nun unverhohlener Schadenfreude. Vielleicht hätte er sich zusammengerissen und ihr die Nachricht vom Tod ihres Onkels tatsächlich schonend beigebracht, aber nun war ihm anzusehen, dass er ihr wehtun wollte. Ihre Respektlosigkeit ihm gegenüber war nicht unbemerkt von ihm abgeprallt.

»Wie ich schon sagte, ich komme gerade aus Carew, und natürlich erreichte die Nachricht von der Niederlage deiner Onkel auch deine Familie.« Ein Lächeln hob seine Mundwinkel, und das bekannte Lauern funkelte in seinen Augen. »Ich ließ dich holen, um dir zu sagen, dass deine Großmutter im Sterben liegt. Vermutlich macht sie's nicht mehr lange.«

Ein Pfeil schien sie zu durchstoßen, aber er wollte sie wanken sehen, und so biss sie die Zähne zusammen und sah ihn nach außen hin ungerührt an. Sie hatte erwartet, dass der Verlust ihre Großmutter zerstören würde, aber ihr blieb weniger Zeit als gehofft. Der Entschluss, sie zu sehen, verfestigte sich nur, wenn sie dem Teufel vor ihr ins Antlitz sah. Nun war der Moment gekommen, alles in die Waagschale zu werfen und ihre Kraft zu testen.

»Erlaubt Ihr mir, sie zu besuchen, Mylord?«, fragte sie tonlos, ohne Flehen, ohne Hoffnung, da sie die Antwort ja kannte.

Das Lächeln in seinem dämonisch schönen Gesicht verbreiterte sich, und in gespielter Nachdenklichkeit strich er sich mit der Hand übers Kinn. »Nun, das könnte ich. Ich könnte dir eine Eskorte stellen und dich nach Carew bringen lassen, um Abschied zu nehmen. Aber glaubst du nicht, dass deine Großmutter sich freuen würde zu erfahren, dass ihre geliebte Enkeltochter sich in ihrer Ehe alle Mühe gibt, um Erben hervorzubringen?«

Jetzt war sie es, die lächelte, denn es lief alles so wie vorhergesehen. Sie hatte sich darauf vorbereitet, und diese Worte konnten sie nicht schrecken, auch wenn er zweifelsohne genau das gehofft hatte, denn seine Züge gefroren für einen Moment. Isabel hatte keine Zweifel, dass er sie nach diesem Gespräch nur noch lieber geschlagen sehen würde, aber diesen Gefallen würde sie ihm nicht tun.

»Werdet Ihr mich gehen lassen, wenn ich mich auf unsere alte Abmachung berufe?«, fragte sie, immer noch ruhig, mit nur einem leisen Druck im Bauch. Doch sie zitterte nicht, und ihre Stimme war fest.

Der Sheriff stieß sich vom Tisch ab und richtete sich auf. »Erinnerst du dich denn noch an unsere Abmachung?«

Isabel nickte, doch das schien dem Sheriff nicht zu genügen. »Ein Erbe, Isabel. Du fügst dich so lange, bis du einen trägst, verstehen wir uns? Einmal reicht nicht.«

Erneut nickte sie, und mit dieser kleinen Geste trat ein Ausdruck in seine Augen, den sie nie zuvor so deutlich an ihm gesehen hatte. Dunkle Gier, wahrscheinlich weniger nach ihrem Körper als nach ihrer Niederlage, nach seiner Macht über sie.

Langsam schlenderte er auf sie zu, und nun fiel es ihr schwerer, ihre Unbekümmertheit aufrechtzuerhalten. Doch sie zwang sich, ihren Kopf hochzuhalten und seinen Blick zu erwidern, stolz und unnachgiebig.

»Halte dich an unsere Abmachung«, sagte der Sheriff und blieb vor ihr stehen, »keine Drohungen, kein Geheule, keine Kämpfe. Und ich sorge dafür, dass du deine Großmutter noch einmal siehst.«

»Ich danke Euch, Mylord.« Sie hätte nicht zynischer klingen können, und in ihrem Blick lag all die Verachtung, die sie in ihrem Herzen trug. Ohne auch nur einen Moment lang von ihm wegzusehen, ließ sie ihren Umhang von den Schultern gleiten und öffnete den Bliaut. Mit ruhigen Handgriffen befreite sie sich von ihrer Kleidung. Ihr Atem beschleunigte sich, ihre Brust hob und senkte sich schneller, aber mehr erlaubte sie sich nicht, während der Sheriff sie mit seinem klargrünen Blick durchbohrte und vergeblich nach verzweifelter Angst in ihren Augen suchte. Alles, was er finden würde, war Entschlossenheit, was ihn augenscheinlich zu verstören schien. Das Lächeln wich etwas, und leise Verwirrung trat in seinen Blick, gefolgt von Zorn.

Nackt stand sie vor ihm, ohne zu versuchen, sich zu bedecken, und setzte eine freundliche Miene auf. »Euer Vater war ein Monster«, sagte sie mit liebevoller Stimme, »er schmort jetzt in der Hölle und hält Euch einen Platz dort frei.« Mit diesen Worten warf sie ihr Haar zurück und schritt auf das Bett zu. Dabei sah sie noch seinen entsetzten Ausdruck.

»Leg dich hin«, wies er sie schroff an, es war kaum mehr als ein Knurren. Isabel warf ihm über die Schulter ein Lächeln zu, knickste und gehorchte. Mich bekommst du nicht, sagte sie dabei stumm vor sich hin, meinen Körper kannst du haben, aber mich bekommst du nicht.

Sie sah ihn an, als er sein Gewand ablegte, bewies ihm, dass sie kein scheues Jüngferlein für ihn sein würde und er nichts an sich hatte, das sie schrecken konnte. Sein Kiefer spannte sich immer mehr an, er wollte sie brechen sehen, aber als er sich auf das Bett kniete, sie mit einem Ruck zu sich zog und ihre Beine auseinanderschob, hielt sie ihm immer noch mit einer Kraft stand, die ihren Geist von ihrem Körper trennte und ihn in die Niederlage führte.

Es war eine Handvoll Soldaten, die sie auf ihrem Weg nach Carew begleiteten. Natürlich sollten sie weniger für ihre Sicherheit als ihre Rückkehr sorgen, aber Isabel störte sich nicht daran. Sie würde ihre Großmutter sehen, und in Gedanken erlebte sie die bevorstehende Begegnung immer und immer wieder. Sie hörte Nestas Stimme bereits in ihrem Kopf, die sie auf dem Sterbebett für ihre Tat verfluchte. Sich dem Hass ihrer liebsten Verwandten zu stellen war weit schwieriger als dem Sheriff. Die Angst davor lenkte sie sogar vom brennenden Schmerz zwischen ihren Beinen ab, der sich auf dem Pferd nur noch steigerte. Aber Isabel hatte keinen Moment länger warten wollen. Sobald der Sheriff mit ihr fertig gewesen war, zorniger, als sie ihn je erlebt hatte, war sie lediglich zurück in ihr Gewand gestiegen und hatte ihn wissen lassen, dass sie sogleich aufbreche.

Mit einem Zwischenstopp in Lady Hayts Gemach, wo sie sich des Sheriffs Gestank vom Körper gewaschen hatte, war sie sofort in die Ställe gegangen, gemessenen Schrittes und so anmutig, wie möglich. Nach außen hin gelassen sein zu müssen hatte sich irgendwie auf ihr Innerstes übertragen, und obwohl die Begegnung mit dem Sheriff mindestens so schlimm gewesen war, wie sie sie sich vorgestellt hatte, ging es ihr gut. Sie hatte Ralph, an dem sie sich festhalten konnte. Wenn sie an ihn dachte, flatterte ihr Herz wie ein Vogel, dem der Käfig geöffnet worden war, und nichts anderes zählte.

Vielleicht musste sie dem Sheriff zugutehalten, dass er sein Wort gehalten hatte, obwohl er nicht bekommen hatte, was er in Wahrheit wollte. Aber schließlich sollte diese Zusammenkunft kein einmaliges Ereignis bleiben. Der Sheriff wollte sie schwängern und würde noch oft bei ihr liegen. Vielleicht hoffte er ja auch, noch Gelegenheit zu finden, sie zu brechen, da es ihm bei diesem ersten Mal nicht gelungen war. Aber da konnte er lange warten.

Sie ritten zwischen den in voller Blüte stehenden Getreidefeldern hindurch, die unter den Sommerstrahlen wie pures Gold funkelten, und folgten dann der Straße, die die Händler benutzten und die schon aus alten Römerzeiten stammte. Der Wald war zurückgedrängt worden, um Räubern nicht die Möglichkeit zur Deckung zu geben, und so sah Isabel die Reiter schon von weitem.

Es war eine Gruppe von einem halben Dutzend, und dem Anschein nach handelte es sich um Normannen. Sie ritten auf eleganten Reitpferden durch die hohe Wiese, trugen lange Kettenhemden und Helme mit Nasenkolben. Nur der Anführer an der Spitze hatte keine Kopfbedeckung auf. Er hob die Hand, um Isabels Begleiter zu beruhigen, aber die schienen ohnehin nicht sonderlich alarmiert, hatten sie ja keine walisische Kriegsbande auf zottigen Ponys vor sich.

Isabel schirmte ihre Augen mit der Hand vor der grellen Nachmittagssonne ab und spürte ihr Herz schneller schlagen. Der Körperbau des Anführers, sein schwarzes Haar und die Art, wie er sich den Bewegungen des Pferdes anpasste, als wäre er auf einem geboren … all das war ihr vertraut. Aber das konnte doch nicht sein! Er war doch auf dem Weg nach Gwynedd.

Je näher die Gruppe aber kam, desto sicherer war sie, und allein Ralph zu sehen, nachdem sie durch die Hölle gegangen war und jetzt voller Angst ihrer Familie entgegenritt, trieb ihr Tränen in die Augen. Schnell gemahnte sie sich an eine ungerührte Miene, aber ihre Hände begannen zu schwitzen, und sie hatte das Gefühl, keine Luft mehr zu bekommen. In ihrer gemeinsamen Nacht hatte sie gedacht, Abschied auf ungewisse Zeit zu nehmen, und nun war er hier. Hoffentlich versuchte er nicht, ihre Begleiter anzugreifen und sie vom Sheriff wegzuholen. Sie waren sich doch einig gewesen, dass der richtige Augenblick noch nicht gekommen war. Bang, glücklich, verschämt wegen ihres Handels mit dem Sheriff und tieftraurig, da sie ihn nicht in die Arme schließen konnte, sah sie ihm entgegen.

»He, ihr da!«, rief er in fließendem Normannisch und ließ seinen Blick flüchtig über sie gleiten, als kenne er sie gar nicht. Trotzdem gab es einen winzigen Moment, in dem sie sich direkt ansahen, und dieser reichte aus, um sie ein wenig zu trösten und zu beruhigen. »Wohin soll es denn gehen?«, fragte er und wandte sich an ihre Begleiter.

»Wir bringen die Gemahlin des Sheriffs nach Carew Castle«, antwortete Sir Hamon, einer der Ritter, barsch. »Und wer seid Ihr, wenn man fragen darf?«

»Mein Name ist Ralph de Clare. Ich komme von der Schlacht im Norden gegen die Waliser.«

Sofort schien der bejahrte Ritter in sich zusammenzusinken. Der Name »de Clare« stand hier wohl so hoch wie der des Königs. Vielleicht sogar höher, bedachte man, dass hier kein Mensch den neuen König je gesehen hatte, mit den de Clares aber wahrhaftige Herrscher von ältestem Adel unter ihnen lebten. Richard de Clare, den alle auch Strongbow nannten, war bis vor kurzem der Earl of Pembroke gewesen. Und somit Herr über das Land, das der Sheriff hier verwaltete und die Geraldines großteils hielten. Und Roger de Clare, der Earl of Hertford, der stets im Kampf um Ceredigion mitmischte, war Ralphs Onkel und ebenfalls sehr mächtig.

Ihre Begleiter schienen so beeindruckt, dass sie noch nicht einmal einen genaueren Blick auf Ralphs Truppe warfen. Anders als Isabel. Die Männer waren untersetzt, dunkel und alle frisch rasiert, genauso wie Ralph. Sie waren verkleidete Waliser, und Isabel schmunzelte beim Gedanken daran, dass er dieselbe Hinterlist wie sie benutzte.

»Seid Ihr verwandt mit Roger de Clare?«, fragte Sir Hamon beinahe ehrfürchtig. »Es heißt, der Feigling Henry d'Essex ließ die königliche Standarte im Kampf gegen die Waliser fallen und flüchtete, aber Roger de Clare hob sie auf und rettete sie.«

Ein schmallippiges Lächeln zog Ralphs Mundwinkel nach außen. »Roger de Clare ist mein Onkel. Und ja, ich war dabei«, antwortete er ehrlich, denn welcher einfache Ritter durchschaute schon die verwandtschaftlichen Beziehungen dieses riesigen

Adelshauses? Und er war ja tatsächlich dabei gewesen, wenn auch auf der anderen Seite.

»Auf dem Weg hierher sahen wir eine Gruppe bewaffneter Waliser gen Süden ziehen«, fuhr Ralph schließlich auch schon fort, ohne sie eines Blickes zu würdigen, worüber sie froh war. Vermutlich wäre sie nur rot geworden und hätte alles verraten. »Vielleicht sollten meine Männer und ich uns Euch anschließen, um sicherzugehen, dass diese Dame hier wohlbehalten an ihrem Ziel ankommt. Man weiß ja nie, aus welchen Löchern die Waliser jetzt, nach den Ereignissen im Norden, kriechen. Nach Carew wollt ihr, sagtet Ihr? Das trifft sich gut, möchte ich den Geraldines ohnehin meinen Respekt zollen, für die Heldentaten, die Henry FitzRoy und Robert FitzStephen auf Anglesey vollbrachten.«

Ihr Herzschlag erreichte ihre Kehle, und einen Moment lang konnte sie ihn nur anstarren. Ralph kam mit ihr nach Carew? In ihr Zuhause? Zu Großmutter Nesta? Aber er musste doch zurück nach Gwynedd, um seinen Vater im Auftrag des Fürsten im Auge zu behalten.

»Ihr seid uns sehr willkommen, Mylord«, erwiderte Sir Hamon hocherfreut und trieb sein Pferd an. Unterwegs sprachen Ralph und der Ritter über die Schlacht im Norden, und Ralph konnte die kleine Gruppe mit blutigen Details erfreuen. Isabel schien es, als hätten ihre Begleiter ihre Anwesenheit ganz vergessen, und auch Ralphs Truppe, von der bestimmt kein Einziger auch nur ein Wort Normannisch sprach, wurde glücklicherweise gänzlich ignoriert.

Isabel genoss es, Ralphs Worten zu lauschen, auch wenn der Inhalt nicht gerade freudig war, zumal Ralph die Normannen in besserem Licht erstrahlen ließ, als sie tatsächlich gestanden hatten. Aber er beruhigte sie und ließ sie ihre Angst fast vergessen.

Erst als sich die graue Burg mit ihren schmalen, dunklen Fensterschlitzen am Flussufer vor ihr erhob, wurde ihr wieder mulmig zumute, und die Schuld über den Verrat an ihrer Familie kehrte mit schmerzhafter Wucht zurück.

»Meine Männer werden hier draußen warten«, verkündete Ralph, ehe sie die Brücke über den Burggraben überquerten. Ihm war bestimmt bewusst, dass die Waliser im Innern der Burg sofort auffallen würden. Es musste sie nur ein Stallbursche ansprechen, und alles wäre verloren. »Ich möchte die Familie nicht stören und lediglich mein Mitgefühl bekunden.«

Sir Hamon nickte, und gemeinsam ritten sie ein in jenes Zuhause, in dem sie zwar aufgewachsen war, sich aber nie richtig zugehörig gefühlt hatte. Die Wachen auf den Palisaden hatten ihre Ankunft schon verkündet, und so wartete Lady Alice bereits im Hof. Zum Glück war von ihrem Vater und Onkel Maurice weit und breit nichts zu sehen, denn auch wenn Ralph im Gewand eines normannischen Lords verändert aussah, könnten sie ihn doch erkennen. Das Risiko, das er für sie einging, wurde ihr erst jetzt wirklich bewusst, da die Mauern der Burg sie umschlossen.

Aus den Augenwinkeln bemerkte sie, dass Sir Hamon und seine Männer sich um die Pferde kümmerten und sie an die Tränke führten. Ein paar Mägde eilten sofort herbei, um den Besuch in die Küche oder Halle zu bringen, was mit freudiger Zustimmung aufgenommen wurde. Offenbar wollten des Sheriffs Männer sie ihrer Wege gehen lassen. In der heimischen Burg bedurfte sie also keiner Aufsicht, was sie erleichterte.

»Willst du, dass ich mit dir komme?« Plötzlich war Ralph an ihrer Seite. Gelassen stand er neben ihr, als wäre es reiner Zufall, dass er sich am selben Ort wie sie aufhielt. Sein Flüstern übertönte kaum das Gackern der Hühner im Hof, aber es war genug, um sich etwas sicherer zu fühlen. Nichts wäre ihr lieber, als ihn an ihrer Seite zu wissen, während sie ihrer Großmutter alles erklärte. Isabel wollte ihr sagen, dass sie die Liebe gefunden hatte, dass sie für die Freiheit der Briten kämpfen musste und eine Entscheidung getroffen hatte.

Ein knappes Nicken war alles, was sie antworten konnte, da Lady Alice bereits mit ausgestreckten Armen auf sie zukam.

»Meine liebe Isabel! Wie sehr wir dich vermisst haben!« Noch ehe sie sichs versah, fand Isabel sich in einer festen Umarmung wieder, die etwas Mütterliches an sich hatte und die sie freudig erwiderte. Lady Alice hatte sich kaum verändert, ihr schmales Gesicht war immer noch das genaue Gegenteil von dem ihrer Schwester. Freundlich, offen, fröhlich. Die Geburt ihrer Kinder schien nicht ganz ohne Spuren an ihr vorbeigegangen zu sein, sie füllte ihren Bliaut nun besser aus, was sie aber nur noch schöner machte. Mittlerweile waren Onkel Maurice und Lady Alice mit einer ganzen Schar Kinder gesegnet worden, deren Rufe vom Stall her klangen. Die Erinnerungen an ihre Kindheit schienen Isabel wie ein Blick in ein anderes Leben. So viel war seither passiert.

»Ich bin so froh, dass du gekommen bist. Nesta wird sich freuen, dich zu sehen.«

»Wo sind meine Eltern?«, fragte Isabel, alles andere als erpicht darauf, ihnen zu begegnen.

Lady Alices Miene zeigte Bedauern, was sie sofort erleichterte. »Deine Mutter ist wieder einmal in England, Liebes, und dein Vater und Maurice sind bei deinem Onkel Robert, um ihm beizustehen, falls er … Nun ja, ich bin sicher, er wird es schaffen.«

Isabel nickte. »Das glaube ich auch.« Sie sah an der Dame vorbei zur Halle und wappnete sich. »Kann ich gleich zu ihr?«

Ein Schatten huschte über das eben noch strahlende Gesicht, aber Lady Alice nickte. »Natürlich. Komm. Du hast es gerade noch rechtzeitig geschafft, ich fürchte, der Herr wird sie bald zu sich rufen. Der Priester war bereits bei ihr, wird aber nachher noch einmal kommen.«

Isabel schluckte gegen die Enge in ihrer Kehle und setzte sich in Bewegung, als Lady Alice plötzlich innehielt. Zum ersten Mal schien sie zu bemerken, dass Ralph kein Mann des Begleitschutzes war. Verwirrt sah sie zu ihm hoch und öffnete den Mund, um etwas zu sagen, als Ralph ihr zuvorkam.

»Madame.« Er verneigte sich so formvollendet, dass Lady Hayt stolz auf ihn gewesen wäre. »Mein Name ist Ralph de Clare, bitte entschuldigt mein Eindringen in dieser schweren Stunde. Meine Männer und ich eskortierten Lady Isabel hierher, und falls Ihr es erlaubt, möchte ich gerne von Lady Nesta Abschied nehmen – sie hat mir einst das Leben gerettet.«

Isabel sah zu ihm hoch, und am Rande bemerkte sie, dass auch Lady Alice ihn verblüfft anstarrte. Plötzlich erinnerte Isabel sich an Ralphs Worte von einst: *Ich wusste noch nicht einmal mehr meinen eigenen Namen. Deine Großmutter half mir, und irgendwann fiel mir wieder ein, wer ich war und wer zu meinem Leben gehört.*

Sie hatte ganz vergessen, dass auch Ralph ihrer Großmutter nahestand, und diese Momente der Vergangenheit waren bestimmt auch ein Grund seines Erscheinens heute. Erst fürchtete sie schon, Lady Alice könnte sich an ihn erinnern, aber dann fiel ihr ein, dass Ralph nach der Folter in Tenby nach Pembroke gebracht worden war. Isabels Mutter hatte ihn nicht in Carew haben wollen, und irgendwann war Großmutter Nesta nach Pembroke aufgebrochen, um nach ihm zu sehen. Sie war erst wieder gegangen, als er geheilt war.

»Sie hat vielen Menschen geholfen«, sagte Lady Alice und sah Ralph wohlwollend an. Falls sie ihn als Jungen einst gesehen hatte, so schien sie sich wirklich nicht zu erinnern. Kein Wunder, bei den vielen Knappen, die hier kamen und gingen.

Gemeinsam schritten sie hoch ins Gemach über der Halle, sich auf den Abschied vorbereitend.

»Es tut mir wirklich leid, Isabel«, sagte Lady Alice vor der Tür und atmete schwer aus. »Nesta war mir mehr wie eine Mutter als Schwiegermutter, und ich habe sie dafür geliebt, dass sie mich als würdige Braut für ihren Sohn erachtete. Sie holte mich aus einer schrecklichen Familie und nahm mich ohne Vorurteile auf. Sie ist eine bemerkenswerte Frau.« Mit diesen Worten wandte sie sich ab und ließ Ralph und Isabel allein vor dem Gemach stehen.

Kaum war sie im Treppengewölbe verschwunden, ergriff Ralph ihre Hand und drückte sie.

»Du bist wirklich hier«, flüsterte Isabel und starrte auf die Maserung der Holztür vor sich.

»Ich dachte, du könntest etwas Halt gebrauchen.«

»Ralph … Danke.« Plötzlich entkam ihr ein Schluchzen, und ehe sie sichs versah, hatte er sie an seine Brust gezogen. Umhüllt von seiner Wärme und gehalten durch seinen festen Griff schien alles aus ihr herauszubrechen. Sie konnte nicht glauben, dass vor ein paar Stunden noch der Sheriff Besitz von ihr ergriffen hatte und sie jetzt in der Umarmung des Mannes versank, den sie aus ganzem Herzen liebte. All dies war falsch, aber sie wusste einfach nicht, was sie dagegen unternehmen konnte. Selten hatte sie sich so hilflos gefühlt.

»Du bist wirklich nur für mich hergekommen?« Sie vergrub ihr Gesicht in seinem Hemd, und obwohl es etwas fremd roch, nahm sie doch auch Ralphs vertrauten Geruch wahr.

»Na, für wen denn sonst?« Zärtlich streichelte er ihr durchs Haar. »Du sagtest doch, du gehst zu deiner Großmutter, und so wartete ich außerhalb Tenbys. Natürlich habe ich Nesta vieles zu verdanken, aber ich hätte nicht mein Leben riskiert, um herzukommen. Das mache ich nur für dich.«

Weitere Tränen flossen ihre Wangen hinab. »Und woher hast du die Pferde? Und die Rüstungen und das Gewand?«

Ralph zögerte einen Augenblick lang, dann hörte sie sein Flüstern: »Geliehen.«

Ein Lachen mischte sich in ihr Schluchzen. Sie konnte sich schon vorstellen, wie er sich diese Dinge geliehen hatte. Nach der Schlacht im Norden war das Land in Aufruhr, und es würde nicht lange dauern, bis Plünderungen wieder zur Normalität wurden. Ralph hatte einen Anfang gemacht.

»Und deine Männer?«, fragte sie, als sie sich etwas beruhigt hatte. Sie schob sich von ihm weg und sah hoch in sein Gesicht, das ihr ohne Bart schon wieder anders vorkam. Die scharfe Zeichnung seiner Züge und das markante Kinn kamen nun deutlicher zum Vorschein.

»Die wissen von dir«, sagte er zu ihrer Überraschung. Als sie etwas zurückwich, hielt er ihre Hand fest und beugte sich zu ihr vor. »Diese kleine Bande ist meinem Onkel treu ergeben, und der weiß, dass ich plane, dich von hier wegzuholen. Nicht, dass sich irgendein Brite daran stören würde, wenn einem flämischen Sheriff die Braut gestohlen wird. Glaube mir, diesen Männern kann ich vertrauen. Wir standen Seite an Seite im Kampf und schlugen uns gemeinsam bis hierher in den Süden durch. Sie vertrauen mir, auch wenn ich Cadwaladrs Sohn bin. Wenn man wochenlang zusammen im Schlamm sitzt und darauf wartet, abgeschlachtet zu werden, lernt man sich einigermaßen kennen.«

Isabel ließ ihre Stirn auf seine Brust sinken. »Ich hoffe, sie geben gut auf dich acht.«

»Wir geben aufeinander acht.«

Sacht schob er sie von sich und sah ihr in die Augen. »Bist du bereit?«

Isabel atmete tief durch und nickte. Gestärkt von seiner Nähe schob sie die Tür auf und wurde sogleich von abgestandener, viel zu warmer, nach Krankheit riechender Luft getroffen. Oh Großmutter, dachte sie und schloss einen Moment die Augen, verlass uns doch nicht.

Mit bleiernen Beinen ging sie näher und ergriff Ralphs Hand. Ihre war nass und kalt, seine trocken und warm. Die Augen ihrer Großmutter im eingefallenen und totenblassen Gesicht waren geschlossen. Sie wirkten purpurn, genauso wie die Adern unter ihrer transparent erscheinenden Haut. Unter den Decken schien sie zu verschwinden, und die knochige Hand, die darauf ruhte, kam ihr schrecklich leblos vor. Dass sie atmete, war kaum zu sehen, ihre Brust schien sich nicht mehr zu heben und zu senken.

»Großmutter?«, flüsterte sie und musste sich räuspern, da sie plötzlich keine Stimme mehr hatte. »Großmutter Nesta, ich bin's, Isabel.«

Ein wimmernder Laut drang zwischen den aufgesprungenen Lippen der alten Dame hervor, dann drehte sie den Kopf und öffnete die Augen einen Spalt breit. Das grüne Leuchten war nicht zu sehen.

Die spröden Lippen bewegten sich, aber Isabel konnte nichts verstehen und ging näher ran. »Großmutter Nesta.« Sie ergriff die eisige Hand und schloss ihre Finger darum. »Kannst du mich hören? Ich bin deine Enkeltochter, Isabel. Wir gingen einst über den Strand von Llansteffan spazieren, und du hast mir Geschichten erzählt.«

Aber ihre Großmutter sah gar nicht in ihre Richtung, sondern an ihr vorbei zu Ralph. Erneut bewegten sich ihre Lippen, und als Isabel sich vorlehnte, konnte sie die schwache Stimme hören. »Richard?«, krächzte sie und öffnete die Augen noch etwas weiter. »Richard, bist du hier, um mich zu holen? Wo ist Gerald? Und wo ist mein Harri? Sind sie bei dir?«

Isabel sah zu Ralph hoch und verstand erst nicht, aber als ihre Großmutter immer wieder »Richard« murmelte, ahnte sie es plötzlich.

»Sie meint meinen Großvater«, sagte Ralph plötzlich, der wohl eher als sie daraufgekommen war. »Mein Vater behauptet immer, ich wäre dem Freinc wie aus dem Gesicht geschnitten, auch wenn ich ihn nie kennenlernte. Er starb vor über zwanzig Jahren bei einem Hinterhalt der Briten.«

Isabel nickte. »Richard de Clare.« Sie sah auf Großmutter Nesta hinab, deren Lider bereits wieder flackerten, und bemühte sich, nicht schon wieder in Tränen auszubrechen. »Sie hat mir von ihm erzählt. Er war ihr ein enger Freund.«

Einen Moment lang spürte sie Ralphs Hand auf ihrer Schulter, dann hörte sie raschelnde Schritte, als er sich zur Tür zurückzog und ihr einen Moment allein mit Nesta gab.

»Großmutter«, flüsterte sie und suchte verzweifelt nach Worten. »Ich weiß, du kannst mich vermutlich nicht hören, aber ich muss dir trotzdem etwas sagen. Harris Tod hat dir das Herz gebrochen, und du musst wissen, dass ich es war. Ich habe Owain Gwynedd die Nachricht vom geplanten Angriff auf Anglesey zukommen lassen. Du weißt ja gar nicht, wie leid mir tut, was geschehen ist, ich habe Onkel Harri immer geliebt, und ich wollte auch nie, dass Onkel Robert etwas geschieht. Ich konnte einfach nicht … ich konnte nicht zusehen, wie die Briten vernichtet werden, kannst du das verstehen? Ich weiß, du hast immer für den Frieden gekämpft, aber die Briten können es schaffen. Sie können zu *einem* Land werden, zu *einem* Volk, ohne gegenseitige Kämpfe. Sie können Frieden schaffen und in Freiheit leben. Das Land deines Vaters kann wiederhergestellt werden. Ich wünschte, du würdest leben, um es zu sehen. Ich bitte dich gar nicht um deine Vergebung, ich weiß, dass ich sie nicht verdiene. Im Grunde wollte ich dir nur danken, für die Stärke, die du mir verliehen hast, und dafür, dass du mir beide Seiten gezeigt hast – die der Briten und die der Normannen. Du hast mich nie auf eine Seite gedrängt und mir meine freie Wahl gelassen. Ich hoffe, meine Entscheidung enttäuscht dich nicht zu sehr.«

Isabel biss sich auf die Unterlippe und versuchte, den drückenden Schmerz in ihrem Hals zu ignorieren. »Ich hab dich lieb, Großmutter«, flüsterte sie, lehnte sich vor und hauchte der einst so unerschütterlichen Dame einen Kuss auf die Stirn. Sie ließ sich gerade wieder zurücksinken, als sich der Griff um ihre Hand verstärkte.

Verblüfft sah sie wieder hoch und direkt in die vertrauten grünen Augen. »Du hast mich nie enttäuscht, meine Isabel«, drang ein Flüstern wie ein Windhauch zu ihr, und Isabel spürte nun doch Tränen ihre Wangen hinabfließen, als sich die Lider sogleich wieder schlossen und sich die schwachen Finger von ihr lösten.

Zitternd erhob sie sich und sah zu Ralph zurück. »Bitte hol Lady Alice, damit sie nicht allein ist, wenn ich fortmuss.« Ralph nickte und verließ das Gemach, um sich sogleich auf die Suche nach Onkel Maurices Gemahlin zu machen. Isabel blickte auf Großmutter Nesta hinab. »Du erkennst ihn jetzt nicht, aber du hast ihn gerettet«, flüsterte sie und streichelte noch einmal über ihre Hand. »Einst war ich zornig, da du es mir verschwiegen hast, aber ich weiß, warum du es getan hast. Du hast uns beiden die Möglichkeit gegeben, zu heilen und zu wachsen.« Sie biss sich auf die Unterlippe, kämpfte gegen die Enge in ihrer Kehle. »Du hast so viele Leben berührt, Großmutter. Und jetzt …« Ihre Worte wurden zu einem abgehackten Flüstern. »Deine letzte Reise … Nesta ferch Rhys. Du wirst niemals in Vergessenheit geraten.« Mit einem Schluchzen wischte sie sich die Nässe von den Wangen, wandte sich ab und erblickte sogleich Lady Alice, die sie kurz in den Arm nahm.

»Es ist gut, dass du hier warst.«

Isabel nickte und ging mit schleppenden Schritten hinaus in den Raum, der zum Treppengewölbe führte, wo Ralph auf sie wartete.

»Bereust du es, hergekommen zu sein?«, fragte er leise und streckte ihr die Hand entgegen.

Isabel schüttelte den Kopf. »Wie konnte ich gestern mit dir nur so glücklich sein und jetzt so traurig.« Sie bettete ihren Kopf an seine Brust und betrachtete den dunklen Stein der Wand mit seinen kaum merklichen Linien. »Aber das ist nun mal das Leben, nicht wahr? Freud und Leid, Leben und Tod.«

»Deine Großmutter hat ein langes und erfülltes Leben geführt. Sie hat so vielen Menschen geholfen, und ich bin dankbar, dass ich sie kennen durfte. Nichts, was geschehen ist, war deine

Schuld.« Er hauchte ihr einen Kuss auf den Scheitel. »Und ich war gestern auch sehr glücklich.«

Isabel sah zu ihm auf und wollte nur, dass er sie küsste, dass er sie vergessen ließ, dass sie jetzt zum Sheriff zurückmusste und er fortging, dass ihre Großmutter starb, Onkel Harri tot war und ihnen beiden eine ungewisse Zukunft bevorstand.

Ralph schien dies zu ahnen oder selbst zu brauchen. Er strich über ihre Wange, zurück unter ihr Haar und den Hals hinunter. Langsam beugte er sich zu ihr vor, sah ihr in die Augen, ließ seinen Blick dann zu ihren Lippen schweifen und hielt plötzlich inne. Seine Augen verengten sich, und seine Finger schoben den Ausschnitt ihres Bliauts etwas zur Seite. Mit einem Keuchen fuhr er von ihr zurück.

»War ich das etwa?«, stieß er aus, voller Entsetzen in den Augen.

Isabel wusste zuerst nicht, was er meinte, aber dann fiel ihr ein, dass der Sheriff ihren Hals gepackt und zugedrückt hatte, im Versuch, sie doch noch zur Furcht zu bewegen. Er hatte sie zwingen wollen, ihren ungerührten Blick von ihm abzuwenden, aber es war ihm nicht gelungen. Sie hatte Angst gehabt, aber tief im Inneren hatte sie gewusst, dass er sie nicht töten würde. Dafür waren ihm die Verbindung mit ihrer Familie und sein Erbe zu wichtig. Vermutlich zeigten sich seine Finger jetzt an ihrem Hals und Schlüsselbein.

Schnell zog Isabel ihren Bliaut wieder zurecht. »Natürlich warst du das nicht«, sagte sie, ohne ihm in die Augen sehen zu können, aber sie spürte, wie er sie prüfend ansah. Dann sog er scharf den Atem ein. Mit gespreizten Fingern strich er sich das Haar zurück und trat ein paar Schritte zur Seite. Er ballte die Hände zu Fäusten, und Isabel dachte schon, er würde auf irgendjemanden losgehen, aber dann stützte er die Hände an die Wand und ließ seinen Kopf dazwischen hängen. »Der Sheriff.«

Isabel sagte nichts, hatte nur Angst, dass er sie jetzt verachtete.

»Was musstest du ihm für diesen Besuch hier geben?« Er drehte den Kopf in ihre Richtung, ohne die Hände von der Wand zu nehmen, und sah sie aus tieftraurigen Augen an. »Was, Isabel?«

Sie konnte es nicht länger aushalten und wandte sich ab. Im nächsten Moment lagen seine Hände auf ihren Schultern. »Du hast es gewusst, nicht wahr?«, fragte er leise, und sie spürte, wie sich seine Finger kurz um sie verkrampften, ehe er sie ganz sinken ließ. »Gestern in der Höhle. Du hast die ganze Zeit gewusst, was der Sheriff von dir verlangen wird. Deshalb wolltest du mit mir …«

Sie fuhr zu ihm herum. »Ich wollte mit dir zusammen sein«, flüsterte sie, um nicht zu schreien. Schon wieder flossen Tränen ihre Wangen hinab, wann würde all das endlich aufhören? »Ich will mein ganzes Leben lang nur mit dir zusammen sein, Ralph, aber ich werde nun einmal nicht gefragt. Gestern hast du mich gerettet, du hast mir gezeigt, dass meine Mutter und all die anderen unrecht haben oder nie die Liebe kennenlernten. Alles andere zählt nicht.«

Seine Kiefermuskeln zuckten, und sie hatte das Gefühl, er war so angespannt, dass er jeden Moment auseinanderbrechen würde. Fest strich er sich mit beiden Händen über sein Gesicht, als wolle er seine Züge wieder unter Kontrolle bringen, aber es nützte nichts. Das Leid sah ihr immer noch aus seinen Eisaugen entgegen. »Wie soll ich dich bei ihm zurücklassen, Isabel?«

Sie streckte die Hand nach ihm aus, und sofort schien er wieder zu erstarren.

Zutiefst verletzt ließ sie die Hand wieder sinken, als er dies aber bemerkte, stieß er den Atem aus und zog sie in seine Arme.

»Es tut mir so leid«, flüsterte er und strich über ihren Rücken. »Ich sollte dich vor ihm beschützen.«

Isabel sagte nicht mehr, dass es nicht seine Aufgabe war, sie zu beschützen. Stattdessen sah sie zu ihm hoch und legte ihre Hand an seine Wange. »Halte fest an unserem Plan«, sagte sie eindringlich, »bleib in Owains Dienst, und wenn die Zeit gekommen ist, hol mich zu dir. Ich warte hier auf dich, Ralph.«

## Tenby, Südwestwales, Juli 1159

*Blodeuedd sah ihn an, und in diesem Moment war keine Emotion in ihr, die nicht mit Liebe erfüllt war. Und als er sie ebenfalls ansah, kam ihm derselbe Gedanke. Er konnte nicht verbergen, dass er sie liebte, und so sagte er es ihr, was sie mit großer Freude erfüllte. Und wegen der Leidenschaft und Liebe, die sie füreinander empfanden, gab es in dieser Nacht nichts anderes, worüber sie sprachen. Noch warteten sie länger, bis sie sich umarmten. In dieser Nacht schliefen sie miteinander.*

Isabel betrachtete die Feder in ihren Händen und dachte angestrengt über ihren nächsten Satz nach. Sie kannte Gwenllians Geschichten in- und auswendig, und die vierte Geschichte über Math, den Fürsten von Gwynedd, berührte sie ganz besonders. Die Liebe von Blodeuedd, dem Blumengesicht, die als Braut für Lleu aus den Blüten der Eiche, des Ginsters und Mädesüß geschaffen worden war, und dem Jäger Gronwy war tragisch, aber umso mehr ans Herz gehend. Leider endete sie abrupt, denn Gwenllian war nie dazu gekommen, sie fertig zu schreiben. Was Isabel aber besonders traurig stimmte, war, dass Gwenllian das Ende in einer kurzen Notiz sehr wohl aufgeschrieben hatte, als hätte sie gewusst, dass sie nicht mehr leben würde, um die Geschichte fertig zu erzählen. Blodeuedd wurde in eine Eule verwandelt und Gronwy getötet. Jetzt suchte Isabel einen Weg, um zu diesem Ende zu gelangen und Gwenllians Geschichte gerecht zu werden. Sie wollte, dass es Blodeuedd und Gronwy gelang herauszufinden, wie ihr Gemahl zu töten war, aber es tat ihr weh, sie am Ende trennen zu müssen. Gleichzeitig liebte sie es aber, in dieser Welt der Magie verharren zu dürfen und somit der Realität für wertvolle Momente zu entkommen.

Seufzend sah sie an sich hinab, auf die leichte Wölbung, die sich unter ihrem Bliaut abzeichnete. Zumindest war ihr die Zusammenkunft mit dem Sheriff nun schon seit sechs Monaten erspart geblieben. Auch Ralph hatte sie schon so lange nicht mehr gesehen, und die Sorge um ihn erfüllte sie jeden Tag. Seit der Schlacht in Gwynedd vor zwei Jahren, bei der Onkel Harri gestorben war, befand sich das Land in Unruhen und Krieg. Isabel konnte nur hoffen, dass Ralph zwischen seiner Aufgabe, seinem Onkel Owain zu dienen, und seinem Wunsch, ihn mit Cadwaladr zu vereinen, nicht aufgerieben wurde.

Im Moment schienen sich die Kämpfe ohnehin hier auf den Süden zu konzentrieren, und Isabel ging davon aus, dass Ralph zu ihr kommen würde, sobald er konnte. Seit ihrer ersten Liebesnacht in der Höhle hatten sie sich noch oft getroffen, gestohlene Momente des Glücks – zuletzt vor sechs Monaten.

Wessen Kind trug sie? Isabel vermochte es nicht zu sagen und wusste auch nicht, worauf sie hoffen sollte. Natürlich wünschte ihr Herz sich, dass es Ralphs war, und etwas in ihr sträubte sich, wenn sie daran dachte, einen Teil des Sheriffs in sich zu tragen. Aber sie wusste auch, wie besessen der Sheriff von einem Erben war, von seinem Blut. Wenn dieses Kind schwarze Haare haben sollte, als Erzeugnis zweier Eltern mit hellem Haar … würde die Geschichte sich wiederholen? Würde der Sheriff seinen Hass an dem Kind auslassen, so wie sein Vater es bei ihm getan hatte? Oder Schlimmeres? Würde er ihm gar etwas antun? Und wenn es vom Sheriff war? Würde Ralph sie immer noch mit sich nehmen wollen, wenn sie das Kind eines anderen bekommen hatte? Würde sie ein Kind überhaupt überleben? Seit jeher hörte sie, dass sie dazu verdammt war, bei der Geburt zu sterben, und vielleicht vertiefte sie sich deshalb so in Gwenllians Geschichten. Sie wollte nicht auch noch von dieser Welt gehen, ohne Blodeuedd und Gronwy zur Ruhe gebettet zu haben. Das Einzige, was sie im Moment mit Sicherheit sagen konnte, war, dass sie dieses Kind lieben würde – gleich, von wem es war. Sie hatte sich nie gewünscht, schwanger zu werden, und sie wusste, dass ein Kind ihrem Ziel, den Freiheitskampf zu unterstützen, nicht nützen würde. Und doch musste sie lächeln, wenn sie das leise Flattern in ihrem Inneren spürte, das nun immer häufiger zu heftigen Tritten wurde. Isabel glaubte fest daran, dass das Blut in den Adern nicht entschied, was für ein Mensch jemand wurde. Der Sheriff war nicht bösartig, weil er das bösartige Blut seines Vaters in sich hatte, sondern weil er seinem bösartigen Vater ausgesetzt gewesen war. Wenn Isabel ihr Kind mit Liebe großzog, würde es auch Liebe schenken, egal, wer der Vater war. Sie hoffte nur, dass Ralph dies genauso sah.

Schwere Schritte draußen vor dem Gemach rissen sie aus ihren Gedanken, im nächsten Moment flog die Tür auf, und der Sheriff polterte herein, gefolgt von einer aufgebrachten Lady Hayt.

»Das grenzt schon an Willkür!«, rief die Dame und warf die Tür hinter sich zu. »Du hast irgendeinen *Hinweis* bekommen, und schon sperrst du einen Mann in den Kerker, der womöglich unschuldig ist?«

»Es war ein Nachbar, der ihn beschuldigte, und natürlich werde ich ihn befragen.«

»Ein Nachbar! Was, wenn es nur irgendwelche Streitereien zwischen den beiden gab, und der eine glaubte, den anderen mit bösen Reden loswerden zu können?«

»Das werden wir herausfinden, wenn ich ihn befragt habe.«

»Befragt?« Lady Hayt ballte die Hände zu Fäusten, und einen Moment lang glaubte Isabel, sie würde auf ihren Sohn losgehen. »Du meinst, gefoltert!«

Gleichmütig zuckte der Sheriff mit den Schultern und zog

sich sein Hemd über den Kopf. Ohne auf seine schwer atmende Mutter zu achten, beugte er sich über die Waschschüssel auf dem Tisch und spritzte sich Wasser ins Gesicht.

Isabel sah zwischen den beiden Eindringlingen hin und her und versuchte zu verstehen, was vor sich ging. Der Sheriff hatte jemanden gefangen genommen, aber wieso regte Lady Hayt sich darüber so auf? Für gewöhnlich sah sie doch immer weg. Sogar als Ralph im Kerker hatte schmoren müssen und ausgepeitscht worden war, hatte sie beteuert, nichts unternehmen zu können. Und jetzt stand sie da, um mehrere Jahre gealtert, aber vor Kraft strotzend, als stünde sie kurz davor, das gesamte Gemach auseinanderzunehmen.

»Ihr seid zurück, Mylord«, meldete Isabel sich zu Wort, um anzumerken, dass sie sich im Raum befand. Beide fuhren zu ihr herum, und sofort fiel der Blick des Sheriffs auf ihren Bauch. Ein triumphierendes Lächeln huschte über sein Gesicht, ehe sein Ausdruck wieder abweisend wurde. »Wie geht es meinem Sohn?«, verlangte er schroff zu wissen.

Isabel legte schützend die Hand auf ihren Unterleib, als könne sie ihr Kind vor seiner harschen Stimme schützen. »Habt vielen Dank, Mylord. Uns beiden geht es gut.«

»Ich sehe, du schreibst wieder an deinen Geschichten.«

»Ja, Mylord.«

»Na, solange du sonst keinen Unsinn treibst. Wenigstens schadest du dem Kind damit nicht.«

»Das stimmt, Mylord.« Zufrieden nickte der Sheriff, und Isabel ließ langsam die Luft ihrer Lunge entweichen, die sich während ihrer erzwungenen Höflichkeit in ihr angestaut hatte. Dann warf sie einen Blick zu Lady Hayt, deren Gesichtsfarbe immer noch zwischen Rot und blass hin und her schwankte. Ihre Haut war aschfahl, während ihre Wangen glühten. Sie sah fast schon krank aus, ein Eindruck, den der Schweiß auf ihrer Stirn noch verstärkte.

»William, bitte«, flehte die Dame, augenscheinlich um Beherrschung ringend. »Ein Unterstützer der Rebellen! Was für ein Unsinn! Der Mann ist ein einfacher Bogenbauer! Wie soll er denn bitte die Rebellen unterstützen?«

»Das finde ich heraus, wenn ich ihn gefragt habe«, wiederholte der Sheriff gepresst.

Isabel schnappte nach Luft. Sie starrte den Sheriff an, der damit fortfuhr, sich den Straßenstaub abzuwaschen, und musste sich am Schreibpult neben sich festhalten. Entsetzt sah sie zu Lady Hayt, die die Lippen zusammenpresste und nickte. Trystan! Wer hatte ihn verraten? Ein Nachbar? Das konnte doch nicht sein! Das durfte nicht sein!

»Mylord«, begann sie vorsichtig. »Ihr habt einen Unterstützer der Rebellen gefangen genommen?«

Der Sheriff hielt mit den Händen in seinem Haar inne und richtete sich langsam auf. Dann drehte er sich zu ihr um, und beinahe wäre sie vor seinem stechenden Blick zurückgewichen.

»Wie hast du damals erfahren, welchen Weg meine Steuereintreiber nehmen?«, fragte er unvermittelt und ließ damit ihr Herz in der Brust springen.

Isabel beschloss, sich nicht dumm zu stellen und so zu tun, als wüsste sie nicht, wovon er sprach, stattdessen hob sie den Kopf und sah ihm fest in die Augen. »Ich kannte die Routen noch von meiner Zeit hier. Manchmal warteten wir auch einfach in der Nähe von Tenby oder St. Clears, um zu sehen, welchen Weg sie gehen.«

»Ich nehme an, ihr hattet niemanden hier in der Siedlung, der euch gewisse Informationen zukommen ließ?«

»Ich wüsste nicht, wie das hätte gehen sollen. Für einen Rebellen wäre es zu gefährlich, einfach so in die Siedlung zu spazieren.«

»Und doch gehen sie beim Bogenbauer ein und aus.«

Isabel krallte ihre Hände ins Tuch ihres Gewands und zwang

sich, ruhig zu bleiben. »Mylord, nur weil jemand walisischer Herkunft ist, muss er nicht zwangsweise ein Rebell sein. Es können auch einfache Händler gewesen sein.«

»Einfache Händler, ja?« Er kam auf sie zu und trat so dicht an sie heran, dass er sie zwischen sich und dem Schreibpult einsperrte. Sie hätte sich nicht einmischen sollen, denn jetzt richtete sich sein Zorn gegen sie und ihr ungeborenes Kind, das sie beschützen musste, aber es ging um Trystan.

»Ich verrate dir ein Geheimnis, Isabel. Nicht nur die Rebellen haben Informanten in der Siedlung, sondern auch ich. Und rate mal, wen mein Informant heute aus der Tür des Bogenbauers hat gehen gesehen?«

Isabel zuckte mit den Schultern, versuchte angestrengt nicht in Panik zu verfallen und ihn wegzustoßen.

Mit einem widerwärtigen Lächeln beugte er sich dichter zu ihr hinunter. »Es war ein Mann, der meinem Informanten noch von früher bekannt war. Nur war er damals noch kein Mann, sondern ein Bengel, der seine Zeit am Pranger verbrachte.«

Sie riss die Augen auf, noch ehe sie sich zu einer ungerührten Miene mahnen konnte, was den Sheriff leise lachen ließ.

»Nun sag mir, Isabel.« Plötzlich fuhr seine Hand hoch und packte ihr Kinn mit schmerzhaftem Griff. Aus den Augenwinkeln sah sie, wie Lady Hayt mit einem Keuchen einen Schritt auf sie zumachte, dann aber abwartend innehielt. »Was, beim Allmächtigen, hat dein Waliser-Freund hier zu suchen?«

»Ich weiß es nicht.«

Mit einer Wucht, die sie von den Beinen riss, schleuderte er sie zur Seite gegen die Wand.

»William, das Kind!«, hörte sie Lady Hayt schreien, aber da traf Isabels Kopf schon die Steinmauer, durch ihre Schulter fuhr ein stechender Schmerz, und sie fiel ins Stroh auf dem Boden. Leicht benommen umfasste sie sofort die leichte Wölbung ihres Bauches, um zu fühlen, ob alles in Ordnung war, auch wenn sie das gar nicht wissen konnte. Aber allein der Gedanke, dass ihrem Kind wegen dieses Monsters etwas geschehen könnte, ließ brennende Angst und unbändigen Zorn in ihr hochwallen.

»Ralph le Walleys«, stieß sie aus und riss sich den Schleier aus den Haaren, da er ohnehin in Unordnung geraten war, »dient Owain Gwynedd, wie Ihr bestimmt gehört habt. Und Owain Gwynedd hat dem König vor zwei Jahren gehuldigt und seither nie gegen das Friedensbündnis verstoßen. Wieso kommt Ihr also darauf, dass Ralph ein Rebell sei? Was, wenn er aus offensichtlichen Gründen zum Bogenbauer ging? Für einen Bogen!«

»Wieso sollte er das halbe Land durchreisen, nur um sich einen Stock zu holen?« Der Sheriff türmte sich über ihr auf, und Isabel beeilte sich, auf die Beine zu kommen, da sie fürchtete, er könne sie treten.

»Im Norden versteht man sich nicht auf den Bogenbau«, sagte sie so ruhig wie möglich. »Und ich hörte nicht nur einmal, dass jener Mann in der Siedlung ein Meister darin wäre. Vielleicht schickte Owain Gwynedd seinen Neffen ja mit einem Auftrag zu ihm. Ihr könnt doch einen Mann nicht einsperren lassen, nur weil er seinem Handwerk nachgeht!«

»Isabel hat recht!«, beeilte Lady Hayt sich zu sagen. »Das alles ist doch nur ein Missverständnis. Lass den armen alten Mann gehen, er ist doch keine Bedrohung!«

»Du, Mutter!«, fuhr der Sheriff sie an. »Sei besser ganz ruhig, bevor ich anfange mich zu fragen, wieso du plötzlich ein Herz für Gefangene entwickelt hast.«

Alle Farbe wich aus dem Gesicht der Dame, und einen Moment lang starrte sie ihren Sohn nur an.

»Und du.« Mit zornverzerrter Miene fuhr er wieder zu Isabel herum. »Deine Lügengeschichten kenne ich zur Genüge. Im ganzen Land brennt es, ein Aufstand kommt nach dem anderen und …«

»Ja, es brennt!«, fuhr Isabel ihm dazwischen, auch wenn eine

Stimme in ihr sagte, sie solle lieber ruhig sein. Leider war es seit ihrer Schwangerschaft noch schwerer, auf diese Stimme zu hören. »Aber nicht die Waliser haben den Frieden gebrochen! Rhys ap Gruffydd hat dem König gehuldigt, oder etwa nicht?«

»Er hat lange genug dafür gebraucht, und nur Drohungen brachten ihn dazu.«

»Das stimmt. Aber er hielt sich an das Abkommen. Er gab sich mit den beiden ihm zugesprochenen Hundertschaften zufrieden, und alles andere ging an normannische Lords!« Isabel erinnerte sich noch an das Gefühl der Ohnmacht, als sie gehört hatte, dass Rhys gezwungen gewesen war, die Machtverhältnisse jener Zeit herzustellen, die vor dem Tod des großen Königs Henry in Südwales geherrscht hatten. All die Rebellionen, all der hart erkämpfte Landgewinn durch Anarawd, Cadell und Maredudd während des Bürgerkriegs war umsonst gewesen. Denn Rhys hatte mit seiner Huldigung, der er fast ein Jahr lang hatte ausweichen können, alles verloren. Nur ein winziges Stückchen war vom Fürstentum Deheubarth, über das sein Großvater geherrscht hatte, übrig. Etwas hatte ihr immer gesagt, dass er nur abwartete, dass er Größeres plante und alle in Sicherheit wiegen wollte, doch es war ein Schlag ins Gesicht gewesen. »Rhys fügte sich und hielt den Frieden«, fuhr sie den Sheriff an, unfähig, ihre Emotionen zu kontrollieren und zurückzuhalten. »Es war Walter Clifford, der sich nicht nur das ihm zugesprochene Land nahm, sondern auch noch in Rhys' kümmerlichen Rest einfiel! Wie grausam er dort wütete, wisst sogar Ihr! Wie viele Frauen und Kinder fielen ihm zum Opfer? Und was tat Rhys? Rächte er sich? Schlug er zurück? Nein! Er meldete das Vergehen dem König, so wie es sich für einen treuen Untertan gehört! Und was machte unser großer König? Er ignorierte ihn!«

»Ja, und Rhys zieht seither mit Feuer und Blut durchs Land! Ihm ist sogar egal, dass er damit die Geiseln gefährdet, die er dem König letztes Jahr hat übergeben müssen. Also erzähl mir nichts von den armen, gebeutelten Walisern. Er brennt sich gerade durch ganz Südwales.« Ein bösartiges Lachen entfuhr ihm. »Nun, mit Rhys haben die Rebellen wohl endlich einen Führer, der auf die Verwandtschaft zu deiner Familie spuckt. Endlich sind auch die werten Geraldines betroffen und sehen ihre Habe in Rauch aufgehen. Vielleicht hat Rhys nicht sonderlich gefallen, dass FitzRoy und FitzStephen sich in Gwynedd auf normannische Seite schlugen? Lange hat es ja nicht gedauert, bis Rhys seine Huldigung vergessen hat.«

»Er wurde zum Kampf gezwungen. Ungerechtigkeiten wie die Gefangennahme des Bogenbauers zum Beispiel zwingen die Waliser zur Rebellion!«

»Ah, da kommt sie wieder durch, die kleine Rebellin.« Er packte ihren Arm und zog sie mit einem Ruck zu sich. »Vielleicht hast du ja recht? Vielleicht ist der Bogenbauer unschuldig, und in Wahrheit bist du es, die mich verrät. Es wäre ja nicht das erste Mal.«

»William, ich bitte dich.« Lady Hayt trat an seine Seite, ihr Blick fiel auf Isabel, und Angst stand in ihren Augen. »Isabel ist dir eine gute Gemahlin, sie hat aus den Fehlern, in die sie in ihrer Gefangenschaft getrieben wurde, gelernt. Ich kann für sie bürgen. Noch nie hat sie sich irgendetwas zuschulden kommen lassen.«

Der Sheriff drehte den Kopf und sah seine Mutter lächelnd an, ohne Isabel loszulassen. »Dann ist es der Bogenbauer.«

Isabel und Lady Hayt schnappten zugleich erschrocken nach Luft, aber es war Isabel, die zuerst Worte fand: »Mylord, ich weiß, die Situation ist schwierig. Die Rebellen fallen, über Gebiete her, die unter Eure Gerichtsbarkeit fallen, und sie sind erschreckend nah. Aber willkürlich einen unschuldigen Mann herauszupicken, um einen Schuldigen zu finden, lässt die Kämpfe nicht aufhören.«

»Oh, glaube nur nicht, mir würde dieses Fürstenbürschchen Angst einjagen. Zufälligerweise komme ich gerade erst von einem Treffen mit Richard de Clare. Rhys ap Gruffydd ist kurz davor, zu Staub zertreten zu werden. Willst du schnell laufen und es dem Bogenbauer sagen, damit er es seinen Mittelsmännern verrät? Glaubst du, er kann Rhys noch rechtzeitig vor dem Sturm warnen, der ihm entgegenzieht?«

Isabel hob ihr Kinn an. »Letztes Jahr zog ihm der König höchstpersönlich entgegen und zog unverrichteter Dinge ab. Der einstige Earl of Pembroke wird genauso wenig etwas ausrichten können.«

Die Augen des Sheriffs funkelten, als würde er ihr grüne Blitze entgegenschleudern. »Dass der König hier in Wales nichts zustande bringt, haben wir ja nicht nur einmal erlebt. Deshalb ziehen jetzt jene gegen Rhys, die ihn vernichten können. Währenddessen werde ich dieses Nest aus Verrätern ausrotten. Und wenn mir eine von euch Weibern nochmal mit ›Missverständnis‹ kommt, mache ich kurzen Prozess mit ihm, habt ihr mich verstanden?« Er ließ Isabel los und wandte sich ab, um zurück zum Tisch zu gehen. »Es gäbe da ein paar Waliser von außerhalb, die dem werten Bogenbauer regelmäßig Besuche abstatten, hörte ich. Sie sind es, die die Informationen nach außen tragen. Du weißt nicht zufällig etwas darüber, Isabel?«

Sie sah ihn nur voller Verachtung an, und er verzog die Lippen zu einem grässlichen Lächeln. »Das habe ich mir schon gedacht. Nun, ich werde schon herausfinden, wer alles dahintersteckt, wenn der Vogel im Kerker erst mal singt.«

»Ihr abscheuliches …«

Abrupt fuhr er zu ihr herum und zeigte mit dem Finger auf sie. »Glaube nicht, dass dich das Kind in deinem Bauch schützt. Wenn es mir in den Sinn kommt, trete ich dir das Balg heraus, und wir fangen nochmal von vorne an. Was sagst du dazu? Du hattest doch so viel Spaß daran, ein Kind zu machen.«

Isabel öffnete den Mund, wollte ihre Hände um seinen Hals legen und zudrücken, als Lady Hayt plötzlich ihren Arm packte.

Der Sheriff lachte auf und zog sich das Hemd wieder an. »Da stehen sie vereint, die Waliser-Freundinnen. Vielleicht hätte ich Isabel doch nicht unter deinen Einfluss stellen sollen, Mutter.« Er ging zur Tür, blieb aber noch einmal neben ihnen stehen und lehnte sich zu Lady Hayt hinunter. »Nach allem, was man so über dich hört.«

Mit diesen Worten ging er pfeifend hinaus, und Lady Hayt und Isabel blieben wie gelähmt zurück.

Schließlich hörte Isabel, wie die Dame den Atem ausstieß. »Du musst an dein Kind denken«, sagte sie rau und zog Isabel zum Wasser. »Hör auf damit, ihm zu widersprechen, du hast es doch die letzten Jahre auch ganz gut hinbekommen. Ich weiß, wir alle sind angespannt wegen dieses Blutmarschs, den der Waliser da draußen veranstaltet, und die Schwangerschaft lässt deine Emotionen hochkochen. Aber nie zuvor war es so wichtig wie jetzt, dass du ihn nicht gegen dich aufbringst.«

Isabel schnaubte. »Ihr habt natürlich Erfahrung damit, wie man überlebt, wenn man das Kind des Teufels in sich trägt.«

Lady Hayt hielt inne und sah sie aus müden Augen an. Dann tunkte sie ein Tuch ins Wasser und legte es Isabel ans Kinn.

»Du hast recht. Diese Erfahrung habe ich in der Tat.«

Erschöpft ließ Isabel sich gegen den Tisch sinken und betrachtete das verhärmte Antlitz ihrer Schwiegermutter. »Ist Trystan der Vater?«, stellte sie schließlich jene Frage, die sie schon so lange begleitete.

Lady Hayt zuckte nicht zusammen und wich auch nicht vor ihr zurück. Versonnen betrachtete sie das sich unter ihren Fingern kräuselnde Wasser. »Ich wünschte, er wäre es. Doch ich beendete …« Sie schloss die Augen und atmete tief durch. »Ich beendete es bereits vorher – zumindest den körperlichen Part. Natürlich zog es mich weiterhin zu ihm. Aber William ist vom alten Sheriff. Daran hatte ich nie Zweifel. Gerüchte gab es trotzdem – nicht nur wegen der Haarfarbe. Ich frage mich, ob William ahnt, wer Trystan ist. Ob er irgendetwas herausgefunden und ihn deshalb eingesperrt hat.«

Isabel ergriff ihre Hand. »Wir müssen ihn da rausholen.«

Ein Wimmern entrang sich der Frau, die stets so beherrscht war, und es brach Isabel das Herz. »Wie denn? William geht bestimmt gleich zu ihm und tut ihm wer weiß was an. Er wird herausfinden, was er will. Er wird von meiner Beziehung zu ihm erfahren und von seiner Arbeit für die Rebellen. Er wird Namen bekommen und gute Familien, die glauben, ihrem Land zu dienen, vernichten.« Mit einem Kopfschütteln sah sie auf, und als sie Isabels überraschten Ausdruck bemerkte, rang sie sich ein trauriges Lächeln ab. »Dachtest du etwa, ich wüsste nicht, dass Trystan ein Verräter ist? Oder dass Menschen in die Siedlung kommen, die Informationen von ihm bekommen? Ich weiß es schon seit damals. Auch überrascht es mich nicht, dass du ihn kennst, hast du doch einen festen Platz unter den Rebellen gehabt.«

»Ihr habt nie etwas gegen die Informanten unternommen.«

»Was kümmert mich die Politik? Wie viel Einfluss nehmen ein paar läppische Informationen schon auf den Krieg? Soll ich den Mann, den ich …«, sie schluckte und rang deutlich mit sich, »… den ich geliebt habe, etwa hängen sehen, nur weil er den Walisern etwas sagt, das sie ohnehin bald selbst herausgefunden hätten? Trystan hört viel von Händlern, die mit ihren Schiffen reisen. Auch kann er die Bewegungen meines Sohnes beobachten – wann er fortgeht, wann er zurückerwartet wird, aus welchem Grund er weggeht … Solche Dinge sprechen sich schnell in der Siedlung herum, vor allem, weil die Besatzung sich gerne in den Schenken herumtreibt und noch lieber redet. Eigentlich müssten sie also alle gehängt werden. Und ich als Erstes, denn früher war ich es, die zu Trystan lief und ihm alles erzählte.«

»Ihr habt den Rebellen …« Isabel verstummte, wusste nicht, was sie sagen sollte, und so nahm sie nur die Hand der Frau, die genau wusste, wie es war, zwischen Liebe und Pflichtgefühl zerrissen zu werden. Lady Hayt hatte Informationen für die Rebellen an Trystan gegeben. Die strenge, den Walisern gegenüber herablassende Dame. Die Ähnlichkeit zu ihr war erschreckend, und in Isabel kam die unbändige Angst auf, so zu enden wie sie. Lady Hayt war ihrem Gefängnis nicht entkommen, aber Isabel würde nicht hierbleiben, um zugrunde zu gehen.

Mit angehaltenem Atem schob Isabel die Tür der Kapelle etwas auf und blinzelte hinaus in den Hof. Es war weit nach Mitternacht, die Burg schlief – zumindest hoffte sie das. Für die meisten war es nicht verwunderlich, dass sie lange in der Kapelle blieb, einmal war sie sogar vor dem Altar eingeschlafen. Niemand würde sie vermissen oder nach ihr suchen. Der Sheriff war wohl in seinem Gemach und dachte, dass sie bei Lady Hayt war. Und Lady Hayt würde nicht verraten, dass sie nie zurückgekehrt war.

Blieb nur zu hoffen, dass sich die Zuneigung der Wachen in all der Zeit des mühsamen Aufbauens von Vertrauen so weit entwickelt hatte, um ihr einen Gefallen zu tun.

Wie ein Schatten huschte sie am Turm vorbei, warf einen Blick zum Erdwall an der Meeresseite, wo die Klippen abfielen und sie ihre Abstiegsstelle hatte, und atmete erleichtert auf, da keiner der Männer des Sheriffs zu sehen war.

Vorsichtig schob sie die Tür zum Kerker auf und biss die Zähne zusammen, da ein schreckliches Knarzen und Quietschen erklang.

»Wer da?«, kam es sofort aus dem Treppengewölbe, gefolgt vom metallischen Klang, mit dem ein Schwert gezogen wurde.

Isabel seufzte auf, schob sich in das fahle Licht und ließ die

Tür offen stehen, um nicht noch einmal solchen Lärm zu veranstalten. Sie hatte gehofft, der Wachmann würde schlafen, aber vermutlich hatte sie ihn aufgeweckt.

Schwere Schritte polterten die Treppe hoch, das Licht nahm zu, und im nächsten Moment stand Sir Hamon, der alte Ritter, der sie auch nach Carew begleitet hatte, mit einer Fackel in der einen und einem Schwert in der anderen Hand vor ihr.

»Madame!« Er hätte nicht verwunderter aussehen können, ließ sein Schwert aber sofort zurück in die Scheide gleiten. »Was, bei der Gnade unseres Herrn, macht Ihr denn hier? Und dann noch mitten in der Nacht.«

»Sir Hamon.« Isabel legte die Hand auf ihren Bauch, um ihn an ihren Zustand zu erinnern, was – wie sie herausgefunden hatte – eine scharfe Waffe bei Männern war. »Bitte verzeiht mein Eindringen hier, ich konnte einfach nicht schlafen und musste immer daran denken … Ich hörte die Schreie heute Nachmittag, versteht Ihr? Da musste ich einfach nachsehen, ob ich irgendetwas tun kann. Sonst würde ich heute wohl kein Auge zutun, und das, wo ich den Schlaf im Moment so dringend brauche.« Versonnen sah sie auf die Wölbung unter ihrer Hand hinab und blickte dann unschuldig zu dem Ritter hoch.

»Es tut mir leid, wenn der alte Verräter da unten Euch gestört hat, Madame. Ihr solltet keinen Gedanken an ihn verschwenden. In ein paar Tagen wird er ohnehin hingerichtet.«

Isabel hielt den Atem an und kämpfte darum, nicht zu erschüttert auszusehen. »Das nahm ich an«, sagte sie und warf einen Blick an ihm vorbei in die Tiefen des Kerkers hinunter. »Doch bis dahin möchte ich sehen, ob ich etwas tun kann, um ihm die restliche Zeit auf Erden etwas angenehmer zu gestalten. Etwas zu essen, Wasser oder eine Decke.«

»Eure Güte in Ehren, Madame, aber …«

Flehend sah sie ihn an und streichelte über ihren Bauch, woraufhin der Ritter schwer den Atem ausstieß und beiseitetrat.

»Erst Lady Hayt heute Abend und nun Ihr. Ich weiß nicht, warum ihr Damen euch so etwas ansehen wollt – ist wirklich kein schöner Anblick –, aber mir soll's recht sein, geschieht ja kein Schaden dadurch.« Er runzelte die Stirn, als überdenke er seine Worte, und hob dann eine Hand, um sie aufzuhalten. »Nur regt Euch nicht auf, ja? Ich habe Lady Hayt schon versprochen, dass ich ihm morgen früh etwas zu essen bringe, auch wenn es mir zuwider ist, einen Rebellenunterstützer zu füttern.«

»Gott sieht Euer Mitgefühl, Sir Hamon. Denn schließlich heißt es doch, man solle auch seine Feinde lieben, nicht wahr? Für sein Verbrechen muss er sterben, so ist das Gesetz, aber das heißt nicht, dass man unnötig grausam sein muss.«

»Na ja, aber der Sheriff will doch wissen …« Er verstummte und strich sich das schüttere Haar zurück.

Isabel presste die Lippen aufeinander und wappnete sich, denn Lady Hayt hatte bestimmt richtig vermutet, dass der Sheriff Trystan hatte foltern lassen – oder selbst gefoltert hatte. Vermutlich hatte er sich die Freude nicht nehmen lassen. So bereitete Isabel sich auf den Anblick von Brand- und Peitschenwunden vor, auf den Gestank von geronnenem Blut und Schweiß, vielleicht sogar verbrannter Haut. Sie würde dies überstehen, und wenn sie erst mal mit Trystan sprechen konnte, würde ihr auch einfallen, wie sie ihn hier herausbekam. Vielleicht sogar mit Lady Hayts Hilfe. Aber erst musste sie wissen, in welchem Zustand er war, und sichergehen, dass er die Nacht überstand.

Mit schwelender Übelkeit im Magen trat sie an dem Ritter vorbei und die Treppe hinunter. »Ich möchte dem Mann nur ein paar freundliche Worte schenken, sichergehen, dass er nicht allzu schrecklich leidet, um endlich ruhig schlafen zu können.« Sie winkte ihm über die Schulter zu. »Sollte ich Eure Hilfe brauchen, rufe ich Euch.«

Sir Hamon, der drauf und dran gewesen war, ihr zu folgen, hielt inne und ließ sich schließlich im Vorraum oben nieder.

Isabel atmete erleichtert auf und eilte dann die restlichen Stufen hinunter in einen Raum, von dem zwei Türen ausgingen. Sofort fühlte sie sich an den Rebellenangriff zurückerinnert, an Ralph, der zerschunden in diesem Loch angekettet gewesen war. Aber Isabel erlaubte sich nicht, von Erinnerungen übermannt zu werden, und riss die linke Tür auf, bereit, alles zu ertragen. Nur was sie sah, hätte sie sich niemals vorstellen können. Ausgestreckt und leblos lag die Gestalt im verschimmelten Stroh, und Isabel wünschte beinahe, der Lichtstrahl aus dem Raum hinter ihr hätte ihn nicht getroffen. Wie einst schon Ralph war er mit einem verrosteten Eisenring am Fußgelenk an den Boden gekettet, was die Rettung schwieriger gestaltete, da sie einen Schlüssel brauchte. Doch das wirklich Erschütternde war, dass der Unterschenkel in einem sonderbaren Winkel vom Knöchel wegführte, als gehöre der Fuß gar nicht zum Rest des Körpers. Die Arme lagen ausgebreitet und regungslos im Stroh, als wäre Trystan von einer höheren Macht hingestreckt worden und hätte sich seither nicht mehr bewegt.

»Trystan?«, flüsterte sie und trat ein, die Übelkeit wurde noch schlimmer. »Trystan, kannst du mich hören?«

Ein Stöhnen antwortete ihr, und es schien sich durch ihre Haut in ihr Herz zu schneiden. Den sonst so starken und unerschütterlichen Mann derart hilflos und verletzt zu sehen nahm ihr jede Hoffnung.

Gegen die Schwäche kämpfend ging sie neben ihm auf die Knie nieder und ergriff seine Hand. Sofort entwich ihm ein erstickter Schrei.

»Es tut mir leid!«, rief sie und zog ihre Hand schnell zurück. »Oh Gott, Trystan, was hat er mit dir gemacht?«

Sie warf einen Blick zurück, um sicherzugehen, dass Sir Hamon nicht in der Nähe war, und beugte sich über Trystans misshandelten Körper.

Langsam drehte er ihr den Kopf zu und sah sie aus trüb

schimmernden Augen an. »Gebrochen«, krächzte er und schloss die Lider, wie um Kraft zu sparen. »Alles gebrochen. Meine Beine, meine Arme, meine Finger …« Ein Husten schüttelte ihn, in das sich ein schmerzverzerrter Laut mischte. Isabel konnte ihn nur voller Entsetzen anstarren, unfähig, ihm zu helfen, da sie ihn nicht berühren konnte, ohne ihm noch schlimmere Schmerzen zuzufügen. In diesem Moment hasste sie den Sheriff wie nie zuvor. Noch nicht einmal, wenn er sich genommen hatte, was sie zu versprechen gezwungen gewesen war, hatte sie solch tiefe Abscheu empfunden wie jetzt. Warum hatte er das getan? Für Informationen? Hatte Trystan gar etwas verraten? Oder aus simplem Vergnügen am Leid anderer? Aus Zorn über die Gerüchte seine Mutter betreffend? Wie war ein Mensch nur zu so etwas fähig?

»Ich besorge dir Wasser«, entfuhr es ihr, vom brennenden Verlangen erfüllt, etwas zu tun, aber Trystans schwache Stimme hielt sie auf.

»Bleib hier … wichtig. Musst mir zuhören.«

Isabel verharrte, sah wieder in sein Gesicht und versuchte vergebens, ihre Züge unter Kontrolle zu halten. Wie sollten sie Trystan hier fortschaffen? Noch nicht einmal Lady Hayt könnte jetzt noch etwas tun. Aber wenn sie ihn nicht befreiten, war sein Tod gewiss!

»Hast du dem Sheriff etwas erzählt?«, flüsterte sie, die Antwort fürchtend. Schließlich konnte kein Mensch diesen Schmerz ewig aushalten. »Über … du weißt schon. Die anderen.« Wenn ja, müsste sie sofort Madog und seine Familie warnen.

Doch Trystan schüttelte kaum merklich den Kopf, und Isabel schluckte gegen ihren immer stärker zuschwellenden Hals. Schon am Morgen würde es wohl weitergehen, und der Sheriff war alles andere als zimperlich. Er würde seine Informationen bekommen. Oder Trystan würde schon vor seiner Hinrichtung sterben, weil er sie ihm vorenthielt. Es gab keinen Ausweg!

Schwindel erfasste sie, der Gestank dieses Raums machte ihr das Atmen schwer, und die Übelkeit war einen Moment so stark, dass sie fürchtete, sich übergeben zu müssen. Sie fühlte sich krank, ihr Bauch verkrampfte sich, und sie musste ihre Hände in ihren Umhang krallen, da sie unruhig über ihre Oberschenkel strichen.

»Isabel, du musst … eine Botschaft für mich überbringen.« Seine Atemzüge wurden schwer, und Isabel musste sich über ihn beugen, um ihn zu verstehen. »Rhys belagert Carmarthen«, flüsterte er, und bei diesen Worten fuhr Isabel mit einem Luftschnappen zurück. Wieso hatte sie nichts davon gehört? Carmarthen war jene Burg, in der sie nach ihrer Entführung eine Nacht verbracht hatte. Niall hatte ihr die Geschichte von Merlins Hügel erzählt und Cadell von den römischen Geistern. Cadell war es auch gewesen, der die Burg verstärkt hatte, und nun befand sie sich wegen Rhys' erzwungenem Abkommen mit dem König in normannischer Hand. Dass Rhys jetzt versuchte, die Burg zurückzuerlangen, freute und schreckte sie zugleich. Es war zu schaffen, sagte sie sich, schließlich war die Burg schon einmal durch Rebellenhand erobert worden. Damals, bevor Cadell und seine Brüder Llansteffan angegriffen hatten und ihr Freund Bran gestorben war. Auch hatte Rhys bei seinen Raubzügen durchs Land sonderbare Kriegsmaschinen erbeutet, mit denen man Steine auf Mauern schleudern konnte. Der Sheriff hatte sich darüber wahnsinnig aufgeregt, fürchtete er doch um seine Burg St. Clears, die mitten im Zentrum des Sturms stand. Aber jetzt war Carmarthen stärker befestigt, Cadell hatte ganze Arbeit geleistet. Würde es Rhys gelingen, sie wieder zurückzuerobern?

»Ralph war heute bei mir«, fuhr Trystan fort und sah ihr eindringlich in die Augen.

Isabel nickte. »Ich hörte davon.«

»Er brachte mir eine Warnung für Rhys, auch wenn … auch

wenn er damit seinen eigenen Herrn verrät. Aber Ralph will …« Ein gequältes Lachen schüttelte ihn. »Er glaubt, er kann die aus dem Norden mit denen aus dem Süden vereinen. Deshalb hilft er auch Rhys. Dummer Junge, der sich zwischen die Fronten stellt und glaubt zu überleben.«

»Was ist das für eine Warnung?« Sanft legte sie ihre Hand auf seine Brust, um ihm wenigstens irgendwie Trost zu spenden und ihn Nähe spüren zu lassen.

Trystan atmete tief durch. »Des Königs Onkel … der Earl of Cornwall … er kommt mit einer Armee gegen Rhys. Er hat mächtige Verbündete … von überall. Richard de Clare, der Lord von Glamorgan, der Earl of Clare und … und … Cadwaladr – Ralphs Vater. Jeder freincische Lord aus Südwales und die Briten aus dem Norden. Denn es ist nicht nur Cadwaladr, der ja immer für die Freinc kämpft … es ist auch Owain Gwynedd, der die Armee unterstützt.«

Isabel riss die Augen auf und konnte einen Augenblick lang nicht begreifen, was Trystan da sagte. Owain Gwynedd, der vor zwei Jahren noch gegen den König gekämpft hatte, schloss sich jetzt einer Vereinigung normannischer Barone an, um einen britischen Fürsten zu vernichten? Nie hätte sie gedacht, dass er seine Huldigung ernst nahm! So hatte Ralph tatsächlich eines erreicht: Die beiden Brüder kämpften nun auf derselben Seite, aber gegen den falschen Feind.

»Ihm wurde …« Trystan kämpfte um Worte. »Owain Gwynedd wurden Rhys' Ländereien in Südwales versprochen. Deshalb kämpft er. Owain hat nicht vergessen, dass Rhys ihm Ceredigion wegnahm – der Poetenfürst hat es noch weniger vergessen. Er kommt ebenfalls mit einer Armee und noch einem seiner Brüder. Rhys hat den ganzen Norden gegen sich … und die Freinc. Du musst ihn warnen. Ich kann nicht … Finde einen Weg, Isabel, du musst die Nachricht zu ihm bringen.«

»Das werde ich, Trystan, und wenn ich selbst gehen muss,

mach dir keine Sorgen.« Und wenn sie tatsächlich selbst ging? Fort vom Sheriff und all dem Leid hier? Aber sie konnte Trystan doch nicht einfach seinem Schicksal überlassen. Doch Rhys musste gewarnt werden. Er belagerte nichtsahnend den Feind, im Glauben, die Zeit würde ihm zu Hilfe kommen, da der Burg die Nahrungsmittel ausgingen, dabei brachte jeder weitere Tag seinen Untergang näher. Isabel verstand, dass Ralph ihn nicht hatte selbst warnen können. Er kämpfte für die Gegenseite, war jetzt einer von Owain Gwynedds Männern. In dieser verfahrenen Situation würde Rhys einen Prinzen aus Nordwales nicht gehen lassen. Ralph war nur der Weg über Trystan geblieben, denn nur ihm konnte er vertrauen. Vielleicht war er auch ihretwegen nach Tenby gekommen, um sich vor der Schlacht noch zu verabschieden. Wie hätte er ahnen können, dass Trystan nicht mehr in der Lage sein würde, seine Information zu nutzen? Isabel konnte nur hoffen, dass er sich mit seinem Verrat nicht in Gefahr gebracht hatte. Er brauchte das Vertrauen seines Onkels, und indem er den Feind warnte, machte er sich bestimmt keine Freunde. Vielleicht hatte er seinen Männern gesagt, er besuche nur sein Mädchen. Schließlich wussten sie von Isabel. Aber einen Besuch bei Madog und seiner Familie hätten sie wohl nicht verstanden. Und auf welche Weise Trystans Informationen noch ihre Wege fanden, wusste nicht einmal Isabel.

Aber wenn sie davonliefe … schwanger und ohne Schutz? Wie lange würde es dauern, bis der Sheriff sie einholte? Sie kannte die Wälder besser als er, aber er wusste vermutlich, wo sie hinwollte. Und sie war im Moment nicht gerade die Schnellste. Ihr blieb nur der Weg über die Klippen, sie könnte nicht zu Pferde fort. Aber versuchen musste sie es dennoch. Jetzt war es nicht mehr genug, Gehörtes aus der Halle weiterzutragen. Jetzt musste sie handeln, eine Entscheidung treffen. Ralph würde in die Schlacht gegen Rhys ziehen, als Cadwaladrs Sohn, an der Seite von Owains Söhnen, dem Poetenfürsten und den anderen.

All die Kriegsherren aus dem Norden würden über Rhys hinwegbranden, sie musste schneller sein.

»Ich werde gehen, Trystan. Ich werde ihn warnen.«

»Geh zu Madog und …«

»Nein, ich kann sie nicht in Gefahr bringen.«

»Aber es ist zu weit. Du … dein Kind …«

»Wir werden das schaffen. Wir sind hier nicht sicherer als da draußen.« Das hatte sie heute am eigenen Leib erfahren. Sie mochte sich nicht vorstellen, was der Sheriff ihr und ihrem Kind antun würde, sollte er sie erwischen, aber wenn sie an des Sheriffs hasserfüllte Worte in seinem Gemach dachte, wusste sie, dass sie nicht länger bleiben konnte.

»Und Ralph zieht in die Schlacht gegen Rhys«, sprach sie ihren Gedanken laut aus.

»Nicht heute, aber morgen.«

Erschrocken fuhr sie herum und starrte auf die dunkle Silhouette, die die Tür des Kerkers ausfüllte.

»Ralph?«, keuchte sie und versuchte, an ihm vorbeizusehen. »Was tust du hier? Was ist mit …?«

Ralph trat in den Raum und gab das Licht wieder frei, sodass sie sein Kopfschütteln sah. Hatte er Sir Hamon etwa umgebracht? Was war aus dem Mann geworden, dem es so elend ergangen war, nachdem er jemanden getötet hatte? Und jetzt brach er in ein Verlies ein und tötete den Wachmann? Wie viele hatte er auf dem Weg hierher noch umgebracht?

»Ich bin hier, um dich hier herauszuholen, alter Mann.« Seine raue Stimme verursachte ihr eine Gänsehaut, und einen Moment lang konnte sie ihn nur anstarren, als er neben ihr niederkniete. Freude, über sein plötzliches Erscheinen nach der langen Zeit erfüllte sie, Hoffnung, dass ihm etwas einfallen würde, um Trystan zu retten, Angst vor seiner Reaktion auf ihre Schwangerschaft und noch mehr Angst, dass ihm hier in der Burg des Feindes etwas geschah.

Wie benommen starrte sie ihn an, die Krämpfe in ihrem Bauch wurden schlimmer, aber als er die Hand nach Trystan ausstreckte, fuhr sie aus ihrer Starre.

»Nicht!« Sie packte seinen Arm. »All seine Glieder sind gebrochen.«

Ralph drehte ihr den Kopf zu und sah sie mit deutlichem Schrecken an, als erneut das schaurige Lachen aus Trystans Kehle stieg.

»Mach dir keine Umstände, Junge ... aber du musst trotzdem etwas für mich tun. Jetzt kann ich nicht mehr ... Ich kann ihn nicht warnen ...«

»Wir werden ihn gemeinsam warnen, wenn du erst mal hier draußen bist.«

»Rede keinen Unsinn. Ich bin angekettet, und selbst wenn ich es nicht wäre ... ich gehe nirgends mehr hin.«

Isabel grub ihre Finger ins Kettengeflecht an Ralphs Arm. »Hast du einen Schlüssel? Du musst Sir Hamon durchsuchen und ...«

Ralph sah sie nicht an, schüttelte nur den Kopf. »Das habe ich bereits. Er trägt ihn nicht bei sich. Vermutlich hat ihn der Sheriff selbst. Ich könnte mir vorstellen, dass er noch nicht einmal seinen eigenen Wachen traut. Aber ... ich schlage die Kette aus dem Stein. Bei mir gelang es einst auch.«

»Das weckt die ganze Burg auf«, keuchte Trystan und sah zwischen ihnen beiden hin und her. »Ihr könnt nicht zu den Schäfern ... im Moment sind des Sheriffs Männer überall. Ihr müsst direkt nach ... nach Carmarthen zu Rhys.«

»Ich kümmere mich schon darum«, sagte Ralph ruhig, doch Isabel glaubte ihm nicht. Er konnte nicht einfach so in ein Heerlager des Feindes spazieren. Selbst wenn Rhys ihm nichts antäte – spätestens dann wüssten sein Onkel und Vater, dass er sie verraten hatte. Isabel musste es selbst tun. Aber sie konnten Trystan doch nicht zurücklassen.

»Isabel«, keuchte der Waliser und zog seine Mundwinkel ein wenig nach oben. »Lässt du mich …« Er schloss die Augen, und als er sie wieder öffnete, lag Entschlossenheit in seinem Blick. »Lass mich einen Moment mit Ralph allein, ja? Wir müssen … wir müssen noch etwas besprechen.«

Isabel zögerte, sah misstrauisch zwischen den beiden hin und her, aber keiner von ihnen sah sie an. Ein neuerlicher Krampf zog durch ihren Bauch, und Isabel biss die Zähne zusammen.

»Bitte, kleine Elfe«, flüsterte er, und etwas Flehendes lag in seinen Augen, das in ihrer Brust schmerzte. »Nur einen Moment lang.«

Widerwillig erhob sie sich. »Ich sehe nach, ob oben alles ruhig ist.« Ralph blickte zu ihr hoch, nickte, und zweifelsohne fiel sein Blick auf ihren Bauch, aber Isabel wusste nicht, ob er ihre Schwangerschaft bemerkte. Es war nicht sehr hell und die Wölbung noch nicht besonders ausgeprägt. Zumindest sagte er nichts und wandte sich gleich wieder Trystan zu.

Isabel ging aus dem Verlies und hörte sogleich das Raunen der beiden tiefen Stimmen. Unwillkürlich fragte sie sich, was Trystan Ralph so Wichtiges und Geheimes zu sagen hatte. Aber es ging sie nichts an, wenn Trystan sie nicht dabeihaben wollte, schließlich wusste sie, dass die beiden sich sehr nahestanden. Ralph hatte immer zu Trystan aufgesehen wie zu einem Vater, und Trystan sah in Ralph bestimmt eine Art Sohn.

So ging sie die Treppe hoch, sich wundernd, warum ihr jeder Schritt so schwerfiel. Sie hatte das Gefühl, als drücke die ganze Last ihres Oberkörpers nach unten. Der Schmerz wurde noch schlimmer, als sie den reglosen Sir Hamon oben in der Ecke liegen sah. Er war auf dem Bauch dahingestreckt, sodass sie keine Wunde sah, aber um ihn herum hatte sich eine Lache Blut gebildet. Er war Trystans Gefängniswärter, ein Feind und bestimmt nicht der gütigste Mensch auf dieser Welt, trotzdem stimmte sein Tod sie traurig. Er hatte ihr nie etwas getan und war auch einigermaßen freundlich gewesen. Es schien ihr, als würde sie nie lernen, in diesem Krieg den Opfern auf der Gegenseite mit Gleichgültigkeit zu begegnen. Der Gestank des Todes stach in ihrer Nase, und plötzlich hatte Isabel das Gefühl, es nicht länger auszuhalten. Nach Luft schnappend stürmte sie hinaus und lehnte sich neben der Tür an die kühle Burgmauer, ihren rasenden Herzschlag in den Ohren. Ihr Blick glitt über die dunkel daliegende Wiese zum Erdwall und suchte nach Bewegungen, aber es war alles ruhig. Wieso auch nicht? Trystan konnte nirgends mehr hingehen, das wusste der Sheriff. Auch traute er im Moment wohl eher seiner Mutter als ihr eine Unbedachtsamkeit zu. Wie würde er reagieren, wenn sie morgen verschwunden wäre? Isabel konnte sich seinen Zorn vorstellen und fürchtete noch mehr um Trystan. Verzweifelt dachte sie weiter über eine Lösung nach, gleichzeitig fragte sie sich, was die beiden dort unten so lange besprachen. Die Zeit verrann, und Isabel fürchtete immer stärker, jemand könne kommen. Wieder zog sich alles in ihrem Bauch zusammen, der Gedanke daran, dass Ralph erwischt werden könnte, ließ sie sich sterbenselend fühlen.

Unruhig begann sie entlang der Turmmauer auf und ab zu gehen, spähte um die Ecke und ging wieder weiter. Je länger sie wartete, umso schlimmer wurden die Krämpfe. Atemlos ließ sie sich wieder gegen die Wand sinken, beugte sich vorneüber und konzentrierte sich darauf, regelmäßig Luft zu holen, als sie plötzlich einen Schatten aus den Augenwinkeln bemerkte. Er kam aus der offenen Kerkertür, und sie erkannte die dunkle Gestalt sofort als Ralph. Er hingegen schien sie nicht zu sehen, denn er taumelte haltlos, ohne in ihre Richtung zu blicken. Die Hände ausgestreckt gelangte er zur Wand, wo er seine Stirn gegen den kühlen Stein lehnte. Seine schweren Atemzüge durchschnitten die Stille, und etwas, das wie ein unterdrücktes Schluchzen klang.

Alarmiert ging sie näher heran, sah seinen bebenden Rücken, und plötzlich ergab alles einen Sinn. Der Nebel des Unverständnisses lüftete sich, und in dem Moment waren sogar ihre Schmerzen vergessen. Fassungslos starrte sie ihn an. Sie griff nach Trystans Holzanhänger, dem Rad von Taranis, und hielt ihn so fest, dass es schon wehtat.

»Du hast ihn umgebracht.«

Ralph fuhr zu ihr herum und wich sogleich zurück, als könne er ihren Blick nicht ertragen. »Er wollte es so.«

»Nein.« Sie schlug sich die Hand vor den Mund, um sich davon abzuhalten, ihn anzuschreien.

»Isabel.« Vorsichtig näherte er sich, dabei ging solch ein Leid von ihm aus, dass Isabel das Gefühl hatte, es würde mit Klauen nach ihr greifen und sie umschlingen. »Er wusste, dass er nicht länger durchgehalten hätte. Er hätte alle verraten.«

»Er hätte nie etwas gesagt.«

»Nicht bei vollem Verstand, nein. Aber ich sagte dir einst, irgendwann gelangt man an einen Punkt, an dem man nicht einmal mehr den eigenen Namen weiß. Und alles, was man hört, ist diese Frage, und die Antwort kommt ganz von selbst. Er wollte nicht für den Tod der anderen verantwortlich sein, zumal seiner gewiss war. Er wäre hingerichtet worden, Isabel. Du hast ihn gesehen – wir hätten ihn nicht bewegen können. Uns blieb nur noch zu entscheiden, wie er geht – schnell oder vor aller Augen am Strang baumelnd.«

»Ich will zu ihm.« Sie machte einen Bogen, wollte an Ralph vorbei, doch er vertrat ihr den Weg. Ohne sie anzufassen, sah er auf sie hinab, sich auf seine mächtige Gestalt verlassend, die sie am Weiterkommen hinderte. »Er ist tot, es gibt nichts mehr, was du tun kannst. Wir müssen fort von hier, ehe wir noch entdeckt werden. Bitte, komm.«

»Wir hätten es verhindert. Wir hätten seine Hinrichtung verhindern können.« Sie wusste, wie trotzig und kindisch sie sich anhörte, denn ihr war klar, dass ihre Worte nicht stimmten. Sie hätten nichts tun können, und trotzdem hatte sie das Gefühl, dass sie Trystan im Stich gelassen hatten. Hilfloser Zorn auf den Sheriff, aber auch auf sich selbst überkam sie. Wofür waren ihre Fähigkeiten im Kampf gut, ihre Treue zu den Rebellen, wenn sie nicht einmal die besten unter ihnen schützen konnte? Die Menschen, die sie liebte.

»Der Sheriff kann ihm jetzt nichts mehr tun«, flüsterte Ralph und kam etwas näher. Vorsichtig legte er eine Hand auf ihren Arm, und als er merkte, dass sie nicht zurückwich, ließ er sie an ihren Rücken gleiten und zog sie an seine Brust. »Es tut mir so leid«, hörte sie ihn mit erstickter Stimme sagen, »dass ich ihn nicht retten konnte.«

Isabel schloss die Augen, spürte stille Tränen unter ihren Lidern hervorfließen, aber sie fühlte sich so kraftlos, dass sie gar nicht richtig weinen konnte. Die Tatsache, dass Trystan, der Bogenbauer, der Ralph alles beigebracht und ihren Geschichten gelauscht hatte, nicht länger lebte, war zu ungeheuerlich, um sie fassen zu können. Stets war er da gewesen, ein sicherer Halt in der Nähe. Denn auch wenn sie ihn nicht oft hatte sehen können, war allein das Wissen, einen Freund zu haben, bereits kraftspendend gewesen. Ja, er hatte ihr so viel gegeben, und plötzlich begriff sie, dass sie ihm seine Güte nie vergolten hatte. Nie hatte sie ihm etwas zurückgegeben. Sie wusste noch nicht einmal, ob er noch irgendwo Familie hatte. Sie wusste so gut wie nichts über ihn, seine Träume, Ängste, Wünsche. Jetzt war er tot, und noch nicht einmal am Ende hatte sie ihm beigestanden.

»Komm jetzt.« Ralph schob sie etwas von sich und wies hinter sich zum Erdwall. »Wir müssen hier weg.«

Isabel zögerte, ein neuerlicher Krampf zog durch ihren Bauch, und die Hoffnungslosigkeit und das Unwissen, wohin sie überhaupt sollte, lähmten sie.

»Isabel.« Eine Warnung schwang in seiner Stimme mit. »Fang jetzt nicht an, mit mir zu streiten. Du kommst mit mir.« Er streckte die Hand nach ihr aus, auffordernd. »Ich lasse dich keinen Tag länger mehr in der Nähe dieses Ungeheuers.« Er wies auf ihr Kinn, und Isabel ahnte, dass sich der feste Griff des Sheriffs wieder mal als bläuliche Verfärbungen abzeichnete.

Schwach nickte sie und legte ihre Hand in seine, aber anstatt sie fortzuführen, hielt er inne und atmete tief durch. »Weißt du, von wem es ist?«, fragte er schließlich nüchtern, als wolle er ihre Lieblingsfarbe von ihr wissen. Aber sie sah, wie viel ihn diese Worte kosteten, wie angespannt er war, als stünde er kurz vorm Zerreißen. Es war wie damals am ersten Tag in Tenby unter der Außentreppe, als er ihr gesagt hatte, ihm wäre egal, was ihm zugestoßen war. Er konnte jetzt nicht daran denken, dass seine Hand Trystans Leben ausgelöscht hatte, sonst könnte er wohl nicht weiter. Isabel verstand ihn, spürte seine Gefühle, als wären sie ihre eigenen, und in diesem Moment wollte sie nichts lieber als ihm sagen, dass er Vater wurde, dass es Licht in diesem Dunkel gab und dem Tod Leben folgen würde. Aber sie konnte ihn nicht belügen, und so schüttelte sie den Kopf.

Ralph reagierte nicht, sah sie nur an, dann drückte er fest ihre Hand. »Es ist meins, hast du mich verstanden?« Er beugte sich zu ihr hinunter und ließ das Funkeln seiner Eisaugen wirken, die jetzt eher wie ein dunkles Meer aussahen. »Du kommst jetzt mit mir, und dieses Kind wird meines sein. Ich will nie wieder etwas anderes hören.«

Isabel starrte ihn an, und nun entkam ihr doch noch ein Schluchzen. »Und wenn es rote Haare hat?«, entfuhr es ihr, Worte, die ihr in Anbetracht all der Geschehnisse lächerlich erschienen, doch sie konnte nur noch an des Sheriffs Besessenheit der Haarfarbe denken, und in diesem Moment des Zusammenfalls ihrer ganzen Welt schien ihr dies schrecklich wichtig.

Ralph zögerte nicht, er verzog lediglich die Mundwinkel zu einem müden Lächeln. »Na, dann wird es wohl ganz nach meiner Mutter und dem de-Clare-Zweig kommen – man kann ja keinen Stein werfen, ohne einen rothaarigen de Clare zu erwischen.«

Tränen flossen unaufhörlich ihre Wangen hinab, und in all der Trauer, dem Schmerz und dem Entsetzen war sie plötzlich so ganz und gar von Liebe zu ihm erfüllt, dass sie sich in seine Arme warf und ihn so festhielt, dass er vermutlich gar keine Luft mehr bekam.

Isabel hörte ihn leise lachen oder weinen, sie wusste es nicht, aber als er sie von sich wegschob, hatte sie Vertrauen, dass sie überleben konnten. Sie könnten es zusammen schaffen.

»Komm jetzt. Ich will dich von hier weghaben, am liebsten schon gestern.«

Isabel nickte und warf einen letzten Blick zum Kerker. Wie würde Lady Hayt reagieren, wenn sie von Trystans Tod erfuhr und von ihrem Verschwinden? Die Dame war im Moment die Einzige, die sie beim Abschied dieser schrecklichen Burg mit etwas Wehmut erfüllte. Isabel konnte nur hoffen, dass Lady Hayt etwas Trost fand, denn Isabel wusste, dass dies ein Abschied für immer war. Wenn der Sheriff sie noch einmal in die Finger bekam, würde sie vermutlich nicht mit dem Leben davonkommen.

»Wohin sollen wir jetzt gehen?«, fragte sie Ralph, darum bemüht, sich nichts von ihren Gefühlen anmerken zu lassen. »Nach Carmarthen zu Rhys?«

»Darum kümmern wir uns nachher. Jetzt sehen wir erst mal zu, dass wir von diesem vergifteten Ort verschwinden.«

Ich kann dich nicht mit mir nehmen«, brach Ralph das Schweigen, nachdem sie in den dichten Wald von St. Issels eingetaucht waren und sich abseits aller Wege durch die Dunkelheit schlugen. Sein Körper war kalt und starr hinter ihrem, was an der Ringpanzerung liegen mochte, aber Isabel wusste, es war seine Tat, die ihn mit Härte erfüllte. Am liebsten hätte sie sich an seine Brust geschmiegt, sich von seinen Armen umfangen und von den Bewegungen des Pferdes unter ihr einlullen lassen, aber ihre Bauchschmerzen wurden schlimmer, und so saß auch sie hochaufgerichtet, auf ihre Atmung achtend und darauf konzentriert, sich nichts anmerken zu lassen.

»Ich muss zurück zu meinen Männern, die nördlich von Carmarthen auf mich warten«, fuhr er fort, da sie nicht auf seine Worte reagiert hatte. Stattdessen schloss sie die Augen und versuchte zu verstehen, was vor sich ging. Sie spürte ihr Kind, das sich bewegte, es musste also alles in Ordnung sein, wieso hatte sie dann diese Schmerzen? Lag es wirklich nur am Schreck wegen Trystan?

»Sie warten dort auf mich und die Armee aus Nordwales. Mein Vater, meine Vettern, mein Onkel – alle strömen mit ihren Kriegsbanden herbei, um Rhys zu vernichten. Und wenn wir Pech haben, laufen wir hier in eine der normannischen Armeen, die sich bereitmachen, um aus dem Süden zuzuschlagen. Bleibt uns nur zu hoffen, dass sie noch nicht so weit sind und erst ihre Truppen sammeln.«

»Hmm«, stimmte sie zu und krallte ihre Hände in die Mähne des Pferdes.

»Isabel, verstehst du mich? Ich muss dich irgendwohin bringen, wo es sicher ist, denn ich muss für meinen Onkel kämpfen. Nach Gwynedd ist es zu weit, ich wäre nicht rechtzeitig zurück, und bei Madog oder anderen Briten hier wäre die Gefahr zu groß, dass der Sheriff dich findet.«

»Ich muss ohnehin nach Carmarthen zu Rhys«, stieß sie aus und zwang sich, sogleich wieder ruhig weiterzuatmen.

Ralph spannte sich hinter ihr noch mehr an. »Glaubst du etwa, ich lasse dich direkt in eine Belagerung laufen, die noch dazu bald eingekreist wird?«

»Aber wir müssen Rhys warnen, und du kannst nicht gehen. Mich kennt Rhys, ein paar seiner Männer kennen mich …«

»Als Gemahlin des Sheriffs.«

Isabel öffnete den Mund zu einem stummen Schrei des Schmerzes und der Frustration. »Ich muss zu Rhys. Ich habe es Trystan versprochen.«

»Ich werde dich nach Dinefwr bringen.«

Isabel schnappte nach Luft, aber ehe sie etwas sagen konnte, verstärkte er den Griff um sie. »Hör mir zu, Isabel. In Dinefwr ist es erst mal sicher, wir werden noch vor Mittag dort sein. Es ist Rhys' Burg, du wirst dort Menschen finden, die sich um dich – um euch – kümmern. Du hast lange dort gelebt, und Rhys' Gemahlin ist bestimmt auch dort. Sie werden sich an dich erinnern und sich deiner annehmen. Von dort aus kannst du Rhys auch eine Nachricht zukommen lassen, es wird sich bestimmt ein Mann finden lassen, der zu seinem Fürsten reitet. Sollte ich …«, er atmete hörbar ein, »… sollte mir etwas passieren, bist du dort gut aufgehoben.«

»Fang mir jetzt nicht damit an«, keuchte sie und atmete durch einen nächsten Krampf, der ihre Eingeweide in Brei zu verwandeln schien.

»Isabel, du sollst mir zuhören und dir merken, was ich sage.« Er hielt sein Pferd an und ergriff ihre Schulter. Mit festem Griff zog er sie zu sich, sodass sie sich umdrehen und ihn ansehen musste. Mit äußerster Willenskraft hielt sie ihre unberührte Miene aufrecht.

»Sollte Rhys fallen«, sagte er eindringlich, als wolle er jedes Wort in ihr Gedächtnis brennen, »und das ist sehr wahrscheinlich, wenn er sich nicht ergibt und sich lieber dieser Übermacht stellt – dann wird Dinefwr die erste Burg sein, die im Eroberungssturm der Normannen und meines Onkels fällt. Ich werde meinen Onkel überzeugen, dass er der Erste dort sein muss. Die Normannen versprachen ihm Rhys' Land für seine Unterstützung in diesem Kampf, und mein Onkel wird kommen, um Dinefwr für sich zu beanspruchen. Wenn es so weit ist … wenn die Armee anrückt, will ich, dass du dich versteckst, hast du mich verstanden?« Er umklammerte ihre Schultern und brachte sein Gesicht knapp vor das ihrige. »Rhys hat bestimmt ein Verlies auf seiner Burg. Ich will, dass du dorthin gehst. Die Kerker interessieren eine siegreiche Armee nicht. Sie werden sich lieber an die Beute halten. Tu nichts Unüberlegtes, versprich mir das, Isabel, lass dir ja nicht einfallen, dich irgendwo zu zeigen. Ich werde kommen und dich holen, merk dir das! Wenn Rhys fällt, komme ich, um dich zu holen, ich lasse nicht zu, dass dir etwas passiert.« Er lehnte seine Stirn gegen die ihrige und holte tief Luft. Als er sie wieder ansah, wirkte er noch entschlossener. »Sollte Rhys jedoch gewinnen, musst du erst mal bei ihm bleiben, mein Onkel wird weiterkämpfen, und inmitten einer Armee ist kein Platz für eine schwangere Frau. Bei Rhys seid ihr in Sicherheit, bis ich euch holen kann. Der Sheriff wird es jetzt, da sich das ganze Land in Aufruhr befindet, nicht wagen, eine Truppe gegen Rhys zu schicken, wenn dieser es schafft, einer solchen Macht standzuhalten. Du siehst, es wird alles gut.«

Isabel starrte in seine vertrauten Augen, versuchte seine Worte in sich aufzunehmen, aber alles, was sie spürte, war Schmerz. Alles, woran sie dachte, war, sich nichts anmerken zu lassen. Wenn sie so tat, als wäre alles in Ordnung, würde es vielleicht einfach aufhören. Solange sie nicht zugab, dass etwas nicht stimmte, war es auch so. Doch dann fühlte sie plötzlich Nässe an sich hinabfließen, und sie wusste, all das, was Ralph ihr gerade gesagt hatte, war bedeutungslos. Sie würde jetzt, hier, in diesem Wald, sterben.

»Ralph«, flüsterte sie, um die nächsten Worte kämpfend. »Ich bekomme das Kind. Jetzt.«

Seine Brauen zogen sich zusammen, verwirrt sah er sie an, hatte er doch eine Erwiderung auf seine Worte erwartet. Dann riss er die Augen auf. »Aber das kann doch gar nicht sein! Man sieht ja kaum etwas, und wie kann das jetzt so aus dem Nichts …«

»Es hat schon vor Stunden angefangen.« Sie sah ihn an, und

er sah sie an, und in diesem Moment wussten sie beide, dass sie bald ein Grab zu schaufeln hatten, wenn nicht sogar zwei.

Blanker Horror stand ihm ins Gesicht geschrieben, und Isabel fragte sich, was sie beide noch durchstehen mussten, ehe diese schreckliche Nacht endlich vorbei wäre. Aber dann schwang Ralph sich plötzlich aus dem Sattel, fasste sie um die Taille und zog sie vom Pferd herunter.

Isabel keuchte auf, und als er sie inmitten des hohen Farns niederließ, blitzte ein Bild vor ihrem geistigen Auge auf. »Erinnerst du dich an Heledd?«, wimmerte sie, plötzlich am ganzen Leib zitternd. Nicht zu wissen, was mit ihrem Körper geschah, wie sie es besser machen oder sich verhalten sollte, brachte sie nahe an eine Panik. Könnte ihr Kind vielleicht doch überleben, auch wenn es so früh zur Welt kam? Wenn sie nur das Richtige täte und wüsste, was es zu beachten gab, wenn sie jemanden hier hätte, der sich auskannte. Vielleicht war sie ja auch schon länger schwanger, als sie dachte, und es würde alles gut werden … Wieder sah sie Heledd vor sich, das totenblasse Gesicht, den Schweiß auf der Stirn, das blutige Stroh. »Heledd starb mit dem Kind des Sheriffs. Noch nie hat der Sheriff ein Kind bekommen. Sie sterben alle.«

»Du stirbst nicht und dieses Kind auch nicht.« Ralph schlang seinen Umhang um sie und kniete neben ihr nieder. »Sollte diesem Kind etwas geschehen, dann weil der Sheriff dich misshandelt hat und seiner Grausamkeit bei Trystan freien Lauf ließ. Nicht, weil es des Sheriffs Blut in seinen Adern hat, hörst du?«

Sie hörte kaum noch etwas, die Schmerzen wurden noch stärker, und sie spürte deutlich das Schieben, mit dem ihr Kind mit jeder Wehe dem Leben oder Tod näher kam. »Ralph«, stieß sie aus und versuchte, ihre Angst unter Kontrolle zu halten. »Ich glaube, ich habe dir noch nie gesagt, dass ich dich liebe.«

»Hör auf, dich zu verabschieden, Isabel. Du stirbst nicht, hast du mich verstanden?« Er rutschte vor sie hin und legte seine

Hände auf ihre Knie. »Wage es ja nicht, mir zu sterben. Damit bringst du auch mich um!«

»Aber sie sagen es alle! Ich kann keine Kinder …« Ein Schrei entfuhr ihr und zerschnitt die nächtlichen Geräusche des Waldes. Über ihre eigene Stimme hörte sie Ralph ihren Namen rufen, voller Angst und tränenerstickt. Aber sie konnte ihm nicht antworten. Etwas geschah, es ließ sich nicht mehr aufhalten, und es schien sie in tausend Stücke zu zerreißen. Weniger der Schmerz als das Wissen, dass bald alles vorbei sein, dass der nächste Schlag sie treffen würde …

Erneut schrie sie erstickt auf, es brach einfach aus ihr heraus, aber Ralph blieb plötzlich ruhig. Er versuchte nicht mehr, sie anzusprechen, die Panik, die von ihm ausgegangen war, schien gewichen, jetzt spürte sie nur seine Entschlossenheit. Durch den Nebel ihrer Qual und das intensive Bewusstsein ihres Körpers bemerkte sie, dass Ralph ihre Kleider hochschob, sich den Waffenrock über den Kopf zog und ihn unter ihr ausbreitete. Sie hörte seine schnellen Atemzüge, die sich mit dem Keuchen ihrer eigenen vermischten. All dies erschien ihr unwirklich. Sie konnte doch unmöglich hier mitten im Wald liegen und ein Kind zur Welt bringen, nur kurz nach Trystans Tod, während die Briten von Nord- und Südwales kurz davor waren, sich gegenseitig zu vernichten! Wann war die Welt so durcheinandergeraten?

»Du schaffst das, Isabel«, hörte sie Ralph immer wieder murmeln, als spreche er zu sich selbst. Seine Stimme war ruhig, tonlos und doch etwas, woran sie sich festhalten konnte. »Du bist die Starke von uns, weißt du noch? Du bist die Kämpferin, du wirst das überstehen.«

Die nächste Krampfwelle erfasste sie, und mit dieser überkam sie eine Macht, die allen Druck und allen Schmerz von ihr nahm. Ein leiser Schrei der Erleichterung und des Triumphs entkam ihr, doch die Realität und die Angst holten sie sofort wieder zurück. Mit letzter Kraft richtete sie sich halb auf und sah an sich hinunter, auf Ralph, der seinen Waffenrock einwickelte und ein Messer zückte. Im nächsten Moment reichte er ihr das Bündel, seine Augen ein Meer aus unterschiedlichsten Gefühlen, die ihr wie ein Spiegel ihrer selbst erschienen: Glück, Angst, Staunen, Verwirrung, Trauer …

Das Bündel gab ein leises, hohes Geräusch von sich, und Isabel nahm es mit zitternden Händen entgegen. Ganz entrückt sah sie auf dieses winzige, blasse Wesen, das kaum größer als Ralphs Hände war, die sich eben noch darum geschlossen hatten. Ein zartes, wunderschönes Gesichtlein. Kleine Händchen, die in die Luft griffen und etwas zu ertasten versuchten.

»Es ist ein Mädchen«, hörte sie Ralph leise sagen.

Isabel presste die Lippen aufeinander und kämpfte gegen das Gefühl der alles verschlingenden Verzweiflung. Vorsichtig drückte sie ihre Tochter an ihre Brust und spürte Ralph hinter sich, der sie zwischen seine Beine zog und an seine Brust lehnte. Er hielt sie fest, sah über ihre Schulter auf das Mädchen ohne Haare, während seine Tränen ihr Kleid durchnässten. Auch Isabel weinte, stumm und ohne den Blick von diesem Wunder zu nehmen, das um jeden Atemzug kämpfte. Isabel wusste, sie konnte nichts tun, um es aufzuhalten, sie sah zu, wie ihr Kind in ihren Armen starb. Es war einfach zu früh gewesen, und die Kleine konnte nicht atmen. Friedlich ruhte sie in ihren Armen, als wäre sie eingeschlafen, aber Isabel wusste, es war nicht so. Das schnelle Flattern unter ihrer Hand hörte auf.

Ralph presste seinen Mund gegen ihre Schulter, erstickte ein Schluchzen, und Isabel kniff die Augen fest zusammen, als könne sie die Welt ausschließen und sie zwingen, mit diesen Schrecken aufzuhören. Aber sie hielt es nicht lange durch. Sie musste ihre Tochter noch einmal ansehen, ehe sie für immer Abschied nahm.

Nur mühsam konnte Isabel einen Schritt vor den anderen setzen. Ihre Beine waren schrecklich schwer, ihr Gewand immer noch nass – vom Vormittagsregen und vom Blut. Wie betäubt sah sie hoch zur Burg Dinefwr, die sich seit ihrem letzten Aufenthalt verändert hatte. Die Palisade war großteils von einer Steinmauer ersetzt worden, was die Anlage auf dem Hügel noch viel abweisender erscheinen ließ. Rhys hatte also wirklich die Zeit genutzt, um seine Burgen zu verstärken, ehe er sich in diesen blutigen Kampf gestürzt hatte, währenddessen er alles vernichtete, das sich ihm in den Weg stellte. Ob dazu auch eine vereinte Armee aus Nordwales und Normannen gehören würde? Oder sollte Dinefwr bald in feindliche Hände gelangen? Jene Burg, die seit jeher Sitz der Fürsten von Südwales war und in der ihre Großmutter aufgewachsen war – als britische Königstochter. Ob ihre kleine Tochter jetzt wohl bei Großmutter Nesta war? Im Himmel? Es war keine Zeit gewesen, um die Kleine zu taufen, aber Isabel glaubte trotzdem fest daran, dass Gott sich ihrer erbarmen würde. Wie sollte einem so unschuldigen Wesen, das den falschen Zeitpunkt gewählt hatte, um zur Welt zu kommen, das Paradies verschlossen bleiben?

In diesem Moment schien Isabel die ganze Politik unwichtig, der Kampf der Briten sinnlos. Sie hatte ihre Tochter in den Armen gehalten, ihre Fingerchen umschlossen und ihr über das Köpfchen gestrichen. Ob sie in diesem Moment ihres kurzen Lebens wohl gewusst hatte, dass sie geliebt wurde? Isabel konnte gar nicht wirklich begreifen, wie sie jemanden, den sie gerade erst kennengelernt hatte, bereits so lieben konnte, auch wenn sie sogleich wieder voneinander getrennt worden waren. Sie ahnte, dass dies zwischen Müttern und Kindern normal war. Nur warum hatte ihre eigene Mutter sie dann nie geliebt? Hatte ihre Mutter sie auch so in den Armen gehalten?

Müde warf sie einen Blick zurück über die Schulter zum Waldrand, wo Ralph auf seinem Pferd saß und ihr hinterherblickte. Er konnte nicht näher an Dinefwr heran, zu groß war die Gefahr, dass er gefangen genommen wurde. Doch er hatte es sich nicht nehmen lassen zu warten, bis sie in Sicherheit war. »Bitte lass nicht zu, dass diese Nacht dich zerstört«, hatte er ihr nach einem schweigsamen Ritt flehend ins Ohr geflüstert, »bleib stark, und warte nur noch ein letztes Mal auf mich. Ich hole dich zu mir, sobald ich kann, dann kümmere ich mich um den Sheriff, und wir beide werden unser Leben zusammen verbringen. Wir werden kämpfen, wir werden noch mehr Kinder bekommen, und ich werde nie wieder zulassen, dass dir ein Leid geschieht, bitte vertraue mir.«

Isabel hatte nur genickt und war noch nicht einmal auf die alarmierenden Worte eingegangen, dass er sich um den Sheriff *kümmern* wollte. Sie hatte keine Kraft mehr, für nichts, und jetzt diesen Hügel mit den steilen Flanken zu sehen führte ihr umso mehr ihre Schwäche vor Augen. Er kam ihr wie ein unüberwindbares Hindernis vor, und sie musste mehr ihren Willen als ihre körperliche Kraft sammeln, um dem Pfad hinaufzufolgen.

Erneut sah sie zurück. Er war immer noch da, eine dunkle Gestalt im Schatten der majestätischen Bäume dieses uralten Waldes. Er hatte Trystan getötet und kurz darauf ihre Tochter begraben. Er hatte in Schlachten gekämpft und sich in die Politik seines Landes eingemischt. Auch Isabel hatte getötet und war für das eingestanden, das sie für das Richtige hielt. Wohin hatte sie all das geführt? Wo waren die Kinder, die sich einst in Tenby getroffen hatten und auf der Flucht vor ein paar Fischern durch die Straßen gelaufen waren? Jetzt waren sie einundzwanzig Jahre alt, und Isabel erschien es, als hätte sie bereits mehrere Leben geführt.

»He, du da! Mädchen!«

Isabel blickte auf und sah einen Reiter auf einem Pony den Hügel herunter auf sie zukommen. Er war für einen Briten stark gerüstet, die Schnallen seines Schwertgurtes wirkten sehr wertvoll, genauso der schimmernde Helm, der anders als bei den Normannen keinen Nasenriemen, sondern breite Wangenstücke aufwies. Auf seinem Rücken trug er einen runden Schild, der ihn auch sofort als britischen Krieger des *Teulu*, der Kriegsbande eines hohen Herrn, auswies. Er führte Isabel vor Augen, dass sie zurück war, nicht länger unter den Normannen, den Freinc, deren Schilde nach unten spitz zuliefen. Ein dunkler Oberlippenbart reichte dem Krieger fast bis zum Kinn hinunter, und seine gebräunte Haut zeigte, wie oft er sich im Freien aufhielt. Auf den ersten Blick war er einfach nur ein britischer Kämpfer, aber als er sich näherte, kam er ihr bekannt vor.

»Haben sie dich überfallen, Mädchen?« Er schwang sich aus dem Sattel und eilte auf sie zu. »Sind die Freinc in der Nähe?« Besorgt ließ er seinen Blick über sie gleiten, dabei sah er bestimmt all das Blut, das ihren Bliaut dunkel gefärbt hatte.

Als wäre sie durch einen Schleier in eine andere Welt, ihre Vergangenheit, gefallen, sah sie den britischen Krieger vor sich an. Sie war wirklich zurück.

»Einion«, stieß sie aus und war so dankbar, ein vertrautes Gesicht zu sehen. »Einion ap Anarawd, nicht wahr?«

Der Krieger zog die dunklen Brauen zusammen und sah sie aus verengten Augen an. Er war Rhys' Neffe, der Sohn seines Halbbruders Anarawd, der im Auftrag von Cadwaladr getötet worden war. Zudem war er der Anführer von Rhys' *Teulu*, was sie zu der Frage brachte, wieso er hier war und nicht bei Rhys in Carmarthen. Zwar hatte Isabel nie viel mit ihm zu tun gehabt, da sie auch Rhys nicht besonders nahegestanden hatte, aber keinem Fremden gegenüberzustehen gab ihr ein wenig Hoffnung in all der Düsternis.

»Ysbail?«, fragte er erstaunt und sprach ihren Namen auf die Art der Briten aus, was wie Musik in ihren Ohren klang. »Aber was machst du denn hier? Bist du dem Sheriff davongelaufen?«

Isabel nickte müde und sah noch einmal zurück zu Ralph. Sie

konnte ihn nicht mehr sehen, hatte aber das Gefühl, weiterhin seinen wachsamen Blick auf sich zu spüren. »Ich komme mit einer Warnung für Rhys«, wandte sie sich schließlich wieder an Einion. Und mit diesen Worten schien sich die Trübnis in ihrem Kopf etwas zu lichten, die Klaue um ihr Herz zu lockern. Sie hatte es Trystan versprochen, und sie konnte noch etwas tun, um Rhys vor seinem Untergang zu bewahren. Plötzlich erschien ihr der Kampf nicht mehr ganz so unsinnig wie vor ein paar Momenten. Ihr altes, kämpferisches Selbst wagte einen Blick aus seiner dunklen Höhle. »Du musst zu ihm, Einion, jetzt gleich.«

Einion sah sie ernst an, er schien nicht an ihren Worten zu zweifeln, wofür sie dankbar war. »Ich wollte ohnehin heute noch mit meiner Truppe aufbrechen. Die letzten Tage war ich unterwegs, um uns die Unterstützung der *Uchelwyr* aus dem Süden zu sichern, damit Carmarthen endlich fällt. Verstärkung wird bald zu ihm stoßen.«

»Das ist nicht genug. Du musst …«

Einion hob die Hand. »Komm mit, lass uns etwas zu trinken für dich finden, und wenn du dich hingesetzt hast, kannst du mir alles erzählen, ja? Ich sehe, dass es dir ernst ist, und daher nehme ich es auch ernst. Wir alle wissen, was du für uns getan hast, während du in Tenby gefangen warst. Vieles, was du aus Normannenhand erfahren hast, war uns sehr nützlich, daher verstehe ich, dass etwas sehr Schwerwiegendes dich den ganzen Weg hierhergebracht hat. Aber wenn du mir hier jetzt umfällst, werde ich es nie erfahren, also komm.«

Er hob die Zügel seines Ponys auf und bedeutete ihr aufzusteigen. Es war eine Tortur, obwohl diese zottigen Reitpferde nicht besonders hochgewachsen waren. Doch ihr tat immer noch alles weh von der Geburt. Schnell schüttelte sie den Gedanken an ihre süße Tochter ab. Später war immer noch Zeit, um richtig zu trauern. Sie würde in die Kapelle gehen und Zeit finden, sich ganz dem Gedenken an ihr kleines Zauberwesen zu widmen, aber jetzt musste sie erst dafür sorgen, dass nicht bald eine feindliche Armee über die Mauern Dinefwrs hinwegbrandete.

Das Tor stand offen, Einion führte sein Pony am Zügel, und kaum hatten sie den Hof betreten, war sie von einer vertrauten Geräuschkulisse umgeben, die eine wohlige Wärme in ihr hervorrief. Das Singen eines Hammers auf Metall, das Bellen von Hunden, das Gackern von Hühnern und Meckern von Ziegen, Kinderlachen, tiefe Stimmen von Männern auf den Wehrgängen, Schnauben und Stampfen von Pferden, die sich hier mit einer kleinen Kriegsbande versammelten und auf den Aufbruch warteten.

Über all das hörte sie trotzdem eine Frauenstimme ihren Namen rufen. Im nächsten Moment rannte Eira zwischen den Kriegern hindurch und direkt auf sie zu.

Isabel sah die junge Frau mit dem unnatürlich hellen Haar, die sich nicht verändert hatte, und fühlte sich sofort an all die Momente des gemeinsamen Kampfes zurückerinnert. Sie spürte wieder die Rebellin in ihr, aber nach der letzten Nacht war es nicht mehr als eine schwache Regung.

Bemüht, sich ihre Schmerzen nicht ansehen zu lassen, schwang sie sich aus dem Sattel und wollte sich gerade richtig aufrichten, als sich Eiras Arme um sie schlangen.

»Was ist mit dir geschehen? War es der Sheriff? Bist du ihm weggelaufen? Bei Gott, ich hätte nie auf Trystan ap Iestyn hören dürfen! Ich hätte dich gleich dort herausholen müssen! Und diesen Aneirin, wenn ich den erwische! Bringt dich einfach zu ihm zurück! Du kannst dir gar nicht vorstellen, wie sehr Iestyn getobt hat! Er hat Aneirin wirklich vertraut und …«

»Eira.« Isabel schob die aufgebrachte Frau von sich und sah nun auch schon Gwenllian, Rhys' Gemahlin, über den Hof kommen. »Ich werde dir alles erzählen«, versprach sie ihrer alten Freundin und Kampfgefährtin müde. »Ich verspreche es dir, aber erst muss ich mit Einion sprechen.«

Der Krieger hörte ihre Worte und ergriff sacht ihren Arm. Die herbeigeeilten und neugierigen Kinder wegscheuchend führte er sie zur Tränke hinüber und drückte sie auf den Rand nieder, damit sie sitzen konnte. Dann winkte er einem seiner Männer, der mit einem Wasserschlauch zurückkam. Dankbar trank Isabel und war verwundert, dass es Wein war. Im Moment war es aber genau das Richtige, um sie wieder etwas zu beleben. Schnell erzählte sie alles, was sie vom Bündnis der Freinc und der Briten des Nordens wusste, und sie war erleichtert zu sehen, dass Einion sogleich aufbrechen wollte.

»Goronwy!«, rief er einen Krieger aus der Haushaltstruppe. »Trommle alle Männer zusammen, die sich auftreiben lassen. Erzähle den *Uchelwyr*, was auf uns zukommt. Ich reite sofort los und warne den Fürsten.« Er blickte auf Isabel hinab und nickte anerkennend, vielleicht sogar dankbar. »Ich sorge dafür, dass du die Reise nicht umsonst auf dich genommen hast.«

Isabel erwiderte sein Nicken und blickte auf die Umstehenden, die sie alle neugierig betrachteten. Manche erkannte Isabel wieder, andere schienen ihr neu. Sie wollte sich gerade wieder Eira zuwenden, die sie besorgt nach dem Ursprung des Blutes fragte, als sie ein bekanntes Gesicht beim Brunnen entdeckte. Ein goldener Wikinger, fuhr es ihr durch den Kopf – für so einen hatte sie ihn immer gehalten.

»Niall?« Ungläubig sah sie ihn an, er war ein Besucher aus einer lange vergangenen Zeit und schien ihr inmitten des Wirrwarrs ihrer Gefühle geradezu unecht. Ohne den Blick von ihm abzuwenden, erhob sie sich und schob sich zwischen den versammelten Burgbewohnern hindurch.

Niall blickte ihr entgegen, ein breites Grinsen im Gesicht. Er stieß sich vom Brunnenrand ab, gegen den er gelehnt hatte, und schlenderte gelassen auf sie zu, als hätten sie sich erst gestern gesehen. »Isabel, die Bardin und Rebellin. Heute kein verdrecktes Nachthemd aus dem Kerker, aber viel besser als damals siehst du leider auch jetzt nicht aus.« Er schloss sie in eine feste Umarmung, und Isabel konnte gar nicht begreifen, wie ihr geschah. Das Wiedersehen mit so vielen ihr liebgewonnenen Menschen aus der Vergangenheit schien ihr wie ein Traum. »Wie war Rom?«, stieß sie lachend aus, eine Belanglosigkeit, aber es waren die einzigen Worte, die ihr einfielen.

Niall lachte ebenfalls. »Beeindruckend«, erwiderte er und sah an ihr hinab. »Was ist mit dir passiert?«

Sofort gefror ihr das Lächeln, und der Schmerz drohte sie zu übermannen. Aber Isabel riss sich zusammen und schüttelte den Kopf.

Niall schien zu verstehen und nickte, musterte sie aber weiterhin wachsam, als fürchtete er ebenfalls, sie könne einfach umfallen. Schließlich wies er hinter sich. »Du willst dich bestimmt waschen und umziehen, aber ich kenne da jemanden, der dich gleich sehen will.«

Isabel sah zu ihm hoch, Hoffnung keimte in ihr auf. Eine Hoffnung, an die sie nach all den Jahren nicht mehr zu glauben gewagt hatte. »Es geht ihm gut?«

»Gleich wird es ihm noch besser gehen.«

Mit einem Flattern im Bauch folgte sie dem Iren zu dem Gemach im Anschluss der Halle, in dem sie einst gelesen hatte, und rieb nervös ihre Hände aneinander. Sollte sie tatsächlich Cadell wiedersehen? Nach all der Zeit? Sie hatte nicht so oft an ihn gedacht, wie sie es vielleicht hätte tun sollen, aber sie hatte sich durchaus gefragt, was aus ihm geworden war und ob er in Rom gefunden hatte, wonach er suchte.

Ohne Klopfen öffnete Niall die Tür, und Isabel sah sich einem schlanken Mann gegenüber, der nichts mehr vom Krieger von einst hatte. Das Haar ergraut, die narbige Haut vom Alter gezeichnet und geradezu abgemagert unter den feinen Gewändern, sah er ihr aus vertrauten Augen entgegen. Seine Lippen formten ein Lächeln, und Isabel dachte mit Wehmut an den

Krieger, der sich in Llansteffan zu ihr hinuntergebeugt und sie als Teil der Familie angesprochen hatte. Damals war er ein stolzer Fürst gewesen, jetzt machte er mit seinen knapp fünfzig Jahren eher den Eindruck eines Gelehrten. Aber er war immer noch Cadell, der erste Rebell, dem sie je begegnet war.

»Ich hatte gehofft, du würdest kommen, um dir die hier abzuholen.« Er hob ein paar Bögen Pergament hoch, die Isabel sofort als Gwenllians Geschichten erkannte, und plötzlich konnte sie nicht mehr an sich halten. Mit Tränen in den Augen lief sie auf ihn zu und ließ sich in die väterlichste Umarmung fallen, die sie je gespürt hatte. All der Schmerz der letzten Stunden schien aus ihr herauszubrechen, denn plötzlich fühlte sie sich in Sicherheit. Sie konnte es sich erlauben zusammenzubrechen, denn sie war zu Hause.

Cadell sagte nichts, hielt sie nur fest, wie sie es sich so oft von ihrem Vater oder auch ihrer Mutter gewünscht hatte, und jetzt, da ihre Großmutter nicht mehr da war, schien er ihr die einzig wahre Familie geblieben zu sein. Die Tränen wuschen den Schmerz und die Schwäche aus ihr heraus, und obwohl der Verlust ihrer Tochter und Trystans Tod ihr wohl immer wehtun würden, so gewann sie jetzt genug Kraft, um etwas Zuversicht zu schöpfen. Sie hatte immer noch Familie, Menschen, die ihr etwas bedeuteten und denen sie etwas bedeutete. Sie hatte etwas, wofür es sich zu kämpfen und zu warten lohnte. Ralph war da draußen, und eines Tages würden sie ohne Verstecken zusammen sein. Wenigstens für ihn musste sie durchhalten, denn sie hatten nicht all das überstanden, um jetzt aufzugeben. Hoffnung war etwas Gefährliches, das wusste sie, aber wenn selbst Cadell seine Reise überstanden hatte, würde auch sie es schaffen, weiterzuleben und weiterzukämpfen. Die Sache der Briten war noch nicht verloren.

Bestätigung dafür erhielten sie nur wenige Tage nach ihrer Ankunft in Dinefwr: Rhys hatte nach ihrer Warnung die Belagerung sofort aufgehoben, aber noch nicht aufgegeben. Mit seiner Armee hatte er sich auf einen Hügel nordwestlich von Carmarthen zurückgezogen, die Feinde herausfordernd, ihn in dieser vorteilhaften Position anzugreifen. Doch weder die Normannen noch die Briten aus dem Norden hatten dies gewagt, und so war ein Waffenstillstand geschlossen worden, und alle waren ihrer Wege gezogen.

»Rhys hat seine Stärke gezeigt«, sagte Cadell, als sie ihm auf der Bank vor dem Frauenhaus ihre Ideen zur Fortführung von Gwenllians Geschichten schilderte. »Owain Gwynedd wird nicht noch einmal den Fehler machen, ihn zu unterschätzen. Wenn Gwynedd jemals wieder ein Bündnis schließt – dann bestimmt nicht mehr mit den Freinc. Er wird sich mit Rhys zusammentun.«

Isabel ließ ihren Blick über die Burg schweifen und dachte an Eira und den Kampf, den sie in Maredudds Namen geführt hatten. Sollte es wirklich wahr sein? Ein Bündnis der Briten? War doch nicht alles umsonst gewesen? Wenn es keinen Kampf gegeben hatte, ging es Ralph gut. Er würde weiterhin auf seinen Onkel einwirken, und Isabel würde mit Sicherheit ein langes Gespräch mit Rhys führen. Der Sieg war noch nie so nah gewesen wie jetzt, und Isabel fühlte die Kraft immer deutlicher in sich zurückkehren. In den letzten Tagen hatte sie Eira alles erzählt – die Wahrheit über Ralph, ihre Ehe mit dem Sheriff, Trystans Tod und der Verlust ihrer Tochter. Sie hatten beide geweint, denn nur jemand wie Eira konnte verstehen, was es hieß, ein Kind zu verlieren und sein Leben gleichzeitig dem Kampf für die Freiheit zu widmen. Isabel wollte nicht, dass auch andere Eltern ihre Söhne und Töchter zu Grabe tragen mussten. Gott hatte ihre Tochter zu sich gerufen, es war nicht ihre Zeit gewesen, um zu leben. Aber jene Kinder, die unter Walter Clifford gefallen waren, nachdem dieser trotz der Einigung zwischen dem König und Rhys in britische Siedlungen eingefallen war, hatten den Tod durch Willkür und Grausamkeit gefunden. Keines dieser Kinder, keine dieser Familien sollte weiterhin leiden.

Auch Isabel wollte nicht mehr leiden. Sie wollte Kinder. Sie wollte mit Ralph zusammen sein – in *Cymru*, im Land der Briten, und in Freiheit.

## Dinefwr, Südwestwales, Juni 1163

Das lasse ich nicht zu!«

Isabel blickte von ihrem Platz am unteren Ende der Halle auf, wo sie an Gwenllians Geschichte geschrieben hatte, und sah gerade noch Eira vorbeistürmen. Rhys eilte ihr voraus in den Hof, und plötzlich begriff Isabel, dass er drauf und dran war aufzubrechen. Sie war so vertieft gewesen, dass sie den Trubel gar nicht bemerkt hatte, dabei war es schon Mittag, und Rhys hatte am Vormittag losreiten wollen.

Doch Eiras Verzweiflung drang selbst in ihre geistige Abschottung. Alarmiert erhob sie sich ebenfalls und ging hinaus ins strahlende Sonnenlicht, wo ein Teil von Rhys' Kriegstruppe bereits wartete. Herausgeputzt und grimmig machten sie einen imposanten, wenn auch angsteinflößenden Eindruck. Es war gut zu verstehen, warum die Normannen lieber Friedensabkommen schlossen, anstatt sich mit diesen rauen Kriegern anzulegen. Dunkle, stämmige Männer mit Schwertern, Speeren und Äxten, die runden Schilde auf dem Rücken, die Helme zum Teil schon aus vorigen Generationen. Viele von ihnen trugen aber wertvolle Ringe, Armbänder oder Ketten, manch einer einen wertvollen Umhang. Die letzten Jahre der Plünderungen waren ertragreich gewesen, und Rhys war ein großzügiger Fürst. Er wusste, dass ein Herrscher geben musste, um Treue zu bekommen, eine Logik, die den Normannen gänzlich fremd war, wie es Isabel so oft erschien.

»Du bleibst hier!«, zerschnitt Eiras Stimme erneut den Lärm

der zum Aufbruch bereiten Gruppe, nur diesmal schien sie nicht Rhys zu meinen, da sie an ihm vorbeirannte. Direkt auf Einion ap Anarawd zu, den Anführer des *Teulu*. Und als Isabel sah, dass neben Einion der junge Cadwgan ap Maredudd sich auf ein Pferd schwang, ahnte sie Böses. Eiras Sohn war sechzehn Jahre alt, und augenscheinlich plante Rhys, ihn zu dem Treffen mit dem König in England mitzunehmen. Etwas, das auch Isabel ein ungutes Gefühl bereitete. Sie wollte sich gar nicht vorstellen, wie es war, ihr eigenes Kind in ein feindliches Land zu einem feindlichen König reiten zu lassen, wo alles Mögliche geschehen konnte. In diesem Moment war sie froh, keine Kinder zu haben und diese lähmende Furcht nicht durchstehen zu müssen. Zumal der König bestimmt alles andere als ein Freund von Rhys war.

In den letzten vier Jahren, die sie nun schon wieder in Dinefwr lebte, hatte Rhys sich zurückgeholt, was er dem König durch sein Abkommen einst hatte geben müssen. So hielt auch der Sheriff die Füße still, auch wenn er bestimmt ahnte, dass sie hier war. Doch er würde es nicht wagen, sich gegen Rhys' ungebrochene Macht zu stellen, wo er im Moment von Feuer eingeschlossen wurde. Es schien die Zeit zu sein, in der die grausamen unter den Eroberern bezahlten. Walter Clifford, der sich mit seinem Überfall auf wehrlose Briten zu Rhys' erbittertem Feind gemacht hatte, und sein treuer Verbündeter Roger de Clare hatten ihr Land wieder an Rhys verloren und sich natürlich beim König über diesen Bruch des Abkommens beschwert. Anders als bei Walter Cliffords Vergehen einst hatte der König bei diesem jedoch reagiert. Nach all den Jahren der Abwesenheit war er aus der Normandie zurückgekehrt und hatte Rache geschworen. Es gefiel ihm nicht, dass Rhys ihm einen Treueeid leistete und er in dem Moment, in dem er den Kanal überquerte, sofort wieder einen Feind in ihm hatte. Aber Rhys wusste, wann er sich unterwerfen und wann er Stärke zeigen musste. Er war der Fürst von Südwales, und Isabel hatte gelernt, ihm zu vertrauen. Sie waren sich immer noch nicht nahe, aber sie respektierten sich. Rhys hatte ihr für ihre Unterstützung unter den Normannen gedankt, und Isabel lernte, seine Geduld und sein strategisches Denken zu würdigen. Zwar gefiel es ihr immer noch besser, wenn er mit Härte zuschlug und kämpfte, anstatt zu kriechen, aber nun verstand sie seine Gründe.

Auch jetzt war wieder die Zeit gekommen, um sich auf die Knie zu begeben. Zu Beginn des Jahres, nach seiner Rückkehr aus der Normandie, hatte der König einen Feldzug gegen Rhys geplant. Dafür hatte er einen seiner Ritter nach Dinefwr schicken wollen, um den besten Weg für seine Armee zu erkunden. Ein walisischer Geistlicher war ihm zur Seite gestellt worden, um ihn zu führen, aber natürlich hatte dieser die schwierigste Route ausgewählt. Es hieß, er hätte unterwegs Gräser und Blätter gegessen, um dem Ritter aufzuzeigen, wie zäh die Waliser waren und wie sie mit dem wenigsten überlebten. Er hatte sich durch schier undurchdringbare Wälder geschlagen, mit der Versicherung, dass es keinen anderen Weg gab und die Waliser nun einmal Meister darin waren, sich durch Forste zu bewegen. Sie waren nicht schwer gerüstet, und ihre Ponys behielten in jedem Gelände ihre Trittsicherheit. So war der bestürzte Ritter zum König zurückgekehrt und hatte berichtet. Wie erwartet war der König daraufhin ganz schnell nach England zurück verschwunden. Nun versuchte er, auf friedliche Weise Ruhe in Wales zu schaffen, indem er alle walisischen Fürsten und Kriegsherren zu einem Treffen nach Woodstock bestellte. Dort sollte besprochen werden, wie es weiterging, und Rhys würde gehen, auch wenn es gefährlich war. Alle wussten, dass dieses Treffen mit der Huldigung der walisischen Noblen enden würde, aber genauso wusste jedermann, dass diese Unterwerfung ein Friede auf Zeit war, bis der richtige Moment kam, um erneut zuzuschlagen – denn anders als Rhys verstand der König nicht, dass man geben musste, um Treue zu erhalten.

»Du steigst sofort von diesem Pferd herunter, Cadwgan ap

Maredudd, hast du mich verstanden?« Eira stemmte die Hände in die Seiten. »Ich bin deine Mutter und befehle dir hierzubleiben.«

»Hör doch auf, *Mam*, bitte. Ich tue meine Pflicht, so wie mein Vetter Einion auch. Uns geschieht schon nichts.«

»Einion ist erwachsen und ein erfahrener Krieger. Du bist noch ein Kind.«

*»Mam!«*

Isabel trat zu ihnen und legte Eira die Hand auf den Arm. Sie wusste, Eira konnte nichts gegen Rhys' Entscheidung tun, und so versuchte sie, ihre Freundin zu beruhigen, auch wenn sie sie gut verstehen konnte. »Cadwgan wird früher oder später Teil des *Teulu*, Eira. Er hat zu kämpfen gelernt, und Rhys wird nicht zulassen, dass ihm etwas geschieht.«

Eira fuhr zu ihr herum und sah sie einen Moment lang verwirrt an, dann atmete sie tief durch. »Cadwgan geht nicht als Teil der Kriegstruppe nach England, Isabel. Er soll gemeinsam mit Einion als Geisel dem König übergeben werden.«

»Was?« Isabel sah hoch in Cadwgans jungenhaftes Gesicht, das noch kaum die Kanten eines Mannes zeigte, und dann zu Rhys, der mit deutlicher Ungeduld in all seiner fürstlichen Pracht zu ihnen herüberkam. Sogar den Schnurrbart hatte er sich gekämmt, als würden die Freinc ihn deshalb weniger für einen Barbaren halten.

»Einion und Cadwgan sind meine Neffen«, sagte er ruhig und bedeutete den beiden sogleich, sich Richtung Tor zu bewegen. Eira machte Anstalten, ihren Sohn am Unterschenkel zu packen, aber Rhys umfasste ihren Arm. »Der König verlangt Geiseln von meinem Blut, Geiseln, die mir nahestehen.«

»Natürlich!« Eira riss sich los. »Damit es dich trifft, wenn er sie tötet! Damit du es dir dreimal überlegst, ob du noch einmal aufbegehrst. Er will, dass du die Füße still hältst, aber sobald er dir wieder den Rücken kehrt, wirst du weiterkämpfen.«

»Das ist es doch, was du willst.«

»Aber nicht, wenn mein Sohn – Maredudds Sohn! – sein Leben dafür lassen muss!«

»Eine reichlich heuchlerische Einstellung, meinst du nicht? Solange nur die Söhne anderer ihr Leben im Kampf verlieren, geht dir die Freiheit unseres Landes über alles. Aber wenn dein eigener …«

»Sollte Cadwgan einmal in der Schlacht fallen, so könnte ich es hinnehmen, wissend, dass er im Kampf für eine gerechte Sache starb. Aber ich lasse ihn nicht in einem fremden Land von irgendwelchen Freinc abschlachten, weil sein Onkel deren Vorgaben zuwiderhandelt.«

Rhys schloss die Augen, kämpfte augenscheinlich um Beherrschung, und als er wieder aufsah, schien das zornige Funkeln, das sie schon bei ihm als Jungen gesehen hatte, etwas gedämpft. »Ich habe meine eigenen Kinder an den König gegeben, oder hast du das schon vergessen? Sie sind schon seit Jahren in seiner Obhut, und es geht ihnen gut. Seit Jahren bekämpfe ich die Freinc, und trotzdem hat er ihnen nichts angetan. Dieser König ist schwach, Eira. Wir müssen nur Geduld haben, auf lange Sicht werden wir siegen. Ich habe mein Opfer gebracht, und es fiel mir auch nicht leicht, meine Kinder fortzugeben. Aber wir müssen weiterdenken. Fürs Erste müssen wir uns fügen und abwarten. Sieh es als eine Atempause, um wieder zu erstarken. Der richtige Moment wird kommen, um wieder zuzuschlagen. Wir holen unsere Kinder da auch wieder heraus, vertrau mir.«

Eira sah ihren Fürsten noch einen Moment lang voller Verachtung an, dann machte sie auf dem Absatz kehrt, wich der hinzugekommenen Gwenllian aus und stürmte zum Frauenhaus.

»Wird er ihnen wirklich nichts antun?«, fragte Isabel mit einem besorgten Blick zum Tor, wo Eiras Sohn sich zu den Kriegern gesellt hatte. »Wenn Einion und Cadwgan zum König gehen, dann hat er bald eine eigene kleine Armee an jungen britischen Kriegern von nobelstem Blut. Du hast Söhne bei ihm, Rhys, zwei von Owain Gwynedds Söhnen sind dort, und bestimmt wird Owain bei diesem Treffen ebenfalls weitere Geiseln stellen müssen, genauso andere Noble. Wenn der König nun entscheidet, sich von den Kriegsherren der Zukunft zu befreien?«

»Das hat er bis jetzt auch nicht getan«, murrte Rhys und strich sich über den Oberlippenbart. »Er weiß genau, dass sich das ganze Land erhebt, wenn er unseren Jungen etwas antut. Das Letzte, was er will, ist, dass sich die Briten in ihrem Hass auf ihn vereinen.«

»Wann werden sich die Briten vereinen?«, stellte Isabel die für sie wichtigste Frage, mit der sie Rhys immer wieder ins Gewissen zu reden versuchte.

Aber der Fürst schüttelte den Kopf. »Ich kann meinem Onkel nicht vertrauen. Er verfolgt eigene Ziele. Und Powys …« Er warf seiner Gemahlin einen Blick zu und seufzte. »Powys ist zu nichts mehr nütze, seit der Fürst gestorben ist und sich seine Söhne und Neffen gegenseitig zerfleischen.«

»Sie werden bestimmt alle in Woodstock sein«, warf Gwenllian ein und ergriff Rhys' Hand. »Bitte, du musst mit ihnen reden. Das Reich meines Vaters ist in seine Einzelteile zerfallen, einer meiner Brüder im Kampf um die Macht bereits getötet worden. Mach ihnen klar, dass sie sich einig werden müssen, dass sie aufhören sollen, sich gegenseitig zu bekriegen. Powys kann nicht als zerstückeltes Land überleben.«

Rhys schlang den Arm um seine Gemahlin und küsste sie auf den Scheitel, woraufhin Isabel sich zurückzog. Sie wollte den beiden Zeit geben, um sich zu verabschieden, denn sie wusste, alles weitere Drängen auf Einigkeit würde nichts nützen. Das Land, die Fürsten waren noch nicht bereit zu diesem enormen Schritt. Das Misstrauen war immer noch zu stark, aber obwohl Isabel wusste, dass sich die Briten noch nie gegen einen gemeinsamen Feind verbündet hatten, glaubte sie dennoch, dass es möglich war.

Am liebsten hätte sie Rhys begleitet, in der Hoffnung, dass Ralph an Owain Gwynedds Seite war. Seit vier Jahren hatte sie nichts mehr von ihm gehört, und obwohl sie sich ständig sagte, dass sie ihm vertrauen konnte, wuchs mit jedem weiteren Tag die Angst. Nicht nur davor, dass ihm etwas geschehen war, sondern auch, dass er im Norden ein eigenes Leben begonnen – eine Familie gegründet hatte. Es war nicht gerecht, ihm so etwas zuzutrauen, das war ihr bewusst, aber die lange Zeit nagte an ihr, und die von Furcht erfüllte Stimme in ihrem Inneren ließ sich nicht zum Schweigen bringen. Wenn sie ihn nur sehen dürfte … den Blick aus seinen Eisaugen und sein Lächeln. Zuletzt hatte er sie gebeten, auf ihn zu warten, dabei hatte sie aber nicht gedacht, dass er damit so viele Jahre meinte. Wie viele würden noch verstreichen, ehe sie zusammen sein konnten? Sie wusste, Owain Gwynedd hatte die letzte Zeit mit Grenzstreitigkeiten verbracht, und Isabel konnte sich gut vorstellen, dass Ralph daran beteiligt war, um sich das Vertrauen seines Onkels zu verdienen. Er wollte ein Kriegsherr werden, ein britischer Lord, ein *Uchelwyr* mit eigenem Land. Als Mitglied der Fürstenfamilie in Gwynedd war es durchaus möglich, dass er sein Ziel erreichte, aber Isabel wusste auch, dass seine Versuche, das Land zu einen, Missfallen erregen könnten. Wenn sie nur wüsste, was in ihm vorging und warum er nicht einmal einen kurzen Augenblick gefunden hatte, sie zu sehen oder ihr wenigstens eine Nachricht zukommen zu lassen. Er konnte sie doch nicht vergessen haben, nicht nach allem, was sie in ihrer letzten gemeinsamen Nacht durchgestanden hatten. Also wartete sie und war entschlossen, ihrerseits alles dafür zu tun, um dem Ziel eines geeinten britischen Landes näher zu kommen.

Isabel, schnell, du musst mit mir kommen!«

Isabel wandte den Blick von den wogenden Bäumen ab, die sie von den Wehrgängen aus beobachtet hatte, und sah sich einer aufgeregten Gwenllian gegenüber. Sofort vergaß sie alles Sehnen nach Ralph, alle quälenden Fragen und Spekulationen, denn in den Augen von Rhys' Gemahlin lag reines Entsetzen.

»Was ist denn geschehen? Hat es etwas mit dem Mann zu tun, der vorhin eintraf?«

Gwenllian nickte, packte ihren Ärmel und zog sie die Treppe hinunter in den Hof. »Ich weiß nicht, was ich tun soll, wen ich um Hilfe bitten kann. Cadell ist unauffindbar …«

»Er ist in der Kapelle …«

»Gut, ich werde sofort nach ihm schicken lassen, aber erst musst *du* versuchen, ihm zu helfen, es gilt, keine Zeit zu verlieren. Niemand anderen kann ich fragen, seine Männer dürfen ihn nicht so sehen, und Eira … du musst mit ihr reden, sie muss es von dir hören. Nachher.«

»Gwenllian, was …«

Aber die junge Frau zerrte sie weiter ins Innere der Burg und die Treppe hoch zu Rhys' Gemach. Eine schreckliche Vorahnung überkam sie; das seit dem Treffen in Woodstock über ihnen schwebende Unheil verdichtete sich. Wie erwartet hatten die britischen Noblen dem König gehuldigt und Geiseln übergeben, doch der König hatte es sich nicht nehmen lassen, Rhys einen Schlag zu versetzen. Ausgerechnet in die Obhut von Rhys' ärgsten Feinden Walter Clifford und Roger de Clare hatte er Einion und Cadwgan übergeben. Es war ein Gunstbeweis des Königs, denn nachdem Clifford und de Clare am meisten unter Rhys zu leiden gehabt hatten, sollten sie nun auch die Geiseln halten. Eira war außer sich gewesen und hatte seither kaum noch geschlafen. Ihren Sohn in den Fängen des grausamen Walter Clifford zu wissen war zu viel für sie, auch wenn Rhys stets beteuerte, dass der Frieden hielt und keiner Geisel grundlos etwas angetan wurde.

Wieso war Gwenllian dann so aufgeregt?

Ohne ein Klopfen stieß sie die Tür zu Rhys' Gemach auf und eilte mit Isabel an der Hand durch den Raum. Rhys stand am Fenster und sah unbewegt hinaus, er überprüfte nicht einmal, wer hier eindrang.

Unwillkürlich fühlte Isabel sich an jenen Tag nach Maredudds Tod zurückerinnert. Damals hatte er sich ebenso statuengleich in der Kapelle gehalten, hochaufgerichtet und unerschütterlich, aber als Gwenllian ihn anstieß und er nicht reagierte, bekam auch Isabel es mit der Angst zu tun.

»Rhys?« Sie ging auf ihn zu und beugte sich vor, um in sein Gesicht zu sehen. Seine Augen waren geschlossen, und stumme Tränen flossen unter seinen Lidern hervor über sein scharf gezeichnetes Gesicht. »Rhys?« Sie legte eine Hand auf seinen Oberarm, aber Rhys reagierte nicht. Er machte lediglich einen Schritt zur Seite und nahm dann wieder seine alte Position ein. »Großer Gott, wie lange ist er schon so?«

Gwenllian schluchzte. »Der Bote kam … er sagte, er wolle allein mit Rhys reden, und so gingen sie hier hoch. Irgendwann kam der Mann dann runter, er erzählte mir, was passiert ist, und sagte, dass Rhys nach mir verlangt hätte. Ich kam hierher, aber da war er schon …« Mit tränenverschleiertem Blick sah sie Isabel an. »Isabel, sag mir, dass das wieder vorbeigeht! Sag mir, dass er nicht den Verstand verloren hat. Sein Herz ist gebrochen, ja, aber …«

Isabel fühlte sich, als würde ihr der Boden unter den Füßen weggezogen werden. Was für eine Schreckensnachricht musste sie gleich hören, die den unerschütterlichen Rhys derart in Trauer stürzte? »Erzähl mir, was passiert ist. Welche Nachricht hat Rhys bekommen?«

Erneut füllten Tränen die großen Augen der Fürstin, und nun hatte Isabel keine Zweifel mehr. Doch sie musste es hören, und so sah sie Gwenllian abwartend an.

»Sie sind tot, Isabel«, flüsterte sie und warf Rhys einen besorgten Blick zu, als fürchtete sie, die Wahrheit noch einmal zu hören könnte ihn niederstrecken. »Einion und Cadwgan sind tot … Roger de Clare ließ Einion im Schlaf ermorden.«

Isabel schlug sich die Hand vor den Mund, um einen Aufschrei zu unterdrücken. Einion! Der Kommandant der Kriegsbande, der ihr bei ihrer Ankunft in Dinefwr den Hügel hinunter entgegengeritten war und ihre Warnung ernst genommen hatte. Das durfte nicht sein!

»Und Walter Clifford tötete Cadwgan.«

Nein! Bitte nicht! Isabel konnte Gwenllian nur anstarren, und einen Moment lang glaubte sie, ihr Körper wäre ebenfalls erstarrt. Immer noch presste sie ihre Hand gegen ihren Mund, und erst als ihr das Atmen schwerfiel, war sie fähig, sich wieder zu rühren. »Das wird Eira umbringen«, flüsterte sie entsetzt.

Gwenllian strich sich über die Augen. »Ich fürchte, Rhys hat es schon zerstört. Er hat es nicht gesagt, um Eira nicht zu beunruhigen, aber er selbst war schrecklich nervös, als er hörte, an wen seine Neffen gegeben wurden. Er hatte solche Angst … Er fühlte sich so schuldig. Und jetzt …« Sie trat an Isabel vorbei und legte ihre Hand an Rhys' Wange. »Komm zurück zu mir, Liebster. Denke an deine eigenen Kinder. Du hast noch etwas, für das es sich zu kämpfen lohnt.«

»Einion und Cadwgan waren alles, was ihm von seinen Brüdern geblieben ist«, murmelte Isabel, plötzlich verstehend, warum Rhys diese Nachricht so schrecklich hart traf. Er war für sie verantwortlich gewesen. »Ich kannte Anarawd nicht, aber ich weiß, wie sehr Rhys Maredudd liebte. Walter Clifford … Roger de Clare …« Heiß lodernder Hass brandete in ihr auf, und plötzlich schien etwas in ihr zu bersten. Grob schob sie Gwenllian zur Seite, drängte Rhys vom Fenster zurück und schloss ihre Hände um seine Wangen.

»Das kannst du nicht unbestraft lassen!«, flüsterte sie und

schüttelte ihn kräftig. »Wach auf! Diese Freinc haben deine Neffen ermordet! Sie müssen bezahlen! Was soll ich Eira sagen, wenn du hier wie versteinert stehst und sie keine Hoffnung auf Gerechtigkeit mehr hat? Du bist der Fürst, zum Teufel! Kämpfe für dein Volk, für deine Familie! Für Maredudd! Es war sein Sohn! Hörst du mich? Es war sein Sohn!« Sie holte aus, verpasste ihm eine Ohrfeige und sah durch einen Schleier aus Tränen, wie sich seine Lider abrupt hoben.

Erschrocken von ihrer Tat und seiner plötzlichen Reaktion wich sie zurück und starrte ihn an. Am Rande bemerkte sie Gwenllians Aufschrei, aber im Moment war nichts anderes wichtig, als dass Rhys sie ansah, wach und ein wenig zornig.

»Du erhebst die Hand gegen deinen Fürsten?«

Isabel atmete erleichtert auf. Der Drang, ihre Arme um ihn zu schließen, kam in ihr auf, aber ehe sie dazu kam, warf Gwenllian sich schon an seine Brust.

»Du bist zurück! Oh, ich danke dir, Gott! Du hast ihn mir zurückgegeben!« Unvermittelt ließ sie von ihm ab, und im nächsten Moment war es ihre Handfläche, die auf seine Wange klatschte. »Mach das nie wieder, hast du mich verstanden?! Du hast mich fast zu Tode erschreckt.«

Rhys rieb sich mit schmerzverzerrter Miene über die gerötete Haut und sah dann an Gwenllian vorbei zu Isabel.

»Du musst etwas tun«, sagte sie sofort eindringlich, aus Angst, er würde wieder in seine Starre verfallen. »Clifford und de Clare müssen bezahlen.«

Rhys nickte langsam. »Ich werde dem König dieses Verbrechen melden.«

»Dem König?!« Fast hätte sie noch einmal zugeschlagen, sie konnte sich gerade noch zusammenreißen. »Was soll das bitte schön nützen? Der König wird *nichts* unternehmen, genauso wie beim letzten Mal!«

»Isabel.« Seltsam gefasst kam er auf sie zu, legte seine Hände auf ihre Schultern und beugte sich zu ihr hinab. Sein Blick schien so klar, als hätte er die Zeit seiner Starre genutzt, um intensiv nachzudenken, und eine Lösung für jegliche Probleme gefunden. »In meinem Land gibt es viele, die sich den Frieden wünschen«, sagte er ruhig, was sie erstaunte, denn meist liefen ihre Gespräche so ab, dass sie sich gegenseitig anschrien. Aber irgendetwas war anders an ihm. »Das Blutvergießen dauert schon so lange, und manche Kriegsherren sehnen sich nach Ruhe. Sie haben sich mit den Freinc abgefunden und glauben, unter ihnen ein besseres Leben führen zu können. Sie werden mich nicht unterstützen, wenn ich meine Rache selbst in die Hand nehme und erneut Feuer und Tod in dieses Land bringe … Aber wenn ich mich an das freincische Gesetz halte, wenn ich dem König melde, was hier vorgefallen ist, und er nichts unternimmt … unsere Lehenstreue geht mit seinem Schutz einher, und all meine *Uchelwyr*, die die Füße hochlegen wollen, werden aufgerüttelt. Sie werden nicht akzeptieren, dass zwei Prinzen Deheubarths freincischer Willkür zum Opfer fielen. Wenn sie sehen, dass der König sein Wort nicht hält, werden sie daran erinnert, was es heißt, ein Brite zu sein und für die Briten zu kämpfen. Sie werden mir folgen, und dann gnade Gott all jenen, die sich uns in den Weg stellen.«

Ein Schauer kroch ihren Rücken hinab, und einen Moment lang konnte sie ihn nur bewundernd ansehen. Sie hatte immer gewusst, dass er der Besonnene seiner Familie war, gepaart mit dem richtigen Ausmaß an Leidenschaft und Zorn, aber nie hatte sie seine Fähigkeiten und seine Macht so deutlich gesehen wie in diesem Moment. Jetzt gab es nur noch eines zu sagen, ehe sie Eira die schreckliche Nachricht überbringen musste. Denn sie wollte ihr zumindest Hoffnung auf Gerechtigkeit schenken: »Mit dem Norden als dein Verbündeter wärst du unbesiegbar.«

## Gwynedd, Nordwales, Frühling 1164

Nie hätte Isabel gedacht, dass das Land im Norden so anders sein würde als ihre Heimat. Wo der Süden mit flachen Flusstälern und einer sanften Hügellandschaft bestach, schraubten sich hier atemberaubende Berge dem Himmel entgegen. Jetzt erschien es ihr nicht mehr so verwunderlich, dass die Normannen in Gwynedd nie richtig hatten Fuß fassen können und eine Ausbreitung wie im Süden vereitelt worden war. Für eine Armee, die sich hier nicht auskannte, musste es enorm schwierig sein, sich zwischen den steilen Bergflanken zurechtzufinden. Sogar Isabel verlor ihren Orientierungssinn, während sie Täler mit ihren Flüssen und Seen durchquerten und die schroffen Hänge verhinderten, weit zu blicken. Hier schien sich ihr das wahre Britannien aufzutun, denn Isabel war in einem Gebiet aufgewachsen, in dem die Normannen und Flamen überall ihre Spuren hinterlassen hatten. Die dicht verwachsenen Wälder fand man auch in ihrer Heimat, aber hier schienen sie noch dunkler, verwunschener, als lebten darin tatsächlich noch Feen. Einst war die gesamte Insel Britanniens von Riesen bevölkert worden, und während Isabel ihren Blick entlang des rauen Gebirges gleiten ließ, hatte sie das Gefühl, jeden Moment einen sehen zu müssen. Das Land der Briten hatte immer als weit und kaum besiedelt gegolten, was sie von zu Hause kannte. Aber hier bekam Menschenleere eine ganz andere Bedeutung. Man konnte bestimmt Tage unterwegs sein, ohne auch nur einmal eine Rauchsäule zu erblicken. Es gab keine Felder und Äcker, nur unberührte Natur. Nur selten sah sie Schafe und Rinder auf den steilen Weiden und daneben die zusammengeflochtenen Hütten von Schäfern.

Drei Tage waren sie unterwegs, immer weiter hinauf in den Norden, bis sie schon die Meerenge erreichten, die das Land von der Insel Anglesey trennte. Anglesey – Insel der Druiden, auf der die Römer einst die heiligen Stätten zerstörten und wo ihr Onkel Harri den Tod gefunden hatte.

Diesen Ort zu erblicken, den rauen Norden, war wie ein Traum. Schon letztes Jahr hatte Rhys ein Bündnis mit Owain Gwynedd geschlossen, aber es war eher eine vorübergehende Übereinkunft gewesen, keine wahre Verbrüderung. Aber diese Reise in den Norden sollte mehr schaffen. Es hatte den Tod geliebter Menschen bedurft, um Isabels Worten Gewicht zu verleihen. So war Rhys nach der erwarteten Untätigkeit des Königs hoch nach Ceredigion gezogen, wo Roger de Clare den Mörder Walter Clifford versteckt gehalten hatte. Das Land war in einem Feuersturm untergegangen, in dem all die flämischen Dörfer unter de Clare niedergebrannt worden waren. Es war ein Zeichen gewesen, dem auch Unschuldige zum Opfer gefallen waren, und Isabel wusste, dass die Normannen sich bald wünschen würden, den stets strategischen und beherrschten Rhys nicht entfesselt zu haben. Denn die wahre Macht der Briten stand ihnen noch bevor.

»Und kannst du dir vorstellen, hier dein restliches Leben zu verbringen?«, fragte die sonst so stille Eira an ihrer Seite. »Im ständigen Regen, eingesperrt von diesen Bergen, inmitten all der Menschen, die so komisch reden.«

Isabel warf ihrer Freundin mit der düsteren Miene einen Blick zu und beugte sich von ihrem Pony zu ihr hinüber. Sacht berührte sie ihren Arm. »Du wirst mir auch schrecklich fehlen, Eira, das weißt du. Aber noch ist es ja nicht so weit. Dies ist nur ein Treffen zur Besprechung eines Bündnisses. Ich weiß noch nicht einmal, ob Ralph …« Sie biss sich auf die Innenseite der Wange und ignorierte den Schmerz in ihrer Brust. Ein weiteres Jahr war vergangen ohne ein Sterbenswort von ihm. Und wenn er sie tatsächlich vergessen hatte, wie sie insgeheim schon so lange fürchtete? Wenn er sich in irgendein nordwalisisches Mädchen verliebt hatte und womöglich längst verheiratet war? Vielleicht hatte er bereits alles erreicht und wollte sie nur nicht mehr zu sich holen – die Gemahlin des Sheriffs, die alles andere als der Traum eines Mannes war. Es war doch durchaus möglich, dass er sich jetzt, mit sechsundzwanzig Jahren, nach einem Heim, Familie und Kindern sehnte, einer Frau, die ihm eine warme Mahlzeit auf den Tisch stellte, seine Füße massierte, sein Haus in Ordnung hielt und seine Kinder versorgte. Wie sollte er wissen, dass Isabel nach all dem Krieg genau dasselbe wollte? Sie würde wohl nie eine perfekte Ehefrau sein, aber sie sehnte sich nach Ruhe und Frieden, nach Geborgenheit und Kindern. Sie sehnte sich nach ihm. Es war eine kindliche Liebe gewesen, aber für Isabel war sie immer noch real. Sie wollte nicht auf die giftige Stimme hören, die ihr sagte, dass er sie nicht mehr wollte, denn ein Teil in ihr glaubte noch an ihn und sein Versprechen.

»Aber wenn Ralph hier ist«, fuhr Eira fort, während sie sich Bangor näherten, einem Fürstenhof Gwynedds, der näher gelegen war als der Hauptsitz in Aberffraw. »Wenn er getan hat, was auch immer er tun wollte, und dich hierbehalten möchte, dann bleibst du, nicht wahr?«

Isabel atmete tief ein, dieses Gespräch war entsetzlich schmerzvoll. Denn wenn sie Ralph gewann, würde sie viele Freunde verlieren, und nach allem, was Eira hatte durchstehen müssen, wollte Isabel sie nicht verlassen. In der schrecklichen Zeit nach Cadwgans Tod waren sie sich noch nähergekommen. »Ich weiß es nicht. Es kommt darauf an …«

»Worauf?«

»Auf alles eben. Auf Ralph, seine Situation hier, auf das Ergebnis der Friedensgespräche …« Sie sah Eira ins blasse Gesicht, das als weißer Fleck aus der Kapuze des Umhangs leuchtete. »Du könntest ebenfalls hierbleiben«, begann sie vorsichtig ihren geheimen Wunsch auszusprechen, woraufhin Eiras Augen sich verengten. Isabel wollte nicht darauf hinweisen, dass ihre Freundin im Süden nichts mehr hatte, was sie hielt, denn das wusste Eira auch selbst. Ihre Tochter Anwen könnte sie mitnehmen, und in den Kampf war Eira schon lange nicht mehr gezogen. Jetzt, da Raubbanden und ganze Armeen ihr Unwesen im Land trieben, war es zu gefährlich, sich mit einer kleinen Gruppe nach draußen zu begeben. Isabel hatte es nie wieder gewagt, aus Angst, dem Sheriff in die Hände zu fallen. Die einzige Möglichkeit, dem britischen Volk noch zu helfen, war, endlich Frieden unter den Briten zu schließen und der Willkür der Normannen ein Ende zu bereiten.

»Ich weiß nicht«, sagte Eira schließlich und ließ ihren Blick über die Kriegstruppe und die wenigen Frauen in ihrer Begleitung schweifen. »Maredudd und Cadwgan sind im Süden. Andererseits … manchmal glaube ich, nicht länger in all diesen Erinnerungen gefangen bleiben zu können.« Sie wies zu den kantigen Felsgebilden, die bedrohlich aus der Erde ragten, und lachte unfroh auf. »Ich hasse Berge, sie sind so erdrückend und mächtig. Trotzdem kommt es mir so vor, als würde ich freier atmen, seit wir die Grenze unseres Landes hinter uns gelassen haben.«

Isabel lächelte sanft. »Niemand zwingt dich, jetzt eine Entscheidung zu treffen. Ich selbst weiß ja noch nicht einmal, was mich erwartet. Vielleicht lassen wir uns einfach alle Möglichkeiten offen?«

Nun lächelte auch Eira, und sie wirkte tatsächlich fast schon befreit. »Alle Möglichkeiten offen …«, murmelte sie, als wäre ihr das völlig fremd. »Ja, das könnten wir tun.«

Isabel nickte erleichtert und blickte von einem sanften Hügel aus ins Tal hinunter, wo sich die Kathedrale von Bangor in ihrer Pracht erhob. Sie war eine aus Stein errichtete Kirche in der Form eines Kreuzes und von mehreren wie dahingeworfenen Holzgebäuden umgeben.

»Die Kathedrale wurde so weit landeinwärts errichtet, damit Wikinger sie vom Meer aus nicht sehen«, erklärte Iestyn, der kaum je von Eiras Seite wich. Manchmal glaubte Isabel, dass der treue Krieger aus Maredudds Dienst sein Herz an Eira verloren hatte, aber als Isabel ihre Freundin darauf angesprochen hatte, war nur ein abfälliges Kopfschütteln gefolgt. Es war schade, dass Eira ihr Herz nicht mehr öffnen konnte, und Iestyn würde sich ihr bestimmt nie von sich aus nähern, schon aus Respekt Maredudd gegenüber. Dabei könnten sich die beiden vielleicht gegenseitig Glück schenken. Andererseits konnte Isabel sich auch nicht vorstellen, jemals einen anderen als Ralph zu lieben, egal, was sie jetzt hier im Norden erwartete.

»Ist das der Bischof?«, fragte sie, als sie die kleine Gruppe Reiter um die Kathedrale herum direkt auf sie zukommen sah. Ein Kriegsherr hielt sich an der Spitze, an seiner Seite ein Mann in weißem Gewand, auf dem jedoch wertvolle Borten und Stickereien auffielen. Ein in Purpur und Gold gehaltenes Zingulum war um die Mitte gebunden, und als sie näher kamen, erkannte Isabel auch den Bischofsring.

»Großartig«, brummte Rhys vor ihnen, und Isabel bemerkte, dass sich sein ganzer Körper anspannte. Ehe sie aber nachfragen konnte, hielt die fremde Truppe an, und der gealterte Kriegsherr und der Bischof kamen den letzten Weg alleine auf sie zu.

»Liebster Neffe! Wie schön, dass du sicher hier im Norden angekommen bist.« Der Mann sprach mit einem solch fremdartigen Dialekt, dass sie ihn kaum verstehen konnte. Ob Ralph unter den seinen wohl auch so klang und er sich nur in ihrer Gegenwart bemüht hatte? Sofort sah sie sich unter den Begleitern nach ihm um, aber sie konnte ihn nicht entdecken. Vielleicht war dieser Mann hier an der Seite des Bischofs der Fürst höchstpersönlich, Owain Gwynedd, schließlich hatte er Rhys als Neffen angesprochen. Ergrautes Haar, das einst dunkel gewesen sein mochte, fiel ihm regennass ins freundliche Gesicht, aus dem offene, fröhliche Augen blickten. Schalk schien in ihnen zu blitzen, als wäre er jederzeit zu einem Scherz aufgelegt, und seine trotz des Alters kraftvolle Statur zeigte, dass er nur selten ruhte, sondern eher ein Mann der Tat war. Isabel schätzte ihn auf vielleicht sechzig Jahre, auch wenn seine Augen sich die Jugend bewahrt hatten. Auf sonderbare Weise erinnerte er sie an Ralph, und als Rhys seinen Namen nannte, wusste sie auch, warum. Er war Ralphs Vater.

»Cadwaladr.« Rhys spuckte den Namen aus, als läge er wie Gift in seinem Mund. »Ausgerechnet du sollst uns in Empfang nehmen? Ich hätte deinem Bruder wirklich mehr Feingefühl zugetraut, bedenkt man, dass er ein Bündnis mit mir schließen will.«

Cadwaladr lachte, und es klang erstaunlich ehrlich, ohne Herablassung oder Spott. »Nun, Owain dachte, dass wenn du es an mir vorbei schaffst, ohne mich zu töten, dann wirst du dieses Abkommen wirklich wollen. Sieh mich als deine Prüfung an, Neffe.« Er breitete die Arme aus, als Geste seiner Schutzlosigkeit. »Wie sehr willst du mich tot sehen? Und wie sehr willst du die Freinc mit meinem Bruder vernichten? Für eines musst du dich entscheiden.«

»Sprich du nicht von der Vernichtung der Freinc, lässt du dich doch seit Jahren von ihnen mit Frauen, Land und Reichtum beschenken. Ein elender Verräter bist du, ein Mörder und …«

Cadwaladr hob die Hand. »Wenn ich die Wahl habe, ziehe ich mein Blut immer Fremden vor, täusche dich nicht. Doch an erster Stelle steht mein Land, das, was mir zusteht. Owain nahm es mir weg und …«

»Er nahm es dir, weil du meinen Bruder ermorden ließt!«

Ein schweres Seufzen entrang sich dem Fürstenbruder. »Ja, um zu verhindern, dass mein Bruder und der deine sich mit diesem Ehebund aneinanderketten. Ich traute eurer Sippschaft nicht, Rhys, und sah keinen Nutzen in einer Verbindung des Nordens und des Südens. Dein Deheubarth war so gut wie verloren, die Freinc hatten sich längst dort ausgebreitet und Wurzeln geschlagen. Wieso hätte ich also gewollt, dass meine Leute im Kampf für eure verlorene Sache sterben? Ihr hättet unsere Unterstützung gesucht, und wir hätten diesem Ruf folgen müssen.«

»Stattdessen hast du meinen Bruder töten lassen und bist zu den Freinc gegangen.« Rhys schnaubte verächtlich. »Manch einer sagt, der Grund war der, dass du selbst ein Auge auf Owains Tochter geworfen hattest und nicht wolltest, dass sie meinen Bruder heiratet.«

»Ja, meine süße, kleine Nichte … diese Geschichte habe ich auch schon gehört. Nun, wir beide wissen, dass eher Politik und nicht Romantik für meine Entscheidung verantwortlich war, auch wenn Letzteres in den Liedern besser klingt. Es war mein Wunsch, mein Land, meine Leute und mein Volk zu schützen, indem ich sie nicht eurer Schwäche aussetze. Owain war zornig, dass ich sein Bündnis vernichtete, und vertrieb mich aus der Heimat. Natürlich ging ich zu den Freinc, damit sie sie mir zurückholen. Und das taten sie ja auch.«

»Und plötzlich schmiedest du Pläne, um sie zu vernichten.«

»Sie haben ihren Zweck erfüllt. Ich habe mein Land wieder, und mein Bruder wird es mir nicht mehr wegnehmen, will er doch verhindern, dass die Freinc ihm einen weiteren Besuch abstatten. Auch ist ein Bündnis unserer Länder nicht mehr ganz so selbstzerstörerisch, wie es einst gewesen wäre. Du hast an Kraft gewonnen, Rhys, bist stärker als dein Bruder einst. Also kann ich euch genauso gut dabei helfen, die Freinc ein wenig zu ärgern.« Sein unbekümmerter Tonfall und das beständige Funkeln der Heiterkeit wichen, plötzlich wirkte er ganz und gar ernst. »Sie sind zu weit gegangen. Wir waren alle in Woodstock und beugten unsere Knie, sprachen unsere Schwüre und übergaben unsere Geiseln. Dass diesen dann grundlos etwas angetan wurde, kaum dass wir uns wieder aufgerichtet haben, verlangt nach Vergeltung.«

»Es war meine Familie, die getroffen wurde.«

»Cadwgan ap Maredudd war auch von meinem Blut, Rhys, vergiss das nicht. Meine Schwester Gwenllian starb nicht so heldenhaft, um den Sohn ihres Sohnes feige abgeschlachtet zu sehen.«

»Wirklich rührend.« Rhys schüttelte den Kopf, und Isabel fürchtete schon, das ganze Bündnis würde daran scheitern, dass Rhys den alten Groll nicht vergessen und seinem Onkel nicht vergeben konnte.

»Du hast deine Gemahlin nicht bei dir?«, fragte Cadwaladr schließlich und wies auf die kleine Gruppe Frauen, in der sich auch Isabel und Eira befanden. Rhys hatte nichts dagegen gehabt, sie mitzunehmen, denn auch ein paar Krieger aus dem *Teulu* hatten ihre Ehefrauen dabei. Dies war kein Feldzug, sondern ein Friedensgespräch, und Isabel hatte die Gelegenheit nutzen müssen, um Ralph wiederzusehen.

»Gwenllian ist zu Hause, denn sie erwartet ein Kind«, antwortete Rhys und wies nach hinten. »Aber ich habe Cadwgan ap Maredudds Mutter bei mir, die deinem Bruder bestimmt so einiges über die Freinc zu sagen hat. Und das hier ist Isabel de Carew, die entlaufene Gemahlin des Sheriffs von Pembroke.«

Cadwaladr hob die Augenbrauen und sah sie mit offenem Mund an. »Nein, was sagt man dazu«, lachte er und trieb sein Pferd an, um etwas näher zu kommen. »Meine zukünftige Schwiegertochter. Ich werde nachher noch Gelegenheit finden, dich zu umarmen, Liebes, und ausgiebig mit dir zu reden. Man hört ja so einiges über dich.«

Verwirrt und überrascht sah Isabel ihn an. Zukünftige Schwiegertochter? Was hatte Ralph über sie erzählt? Cadwaladr musste doch wissen, dass sie verheiratet war, Rhys hatte es doch auch gerade angesprochen, und das hieß, dass sie nicht mehr heiraten konnte. »Mein Herr.« Mehr brachte sie nicht heraus. Ihre Wangen glühten, es machte sie nervöser, als sie angenommen hatte, Ralphs Vater vor sich zu haben. Verstörend war auch, dass er ihr so sympathisch war, nachdem sie ihn all die Jahre als Feind angesehen hatte, als Verräter und Mörder, genauso wie Rhys. Rhys war es jetzt auch, der verwundert, vielleicht sogar verärgert zwischen ihr und Cadwaladr hin und her sah. Er wusste nichts von ihr und Ralph und schon gar nicht, dass sie eine Verbindung zur Fürstenfamilie aus dem Norden hatte. Blieb nur zu hoffen, dass er ihr jetzt nicht misstraute.

»Wirklich tragisch«, seufzte Cadwaladr. »Da reitet mein Sohn in den Süden, und seine Liebste kommt hoch in den Norden.«

»Was macht Ralph im Süden?«, entfuhr es ihr, ehe sie sich zurückhalten konnte.

Cadwaladr lächelte geheimnisvoll. »Er ist dort, um etwas abzuholen, Liebes.« Mit einem Augenzwinkern wandte er sich wieder an Rhys. »Nun, hast du dich entschieden, Neffe? Wirst du mit mir gemeinsam zur Kathedrale hinunterreiten und diese alte Fehde vergessen? Oder ziehst du dein Schwert und kehrst um, auf dass du den Freinc weiterhin alleine gegenübertrittst?«

»Eine freincische Armee, die deine und die deines Bruders standen mir bei Cefn Rhestr gegenüber«, sagte Rhys rau. »Ihr kennt meine Stärke genauso wie ich. Mit den Freinc im Süden werde ich auch allein fertig, aber nur wenn wir im ganzen Land zugleich gegen sie vorgehen, werden wir einen langfristigen Erfolg erzielen. Nur gemeinsam können wir ein nachhaltiges Zeichen setzen und dem Feind beweisen, dass sie dem Volk der Briten gegenüberstehen und nicht länger die Querelen unter uns nutzen können. So, ja – für die Dauer dieses Gesprächs und den

Zeitraum einer möglichen Allianz werde ich ignorieren, dass du meinen Bruder hast töten lassen.«

Cadwaladr neigte seinen Oberkörper mit ausgebreiteten Armen, und gemeinsam ritten sie ins Tal hinunter zur Kapelle, wo Owain Gwynedd bereits auf sie wartete. Genauso wie sein Bruder kam er eher nach dem charakteristisch britischen Schlag, kräftig, untersetzt, dunkel. Sein Haar war ebenfalls grau, wenn auch sehr kurz geschnitten, und seine von Falten gesäumten Augen ließen auf einen scharfen Verstand schließen. Er wirkte nicht so sorglos wie sein Bruder, sondern schien stets wachsam zu sein. An seiner Seite hielt sich eine Frau, die als Cristin ferch Gronwy vorgestellt wurde, seine Gemahlin.

Begrüßungen, Küsse und Umarmungen wurden ausgetauscht, während derer Isabel sich fehl am Platz fühlte. Hier traf sich Familie wieder, auch wenn sie sich nicht nur einmal als Feinde auf einem Schlachtfeld gegenübergestanden hatten. Doch im Moment schien das niemanden mehr sonderlich zu kümmern, denn die Grausamkeit des gemeinsamen Feindes überwog.

Eira und die anderen Frauen folgten Owain, Cadwaladr und Rhys hinein in die Kathedrale, um dort eine Messe zu hören und vor allem um dem Regen zu entgehen. Auch wollten Rhys und seine nordwalisische Familie dem verstorbenen Fürsten von Gwynedd ihren Respekt erweisen. Gruffudd ap Cynan war Owains Vater und Rhys' Großvater gewesen, und er lag unter dem Hochaltar dieser Kathedrale begraben.

Isabel interessierte sich jedoch wenig für all das zeremonielle Getue und blieb lieber draußen im Nieselregen, um ihre Gedanken zu sortieren. Die Kapuze tief in die Stirn gezogen, spazierte sie über die Wiese neben der Kirche und blickte über die sanften Hänge dieser Senke zu den in der Ferne emporragenden Bergen. Sie war tieftraurig, dass Ralph nicht hier war. Den ganzen Weg über hatte sie sich ihr Wiedersehen vorgestellt, voller Angst und Vorfreude. Dass sich jetzt weder ihre schönsten noch schlimmsten Erwartungen erfüllt hatten, ließ sie in einer unerträglichen Leere zurück. Ihr Blick wanderte weiter über die Berge, und plötzlich füllten Tränen ihre Augen. Wenn Ralph hier wäre, könnte er ihr die Geschichten zu diesem Ort erzählen, er könnte ihre Hand umschließen, sie nahe an seinem Körper halten … Was hatte er nur im Süden verloren? Er wollte etwas holen … Hatte er vielleicht sogar vorgehabt, *sie* in den Norden zu bringen? Hatte er etwa erreicht, dass sein Onkel dieser Verbindung zustimmte, und war Ralph zum Landhalter erhoben worden?

»Nicht erschrecken, Kleine, ich nähere mich dir von hinten und gebe dir daher lieber eine Warnung, bevor du wieder versuchst, mir etwas abzuschneiden.«

Isabel fuhr herum und sah sich plötzlich dem Poetenfürsten gegenüber, der grinsend und mit vor der Brust verschränkten Armen im Regen stand. Seine hochgewachsene Gestalt, die nach einem Blick auf Owain Gwynedd eher von der irischen Seite seiner Mutter kommen musste, war in feine Gewänder und blitzendes Geschmeide gehüllt. Der Fürst hatte gut zwanzig Kinder, hieß es, und viele Söhne. Aber Hywel war der ernannte Erbe. Diese Selbstsicherheit trug er in seiner Haltung, und Isabel erinnerte sich noch gut daran, dass er sie einst zu entführen versucht hatte. Aber auch, dass er davon abgekommen war.

»Schön, dich wiederzusehen … Freund. Du scheinst es dir zur Gewohnheit zu machen, mir in den Regen zu folgen.«

Hywel hob in gespielter Unterwürfigkeit die Hände. »Ah, heute bin ich ganz und gar unschuldig … Freundin. Heute trieb mich die Langeweile heraus.«

»Tatsächlich.« Isabel machte sich nicht die Mühe, die Zweifel aus ihrer Stimme herauszuhalten, denn auch wenn sie einst einen Waffenstillstand geschlossen hatten, traute sie ihm doch nicht blind. Dafür kannte sie ihn zu wenig. Ungerührt setzte sie ihren Weg fort, und wie erwartet gesellte Hywel sich an ihre Seite. Sein helles Haar war im Nacken zusammengebunden, und in seinem kurzen Bart glitzerten Regentropfen. Bisher war ihr nie aufgefallen, dass seine Augen von einem hellen Blau waren, das sie an Ralph erinnerte, denn sie hatte ihn immer nur nachts gesehen. Es war verstörend, daran zu denken, dass die beiden so eng miteinander verwandt waren und dass Hywel vermutlich auch mehr über Ralph wusste als sie. Die letzten Jahre hatten die beiden Prinzen zusammen am nordwalisischen Hof verbracht, zusammen gekämpft und überlebt. Überrascht stellte sie fest, dass sie eifersüchtig war – sie wusste kaum etwas von Ralph, hatte seit der gemeinsamen Zeit in Tenby immer nur gestohlene Momente mit ihm verbracht und ihn jetzt Jahre nicht mehr gesehen – zuletzt, als sie Abschied von ihrer Tochter genommen hatten. Wie hatte er sich seither verändert?

»Du drückst dich also vor dem Kirchgang«, sagte Hywel belustigt, »dabei dachte ich mir, dass du dich mit dem Bischof gut stellen willst, soll er dich doch verheiraten.«

Isabel sah zu ihm hoch. »Ich bin schon verheiratet.«

»Ja. Noch.«

Erschrocken riss sie die Augen auf, plötzlich ahnte sie, was Ralph in Südwales vorhatte – würde er den Sheriff töten? Nach all der Zeit? Er hatte versprochen, es nicht zu tun. Aber eine andere Möglichkeit gab es doch nicht, um Ralph heiraten zu können. »Was meinst du damit?«

Hywel lächelte und zuckte mit den Schultern. »Wusstest du eigentlich, dass der Bischofssitz von Bangor offiziell als leer angesehen wird? Der übliche Streit zwischen den Freinc und uns Briten. Mein Vater ernannte Arthur zum Bischof, doch die Freinc waren natürlich dagegen. Der Erzbischof von Canterbury ist dagegen, um genau zu sein, und will lieber selbst einen Bischof bestimmen – einen freincischen, versteht sich. Aber mein Vater ließ Arthur ganz einfach in Irland weihen, und so haben wir jetzt unseren eigenen Bischof, und die Freinc ärgern sich. Du siehst, Isabel – wir haben hier immer noch unsere eigene Kirche, unsere keltische Kirche, und lassen uns weder von den Freinc noch von Rom etwas vorschreiben.«

»Fürchtet ihr nicht die Konsequenzen?«

Hywel sah mit hochgezogener Augenbraue auf sie hinab. »Was denn für Konsequenzen? Der Papst hat meinen Vater schon längst exkommuniziert, weil er sich nicht von seiner Frau trennt – die ist nämlich seine Cousine ersten Grades, und das passt der Kirche nicht. Als hätten wir nicht seit jeher unsere Cousinen geheiratet! Er ist ja auch schon ewig mit ihr verheiratet, und bevor er diese unerträgliche Frau hergibt, lässt er sich dreimal aus der Kirche ausschließen. Ich selbst hätte ja nichts dagegen, wenn er sie verstößt, denn sie ist eine intrigante, bittere Ziege, aber wer fragt mich schon. Sie kann es nun einmal nicht ertragen, dass ich der Erbe bin und nicht ihre eigenen Söhne. Aber um beim Thema zu bleiben.« Er legte ihr die Hand auf die Schulter und hob abwartend einen Mundwinkel, als sie sich aber nicht die Mühe machte, sich von seiner Berührung zu befreien, fuhr er fort: »Du bist eine Freinc, Isabel, auch wenn ein bisschen britisches Blut in deinen Adern fließt. Aber unsere Gesetze und unsere Kirche sind dir fremd. Da du aber bald zur Familie gehörst, bin ich gerne bereit, dich aufzuklären. Vielleicht solltest du dir überlegen, gleich hierzubleiben und nicht mehr mit Rhys zurück in den Süden zu gehen. Damit ersparst du meinem werten Vetter zumindest den Weg, und ich kann dir bis zu seiner Rückkehr alles erzählen.«

»Was denn erzählen?« Sie blieb stehen und wischte nun doch seine Hand fort. »Wieso er mir seit fünf Jahren kein einziges Lebenszeichen geschickt hat?«

Hywel strahlte. »Hat er nicht? Ha!« Er stieß einen triumphierenden Ruf aus und wischte sich das nasse Haar aus dem Gesicht. »Na, das wird meinen Vater freuen zu hören. Ich habe ihm ja gesagt, dass Ralph es schafft, schließlich habe ich die Entschlossenheit zur Verwirklichung seines Plans in seinen Augen gesehen, aber mein Vater dachte, es würde ihm nicht gelingen, sich an die Abmachung zu halten und dem Süden fernzubleiben. Nun, so wie es aussieht, hat er es also wirklich vollbracht. Mein Vater gab ihm Land an der Ostgrenze«, erklärte er auf ihren verwirrten Ausdruck hin. »Ralph hat sich längst die Treue einiger guter Kämpfer verdient, die ihm folgen. Er hat seine eigene Kriegstruppe, und mit der unterstützte er meinen Vater bei ein paar Scharmützeln in den letzten Jahren. Aber die meiste Zeit war er wohl auf seinem Land, um dort … nun ja … ein Heim aufzubauen, denke ich. Ich war einmal dort – es ist ein nettes Fleckchen in den Bergen. Ralph hatte damals bereits einen Wall aufgeschüttet und war dabei, einen Palisadenzaun zu errichten. Vermutlich steht jetzt auch schon ein Haus. Es liegt im Hochland, unter den Klippen, wo es gute Weiden für Schafe und Rinder gibt.«

Isabel starrte ihn an und tat sich schwer, den Inhalt seiner Worte zu verstehen. Ein Heim? Ralph baute all das auf? Sollte es denn wirklich wahr sein? Es schien ihr wie ein Traum, und sie hatte Angst, im Frauenhaus von Dinefwr oder – noch schlimmer – auf der Burg des Sheriffs aufzuwachen. Die Briten des Nordens und des Südens befanden sich vereinigt in der Kathedrale von Bangor, um Frieden zu schließen, und Ralph hatte sie nicht vergessen.

»Er bekam all das für seinen treuen Dienst«, fuhr Hywel grinsend fort. Er schien ihre Verblüffung zu genießen. »Und für sein Wort, dass er sich von dir fernhält, bis die sieben Jahre deiner Ehe mit dem Sheriff abgelaufen sind. Mein Vater will dich als Ehefrau für seinen Neffen, verstehst du? Und Ralph … ja, Ralph, der ist besessen davon, dich zu heiraten, meine Teuerste. Eine Schande wirklich, wenn man bedenkt, dass du einst fast mit *mir* davongelaufen wärst.«

Isabel verdrehte die Augen, musste bei seinem schelmischen Funkeln aber doch lachen. »Ja, ich konnte dir wirklich nur schwer widerstehen … Ich verstehe immer noch nicht«, fügte sie schließlich hinzu. »Ich kann Ralph nicht heiraten, auch wenn ich es will. Und er darf den Sheriff nicht töten, um unser Zusammensein nicht mit einer Bluttat zu beginnen. Das weiß er. Also wie kommt ihr darauf, dass wir heiraten …« Eine leise Erinnerung an ein lange vergangenes Gespräch mit Eira drängte sich ihr auf. »Wieso sieben Jahre?«

Hywel beugte sich zu ihr vor, tippte ihr ans Kinn und zwinkerte ihr zu. »Na, wegen der Scheidung natürlich.«

Er ist da! Er ist da!« Eines der Mädchen des fürstlichen Hofes, irgendeine Nichte oder Enkeltochter Owains, stürmte mit den Armen winkend in die Halle.

Isabel presste die Hand auf ihren Bauch, um das plötzliche Kribbeln darin zum Stoppen zu bringen, doch es hörte nicht auf. Mit angehaltenem Atem wandte sie sich dem Tor zu, genauso wie unzählige andere Anwesende auch. Alles war bereit für die Verhandlung, denn der Fürst wollte den Freinc aus dem Süden nicht länger bei sich haben als unbedingt notwendig. Auch Isabel war froh, wenn alles hinter ihr lag, vor allem, da sie bezweifelte, dass ihre Freiheit tatsächlich möglich war. Im Moment war es aber weniger das Eintreffen des Sheriffs, das ihr das Atmen schwer machte, sondern das Wiedersehen mit Ralph.

»Ihr erinnert Euch an alles, was wir besprochen haben?« Der Hofrichter trat in ihr Blickfeld und sah sie prüfend an.

Aber ehe Isabel etwas erwidern konnte, schob Eira sich nach vorne. »Sie ist ja nicht dumm, wir wissen, was wir zu tun haben.« Ungeduldig winkte sie den Mann davon und drückte Isabels Hand. »Es beginnt, Isabel«, flüsterte sie aufgeregt, »der Rest deines Lebens.«

Isabel konnte nur nicken und verstärkte den Druck um Eiras Hand. Sie wusste nicht, was sie getan hätte, wäre Eira mit Rhys fortgegangen. Sie war so unendlich dankbar, dass ihre Freundin sich entschieden hatte, im Norden bei ihr zu bleiben. Iestyn war auf dem Weg, um Anwen zu holen, und dann würden er und Eira heiraten. Zu aller Verblüffung hatte er sich ein Herz gefasst und um ihre Hand angehalten, und Isabel war noch überraschter gewesen, als Eira mit Ja geantwortet hatte. Sie liebte ihn nicht so wie Maredudd, hatte sie Isabel anvertraut, aber sie konnte nicht ewig allein sein. Iestyn verstand das, und obwohl es vielleicht eher eine Zweckehe war, wusste Isabel, dass Iestyn Eira weiterhin beschützen würde. Etwas, das sie mit Freude und Erleichterung erfüllte. Und vielleicht würde Eira irgendwann lernen, Iestyn wahrhaftig zu lieben. Im Moment bereitete ihr aber ihre eigene Liebe eher Kopfzerbrechen, und ihre eigene bevorstehende Hochzeit – sollte es je dazu kommen.

Sie hatte zunächst nicht verstanden, warum der Fürst ihretwegen so einen Aufwand betrieb. Sein Sohn Hywel hatte Rhys nach dem Abkommen zur Vereinigung gegen die Freinc bis an die Grenze seines Landes begleitet und war dabei auf Ralph gestoßen. Sogleich hatte er einen Boten an den Hof geschickt, um alle über die baldige Ankunft in Kenntnis zu setzen, und Isabel war von dem aufkommenden Trubel wie überrollt gewesen. Im einen Moment hatte sie sich noch von Rhys verabschiedet, auch wenn er nicht begeistert gewesen war von ihrer Entscheidung hierzubleiben. Im nächsten hatte Cadwaladr sie schon unter seine Fittiche genommen und ihr genau erklärt, wo Ralph war, was er vorhatte und wieso dem Fürsten an dieser Verbindung lag. In Owain Gwynedds Augen war sie ein direkter Nachkomme von Rhys ap Tewdwr und würdig für seinen Neffen, stammte sie doch von nobelstem Blute der Fürstenfamilie Deheubarths. Ihre Verbindung mit Ralph unterstrich noch einmal die Verbindung der beiden Fürstentümer des Nordens und des Südens, ein Friede, der langfristig halten sollte. Daher bestand Owain auch auf eine Eheschließung und gab sich nicht damit zufrieden, dass

Isabel lediglich Ralphs Geliebte wurde, auch wenn eine Frau in solch einer Beziehung nach sieben Jahren die gleichen Rechte gegenüber dem Mann geltend machen konnte, als wären sie angetraut. Mittlerweile hatte sie viel über die walisischen Gesetze gelernt, die für die Briten immer noch ausnahmslos galten. Die Rechte der Freinc hatten sich hier im Norden noch weniger durchsetzen können als im Süden, etwas, das Isabel zur Freiheit verhelfen sollte.

Genauso wie in Dinefwr lebte sie hier mit den anderen Frauen zusammen, die sie als Noble ansahen. Ihr zukünftiger Schwiegervater Cadwaladr wich kaum je von ihrer Seite, nannte sie »seine Tochter« und tätschelte ihr immer wieder die Wange, was verstörend war. Auch jetzt kam er durch die hell erleuchtete Halle zu ihr und zwinkerte ihr zu. »Sieh nicht so ängstlich drein, Ysbail.« Der schwere, tröstende Singsang, mit dem er sprach, hob ihre Mundwinkel zu einem zaghaften Lächeln, sie konnte gar nicht anders. Nach den Tagen hier im Norden hatte sie sich bereits ein wenig an den fremden Dialekt gewöhnt, auch wenn Cadwaladr manchmal noch schwer zu verstehen war. »Ich kann mir vorstellen, dass es keine Freude für dich ist, deinem Angetrauten zu begegnen, noch weniger, dein Eheleben vor dem gesamten Hof breitzutreten, aber du schaffst das schon. Mein Junge wird alles richten, du wirst sehen. Und dann werdet ihr beide heiraten.«

»Heiraten.« Isabel ließ ihren Blick durch die Halle gleiten, zur Tafel neben der schwach glimmenden Feuerstelle, wo der mit seinem kurzgeschnittenen Haar adrett zurechtgemachte Owain Gwynedd saß und irgendetwas mit zweien seiner Söhne besprach. Isabel fiel es immer noch schwer, den Überblick über all die vielen Söhne, Enkelsöhne, Vettern und Neffen zu behalten, die so gut wie alle Kriegsherren mit eigenen Truppen da waren. Der Poetenfürst war der Einzige, den sie aus der Masse kannte, aber der war an Ralphs Seite geblieben, um ihn das restliche Stück zurück nach Bangor zu begleiten.

»Und ihr werdet dem Sheriff wirklich nichts antun?«, zweifelte Isabel, als Eira sich zu den anderen Frauen zurückzog und sie jetzt unruhig ihre Finger aneinanderrieb.

Cadwaladr lachte leise und zog ihre Hände auseinander, die er mit den seinigen umschloss. »Wir wollen keinen Krieg mit den Freinc aus dem Süden. Wir wollen dich, Töchterchen, also beruhige dich.«

Isabel nickte und zwang sich, tief ein- und auszuatmen, doch alle Mühe war vergebens, als eine Gruppe Krieger in die Halle trat, die womöglich zur Kriegstruppe des Poetenfürsten gehörte, vielleicht sogar zu Ralphs. So viel hatte sich in den letzten Jahren getan. Wer war Ralph jetzt? Die anderen sprachen voller Respekt über ihn, nannten ihn einen *Uchelwyr*, einen freien britischen Lord und Landhalter, einen Prinzen. Als seine zukünftige Gemahlin übertrug sich dieser Respekt auch auf sie, und so hielt sich jetzt eine Gruppe Frauen hinter Isabel, die ihr unterstützend zur Seite stehen wollte – Gemahlinnen von Kriegern aus dem *Teulu*, Töchter, Enkeltöchter und Nichten des Fürsten … Es fiel Frauen leicht, Mitgefühl zu empfinden, wenn sie einem grausamen Ehemann ausgesetzt gewesen waren. In solch einem Fall kannte ihre Solidarität keine Grenzen, und Isabel fühlte sich durch ihre Anwesenheit gleich etwas gestärkt. Aber dann trat der Sheriff in die Halle, nicht gefesselt und mit einem Sack über dem Kopf, wie sie fast schon erwartet hatte, sondern frei, lediglich von ein paar Stößen zum Weitergehen animiert. Von seiner stets so peniblen Aufmachung war jetzt mit all dem Reiseschmutz von mehreren Tagen nichts mehr zu sehen. Für gewöhnlich legte er sehr viel Wert auf Sauberkeit und ein ansprechendes Äußeres, das seine Schönheit noch betonte. Jetzt war sein rotgoldenes Haar verfilzt, seine Kleidung und seine Haut schlammbespritzt vom beständigen Regen der nordwalisischen Berge. Er schien nicht verletzt, aber Isabel stellte mit einem Hauch unchristlicher Genugtuung fest, dass die Überlegenheit bröckelte und sich Erschöpfung und auch Angst zeigten. Hatte man ihm gesagt, wieso er hier war? Sein grüner Blick schweifte durch die Halle, richtete sich aber auf den Fürsten weiter vorne, an dessen Seite sich jetzt der Hofrichter begab. Wann würde er sie sehen? Sie fürchtete den Moment, da er sie entdeckte und sein Hass sie traf.

Zu lebhaft war die Erinnerung an die letzte Begegnung mit ihm, daran, wie er ihr gedroht hatte, ihr ihr Kind aus dem Bauch zu treten. Sie erinnerte sich an Trystan im Kerker, an seine Schmerzen, an Ralphs Tat, zu der er gezwungen worden war. Bilder ihrer kleinen Tochter blitzten vor ihrem geistigen Auge auf, und erst als Cadwaladr schützend seinen Arm um sie legte, bemerkte sie, wie sehr sie zitterte.

»Er kann dir jetzt nichts mehr tun«, flüsterte er ihr zu, drückte sie noch einmal und ließ sie dann los.

»William Hayt!«, rief er sogleich und trat mit ausgebreiteten Armen auf ihn zu. Sofort war es ganz still in der Halle, alle lauschten neugierig auf das Kommende. »Sheriff von Pembroke. Im Namen meines Bruders Owain ap Gruffudd, des Fürsten von Gwynedd, heiße ich Euch in Bangor willkommen.« Er sprach fließendes Normannisch, dem nur ein leichter Akzent anzuhören war, und es klang ungewöhnlich in Isabels Ohren. Mit seiner Freundlichkeit und Offenheit hatte er sie fast vergessen lassen, dass sie ihn stets für einen Verräter gehalten hatte. Aber die Welt war nicht immer nur schwarz oder weiß, Cadwaladr hatte seine Gründe gehabt. Jeder versuchte zu überleben und tat, was er für das Richtige hielt, auch wenn es für andere falsch erschien. Cadwaladr hatte sie gelehrt, nicht über Menschen zu urteilen, von denen sie lediglich aus anderen Mündern hörte und die sie nie selbst getroffen hatte.

»Mein Name ist Cadwaladr ap Gruffudd«, fuhr er sogleich fort und blieb vor dem Sheriff stehen. »Ihr erinnert Euch vielleicht an mich. Vor einigen Jahren übergab ich meinen Sohn in Eure Obhut.« Sein Ton nahm für einen winzigen Moment ungewohnte Schärfe an, schließlich wusste er bestimmt, wie es Ralph in der *Obhut* des Sheriffs ergangen war. Aber dann kehrte sofort wieder die Freundlichkeit zurück. »Für die Dauer dieser Verhandlung nehme ich eine neutrale Position ein und diene Euch als Übersetzer. Seid Ihr damit einverstanden?«

»Was für eine verdammte Verhandlung? Wenn ihr glaubt, Lösegeld für mich herausschlagen zu können, habt ihr euch getäuscht. Was habe ich mit euch zu schaffen? Wo ist der Bastard, he? Wo ist Ralph le Walleys, der mich aus der eigenen Burg entführte und die Klippen hinunterschleifte? Wo versteckt er sich, jetzt, da er mich durchs ganze Land gezerrt hat?«

»Ich bin hier.« Ein Luftholen ging durch die Halle, obwohl Ralph Normannisch gesprochen hatte. Alle blickten zum Tor, und Flüstern brandete auf. Aber niemandes Herz hatte wohl so einen Satz gemacht wie Isabels. Denn anstatt zum Sheriff zu blicken, sah er direkt sie an, als wären seine Worte nur für sie bestimmt gewesen.

»Ralph.« Sein Name kam nur als Flüstern über ihre Lippen, sie musste ihn aussprechen, denn ihren Augen traute sie nicht. War er wirklich hier? Nach all den Jahren? Auch ihm waren die Beschwerlichkeiten der Reise anzusehen, er war durchnässt und schlammbespritzt, sein schwarzes Haar fiel ihm nass in Stirn und Nacken, ein kurzer Bart spross an seinem Kinn, über der Oberlippe und an den Wangen. Er sah älter aus, von der Zeit gezeichnet, kriegerischer und härter, als sie ihn in Erinnerung gehabt hatte. Fast schon gefährlich. Aber anders als beim Sheriff lag in seiner Miene keine Niederlage, sondern der Triumph des Siegers, die Erleichterung, dass all die Schrecken ein Ende nehmen sollten. War er immer schon so groß gewesen? Er kam ihr inmitten der eher kleingewachsenen Waliser wie ein Riese vor. Seine Gestalt im Ringpanzer dominierte die Halle, alle sahen ihn an, aber sein Blick war nur auf sie gerichtet. Er schien genauso nach Antworten zu suchen wie sie, versuchte in ihrem Gesicht zu lesen, ob die letzten Jahre zwischen ihnen standen. Bei ihrer letzten Begegnung hatten sie Tränen vergossen und nicht nur einen Freund, sondern auch ein Kind verloren. Sie hatten den größten Schmerz aushalten müssen, und plötzlich waren sie wieder zusammen, mit dem Versprechen einer Zukunft, nach der sie sich so sehr gesehnt hatte.

Isabel wollte zu ihm gehen und ihn berühren, um ganz sicher zu sein, dass er da war, aber Ralph schüttelte kaum merklich den Kopf.

Im nächsten Moment führte Cadwaladr auch schon den Sheriff zu ihr, und Isabel vergaß, dass Hoffnung bestand, dass alles gut werden würde, und dieser Moment ihrer Freiheit und ihrem Glück diente. Abscheu, Zorn und Angst erfüllten sie immer mehr, mit jedem Schritt, den der Sheriff näher kam.

Als ihr Gemahl sie entdeckte, wurden seine Augen weit, und reinster Hass funkelte ihr aus dem Grün entgegen. »Ah, hier versteckt sich die Hure also.« Er machte zwei schnelle Schritte auf sie zu, Isabel erstarrte, war nach den letzten Jahren zu wenig geübt darin, ihm standzuhalten, und wäre beinahe zurückgewichen, doch Cadwaladr umfasste seinen Arm, während zwei der Krieger sich mit Speeren vor sie stellten und ihn etwas zurückschoben.

»Seid vorsichtig«, knurrte Cadwaladr, »der Bastard, von dem ihr gesprochen habt, ist mein Sohn, wie Ihr wisst, und die Frau, die Ihr hier als Hure schimpft, bald meine Tochter, so hütet Eure Zunge. Fürs Erste droht Euch keine Gefahr, und in wenigen Momenten, wenn diese unsägliche Angelegenheit erledigt ist, seid Ihr frei zu gehen. Doch solltet Ihr die Hand noch einmal gegen diese Frau erheben, kann ich nicht garantieren, dass Ihr sie nicht verliert.«

Der Sheriff sah ungläubig zwischen Isabel und Cadwaladr hin und her, dann zurück zu Ralph, der sich zu einer Gruppe Krieger gesellte, die ihm etwas zuflüsterten und ihm auf die Schulter klopften. Erkenntnis leuchtete in den klargrünen Augen. All die Fragen, wie sie verschwunden war und wohin, schienen sich zu beantworten. Gleichzeitig war ihm aber immer noch die Ungewissheit anzumerken über das, was ihn hier erwartete.

»William Hayt.« Der Hofrichter an Owain Gwynedds Seite erhob sich und bedeutete den Anwesenden, ruhig zu sein. »Ihr habt Euch als Gemahl dieser Frau als unwürdig erwiesen, sodass uns der Wunsch einer Scheidung angetragen wurde.«

Cadwaladr übersetzte, und der Sheriff riss die Augen auf. »Einer *was*?!« Wieder sah er zu Ralph zurück, dann wieder zu Isabel, und ein gemeines Lachen entfuhr ihm. »Natürlich. Isabel und ihr Waliser-Freund. Nun, es tut mir leid, euch enttäuschen zu müssen, aber Isabel gehört *mir*! Der Bischof von St. David selbst hat uns vermählt! Wir sind Eheleute vor Gott.«

»Und der Bischof von Bangor wird sie erneut verheiraten.« Cadwaladr wies auf den anwesenden Bischof, und dem Sheriff war anzusehen, dass er alle für verrückt hielt. Natürlich. Für einen Normannen gab es keine Scheidung, für die römische Kirche gab es keine, denn eine Ehe konnte nur durch den Tod getrennt werden. Aber nicht nach britischem Recht und auch nicht nach der keltischen Kirche.

»Das Gesetz lautet«, fuhr der Hofrichter fort, als hätte er den Einwurf des Sheriffs gar nicht gehört, »dass eine Frau das Recht hat, sich scheiden zu lassen, wenn der Ehemann sie dreimal grundlos geschlagen hat.«

»Eine Frau kann man gar nicht grundlos schlagen!«, rief der Sheriff. »Sie liefern einem immer einen Grund.«

»Gründe, die einen Schlag rechtfertigen«, erklärte der Hofrichter unbeeindruckt, »sind folgende: Hat Eure Gemahlin etwas fortgegeben, das sie nicht hätte fortgeben dürfen?«

»Was?!«

»Hat Eure Gemahlin Euch Schlechtes gewünscht?«

»Natürlich! Sie hat mir immer zuwider geredet! Nie gehorcht und …«

»Habt Ihr Eure Gemahlin mit einem anderen Mann erwischt?«

»Aber sicher!« Der Sheriff wies hinter sich. »Mit ihrem Waliser-Freund hat sie es seit jeher getrieben. Sie war noch nicht einmal eine Jungfrau bei unserer Hochzeit!«

Isabel spürte Röte in ihre Wangen steigen, solche Themen vor dem gesamten Hof waren zutiefst beschämend, aber Cadwaladr und der Hofrichter hatten sie vorgewarnt. Sie musste da durch. Beklommen warf sie Ralph einen Blick zu, aber er sah sie nicht an, stattdessen fixierte er den Sheriff mit all seinem Hass. Isabel verstand, dass dies ein wichtiger Moment für ihn war. Nach allem, was sie von seiner Familie über die letzten Jahre erfahren hatte, war es sein Streben gewesen, den Sheriff vor dieses Gericht zu führen, das ihn weitergetrieben hatte. Das Heim, das er aufgebaut, die Kämpfe, die er geführt hatte. All das hatte er für diesen Augenblick getan, in dem er sie von ihrem Ehemann befreite. Der Junge von einst kam ihr in den Sinn. Ihr Freund, mit dem sie so viel Freude und so viel Leid erfahren hatte. Der Liebende, der sein Versprechen gehalten und nicht aufgegeben hatte. Sie wollte zu ihm und sich entschuldigen, dass sie jemals an ihm gezweifelt hatte, aber sie wusste, das musste warten.

Der Hofrichter nickte ernst. »Ihr sagt, Eure Gemahlin war keine Jungfrau, als Ihr sie zum ersten Mal gebettet habt. So habt Ihr sie noch in derselben Nacht verstoßen?«

Der Sheriff sah den Hofrichter nur verwirrt an, der sogleich fortfuhr: »Wenn Ihr Eure Gemahlin nicht schon in der ersten Nacht verstoßen habt, so verliert Ihr jegliches Recht, Euch hinterher darüber zu beschweren. Indem Ihr sie bei Euch behalten habt, habt Ihr es akzeptiert.«

»Sind hier denn alle verrückt geworden?« Der Sheriff breitete die Arme aus und drehte sich im Kreis. »Sie ist meine Frau, *meine*! Sie ist mein Eigentum, und ich kann mit ihr machen, was ich will.«

»Das mag unter den Freinc so sein, aber nicht unter den Briten.«

»Aber wir sind *Freinc*!«, rief der Sheriff, die britische Bezeichnung für sein Volk spottend imitierend. »Ich bin Flame, und Isabel ist eine Normannin. Eure heidnischen Gesetze gelten nicht für uns.«

»Eure Gemahlin ist Britin«, warf Cadwaladr ein. »Sie ist Ysbail ferch William ap Nesta ferch Rhys ap Tewdwr. Sie stammt in direkter Linie von den Fürsten Deheubarths ab, und so gilt auch für sie das britische Recht.«

»Habt Ihr Eure Gemahlin geschlagen, wenn keiner der vorhin angesprochenen Gründe vorgelegen hat? Kam dies dreimal oder öfter vor?«

Der Sheriff straffte die Schultern, und plötzlich blitzte etwas Bösartiges in seinen Augen auf. »Nein«, antwortete er lächelnd. »Es lag immer einer der angesprochenen Gründe vor.«

Isabel biss die Zähne zusammen. Auch davor hatte man sie gewarnt. Jetzt spielte er also mit. Vielleicht dachte er, dass er ihren Plan durchkreuzen konnte, indem er die Verhandlung gewann. Er musste wissen, dass alle hier zum Ziel hatten, Isabel freizubekommen, aber er würde ihnen den Sieg bestimmt nicht schenken.

»Ysbail ferch William«, wandte der Hofrichter sich an sie, und sofort waren unzählige Augenpaare auf sie gerichtet. »Hat Euer Gemahl Euch geschlagen, wenn keiner der genannten Gründe vorgelegen hat?«

Isabel nickte langsam, versuchte die anderen alle zu ignorieren und wandte den Blick nicht vom Sheriff ab. »Das hat er. Zumeist schlug er mich, wenn ich um Gnade für Gefangene bat oder während …« Sie ballte die Hände zu Fäusten, wollte ihre Würde behalten und dem Hofrichter fest in die Augen sehen, aber es war schrecklich schwer. Sie spürte die Blicke der anderen und auch Ralphs, und am liebsten hätte sie all das abgebrochen, um nicht vor diesen Fremden darüber zu sprechen. »Meist schlug er mich im Ehebett«, brachte sie schließlich mit kaum zitternder Stimme heraus, was ein Raunen durch die Halle gehen ließ.

»Habt Ihr Euch Eurem Gemahl denn verweigert?«, hakte der Hofrichter nach.

Isabel schüttelte den Kopf. »Ich gab mich ihm freiwillig hin, doch mein Schmerz …« Sie atmete tief durch. »Es ist Angst, nach der er im Ehebett verlangt.«

Das Raunen wurde noch lauter, sie spürte Ralphs stechenden Blick und wusste, dass er sich nur schwer davon abhalten konnte, den Sheriff hier und jetzt umzubringen. Isabel hatte ihm nie etwas über die Zusammenkünfte im ehelichen Bett erzählt. Sie hatte die wertvollen Momente mit Ralph nicht beschmutzen wollen, aber jetzt musste sie in aller Öffentlichkeit über die Einzelheiten sprechen.

»Der kleinen Schlampe hat das doch gefallen!«, dröhnte des Sheriffs Stimme über das empörte Zischen der Frauen hinter Isabel. »Sie hat mich noch darum gebeten, sie hart ranzunehmen.«

Cadwaladr warf ihm einen Blick zu. »Lasst mich nicht wiederholen, was ich Euch vorhin gesagt habe.«

»Nun gut«, erklang des Hofrichters Stimme, während Owain Gwynedd schweigend beobachtete. »Wir können nicht beweisen, wie es wirklich war, doch da es weitere Gründe gibt, aus denen eine Frau die Scheidung ohne Verlust ihres Eigentums erwirken kann, fahren wir fort.«

»Was denn für Eigentum?«, brauste der Sheriff auf. »Eine Frau besitzt nichts! Nichts! Sie kann gar nichts besitzen, ist sie doch selbst Eigentum.«

»Und wieder ist das eine freincische Sichtweise. Laut britischem Recht werden sowohl Eigentum als auch mögliche Schulden im Falle einer Scheidung hälftig aufgeteilt. Der Frau steht ihre Mitgift zu, die Zahlung, die ihr für ihre Jungfernschaft ausgehändigt wurde, und das Vermögen aus ihrem Anteil der Abgaben. Da die sieben Jahre der Ehe eingehalten wurden und zudem keine Schuld bei der Frau liegt, wird sie nichts davon verlieren. Des Weiteren wird Euer Vermögen bewertet werden, und die Hälfte davon habt Ihr Eurer Gemahlin auszuhändigen. ›Das Schwein geht an den Mann, das Schaf an die Frau‹«, zitierte er aus einem zerfledderten Gesetzbuch, »›das älteste und jüngste Kind an den Vater, die mittleren an die Mutter, all die Milchgefäße bis auf einen Melkeimer gehen an die Frau, all die Trinkgefäße gehen an den Mann. Der Mann bekommt das Schüttelsieb, die Frau das kleine Sieb, die …‹«

»Wollt Ihr mich zum Narren halten?!« Der Sheriff lief tiefrot an, und seine Brust hob und senkte sich immer deutlicher. »Das alles ist doch eine Farce! Sie ist eine Hure! Seht ihr es denn nicht? Da drüben steht er, mit dem sie sich vergnügt, und vermutlich laufen hier auch ihre Bastarde herum! Keine Schuld bei der Frau?«

»Wurdet Ihr Zeuge der Untreue Eurer Gemahlin?«, wollte der Hofrichter wissen.

Der Sheriff öffnete den Mund, um etwas zu sagen, aber dann zögerte er, warf Isabel einen Blick zu und lächelte. »Ja, das wurde ich. Nicht nur einmal.«

»Ysbail ferch William.« Der Hofrichter sah auf sie hinab. »Bestreitet Ihr, von Eurem Gemahl mit einem anderen Mann gesehen worden zu sein?«

»Das tue ich.« Sie waren nie ertappt worden.

»Habt Ihr denn Euren Gemahl mit anderen Frauen gesehen, und wenn ja, hat er Euch die zustehende Zahlung zur Entschädigung geleistet?«

»Nein, ich habe ihn nie mit einer anderen Frau gesehen«, antwortete sie ehrlich. Zum ersten Mal huschte ein Lächeln über das Gesicht des sonst so strengen Richters.

»Nun, William Hayt, das erspart Euch, vierzig Zeugen vorzubringen, die Eure Unschuld bezeugen.«

»Und wo sind *ihre* vierzig Zeugen?«, knurrte der Sheriff mit einem angewiderten Blick auf Isabel.

Der Hofrichter hob die Hände. »Dazu wollte ich gerade kommen. Ysbail ferch William. Ihr bestreitet, von Eurem Gemahl mit einem anderen Mann gesehen worden zu sein. Könnt Ihr vierzig Frauen vorbringen, die dies bezeugen?«

Isabel wies hinter sich und spürte das Blut in ihren Ohren rauschen. Es geschah alles so, wie der Hofrichter ihr vorausgesagt hatte, und trotzdem fühlte sie sich dem Sheriff immer noch ausgeliefert.

Doch vierzig Frauen traten vor, an ihrer Spitze eine hasserfüllte und entschlossene Eira. Nacheinander wurden sie gefragt, ob sie für Isabels Tugend einstehen konnten, und obwohl dies tatsächlich einer Farce nahe kam, denn keine dieser Frauen hatte mit Isabel in Tenby gelebt, zeigte es doch Wirkung.

Der Sheriff wurde blasser und schien endlich einzusehen, dass er verlor. Nicht weil er den ganzen Hof Gwynedds gegen sich hatte, sondern weil er laut walisischem Gesetz tatsächlich kein Recht hatte, weiterhin ihr Ehemann zu bleiben. Zudem war er eine mehrere Tage andauernde Reise von seinem Heim und den freincischen Gesetzen entfernt. Hier war er machtlos.

»Wieso das Ganze?«, wollte er plötzlich wissen und sah durch den Raum. »Wieso bringt ihr mich nicht einfach um, dann erspart ihr euch diesen ganzen Scheidungskram.«

Nun erhob sich zum ersten Mal Owain Gwynedd, die Augen verengt und seine Stimme kalt wie der Schnee auf den Bergen seines Landes. »Wir sprechen hier Recht und würdigen das Gesetz, das seit Jahrhunderten gilt. Nur weil Ihr Euch eine Burg in unser Land gebaut habt, bedeutet dies nicht, dass unser Gesetz nicht mehr gilt. Auch sind wir keine Mörder, die einfach einen unliebsamen Ehemann aus dem Weg räumen.«

»Die Scheidung ist beschlossen«, fügte der Hofrichter hinzu. »Die sieben Jahre sind vergangen, und es lässt sich nicht nachweisen, dass Ysbail ferch William eine schändliche Tat in ihrer Ehe beging. Anders als ihr Gemahl. So steht es ihr frei, den Ehebund mit William Hayt zu beenden. Ist es das, was Ihr wollt?«, fragte er an Isabel gerichtet, und sie brachte nur ein heiseres »Ja« heraus. Sollte es denn Wirklichkeit sein? Der Sheriff schien zumindest noch nicht fertig, denn plötzlich stürzte er sich mit wildem Gebrüll auf sie. Isabel wich zurück, starrte in seine teuflischen Augen, als er sie auch schon an der Kehle packte.

»Glaube nicht, gewonnen zu haben, du kleine Hure. Ich dreh dir den Hals um.« Seine Finger drückten immer stärker zu, sein hasserfüllter Blick durchbohrte sie, während die Frauen sich mit wildem Gebrüll auf ihn stürzten und die Krieger Mühe hatten, zwischen ihnen hindurchzukommen. Sie kratzten in sein Gesicht, zogen ihn an den Haaren, zerrissen sein Gewand, und schließlich ließ er von ihr ab.

Röchelnd taumelte Isabel zurück, versuchte der stickigen Enge der vielen Menschenleiber zu entgehen, als sich Arme um sie schlangen und zur Seite zogen. Sie wusste sofort, dass es Ralph war, und plötzlich schienen sich all die Jahre der Trennung in Nichts aufzulösen. Er hielt sie fest, und sie spürte ihn wahrhaftig unter ihren Händen, konnte ihn berühren und nicht nur von ihm träumen.

»Du bist zurück«, stieß sie, immer noch um Atem ringend, aus.

»Du hast auf mich gewartet.«

Sie sah zu ihm hoch, wollte jede Kleinigkeit an ihm in ihr Gedächtnis brennen und nichts versäumen. Die Grübchen, die sich jetzt, da er auf sie hinablächelte, in seine Wangen gruben und kaum vom dunklen Bart verborgen werden konnten. Die von schwarzen Wimpern umrandeten Eisaugen, die sie schon voller Hingabe und Liebe, aber auch von Schmerz erfüllt und tränenunterlaufen gesehen hatte. Seine Wangenknochen, die noch schärfer hervortraten als zuvor, sein kantiges Kinn, über das sie mit dem Finger strich.

Weit entfernt hörte sie das Fluchen des Sheriffs, als er zurück in die Mitte der Halle gezerrt wurde, aber plötzlich konnte seine Stimme sie nicht mehr rühren. Sie hatten es tatsächlich geschafft. Der Sheriff hatte keine Macht mehr über sie.

»Der Gedanke mag Euch kommen, das Urteil dieses Gerichts nicht zu akzeptieren«, erklang Owain Gwynedds tödlich ruhige Stimme. »Vielleicht haltet Ihr es für klug, einen Versuch zur Rückerlangung Eurer einstigen Gemahlin zu unternehmen oder Rache an meiner Familie zu nehmen. So sei Euch gesagt: Mein Sohn wird Euch bis an die Grenze meines Reiches begleiten und für Euren Schutz sorgen. Solltet Ihr von da an aber jemals wieder einen Fuß in mein Land setzen, steht es jedem meiner Männer frei, Euch auf der Stelle zu töten. Und glaubt nicht, dass auch nur einer von ihnen zögern wird. Geht nach Hause, sucht Euch eine neue Frau, Gott möge sich ihrer erbarmen.«

Mit diesen Worten winkte er ihn davon, und Isabel sah zu, wie der Sheriff mit Schimpf und Schande aus der Halle gebracht wurde, fort aus ihrem Leben. Sie wusste, dass er vor Wut kochte und sie und Ralph mit seinen bloßen Händen töten wollte. Aber würde er es wirklich wagen, jetzt, da die Briten überall erstarkten und die Position der Freinc in Gefahr war, die relative Sicherheit seines Landes zu verlassen? Isabel konnte nur hoffen, dass die Vernunft ihn zurückhielt.

»Es tut mir so leid, dass ich nicht für dich da sein konnte«, flüsterte Ralph und strich immer wieder über ihre Wangen in ihr Haar zurück, als müsse er sich ebenfalls vergewissern, dass sie hier war. »Ich wollte dir sagen, warum ich nicht zu dir komme, wollte alles wegwerfen und dich einfach holen, aber ich durfte nicht versagen. Nicht, wenn es um dich geht. Wenn es heißt, mich dir zu beweisen und deiner würdig zu sein. Ich wusste, du würdest trotzdem warten. Wenn jemand die Kraft dazu hat, dann du. Und ich hatte recht: Du hast auf mich gewartet.«

Isabel schüttelte den Kopf und nahm seine Hand in ihre, sie hätte sich nicht schuldiger fühlen können. »Ich zweifelte an dir, Ralph. Ich hätte dir vertrauen müssen, aber …«

Er küsste sie, mitten in der Halle, vor versammeltem Hof und inmitten der Hohnworte über den Sheriff, der tatsächlich ihre Vergangenheit sein sollte. Er küsste sie, denn sie war jetzt sein.

»So, meine beiden.« Plötzlich stand Cadwaladr vor ihnen und ließ sie auseinanderstieben. Grinsend legte er eine Hand auf Ralphs Schulter und eine auf Isabels. »Wann wird geheiratet?«

Isabel sah zu Ralph hoch, und er erwiderte ihren Blick. »Wie wäre es mit morgen?«, fragte er, und Isabel lachte befreit. Es fühlte sich fremd an, denn es war nicht von einem Schatten belegt und von Sehnsucht erfüllt. Der Gedanke an ihre Tochter würde sie wohl immer mit Wehmut erfüllen, aber allein Ralph bei sich zu haben machte sie stärker, lebendiger.

Unvermittelt schob Ralph den Arm seines Vaters fort und zog Isabel etwas zur Seite. Voller Zärtlichkeit sah er auf sie hinab und legte seine raue Hand an ihre Wange, von der sie gedacht hatte, sie nie wieder zu spüren. »Bei unserer letzten Begegnung fürchtete ich, deine Augen niemals wieder so strahlen zu sehen. Du kannst dir nicht vorstellen, was es für mich bedeutet, dich wiederzuhaben, und dann noch so glücklich.«

»Gewöhn dich lieber daran, mein holder Prinz.«

Ein leises Lachen ließ seine Brust erbeben. »Isabel, die Bardin. Bist du auch noch eine Rebellin?«

Ein Grinsen befreite sich in ihrem Gesicht, und es fühlte sich so natürlich und echt an, dass Isabel sich daran erinnerte, einmal ein unbeschwertes Mädchen gewesen zu sein. »Die letzten Tage habe ich deinen Vater schon bearbeitet«, erklärte sie gespielt ernst, »du weißt schon, damit er ein wenig auf Powys einwirkt. Rhys bekommen wir bestimmt zu einer Erneuerung des Abkommens, und wenn sich die Fürsten erst mal vereinigen …«

Erneut verschlossen seine Lippen ihren Mund, und Isabel vergaß, was sie hatte sagen wollen. »Haben wir zuvor noch Zeit, um zu heiraten, ehe wir das Land retten?«

Isabel biss ihm leicht in die Unterlippe. »Nur, wenn es schnell geht.«

## Edeyrnion, Gwynedd, Sommer 1165

Rhys ap Gruffydd, Fürst von Dyfed, Ceredigion und über das Tal des Tywi!«

Die beiden Torflügel öffneten sich, und inmitten einer Schar grimmiger Krieger trat Rhys in die Halle. Sein Schritt war sicher, seine Haltung geradezu anmutig, seine Miene ausdruckslos. Das Flammenspiel der Kerzen flackerte über sein schwarzes Haar und die dunkle Haut. Feinstes Tuch fiel über seine hochaufgerichtete Gestalt, Gold und Edelsteine blitzten an der Kette, die auf seine Brust hinabfiel, der Pelz am oberen Saum seines Umhangs diente eher zum Darstellen von Reichtum als zum Wärmen in diesen Sommermonaten. Als wäre er der König über all die Briten, schritt er zwischen den beiden vollbesetzten Tafeln hindurch, direkt auf seinen Onkel Owain Gwynedd zu, der ihn an der Stirnseite mit einem Lächeln erwartete. Isabel hielt sich ganz in seiner Nähe, denn sie war jetzt ein enges Mitglied der fürstlichen Familie von Gwynedd. Mit wild klopfendem Herzen griff sie nach Ralphs Hand an ihrer Seite und war dankbar über den Halt, als er seine Finger fest um die ihrigen schloss. Ob dieser Moment für ihn wohl genauso ergreifend war wie für sie?

»Ich glaube, ich bin noch aufgeregter als am Tag unserer Hochzeit«, flüsterte sie und lächelte, als Ralph sie sanft mit der Schulter anstieß.

»Ich sollte wohl beleidigt sein, aber ich weiß, was du meinst. Es fällt mir schwer zu glauben, dass es tatsächlich passiert. Nach all der Zeit …«

Sie warfen sich einen Blick zu, und Isabel konnte immer noch nicht begreifen, dass tatsächlich alles gut werden sollte. Sie und Ralph waren verheiratet, und obwohl sie mehr bei Hofe als in ihrem wunderschönen Heim waren, fehlte es ihnen an nichts. Sie waren glücklich, und jetzt sollte nach fast hundert Jahren der Unterdrückung und des Schmerzes wirklich der große Moment für die Briten gekommen sein. Wenn Maredudd dies nur sehen könnte, dachte sie wehmütig und hob ihre Hand, um den Holzanhänger zu umfassen. Wenn Trystan das erleben könnte …

Rhys' Gefolge blieb im unteren Bereich der Halle zurück, nur der Anführer seines *Teulu* und sein *Bardd Teulu* begleiteten ihn das restliche Stück zu Owain. Die gesamte Halle schien den Atem anzuhalten, dabei hatten die beiden doch schon letztes Jahr ein Bündnis geschlossen. Rhys hatte weiterhin in Ceredigion gegen die Freinc gekämpft und Owain im Norden. Anfang des Jahres war der König dann nach Wales gekommen, nach nur wenigen Tagen aber wieder unverrichteter Dinge abgezogen, um eine großangelegte Kampagne gegen die rebellierenden Briten zu planen. Nun war er bereit, aber damit war er nicht der Einzige.

Unheimliche Stille legte sich über die Halle, als die beiden Fürsten den Unterarm des anderen zum Kriegergruß umschlossen. Onkel und Neffe, der eine schon Mitte sechzig und im Winter seines Lebens angelangt, der andere dreißig Jahre jünger und noch voller Versprechen. Erfahrung und Weisheit, Kraft und Leidenschaft. Nord und Süd vereint. Unbesiegbar.

»Der freincische König Harri stellt eine Armee in Oswestry auf, gut zwanzig Meilen von hier an der Grenze.« Owain legte seine Hände auf Rhys' Schultern, und in seiner Stimme schwang die Feierlichkeit dieses Moments, der allen eine Gänsehaut bescherte. »Wirst du mit mir in die Schlacht gegen die Freinc ziehen, Neffe?«

Isabel kannte die Antwort, und doch spürte sie ihr Herz in der Kehle pochen. Den anderen Anwesenden schien es nicht anders zu ergehen, denn ein kollektives Ausatmen der Erleichterung war zu hören, als Rhys den Kopf zustimmend neigte. Jubel brandete auf, sodass Cristins Worte an Rhys nicht zu hören waren, als sie ihm einen Armreif überstreifte und einen vergoldeten Kelch überreichte. Es war ein Moment der Freude, und die Anspannung schien sich ein bisschen zu lösen, doch als Rhys an Owains Seite trat und den Blick zum Tor richtete, begann alles wieder von vorne.

Die Spannung nahm von einem Moment zum anderen wieder zu, und Isabel ertappte sich dabei, wie sie sich an Ralphs Arm klammerte. Dass Rhys das Bündnis aufrechterhalten würde, hatte sie gewusst, auch wenn es trotzdem nervenaufreibend gewesen war, dem Prozedere zuzusehen. Doch ein Bündnis zwischen allen drei großen Fürstentümern, Deheubarth, Gwynedd und Powys, hatte es noch nie gegeben.

»Fürst Owain Cyveiliog aus Powys. Fürst Iorwerth Coch aus Powys ...« Isabel konnte den Namen kaum noch folgen, Söhne des verstorbenen Fürsten von Powys wurden aufgerufen, Vettern und Onkel, die nach dem Tod des alten Fürsten alle gegeneinander gekämpft hatten und jetzt Seite an Seite in die Halle schritten. Es war eine raue Gruppe mit grimmigen Gesichtern und stolzem Gang. Alle wussten, dass der alte Fürst von Powys stets treu zu den Freinc gestanden und sich eher gegen Gwynedd gerichtet hatte. Doch hier standen sie nun, all die Söhne Powys', die das Land in Fetzen gerissen und Krieg geführt hatten, jetzt aber der britischen Sache vereint Treue schworen. Sie zogen in den Kampf gegen die Freinc.

»Cadwallon ap Madog, Fürst von Maelienydd.«

»Einion Clud, Fürst von Elfael.«

Herrscher kleinerer Fürstentümer an der Grenze zu England folgten und schließlich auch noch jene Kriegsherren aus Owain

Gwynedds Familie – sein Bruder Cadwaladr, sein Sohn, der Poetenfürst, und all die anderen. Familien, die sich ansonsten gegenseitig bekriegten, reichten sich jetzt die Hand; Fürstentümer, die eine lange und blutige Vergangenheit hatten, standen Seite an Seite. Der Hass auf die Freinc vereinte sie, niemand wollte hier länger der Grausamkeit zusehen, und alle wussten, dass Gott auf ihrer Seite stand. Sie kämpften für die Freiheit ihres Landes und ihres Volkes. Sie kämpften für die Briten.

»Gwent und Glamorgan haben sich nicht angeschlossen«, sagte Ralph leise zu ihr hinabgebeugt.

Isabel zuckte mit den Schultern. »Wir brauchen sie nicht. Wir haben die drei bedeutendsten Fürstentümer und noch weitere Unterstützung in einer Armee beisammen. Wie sollen die Freinc irgendetwas dagegen ausrichten?«

Ralph hauchte ihr einen Kuss auf den Scheitel. »Nun, Isabel. Es ist vollbracht. Das Unmögliche getan. Sieh dich um. Briten des gesamten Landes sind mit ihren Kriegern hierhergekommen, um für eine gemeinsame Sache zu kämpfen. Wenn diese Schlacht erst mal vorbei ist, wird es wohl schrecklich ruhig werden.« Er zwickte sie leicht in die Seite und beugte sich vor, um ihr ins Gesicht zu sehen. »Also, was willst du als Nächstes machen? Welches große Ziel willst du uns setzen?«

Isabel sah hoch in seine vertrauten Eisaugen, und sie wusste, es gab nur eine Antwort. Der Friede war zum Greifen nahe, die Freiheit, und obwohl sie gedacht hatte, nie ein untätiges Ehefrauchen werden zu können, sehnte sie sich nach all der langen Zeit des Kampfes nun doch nach etwas Ruhe, nach Liebe und Beständigkeit. Sie erinnerte sich an die Stimme ihrer Mutter, an die des Sheriffs und die von Lady Hayt, die alle einer Meinung waren – sie würde ein Kind nicht überleben. Aber genauso hatte es stets geheißen, dass die Briten niemals im Frieden in einer Halle beisammen sein würden. Und gerade sah Isabel genau das vor sich. So legte sie ihre Finger auf Ralphs Brust, spürte das Schlagen seines Herzens und führte seine Hand an ihren bereits schwellenden Bauch. »Unser nächstes großes Ziel? Eine Familie.«

## Aelwyd, Gwynedd, Frühling 1169

Er wird nicht kommen, ich weiß es.« Isabel schirmte ihre Augen mit der Hand gegen die Sonne ab und blickte vom Wehrgang der Palisade gen Süden, um Reiter auszumachen. Aber die bewaldeten Hügel, die in der Ferne in schroffe Felsgebilde übergingen, gaben keine Menschenseele preis. Mittlerweile hatte Isabel sich daran gewöhnt, nicht mehr weit blicken zu können und hier, im Hochland Gwynedds, von Klippen und Berghängen eingeschlossen zu sein. Die steilen Hänge kamen ihr nicht länger erdrückend vor, sondern beschützend. Sie schirmten ihr Zuhause, ihre eigene kleine Welt, vor allen anderen ab. Für sie gab es nichts Schöneres, als mit Ralph durch verborgene Schluchten zu wandern und an verwunschenen Seen zu rasten, tagelang unterwegs, ohne irgendjemanden zu treffen. So abgeschieden wie die Gebirgslandschaft von Snowdonia war wohl kein anderer Ort auf der ganzen Welt. Und er war ihr Zuhause.

»Iestyn wird sie sicher hierherführen«, sagte Eira an ihrer Seite und stieß sie lachend mit der Schulter an. »Hör auf, dir solche Sorgen zu machen. Sie werden kommen.«

»Und wenn sie sich verlaufen haben? Es ist schwer, sich hier zurechtzufinden …«

»Isabel.« Eira trat in ihr Blickfeld und schob sie ein wenig zurück, um ihr in die Augen zu sehen. »Iestyn hat sie an der Grenze getroffen. Er kennt den Weg, er führt sie hierher.«

Diese Worte konnten sie kaum beruhigen, denn sie wusste ja noch nicht einmal, wie ihre Familie nach all der Zeit zu ihr stand.

Und wenn sie Iestyn eine Falle gestellt hatten? Wenn sie gar nicht zu ihr kommen wollten, um sie zu sehen, sondern um Ralph anzugreifen? Der Besuch hier könnte eine Falle sein, auch wenn sie Onkel Maurice nichts dergleichen zutraute. Aber Menschen veränderten sich, und Isabel war lange von ihrer Familie getrennt gewesen. Sie wusste nicht, wie sie jetzt dachten und handelten, denn die Macht der Geraldines war vorüber. Rhys hatte so gut wie alles vom Fürstentum seines Großvaters zurückerobert. Deheubarth war beinahe wiedervereint und ihre Familie unter arger Bedrängnis. Für sie war kein Platz mehr im Land der Briten. Onkel Maurice hatte schon vor langer Zeit Llansteffan verloren, nun war auch Onkel Roberts Burg Cardigan an Rhys gefallen und Robert in Gefangenschaft geraten. Onkel Harri war tot, der Sheriff so gut wie machtlos inmitten der erstarkten Briten, und ihr Vater herrschte nur noch unter Rhys' Gnade in seinen Ländereien.

Der König konnte nach der schmählichen Niederlage, die er gegen die geeinten Briten erfahren hatte, auch nichts gegen die walisische Machtübernahme unternehmen. Denn er hatte einen schwerwiegenden Fehler begangen: Blind vor Zorn über den Sieg seiner Feinde hatte er all seine Geiseln bestraft. Die männlichen kastriert und geblendet, den weiblichen hatte er Nasen und Ohren verstümmelt. Auch Rhys' und Owains Söhne waren darunter gewesen, und so waren die beiden Fürsten nicht mehr aufzuhalten gewesen.

Was Großmutter Nesta wohl dazu gesagt hätte? Sie wäre sicher nicht froh darüber gewesen, ihre Söhne alles verlieren zu sehen, aber vielleicht wäre doch ein Funke Glück in ihrem Herzen aufgeglommen, da das Land ihres Vaters wieder unter britische Führung geriet.

Der Kampf war aber noch nicht gänzlich vorbei. Ralph musste immer wieder fort, um seinen Onkel Owain Gwynedd mit seiner Kriegsbande zu unterstützen. Denn Ralph war ein *Uchelwyr*, ein britischer Lord, und Aelwyd war sein Land. In den letzten

Jahren hatte er in Allianzen mit Rhys gekämpft und Grenzscharmützel gegen Powys bestritten. Aber für britische Verhältnisse war es tatsächlich sehr ruhig geworden, und die meiste Zeit war er hier bei seiner Familie.

Ein warmes Gefühl breitete sich in ihrer Brust aus und überlagerte einen Moment lang die Aufregung über den bevorstehenden Besuch. Mit einer Hand auf ihrem kugelrunden Bauch blickte sie zurück in den Hof hinunter. Es war ein bescheidenes Heim, aber es war ihres, voller Liebe und Zusammenhalt. Ein Erdwall und eine Palisade schlossen eine Vielzahl an strohgedeckten Hütten ein – Vorratshäuser, den Stall, ein Haus für die Frauen, eines für Ralphs Kriegsbande und natürlich das Langhaus der Halle im Zentrum. Auch gab es noch ein paar Unterkünfte für verheiratete Männer des *Teulu*, die dort mit ihren Gemahlinnen und Kindern leben konnten. So wohnten auch Iestyn und Eira in Aelwyd, denn Iestyn hatte Ralph die Treue geschworen und war nun der Kommandant seiner Kriegstruppe. In Pferchen hielten sie sich ein paar Ziegen, Hühner liefen über den Hof, und Ralphs irischer Wolfshund döste im Schatten des Brunnens. Ihre Schaf- und Rinderherden waren alle auf den Weiden der umliegenden Hügel, Getreidefelder gab es hier keine, dafür war das Land nicht geeignet. Aber das machte nichts, denn sie fingen Fische in den Seen und Flüssen, und die Bauern unter Ralph brachten Hafer als Abgaben.

Plötzliches Kindergeschrei lenkte ihre Aufmerksamkeit zum Karren, der neben dem Vorratshaus abgestellt war. Eiras einjährige Tochter Mari krabbelte weinend darunter hervor, Isabels Sohn David, der nur wenig älter war, ihr dicht auf den Fersen. David bekam ihren Fuß zu fassen und schlug zu, was Mari noch lauter schreien ließ. Eine der Frauen, die an diesem Nachmittag die Kinderschar beaufsichtigte, schüttelte lachend den Kopf, und auch Isabel ertappte sich bei einem Grinsen. Trotzdem ging sie die Treppe zum Hof hinunter, beide Hände in die Seiten gestemmt. »David le Walleys!«, rief sie im strengsten Tonfall, den sie zustande brachte, während ihr Herz vor Liebe überzufließen schien. Aber Eira umklammerte ihren Arm. »Lass die Kinder, sieh nur. Mari weiß sich schon zu wehren.« Und tatsächlich – plötzlich stumm und mit entschlossenem Blick richtete die kleine Mari sich auf, drehte sich um und schubste David um, der gerade auf die Beine hatte kommen wollen. Nun war es David, der weinte.

»Siehst du, David!«, rief Isabel und ging über den Hof auf ihn zu. »Leg dich besser nicht mit der Tochter einer Rebellin an, da kannst du nur verlieren.« Sie hob ihn hoch und küsste ihn auf den dunklen Schopf. David schob sich von ihr weg, strampelte und versuchte wieder auf den Boden zu gelangen, aber Isabel drückte ihn fest an sich und überschüttete ihn mit Küssen.

»Wenn du wüsstest, wie sehr du meiner Mutter ähnelst«, erklang plötzlich eine fast schon vergessene Stimme hinter ihr.

Isabel fuhr herum und fühlte sich mit einem Mal so schwach auf den Beinen, dass sie David zu Boden sinken lassen musste. Eine Gruppe normannischer Ritter kam durchs offene Tor herein, Iestyn auf seinem walisischen Pony an ihrer Seite. An der Spitze hielt sich ein ergrauter Mann mit kurzem Bart und einem breiten Lächeln. Er war wirklich gekommen!

»Onkel Maurice.« Isabel schlug sich die Hand vor den Mund, um nicht aufzuschluchzen, als er sich auch schon aus dem Sattel schwang. Seine Begleiter sahen sich misstrauisch um und fühlten sich inmitten eines walisischen Herrschaftssitzes ganz offensichtlich nicht wohl; manche hatten die Hände auf ihren Waffen, aber Isabel kümmerte sich nicht darum. Die Freude in den Augen ihres Onkels ließ jede Angst schwinden.

»Wie wunderschön du bist.« Onkel Maurice kam auf sie zu und ließ seinen Blick über sie gleiten. Kurz legte er die Hand auf ihren Bauch, die Rührung stand ihm in den Augen, ehe er sie in eine feste Umarmung zog. In diesem Moment schien nicht mehr wichtig, was einst zwischen ihnen gestanden hatte. Seine

Untätigkeit wegen der Hochzeit mit dem Sheriff, sein geheimes Abkommen mit Ralph, das sie von ihrem Zuhause bei den Rebellen fortgeführt hatte, seine Position auf der anderen Seite des walisischen Freiheitskampfes … Sie waren wieder eine Familie, auch wenn Isabel etwas traurig war, dass er allein gekommen war. Aber im Grunde hatte sie erwartet, dass ihre Eltern sich nicht die Mühe machen würden, sie zu sehen.

»Maurice.« Ralphs Stimme erklang neben ihr und ließ immer noch ihr Herz flattern. »Willkommen in Aelwyd.«

Onkel Maurice löste sich von ihr und schlug in Ralphs dargebotene Hand ein. Es war immer noch sonderbar zu sehen, dass ihr Onkel zu Ralph aufsehen musste. Wenn sie so lange von ihm getrennt war, dachte sie meist aus der Perspektive eines Kindes an ihn und sah ihn riesig vor sich. Dabei war Onkel Maurice nicht besonders hochgewachsen, auch wenn das Alter ihn keineswegs gebeugt hatte. Er hielt sich immer noch hochaufgerichtet und anmutig.

»Es ist schön, dass du unserer Einladung gefolgt bist«, sagte Ralph und legte einen Arm um Isabels Mitte. Der Geruch nach Holz haftete ihm an, denn zur Belustigung seines Onkels hatte Ralph sich dem Bogenbau gewidmet. Mit einem verstohlenen Lächeln zupfte Isabel Sägespäne von seiner feinen Kleidung, die er in Erwartung des Besuchs angelegt hatte. Einen hohen Herrn, der einem Handwerk nachging, gab es nicht allzu oft, aber Ralph hatte unter Trystan viel gelernt, und Bogen waren im Norden gefragt. »Nur überrascht es mich, dass du den Weg hierher noch auf dich genommen hast. Da du ja bald das Land verlässt, wie man so hört.«

Onkel Maurice schüttelte lachend den Kopf und klopfte Ralph auf die Schulter. »Euch entgeht auch nichts, hm? Da lebt ihr schon im Nirgendwo, und doch scheinen die Vögel Neuigkeiten vom Himmel zu singen.«

»Der normannische Eroberungsgeist ist in unserer Familie

stärker vertreten, als ich dachte«, murmelte Isabel mit einem gespielt gleichmütigen Schulterzucken. »Das eine Land hat sich erfolgreich gewehrt, und so zieht ihr weiter ins nächste, um es zu unterwerfen.«

»Ah, Isabel, die Verteidigerin der Freiheit.« Onkel Maurice legte einen Finger unter ihr Kinn und zwinkerte ihr zu. »Wir gehen, um einen irischen Fürsten zu unterstützen. Wir kämpfen in Irland für einen Iren. Außerdem ließ dein guter Freund Rhys deinen Onkel Robert nur unter der Bedingung frei, dass Robert sich in Wales nicht mehr blicken lässt und in Irland kämpft.«

»Ich weiß.« Isabel winkte ab, auch wenn ihr ein »So fängt es an« auf der Zunge lag. Aber sie wollte den Besuch ihres Onkels nicht mit Politik und Gesprächen über Krieg vergiften.

Ihr Onkel schien ganz ihrer Meinung, denn er sah über sie hinweg und über den Hof zu den lärmenden Kindern. »Nun, wo ist euer David? Ich bin nicht den ganzen Weg hierhergekommen, damit mir euer Sohn vorenthalten wird.«

»Du bist hierhergekommen, um Pate beim nächsten zu werden«, sagte Ralph mit unverhohlenem Stolz und blickte zärtlich auf Isabels Bauch hinab. Bald würde es so weit sein. »Aber natürlich soll auch David seinen Großonkel kennenlernen.« Er ergriff Isabels Hand und bedeutete Maurice, zu den Kindern vorauszugehen.

»Bist du glücklich?«, flüsterte er ihr zu und blickte ebenso wie sie auf das Zuhause, das sie sich aufgebaut hatten. »Darüber, dass dein Onkel hier ist und wirklich Pate für unseren Sohn oder unsere Tochter wird?«

»Nicht nur deshalb.« Isabel lehnte ihren Kopf gegen seine Brust und beobachtete, wie Onkel Maurice David hochhob und eingehend betrachtete.

»Zum Glück kommt er nach Isabel!«, rief er lachend zu ihnen zurück. »Er ist so hübsch, da tun mir die Mädchen jetzt schon leid, die reihenweise ihre Herzen verlieren werden!«

Er ist so hübsch, weil er ganz und gar Ralphs Sohn ist, dachte sie und sah zu ihrem Gemahl auf. Ralph erwiderte ihren Blick aus seinen Eisaugen, um die sich feine Lachfältchen gegraben hatten, und immer noch kam ihr dieses Glück fast schon ungehörig vor. Ihr Herz klopfte, wenn sie nur daran dachte, ihn zu küssen, und wie immer konnte sie nicht widerstehen. Ihr Blick fiel auf seine Lippen, die von einem kurzen Bart umrandet wurden, und dann stellte sie sich auf die Zehenspitzen.

»Mein Herr?« Sie fuhr zurück und blickte in das Gesicht eines verdrießlich dreinsehenden Hirten. Ein gänzlich schlechter Augenblick, den Herrn von Aelwyd anzusprechen, vor allem da sie jetzt in Schwierigkeiten steckte. Sie wusste sofort, wer der Mann war, und auch, was er hier wollte. Ob sie es wohl noch rechtzeitig schaffen würde, die Schleuder von ihrer Taille zu lösen und verschwinden zu lassen, bevor er sie beschuldigen konnte?

»Was ist los, Cadwallon?« Ralph richtete sich auf, ließ seine Hand aber an Isabels unterem Rücken ruhen.

Der Hirte sah zwischen ihnen hin und her und seufzte schließlich. »Mein Herr, eine der Kühe ist davongelaufen, sie ist eine gute Milchkuh, die für gewöhnlich bei mir im Pferch steht, und es wäre ganz fürchterlich, sie zu verlieren. Sie war so aufgebracht, dass sie davonstürmte und wir sie nicht mehr einholen konnten.« Er deutete in nördliche Richtung und vermied es geflissentlich, Isabel in die Augen zu sehen.

»Was hat sie denn so erschreckt?«, wollte Ralph wissen, leise Belustigung in der Stimme, da er es wohl schon ahnte.

Der Hirte trat unruhig von einem Bein aufs andere. »Nun ja … jemand hat auf sie geschossen, mein Herr … mit einer Schleuder … schon wieder.«

Isabel hob ihr Kinn an. »Wenn Eure Kuh es vermeiden könnte, durch meinen Gemüsegarten zu trampeln, den ich dort draußen angelegt habe, dann …« Ralphs Finger gruben sich in ihre Haut, und Isabel biss sich auf die Unterlippe.

»Ich kümmere mich darum, Cadwallon. Ich bin gleich bei dir.« Ralph winkte den Hirten davon, dann beugte er sich zu Isabel hinunter, grinsend wie der Junge vom Pranger. »Eine Kuh diesmal, Isabel? Wirklich?«

»Weißt du, wie viel Arbeit es war, etwas Lauch und Zwiebeln anzupflanzen? Das lasse ich mir doch nicht zer…« Seine Lippen brachten sie zum Schweigen, und Isabel seufzte auf.

»Es tut mir leid«, flüsterte er gegen ihren Mund. »So wie es aussieht, muss ich dich mit deinem Besuch allein lassen. Ich habe eine Kuh einzufangen.«

Isabel strich ihm sanft über die Wange, musste noch einmal spüren, dass er Wirklichkeit war. »Ich warte hier auf dich.«

Ralph hauchte ihr einen Kuss auf die Stirn. »Ich weiß.«

# Nachwort und Danksagung

Der walisische Freiheitskampf ist ein Kapitel der britischen Geschichte, dem in der Unterhaltungsindustrie nur wenig Beachtung geschenkt wird. Neben Richard Löwenherz und seinem Kreuzzug, den Rosenkriegen, den Tudors oder dem schottischen Kampf um Unabhängigkeit gehen die im Westen der Insel lebenden Briten fast schon etwas unter. Umso erfreuter bin ich, dass ich Ihnen diese spannende Zeit und die großartigen Persönlichkeiten von damals in diesem Roman näherbringen durfte. Ich hoffe, dass wenigstens ein Funke der Faszination und Begeisterung für dieses Volk von mir auf Sie überspringen konnte und Sie Wales als Land mit anderen Augen sehen.

Die Normannen hatten es mit der Eroberung dieses Landes gewiss nicht leicht. König Henry II. musste so einige Blamagen einstecken und fand nicht nur einmal fast den Tod bei einer Wales-Kampagne. Zum Glück verstand er sehr bald, dass er nicht mit militärischer Macht gegen Rhys ankommen konnte, und da er sich um zu mächtig gewordene Barone in Irland und einen Disput mit der Kirche kümmern musste, kam er lieber mit Rhys überein. Er ernannte ihn zum Justiziar von ganz Deheubarth, und Rhys durfte auch noch das Land, das er eingenommen hatte, behalten (der mächtige Earl of Pembroke wurde ja schon zuvor entmachtet, und die Geraldines hatten sich unter Rhys' Druck längst nach Irland davonmachen müssen). So hatte Rhys nun beinahe das ganze Fürstentum seiner Vorfahren zurückgewonnen, und über dem Rest, den Normannen hielten, stand er als Justiziar ebenfalls. Kein Wunder, dass er im Großen und Ganzen den Frieden hielt und von da an ganz gut mit König Henry klarkam. Nach dem Tod des Fürsten von Nordwales, Owain Gwynedd, dem Streitigkeiten unter seinen Söhnen und somit der Zerfall seines Landes folgte, war Rhys der mächtigste Fürst in ganz Wales. Owains ernannter Erbe, der Poetenfürst, konnte leider nichts für den Erhalt der Macht seines Landes tun. Er fiel einer Intrige seiner Stiefmutter zum Opfer, die für die Herrschaft ihrer eigenen Söhne einstand, und wurde getötet. Der Legende nach soll aber einer seiner Brüder an Amerikas Küste gelandet sein und dort eine Kolonie gegründet haben. Für Rhys und die Waliser im Süden war es eine verhältnismäßig friedliche Zeit. Erst als Richard I. (Löwenherz) den Thron bestieg, brandeten die Kämpfe wieder auf. Leider ereilte Deheubarth daraufhin dasselbe Schicksal wie Gwynedd und zuvor Powys: Rhys' Söhne bekämpften sich lieber gegenseitig, und obwohl sie einen Großteil des Werkes ihres Vaters zerstörten, dauerte es doch noch über dreihundert Jahre, bis Wales Teil des Königreiches von England wurde. Dass die Waliser sich ständig selbst bekämpften, anstatt als Einheit zusammenzustehen, war sicher ein Problem. Allerdings bewahrte dies Wales auch davor, mit einem Schlag erobert zu werden, so wie England. Zumindest fürs Erste.

So viel zu den an den Roman anschließenden Ereignissen, aber kommen wir zurück zur Geschichte und zur spannenden Frage, was denn wirklich so überliefert und was meiner Fantasie entsprungen ist.

Fangen wir mit der Protagonistin an. Isabel de Carew – wer war diese Frau? Kaum mehr als ein Name in der fast endlos langen Liste der Geraldines. Noch nicht einmal über die Identität ihres Ehemanns ist man sich einig, und über ihr Leben weiß man überhaupt nichts. Trotzdem wählte ich sie nicht wahllos in meinem Bestreben, die Geschichte dieser aufregenden Zeit niederzuschreiben. Nach meinem Roman über Nestas abenteuerliches Leben, der eher aus normannischer Sicht erzählt wird, drängte es mich, die walisische Seite stärker zu reflektieren, gerade wegen der beeindruckenden Persönlichkeiten im walisischen Freiheitskampf. Durch meine starke Verbundenheit mit Nesta und ihren Nachkommen wollte ich den Geraldines aber unbedingt treu bleiben, und so prüfte ich ihre Familienmitglieder auf das Potenzial, die Geschichte der Waliser zu erzählen.

Dabei fiel mir eine kleine Randbemerkung bei Isabels Namen auf, bei der behauptet wurde, Isabel sei die Mutter von Philip und David le Walleys, die später nach Irland zogen. Hier hatte ich meinen Bezug zu Wales, denn »le Walleys« bedeutet »Waliser«. Aus irgendeinem Grund nannten sich Isabels Söhne also Waliser, was mir sonderbar vorkam, hatte ich doch auch schon den Eintrag gefunden, dass sie mit dem Sheriff William Hayt verheiratet war – ein Flame, der übrigens in einer Chronik auch als Vater von Philip und David genannt wird. Die Verwirrung war groß, und leider fand ich nichts als Spekulationen, doch gerade diese boten Stoff für eine spannende Geschichte.

In einer Quelle steht geschrieben, dass Philip und David die Neffen von Raymond le Gros waren. Raymond war Isabels Bruder, und so käme Isabel tatsächlich als Mutter infrage. Auch soll David mit den Fürsten von Südwales verwandt gewesen sein, was diese Annahme untermauert, da Isabel als Geraldine der Fürstenfamilie von Südwales entstammte.

Interessanterweise wird dann aber auch einmal ein gewisser Ralph le Walleys als Vater der beiden angegeben. Aber wer war dieser Ralph? Hier tut sich eine interessante Theorie auf, denn die Söhne von Cadwaladr ap Gruffudd aus Gwynedd wurden »le Walleys« genannt. Cadwaladr hatte auch tatsächlich einen Sohn namens Ralph. Hier hätten wir also einen Ralph le Walleys, der diesen Namen an seine Söhne hätte weitergeben können. Von David heißt es auch, er wäre mit den de Clares verwandt, was ebenfalls für Ralph als Vater spräche, war er mütterlicherseits ja ein de Clare.

Es spricht also vieles dafür, dass Isabels Söhne Philip und David le Walleys hießen, deren Vater womöglich Ralph le Walleys war, und es gab auch vermutlich den Sheriff William Hayt in Isabels Leben. Viele lose Namen, in verschiedenen Chroniken und Texten, einfach so hingeworfen, aus denen ich eine hoffentlich unterhaltsame Geschichte gewoben habe.

Natürlich beruht mein Roman nicht auf reiner Erfindung, denn die Begebenheiten rund um die Waliser und ihren Freiheitskampf haben sich im Großen und Ganzen tatsächlich so zugetragen. Vielleicht ist Ihnen auch eine kleine Parallele zur *Robin-Hood*-Legende aufgefallen, die aber keineswegs an den Haaren herbeigezogen ist. Historiker nennen das verstorbene Fürstenpaar von Deheubarth Gruffydd und Gwenllian die »Robin Hoods von Wales«. Sie überfielen die Eroberer und gaben ihre Beute an die enteigneten Waliser. Ihre Söhne führten dies fort, und besonders der junge Maredudd soll sich darin hervorgetan haben. Die Umstände seines frühen Todes im Alter von fünfundzwanzig Jahren sind nicht bekannt, aber es wird festgehalten: *»Ein Mann, der überaus mitfühlend mit den Armen war, von noblem Heldenmut gegen seine Feinde und reich an Rechtschaffenheit.«* Isabels Vetter, der Kleriker Giraldus Cambrensis, dem wir dank seiner Bücher einen Großteil unseres Wissens über das Wales der damaligen Zeit verdanken, hebt Maredudd, Owain Gwynedd und Owain Cyfeiliog aus Powys besonders hervor, was ihren Sinn für Gerechtigkeit und ihre Fähigkeiten als Herrscher betrifft.

Frauen im Kampf waren zu jener Zeit hingegen eher ungewöhnlich, aber nicht unmöglich. Gwenllians Beispiel kennen Sie ja schon, und auch König Henrys Tochter Matilda zog gegen ihren Vetter Stephen um die englische Krone in die Schlacht. Stephens Gemahlin, die verwirrenderweise ebenfalls Matilda hieß, war auch im Krieg vertreten. Auch gibt es immer wieder Berichte von Frauen, die in Abwesenheit ihrer Ehemänner heldenhaft ihre Burgen verteidigten, Belagerungen standhielten und Soldaten befehligten. Eleanor von Aquitanien begleitete ihren ersten Ehemann, den fränkischen König Louis VI., sogar auf den Kreuzzug. So möchte ich nicht gänzlich ausschließen, dass die eine oder andere Frau selbst in den Kampf zog, auch wenn es nicht die Norm war und es sich wohl auch nicht um Isabel handelte.

Aber zurück zu den Fürstenbrüdern: Nach Maredudds Tod blieb Rhys als letzter der Brüder übrig, und anders als Maredudd war er eher dafür bekannt, sich der normannischen Taktik anzunehmen. So war er der erste Waliser, der eine steinerne Burg erbauen ließ (Cardigan Castle), und er engagierte sich auch mehr in kirchlichen Belangen, um dieses Feld nicht den Normannen zu überlassen. Er übernahm das Patronat des von Robert FitzStephen gegründeten Zisterzienserklosters, die Strata Florida Abbey, und sicherte sich nicht nur die Burgen und Ländereien seines Vetters.

Übrigens trat Cadell Jahre nach seiner Pilgerreise nach Rom in diese Abtei ein, um seine letzten Jahre als Mönch zu verbringen. Er kehrte nie in seine Fürstenwürde zurück. Welche schweren Verwundungen Cadell beim Überfall durch die Männer aus Tenby erlitt, ist nicht überliefert, auch nicht, wem diese Männer dienten. Für den Roman schob ich die Schuld dem Sheriff in die Schuhe, den ich damit auch zum Lord von Tenby machte. Überliefert ist, dass der Sheriff St. Clears hielt, das gleich nach Tenby von Maredudd und Rhys angegriffen wurde, weshalb ich diese Parallele nutzte. Auch fällt St. Clears später ein weiteres Mal »ungut« auf, denn eine Gruppe Bogenschützen aus der Burg soll einen Waliser, der sich für die Kreuzzüge melden wollte, umgebracht haben. Da korrupte Sheriffs zur damaligen Zeit keine Seltenheit waren, fand ich es nicht so weit hergeholt, auch William Hayt in meiner Geschichte zum Bösewicht zu erklären. Gerade während der Anarchie in England sollen die Normannen in Wales ohne Recht und Verstand unter den Einheimischen gewütet haben, und da die Geraldines nie durch besondere Grausamkeit auffielen (vermutlich weil sie selbst zum Teil Waliser waren), fand ich es naheliegend, im Sheriff solch ein Beispiel der normannischen Willkür zu erschaffen.

Sehen wir uns Rhys ein bisschen genauer an: Seine Liebe zur Poesie ist berühmt, und so gilt er als Veranstalter des ersten Eisteddfod, ein Festival der Musik, das bis heute in Wales gefeiert wird und zum ersten Mal 1176 in Cardigan stattgefunden haben soll. Um Ralph und Isabel zusammenzubringen, habe ich Rhys aber schon zuvor einen Bardenwettstreit veranstalten lassen, was aber gar nicht so unwahrscheinlich ist. Denn solche Bardenwettstreite waren durchaus nicht unüblich, auch wenn nur Rhys' Eisteddfod 1176 bei den meisten in Erinnerung geblieben ist. Aber schon Rhys' Vater soll nach seinem Sieg über die Normannen 1136 solch ein Fest veranstaltet haben, zu dem Barden des ganzen Landes angereist waren. Und in Powys sollen die Barden Cynddelw und Seisyll Bryffwrch gegeneinander angetreten sein, um *Pencerdd*, also Hofbarde, bei Madog ap Maredudd zu werden.

Apropos Poesie und Literatur: Bei Gwenllians Geschichten im Roman handelt es sich um die »Vier Zweige des Mabinogi«, eine mittelalterliche Textsammlung, von der angenommen wird, dass Gwenllian die Autorin war. Beweisen kann man dies heute allerdings nicht mehr, und so ließ ich Isabel die Texte fertigstellen.

Isabel hat im Roman auch die Gelegenheit, sich von ihrer Großmutter Nesta zu verabschieden. Jene, die sich näher mit Nesta beschäftigen, werden früher oder später über das Todesdatum 1136 stolpern und sich fragen, warum Nesta im Roman zwanzig Jahre später immer noch am Leben ist. Das liegt daran, dass Nestas Todesdatum nicht überliefert ist. Im Jahre 1136 griffen die Waliser Cardigan an, und in den Chroniken steht zu diesem Zeitpunkt nichts mehr von Nesta und ihrem Gemahl, der Constable von Cardigan war. Daher nimmt man an, dass die beiden beim Angriff schon tot waren. Allerdings hätte Nesta zu dieser Zeit genauso gut noch am Leben sein können. Sollte der Constable vor ihr verstorben sein, wäre es durchaus möglich, dass Nesta sich in ihr altes Heim in Carew zu ihrem Sohn zurückzog und daher beim Angriff 1136 nicht in Cardigan war. Da es auch seit jeher heißt, dass Nestas Geist immer noch in Carew Castle spukt (wovon ich bei meinem Besuch in Carew leider nichts mitbekam), finde ich es naheliegend, dass Nesta, so wie im Roman, in Carew und nicht in Cardigan starb.

Die Umstände von Henry FitzRoys Tod (Harri) sind tatsächlich so, wie im Roman dargestellt, überliefert: »*Hinweggetragen von seinem eigenen Mut und zurückgelassen mit nur wenigen Getreuen, fiel er in vorderster Reihe, während Robert FitzStephen es schwer verwundet und in arger Bedrängnis zurück zu den Schiffen schaffte. Beinahe alle Anführer der Flotte wurden getötet.*«

Sprachlich entschied ich mich im Roman häufig für die leichtere Lesbarkeit anstatt für Korrektheit, was mir hoffentlich nachgesehen wird. So wählte ich bei Ortschaften meist vereinheitlicht die englische Version, damit es zu keinen Verwirrungen kommt, wenn die Normannen zum Beispiel »Tenby« sagen und die Waliser vom selben Ort als »Dinbych-y-pysgod« sprechen. Auch entschied ich mich bei den Verwandtschaftsbezeichnungen für das modernere »Cousine« anstatt »Base«, was Lesern historischer Romane bestimmt aufgefallen ist. Denn eine Base war früher eine Tante mütterlicherseits, so wie ein Vetter ein Onkel mütterlicherseits war. Väterlicherseits hießen die Tanten und Onkel wiederum Oheim und Muhme. Eine Base als Cousine kam erst später, was irgendwann nur noch zu Verwirrung geführt hätte. Wenn man es schon korrekt machen möchte, müsste man all diese veralteten Verwandtschaftsbezeichnungen im

Roman richtig anwenden, was aber nicht gerade förderlich für das Verständnis und die Übersicht beim Leser wäre.

So ging wieder eine für mich sehr aufregende Reise durch ein spannendes, wenn auch blutiges und trauriges Kapitel der walisischen Geschichte zu Ende. Für die Waliser hatte es aber zumindest ein Happy End, auch wenn es nicht allzu lange andauerte.

Und auch diesmal musste ich den Weg nicht allein gehen.

Den größten Dank, der sich gar nicht in Worte fassen lässt, muss ich meiner Stiefschwester Klaudia sowie Lydia Marek aussprechen. Ihr habt mich auf eine aufregende Reise durch Wales begleitet und seid mit mir auf Isabels Spuren gewandelt. Allein hätte ich dies nie gewagt, und eure Begeisterung für dieses Land und die alten Geschichten haben dieses Abenteuer zu etwas ganz Besonderem gemacht.

Meine Lektorin Maria Runge verdient einen Orden für ihre Geduld, die ich nicht nur einmal auf die Probe gestellt habe. Vielen Dank, dass Sie mein ständiges Umschreiben, meine Zweifel und meine vielen Fragen ausgehalten haben. Es war wieder eine großartige Erfahrung, mit Ihnen zusammenzuarbeiten.

Auch meinem Agenten Herrn Molden möchte ich gerne für die vielen aufmunternden Gespräche danken.

Meine Familie musste in diesem Jahr so einiges mit mir aushalten, wenn meine Stimmungen zwischen Euphorie und Niedergeschlagenheit hin und her wechselten, je nach Romanfortschritt. Während der intensiven Phase des Schreibprozesses ist es bestimmt nicht leicht mit mir, also vielen Dank, dass ihr trotzdem immer an meiner Seite steht, sei es durch Unterstützung mit den Kindern, damit ich mehr Zeit habe (tausend Dank an meinen Mann, der jede freie Minute unseren zauberhaften Kindern widmet), oder durch bloßes Zuhören.

Anna, du musstest wohl am meisten erdulden und hast jedes Hoch und Tief des Romans mit mir zusammen erlebt. Fürs

Mitfreuen und fürs Aufbauen danke ich dir von ganzem Herzen.

Ein besonderes Dankeschön geht auch noch an meine Autorenkollegin Charlotte Lyne, die nicht nur selbst großartige historische Romane schreibt, sondern sich auch die Zeit genommen hat, meinen testzulesen. Vielen Dank!

# Glossar

| | |
|---|---|
| Bardd Teulu | Barde des Haushalts, der unter dem obersten Barden, dem Pencerdd, steht |
| Cymraeg | Walisisch (die walisische Bezeichnung für die Landessprache) |
| Cymru | Wales (die walisische Bezeichnung für das Land) |
| Drysor Ystafell | Türhüter, eine hohe Position am fürstlichen Hof |
| Freinc/Ffreinc | die walisische Bezeichnung für die normannischen Eindringlinge |
| Galanas | Kompensationszahlung für Verbrechen |
| Mam | Mutter |
| Nain | Großmutter |
| Pencerdd | der oberste Barde bei Hofe, der »chief of song« |
| Penteulu | der Kommandant der Kriegsbande (wörtlich: Familienhaupt) |
| Tad | Vater |
| Teulu | eine gut bewaffnete und ausgerüstete Streittruppe eines Kriegsherren (wörtlich: Familie) |
| Uchelwyr | ein walisischer Lord bzw. Häuptling, der als freier Mann Land besitzt |

Sabrina Qunaj

Sabrina Qunaj wurde im November 1986 geboren und wuchs in einer Kleinstadt der Steiermark auf. Nach der Matura an der Handelsakademie arbeitete sie als Studentenbetreuerin an einem internationalen College für Tourismus, ehe sie eine Familie gründete und das Schreiben zum Beruf machte. Sabrina Qunaj lebt mit ihrem Mann und ihren zwei Kindern in der Steiermark.

*Sabrina Qunaj im Goldmann Verlag:*

Der erste König. Historischer Roman

*Die Geraldines-Reihe*
Die Tochter des letzten Königs. Historischer Roman
Das Blut der Rebellin. Historischer Roman
Der Ritter der Könige. Historischer Roman
Die fremde Prinzessin. Historischer Roman

(alle auch als E-Book erhältlich)

# Unsere Leseempfehlung

448 Seiten
Auch als E-Book und
Hörbuch erhältlich

352 Seiten
Auch als E-Book und
Hörbuch erhältlich

448 Seiten
Auch als E-Book und
Hörbuch erhältlich

496 Seiten
Auch als E-Book
erhältlich

**Die Medici.**

Ihre Macht war unermesslich. Ihr Einfluss grenzenlos. Ihr Ehrgeiz tödlich. Die Geschichte einer Familie, die die Geschicke der ganzen Welt lenkte.

GOLDMANN

goldmann-verlag.de